Nota sui nomi

Per ragioni di coerenza storica, nel romanzo compaiono i nomi latini delle località. Nell'elenco sottostante viene fornito il nome moderno delle principali città.

Andematunum	Langres
Arelate	Arles
Argentoratum	Strasburgo
Augusta Rauricorum	Augst
Augustodunum	Autun
Avaricum	Bourges
Brixia	Brescia
Caesarodunum	Tours
Cenabum Aureliana	Orléans
Divodorum	Metz
Genava	Ginevra
Lugdunum	Lione
Lutetia Parisiorum	Parigi
Massilia	Marsiglia
Noviodunum	Nyon
Vesontio	Besançon

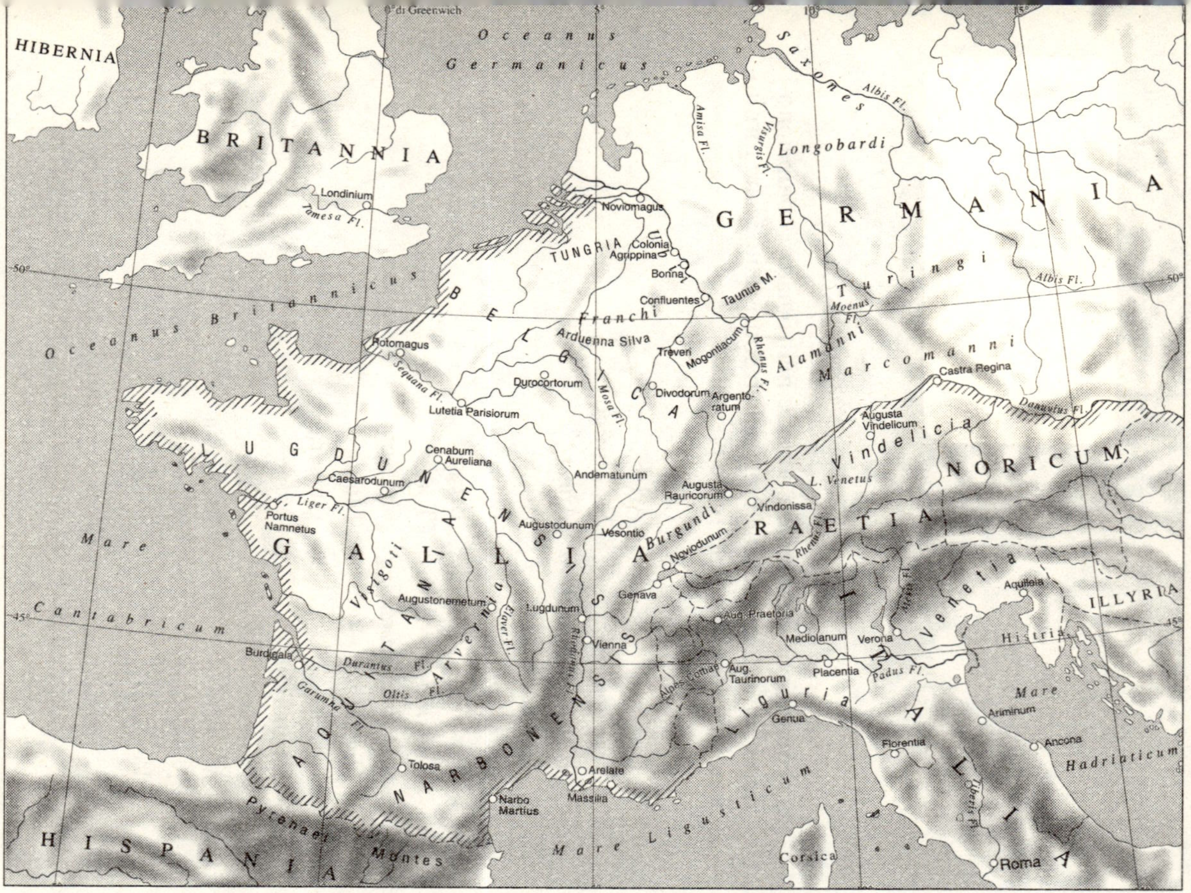

HIBERNIA
BRITANNIA
Londinium
Tamesa Fl.
Oceanus Germanicus
Oceanus Britannicus
Saxones
Albis Fl.
Longobardi
Amisa Fl.
Visurgis Fl.
GERMANIA
Noviomagus
Ubii
Colonia Agrippina
Bonna
TUNGRIA
Confluentes
Taunus M.
Turingi
Albis Fl.
Moenus Fl.
Franchi
BELGICA
Arduenna Silva
Treveri
Mogontiacum
Rhenus Fl.
Alamanni
Marcomanni
Castra Regina
Danuvius Fl.
Rotomagus
Sequana Fl.
Durocortorum
Mosa Fl.
Divodorum
Argentoratum
Lutetia Parisiorum
Augusta Vindelicum
Vindelicia
NORICUM
LUGDUNENSIS
Cenabum Aureliana
Caesarodunum
Andematunum
Augusta Rauricorum
L. Venetus
Vindonissa
Liger Fl.
Portus Namnetus
Augustodunum
Vesontio
Burgundi
RAETIA
Mare Cantabricum
GALLIA
Visigoti
Noviodunum
Rhenus Fl.
AQUITANIA
Augustonemetum
Arverni
Elaver Fl.
Lugdunum
Genava
Aug. Praetoria
Mediolanum
Verona
Venetia
Aquileia
ILLYRIA
Burdigala
Durantus Fl.
Rhodanus Fl.
Vienna
Histria
Garumna Fl.
Oltis Fl.
Alpes Cottiae
Aug. Taurinorum
Placentia
Padus Fl.
Mare Hadriaticum
Ariminum
Liguria
Genua
Ancona
NARBONENSIS
Tolosa
Arelate
Florentia
Massilia
Narbo Martius
ITALIA
Tiberis Fl.
Pyrenaei Montes
HISPANIA
Mare Ligusticum
Corsica
Roma

Parte Prima

1

Il sole tramontava quando Balamber e i suoi amici, sbucando a cavallo dal tortuoso sentiero che avevano seguito attraverso il bosco, giunsero in vista della casupola di Audbert, il marcomanno. Dietro di loro, conducendo per la cavezza un mulo gravato da una soma ingombrante, sopraggiunse anche il giovane Kayùk. Appena Balamber trasse a sé le redini del suo cavallo, anche gli altri si arrestarono, affiancandolo e scrutando come lui nell'ampia radura. I loro occhi attenti esplorarono senza fretta il piccolo regno del marcomanno: la fattoria, col pollame che razzolava sull'aia, il fienile cadente ma rigonfio, la stalla e il porcile, appoggiati all'edificio principale; più oltre, il campo dell'ortaglia e, alquanto più esteso, il terreno a seminato, dove uno spaventapasseri coperto di stracci vigilava in solitudine sui solchi dove presto sarebbe germogliato il frumento. Tutto era silenzio. Non ci volle molto, però, perché dalla casa uscisse in corsa un cane di razza indefinibile, poco più che un cucciolo, che abbaiando sfrecciò attraverso l'aia in direzione dei nuovi venuti, si fermò a un passo dai cavalli e subito, con buffo eroismo, prese a percorrere avanti e indietro il loro allineamento lanciando i suoi piccoli, giudiziosi latrati. Senza prestargli attenzione, Odolgan accennò con la testa in direzione del limitare di una faggeta, dove pascolava il piccolo branco dei maiali, vigilato da un giovane che con piccoli colpi secchi del suo lungo bastone sospingeva le bestie riluttanti – una scrofa e tre piccoli –

verso la stalla. «Quello ci ha visto» osservò ridendo, «guardate come corre a mettere al sicuro le bestie.»

«Già» gli rispose Khaba grattandosi la lunga cicatrice che gli attraversava tutto il lato sinistro del viso. «Mi fa venire voglia di prendergli un paio di porcelli, così, giusto per scherzo.»

«Non è per questo che siamo qui» tagliò corto Balamber, pungolando il cavallo coi talloni. Tenendo al passo le loro cavalcature, si avvicinarono alla casa, dal cui tetto di paglia fuorusciva in pigre volute il fumo di un focolare. Quando la distanza si fu ridotta a una ventina di passi, la figura massiccia di un uomo barbuto, in abiti da contadino, apparve nel vano oscuro della porta e ristette un momento a osservare i nuovi venuti. Con sgomento li riconobbe per appartenenti al più feroce popolo che esistesse fra le genti guerriere: il loro colorito bruno, i volti larghi, con il naso schiacciato e le guance segnate dalle cicatrici inferte alla nascita per eliminare la noia della barba, gli occhi lunghi e sottili, enigmatici, nonché le armi che portavano e i loro cavalli, bassi e tozzi, robustissimi, non lasciavano adito a dubbi; di certo, quella era la visita meno gradita che potesse capitargli. Il loro atteggiamento, a dire il vero, non appariva minaccioso, ma Audbert sapeva che con quella gente non si era mai sicuri di nulla. Quando furono più vicini, tuttavia, riconobbe colui che li guidava e si sentì un po' rinfrancato, poiché, tra gli unni che conosceva, Balamber non era dei peggiori. Richiamò con forza il cane e avanzò verso i quattro con passo rapido ma controllato, sorvegliando con sguardo vigile ogni loro movimento. I suoi occhi si soffermarono per un momento sul mulo che il più giovane dei visitatori si tirava dietro: era carico fino all'inverosimile, ma la sua soma era completamente ricoperta da un ampio, rozzo drappo di lino. Invano tornò a richiamare il cane, il cui atteggiamento aggressivo innervosiva i cavalli, ma per fortuna sua figlia Grethe, una bambina di circa sette anni, con i capelli color paglia raccolti in lunghe trecce, uscì a sua volta sull'aia e corse a prenderlo, trascinandolo poi verso la casa. Dall'interno dell'edificio veniva il pianto di un bimbo, sul quale invano si sovrapponeva, dura e piena d'allarme, la voce di una donna.

«Salute a te, Balamber!» disse l'uomo, forzandosi a un sorriso e fermandosi a un passo dai quattro cavalieri. Sapeva che il suo inatteso visitatore comprendeva il suo dialetto. Balamber, però, non ricambiò il saluto. Appoggiò invece una mano sulla coscia, rivestita del rozzo pantalone di pecora, e con espressione severa scandì in tono inquisitivo: «So che hai una famiglia numerosa, Audbert, eppure vedo solo uno dei tuoi figli, laggiù vicino al porcile. Ricovera le bestie e finge di non averci visto».

Un lampo d'imbarazzo passò negli occhi del marcomanno, ma egli si riprese subito: non si voltò verso il figliolo, ma rispose in tono sollecito e accattivante. «Sono certo che non si era accorto di voi. Il giorno volge al termine, e non è prudente lasciare le bestie in giro, dopo il tramonto. Qualche lupo potrebbe assalirle.»

«Lupi, dici?»

«Già. Da qualche tempo la regione ne pullula, purtroppo.» Resosi conto che le sue parole si prestavano a una doppia interpretazione, l'uomo si smarrì, tacque per un momento e si morse le labbra. «Insomma» riprese ripetendosi, «non è prudente... tutto qui, ecco.»

Scavando con lo sguardo negli occhi del suo interlocutore, l'unno sorrise con un'espressione di irrisione. Aveva compreso perfettamente il suo imbarazzo, ma non fece nulla per venirgli incontro e alleggerire l'atmosfera: era sempre un piacere per lui vedere quella gente orgogliosa crepare in corpo sotto il giogo degli Hiung-nu. Il bifolco, comunque, cercò subito di cambiare argomento. Gettò una rapida occhiata agli amici di Balamber e al loro equipaggiamento, quindi domandò con malcelata ansietà: «È quasi un anno che non ti si vede da queste parti. Siete di passaggio? O è una battuta di caccia?».

«Siamo venuti qui per te, Audbert.»

A un passo dalla casa, il cane era sfuggito alla bambina e, benché prontamente richiamato, si era precipitato abbaiando e ringhiando al fianco del suo padrone, il quale, senza distogliere lo sguardo dall'unno, cercava ora invano di trattenerlo. Audbert deglutì. «Per me? In che posso servirti?»

In un momento, scavalcando agilmente con la gamba il collo del suo cavallo, Balamber fu a terra davanti a lui. «Dandoci da mangiare, prima di tutto!» gli rispose perentorio, mentre i suoi compagni smontavano a loro volta. Erano tutti armati di spada o scure e ognuno aveva preso con sé arco e faretra. Il cane, allarmato, si fece ancor più sotto mostrando i denti; la bimba avanzò per trattenerlo, ma il padre la sospinse indietro. Sforzandosi di celare il proprio disappunto per la pretesa dell'unno, chinò il capo e rispose prontamente, cercando di sormontare, con la propria, la voce del cane. «La mia casa è sempre aperta per te, ma dovrai accontentarti di quello che c'è: solo poche carpe, che uno dei miei figli ha pescato in uno stagno qua vicino, e zuppa di grano. Tu comprendi... non ti attendevamo, e...»

Fu un attimo. Ruotando su un piede, Odolgan sferrò al cane un formidabile calcio nelle costole, mandandolo a ruzzolare tra guaiti disperati nell'erba ai margini del sentiero. La bambina gridò e corse per soccorrerlo, ma l'unno la scostò rudemente spingendola a terra e brandì la sua scure per finirlo. Fulmineo, Balamber lo afferrò per il polso. «Sta' fermo!» gli ordinò perentorio, mentre la bambina si precipitava ad abbracciare l'animale. «Cattivo! Volevi ucciderlo! Sei cattivo! Sei cattivo!» gridò fra le lacrime.

«Volevo solo procurare della carne» disse Odolgan ridendo, ma riappese al fianco la propria arma. Balamber ammonì il marcomanno: «Hai un cane stupido. C'è il rischio che campi poco».

Audbert, livido in volto, sospirò di rassegnazione, ma anche di sollievo. «Venite» disse, «dirò a mia moglie di ammazzare un maialino. Dovrete aspettare un po', però.»

Arricciando le labbra sotto i lunghi baffi neri, Balamber assentì; quindi raddrizzò la schiena, si sistemò alla vita la fusciacca verde e oro – i colori che da tempi immemorabili contrassegnavano il suo clan – e infine accennò con la mano al marcomanno di fargli strada: «Va bene: aspetteremo» disse in tono conclusivo.

Mentre si avviavano verso la casa, la bambina li osservava tra le lacrime, accarezzando, ancora fremente, il suo piccolo amico.

2

Audbert aveva altri tre figli, tutti maschi: uno aveva sedici anni, uno tredici e il più piccolo quasi tre. I due più grandi quella sera mangiarono accanto a lui in un cupo silenzio, reprimendo il proprio furore e sorvegliando di sottecchi i quattro unni che sedevano con loro attorno alla larga tavola, realizzata semplicemente accostando delle pesanti assi di quercia. Mentre la moglie del bifolco, una donna burgunda non più che quarantenne, ma precocemente invecchiata dai molti parti, si dava da fare a rosolare il porcello sul focolare, gli ospiti ingannarono l'attesa bevendo la birra del padrone di casa e arraffando un po' di pesce; quando la cena fu pronta, mangiarono con gusto, parlando per lo più fra di loro senza che i padroni di casa potessero capirli, bevendo ancora molto e ridendo forte.

Scucchiaiando la sua zuppa, o attizzando la fiamma nel focolare, Audbert li osservava con ansia crescente. In particolare, lo preoccupava quello più alto, con una faccia terribile, che Balamber chiamava Odolgan: non aveva impiegato molto a ubriacarsi, e la sua sguaiata, orrenda risata gli metteva i brividi, soprattutto quando si accompagnava a certi sguardi più che eloquenti che insistentemente indirizzava a sua moglie. A lungo aspettò che Balamber si decidesse a dirgli il vero motivo di quella visita – o meglio di quell'irruzione – inattesa. Si chiedeva con ansia se per caso, nelle ultime settimane, avesse in qualche modo suscitato la collera di quelle anime malvagie, ma per quanto scavasse nella memoria non riusciva a trovare nulla per cui rimproverarsi. Dopo i lunghi mesi invernali, aveva portato solo dieci giorni prima il suo tributo all'ultimo raduno annuale, alla nuova luna di marzo, come sempre aveva fatto in precedenza: un maiale di un anno, quattro orci di frumento e parecchie pelli di castoro, né gli risultava che i suoi figli avessero avuto a che dire con gli Unni. Inoltre, Balamber si trovava molto distante dal proprio campo. L'ultima volta che era venuto da quelle parti era stato una decina di mesi prima, per scortare un'ambasceria di Attila presso gli Svevi della Selva Nera. La mole del bagaglio che portava con sé, del resto, faceva pensare a una missione dello stesso genere. Osservandolo di sguincio, Audbert si diceva che solo una ragione importante poteva averlo ricondotto da quelle parti, ma non gli riusciva di immaginare che cosa potesse cercare da lui, se non una cena calda, un giaciglio per la notte e, al massimo, la raggelante compagnia di sua moglie; nondimeno, l'unno stesso gli aveva anticipato che la sua non era solo una sosta casuale. Conoscendo l'iracondia e l'estrema mutevolezza d'umore di quella gente, si asteneva dal porre domande dirette e si sforzava di mostrarsi un ospite amichevole e disinvolto. Nondimeno, teneva d'occhio i suoi impetuosi figli, pronto a reprimere ogni parola, ogni gesto che potesse essere interpretato da quegli odiosi padroni come un'impennata d'orgoglio; proprio per questo, appena ebbero terminato di mangiare mandò i due più grandi a dormire nel sottotetto, lasciando a sua moglie il compito di fare addormentare i piccoli. La sua fronte corrucciata e gli sguardi a un tempo attenti e sfuggenti che indirizzava agli ospiti lasciavano però trasparire il suo stato d'animo, senza che ciò valesse a indurli a rassicurarlo. Balamber, in particolare, godeva palesemente del suo disagio, e quando gli rivolgeva la parola non veniva mai al punto. Lo fece solo quando ebbe finito di sbocconcellare l'ultima coscia del maialino e l'ebbe gettata al cane, che quella sera, contrariamente alle sue abitudini, si teneva a prudente distanza dalla tavola. Trapassando con i suoi occhi sottili e penetranti il padrone di casa, l'unno si appoggiò al tavolo incrociando le braccia. «Dille di portare ancora della birra» gli disse accennando a sua moglie. «Devo parlarti.»

«Ho dell'idromele, se vuoi.»

«No. Quella porcheria la lasciamo a voialtri. Birra, ho detto!»

Chiamata dal marito, la donna prese la caraffa dal tavolo e si allontanò, per tornare subito dopo averla riempita. L'appoggiò sulla tavola e fece per tornare alle sue stanche faccende, ma Odolgan, che le era più vicino, le allungò ridendo una sonora pacca sul fondoschiena. La donna incassò con un piccolo sussulto e si allontanò senza dir nulla, ma negli occhi di Audbert passò un lampo d'allarme, motivato non certo da un empito di gelosia, bensì dalla mancanza di rispetto che quel gesto palesava nei suoi confronti. Con sorpresa, però, vide Balamber alzarsi di scatto, protendersi attraverso il tavolo e schiaffeggiare più volte il compagno; quello sussultò, si protesse con le braccia ma non reagì, limitandosi a guardare il suo capo con espressione più sorpresa che irritata.

«Tieni le mani a posto!» gli gridò Balamber nel loro dialetto mongolico. «Hai bevuto troppo. Vi avevo raccomandato di comportarvi come si deve! Hai dimenticato che abbiamo bisogno di lui?»

Kayùk, che si era immobilizzato con la mano piena di farinata di grano davanti alla bocca, osservava quel diverbio con espressione incerta tra l'allarme e l'ilarità. Odolgan si strinse nelle spalle e replicò con voce impastata da molti boccali di birra: «Ma questo qui non è nessuno! Quella donna...».

Un'altra raffica di ceffoni lo mise a tacere. «Ti ho detto di piantarla. Sta' zitto, hai capito? Devo parlare con quest'uomo. E tu» Balamber si era rivolto a Khaba. «Non vedi che questo è partito? Accompagnalo nella stalla e mettilo a dormire, poi accertati che i cavalli siano sistemati al meglio e torna qui.»

Il suo corpulento amico, che non era ebbro per niente, si alzò e aiutò lo stupefatto Odolgan a sollevarsi dalla panca. Quindi, sostenendolo, si avviò con lui verso la porta. Quando vide che i due l'avevano varcata, Balamber volle rassicurare con un'occhiata il suo ospite, che per la verità, oppresso com'era dalla consapevolezza della propria impotenza, era molto più preda della paura che non della collera. L'unno versò da bere a entrambi. Aveva corrugato la fronte, assumendo un'aria riflessiva. Gettò un'occhiata alla donna, che, apparentemente senza prestar loro attenzione, si era seduta su uno sgabello accanto al fuoco e aveva preso a cucire con un grosso ago e delle sottili strisce di cuoio alcune pelli di castoro, quindi assentì come ragionando tra sé e disse: «Dopo la nascita dell'ultimo figlio, tua moglie non è più quella di prima, ma è ancora una bella donna, senza dubbio».

Audbert si strinse nelle spalle, lo sguardo fisso negli occhi a mandorla del suo interlocutore. «Ciò che conta è che lavori come deve e non mi dia noia. Se vuoi, stasera te la mando per scaldarti il giaciglio.»

Balamber sorrise: «Riconosco la tua ospitalità e ti ringrazio. Sai, anche ad Attila le donne burgunde piacciono molto».

Si interruppe per un'improvvisa, sommessa risata. Poi, scuotendo il capo, osservò: «Non è solo un grande capo, sai, è anche un vero uomo. Nella sua grande casa, in Pannonia, ha decine di concubine. Ha più di cinquant'anni, ma dicono che è ancora un toro, per la Sacra Spada!».

«E tu?» azzardò Audbert mentre l'unno alzava di nuovo il bicchiere di coccio.

«Io, cosa?»

«Hai preso moglie? O hai una concubina?»

Balamber corrugò la fronte e, arricciando le labbra, si mosse un poco sulla panca, poi, sempre tenendo levato il bicchiere, scrollò le spalle e rispose: «Niente moglie per Balamber! E quanto alle concubine... averne una fissa è peggio che sposarsi».

Audbert scrollò le spalle. «D'accordo, ma, se non sbaglio, tu hai già quasi trent'anni, e sono sicuro che....»

«Ma certo! Quando voglio una donna me la prendo, la tengo per un po' e poi magari la baratto per un cavallo, due se è meritevole, e tu mi devi credere: il numero dei miei cavalli aumenta in continuazione. È incredibile quanti sciocchi ci siano a questo mondo disposti a cedere un buon cavallo per una donna. Puah!»

«E Attila, allora?»

«Che c'entra Attila? Bada a come parli, marcomanno!»

Osservando il proprio bicchiere di legno, che strofinava tra le mani, Audbert precisò: «Ma no! Dicevo così perché tu stesso mi hai detto una volta che il tuo re...».

«È anche il *tuo* re, non dimenticarlo.»

«Giusto. Allora ti dirò che il nostro re qualche volta ha pagato ben più di un cavallo per una nuova concubina.»

«Se erano unne. Oppure se erano di rango e appartenevano a un popolo alleato: Ostrogoti, per esempio, o Gepidi, Turingi anche. Ma ne sceglie anche di schiatta meno elevata, e quelle non le paga di sicuro.»

«Le fa rapire?»

«Ma che dici? No di certo. In genere gliele regalano i capi dei villaggi che attraversa, o magari le affidano ai suoi emissari. Anzi, a proposito... è proprio per una faccenda di donne che siamo venuti a trovarti.»

Una smorfia di preoccupazione si dipinse sul volto del marcomanno, che tuttavia non disse nulla. Balamber sbottò a ridere: «Ma che hai capito, che veniamo per tua moglie? Non preoccuparti, non è così che ti libererai di lei».

Kayùk, questa volta, rise di gusto, sguaiatamente, e Balamber, con l'aria di accorgersi solo in quel momento della sua presenza, lo cacciò in malo modo: «Ma che fai tu ancora qui? Levati dai piedi, fila!».

Mentre il ragazzo si allontanava a passo svelto, Audbert sospirò. Non era certo per sua moglie che si preoccupava; intuiva però che Balamber stava per trascinarlo in qualche guaio. Comunque, era stanco di giocare a rimpiattino. Allontanando il bicchiere che l'unno gli aveva riempito e spinto dinanzi ancora una volta, disse in tono di malcelata insofferenza: «Dimmi che vuoi da me, Balamber. S'è fatto tardi, e oggi mi sono rotto la schiena tutto il giorno nei campi».

L'unno gli battè allegramente la mano sul braccio. «Bravo! Un gran lavoratore, sei. Ah, io l'ho sempre detto, sai, e ti ho sempre difeso, anche quando qualcuno, all'ultimo raduno, ha trovato da ridire sul tuo tributo.»

Audbert si accigliò. Ad accrescere il suo spavento, Khaba era tornato e si era seduto di nuovo sulla panca, ma questa volta accanto a lui: «E perché? Il tributo era quello di sempre, e...».

«Ecco, hai detto bene! Quello di sempre» interloquì gravemente Khaba.

«Sì, è proprio questo il punto. C'è stato chi ha detto che potresti dare molto di più.»

Audbert, trasse indietro il busto e allargò le mani in un gesto di impotenza, guardando i due unni con l'aria di chi sta subendo una grave ingiustizia: «Ma... la terra qui dà sempre meno frutto, l'annata è stata cattiva, e poi lo sai anche tu: l'anno scorso è morto di una febbre maligna il mio figliolo più grande, quello che più mi aiutava nel lavoro. Gli altri sono poco più che dei cuccioli, e io...».

Balamber lo interruppe, schiaffeggiando l'aria come per scacciare un insetto: «Ma io queste cose le so, cosa credi? E le ho dette a Utrigùr, altroché! Devi credermi: ho parlato in tua difesa, come no!».

All'udire quel nome, Audbert era stato percorso da un brivido. «Utrigùr!... *Quell'*Utrigùr?» balbettò.

«Ma sì, proprio lui: Utrigùr l'Onegesio. Lo sai che viene sempre al raduno per verificare i tributi, no?»

«Ma... mi hanno lasciato venir via senza dirmi niente. Io... non capisco.»

«Certo che non ti hanno detto niente, ma solo perché io sono intervenuto. Appena ho saputo di chi si stava parlando ho detto di te tutto il meglio che potevo, con più eloquenza di un senatore romano. Ho assicurato che sei un suddito fedele e un pagatore coscienzioso, e ho garantito per te. Se non mi credi puoi domandare al mio amico Khaba. È vero Khaba? Diglielo tu: è vero o no che l'ho difeso come meglio non si poteva?»

Khaba assentì con gravità. «Come meglio non si poteva» confermò.

«Ah! Mi hai difeso. Io... ti ringrazio, e se posso...»

Gli occhi di Balamber brillarono di compiacimento. Finalmente aveva portato quel testone di bifolco dove voleva. Era ora di venire al dunque. «Ma certo che puoi!» esclamò di rimando; quindi, protendendosi attraverso il tavolo, soggiunse: «E ne avrai anche tutta la convenienza, te l'assicuro».

«Ebbene? Parla, dunque.»

«Ecco, in poche parole si tratta di questo: al mio re è giunta voce che Gundovek ha una figlia molto bella.»

«Griselde!» confermò Audbert.

«Bravo! Sembra che questa Griselde sia la luce dei suoi occhi. Dovrebbe avere sui quattordici-quindici anni.»

«Sì, è quanto hanno detto anche a me. Ma cosa c'entra...»

«Aspetta! Tu sai che Attila è già alle prese con gli Alamanni. Quando li avrà spazzati via arriverà sul Reno con un esercito immenso e guarderà i Romani negli occhi. La guerra con Roma è imminente. E guarda un po': se gli Hiung-nu e i Romani si faranno la guerra sarà per via di una donna! Ma sì: Onoria, la sorella dell'Imperatore di Ravenna. Tutto è iniziato da lei: l'imperatore Valentiniano l'ha confinata a Bisanzio per una tresca con uno scribacchino, e lei, per liberarsi, ha fatto arrivare ad Attila un messaggio in cui gli chiede di prenderla in moglie. Come dote gli ha promesso tutta la Gallia, compresi i Visigoti, che da anni si sono insediati laggiù, in una provincia chiamata Aquitania: cosa del resto giustissima, in quanto i Visigoti, un tempo, erano nostri tributari e dunque sono ancora sotto l'autorità di Attila. A quanto pare, però, l'Imperatore e Flavio Ezio, sì, proprio lui, il *Magister militum*, non sono d'accordo, e tu capisci che... No, vedo che non capisci un bel niente. Il fatto è che questa è una storia troppo lunga, quindi è meglio tornare al punto. E il punto è questo: se ci sarà una guerra, Attila preferirebbe avere i Burgundi di Gundovek come alleati o almeno neutrali, piuttosto che come nemici. Purtroppo, però, questo Gundovek, almeno fino a oggi, ha rifiutato ogni offerta di amicizia: sei mesi fa, addirittura, ha respinto l'ambasceria di Attila, scacciando in malo modo alcuni dei principi che la componevano.»

Audbert trattenne a stento un sorriso malevolo; sapeva bene com'era andata: i delegati unni erano stati cacciati da Genava a calci e inseguiti per un lungo tratto da donne e ragazzini che li avevano bersagliati con sassi e palle di letame. Preferì però non ricordarlo al suo interlocutore. «Credo di capire qual è il problema» disse invece. «I Burgundi controllano le strade che conducono ai passi per l'Italia.»

«Hai detto bene: i Burgundi sono il problema, e chi è fra loro il più grande ed esperto guerriero?»

«Waldomar! Lo sanno tutti!» rispose Audbert, raddrizzandosi sulla sua panca.

«Bravo! Il grande Waldomar, l'Invincibile: è così che lo chiamano, no?»

«Sì, e con ragione. Waldomar è davvero un grande combattente, anche se ormai non è più giovane, certo.»

«Si dice che abbia anche una certa influenza su Gundovek, no?»

«Sì, è il suo amico più fedele.»

Balamber corrugò la fronte: «Mi hanno detto che tu questo Waldomar lo conosci personalmente; è vero?».

«Certo! Mia moglie è sua parente, e sono stato suo ospite, anni fa.»

Balamber annuì con espressione pensosa, poi riprese: «Dici che è un osso duro, ma dammi retta: non c'è al mondo nessuno che possa resistere ad Attila, e nemmeno a Utrigùr, direi. Il fatto è che Attila ha fretta: non vuole perdere tempo in una lunga guerra, perciò ha pensato di fare ancora un tentativo per convincere Gundovek. Mi capisci?».

«E... come?» domandò Audbert.

«Offrendogli la sua amicizia e alleanza, oltre a vasti territori tolti a Roma.»

Audbert era in imbarazzo: per quale ragione – si domandava – Balamber lo stava mettendo a parte di tanti importanti segreti? «Mah!» rispose. «Credo che non gli sarà facile convincerlo. E poi, se anche Gundovek acconsentisse, quali garanzie avrebbe Attila a sostegno della sua parola?»

Balamber si protese di nuovo attraverso il tavolo e gli afferrò entrambe le mani in una stretta ferrea. I suoi occhi scintillarono. «Hai ragione, ma per questo niente è meglio di un bel matrimonio, no?»

«Attila vuole...»

«No! Figurati! L'odio tra Hiung-nu e Burgundi è troppo profondo perché il nostro re possa sposare una donna della loro gente, per quanto della bellezza di Griselde: molti non capirebbero. E poi te l'ho detto che ormai è in parola con quell'Onoria, no? Ma un suo fedelissimo, Utrigùr, voglio dire, potrebbe farlo per lui, mi intendi?»

«Ma... la ragazza ha quindici anni, e Utrigùr ne ha quasi sessanta! Col dovuto rispetto...»

Balamber si strinse nelle spalle: «E allora? Certo, sono d'accordo con te: Utrigùr non è più giovane e non è proprio quello che si dice un bell'uomo; è sciancato, e ha meno denti in bocca del tuo ultimo figlio, ma cosa importa, questo? È un grande capo, possiede centinaia di cavalli, migliaia di pecore, tre mogli, una mezza dozzina di concubine e una cinquantina di figli. A un suo gesto, diecimila hiung-nu si precipitano dietro il suo stendardo. Inoltre, non dimenticare che è cugino di Attila, ed è stato suo compagno di scorrerie fin da quando erano ragazzi. È da sempre il suo braccio destro, e il re si affida spesso ai suoi consigli».

«Sia pure, ma se credi che basterà questo a convincere Gundovek, ti sbagli, te l'assicuro.»

«No, aspetta: ho portato con me ricchi doni per lui, roba da togliere il fiato, te l'assicuro, e sono solo una parte di quanto Gundovek riceverà acconsentendo alle nozze. E poi... be', diciamo che ho da fargli diverse proposte che certamente lo interesseranno.»

«Dunque, è a Genava che siete diretti! Ma chi vi dice che non sarete trattati come e se non peggio dell'altra volta?»

«Già, proprio questo è il problema. Ed è per questo che non andremo subito a Genava. La nostra è un'ambasceria segreta, o almeno lo sarà per un lungo tratto del percorso. Dobbiamo arrivare prima di tutto al lago Lemano, da un nobile burgundo che è già sull'avviso e... come dire... sta preparando il terreno per noi, capisci? Se tutto va come deve andare, sarà lui ad accompagnarci poi da Gundovek, con tutti gli onori.»

Audbert corrugò la fronte: «Di chi si tratta?».

Balamber fece un cenno vago con la mano. «Lascia perdere. Lo saprai al momento opportuno. Ma da questo intermediario dobbiamo arrivare senza farci notare, questo è ciò che conta, perché altrimenti i burgundi di tutti i villaggi lungo il percorso ci sarebbero addosso come cani, e correremmo il rischio di non arrivare affatto. Dunque, tu sarai la nostra guida.»

Era quanto Audbert temeva. Aprì le mani in un gesto che era a un tempo di perplessità e di costernazione. «Ma... perché proprio io?»

«Perché tu hai una moglie burgunda, conosci bene il loro dialetto e...»

Audbert si strinse nelle spalle. «Il loro dialetto» obiettò «non è molto diverso da quello dei Goti, che tu, se non sbaglio, parli benissimo.»

«D'accordo, ma tu sei stato più volte da quelle parti, conosci bene la regione, insomma. Inoltre...»

«Inoltre?»

«Be', la parentela di tua moglie con Waldomar è giunta alle orecchie di Utrigùr, e quindi...»

Pentendosi di aver vantato quella parentela, Audbert obiettò: «Ma sono solo cugini! Forse lui nemmeno se ne ricorda. Io stesso, bada, non lo vedo da anni. Molti anni! E poi... se vengo con te, chi manderà avanti le cose, qui? La mia scrofa sta per partorire. I miei figli...».

Balamber tagliò corto in tono duro: «La tua scrofa partorirà anche senza di te, e per qualche giorno i tuoi figli più grandi potranno fare anche la tua parte di lavoro».

«Qualche giorno, dici?»

L'unno scrollò le spalle: «Ma sì, una ventina di giorni al massimo! Il tempo di portare l'ambasciata a Gundovek e di sentire la sua risposta».

«Tu però hai parlato di un'ambasceria segreta. Ma tre unni come voi... e il ragazzo, anche... Insomma: siete troppo riconoscibili, e non so come possiate sperare di...»

«E bravo! È appunto per questo che siamo venuti da te: se c'è uno che è in grado di portarci nascostamente laggiù, quello sei tu.»

«È un viaggio molto pericoloso: per arrivare a Genava bisognerà attraversare per almeno un'intera giornata il territorio degli Alamanni, che sono in guerra con voi.»

Di nuovo, Balamber fece con la mano un gesto di sufficienza: «Starà a te non farci fare brutti incontri. Del resto, quelli hanno altro da pensare, adesso: sull'Albis i nostri alleati Gepidi gli stanno rompendo le corna».

Vedendo che Audbert, preoccupato, esitava ancora, Balamber lo rassicurò: «Non temere, sarai ben compensato».

«Ah, sì?» domandò il marcomanno, sollevando le sopracciglia e grattandosi pensosamente la folta barba. «E come?»

«Con l'esenzione perpetua da ogni tributo.»

«E... se dico di no?»

Balamber si accigliò. «Se dici di nooo?!?» proruppe con simulata indignazione, battendosi con forza una mano sulla coscia e lanciando a Khaba un'occhiata pregna di repressa ilarità: «Se dici di no, puoi star certo che Utrigùr ti triplicherà il tributo, e non è detto che si accontenti di questo: potrebbe mandare qui qualcuno dei suoi a prenderti al laccio e trascinarti per qualche miglio legato al suo cavallo lanciato al galoppo. Per non parlare di quello che potrebbe fare a tua moglie e ai tuoi figli. Aggiungi che invece, se l'affare si conclude, quasi certamente riuscirò anche a ottenere per te un bel regalo da parte sua: magari qualche cavallo e un paio di servi che ti aiutino nel lavoro, che ne dici?».

Audbert, corrugando la fronte, tese la mano verso la brocca della birra. Versò ciò che rimaneva del suo contenuto nel proprio bicchiere e bevve d'un fiato, sotto lo sguardo attento dell'unno. Poi, appoggiando rumorosamente il bicchiere vuoto, domandò: «Partiamo domani?».

3

Lasciarono la casa di Audbert alle prime luci del giorno seguente. La meta era molto lontana, e gli unni concessero al marcomanno poco tempo per accomiatarsi dalla moglie e dai figli. Lui stesso, del resto, non era certo tipo da grandi discorsi, per cui, caricato quel poco che gli serviva sull'unico cavallo di cui disponesse – un vecchio ma robusto frisone da traino – salutò rudemente la sua donna, che quella notte aveva sperimentato le ruvide carezze di Balamber, e rivolse poche severe raccomandazioni ai due figli più grandi, dopo di che montò in sella e senza voltarsi indietro si accodò a quelli che sarebbero stati i suoi compagni di viaggio. Molto presto, però, dovette prendere la testa del piccolo corteo, poiché nessuno conosceva meglio di lui la via più breve e più sicura per raggiungere il Reno. Già alla prima svolta del sentiero Balamber gli aveva ricordato che quel viaggio doveva restare per quanto possibile segreto, almeno fino a quando fossero giunti a destinazione, sicché non poté seguire nemmeno per brevi tratti la vecchia ma quasi rettilinea strada romana che conduceva ad Augusta Rauricorum e, da lì, nelle terre dei Burgundi. Guidò pertanto gli unni attraverso una foresta fittissima, della quale lui stesso conosceva soltanto alcuni sentieri, e che sembrava incutere in quei guerrieri, abituati agli spazi aperti delle grandi pianure, una sorta di strana inquietudine. Lui si guardava bene dal mostrare di accorgersene, ma nel suo intimo godeva delle occhiate preoccupate ch'essi di continuo lanciavano attorno.

Effettivamente, a Balamber le foreste non piacevano. Erano buie, umide, opprimenti e ostili. Dietro ogni albero, ogni arbusto, poteva celarsi un pericolo per lui e per i suoi compagni, sicché un repentino stormir di fronde, o anche solo i piccoli, improvvisi rumori, che di quando in quando invisibili animali producevano sotto la lettiera di foglie, lo mettevano in costante allarme. Non che non si fidasse di Audbert: quel testone di bifolco, infatti, aveva troppa paura per giocargli qualche brutto scherzo. A ogni buon conto, nelle ore precedenti la partenza Balamber aveva preso le sue precauzioni: durante la notte, senza fornirgli troppe spiegazioni, lo aveva obbligato a dormire anche lui nella stalla, nel timore che, rimanendo accanto alla moglie, potesse escogitare con lei, o su sua istigazione, un qualche tradimento. Khaba, poi, sempre diffidente, aveva vegliato lungamente sulla soglia, assicurandosi che nessuno si allontanasse dalla casa.

A quanto pareva, il marcomanno si era bevuto la sua storia e aveva tutta l'aria di voler svolgere il suo compito con impegno. Tanto meglio, perché gli sarebbe seccato molto dovergli dire tutta intera la verità, per ottenere poi, d'altro canto, lo stesso risultato. Perché a quel punto Audbert, che non era uno sciocco, sarebbe venuto lo stesso, consapevole che certi segreti, una volta confidati, non si possono lasciare alle spalle, ma lui si sarebbe trovato costretto a tenerlo d'occhio in continuazione, per impedirgli di fare qualche brutto scherzo, magari svignandosela e correndo tra i Burgundi a fare pericolose rivelazioni.

Senza parlare, marciarono attraverso la foresta per tutto il giorno, e solo al tramonto giunsero in vista del Reno, giusto all'altezza del traghetto del vecchio Fergal. Era però troppo tardi per attraversare, e Balamber preferì accamparsi su una piccola altura dalla quale, attraverso gli alberi, era possibile tenere d'occhio il traghetto e la casupola di Fergal senza essere visti. Legati e impastoiati i cavalli, mangiarono in silenzio pochi bocconi della carne di porco salata che Audbert aveva portato con sé. Masticando, Odolgan si rivolse a Balamber nel più stretto dialetto unno, incomprensibile per il marcomanno: «Ti fidi di questo barbuto?».

Balamber gli rispose senza scomporsi: «Sì: è un bifolco, e dunque non pensa che alla terra e alla famiglia. Puoi dormire tranquillo: scherzi non ne farà».

«E dopo? Se le cose andranno come pensi, che farai di lui?»

«È già deciso, no?»

Odolgan sorrise cordialmente ad Audbert, che, mangiando, li osservava senza poter capire nulla di quanto si dicevano, ma di certo si chiedeva se non stessero parlando proprio di lui. Poi, con noncuranza, insistette: «E che racconterai a sua moglie?».

Balamber si strinse nelle spalle. «Niente. Proprio niente. Del resto, al ritorno eviteremo di passare da casa sua.»

«Peccato: quella donna non è affatto male, dopotutto. Speravo di poter ritornare laggiù e darle una bella botta. Ieri te la sei goduta senza pensare agli amici.»

«Me l'ha mandata per ospitalità, secondo l'uso. Se l'avessi passata anche a te, lo avrei offeso.»

Masticando, Khaba interloquì: «Ha anche delle belle bestie. Potremmo prenderle noi, no?».

Porgendo al marcomanno l'otre con la birra, ma continuando a parlare in unno, Balamber scrollò le spalle e tagliò corto: «Non temere: Utrigùr ti ricompenserà con qualcosa di più di un paio di maiali».

Constatando che i due sembravano essersi detti tutto, Audbert si rivolse a Balamber: «Se volete passare il Reno senza essere notati, domani dovremo scendere al traghetto prima dell'alba. Con cosa pensi di pagare il traghettatore? È un vecchio furbo, e se volete passare in segreto non si accontenterà di qualche pezza di stoffa».

L'unno sorrise e annuì. Quindi si alzò di scatto e con pochi passi raggiunse il carico dei bagagli, che Kayùk aveva deposto accanto alle bestie; si chinò a frugare in una bisaccia e ne trasse un piccolo sacchetto di pelle di daino. Tornò indietro soppesandolo nella mano. «Ecco qua» disse lanciandolo al marcomanno, che lo prese al volo. «È polvere d'oro. Te l'affido.»

I suoi compagni si scambiarono un'occhiata perplessa e spostarono poi lo sguardo sul loro capo. Questi alzò le spalle, fece una smorfia da guitto e, volgendo verso l'alto i palmi delle mani, sbottò: «Questa è fiducia, no?».

Odolgan rise di gusto, mentre Khaba scuoteva il capo grugnendo.

Terminata quella cena frugale, si coricarono senza troppe parole. Il primo turno di guardia toccò a Khaba. La posizione della luna nel cielo stellato gli avrebbe indicato il momento di svegliare Odolgan per farsi dare il cambio. Assicurato il sacchetto alla cintura, Audbert stentava a prendere sonno. Osservando l'imponente figura di Khaba, immobile sul limitare della radura, e gli altri tre, distesi sotto i loro manti di pecora, gli stessi che, ripiegati, mettevano sotto le selle, si chiedeva che cosa gli stessero nascondendo. Le occhiate che si erano scambiati mangiando non gli erano piaciute per niente, e l'averli visti ridere non lo sollevava per nulla: gli Unni erano gente pericolosa, anche quando ridevano; anzi, soprattutto quando ridevano. Chi era il misterioso intermediario che dovevano incontrare? Davvero pensavano di ammansire Gundovek? Quali doni gli portavano? Fin dal principio del viaggio aveva intuito, sotto il rozzo panno di lino che rivestiva la soma del mulo, la presenza di due forzieri, e quando Odolgan aveva alleggerito l'animale della soma aveva anche potuto vederli, constatando che a stento l'unno riusciva a reggerli tra le braccia. Ma, in fondo, non era quello il suo problema principale; anzi, a ben vedere, non gliene importava un bel niente, come nulla gli importava di Waldomar, di Attila, delle sue beghe con Ezio e di quella nobile baldracca che, a Ravenna o chissà dove, era stata la causa di tutto quanto. Pensava invece con preoccupazione alla sua fattoria: alla sarchiatura nel campo del frumento che aveva dovuto interrompere, alla scrofa che stava per figliare, alla fienagione imminente. Un lupo ululò da qualche parte tra i monti, un altro gli fece subito eco. Rigirandosi sotto il suo vello di lana, Odolgan sbadigliò e andò d'aria fragorosamente. Per essere la metà di marzo, le giornate erano già calde, e la primavera era in forte anticipo; di notte, però, la temperatura scendeva di molto e l'aria umida che saliva dal fiume non era certo un toccasana per i reumatismi di Audbert. Avvoltolandosi nella coperta, chiuse gli occhi e decise che era inutile tormentarsi; meglio dormire, invece: quella dell'indomani sarebbe stata una giornata lunga e faticosa.

4

Quello che gli abitanti della zona chiamavano "il traghetto di Fergal" altro non era, in verità, se non un vecchio, largo barcone usato un tempo per il trasporto del sale e che da qualche anno quel vecchio mattiace, stanco di spostarsi lungo il grande fiume, sul quale la navigazione non era più sicura, aveva preferito adibire al trasporto di persone e merci da una riva all'altra. Per chi non voleva farsi notare, rappresentava una valida alternativa al ponte che, qualche miglio più a valle, attraversava il Reno in faccia ad Augusta Rauricorum. Fergal era aiutato dai suoi tre figli: ragazzi robusti come lui, che, se anche non erano troppo pronti di cervello, avevano però braccia vigorose e schiena forte, e all'occorrenza sapevano spingere potentemente le pertiche sul fondo del fiume e dominare la corrente.

Audbert condusse i quattro unni all'imbarco molto prima dell'alba; bussò alla stamberga di Fergal e lo convinse, gettandogli il sacchetto di polvere d'oro, a fare la traversata nella semioscurità. In quel tratto di fiume la corrente rallentava un poco, ma conveniva pur sempre assecondarla: sull'altra riva vi erano più punti d'approdo, e quello più riparato si trovava un po' più a valle, in coincidenza con un sentiero tortuoso e tuttavia ampiamente collaudato, che dal fiume si inoltrava nella boscaglia. Fergal li sbarcò dunque lì senza fare domande, dopo di che tornò ad affondare la sua pertica e insieme ai due figli più grandi, che avevano attraversato con lui, spinse il battello in direzione della sponda opposta, dove, con una coppia di robusti cavalli da tiro, era in attesa il figlio minore, ancora adolescente, per alarlo e riportarlo indietro seguendo l'alzaia.

Una volta passato il fiume, il gruppo proseguì la sua marcia verso meridione, su percorsi sempre più aspri, che con una crescente pendenza si inoltravano in valli boscose, dove la primavera aveva già iniziato a rivestire i rami degli alberi. Quando attraversavano spazi aperti, però, sui monti vedevano biancheggiare ancora la neve. La necessità di evitare i villaggi e i posti fortificati – spesso solo dei piccoli acquartieramenti protetti da palizzate – costringeva Audbert, che procedeva una ventina di passi più avanti, a frequenti variazioni di percorso; quel giorno, anzi, due volte dovette dare improvvisamente l'alt e sospingere i quattro unni a nascondersi tra gli alberi col loro carico e le cavalcature, per evitare che fossero notati da alcuni viandanti di passaggio. Nonostante tali precauzioni, nel primo pomeriggio del giorno successivo incontrarono i bagaudi.

Fu nel mezzo di un vasto pianoro, mentre attraversavano una radura circondata da una fitta abetaia. Quando Audbert li vide emergere all'improvviso dal folto degli alberi, si fermò di botto, ma era ormai troppo tardi per invertire la direzione. Quelli che vide subito erano tre, tutti a cavallo. Avanzavano lentamente, impugnando le loro armi: una lancia, un'ascia, un arco con la freccia incoccata. Cercando di non lasciare trasparire il proprio allarme, gettò un'occhiata intorno a sé e ne individuò diversi altri, sparsi qua e là ai margini della boscaglia. Erano appiedati, ma tutti armati: gente magra e abbrutita da una vita di stenti, con gli occhi allucinati dalla fame. Alcuni vestivano vecchie tuniche sbrindellate, altri erano quasi nudi, e il loro aspetto era reso ancora più selvaggio dalle lunghe chiome scarmigliate e dalle barbe incolte. Il loro atteggiamento era minaccioso, ma improntato nel contempo a una certa cautela, poiché avanzavano nell'erba alta con la circospezione di un branco di sciacalli che ha a che fare con una preda ambita ma pericolosa. Col cuore che andava a mille, Audbert si girò sulla sella e guardò con allarme Balamber, che sopraggiungeva senza fretta, seguito da Odolgan e da Kayùk col suo mulo. Invece Khaba, che avrebbe dovuto trovarsi in fondo alla fila, non si vedeva; forse era rimasto indietro. Finalmente, Balamber gli fu accanto. «Chi sono questi cani rognosi?» gli domandò con apparente disinvoltura, trattenendo il cavallo, ma occhieggiando intanto attorno a sé per contare i possibili avversari.

«Bagaudi. Brutta gente, con cui però ci si può anche mettere d'accordo, a patto che siate disposti a fare loro qualche regalo.» Accennò a un uomo alto e ossuto, dalle spalle larghe, che avanzava davanti agli altri su un sauro nervoso, tenendo per traverso sulla sella un'ascia da taglialegna: «Quello dev'essere il capo».

Il bagaudo era ormai giunto a non più di dieci passi di distanza da loro. Calmo e risoluto, Balamber pungolò il cavallo coi talloni e si portò innanzi, fermandosi di fronte a lui. Per un momento, i due si squadrarono a vicenda, misurandosi l'un l'altro. L'unno fu colpito non tanto dall'imponenza del suo antagonista, quanto piuttosto dalle dimensioni del suo naso aquilino e dai grossi cerchi d'argento che portava alle orecchie; notò che aveva la pelle rugosa, e talmente cotta dal sole che lo si sarebbe quasi definito un orientale. Dopo un breve silenzio, nel quale si udì soltanto, assordante, il frinire delle cicale, il bagaudo, verificato con una fulminea occhiata lo schieramento dei suoi compagni, stirò la bocca sotto la folta barba nera in quello che forse era un sorriso e lo salutò in un latino che risentiva dello strascicato accento degli allobrogi: «Salve, amico».

Appoggiato con una mano all'arcione della sella, Balamber, che parlava discretamente il gallo-romano, gli rispose col suo sorriso più cordiale: «Salute a te. A dire il vero, non credevo che questi luoghi fossero tanto popolati».

L'altro rise brevemente, scoprendo i denti guasti. «Già» disse. «Lo credo anch'io. Mi chiamo Gomer, e sono il capo di questa gente. Di qui non passa nessuno senza renderci conto, e voi non siete di queste parti. Cacciatori?»

Immaginando che di lì a pochi istanti il bagaudo avrebbe preteso di perquisire la soma del mulo, Balamber ritenne inutile mentire, e sperò anzi di trarsi d'impaccio, o almeno di guadagnare tempo, facendo qualche nome importante. «No.

Siamo ambasciatori. Andiamo nella valle del Rodano, con un messaggio di Attila per Gundovek.»

«Gundovek, il re dei Burgundi?»

«Già. Proprio lui.»

L'uomo si grattò pensosamente la barba. «Ma guarda un po' che cosa si deve vedere da queste parti: ambasciatori unni da Gundovek!»

Il cerchio dei bagaudi si era fatto più stretto, ora. I due che scortavano Gomer gli si erano portati accanto; il più giovane, che forse non aveva vent'anni, teneva l'arco pronto, con la freccia orientata verso Balamber; l'altro, grosso e con folti baffi biondi, aveva un occhio guercio, attraversato in diagonale da una profonda cicatrice che partiva dalla fronte e percorreva tutto lo zigomo arrivando quasi fino al collo. Fu lui a fare eco al suo capo: «Già» osservò «la cosa è strana. Ma gli ambasciatori non viaggiano mai a mani vuote».

Gomer annuì e, sporgendosi a occhieggiare verso il mulo, osservò: «Ulfo, qui, ha ragione: se andate da Gundovek gli porterete di certo dei regali».

«Naturalmente. Ora te li mostro» rispose l'unno in tono affabile, quindi si voltò con naturalezza e, chiamando Kayùk, che si era fermato a qualche passo di distanza, gli fece cenno con la mano di avvicinarsi. Il ragazzo avanzò, tirando per la cavezza il mulo col suo carico, e Gomer gli mosse incontro, passando accanto a Balamber e andando oltre. Audbert, che non perdeva di vista i bagaudi che li attorniavano, si stupì, non senza un certo sollievo, dell'arrendevolezza di Balamber. Dunque l'unno, valutati i rapporti di forza, aveva scelto saggiamente di essere conciliante, e forse sarebbero tutti riusciti a salvare la pelle. Tenendo gli occhi fissi su Kayùk che si avvicinava col mulo, non potè vedere ciò che avvenne. Udì soltanto una rapida successione di rumori e di grida: un sibilo sinistro, e subito dopo un nitrito e un grido rauco, seguiti dal fruscìo di una lama nell'aria e da un tonfo sordo. Volgendosi, vide il bagaudo più giovane portare le mani al collo, trapassato da una freccia, mentre il suo cavallo scartava bruscamente in avanti. Un momento dopo, il ragazzo cadeva nell'erba, sul margine del sentiero. Il suo compare più anziano era morto un istante dopo di lui: il suo corpo, privo della testa, fu sostenuto per qualche istante dal collo del cavallo, ma cadde a terra appena l'animale corse via, spaventato dalle grida e dall'odore del sangue. Ma già Balamber, giratosi rapidamente, si lanciava su Gomer. Il bagaudo frustò il cavallo nel tentativo di sfuggirgli; curvandosi sul collo dell'animale, schivò la spada che Balamber gli aveva scagliato dietro e che gli passò sopra fischiando, ma ciò non valse a salvarlo, perché l'unno lo raggiunse in pochi istanti, lo afferrò per i capelli e, traendolo a sé, lo disarcionò. Tutto era accaduto così fulmineamente che Audbert non aveva potuto capire chi avesse scoccato la freccia, né come Balamber avesse potuto sorprendere con tanta facilità i suoi avversari. Sentì alle sue spalle Odolgan lanciare grida selvagge, belluine, ma non si voltò. Si preoccupò invece di se stesso: individuato un varco nel cerchio dei bagaudi, che apparivano ancora paralizzati dalla sorpresa, gridò nelle orecchie del suo cavallo e lo lanciò verso la linea dei primi abeti. La sua corsa, però, fu di breve durata, perché l'animale, colpito nel fianco da una lancia, si abbatté con un nitrito e lo rovesciò in avanti. L'impatto con la terra fu duro, ma Audbert si riebbe quasi subito e rotolò nell'erba; tuttavia, si alzò prontamente in piedi e, atterrito, scattò verso gli alberi. Dopo pochi passi sul terreno in lieve pendenza, inciampò e cadde di nuovo. Quando si rialzò e si voltò per guardare verso la radura, rimase sbalordito. Altri due bagaudi giacevano nell'erba, trafitti dalle frecce di Khaba, e Odolgan, gridando e ridendo, si accaniva con la scure insanguinata contro un terzo ormai esanime; quanto a Kayùk, cercava di trattenere il mulo che scalciava ragliando. I bagaudi ancora in vita erano rifluiti in gruppo al margine della radura; da quel punto, incapaci di ogni reazione, volgevano i loro sguardi atterriti verso Balamber che, in sella al suo cavallo, teneva saldamente il loro capo per i capelli, costringendolo, per via dei movimenti dell'animale, a una sorta di grottesca danza all'indietro, alla quale, pur divincolandosi, non era in grado di sottrarsi. Infine l'unno arrestò il cavallo e, tratto fulmineamente dallo stivale un lungo coltello, con un solo, rapido movimento recise la gola dell'uomo, che cadde nell'erba, in preda alle convulsioni della morte. Lanciando un grido di trionfo, Balamber balzò allora di sella e, raccolta l'ascia del suo avversario, gli mozzò la testa con un colpo solo. Quando levò in alto quel macabro trofeo e lo esibì ai bagaudi superstiti, costoro, atterriti, voltarono le spalle e si eclissarono nella foresta. L'ultimo ebbe appena il tempo di sparire dietro un abete: un secondo dopo, nella corteccia di questo s'infisse, vibrando, l'ultima freccia di Khaba.

Barcollando, con le gambe che ancora gli tremavano, Audbert avanzò verso Balamber. L'unno, in piedi accanto al corpo di Gomer, ne aveva lasciato cadere la testa e stava ripulendo la sua spada con una manciata d'erba. Vedendolo arrivare, sorrise con sarcasmo. «Grazie per l'aiuto!» gli disse in tono irridente.

D'istinto, il marcomanno cercò la testa del capo dei bagaudi e la trovò in una zolla allagata di sangue, accanto a quella dello sfregiato, il cui unico occhio sembrava fissarlo con una muta interrogazione. Il corpo di quell'uomo giaceva ora nell'erba a qualche passo di distanza. Audbert era ancora sconvolto. «A quanto vedo» riuscì a balbettare «non ne avevi bisogno.»

Odolgan si avvicinò ridacchiando. «Troppo facile» sbottò. «Non valevano niente. E tu» aggiunse rivolto ad Audbert «che te la facevi sotto dalla fifa!»

«Alcuni sono scappati, però, e potrebbero tornare con i loro amici.»

«Aaah! Sta' tranquillo: quelli non li vedrai più.»

Anche Khaba si stava avvicinando a grandi passi; conduceva per le briglie il suo cavallo e impugnava l'arco. I suoi occhi mandavano lampi. Si diresse dritto verso il marcomanno e, appena gli fu di fronte, lasciò le redini del cavallo e lo colpì con uno schiaffo tremendo: «Bella guida, sei! Fosse stato per te, a quest'ora eravamo tutti morti. E per di più sei anche scappato!».

Audbert, la guancia in fiamme, non reagì. «Ve l'avevo pur detto» disse soltanto, facendo un passo indietro «che era difficile passare inosservati in luoghi come questi.»

Khaba non sentiva ragioni. Gettato da parte l'arco, gli si avventò contro afferrandolo per il camiciotto all'altezza del petto, e questa volta Audbert fu costretto a difendersi. Per qualche secondo si avvinghiarono strettamente, ansimando e sospingendosi avanti e indietro come due cervi in amore. Poi Balamber si gettò in mezzo a loro e, imprecando, riuscì infine a separarli. «E smettetela!» gridò infine. «Rimettiamoci in marcia, piuttosto. Abbiamo ancora qualche ora di luce, ed è meglio che ci leviamo di qui in fretta.»

Arrivò anche Kayùk, che si era dato a frugare i morti nella speranza di trovare qualcosa che potesse servirgli, e ritornava ora con un ciondolo d'oro, i cerchi d'argento di Gomer e una vecchia spada romana mezza arrugginita infilata nella cintura. Audbert aveva perduto il cavallo, ma rimediò, con qualche vantaggio, prendendo quello che era appartenuto a Gomer. Ripreso il cammino, marciarono ancora fino al tramonto, per accamparsi infine su un piccolo pianoro erboso, che strapiombava verso un torrente spumeggiante. Per evitare di attirare l'attenzione dei bagaudi o di qualche pattuglia burgunda, fecero a meno del fuoco e mangiarono solo carne seccata e salata. Audbert, ancora traumatizzato dallo spettacolo di sangue a cui aveva assistito, non disse una parola fino a quando, sul punto di coricarsi sotto il suo manto di pecora, Balamber lo interrogò: «Riusciremo ad arrivare per domani?».

«No» fu la risposta. «Domani dovremo salire al passo e a stento riusciremo a vedere il Rodano da lontano. Hai ben visto che i percorsi, in montagna, sono più lunghi di quanto si crederebbe, soprattutto quando ci si vuol tenere lontani dalle strade e dai sentieri più battuti. Se il tempo tiene, arriveremo dopodomani.»

Khaba annusò l'aria. «Il vento è umido» osservò, «tira aria di pioggia.»

Audbert scrollò le spalle. «Staremo a vedere» disse soltanto. Avvolgendosi, nella sua coperta, chiuse gli occhi e voltò le spalle al mondo.

5

Nel primo pomeriggio del giorno seguente grandi nubi grigie si addensarono sui monti, portate da un vento che soffiava impetuoso, piegando l'erba degli alpeggi e fischiando sinistramente nelle abetaie. Non ci volle molto perché tra le alte cime, nascoste dai nembi, cominciasse a echeggiare sommessamente il brontolio del tuono, che inquietava non poco gli unni, per nulla assuefatti al mutevole clima di montagna. Al cadere dei primi goccioloni, il gruppo camminava in fila indiana allo scoperto, su un sentiero che correva a mezza costa lungo le pendici erbose di un monte; procedevano a piedi, tenendo per le briglie i cavalli, sempre più nervosi; ultimo veniva Kayùk con il mulo. Presto violenti scrosci di pioggia flagellarono la valle, rendendo subito scivolosi i sentieri. Era urgente trovare un riparo, e quando Audbert, come sempre in avanscoperta, si voltò per consultarsi con Balamber, che lo seguiva a una decina di passi di distanza, potè riconoscere sul suo volto, pur segnato e come irrigidito da molte profonde cicatrici, i segni di una viva inquietudine.

«Maledetto marcomanno!» gli gridò l'unno nel vento, tenendo saldamente per il morso il cavallo recalcitrante. «Dove ci stai portando?»

«C'è una grotta mezzo miglio più avanti» gli rispose Audbert gridando a sua volta.

Balamber, raggiungendolo, scosse il capo con energia, e gli indicò una casupola di pietre in fondo al vallone, appena visibile in un macchione di carpini piegati dal vento. «Sei cieco, forse? Laggiù» gridò, «non la vedi quella casa?»

Audbert guardò e subito tornò a voltarsi verso di lui. «È meglio tirar dritto: lì abita Malaberga!»

Senza ascoltarlo, l'unno balzò sul suo cavallo e, frustandolo e spronandolo senza complimenti, lo forzò a intraprendere la discesa in mezzo all'erba alta, schiaffeggiata dal soffio prepotente del vento. I suoi compagni e Audbert lo imitarono, anche se Kayùk ebbe il suo bel da fare a trascinare il mulo in quella discesa sotto la pioggia battente. Quando furono vicini alla casupola, non trovarono per le bestie altro ricovero che sotto le fronde sconvolte degli alberi, ma era pur sempre meglio di niente. Mentre i suoi compagni le legavano al meglio agli arbusti, Balamber spalancò la porta con un calcio. In un attimo, la sua mente registrò i muri di pietra privi di intonaco, il pentolame nell'angolo, la grande falce arrugginita appoggiata a una parete, il massiccio tavolo al centro della stanza e, dietro di esso, la donna in piedi accanto al fuoco, che lo guardava immobile, con l'attizzatoio in mano. Si osservarono per un tempo indefinito, senza che nessuno dei due parlasse. La donna era alta e ossuta, ma aveva spalle larghe, che le conferivano una certa imponenza; ciò che soprattutto colpiva, in lei, era l'incredibile magrezza, sottolineata dalla lunga tunica di lana grezza che costituiva il suo unico capo d'abbigliamento. Il suo volto, circondato da una chioma grigia, folta e scarmigliata, era lungo e rubizzo; grandi e inquietanti erano i suoi occhi, d'un ceruleo molto chiaro che esaltava l'acutezza del suo sguardo. Il naso era lungo, affilato e impertinente, e la bocca, dalle labbra sottili, era serrata e tesa in una smorfia di irrisione.

Vociando, i compagni di Balamber lo raggiunsero sull'uscio, ansiosi di ripararsi dalla pioggia che tempestava con fragore sul fogliame sconvolto degli alberi e sul tetto di ardesia. Inevitabilmente Balamber, che fino a quel momento era stato incapace di muoversi, si trovò sospinto di qualche passo in avanti, fino a sfiorare il tavolo. Quasi subito, però, anche i suoi compagni tacquero, soggiogati dallo sguardo della donna, benché questa, a dire il vero, continuasse a fissare sòlo il loro capo. Quest'ultimo la guardava immobile, serrando le mascelle; Audbert, che sapeva bene quanto fosse imprudente sostenere troppo a lungo lo sguardo di Malaberga, lo osservò per un momento e notò che respirava appena e con troppa frequenza; inoltre, la sua mano stringeva l'impugnatura della spada, tormentandola ma senza estrarla dalla guaina. Anche gli altri unni, stretti l'uno all'altro come davanti a un pericolo mortale, serravano ora le mani sulle armi, ma i loro volti erano privi di espressione e, quasi, di vita. Audbert capì che doveva sbloccare quella situazione. Asciugandosi con gesto impacciato le mani bagnate sul giaco di pelle di lupo, tossicchiò, alzò lo sguardo verso la donna e la salutò, cercando di mantenere fermo il tono della voce: «Ci devi scusare, Malaberga, per questa intrusione. Là fuori gli dèi sono in collera: c'è un vento terribile, dal cielo l'acqua scende a torrenti, e i sentieri sono già diventati fiumi di fango». Tossicchiò ancora con imbarazzo. «Insomma: era impossibile proseguire, soprattutto con i cavalli. Il mio amico, qui, ha visto la tua casa dalla mulattiera là sopra, l'ha creduta abbandonata e ha pensato di far bene scendendo di corsa a cercare riparo sotto il tuo tetto. Spero che per un breve tempo non vorrai negarci la tua ospitalità, che sapremo ben ripagare.»

Lentamente, lo sguardo della donna si spostò dagli occhi di Balamber a quelli del marcomanno, ma percorrendo prima con una breve panoramica i volti abbacinati degli altri. Come liberato, Balamber gonfiò il petto ed emise un lungo sospiro. Con voce tagliente e un po' rauca, Malaberga si rivolse a tutti indistintamente, come se parlasse a un gruppo di scolaretti: «Allora? Cosa fate lì sulla porta come degli stupidi? Entrate e chiudetela, prima che il vento mi spenga il fuoco».

Sollecito, Audbert obbedì, e la donna accennò con un gesto secco ma eloquente verso il tavolo: «Sedetevi e state zitti, che adesso ho da fare» disse, o per meglio dire ordinò, dopo di che voltò loro tranquillamente le spalle per tornare a occuparsi del suo fuoco, sul quale era appesa a bollire una pentola di ferro. Posato l'attizzatoio, raggiunse l'angolo a destra della parete di fondo e prese a frugare in un'ampia cassapanca. «Ora dovrò allungare la mistura» borbottò con disappunto.

I suoi ospiti si erano seduti in silenzio sulle panche che affiancavano il tavolo, che era lungo, antico e dalle assi sconnesse. Balamber stentava ancora a riprendersi dal suo turbamento. Accigliato, non staccava gli occhi da Malaberga, ora di nuovo china sulla fiamma: ne studiava con interesse ogni movimento, e la sua destra indugiava ancora sull'elsa della spada. Audbert, che conosceva la sua impulsività, lo teneva d'occhio, nel timore di qualche gesto improvviso e violento dalle conseguenze imprevedibili. Gli altri stringevano fra le dita i loro amuleti e si guardavano attorno con inquietudine, osservando la cassapanca scoperchiata, il piccolo lavatoio con accanto un secchio di metallo, le fascine della legna secca, i sacchi di granaglie e il giaciglio, niente più di una lettiera di canne sulla quale era distesa una vecchia e sdrucita pelle di montone; infine, su lunghe e sbilenche mensole di legno si vedevano, in un disordine incredibile, stoviglie, casseruole, anfore e recipienti di vetro di ogni dimensione e pieni di liquidi sospetti, pianticelle in soluzione, polveri dei più diversi colori. E quella grande falce coperta di ruggine, inchiodata tra le pietre del muro a secco.

Nessuno parlava. Mentre fuori la pioggia martellava la valle, nella bicocca gli unici rumori erano i passi strascicati di Malaberga e il tintinnio delle bocce di vetro dalle quali versava misteriose sostanze nella pentola, che esalava odori pungenti e vapori fluttuanti. La spelonca sembrava gravata da un'atmosfera opprimente e quasi paralizzante, che certamente promanava dalla maga. A un certo punto tutti si trovarono a fissare imbambolati una blatta che, dopo avere a lungo indugiato sul bordo del tavolo, sembrava essersi decisa ad attraversarne il piano diagonalmente. Non fece molta strada, però, perché Kayùk, abbandonando la propria immobilità, si protese fulmineo attraverso il pianale e con la mano spalancata la schiacciò. Subito, rivoltata la palma per esibire ciò che restava dell'insetto, sollevò lo sguardo a cercare l'approvazione dei compagni, che a quel rumore secco sembravano essersi come risvegliati da un sogno e si guardavano l'un l'altro con espressione attonita. Distolta dalla sua occupazione, Malaberga si era ora sollevata e li osservava accigliata. Squadrò per qualche secondo il ragazzo, che, con una luce di compiacimento infantile negli occhi ridenti, ancora teneva il gomito appoggiato sul tavolo ed esibiva nel palmo la sua vittima, quindi sbottò in una lunga, silenziosa risata che stupì tutti quanti. Infine, rossa in viso, scosse il capo e, schiaffeggiando l'aria con una mano, gli disse: «Tu devi essere il più scemo!». Dopo di che si girò e tornò alla sua pentola.

Stupefatti, gli uomini si guardarono l'un l'altro. Come storditi, ma ormai liberati dal loro stato paraipnotico, rientrarono pienamente nella realtà e l'atmosfera si fece più distesa. Mentre Kayùk si puliva strisciando la mano sul bordo del tavolo, Audbert pensò che, rotto il ghiaccio, fosse possibile fare un po' di conversazione. «Non è un po' presto per preparare la cena?» domandò, accennando giovialmente al pentolone sul fuoco. Malaberga lo guardò stupita. «La cena? Sei pazzo? Quella è una mistura per una donna giù al villaggio.»

«Una donna gravida che vuole abortire?»

Lei, le mani appoggiate sui fianchi magri, lo fissò per un momento: «Sì! Proprio così: una donna gravida... Ha già sette figli, e un marito più stupido di un bue. Sposare uno così è la peggiore disgrazia che possa capitare a una donna, e...». S'interruppe e, scuotendo il capo, fece un vago gesto con la mano, come ad allontanarlo: «Lascia perdere: pensa agli affari tuoi, che è meglio».

Quindi, avvicinatasi al tavolo, si sedette a gambe larghe, giusto di fronte a Balamber e si protese un poco in avanti sul piano, incrociando le braccia. I suoi occhi ora ridevano, illuminati da una luce di giovanile allegrezza che risultava in strano contrasto con i suoi capelli grigi. Nuovamente, si fissarono in quelli dell'unno. «Be'?» domandò con la sua voce roca. «Non avete da bere?»

Fu Odolgan a risponderle: «Certo: *kumìs!*».

«Che roba è?» domandò la donna, con espressione diffidente.

«È una bevanda unna: latte di cavalla fermentato. Molto forte.»

Poiché la maga non sembrava troppo convinta, Audbert gli venne in soccorso: «Io ho dell'idromele. Cosa preferisci?».

Raddrizzandosi sulla schiena, Malaberga rispose decisa: «Idromele, che diamine, e speriamo che sia buono!».

«Del migliore!» assicurò il marcomanno, affrettandosi verso la porta per raggiungere i bagagli, ancora caricati sugli animali. Quando uscì all'esterno, constatò che la pioggia andava scemando. A Occidente, oltre le cime verdeggianti che rinserravano la valle, il sole cominciava timidamente ad affacciarsi dietro la coltre delle nubi in vorticoso movimento. Audbert rientrò quasi subito con la fiasca dell'idromele e riempì il bicchiere di legno di Malaberga, il proprio corno cavo, che aveva prelevato dalla bisaccia appesa alla sella, e i boccali di coccio che nel frattempo i quattro unni avevano staccato dalle rispettive cinture, dove li portavano secondo l'uso della loro gente. Odolgan domandò a chi si doveva brindare. «A chi ci vuol bene!» propose Audbert, tendendo il suo corno pieno e cercando di mostrarsi disinvolto.

Malaberga storse la bocca: «A me nessuno vuol bene. Brindiamo invece... ai due fra voi che fra sei mesi saranno ancora vivi!».

Calò un silenzio carico di sconcerto. «Due fra noi, hai detto?» la interrogò Khaba.

Levando il suo bicchiere, lei assentì, tenendo lo sguardo fisso su Balamber. «Fra voi, sì» ribadì. «I due che sopravviveranno.»

Audbert sbiancò in viso. Odolgan, che già aveva portato alla bocca il boccale, pieno fino all'orlo, si fermò in quel gesto. «Che vuoi dire, strega? E perché proprio fra sei mesi?»

Malaberga, rabbuiandosi, appoggiò il bicchiere e li guardò con aria sorniona; indi disse con gravità: «Ho percepito molti segnali negli ultimi giorni: nel cielo, nelle acque e nella terra! E le ossa della divinazione hanno parlato chiaramente: ci saranno sei mesi di sangue e di fuoco, e molta, moltissima gente morirà».

Fra tutti, Audbert era certamente quello meno disposto a morire. Grattandosi la barba, balbettò: «Nei prossimi sei mesi, dici.... Ma chi di noi...».

Balamber, dandogli di gomito, lo interruppe: «Sia come tu vuoi, donna: alla salute dei due che sopravviveranno!» propose con allegra risolutezza.

Bevvero insieme, poi, cambiando argomento, Balamber le domandò se non avesse paura a vivere tutta sola in quella piccola valle.

Lei scrollò le spalle. «Sono gli altri» disse «che devono avere paura di me, sta' sicuro!»

Odolgan interloquì guardandola di sottecchi. «Vuoi dire che... non hai paura di noi?»

Lei rise e scrollò le spalle: «Il mio tempo non è ancora giunto. Però... se vuoi violentarmi, sei ancora in tempo». Si fece indietro e allargò le braccia in un gesto d'invito, tendendo la tunica sui piccoli seni vizzi e cadenti: «Vieni, tesoro mio! È da qualche anno che non mi faccio un giovanottone come te!».

Odolgan declinò l'offerta con teatrali manifestazioni di terrore, e risero tutti di nuovo. Tornarono a riempire i boccali più volte, conversando e scherzando con crescente confidenza. L'idromele aveva ormai sciolto le lingue e allentato l'atmosfera; nessuno pareva accorgersi che nel frattempo la pioggia era finita. Fuori, tra gli abeti, le cornacchie avevano ripreso a lanciare il loro rauco richiamo, e una luce dorata, attraversando l'unica finestra aperta, batteva ora contro la parete di fondo, sfiorando appena Malaberga ma stagliando nettamente ogni pietra di un ritaglio di muro alle sue spalle. Balamber era sorpreso dall'assoluta mancanza, in quella donna energica, del più piccolo segno di femminilità: sedeva a gambe larghe come un uomo, e beveva, parlava, rideva, imprecava come un uomo. Non riusciva nemmeno a indovinarne l'età: sessant'anni forse? O di più? Ma erano soprattutto i suoi occhi a colpirlo: erano color del cielo, mobilissimi e attenti, e quelle pupille sembravano rutilare, scavare addirittura nella mente di ogni interlocutore. Osservandoli di sottecchi, non poteva fare a meno di chiedersi se si fossero mai socchiusi per il piacere. Ma sì, certo che sì! Eppure... Strano, poi, come fin dal principio non avesse palesato alcun timore nei confronti dei guerrieri dall'aspetto tutt'altro che rassicurante che si erano insediati nella sua stamberga: né le loro facce truci, né le loro armi, e nemmeno gli schizzi di sangue rimasti sui loro abiti dopo il breve scontro del giorno precedente con i bagaudi erano valsi a impressionarla. Anzi, a ben vedere, teneva perfettamente in pugno la situazione. Al pari dei suoi compagni, aveva avvertito fin dal principio in lei una forza inesprimibile e potente, una riserva di energia pronta a scattare in modo pericoloso e incontrollabile. Davvero, lo incuriosiva. Nello spegnersi di una risata collettiva, si fece serio, depose il suo boccale e, incrociando le braccia sul tavolo, le domandò: «Tu parli con gli spiriti?».

Lei non si scompose per nulla; inarcando le sopracciglia, rispose tranquillamente: «Qualche volta. Perché?».

«Poco fa hai detto di conoscere il futuro.»

«Posso conoscerlo, sì. Vuoi conoscere il tuo?»

Poiché lui esitava a risponderle, soggiunse: «Bada, potrebbe non piacerti».

«Dimmi solo questo: avrò ciò che voglio?»

Lei sorrise: «E cos'è che vuoi? Ricchezza? Potere? O magari una donna?».

Balamber scandì: «Compiere una grande impresa. Qualcosa di veramente grande, capisci? Voglio la lode del mio re e gli onori del mio popolo».

«Tutto qui?» domandò Malaberga.

«Come, tutto qui? Ma... hai capito cosa ho detto? Voglio fare qualcosa che mi faccia ricordare per sempre dalla mia gente, un'impresa che mi faccia ottenere il favore del mio re e di cui si parli per secoli, la sera, attorno al fuoco dei bivacchi.»

Lei aggrottò la fronte, riflettendo: «Questo non dipende da altri che da te».

Balamber agitò la mano con impazienza: «Non parlare per enigmi: riuscirò o no nel mio intento?».

«Per saperlo dovrei interrogare gli spiriti del bosco. Più tardi, se vuoi...»

«No, non possiamo fermarci a lungo. Ormai non piove più e fra poco ce ne andremo.»

«Allora non posso dirti che questo: se puoi farlo, torna indietro.»

«Ma... sei pazza? Cosa credi, che siamo capitati qui per caso?»

Malaberga scosse il capo gravemente: «No di certo! Un sogno mi aveva preannunciato il vostro arrivo da queste parti».

Diffidente, Balamber la interrogò: «E... sai anche per quale scopo siamo venuti?».

«Sì: portate la morte a qualcuno.»

Audbert, che sedeva a capotavola e non perdeva una parola, si irrigidì. «La morte?» domandò. «Che significa? Ti sbagli, questa è un'ambasceria nuziale, e...»

Balamber gli diede sulla voce, ordinando a Kayùk di uscire a prendere l'otre del *kumìs*.

«Puah!» sbottò Malaberga. «Non la voglio, quella roba! E poi, sarà calda come piscio di mulo!»

Si rivolse direttamente al ragazzo: «Segui il sentiero tra gli alberi per una ventina di passi: troverai un pozzo di pietra. C'è una sorgente lì sotto, e nell'acqua ho calato un paio di anfore di vino della Mosella. Togli il secchio, cala la corda e prendine una all'uncino».

Mentre il ragazzo si allontanava correndo, spiegò a Balamber: «Me le ha lasciate un mercante di Augusta».

Khaba, che fino a quel momento non aveva mai parlato, domandò: «Viene molta gente a trovarti?».

Malaberga storse la bocca in una smorfia: «Quelli a cui lo consento, certo. Comunque, se tu fossi di queste parti avresti già sentito parlare di me, sta' sicuro!».

Balamber la riportò al tema: «Hai parlato di un sogno? Me lo racconti?».

Lei si strinse nelle spalle: «C'è poco da raccontare: una donna dai lunghi capelli chiamava a sé un guerriero; questo uccideva il proprio cavallo con un colpo di spada e correva verso di lei».

«E poi?...»

«E poi lei si inoltrava in una foresta in fiamme, e lui le teneva dietro.»

«Una donna, hai detto. E com'era, questa donna? Bella? Bionda o bruna? Era della mia gente?»

Malaberga si strinse nelle spalle. «No, non direi proprio che fosse unna. Bella lo era di certo, ma non era né bionda né bruna. Castana, direi, con una lunga chioma fluente. Comunque, nel sogno vi vedevo solo da lontano.»

«E quel guerriero ero io?»

«Se non eri tu era un tuo fratello gemello.»

Kayùk rientrò con l'anfora, e subito Balamber gli ordinò di versare da bere a tutti. «Ma perché» domandò poi alla donna «questo sogno dovrebbe essere un brutto presagio? Hai detto che dovrei tornare indietro.»

Prendendo il suo bicchiere, lei lo fece ondeggiare leggermente, arricciando le labbra e osservando il vino con l'aria di riflettere. «Forse non è proprio brutto, ma per te annuncia un cambiamento importante, fatale, anzi.»

Odolgan diede di gomito al suo capo: «Un cambiamento importante, eh? Lo credo bene, dopo il servizio che gli avremo reso, Utrigùr ci...».

Balamber non gli diede retta: «Ma cosa significa l'uccisione del cavallo?» domandò ancora a Malaberga.

«È chiaro: una scelta, una decisione irrevocabile, senza ritorno.»

«Puah!» proruppe Khaba. «Per conto mio sono tutte fandonie. Questa strega ha la lingua troppo lunga. Decisioni fatali! Scelte irrevocabili! Che paroloni! Raccontale ai bifolchi di queste parti le tue frottole, vecchia balorda!»

Avvampando, Malaberga si rivoltò come una vipera: «Che le formiche ti mangiassero il cervello! Vecchia a me? Balorda? Testone di un unno!».

Fece per rialzarsi, ma perse l'equilibrio e ricadde pesantemente sulla panca. Tutti risero, e alla fine lei più degli altri.

«Quanti anni hai, strega?» le chiese Odolgan in tono d'irrisione.

Lei puntò l'indice scarno su di lui: «Soltanto il triplo dei tuoi, povero coglione! Ma devo viverne ancora altrettanti, e quando tirerò le cuoia avrò seppellito i tuoi figli, sempre che tu ne abbia».

Risero di nuovo e poi si accalorarono, altercarono, dando nel frattempo fondo all'anfora del vino, ma alla fine tutti, chi prima, chi dopo, crollarono per la sbronza, compresa la maga: un sonno torpido e insano che, conciliato dal canto degli uccelli all'esterno, si protrasse fino all'imbrunire. La prima a destarsi fu Malaberga. Puntellandosi sulle assi del tavolo, si sollevò a stento, e anzi ruzzolò malamente nel tentativo di scavalcare la panca, ma presto fu di nuovo in piedi. Pulendosi la bocca col dorso della mano lunga e secca, osservò i suoi cinque ospiti, abbandonati ai loro posti, inermi come bambini. Quindi, senza prestare loro alcuna attenzione, staccò la pentola dalla forcella del focolare ormai spento e ne versò il contenuto in una fiasca ricavata da una zucca; assicurata quest'ultima alla cintura, gettò la pentola in un angolo, dove cadde su un mucchio di ciocchi di legna producendo un sordo rumore metallico. Borbottando fra sé, staccò dal muro il suo bastone e, aperto l'uscio sconnesso, uscì nel silenzio umido della sera. Il cielo imbruniva e l'aria, dopo la pioggia, era divenuta fresca e pungente. Con passo deciso benché un po' ondeggiante, tastando di quando in quando il terreno con il bastone ma senza temere l'oscurità, la maga si avviò verso il fondovalle.

Poco dopo la porta, malamente accostata, tornò ad aprirsi cigolando. All'interno, tutto era immerso nel buio. Khaba russava forte, ma ogni tanto si riscuoteva, oppresso dal peso della testa di Odolgan sulla sua spalla. Balamber e Kayùk dormivano allungati sul tavolo. Audbert, destatosi, fece uno sforzo immane per riscuotersi. Riuscì ad alzarsi dalla panca, ma, fatti pochi passi, cadde vicino al focolare. Tentò con tutte le sue forze di risollevarsi, ma invano. "Maledetta strega!" bofonchiava tra sé. Perché aveva detto quella cosa? Sì: aveva parlato di sei mesi di sangue, e aveva detto che fra loro solo due sarebbero sopravvissuti. Certo, la guerra era imminente, ma ben difficilmente sarebbe stata combattuta dalle sue parti. E dunque? Che c'entrava lui con gli unni? Doveva dirglielo, doveva chiederle quale sarebbe stato il suo destino e... ma dove si era cacciata? La porta era aperta. Adesso l'avrebbe raggiunta e gliene avrebbe dette due sul muso. Che razza di nera profezia era quella? Adesso lui... Sì, adesso... no, meglio dopo, più tardi...

Fuori, un gufo cantò. Dal soffitto rotto, con uno stillicidio regolare e monotono, si inseguivano ancora gocce di acqua piovana, che lentamente allargavano una pozza sul pavimento di terra battuta.

6

Seduti attorno al grande fuoco che ardeva al centro della casa delle riunioni, i capifamiglia ascoltavano in silenzio il racconto del vecchio Ademar, il capovillaggio più anziano. Erano in maggioranza uomini ormai in là con gli anni, con i lineamenti segnati dalle fatiche del lavoro nei campi e, ancor più, dalle cicatrici di molte battaglie; come d'uso in un popolo di guerrieri, ciascuno di loro era venuto alla riunione portando con sé le proprie armi, che teneva a portata di mano, pronto a far valere anche con esse le proprie ragioni. La fiamma liberava miriadi di faville e gettava riflessi ondeggianti sui volti scolpiti degli uomini e sulle retrostanti pareti di pietra, e benché il varco aperto nel tetto consentisse un tiraggio quasi perfetto, l'odore del fumo era percepibile un po' ovunque, nella sala. Un paio di otri di idromele passavano di mano in mano, ma tutti ascoltavano con attenzione estrema gli oratori che si susseguivano davanti all'assemblea.

Ademar rievocava mestamente vecchie storie, vicende tragiche di quasi vent'anni prima, e le sue parole riaprivano negli animi dei suoi ascoltatori ferite profonde, mai del tutto rimarginate. «Sì, amici: quello fu un tempo di grande gloria per il nostro popolo, ma anche di infinita disperazione. Quanti magnifici guerrieri incontrarono la morte! Quante donne piansero i propri figli! Oggi, a distanza di tempo, dobbiamo riconoscere che la guerra che Gundikar fece ai Romani della

Belgica fu una cosa insensata. Minacciati da vicino dagli Unni, i Burgundi avrebbero fatto meglio a ricercare l'alleanza di Ezio, anziché provocarlo e spingerlo a scatenarci contro quei mostri sanguinari. Oggi che siamo ancora meno numerosi, l'amicizia e la protezione di Roma sono ancora più importanti per noi. Questa è, almeno, la mia opinione.»

Un maturo ma atletico guerriero, completamente calvo, che gli sedeva di fronte, aveva ascoltato il vecchio capovillaggio in atteggiamento corrucciato, attorcigliandosi nervosamente i folti baffi biondi; appena egli terminò di parlare, sbottò con insofferenza: «Tu sei stato un grande guerriero, Ademar, e io ti rispetto, ma se non fosse per la tua canizie ti ricaccerei in gola una tale affermazione. Gundikar fu un magnifico capo: sconfisse più volte gli Unni e tenne testa a lungo ai Romani, e sta' certo che le sue gesta saranno sempre ricordate dai bardi. Voleva la libertà e la grandezza del suo popolo, ma non ebbe fortuna, tutto qui. Ricercare l'alleanza dei Romani sarebbe stato inutile, perché essi non erano in grado di difenderci dagli Unni, che allora erano i loro alleati. Ve lo dico io: avremmo più da guadagnare approfittando della guerra imminente per dare addosso ai Romani, anziché farci ammazzare per loro. E già che ci siamo, dovremmo tornare ai nostri antichi dèi e disfarci del dio cristiano: lasciamolo a quella gente imbelle, che preferisce sfilare nelle processioni e cantare salmi anziché prendere le armi e intonare cori di guerra!».

Nel mormorio con cui gli ascoltatori accolsero le sue parole, le voci di approvazione si confusero con quelle di dissenso e di sconcerto.

«È Giusto! Gualfard ha ragione!» gridò un omaccione barbuto levandosi in piedi. Teneva per un corto laccio un otre d'idromele, che appoggiava sul rovescio dell'avambraccio; da esso tornò a bere per un momento; poi staccò le labbra dall'imboccatura, si pulì la bocca col dorso dell'altra mano e, ondeggiando sulle gambe, puntò il dito verso l'uomo che sedeva al fianco di Ademar, l'unico dei presenti che non portasse armi. «La colpa è tutta di questi maledetti diaconi. Non fanno che seminare esitazione e paura. Puah! Le loro chiacchiere su un dio che valeva così poco da farsi mettere sulla croce stordiscono le nostre donne e rimbecilliscono i giovani, e io vi dico che... vi dico che...» Si interruppe, e subitaneamente, al truce occhieggiare con cui si era rivolto al suo uditorio nel prendere la parola, subentrò sul suo volto rubizzo un'espressione smarrita, giacché egli aveva perso il filo di quanto andava dicendo.

«Ma sta' zitto!» proruppe ridendo un suo vicino, e alzando un piede lo calciò dietro il ginocchio, facendolo ricadere pesantemente tra le risa dei compagni; nella caduta, tuttavia, egli riuscì a tenere alto l'otre, dal quale tornò subito ad attingere, senza prendersela troppo. Ma le risate e le grida di scherno cessarono di colpo, perché l'uomo ch'egli aveva indicato si levò in piedi a sua volta. Era di pelo scuro e di statura modesta, ma piuttosto ben piantato, sulla quarantina. Vestiva solo un semplice saio, munito di un cappuccio e legato in vita da una cintura di stoffa, un paio di pantaloni, stretti alle gambe da lacci consimili, e scarponi invernali di tipo germanico in tutto uguali a quelli dei compagni. Come gli altri, portava la barba, ma i suoi capelli erano tagliati uniformemente, lasciando nuda la parte centrale del capo; nei suoi occhi riluceva una luce di viva intelligenza. Accigliato, percorse il gruppo degli astanti con uno sguardo severo; quindi, con un gesto lento e solenne, si fece sulla fronte il segno della croce, subito imitato da molti dei presenti. Poi prese la parola, in tono pacato ma fermo: «Ollegar, tanto per cambiare, ha bevuto più di quanto può sopportare, e solo questo, io credo, varrà a giustificarlo davanti all'Altissimo per le sue parole blasfeme». Si interruppe per un momento, intrecciando le mani e volgendo lo sguardo su Gualfard, mentre attorno tutti trattenevano il fiato, poi alzò il dito ad ammonirlo: «In verità, Nostro Signore è stato fin troppo generoso con te, Gualfard: tu e tuo fratello avete molta terra, con servi e armenti, eppure non gli portate rispetto. I nostri re hanno ripudiato da un pezzo i demoni ai quali i nostri antenati offrivano sacrifici; e sono certo che Gundovek non approverebbe per nulla le tue parole di poco fa».

Gualfard, malcelando il proprio disagio, scrollò le spalle. «Gundovek!» sbottò. «Quello è un gran furbo, Haribert: voi diaconi cristiani gli fate comodo solo per rassicurare i Romani.»

I pugni appoggiati sui fianchi, l'altro scosse il capo con aria di commiserazione. «Ma come puoi parlare così? Io credo che davvero dovremmo essere grati a Nostro Signore per la sua Provvidenza. Solo l'aver aderito alla giusta fede ha consentito a ciò che restava del nostro popolo di ottenere pace e asilo dai Romani dopo quella guerra disastrosa e trovare rifugio in queste contrade.»

Gualfard, che era a capo di un clan importante, non era tipo da lasciarsi strapazzare da un diacono, e ancor meno poteva tollerarlo il suo impulsivo fratello Geremar, che gli sedeva accanto; fu proprio lui a replicare prontamente: col volto atteggiato a una smorfia di disprezzo, fece un gesto brusco con la mano. «Sììì! A fare i pecorai! A contendere le ghiande dei boschi ai porci dei Romani! I Vandali e i Goti hanno conquistato fortezze e ricche città, hanno costretto i Romani a riconoscere il loro governo su intere provincie, e a noi invece cosa è toccato? Ci hanno confinato tra questi monti, e si sono ricordati di noi solo adesso che gli Unni, stanchi di servirli, li minacciano. Per conto mio, che se la sbroglino da soli, magari insieme con i loro amici Goti!»

«Non possiamo tradire la nostra alleanza con Ravenna. Anni fa, in cambio di queste terre, che tu disprezzi e che invece ci danno da vivere, demmo la nostra parola; l'hai forse dimenticato? L'Imperatore...»

Un uomo atticciato e dai tratti decisi, che sedeva nelle ultime file, lo interruppe con veemenza: «Ravenna, dici? E dov'è Ravenna? L'hai mai vista tu, Haribert? E tu, Ademar? Ci siete mai stati? L'avete mai visto questo Imperatore? No, naturalmente! Ma forse non vi siete persi niente, perché tutti dicono che sia un imbelle. Ezio, dico io! Solo a lui Gundovek ha dato la sua parola: a lui che tradì quella che aveva dato l'anno prima a Gundikar, il giorno del trattato. Ma avete dimenticato tutto, dunque? Noi avevamo rispettato il patto. Eravamo appena rientrati nelle nostre terre sul Reno quando i suoi unni ci aggredirono».

«Non è provato che sia stato lui a sguinzagliarceli contro.»

«Storie! Finirono il lavoro per ordine suo, stanne certo! E adesso noi dovremmo crepare per lui? È questo che volete? E poi: se ci rifiuteremo di aiutarlo, cosa mai potrà fare contro di noi? Senza gli Unni, che ora gli si sono voltati contro, non ha praticamente esercito. A dirla tutta, anzi, non mi dispiace affatto che anche i Romani provino cosa vuol dire avere da fare con quelle bestie.»

Un mormorio di approvazione accolse le sue parole. Il diacono accennò a replicare ancora, ma un uomo alto e slanciato, sui cinquant'anni, che si trovava accanto a lui, si alzò con uno scatto elastico e lo prevenne, trattenendolo per un braccio. «In ciò che è stato detto dei Romani» disse «c'è molta verità, e la diffidenza nei loro confronti accomuna tutti noi, ma lasciatemi dire che in questo momento dobbiamo essere pratici. Non giova a nulla ricordare le glorie del passato, né d'altra parte offendere il nostro Dio o recriminare sulle sfortune del nostro popolo ci aiuterà a prendere una decisione. Per conto mio, se guardo alla nostra situazione attuale e la confronto con la disperazione in cui vidi il nostro popolo sotto il tallone degli Unni, non posso che considerarmi fortunato, giacché sicuramente io – e so di non essere l'unico, qui – possiedo oggi molto di più di quanto fosse rimasto allora a mio padre laggiù vicino al Reno. Ma, come ho detto, questi sono tutti discorsi inutili, ed è ora di arrivare a una conclusione. Fra pochi giorni i messi di Ezio saranno da Gundovek, e dobbiamo scegliere i nostri delegati e dire loro che cosa devono riferire. Dunque, non possiamo continuare ad accapigliarci in questo modo.» Si interruppe per un momento, con l'aria di concentrarsi per esprimere al meglio il proprio pensiero. «Venendo dunque al punto» riprese poi, «ecco qua la mia opinione: è vero che i Romani sono gente vile e astuta, che preferisce fare combattere agli altri le proprie guerre. Quando sono assaliti, essi si nascondono ora dietro lo scudo del franco, ora dietro quello del visigoto, oppure dietro quello dell'alano, secondo la convenienza del momento. Sono espertissimi nel dividere i loro nemici, fomentando la discordia fra popoli che, uniti, potrebbero schiacciarli. Essi pagano chi li difende, questo è vero, ma troppo spesso ho visto popoli pieni di valore battersi per loro in cambio di niente, o di qualcosa che già avevano e che difficilmente poteva essere loro tolta. Dunque, oggi pare che stia venendo il nostro turno, ed è comprensibile che alcuni fra noi si chiedano perché mai dovremmo andare in guerra per loro.»

Molte voci si levarono a sottoscrivere quell'affermazione, ma l'uomo, con gesto energico, tese le mani verso l'assemblea sollecitandone l'attenzione. «Ma proprio questo è il punto» continuò. «In realtà, non è per loro che siamo chiamati a batterci, bensì per noi stessi. Non vedo infatti quale vantaggio potremmo ottenere lasciando che gli Unni si impadroniscano delle Gallie. Li conosciamo fin troppo bene, no? Possibile che abbiate già dimenticato di cosa sono capaci? Se Attila prevarrà su Ezio, il nostro popolo sarà in grave, gravissimo pericolo, anche perché...» si interruppe per un momento, poi si appoggiò le mani sui fianchi e, percorrendo la platea dei suoi ascoltatori con uno sguardo di una tale lucentezza che sembrava trapassare ciascuno di loro, continuò: «Anche perché non è affatto detto che gli Unni, una volta passato il Reno, non si dirigano proprio da queste parti per scendere in Italia; e che faremo, in quel caso? Pensate forse di aprire loro la strada, tradendo la parola data per strisciare poi attorno al trono di Attila e alle bestie feroci che lo circondano? Se è così, non contate su di me, perché io non mi sottometterò mai agli Unni. Avete dimenticato in quale disperazione vivono i nostri fratelli che sono rimasti in servitù di là dal Reno? Volete trovarvi domani nella loro condizione?».

«Questo mai!» proruppe l'uomo che aveva fatto cadere Ollegar, e altri, gridando, si unirono a lui.

«Vedete bene, dunque, che i fatti non ci lasciano altra scelta: dobbiamo mettere il popolo in allarme e armare, se necessario, anche i servi e i romani disposti a battersi.»

«Dunque, Waldomar, per te la guerra è inevitabile!» A tirare le conclusioni era stato un uomo alto, sulla sessantina, dallo sguardo penetrante e dal profilo affilato, che aveva seguito attentamente la discussione con le braccia incrociate, appoggiandosi con la schiena alla parete.

«Sì, Reinwalt: sono convinto che essa ci coinvolgerà comunque, ed è meglio affrontare gli Unni insieme ai Romani e agli altri popoli loro alleati che aspettare di essere schiacciati senza far nulla.»

L'uomo atticciato, che già aveva parlato poco prima, obiettò: «Insieme ai Romani, dici. Ma chi ci assicura che si batteranno davvero?».

Intervenne Ademar: «Flavio Ezio ha promesso di giungere qui con un esercito entro la fine del mese, lo hai dimenticato?».

A quelle parole si levò nella sala un coro di esclamazioni di scetticismo. Waldomar riprese allora brevemente la parola, dicendosi certo che i Romani, questa volta, avrebbero combattuto, e osservando che, comunque, la loro affidabilità sarebbe stata meglio valutata nell'assemblea che Gundovek aveva convocato nel Pretorio di Genava, poiché a essa avrebbe presenziato anche il comandante delle forze inviate dal *Magister militum*. Concluso il suo intervento, Waldomar tornò a sedersi tranquillamente. Mentre nella sala le voci di consenso suscitate dalle sue parole sommergevano quelle dei pochi dissenzienti, Ademar si alzò in piedi e tese le mani verso tutti i presenti. «Io credo» disse, gridando per farsi udire «che dopo quanto ha detto Waldomar sia inutile continuare a discutere. Propongo quindi di votare a favore o contro la sua proposta.»

Reinwalt, staccandosi dalla parete, si rivolse all'uditorio: «Sono d'accordo, e se la proposta di Waldomar otterrà la maggioranza, che sia lui stesso a parlare per tutti noi all'assemblea di Genava e, se sarà necessario, a condurci in battaglia. Sono certo che ci guiderà ancora una volta alla vittoria!».

Mentre le sue parole erano accolte da un coro di approvazioni, particolarmente vivaci tra coloro che lo attorniavano, Reinwalt si accostò a Waldomar. Sorridendo, gli strinse la mano per manifestargli tutto intero il proprio sostegno. Senza altri indugi, Ademar chiamò i capifamiglia, molti dei quali già si erano alzati in piedi, a una votazione per alzata di mano, e sorprendentemente l'orientamento dell'Invincibile fu approvato all'unanimità, compresi, sia pure con qualche reticenza nel levare alte le loro mani, Gualfard e suo fratello. L'assemblea si sciolse subito dopo, e mentre a gruppi i presenti si avviavano verso l'uscita, Waldomar fu raggiunto da suo figlio, un giovane alto dallo sguardo diritto, con i capelli di un castano chiaro. Sul suo volto, dai bei lineamenti, risplendevano l'entusiasmo e l'ammirazione che in quel momento provava per il genitore. «Sei stato magnifico, padre. Hai convinto tutti. Guerra, dunque! Non aspetto che il momento di pestarli a dovere, quei maledetti!»

Aveva parlato a voce alta, per farsi udire nel tramestio prodotto dai capifamiglia che, senza fretta, lasciavano la sala discutendo ancora animatamente. Waldomar assentì, ma guardò il figlio con preoccupazione. «Non abbiamo alternative, Waltan! Bisognerà vedere come si pronunceranno le altre comunità.»

Il diacono, che si trovava vicino e aveva udito, gli batté con gesto amichevole la mano sul braccio: «Hai detto bene, Waldomar! Non avevamo scelta, ma per un pezzo ho temuto che non la spuntassimo. Ancora una volta, l'atteggiamento di Reinwalt è stato determinante. Se lui è con te, lo saranno anche tutte le comunità burgunde tra il Rodano e il Reno. Comunque, credo che in ogni altra assemblea saranno prese decisioni analoghe. L'ultima parola spetta a Gundovek, ma sono certo che non lascerà che i Burgundi siano schiacciati una seconda volta da quei lupi pagani».

Waltan tornò a rivolgersi al padre: «Mi porterai con te a Genava, vero? Se si deciderà per la guerra...».

Annuendo, Waldomar lo prese per il gomito e, salutato Haribert, si avviò con lui verso l'uscita. Sorridendo, annunciò: «Porteremo con noi anche Frediana. Da settimane non fa che dirmi che vuole fare acquisti nelle botteghe di Genava. E poi, nel suo ultimo messaggio, Gundovek mi ha fatto sapere che sua moglie insiste per rivederla».

«Le è molto affezionata, in effetti.»

«Come lo era a sua madre. Erano grandi amiche. A Frediana, che è così selvatica, farà bene vedere gente, conoscere qualcuno. E chissà che finalmente non riesca a trovare un marito.»

Waltan rise: «Uno che la sopporti? Difficile».

Altri vennero a complimentarsi con suo padre, mentre, sulla soglia, Ademar salutava quelli che se ne andavano e lasciavano la grande sala per entrare nella luce radente di un tramonto già primaverile. Sul volto del vecchio guerriero era dipinta una profonda tristezza. Quando Waldomar gli passò accanto, con gesto lento e solenne, Ademar gli afferrò entrambe le mani e gliele strinse con forza, fissandolo intensamente con i suoi occhi azzurri. «Sono contento» gli disse «che tu sia stato scelto.»

Waldomar sorrise: «Tu e Reinwalt mi avete scelto, Ademar, e così mi avete posto sulle spalle un fardello pesante. Spero di riuscire a portarlo».

Il vecchio scosse il capo: «Ne sono certo. Come già in passato, tu sarai per la gente della valle il miglior condottiero, perché sei certamente il più degno».

7

Giunto in cima al passo, Audbert contemplò per qualche secondo il paesaggio che si offriva ai suoi occhi: il grande lago – così immenso che l'occhio non riusciva a distinguerne l'intera estensione – contornato da monti boscosi, che in quella giornata di cielo terso si riflettevano tali e quali nelle sue limpide acque, solcate qua e là dalle vele di svariate imbarcazioni. Sotto di loro, appena un po' sulla destra, si scorgeva chiaramente l'abitato di Genava, col suo vecchio *castrum* romano, ora divenuto un presidio burgundo: lì, in quello che era stato il Pretorio, alloggiava Gundovek con la gente del suo seguito. Spingendo lo sguardo più oltre, verso Occidente, il marcomanno poteva vedere il nastro lucente del Rodano lasciare la conca del lago e snodarsi, fiancheggiato dalla vecchia strada consolare, attraverso alture boscose. Adagiate in splendida posizione tra i colli verdeggianti, si distinguevano un paio di *villae*, certamente appartenenti ad aristocratici romani. A meridione l'orizzonte era chiuso da alte catene di monti, al cui confronto quelli che lui e i suoi pericolosi compagni di viaggio avevano attraversato fino a quel momento apparivano insignificanti. Respirò a fondo l'aria leggera, che gli accarezzava il volto portandogli l'odore pungente dei pini e dell'erba alta dei pascoli. Davvero, ne aveva fatta di strada in otto giorni! Ma quando sarebbe finita quell'avventura? Un calpestio sull'acciottolato del sentiero lo avvertì che il cavallo di Balamber si avvicinava alle sue spalle. Quell'uomo era un incubo per lui, soprattutto dopo che lo aveva veduto in azione contro i bagaudi: era interamente posseduto dalla sua missione, e nulla sembrava preoccuparlo, nulla lo avrebbe fermato. La sosta imprevista da Malaberga aveva rischiato di far loro perdere quasi mezza giornata, ma lui aveva imposto a tutti, fin dal primo albeggiare del giorno seguente, una marcia forzata tra i monti che aveva fatto loro recuperare buona parte del tempo perduto, sicché, dopo soli altri cinque giorni, erano finalmente giunti alla meta, o quasi. Attese che l'unno lo affiancasse e, quando l'ebbe accanto, si volse verso di lui accennando col mento barbuto in direzione della valle sottostante: «Bella vista, eh?».

Balamber scandagliò il paesaggio con occhi attenti. Fissò poi lo sguardo sulla città alla loro destra. «Genava?» domandò.

«Già. Hai visto com'è grande il lago?»

Audbert si pentì subito di quella domanda sciocca: l'unno non era certo tipo da contemplazioni paesaggistiche. Infatti, si limitò a scrollare le spalle: «Non è il più grande che ho veduto».

Sopraggiunse anche Odolgan. Si affiancò con il proprio cavallo ad Audbert e gettò appena un'occhiata di sotto, quindi, rivolto a Balamber, domandò semplicemente: «Arriveremo all'appuntamento come previsto?».

«Chiedilo a lui» rispose l'altro, accennando al marcomanno. Benché avessero parlato nel loro dialetto, Audbert aveva intuito cosa s'erano detti e rispose a Balamber: «Al tramonto saremo alla roccia di cui mi hai parlato. Puoi vederla anche da qui: è laggiù vedi?». Puntò il dito in direzione di una rupe scoscesa che strapiombava sulla foresta in prossimità del lago.

L'unno guardò facendosi schermo con la mano e socchiudendo gli occhi, quindi annuì con una smorfia di compiacimento, senza dir nulla. Audbert scosse il capo con sconforto, dicendosi che era inutile attendersi da quelle bestie una parola di apprezzamento. Rassegnato, soggiunse: «Fra poco, però, dovremo lasciare questo sentiero: qua e là ho visto tracce di cavalli, e se ancora preferisci non incontrare gente è meglio cercare percorsi meno battuti».

«Bene. Muoviamoci, allora.»

Iniziarono la discesa in fila indiana, seguendo ancora per un lungo tratto i tornanti del tratturo che avevano percorso fino a quel momento. Poi il marcomanno imboccò un sentiero che si inoltrava in un bosco di carpini e gli unni gli tennero dietro. Anche se gli alberi erano ancora in parte spogli, formavano pur sempre con i loro rami una volta naturale che in molti tratti del percorso sottraeva il gruppo alla vista di chiunque si trovasse nei dintorni, anche in posizione più elevata; tuttavia procedere con i cavalli su un sentiero tanto stretto, invaso in più punti dagli sterpi del sottobosco, si rivelò un'impresa meno facile del previsto. Al tramonto Audbert e i quattro unni sbucarono in una piccola radura, che si apriva proprio ai piedi dello sperone roccioso che avevano preso come riferimento. Un sommesso gorgoglio indicava la presenza nei pressi di una sorgente.

Arrestando il cavallo sul limitare degli alberi, il marcomanno attese di essere raggiunto da Balamber, quindi gli annunciò che erano giunti a destinazione. In tono esitante, soggiunse: «Non c'è nessuno, però. Sei sicuro che sia questo il luogo dell'appuntamento col tuo intermediario?».

Tranquillo, l'unno rispose: «Arriverà domattina». Poi pungolò il cavallo coi talloni e, tenendolo al passo, si inoltrò nella radura. Avviandosi dietro di lui, Audbert sentì rinascere in sé quell'inquietudine che lo aveva tormentato fin dall'inizio di quell'avventura: a quanto aveva capito fino a quel momento, dalle laconiche parole di Balamber, l'uomo che si apprestavano ad attendere doveva essere un personaggio di riguardo nella cerchia di Gundovek. Ma perché – si chiedeva – era stato scelto per l'incontro un luogo come quello? Non sarebbe stato più logico raggiungere direttamente quell'uomo nel suo villaggio, a casa sua, magari sotto la protezione di una scorta?

Qualcosa non tornava. Quel posto selvaggio e fuori mano gli metteva i brividi, alimentando in lui, dopo le fosche predizioni di Malaberga, oscuri presentimenti, ansie che Balamber non faceva nulla per dissipare. Vedendolo smontare presso il piccolo ruscello che serpeggiava attraverso lo spiazzo erboso, non seppe trattenersi dal chiedergli se davvero intendesse accamparsi lì.

«Certo, e dove, se no?» fu la risposta dell'unno. «Qui c'è acqua, pascolo per i cavalli e, soprattutto, tranquillità.»

Anche i suoi compagni erano smontati dalle loro cavalcature e già le stavano alleggerendo di ogni carico. Rassegnato, Audbert smontò a sua volta e, assicurate le redini del cavallo a un arbusto di more, chiese a Balamber di prestargli la scure, perché intendeva inoltrarsi fra gli alberi in cerca di ramaglie per accendere il fuoco. Balamber, però, scosse il capo. «Niente fuoco» disse soltanto, dissellando il suo cavallo.

Con simulata ingenuità, il marcomanno domandò: «Neanche stasera? Ormai siamo in una zona sicura. I bagaudi...».

In tono duro, l'unno ribadì: «Ho detto niente fuoco!».

«Ma... è il quinto giorno che mangiamo freddo. Pensavo che ormai...»

«Niente fuoco!»

Questa volta, il tono di Balamber non ammetteva replica. Audbert aprì la bocca per fare altre domande, ma poi vi rinunciò e, a capo chino, andò verso il suo cavallo per prendere la propria roba. Forse perché gli aveva letto in volto l'incertezza e la paura, Balamber aggiunse: «Non fare quella faccia. Dopotutto, finora ti sei comportato bene. Mangia sereno quello che c'è, pensa al premio e dormi tranquillo».

Togliendo la bisaccia dal cavallo, Audbert si limitò a rispondergli con un «mmm-mm» poco convinto; l'otre dell'acqua gli sfuggì, e nel girarsi per raccoglierlo, vide Odolgan sorridere malignamente e scambiare con Balamber uno sguardo che non gli piacque per niente. Pensò che quella sarebbe stata una lunga notte.

8

Effettivamente, quella notte Audbert non chiuse occhio. Benché, per ovvie ragioni, gli unni lo avessero esentato dai turni di guardia, vegliò senza posa, rigirandosi sotto la sua coperta e scrutando nel buio, attento a ogni rumore, a ogni stormir di fronde. L'alba lo trovò dunque stravolto, con gli occhi gonfi e l'espressione di un cane bastonato. Nei giorni precedenti erano stati i rudi scossoni di Balamber a destarlo; quel mattino invece l'unno, che faceva sempre l'ultimo turno, lo vide levarsi a sedere al canto della prima cinciallegra. Imprecando tra i denti, Audbert gettò via la coperta, si stropicciò le palpebre appesantite e infine ruotò torvamente lo sguardo intorno a sé, fermandolo sull'uomo che costituiva la fonte di tutte le sue angosce. Seduto a gambe intrecciate col vello di lana sulle spalle e la lancia per traverso sulle cosce, Balamber lo fissò per qualche secondo senza parlare, senza il minimo segno di cordialità, poi tornò a scrutare vigilmente tra gli alberi. Sospirando, Audbert si alzò, studiò per un momento il cielo, attraversato da lenti cumuli di nubi bianche, e infine si avviò verso il ruscello. Affondò con sollievo le mani nell'acqua fredda e si bagnò il viso; quindi si volse di nuovo verso i suoi sgraditi compagni di viaggio: Odolgan e Kayùk dormivano ancora; Khaba, invece, già armeggiava accanto ai cavalli. Scrollando le mani bagnate, si avvicinò a Balamber, fermo nella posizione in cui l'aveva lasciato poco prima. Si fermò a un passo da lui, osservandolo con attenzione. «Chi è l'intermediario? Puoi dirmelo, ormai.»

Balamber gli rispose senza guardarlo: «Gualfard».

«Gualfard il Violento? *Quel* Gualfard?»

L'unno annuì. «Sì. Credo che lo chiamino così.»

Audbert era rimasto interdetto. Possibile che proprio Gualfard fosse stato scelto per scortare l'ambasceria nuziale di Utrigùr? In quei giorni, ogni volta che si era chiesto chi fosse il designato, il suo nome non gli era mai venuto alla mente: altri capi, più importanti e più vicini a Gundovek, gli erano parsi maggiormente adatti allo scopo. Davvero, la faccenda si presentava strana. Nondimeno, si trattenne dal manifestare la sua sorpresa e, volgendo le spalle, raggiunse la propria bisaccia per trarne qualcosa da mettere sotto di denti. Masticando un pezzo di cacio, tuttavia, non smise un momento di tenere d'occhio gli unni. Poco dopo li vide tutti desti e con sorpresa constatò che, smessi i rudi camiciotti di lino o di cuoio e i manti di pecora, stavano indossando in tutta calma abiti di ben maggior pregio, che ciascuno traeva dal proprio bagaglio: camicie di seta damascata, cinture con fibbie in oro, pantaloni a sbuffo di una foggia da lui mai vista, stivali con le punte leggermente rialzate, lucidati al meglio. Balamber, in particolare, splendeva in un camiciotto con maniche a sbuffo, di panno bianco con ricami rossi, e aveva infilato dei pantaloni neri, stretti sotto le ginocchia da lucidi gambali di cuoio duro. La fascia verde gli cingeva la vita ricadendogli poi lungo una gamba con le lunghe frange dorate. Audbert non credette ai propri occhi quando lo vide intento ad aggiustarsi i lunghi capelli con un pettine d'osso unto di qualche lozione.

L'attesa fu abbastanza lunga, poiché Gualfard, preannunciato dal repentino sollevarsi in volo di molti uccelli sopra la boscaglia, arrivò soltanto a mattino inoltrato. Kayùk, che teneva d'occhio il sentiero dai rami alti di un rovere, fu pronto a saltare giù come un gatto e mettere sull'avviso i suoi amici. Per precauzione, il burgundo si fece precedere da un paio dei suoi che, sbucati dal sentiero, si affacciarono nella radura per controllare che non vi fossero sorprese. Entrambi avevano magnifici cavalli e splendide armature a scaglie, e portavano elmi di forma tale da nascondere quasi tutto il viso. Nel vederli avanzare tenendo i cavalli al passo, Audbert, che si trovava accanto al fuoco, istintivamente si alzò, e i quattro unni fecero altrettanto, ma in tutta calma, scambiandosi occhiate di compiacimento. Ciononostante, il marcomanno notò che Khaba e Odolgan impugnavano con apparente noncuranza i loro archi e tenevano le faretre a portata di mano. Balamber si portò al centro del gruppo e attese a braccia incrociate che i nuovi venuti gli si avvicinassero.

«Sei tu Balamber?» gli domandò uno dei due.

«Sì. Gualfard?...»

«Sta arrivando.»

L'uomo fece un cenno al compagno, e questi, fatto girare il cavallo, tornò verso il limitare degli alberi, dopo di che, rivolgendosi evidentemente a qualcuno in attesa sul sentiero, fece un largo gesto con la mano. Subito, dalle ultime propaggini del bosco si levò uno scalpitio di zoccoli e qualche istante dopo un gruppo di cavalieri entrò di slancio nella radura. Audbert non aveva mai conosciuto Gualfard il Violento, tuttavia, grazie alle descrizioni che più volte gliene avevano fatto la moglie burgunda e alcuni mercanti, non faticò a individuarlo nell'uomo grosso e calvo che si trovava in testa al piccolo corteo e stava ora arrestando il cavallo davanti a Balamber. Curioso di conoscere finalmente le vere ragioni di quel viaggio, accennò ad avvicinarsi, ma la stretta ferrea di Khaba sul gomito lo trattenne. Anche Odolgan gli si era accostato. «Raggiungi i cavalli e resta lì con Kayùk» gli ordinò a mezza bocca. Aveva parlato in un tono che non ammetteva repliche, e Audbert non potè che obbedire. Raggiunse dunque il ragazzo accanto ai bagagli e alle bestie, che prudentemente Balamber gli aveva già fatto sellare e liberare dalle pastoie. Quando si voltò verso il bivacco, vide che i tre guerrieri unni, Gualfard e un altro del suo seguito si erano seduti attorno al fuoco e già discutevano. Immaginò che l'uomo che stava accanto a Gualfard – alto e grosso come lui, ma più giovane, con lunghi capelli che ricadevano fino alle spalle – fosse suo fratellastro Geremar. Gli altri erano smontati, ma stazionavano accanto alle loro cavalcature, guardando attorno con una certa ansietà. Tutti erano armati come per una battaglia. Da dove si trovava, Audbert non poteva cogliere quasi nulla di quanto i parlamentari andavano dicendosi; d'istinto, in cerca d'aiuto, guardò Kayùk. Il ragazzo era in piedi a pochi passi da lui, accanto ai due forzieri, e seguiva con sguardo attento ogni gesto dei suoi compagni. Audbert fu tentato di chiedergli qualche spiegazione, ma rinunciò, sapendo già che non avrebbe ottenuto risposta.

Constatò che per gli unni parlava solo Balamber, e che usava un tono piano e accattivante; i burgundi, invece, gli rispondevano animatamente, sovrapponendo talvolta le loro voci; si percepiva tra i cinque una certa tensione, benché fin dal principio in mezzo al gruppo avesse preso a circolare un otre di idromele, portato dagli uomini della scorta. Gualfard, in particolare, era scuro in volto, e niente nei suoi gesti, nel tono delle sue parole, avrebbe dato l'impressione che stesse semplicemente concordando un'ambasceria nuziale. Ci fu anche un momento in cui i burgundi, gesticolando e scuotendo il capo con energia, proruppero in grandi esclamazioni e Geremar, addirittura, accennò ad alzarsi; tuttavia, Gualfard lo trattenne e lo costrinse a sedersi di nuovo. Poi, però, tutto sembrò appianarsi, e Balamber, voltandosi verso Kayùk, gli fece cenno di avvicinarsi. Prontamente, il ragazzo chiamò a sua volta il marcomanno. «Aiutami!» ordinò; quindi si volse verso i forzieri. Audbert gli fu subito accanto e si chinò per sollevare il primo, ma il ragazzo lo fermò con un gesto della mano e volle a tutti i costi aiutarlo. Il forziere era davvero pesante, ma Audbert comprese che il ragazzo voleva dare l'impressione che lo fosse ancora di più. Portarono insieme il primo forziere davanti a Gualfard, e poi l'altro, dopo di che Balamber li allontanò con un cenno della mano. Tornato al proprio posto, Audbert vide l'unno spalancare i coperchi dei forzieri davanti agli occhi estremamente interessati dei suoi due interlocutori. Gualfard affondò le mani in uno di essi e le ritrasse ricolme di ori e vari oggetti brillanti; quindi, scambiato uno sguardo d'intesa col fratello, annuì con forza e, riponendo quelle meraviglie, disse poche parole a Balamber. Alla risposta di quest'ultimo risero tutti, e il marcomanno percepì nettamente il dissolversi di ogni tensione fra i cinque uomini. A quanto sembrava, la trattativa aveva avuto buon esito.

9

Stanco dell'attesa, Audbert domandò: «Chi aspettiamo, insomma?».

Khaba replicò secco: «Sta' zitto e non ti muovere».

Celato dal folto degli alberi, il marcomanno teneva d'occhio ansiosamente, sotto di sé, la strada carrabile – niente più che un largo sentiero polveroso – che si snodava in fondo alla valle. Ogni tanto, però, guardava di sbieco Khaba e Odolgan, che gli stavano accanto, e soprattutto Balamber, che spiava tra gli arbusti a pochi passi di distanza; tutti e tre avevano smesso i loro abiti eleganti, e avevano indossato le loro corazze. Del ragazzo non v'era traccia, ma doveva essere stato lasciato di guardia ai cavalli. Una volta di più, maledisse la sua sfortuna. Dal giorno prima, da quando Gualfard era arrivato con i suoi scherani, gli unni avevano preso a trattarlo con maggiore durezza e non lo perdevano mai di vista. Del resto, dove avrebbe potuto andare? Sapeva bene che, anche se fosse riuscito a fuggire, essi non avrebbero dimenticato dove si trovava la sua fattoria e dunque tutta la sua famiglia, tutto ciò che aveva. La loro assidua attenzione poteva spiegarsi soltanto col timore di veder fuggire un pericoloso testimone di quanto andavano tramando col burgundo. Perché era chiaro, ormai, che la missione di Balamber non era certo quella di farsi latore di proposte nuziali. Ma se era così, perché lo lasciavano ancora in vita? Angosciosamente, sentiva che quanto stava per accadere sarebbe stato decisivo per lui.

La giornata era cupa: nuvole inchiostrose, gravide di pioggia, attraversavano lentamente il cielo. Deboli aliti di vento umido venivano di tanto in tanto a far tremolare il fogliame degli arbusti. C'era, tutt'attorno, un silenzio inquietante, rotto solamente dal lontano gracchiare di qualche cornacchia. I burgundi si erano nascosti nella boscaglia che rivestiva i versanti della valle, e dal loro numero e dalla loro disposizione era chiaro che predisponevano un agguato, e non a una persona sola. Erano una ventina, in prevalenza armati di lancia, scudo e spada, ma fra loro Audbert aveva notato il giorno prima diversi arcieri. Quelli che non avevano elmi che li rendessero irriconoscibili si coprivano la parte inferiore del volto con lunghe sciarpe. Da dove si trovava ne intravedeva solo alcuni, ma poteva scorgere, qualche passo più sotto, Gualfard e suo fratello, acquattati dietro un largo macigno di granito, con lo sguardo fisso alla svolta del sentiero. Poi Odolgan annunciò: «Eccoli!».

Dapprima apparvero solo due armigeri, con lancia e scudo, che avanzavano di buon trotto, volgendo spesso lo sguardo a scrutare tra gli alberi. Poi, distanziato di una quarantina di lunghezze, comparve sul sentiero l'intero gruppo, alla testa del quale v'era un uomo dall'aspetto autorevole, affiancato da un giovane di non più di vent'anni. Dietro di loro, condotto da un maturo cocchiere, avanzava un carro a due ruote, non molto grande ma elegante, coperto da un telone color malva con disegni in oro, e subito dopo seguiva la scorta: una mezza dozzina di armigeri con lunghe lance e semplici giustacuori di cuoio. D'istinto, Audbert afferrò con una mano un ramo che gli stava di fronte e trattenne a stento un'esclamazione di sorpresa. Non v'era alcun dubbio: quello era Waldomar! Waldomar con suo figlio! In un istintivo moto di protesta, fece per girarsi verso Balamber, ma la fredda lama di una spada, pungendogli il collo all'altezza della carotide, lo immobilizzò.

«Ssssst!» gli fece Khaba, ponendo un dito davanti alle labbra e pungolandolo con l'arma.

Impossibilitato a muoversi, Audbert, non poté che obbedire, e tornò a guardare tra gli arbusti. I due armigeri in avanscoperta avanzarono ancora per un lungo tratto, ma poi, forse insospettiti dallo strano silenzio che aleggiava tutt'attorno a loro, dapprima trattennero i loro cavalli e poi si fermarono del tutto. Mentre uno spiava ansiosamente tra gli alberi, l'altro si voltò e segnalò con le braccia verso coloro che sopravvenivano, come a esortarli di fermarsi.

«Troppo tardi» rilevò Odolgan a mezza bocca. «Ormai sono nostri.»

10

Respirando a fondo l'aria fresca del mattino, Waltan cercava di non farsi vincere dal senso di oppressione che quella giornata coperta sembrava ispirare in lui e in tutti i suoi compagni, compreso suo padre. Accigliato, lo sguardo fisso davanti a sé, Waldomar gli caracollava al fianco sul suo bianco stallone spagnolo. Fra loro, dal momento in cui erano montati in sella, non era intercorso più che qualche scambio di battute. Suo padre era chiaramente preoccupato, e ne aveva tutte le ragioni: esperto guerriero, non aveva abbracciato con gioia l'idea di una nuova guerra con gli Unni, e non era con animo lieto che si recava a Genava per riportare a Gundovek le decisioni dell'assemblea dei capi della Sapaudia occidentale. Lui, però, era impaziente d'arrivare, poiché laggiù avrebbe potuto trovare molti amici, come lui appartenenti a famiglie illustri, e fare con loro un po' di baldoria in città, certi – tutti quanti – di poter fare assegnamento sull'indulgenza con cui sempre gli uomini di rango guardano alle intemperanze e agli eccessi dei loro figli. L'imminenza della guerra, anzi, avrebbe dato ancor più sapore a ogni licenza che avessero voluto prendersi, e certamente i tavernieri delle bettole, le donnine dei postriboli e fors'anche qualche pulzella troppo fiduciosa si sarebbero in futuro ricordati dell'allegra brigata che ancora una volta stava per riunirsi e dare il via alle sue scorribande per le vie della nobile capitale degli Elvezi. Ma che accadeva? Perché i due uomini che facevano da battistrada si erano fermati?

«Attenzione! Qualcosa non va» avvertì il vecchio Ricario, lo scudiero di suo padre.

Avvedutosi dello strano atteggiamento dei due guerrieri, che facevano dei segnali in mezzo al sentiero, Waldomar aguzzò lo sguardo e d'istinto rallentò il passo del cavallo. Waltan, intanto, aveva già messo la mano sull'impugnatura della spada. Uno degli esploratori tornò indietro e in pochi secondi fu davanti al suo capo. Con un gesto della mano, Waldomar arrestò il piccolo corteo. Nel teso silenzio che era sceso subito tra gli uomini, echeggiò stranamente, dall'interno del carro, la risata forte e genuina di Frediana, presa dai maliziosi racconti di Gudrun, la sua giovane serva.

«Che c'è, infine?» domandò irosamente Waldomar al soldato.

«Edilbert dice che c'è troppo silenzio qua attorno. Inoltre...»

«Inoltre?»

L'uomo appariva in imbarazzo. «Ecco... Dice che sente l'odore di molti cavalli.»

Waltan rise brevemente. «Saranno i nostri, no?»

Una severa occhiata del padre, però, lo indusse al silenzio. Lo vide scambiare un'occhiata con Ricario. «Che ne dici? In effetti, questo posto pare fatto apposta per un agguato.»

Tormentandosi la folta barba rossiccia, lo scudiero annuì: «Edilbert ha buon naso; e poi ha sempre vissuto fra i cavalli. Se ne sente la presenza là davanti, vuol dire che è vero».

Waltan trasse la spada dal fodero: «Ma chi possono essere?» domandò spiando attorno.

Lentamente, Ricario stava sfilando la sua ascia dall'arcione. «Bagaudi, forse.»

Dall'apertura del telone, alle spalle del cocchiere che attendeva ordini guardandosi attorno con allarme, fece la sua comparsa il bel viso di Frediana, circonfuso dai lunghi capelli castani e ancora illuminato dal riso.

«Che succede, padre? Perché ci siamo fermati?»

Waldomar la rimbeccò seccamente: «Sta' zitta e torna dentro».

Sorpresa più che spaventata, Frediana fissò per un momento i suoi occhi scuri e profondi sul volto del fratello, sul quale lesse ansia e preoccupazione. Allora si ritirò subito dietro il telone.

Nello stesso momento Waldomar, presa la sua risoluzione, trasse le redini per far girare il cavallo. «Meglio cambiare strada. Se ci aspettano, sono di sicuro molti più di noi, e...»

Ci fu un nitrito disperato, poi un grido venne dal guerriero rimasto in avanti, che stava rovinando a terra col suo cavallo: «Fuggi, Waldomar! È un agguato. Salvati! Salvati!».

Ma non vi fu il tempo di far nulla. Una fulminea, frusciante pioggia di frecce investì il gruppo da entrambi i lati della strada, e due guardie del seguito, colpite, scivolarono di sella e caddero a terra. Il cavallo di Waltan, colpito nel collo da una freccia, si impennò bruscamente e scartò di lato, rovesciando il suo padrone nella polvere. In pochi istanti il bosco si animò: una ventina di guerrieri emersero dalla vegetazione e si riversarono, gridando e brandendo le loro armi, su Waldomar e sulle sue guardie ancora in grado di battersi. Benché Ricario, gridando come un forsennato, si sforzasse di coprire il fianco di Waldomar non protetto dallo scudo, il capo burgundo fu presto disarcionato da un colpo di lancia. Waltan, ritrovata la sua spada, volle gettarsi in suo soccorso, ma si vide la strada sbarrata da un bestione alto più di sei piedi, del cui volto poteva vedere, tra la sciarpa e l'elmo, soltanto gli occhi rilucenti di furia omicida. Il guerriero calava la sua spada con la forza di un maglio, e Waltan, riuscendo a malapena a parare quei colpi, si trovò costretto ad arretrare verso la linea degli alberi. L'uomo, protetto dalla maglia di ferro e da un grande scudo oblungo, lo incalzava senza tregua, e il giovane si vedeva già perduto quando, d'improvviso, quello si fermò di colpo, si irrigidì in tutta la persona e cadde poi pesantemente con la faccia nell'erba. Alle sue spalle Waltan vide comparire una delle guardie di suo padre. Ritraendo la sua spada lorda di sangue, l'uomo gli gridò: «Scappa, giovane Waltan: fuggi nel bosco!».

Un momento dopo, anch'egli cadeva sotto i colpi di due nuovi avversari. Waltan ignorò l'esortazione dell'eroico soldato e cercò nuovamente di raggiungere suo padre. Rutilan, il magnifico cavallo di Waldomar, si impennava e scalciava furiosamente, quasi a voler aiutare il suo padrone ormai atterrato, mentre Ricario roteava la sua bipenne, abbattendola con forza inesauribile contro gli assalitori, che però lo serravano sempre più da presso.

«Padre! Padre!» gridò Waltan accorrendo, ma un altro guerriero mascherato gli sbarrò la strada. Il giovane lo abbatté in due colpi e corse verso il carro. Nello spazio che a un tratto si aprì davanti a lui tra i combattenti, vide suo padre, coperto di sangue, ricevere un nuovo colpo di lancia sotto una spalla, a forzare la maglia di ferro. Alle sue spalle Ricario, ferito a sua volta, piegava ormai sotto i colpi dei nemici. Nel contempo il carro, dal quale era stato rovesciato il cocchiere, scattava in avanti, trascinato dai cavalli terrorizzati in una corsa selvaggia che travolse chiunque trovò sulla sua direttrice. Lo sguardo del capo burgundo, caduto sulle ginocchia, si fissò negli occhi del figlio. «Fuggi!» gli gridò. «Va' via!... Va' via!... Salva Frediana!»

Un guerriero s'interpose fra loro e assalì Waltan con un affondo fulmineo. Il ragazzo lo schivò e indietreggiò, ma quando tentò di parare il colpo successivo, un terribile fendente, si trovò disarmato. Non cercò di recuperare la sua arma, né rimase ad aspettare il colpo di grazia. Si girò invece in direzione opposta, in cerca di una via di scampo. Trovò così il largo, possente collo di Rutilan, strisciato del sangue di suo padre. D'istinto, protese le braccia verso l'arcione e si afferrò al pomo della sella. Subito, appena lui gli balzò in groppa, il cavallo scattò in avanti, ruppe il cerchio degli assalitori e fuggì d'un pronto galoppo lungo il sentiero. Sulle prime, Waltan pensò solo a incitarlo e non si guardò indietro. Quando lo fece, vide ormai lontano il viluppo di uomini impegnati in quel combattimento impari. I suoi occhi si fissarono allora sul carro, che, davanti a lui, caracollava tra scossoni tremendi in una nuvola di polvere. Il telone, strappato da un lato, sbatteva nell'aria come un grande stendardo, e a bordo si vedevano agitarsi due figure femminili. Frediana era in grave pericolo, poiché, privo di guida e lanciato a velocità folle su quella strada dal fondo irregolare, il veicolo avrebbe potuto rovesciarsi da un momento all'altro. Tornando a gridare nelle orecchie del cavallo, Waltan lo spronò selvaggiamente e si lanciò all'inseguimento.

11

Vedendo fuggire prima il carro e, subito dopo, il giovane burgundo, Balamber imprecò furiosamente: «Che stolti! Sono dei buoni a nulla!».

Raggiungere il suo cavallo in tempo utile per scendere sulla strada e fermare il fuggitivo era impossibile. D'altro canto, aveva rinunciato a usare il proprio arco, che pure teneva accanto a sé, nel timore che le sue frecce unne, mancando malauguratamente il bersaglio, venissero poi rinvenute da chi avrebbe indagato sull'agguato, e si trovava perciò costretto a dipendere dagli arcieri burgundi. Si rivolse dunque irosamente a quelli che gli stavano accanto e tendendo il braccio indicò loro il fuggitivo: «Quel ragazzo! Uccidetelo!».

Diverse frecce furono scoccate all'indirizzo del giovane, ma nessuna lo colpì. Balamber, furente, prese allora il suo arco, sfilò una freccia dalla faretra del più vicino degli arcieri e scese velocemente lungo il sentiero che conduceva di sotto; trovato lo spazio per il tiro, tese l'arco e scagliò la freccia. Vide distintamente il suo bersaglio sobbalzare sulla sella, e si compiacque della propria abilità, dato che, dopotutto, aveva usato una freccia burgunda. Il ragazzo, tuttavia, continuò nel suo galoppo e si portò rapidamente fuori tiro. Dal luogo dello scontro, però, arrivava di gran carriera un gruppo di guerrieri di Gualfard, evidentemente lanciati all'inseguimento. Balamber li guardò passare con un rombo di tuono e in una nuvola di polvere e si disse che, dopotutto, toccava a loro finire il lavoro. In un attimo valutò le loro possibilità: erano ben montati, ma – giudicò – troppo appesantiti dalle armature perché lui potesse dirsi certo che avrebbero agguantato il fuggitivo, a meno che il ragazzo non commettesse l'errore di fermarsi a soccorrere chi si trovava sul carro; comunque, era certo di averlo colpito e pensò che, con ogni probabilità, non avrebbe fatto molta strada. Ormai il combattimento era terminato, e c'era una cosa che doveva appurare subito. Ordinò ai suoi compagni di seguirlo insieme con il marcomanno, quindi scese con passo rapido il sentiero e raggiunse la strada. Trovò Gualfard in mezzo ai suoi, raccolti attorno a un corpo che giaceva nella polvere. Vedendolo sopraggiungere, Geremar gli si fece incontro, impugnando ancora la spada insanguinata. Accennando col capo al corpo dell'uomo, annunciò con espressione trionfante: «Waldomar!».

Anche Gualfard appariva eccitato, quasi euforico. Balamber si fece largo tra i burgundi e osservò con attenzione il cadavere, attorno al quale si allargava una densa macchia vermiglia; quindi si rivolse ad Audbert, che Khaba e Odolgan avevano nel frattempo sospinto al suo fianco. «È lui?» gli domandò.

Il marcomanno, inorridito, non sapeva distogliere lo sguardo dal sinistro spettacolo che si offriva ai suoi occhi.

«È lui?» insistette Balamber. «È Waldomar?»

Riscuotendosi, Audbert annuì freneticamente. «Sì... sì. È lui, sì» balbettò.

Gualfard sembrò offeso. «Certo ché è Waldomar! Che ti credevi, unno? Che ti rifilassi un morto qualunque?»

«Vuoi vederlo meglio?» disse Geremar, e subito, fattosi dare una scure da uno dei suoi, si accinse a mozzare il capo al cadavere.

Gualfard lo fermò col braccio: «Fermo!» intimò; poi ammonì: «Deve sembrare l'agguato di un gruppo di bagaudi, di ladri da strada».

Balamber lo fissava accigliato. Sul suo volto non si leggeva alcun segno di compiacimento o di cordialità. «Il ragazzo, comunque, è scappato. Era suo figlio, vero? E chi c'era sul carro?»

Negli occhi astuti del burgundo comparve un lampo di preoccupazione. Scrollò le spalle e fece un sorriso forzato: «Il carro non era previsto, ma i miei uomini non impiegheranno molto a fermarlo e controllarlo. Quanto al ragazzo, sembra che sia ferito, e non andrà lontano nemmeno lui».

«Me lo auguro» fu la secca risposta dell'unno. «Altrimenti, potremmo avere dei problemi.»

Audbert, intanto, realizzava finalmente la ragione della propria presenza in quel luogo: né Balamber né i suoi compagni avevano mai conosciuto Waldomar, e dunque non avrebbero potuto riconoscerne il corpo. Sapendo che lui sarebbe stato in grado di farlo, avevano bisogno del suo aiuto per essere certi della soppressione di quel mortale nemico di Attila. Non v'erano dubbi: era quella la ragione. Ma se era così... una domanda gli martellava adesso nella mente: ora che aveva adempiuto quel compito, stavano forse per ucciderlo? Probabile, visto che ormai era divenuto uno scomodo testimone. A confermarlo in tale conclusione era la constatazione che né Gualfard né Geremar sembravano preoccuparsi minimamente della sua presenza. Dunque, il suo destino era già deciso; probabilmente, anzi, era stato deciso fin dal principio. Mentre ancora fissava gli occhi ormai vitrei di Waldomar, un lungo brivido gli percorse la schiena. Si domandò fino a quando gli assassini che lo circondavano gli avrebbero consentito di restare in vita. Cominciò a gettare fuggevoli occhiate attorno a sé, cercando febbrilmente una via di scampo. Khaba e Odolgan erano a un passo da lui, ma la loro attenzione era attratta dalla vivace discussione che si era accesa tra Balamber e Gualfard; gli armigeri di quest'ultimo, intanto, andavano e venivano sul luogo dello scontro, preoccupandosi di curare i feriti e di spogliare i morti. Nessuno, dunque, si curava di lui. Quando però provò a fare un passo indietro per defilarsi, Khaba si girò e lo inchiodò dove si trovava con un'occhiata minacciosa, la mano già sull'impugnatura della spada. «Siediti lì e sta' quieto!» gli ingiunse indicandogli un grosso sasso sul margine della strada. Mentre obbediva, Audbert si sentì tremare sulle gambe ed ebbe l'impressione che il suo sangue si stesse mutando in acqua. Quasi soffocato dal terrore, che gli serrava la gola, maledì un'ennesima volta la propria sventura: ma perché – si chiese tenendosi la testa fra le mani, i gomiti puntati sulle ginocchia – quell'incubo era toccato proprio a lui? Possibile che non gli fosse offerta alcuna via di scampo? Era davvero destinato a essere sacrificato come un agnello innocente nell'incomprensibile gioco dei potenti?

Mentre così si disperava, vide brillare nell'erba, vicinissima al suo piede sinistro, la lama di un pugnale. Dopo alcuni secondi di angosciosa incertezza, gettò attorno a sé un'occhiata furtiva e, con un movimento impercettibile, coprì l'arma con lo scarpone, dopo di che si chinò con l'aria di aggiustarsi il laccio e con un movimento rapido se ne impadronì, infilandola lesto tra la caviglia e la calzatura. Quel gesto, assolutamente inutile, dal momento che egli era circondato da coloro che intendevano ucciderlo e praticamente lo consideravano già morto, valse però a fargli varcare il confine tra l'inerte rassegnazione e la risoluzione irrevocabile. Doveva scappare, sfuggire a quelle belve assassine! Da quel momento, con il cuore che gli martellava nel petto, tese tutti i suoi sensi, sperando che il destino gli offrisse una possibilità di salvarsi la vita.

12

Lanciato all'inseguimento del carro, Waltan cercava di resistere al dolore causatogli dalla ferita. La freccia lo aveva colpito sul margine della scapola sinistra, ed era uscita con la punta sul davanti perforando l'omero, cosicché il braccio ciondolava ora inerte, ricevendo però fitte atroci da ogni movimento del cavallo. Aveva già scorto, dietro di sé, la nuvola di polvere sollevata dai suoi inseguitori, e ora non si voltava più, anche perché il dolore della ferita non glielo consentiva. Spronava invece Rutilan, guadagnando terreno nei confronti del carro, che continuava la sua folle corsa, col telone ormai quasi strappato che schioccava nell'aria. In mezzo alla polvere vedeva ondeggiare i capelli castani di Frediana, che evidentemente tentava di fermare i cavalli. Fortunatamente, la velocità del veicolo cominciò a diminuire, e quando lui lo raggiunse si stava ormai arrestando. Distinse a cassetta la figura di sua sorella e udì levarsi la sua voce: «Ooooh! Bravi, così! Tranquilli, adesso!».

Rapido, arrestò il cavallo mentre lei, mordendosi le labbra, tesa e accigliata, tratteneva con fermezza i cavalli schiumanti. Appena lo vide, il suo volto pervaso d'angoscia si illuminò per un attimo: «Waltan! Sei vivo! Nostro padre?...».

Le rispose a fatica: «L'hanno ucciso. Vieni, presto!».

Frediana esitava; guardò alle proprie spalle, al corpo inanimato della fantesca, riversa in un angolo del veicolo sopra i bagagli sconvolti, la testa ripiegata in una posizione anomala.

Non c'era tempo da perdere. «Lasciala!» le ingiunse Waltan ansimando. «Si è spezzata il collo... E muoviti, che quelli là in fondo non sono dei nostri!»

Mentre avvicinava il cavallo al carro per farla salire, guardò alla strada e constatò che il gruppo degli inseguitori aveva guadagnato molto terreno. Solo in quel momento Frediana si avvide della freccia. «Sei ferito!» esclamò.

«Muoviti, ti dico, o ci raggiungeranno!»

La ragazza si strappò con decisione l'orlo dell'elegante veste color ocra, dalle delicate orlature purpuree, lacerandola fin oltre le ginocchia, quindi abbandonò il carro e montò come un uomo dietro a Waltan, che subito, fatto voltare nuovamente Rutilan, gli gridò nelle orecchie e diede di sprone. Frediana gli cinse il torace con le braccia e si strinse a lui, sforzandosi per quanto poteva di non urtare la freccia che era tuttora piantata nella sua spalla. Con orrore, mentre Rutilan tornava a galoppare, constatò che il giustacuore di Waltan era impregnato di sangue e molto presto ebbe l'impressione ch'egli si reggesse in sella solo in virtù di quel suo abbraccio. Girandosi, le bastò un'occhiata per rendersi conto che la loro era una fuga senza speranza. «Stanno per raggiungerci!» gli gridò.

Waltan era disperato. La vista gli si annebbiava e il dolore della ferita era portato a un livello intollerabile dagli sbalzi del cavallo in corsa. Sentiva le forze venirgli meno, e avvertiva un terribile senso di nausea. Subito dopo una svolta varcarono al galoppo un ponte di legno gettato sopra un fiumiciattolo, il cui corso la strada fiancheggiava da quel punto in poi con una serie di curve. Nel breve rettilineo che separava la prima dalla seconda, mentre già udivano alle loro spalle il rimbombo prodotto dal passaggio dei cavalli degli inseguitori sulle assi del ponte, la voce concitata di Frediana gli giunse come da un mondo lontano. «Il bosco! C'è un sentiero. Qui, sulla destra! Buttati nel bosco! Buttati nel bosco!» la sentì gridare.

Il giovane intuì appena l'imbocco di uno stretto sentiero tra i carpini. Con un soprassalto di energia, tirò con violenza le redini di Rutilan e poi, spronandolo con furia, lo indirizzò da quella parte, buttandosi a capofitto nella boscaglia. Non capiva più nulla: la freccia continuava a straziarlo a ogni minimo movimento, le fronde degli alberi gli frustavano il viso e, nella stretta di Frediana, gli sembrava quasi di soffocare. Poi il cavallo s'infossò in una buca, e Waltan vide turbinare il fogliame attorno a sé. L'ultima cosa che sentì fu il grido di sua sorella che si sovrapponeva al nitrito di Rutilan, mentre il terreno erboso e le fronde degli arbusti gli balzavano contro. Poi subì un urto violentissimo e perse i sensi.

Frediana, invece, rimase padrona di sé. Per quanto contusa in più punti, fu in piedi quasi subito, mentre anche il cavallo si rialzava sbuffando. Non c'era tempo per sincerarsi delle condizioni di Waltan, che giaceva immobile accanto a lei. Il suo primo pensiero fu di raggiungere Rutilan e trattenerlo, perché non segnalasse la loro presenza. Nascosta tra gli alberi, accarezzando il muso dell'animale per calmarlo, guardò passare al galoppo la torma degli inseguitori. Sfrecciarono veloci come il vento e sparirono alla prima svolta della strada, lasciando dietro di loro una nuvola di polvere e l'eco della cavalcata. Correvano ventre a terra e avrebbero impiegato un po' prima di rendersi conto di essere stati giocati. Almeno per il momento.

13

Quando gli armigeri che Gualfard aveva lanciato all'inseguimento del giovane Waltan tornarono confessando mestamente di avere fallito nel loro compito, l'irritazione di Balamber divenne collera incontenibile. Subito apostrofò aspramente il burgundo: «Ma dove hai preso questi cretini? Hanno rovinato tutto».

Livido in volto, Gualfard distolse lo sguardo da lui e prese a inveire contro i componenti della pattuglia, imprecando e malmenandoli. Uno di loro, levando le mani a proteggersi, riuscì a dire: «Devono avere preso un sentiero laterale; ce ne sono molti. Eravamo solo in quattro, e...».

Anziché placarsi, la furia di Gualfard si accrebbe ulteriormente. «Siete degli idioti!» lo investì schiaffeggiandolo. «Due ragazzi e un cavallo non possono sparire così. Sapete bene che non possiamo restare a lungo in questa zona.»

Balamber si avvicinò con passo deciso. Con uno scatto, gli fermò il braccio, nuovamente levato a colpire, e lo sospinse indietro. «È inutile gridare ora» gli disse guardandolo duramente. «Non dovevate farveli scappare. Siete degli incapaci!»

La discussione degenerò in un alterco. Odolgan non seppe trattenersi dall'esprimere sprezzantemente la sua opinione sui Burgundi, e ciò sollevò tra gli armigeri di Gualfard vivaci reazioni. Uno di loro, in particolare, affrontò l'unno a muso duro e Khaba intervenne per separarli, col risultato di essere a sua volta circondato dai burgundi inviperiti, e da tutto ciò si generò un tafferuglio.

Constatando che i due amici di Balamber, che fino a quel momento l'avevano guardato a vista, non si preoccupavano più di lui, Audbert pensò sveltamente ai fatti suoi. Dall'istante in cui lo avevano condotto davanti al corpo esanime di Waldomar era trascorso un tempo che non avrebbe saputo definire, ma che per lui era stato interminabile. Seduto sul grosso sasso vicino alla strada, mentre gli uomini di Gualfard spogliavano i caduti e rimuovevano i loro morti per seppellirli più lontano, aveva temuto di venire ucciso da un momento all'altro, e si era anzi sorpreso che ciò non fosse avvenuto. Durante quell'ansiosa attesa, aveva veduto Odolgan accostarsi a Balamber e rivolgergli la parola accennando col capo nella sua direzione e ottenendo in risposta poche parole dette a mezza bocca, che ovviamente lui non aveva potuto comprendere. La cosa, comunque, non gli era piaciuta per niente. Guidato dall'intuito generato dalla paura, da quel breve conciliabolo aveva tratto la conferma della propria condanna a morte, apprendendo nel contempo che la sua esecuzione, per qualche ragione, era soltanto sospesa. Adesso, imprevedibilmente, gli veniva offerta l'occasione tanto attesa. Alzandosi dal suo sasso, si guardò attorno con apparente noncuranza e, constatando che in quel momento nessuno lo sorvegliava, si disse che era venuto il momento di tentare il tutto per tutto. Cautamente, fece un passo indietro, e poi un'altro, e un'altro ancora. La sua mente lavorava in modo febbrile: a quanto ricordava, l'imboccatura del sentiero dal quale era sceso con i suoi due guardiani doveva trovarsi più o meno alle sue spalle. Dunque, sarebbe bastata solo un po' di fortuna. Una volta guadagnato il sentiero, avrebbe potuto risalirlo di corsa e, approfittando della copertura fornita dalla boscaglia, raggiungere la piccola radura dove si trovavano i cavalli, dopo di che avrebbe preso il suo e se la sarebbe filata, con tanti saluti a... No. Ai cavalli c'era Kayùk: era molto giovane ma assai vigoroso, e lottando con lui, anche avendo il pugnale, avrebbe corso il rischio di perdere tempo prezioso. E poi, non potendo seguire la strada, dove sarebbe finito muovendosi a cavallo in mezzo ai boschi? Forse era meglio scomparire tra gli alberi e filare a piedi. Sì: con un po' di fortuna, poteva farcela. Il ritorno sarebbe stato più lungo, più faticoso, ma più sicuro. Ma il ritorno dove? Gli unni conoscevano la strada per la sua casa, sapevano dove rintracciarlo. Sul momento, però, l'importante era scappare, e subito, prima che si ricordassero di lui. Unni e burgundi ancora altercavano, ma già le voci di Balamber e Gualfard si levavano imperiose a riportare la calma. Col cuore che gli batteva all'impazzata, Audbert arretrò ancora, fino a trovarsi ai margini del bosco. Nessuno gli prestava attenzione. Non avrebbe più avuto un'occasione come quella. Risoluto a tentare il tutto per tutto, sparì tra gli arbusti e poi, volte le spalle agli assassini, si lanciò in una corsa disperata nella boscaglia.

La lite, intanto, si era placata. Geremar cercava ora di rassicurare Balamber: «Andiamo! Se davvero l'hai ferito, quel ragazzo non potrà andare molto lontano. E poi ha con sé la sorella, che non può che essergli d'impaccio. Sono certo che...».

Senza nemmeno guardarlo, Balamber si rivolse a Gualfard: «Adesso l'unica cosa da fare è dividersi in gruppi e perlustrare i boschi qui attorno, e in fretta anche: la giornata è già avanzata, e ha tutta l'aria di voler piovere».

«Certo» ammise il burgundo, «ormai non c'è altro da fare.»

«Li cercheremo anche noi. Dammi un paio di uomini che conoscano la zona e manda gli altri tutt'attorno. Ci ritroveremo tutti al tramonto sotto la grande roccia, dove ci siamo incontrati ieri.»

Scuro in volto, Gualfard annuì e, voltosi verso i suoi uomini, prese a gridare ordini in rapida successione. Odolgan, asciugandosi con le dita una piccola ferita a un labbro, si rivolse a Balamber e osservò: «Questi burgundi non valgono niente. Sarebbe stato meglio venire con un distaccamento di unni».

«Saremmo stati notati quasi subito. A proposito, dov'è Audbert?»

I suoi amici trasalirono e si voltarono contemporaneamente

verso il luogo in cui si era trovato il marcomanno fino a pochi istanti prima. Fecero anche qualche passo qua e là, cercando vanamente attorno e occhieggiando tra gli alberi. Poi si guardarono smarriti, mentre il volto di Balamber prendeva un'espressione che non si poteva guardare. «Ma... era qui un momento fa!» disse Odolgan, allargando le braccia e guardandolo con aria colpevole.

Balamber era furente, e con ancor maggior ragione in quanto, poco prima, di fronte alle impreviste complicazioni, gli era parso opportuno rinviare l'uccisone di Audbert, ritenendo che avrebbe potuto ancora risultargli utile nel caso in cui, dopo la fuga dei figli di Waldomar, la faccenda avesse preso di lì a poco una brutta piega, costringendo lui e i suoi compagni a lasciare in tutta fretta quella regione sconosciuta. O forse, più semplicemente, quel rinvio era derivato dal fatto che, tutto sommato, quel povero bifolco marcomanno era entrato nelle sue simpatie? In ogni caso, adesso si pentiva amaramente di quella decisione. Dopo avere gettato un'occhiata prudente dietro di sé, avanzò verso i due amici, allontanandosi un poco dai burgundi, che non si erano accorti di nulla. «Di bene in meglio!» ringhiò. «Ma di chi mi posso fidare, qui? E che aspettate, adesso? Non può aver fatto molta strada. Trovatelo e uccidetelo. Subito!»

In pochi balzi, Odolgan e Khaba si gettarono all'inseguimento, imboccando lo stesso sentiero sul quale Audbert stava risalendo la collina. A causa dello scompiglio che la loro corsa affannosa produceva nel frascame degli arbusti, il marcomanno non tardò ad accorgersi di averli alle spalle, e voltandosi riuscì anche a intravedere sotto di sé, in rapido movimento tra le fronde degli alberi, il camiciotto arancione di Odolgan. Il suo vantaggio era esiguo, ma lui aveva dalla sua una maggiore esperienza nel muoversi nei boschi. Faticò a risalire il pendio, che era piuttosto ripido, ma infine raggiunse la cresta e si gettò nella discesa dell'altro versante, che fu rapidissima, anche perché egli cadde e rotolò più volte in mezzo alla sterpaglia polverosa. Poi, tallonato a vista dai due inseguitori, si trovò a correre in un pianoro boscoso. La paura gli metteva le ali ai piedi, facendogli superare a grandi balzi ogni ostacolo, ogni asperità del terreno, senza più curarsi, ormai, di non produrre rumori tra gli arbusti sconvolti. Sulle prime non si chiese dove stava andando: pensava soltanto a fuggire da chi lo voleva morto. Il paesaggio che lo circondava, tuttavia, non era nuovo per lui, e a un tratto, con sgomento, si rese conto che correva verso il vuoto, giacché, a quanto ricordava, il pianoro sul quale si trovava terminava a strapiombo sul Rodano, a poco più di un miglio dal luogo in cui il fiume usciva dal Lemano. In effetti, davanti a lui lo scenario montuoso si allargava a ogni passo, lasciando intuire l'aprirsi, a breve distanza, di un vuoto tra la terra che ancora calpestava e i monti boscosi che aveva di fronte. Voltandosi, verificò la distanza dei due inseguitori, che era sempre la stessa: non più di duecento passi. Ansimava, cominciando a risentire della stanchezza: dopotutto, non era più un ragazzo, e il lavoro dei campi, se pure irrobustiva il fisico, non offriva molte occasioni di allenamento per la corsa. Nondimeno continuava a correre, con i polmoni che gli scoppiavano e cercando di pensare a una diversa via di fuga, ma tali erano la paura e l'affanno, che non gli riusciva di trovare una soluzione, anche perché temeva di rimanere intrappolato nella fitta vegetazione qualora avesse abbandonato il sentiero. Dunque, fuggiva la morte continuando a correre insensatamente verso l'abisso. Infine fu oltre la linea degli alberi, sull'ampia terrazza erbosa, e in breve raggiunse il ciglio del dirupo. Da lì, con un senso di vertigine, contemplò ansimando il vuoto che si apriva sotto di lui: una serie di balze cespugliose con un dislivello complessivo di almeno cinquanta piedi, in fondo ai quali il Rodano scorreva scuro e impetuoso, con una sorta di strisciante fragore; di fronte, il manto verdeggiante dei boschi che rivestivano la riva opposta, risalendo fino alle cime dei monti, sopra le quali si addensavano nubi tempestose. Volgendosi, vide Odolgan che si avvicinava rapidamente, e già prendeva una freccia dalla faretra; Khaba, dietro di lui, sopraggiungeva con la pesantezza di un bufalo, impugnando una mazza ferrata. Febbrilmente, prese a correre sul ciglio della scarpata, in cerca di un sentiero che gli consentisse di portarsi più in basso, e gli parve di individuarne uno tra rocce e arbusti spinosi. Vi si gettò dunque di slancio e per quella via scese su un piccolo slargo erboso, e da lì, sdrucciolando tra rocce e arbusti, sulla terrazza successiva: l'ultima. Preceduta da un fischio sinistro, la freccia di Odolgan gli passò a un dito dalla testa e si perse nel vuoto sottostante, spiovendo verso il fiume color ardesia. Guardando verso il ciglio del dirupo, vide l'unno sfilare dalla faretra un altro dardo e incoccarlo con tutta calma nell'arco. Il sentiero contorto e sassoso che aveva seguito finiva lì: ora per lui non c'era che la morte, oppure un salto di almeno trenta piedi. Ma non accettava di morire, e comunque non lì, in quel luogo sperduto dove non c'era nulla di suo, niente che gli appartenesse. Voleva volare via da quell'incubo, dimenticare, cancellare tutto con un gesto definitivo, dopo il quale sarebbe tornato alla sua vita di sempre e tutto sarebbe stato come prima. A tal punto voleva tutto ciò, che vinse la paura e la ripugnanza ispirategli dal fiume gonfio e turbinoso, prese un po' di slancio e si gettò nel vuoto.

Non ebbe tempo per aver paura dell'acqua, e il fiume lo accolse con il suo abbraccio gelido e frustante. Completamente stordito da quell'impatto, affondò fino a sfiorare il fondo melmoso, ma poi, in un pulviscolo di bolle d'aria, l'acqua stessa lo riportò in superficie. Emerse annaspando e subito tornò sotto, ma riemerse di nuovo e prese a nuotare goffamente, come aveva imparato da ragazzo, bagnandosi con gli amici nei torrenti spumeggianti che attraversavano la Selva Nera. Il Rodano, però, era un'altra cosa. Capì subito che poteva soltanto cercare di stare a galla e assecondare la corrente, che lo portava via impetuosa, fra rive scoscese, rivestite da una fitta vegetazione. Le forze cominciavano a venirgli meno quando si rese conto che il fiume, vorticando fra scogli e lastroni grigi e lucenti, descriveva un'ansa e piegava verso sinistra. Evitò miracolosamente una serie di pericolosi mulinelli e un acuminato spuntone di roccia e in un vortice di schiuma si trovò sospinto tra i rami pendenti di un grande salice. Riuscì ad aggrapparsi e da quell'appiglio incerto a passare a un ramo più robusto, che gli fu amico e lo aiutò a trarsi in salvo. Grondante, stremato, uscì dall'acqua, mosse pochi passi tra gli alberi e si gettò bocconi nell'erba. Gli ci volle un po' prima di ritrovare un respiro regolare e solo a quel punto si rese pienamente conto di trovarsi sulla stessa riva dalla quale si era tuffato. Non poteva concedersi troppo tempo per riposarsi, perché i due unni avrebbero potuto perlustrare l'argine e cercarlo. Il pericolo, dunque, era tutt'altro che superato, ma in quel momento era già molto essere ancora in vita.

14

Gualfard divise i suoi uomini in quattro gruppi, sguinzagliandoli a perlustrare tutti i sentieri che intersecavano la strada. Assecondando la ferma intenzione di Balamber di prendere parte alle ricerche, gli diede cinque guerrieri esperti che lo aiutassero a orientarsi in quella zona per lui sconosciuta. La caccia ebbe subito inizio e fu proprio l'unno il primo a trovare delle tracce: delle macchie di sangue tra le foglie degli arbusti all'inizio di un sentiero polveroso, e delle impronte impresse nel fango dagli zoccoli di un cavallo. Imboccarono con decisione il sentiero, ma scoprirono presto che si biforcava: due dei burgundi presero a sinistra, ma con scarsa convinzione, giacché il sentiero presentava una forte pendenza e, almeno in quel tratto iniziale, appariva troppo stretto per passarvi con un cavallo; Balamber e gli altri tre proseguirono a destra, inoltrandosi in una valle laterale, dove presto trovarono nuove impronte e altre macchie di sangue sul fogliame. Dopo una breve marcia raggiunsero la riva di un torrente quasi in secca. Il guerriero che precedeva il gruppo si chiamava Rutger. Era un tipo taciturno dall'aspetto laido, sui quarant'anni, e non appariva propriamente entusiasta del suo compito. Uscendo dal folto degli alberi, arrestò il cavallo, che già aveva gli zoccoli delle zampe anteriori nell'acqua, e aspettò che Balamber lo raggiungesse. Poi gli rivolse uno sguardo interrogativo: «Andiamo avanti?».

«Certo.»

Guadarono rapidamente il torrente e proseguirono la marcia nella boscaglia, risalendo il fianco della valle. Nubi scure si erano andate accumulando nel frattempo sopra di loro; gli uccelli volavano bassi, e di quando in quando l'erba era accarezzata da improvvise folate di vento freddo che facevano stormire le fronde degli alberi. Il cielo brontolava sommessamente.

Proseguirono per un centinaio di passi lungo il sentiero, sempre più stretto e scosceso, senza trovare nulla. Balamber, che ormai non indossava più la corazza, si guardava attorno sempre più accigliato. Infine, si convinse che era inutile proseguire. «Torniamo» ordinò.

«Vuoi rinunciare?» domandò Rutger.

«No. Ho un'altra idea. È chiaro che hanno preferito tenere il cavallo nell'acqua per non lasciare tracce. Quel ragazzo non è uno stupido.»

«Dovremo dividerci, allora.»

«Certo. Io e te risaliamo il torrente e i tuoi compagni prenderanno dall'altra parte.»

«Abbiamo poca luce, ormai, e siamo in pochi.»

«Lo so. Comunque non sarà difficile agguantare un ragazzo ferito e una fanciulla.»

«Dobbiamo ucciderli, vero?»

«Sì. Sarebbe inutile trascinarceli dietro. Naturalmente dovremo riportare a Gualfard le loro teste. Ci ritroveremo al tramonto, poi raggiungeremo la strada e torneremo alla grande roccia.»

Rutger rivolse uno sguardo preoccupato al cielo plumbeo. «Sta per piovere, però.»

«Ragione di più per affrettarci» tagliò corto l'unno.

Poco dopo, i due si trovarono soli ad avanzare tra i sassi, con i cavalli al passo, nell'acqua gorgogliante. Non scambiavano parola: ciascuno teneva d'occhio la riva più vicina, scrutando fra gli arbusti nella speranza di individuare un sentiero che sembrasse percorribile dai fuggitivi. Un paio di volte Balamber si inoltrò tra gli alberi, ma dopo brevi giri di perlustrazione tornò all'acqua, che, essendo il sole velato dal grigiore delle nubi, scorreva priva di riflessi lasciando perfettamente intravedere i ciottoli e il pietrame sul fondo. Fu dopo un tempo non breve che Rutger, senza dir nulla, risalì ancora una volta il basso argine dalla sua parte e infilò un sentiero che risaliva tra i sambuchi verso una balza selvosa. Balamber si limitò a guardarlo scomparire fra gli alberi, ma non lo seguì e tornò a volgere lo sguardo verso il lato che gli toccava. Fu l'eco di un grido a convincerlo ad arrestare il cavallo. Era stato un grido di donna, non v'era dubbio, ed era venuto dall'altra sponda. Tese l'orecchio, e gli parve di udire un nitrito e un nuovo, acuto grido di donna. Tirò allora le redini, tornò indietro e guadò il torrente, sospingendo poi il cavallo verso l'altra sponda; raggiunse rapidamente il sentiero per il quale si era inoltrato Rutger e spronò, risalendolo per tutto il suo ripido e tortuoso percorso, attento a chinarsi di quando in quando per schivare i rami degli alberi. Lungo la salita, udì Rutger parlare con qualcuno in tono basso e suadente, ma non gli fu possibile comprendere cosa stesse dicendo. Ciò che vide quando raggiunse il culmine della scarpata, però, non era propriamente quel che si sarebbe aspettato. In uno spiazzo erboso, una fanciulla fronteggiava il burgundo impugnando un pugnale; Rutger, smontato dal cavallo, stava a gambe larghe davanti a lei, un po' proteso in avanti, con le mani aperte e già pronte alla presa; sembrava sul punto di balzarle addosso, ma, evidentemente divertendosi, non metteva mano alla propria spada. La ragazza aveva lineamenti nobili e al tempo stesso decisi, che Balamber trovò bellissimi. Nei suoi occhi, si poteva leggere più risoluzione che paura; ansante, stava in guardia, nello stesso atteggiamento che avrebbe potuto assumere un esperto guerriero: china a sua volta in avanti, protendeva entrambe le braccia verso l'avversario, ma tenendole leggermente ripiegate, e ondeggiava un poco sulle gambe, ben piantate nell'erba e larghe per quanto le era consentito dalla sua veste, che era elegante ma tutta strappata. Studiava ogni mossa del burgundo e orientava di conseguenza il pugnale. L'occhio avido di Balamber notò anche, quasi subito, la collana d'oro che, sostenendo una croce incastonata di rubini, le oscillava nella scollatura della tunica, sopra il bianco incarnato della pelle. Solo in un momento successivo egli si avvide del giovane che, a torso nudo, con una spalla e un braccio stretti da una fasciatura di fortuna, stava addossato a un masso di travertino, e puntellandosi con le mani e raschiando la terra con le gambe, tentava invano di alzarsi. «Lasciala» lo sentì gemere rabbiosamente all'indirizzo di Rutger. «Maledetto porco assassino!»

Poco più in là Balamber notò anche, ancora sellato, il magnifico cavallo, dal bianco mantello macchiato di sangue, sul quale poche ore prima aveva veduto fuggire il ragazzo: l'animale non era impastoiato e pasturava vicino a una macchia di arbusti. Non volendo perdersi l'evolversi del confronto tra Rutger e la ragazza, arrestò il suo cavallo a una decina di passi di distanza, osservando la scena con sguardo divertito.

«Avanti, su!» ringhiò fra i denti il guerriero rivolto alla ragazza. «Metti giù quel pugnale. Tanto non ti servirà a niente. E poi, vedi?» soggiunse accennando col capo all'unno. «Adesso siamo in due.»

La ragazza gettò a Balamber appena un'occhiata, poi, con una sorta di gemito rabbioso, scattò improvvisamente in avanti. Il burgundo fece appena in tempo a balzare indietro e schivare il colpo. Non del tutto però: imprecando, si passò il palmo della mano su una guancia e lo ritrasse sporco di sangue. Vi gettò appena un'occhiata, poi tornò ad avanzare verso la giovane. «Ora basta, però!» intimò. «Tanto ti avrò comunque.»

Il volto di Frediana si contrasse in una smorfia di sfida: «Vieni! Vieni qui! Prova ad avvicinarti e...».

Con un'agilità insospettabile in un uomo della sua corporatura, Rutger balzò in avanti: una finta sulla destra, come ad afferrare la ragazza per i capelli, poi un attacco sul lato opposto, a stringere e torcere il suo polso, col risultato di farle lasciare il pugnale. Caddero avvinghiati nell'erba, dove la lotta continuò. La giovane si dimenava gridando sotto il guerriero e stringeva le ginocchia, resistendo ai suoi tentativi di allargarle le gambe. Infine, Rutger la schiaffeggiò con forza e lei, stremata, ansante, lanciò un ultimo grido di disperazione e, cessata ogni resistenza, giacque sotto di lui. Non gridava più. Teneva serrati gli occhi e il suo petto si alzava e abbassava tumultuosamente. La sua chioma castana e fluente si allargava nell'erba. Stava ormai inerte, il corpo scosso dalle mani brutali del burgundo, che, anfanando sopra di lei, le stava sollevando la veste e si accingeva a penetrarla. A quella vista – una scena certo non nuova per lui – Balamber, già turbato dall'avvenenza della giovane, si sentì invadere da un senso di calore ben conosciuto, che preludeva a una crudele e inarrestabile eccitazione. Un'arteria prese a battergli nel collo.

«Ecco» bofonchiava Rutger trionfante, serrando in una stretta ferrea i polsi della fanciulla sotto lo sguardo inorridito e impotente del giovane Waltan, che invano tentava di alzarsi per portarle aiuto. «Cooosì, brava! Hai visto che alla fine ho vinto io?»

Divaricate le gambe della giovane, si protese nuovamente sopra di lei, con una mano le sollevò da dietro il bacino e, dopo pochi movimenti convulsi, la penetrò con pochi rabbiosi colpi di reni. Lei lanciò un grido, spalancò gli occhi e, ruggendo, liberata una mano, gli piantò le unghie nel volto. Mentre tra i due riprendeva la lotta, Balamber avvicinò un poco il cavallo, e fu così che la ragazza, per il breve spazio di un attimo, lo guardò per la seconda volta: lo sguardo furente e al tempo stesso carico di insopportabile sofferenza di due occhi scuri e intelligenti, profondi e pur tuttavia pieni di luce; occhi di una dea oltraggiata. In essi egli poté leggere un'indignazione impotente ma anche, con sorpresa, una muta, quasi imperiosa richiesta d'aiuto. Fu solo per un attimo, perché quello sguardo, fattosi disperato, si volse subito altrove, ma quel momento bastò perché qualcosa precipitasse dentro di lui. Si riscosse: aveva preso la sua decisione. Staccò la scure dall'arcione, balzò agilmente dal cavallo e con passo rapido si avvicinò ai due.

Frediana, di nuovo immobilizzata, soggiaceva ormai al burgundo, tenendo gli occhi serrati e la bocca contratta in una smorfia di disgusto. Nessun gemito, nessun lamento, ma lacrime eloquenti le scendevano lungo le guance. Rutger, ansimando rocamente, aveva preso ad affondare in lei con spinte violente che la scuotevano tutta. Intuì, più che vedere, la figura di Balamber, in piedi accanto a lui, e si fermò per un momento, rivolgendogli di sbieco un'occhiata malvagia, come di un lupo che, intento a sbranare la sua preda, si rivoltasse torvo contro un disturbatore. Fece anche un gesto secco della mano, con l'intento di allontanarlo. «Tu aspetta! Dopo ce ne sarà anche per te.»

Già stava tornando alla sua vittima, ma Balamber lo colpì con tutta la forza alla testa, una sola volta e col piatto della scure: non voleva che schizzasse attorno troppo sangue.

15

Afferrato il corpo di Rutger per una caviglia, Balamber lo trascinò a qualche passo di distanza, liberando così la ragazza del suo peso. Con fredda risoluzione, gli riaggiustò sommariamente i pantaloni, rimandando a un secondo momento la ricerca di una scusa convincente per motivarne la morte. Quando si voltò verso Frediana, vide che si era ricomposta alla bell'e meglio e strisciava all'indietro sui gomiti, fissandolo con un'espressione sconvolta e stupefatta; la sua tunica era a brandelli, sporca di terra e – in grembo – di piccole macchie di sangue. Arretrando in quel modo, si avvicinò al fratello che, sempre immobilizzato contro il masso, fissava Balamber con occhi sgranati, febbrili. Distogliendo lo sguardo dalla fanciulla, l'unno gli si accostò e, scostando rudemente la mano con la quale egli tentava di allontanarlo, si chinò su di lui, studiando il suo volto cereo e tumefatto. Guardandolo con ribrezzo, i lineamenti contratti dal dolore delle sue ferite, il giovane protestò: «Che vuoi, maledetto! Vattene via, lasciaci andare!».

Balamber constatò con disappunto che la sua freccia non aveva causato una ferita letale, ma notò che il ragazzo doveva aver perduto molto sangue. Inoltre, constatando che respirava a fatica e palesemente provava vivi dolori quando tentava di sollevarsi, suppose che, probabilmente per una caduta, avesse qualche costola rotta e, forse, un polmone perforato. Esaminando la sua fasciatura, la trovò sommaria, ma fatta con una certa abilità, evidentemente dalla ragazza stessa, che doveva avere utilizzato lembi della propria tunica. La giovane, sollevatasi sulle ginocchia, lo fissava ora guardinga. Ancora si chiedeva chi egli fosse e cosa dovesse aspettarsi da lui. Rialzatosi di scatto, Balamber appoggiò le mani sui fianchi e fissò gli occhi in quelli di lei. Accennando col capo al ragazzo, le domandò: «È il principe Waltan, vero? E tu sei di certo sua sorella. Il tuo nome è Frediana, mi pare».

Lei non rispose; continuava a fissarlo attenta e circospetta, mentre un cupo brontolio echeggiava tra le nubi e i primi indolenti goccioloni picchiettavano il fogliame degli arbusti circostanti. Accigliato, Balamber rifletteva febbrilmente. Riferendosi al ragazzo, osservò: «Ti affanni per niente: non può farcela».

«Non è vero!» ribatté lei pronta, accostandosi ancor più al fratello e stringendo con calore la sua mano inerte. «È molto robusto, e sono sicura che se ricevesse soccorso potrebbe guarire.»

«Soccorso? E dove vorresti portarlo?»

Lei fece una breve risata sarcastica. «Stai fresco se te lo dico. Mi prendi per una stupida?» Ma il suo tono subito si addolcì, divenne quasi suadente: «Aiutami a rimetterlo in sella e lasciaci andare: in qualche modo ce la caveremo».

Balamber si rese conto che stava solo perdendo tempo: soggiogato dallo sguardo vivo e indagatore della giovane, che sembrava inchiodarlo lì dove si trovava, stava soltanto traccheggiando per rimandare l'inevitabile; gettò un'altra occhiata al ferito e prese la sua decisione. La sua mano corse rapida alla corta spada che gli pendeva al fianco. Con l'arma in pugno fece per piegarsi sul ragazzo, ma Frediana, lanciando un grido, balzò in piedi e, gettandoglisi addosso, lo costrinse ad arretrare di un passo. Il suo bel volto era sconvolto. «No!» implorò, allargando le braccia a proteggere il fratello. «Non ucciderlo!»

Deciso a portare a termine la sua missione, Balamber non era disposto ad ascoltarla. Mettendole rudemente una mano su una spalla, la sospinse di fianco, ma lei, ruggendo, tornò subito a pararsi tra lui e il ragazzo. Nei suoi occhi, scuri ma dall'intensa espressione, trapariva vivissima l'ansia per la vita del fratello; non vi si poteva cogliere, invece, alcuna paura per lei stessa. «Che razza di guerriero sei?» gli domandò con una veemenza che lasciava trasparire tutto il suo disprezzo. «Sei un unno, no? È così che combattono gli Unni? Uccidendo i feriti che non si possono difendere?»

«Fatti da parte» le intimò, «fatti da parte, altrimenti...»

«Ah, no: se intendi uccidere lui, dovrai prima uccidere me!»

Si fronteggiarono così per un istante. Di nuovo, sotto il suo sguardo conturbante, Balamber si sentì confondere. Tuttavia, intuendo di doversi sottrarre al magnetismo che emanava lei, reagì con istintiva violenza, risoluto a porre termine a quell'assurda situazione. La sua mano scattò ad artigliarle brutalmente i capelli. «Sta' a sentire!» le gridò attirandola con forza a sé e guardandola con la sua smorfia più feroce: «Tu sei mia, adesso, non l'hai capito? Sei mia, e io posso fare di te quello che voglio. E di lui non mi importa niente. Niente, capisci? Deve morire».

Gli occhi di Frediana si velarono di pianto. Afferrandogli il polso e resistendo al dolore della sua stretta, deglutì e riuscì a dire tra i denti: «Ma... perché? Che ti ha fatto? Lasciaci andare, ti prego».

Era riuscito a spaventarla. La sua voce si era rotta, il suo tono si era fatto implorante. Balamber le diede un nuovo violento strattone. «Lasciarvi andare? Tu verrai con me, invece. E farai tutto quello che ti dirò. Hai capito?»

Con violenza, la respinse. Ma solo per un momento. Rinfoderata la spada, l'afferrò subito per i polsi, la trascinò verso il cavallo e, mentre Waltan invano riprovava a sollevarsi, la gettò in ginocchio, quasi fra le zampe dell'animale. Pioveva forte, ora. Sotto scrosci sempre più violenti, trasportati da fischianti folate di vento che scuotevano le fronde degli alberi, Balamber tagliò un lungo pezzo del laccio che portava all'arcione e, costretta la fanciulla a mettere le mani dietro la schiena, gliele legò con pochi gesti rapidi. Lei, tra le lacrime, continuava a supplicarlo di non uccidere suo fratello, gridando per farsi udire nella bufera. I suoi lunghi capelli, già fradici di pioggia, le si incollavano al capo, e la tunica bagnata aderiva al suo corpo, rivelando le gambe lunghe e perfette, i seni ancora un po' acerbi, alti e puntuti. Sordo alle sue preghiere, appena ebbe terminato quel lavoro Balamber brandì la spada e si volse di nuovo verso il giovane Waltan. Quella, si diceva rabbiosamente, era una cosa da fare e doveva farla, e subito anche. Del resto, non si trattava che di un colpo di grazia, perché il principe era già in punto di morte. Quanto alla ragazza, ormai aveva deciso cosa farne: l'avrebbe condotta con sé oltre il Reno, come una specie di bottino personale per la sua missione, infischiandosene delle probabili proteste di Gualfard. Gettandosi ai suoi piedi nell'erba fradicia, Frediana fece un ultimo tentativo per fermarlo. «No! No, ti prego! Non farlo. Non ucciderlo!» supplicò tra le lacrime. Con un sordo ruggito d'insofferenza, Balamber la afferrò rudemente sotto le ascelle e la trascinò sull'erba bagnata, gettandola poi con violenza contro un salice, dopo di che tornò a impugnare la spada e scattò verso il giovane, che attraverso il velo liquido della pioggia torrenziale lo fissava con un'espressione di odio e di totale disprezzo. Rapido, aggirò il corpo di Rutger e passò vicino a un grande olmo, le cui fronde erano sconvolte dalla tempesta. Fu lì che il fulmine lo colpì. Con un fragore tremendo, un bagliore accecante esplose sopra e tutt'attorno a lui, mentre un'energia possente si impadroniva del suo corpo e, scuotendolo e attraversandolo in ogni fibra col calore del fuoco, lo proiettava nello spazio di un secondo a qualche passo di distanza. Il cuore gli si fermò, e alla luce seguì subito il buio.

16

Quando Balamber tornò in sé, il temporale era cessato. Aprendo gli occhi, constatò che la sua vista era appannata. Da principio, faticò a mettere a fuoco l'immagine dei brandelli di nubi bluastre che, sopra di lui, fuggivano velocemente verso levante, irradiati dalla luce arancione di un incredibile tramonto; sotto la carezza del vento, le foglioline primaverili degli alberi tremolavano stillando gocce di pioggia. La testa gli doleva, si sentiva il viso in fiamme, ma al tempo stesso lunghi brividi percorrevano il suo corpo. Il suo camiciotto e le brache erano fradici e gli si incollavano addosso. Si sollevò sui gomiti e guardò attorno a sé. "Che... che mi è successo?" si domandò, ma non udì che vagamente il suono della propria voce, e non lo riconobbe.

Si trovò davanti il tronco bruciacchiato dell'albero: il fulmine lo aveva carbonizzato e spaccato in due fin quasi alle radici. Dei suoi rami frondosi non restavano che pochi moncherini anneriti, e l'erba tutt'attorno era scomparsa, lasciando spazio a un alone nerastro che si estendeva fino a lui. Ricordò allora il lampo accecante, risentì il calore e il tremito che avevano percorso il suo corpo, rammentando l'impressione angosciante di essere completamente annientato e proiettato nel vuoto. Tra sé e l'albero scorse un fagotto fradicio e semicarbonizzato, nel quale riconobbe a stento il corpo di Rutger. Allora si rammentò di Frediana e del giovane burgundo e invano li cercò con lo sguardo tutto attorno a sé. Non c'era più nemmeno il cavallo bianco.

Nel puntellarsi sulle mani per sollevarsi, provò un intenso bruciore alla destra, e guardandola la trovò gonfia e costellata di bolle. Fortunatamente, la pioggia aveva attenuato un poco l'ustione, ma il dolore, ora che egli era rientrato in sé, esplodeva insopportabile, risalendo lungo il braccio fin quasi alla spalla. Si appoggiò all'altra mano e, mugolando, si rialzò; il suono del suo gemito gli arrivò ovattato, innaturale. Guardando nell'erba ai propri piedi, scorse un contorto pezzo di ferraglia, nel quale a fatica riconobbe la sua spada, fusa dal calore. Poi avvertì un rude, umido contatto sul collo: voltandosi, trovò il muso del proprio cavallo. Non lo aveva udito avvicinarsi. Attonito, si aggrappò per un momento con la mano sana al collo dell'animale e rimase così per un poco, cercando di rientrare in sé. La testa gli girava, avvertiva un senso di nausea. Pensò che doveva reagire a quello stordimento, doveva muoversi. Si risolse a lasciare il cavallo e, barcollando, mosse alcuni passi per la radura, senza una direzione.

Il bruciore alla mano, adesso, era così forte da invadere completamente la sua mente. D'istinto cercò l'acqua. Non c'era un torrente lì vicino? Dopo qualche altro passo incerto, ritrovò il proprio equilibrio e, tenendosi il braccio ribollente, si fece largo tra gli arbusti, ritrovando il sentiero in pendenza che aveva risalito per raggiungere Rutger. Pazzo per il dolore, si precipitò verso l'acqua, inciampando e risollevandosi più volte. Arrivò quasi carponi sulla riva, sciaguattò per qualche passo e cadde in ginocchio sull'acciottolato del fondo. Un momento dopo immerse il braccio fino al gomito nell'acqua corrente. A quel repentino, gelido contatto gli parve che una lama gli attraversasse il cervello, ma soffocò il proprio grido, trasformandolo in un lungo mugolio. Più volte trasse dall'acqua il braccio martoriato per poi tornare a immergerlo e a poco a poco trovò un po' di sollievo. Poi bevve a lungo e tuffò la testa nel torrente, per spegnere il bollore che avvertiva al viso; quando la levò un'ultima volta dall'acqua, tornò a udire il gorgogliare di questa fra i sassi, accorgendosi in tal modo che ricominciava a percepire correttamente i suoni. Udì anche il richiamo insistente e stridulo di un succiacapre. Da qualche parte, nel bosco, gli faceva eco l'ultimo saluto di una capinera al giorno morente.

Non senza fatica, in quell'ultima, sfibrata luce diurna, Balamber distinse la propria immagine riflessa nell'acqua limpida, e la riconobbe a stento: i capelli irti, le sopracciglia quasi scomparse, la bocca enfiata nel volto ustionato. Si risollevò con un gemito e, volte le spalle al torrente, tornò a risalire la scarpata. Raggiunto il proprio cavallo, frugò febbrilmente nel tascapane che teneva dietro la sella, in cerca di qualcosa con cui bendarsi la mano. Trovò una sciarpa di seta che indossava nelle grandi occasioni e, tenendone un lembo fra i denti, si sforzò di fare qualcosa di simile a una fasciatura; l'operazione, tuttavia, fu dolorosa e richiese molto tempo, sicché quando l'ebbe ultimata era già buio. Alla fine si sentì esausto, oltre che estremamente demoralizzato. Non sapeva come la ragazza avesse potuto liberarsi, anche se doveva riconoscere di averla legata in fretta e in modo sommario. Evidentemente, mentre lui era privo di conoscenza era riuscita a sciogliere la corda e a far salire in sella il fratello, dopo di che, probabilmente montando alle sue spalle per sostenerlo, aveva preso la fuga con lui, cercando di approfittare dell'ultima luce del giorno. Si diceva che avrebbe dovuto inseguirli, approfittando del fatto che Frediana, forse ritenendo ch'egli fosse morto, gli aveva lasciato il cavallo, insieme a quello di Rutger. Nel contempo, si rendeva conto che avrebbe fatto meglio ad allontanarsi da quello spiazzo maledetto e raggiungere i suoi compagni per cercare il loro aiuto, ma si sentiva stanco, troppo stanco. E poi aveva freddo. Rimandò quindi la soluzione di ogni problema all'indomani. Riuscì, dopo avere allentato la sella, a strappare la coperta dalla groppa del cavallo e a gettarsela sulle spalle, poi si lasciò cadere nell'erba ancora umida. Esausto, cadde in un sonno profondo.

17

La luce del giorno trovò Balamber rannicchiato e avvoltolato nella sua coperta come un bambino. Il suo risveglio fu salutato dal canto melodioso di un usignolo, ma non fu piacevole, poiché quasi subito la mano ferita tornò a dolergli, rammentandogli sgradevolmente quanto gli era accaduto il giorno precedente. Per qualche momento, quel ricordo orribile si impadronì di lui: come già la sera precedente, rivide la luce che lo aveva accecato, rammentò l'insopportabile calore, e poi lo schianto e la spinta tremenda che lo aveva dapprima alzato e poi inchiodato al suolo. Scosse la testa per scacciare quelle sensazioni e, imprecando, si levò sulle ginocchia. Con occhi attenti ispezionò la radura, e subito rammentò la fuga delle sue due giovani prede. Di certo, un dio potente vegliava su di loro, perché il messaggio che gli era stato trasmesso attraverso il fulmine – fenomeno oltretutto poco frequente in quella stagione, e dunque doppiamente eloquente – era inequivocabile. Ripensando alla ragazza, ricostruendo con la memoria i lineamenti del suo volto, rammentò anche il prezioso gioiello che le aveva visto al collo, con quella croce incastonata di rubini. Dunque, il nume possente che il giorno prima lo aveva colpito non era stato il terribile Thor, il "tonante" dalla barba rossa, il dio del fuoco e del martello, e nemmeno il potente Wodan, il figlio della tempesta, il dio di tutti gli dèi, del quale i Germani parlavano con un misto di reverenza e paura, bensì il dio cristiano, al quale i Burgundi – ma non Gualfard e i suoi – si erano da poco convertiti. Da lui era venuto il fulmine, nel quale egli identificava senza alcun dubbio il fuoco che Malaberga gli aveva detto di aver sognato.

Decisamente, la sua missione non procedeva secondo le migliori aspettative: il suo scopo principale, ossia l'uccisione di Waldomar, era stato raggiunto, ma se i due figli del grande guerriero fossero sopravvissuti avrebbero di certo raccontato di avere veduto un emissario unno tra gli assassini del loro padre, col risultato che il coinvolgimento di Attila, che avrebbe dovuto restare solo un inevitabile sospetto, sarebbe divenuto per tutti una certezza, mettendo in grave difficoltà i suoi partigiani nell'imminente assemblea dei principi burgundi. Balamber sapeva, per averlo appreso da Utrigùr, che il suo re aveva anche predisposto, nel caso che i Burgundi scegliessero di tener fede all'alleanza con Roma, una seconda soluzione, della quale nemmeno Gualfard era al corrente, e tuttavia era molto indispettito dallo scherzo giocatogli dal destino, poiché sul buon esito della sua missione aveva messo in gioco tutto il proprio futuro. E poi, c'era anche la faccenda di Audbert: chissà se Khaba e Odolgan erano riusciti a rintracciarlo...

Irritato, si sollevò di scatto e si risolse a pensare prima di tutto ai casi suoi. Scese con passi rapidi al torrente e si rinfrescò il viso; quindi, senza togliere la fasciatura, immerse di nuovo la mano nell'acqua e ve la tenne per un po' di tempo, in cerca di sollievo. Poiché avvertiva il morso della fame, raggiunse il suo cavallo e, tratto dalla bisaccia un pezzo di carne di porco salata, lo addentò con avidità. Per mangiare, si sedette su un grosso sasso, non lontano dal macigno al quale si era appoggiato il principe Waltan. Masticando, la fronte aggrottata, prese a riflettere intensamente sul da farsi. I suoi amici, non avendolo trovato la sera prima al luogo dell'appuntamento, dovevano aver pensato che lui e Rutger, magari per essersi spinti troppo lontano ed essendo stati sorpresi dal temporale, avessero trovato riparo per la notte da qualche parte. A quell'ora, però, erano di certo sulle loro tracce, forse insieme a tutti gli altri componenti del gruppo, e dunque sarebbero stati lì nel giro di breve tempo. Anche se era molto improbabile che i due giovani li avessero identificati, Gualfard e Geremar sarebbero andati su tutte le furie nell'apprendere della loro fuga. Il tempo stringeva e Gualfard doveva correre a Genava a spargere lacrime sulla sorte di Waldomar e dei suoi figli e a brigare nell'assemblea dei principi per favorire gli scopi di Attila; quanto a lui e ai suoi compagni, dovevano invece lasciare la regione al più presto e riferire all'Onegesio circa l'esito della missione. Fino a pochi giorni prima quel ritorno se l'era figurato con impazienza, perché Utrigùr gli aveva promesso di compensarlo generosamente per l'assolvimento di quell'incarico, cosa che, del resto, non gli sarebbe costata nulla, dato che i beni che intendeva dispensargli non gli appartenevano: sarebbero stati certamente retici, turingi e pannoni a portargli schiavi e bestiame, cavalli e concubine; ciò che a lui più premeva, però, era che l'Onegesio mantenesse la promessa di fargli ottenere da Attila il comando di una parte dell'armata nella guerra imminente: l'onore, dunque, e poi, di sicuro, la vittoria e il bottino che ne sarebbe venuto; soprattutto, lustro per lui presso il popolo degli Hiung-nu, e grande timore e ossequiosa riverenza nei nemici che avrebbe sconfitto e umiliato. Tutte queste sue aspirazioni erano ora messe in forse dalla caparbia volontà di vita di due giovani poco più che adolescenti e dal potente dio che li proteggeva. Eppure non riusciva a volere realmente la loro morte. Quella di Frediana, anzi, l'aveva esclusa fin dal primo momento, quando l'aveva vista alle prese con Rutger, e ora se ne domandava il motivo. Quale forza aveva sentito promanare da lei? Per quale ragione – si chiedeva – il giorno prima aveva ucciso Rutger? Non erano forse venuti fin lì per sopprimere Frediana insieme a suo fratello? Non avrebbe dovuto importargli nulla se il burgundo si fosse preso prima con lei il proprio piacere; lui stesso, anzi, avrebbe potuto fare altrettanto e poi chiudere subito tutta la faccenda. Scelte irrevocabili, aveva detto Malaberga. Quale impulso, quale forza misteriosa aveva agito in lui in quel momento? Ripensando alla croce d'oro, intuiva la risposta. Del resto, fin dal primo istante in cui aveva veduto la ragazza, ella gli era apparsa come circonfusa da un alone di sacralità, tanto che l'aggressione di Rutger aveva assunto ai suoi occhi il significato di un'intollerabile profanazione. Ora, la sua mente superstiziosa aveva ottimi motivi per temere il dio della fanciulla, poiché l'esperienza che aveva vissuto era stata troppo orribile, superiore alle forze del più valoroso dei guerrieri; al tempo stesso, tuttavia, egli si sentiva più che mai attratto da Frediana e da quello che considerava il suo potere: il potere del fulmine!

Improvvisa, nell'aria pungente del mattino, giunse al suo orecchio, con il gorgogliare del torrente e il cinguettio degli uccelli nel bosco ormai risvegliato, un'eco lontana di voci umane. Pur senza distinguere le parole, riconobbe la voce un po' stridula di Odolgan e subito fu in piedi. In pochi passi raggiunse il suo cavallo e, afferratene le briglie, si avviò risolutamente verso il torrente per ritrovare i suoi amici.

18

Conducendo il cavallo per le briglie, Balamber uscì dal macchione e scese sul greto del torrente. Scorse subito i suoi amici che, a distanza di una trentina di passi, procedevano in fila indiana sulla riva opposta, in testa al gruppo degli esploratori. Khaba, che era il primo della fila, fermò il cavallo e, accigliandosi, lo squadrò da capo a piedi. Sul volto protervo di Odolgan, che avanzava dietro di lui, si disegnò un'espressione di incredulità: «Per la sacra spada!» esclamò. Anche Gualfard si era fermato e lo osservava con curiosità. In breve tutto il gruppo guadò il torrente e si raccolse attorno a Balamber. Sia gli unni sia i burgundi presero a osservare Balamber da ogni angolazione e con una sorta di timoroso ribrezzo, come se si trovassero di fronte all'apparizione di una creatura mostruosa, se non addirittura di un demone. Lui si ribellò: «Be'? Che avete da guardare?».

Odolgan, con gesto incerto, stese la mano a indicare la sua persona: «Ma... che ti è capitato? Quella mano fasciata... E poi: sei tutto gonfio, e nero come un pezzo di torba!».

«Il fulmine... Un fulmine ha colpito me e Rutger, ieri pomeriggio.»

«E Rutger dov'è?» domandò Gualfard.

Balamber accennò col capo dietro di sé. «È morto» annunciò semplicemente.

Subito, Gualfard si staccò da lui. Seguito da Geremar e da

un altro guerriero, con pochi colpi di sprone risalì rapido il sentiero che conduceva alla radura e si inoltrò tra gli arbusti. Gli altri burgundi, rimasti sul ghiaieto, commentavano tra loro con esclamazioni di meraviglia l'esperienza toccata all'unno e non sapevano staccare gli occhi da lui. Khaba accennò alla sua fasciatura: «Che hai fatto lì?».

«Ho la mano ustionata.»

Balamber si piegò ad allacciare, non senza fatica, il sottopancia della sella e si rivolse a Odolgan: «Invece di fare quella faccia da allocco, aiutami a montare, che con questo braccio non ce la faccio».

Odolgan scese agilmente di sella, intrecciò le mani a coppa e aiutò l'amico a sollevarsi per salire sul cavallo, ma non cessò di osservarlo con sbalordimento: «Sei sopravvissuto al fulmine! Che io sappia è cosa più unica che rara».

Balamber non gli rispose. Aveva notato la presenza di Kayùk, che se ne stava un po' defilato in groppa al suo cavalluccio, e per una strana associazione di idee si ricordò di Audbert. «E il marcomano? L'avete trovato?» domandò a bassa voce, per non farsi udire dalle guardie di Gualfard, poiché nulla gli garantiva che fra loro non vi fosse qualcuno in grado di capire la sua lingua. I suoi amici si scambiarono un'occhiata, ognuno sperando che fosse l'altro a rispondere. «Non mi direte che vi è scappato!» insistette Balamber a filo dei denti.

Fu Odolgan a parlare per entrambi: «No... si è gettato nel Rodano da un dirupo. Non l'abbiamo visto riemergere, e dunque è certamente affogato».

Khaba puntualizzò in un sussurro: «Comunque, a Gualfard abbiamo detto che lo abbiamo ammazzato».

«Meno male!» gli rispose Balamber, occhieggiando torvamente attorno a sé.

«A ogni, modo, anche se fosse riuscito a salvarsi, non parlerebbe: teme troppo per sé e per la sua famiglia, e ancor più per la sua scrofa.»

«Salvarsi?» proruppe Odolgan. «Non credo proprio. Il fiume era gonfio, la corrente impetuosa. Non aveva speranze.»

Gualfard riapparve sul ciglio della scarpata e, pungolando il cavallo, scese rapido verso il torrente. Geremar lo seguiva da presso. In un momento, il nobile burgundo raggiunse gli unni. «Hai avuto una bella fortuna, non c'è che dire» osservò, rivolto a Balamber.

«Altroché» sentenziò Odolgan, che aveva una rozza conoscenza del dialetto germanico del burgundo. «È la prima volta che sento di qualcuno che scampa al fulmine.»

«Invece» osservò Gualfard in tono d'intenzione «il povero Rutger non ha avuto la stessa fortuna: ha il cranio sfondato.»

«È stato il fulmine: ci ha scagliati contro gli alberi e l'ha ridotto a quel modo.»

«E com'è che ai cavalli non è successo nulla?»

Il tono del burgundo si era fatto apertamente inquisitorio, ben al di là di quanto Balamber avrebbe di norma tollerato; tuttavia, egli seppe controllarsi. «Erano a qualche passo di distanza: eravamo smontati per finire quei due, ma...»

Gualfard trasalì. «Li avevate presi?» domandò stupefatto.

Con espressione di sconforto, Balamber annuì. «Sì. Li avevamo in pugno, ma il fulmine ci ha colpito.»

Un mormorio di sconcerto si diffuse tra i burgundi. Gualfard, che faticava a riprendersi da quella rivelazione, trasse un sospiro profondo, che gli uscì rauco, carico di collera. «Il fulmine ha colpito solo voi, però.»

In risposta, l'unno si strinse nelle spalle. «È chiaro» disse accennando un sorriso rassegnato, «il dio cristiano li protegge.»

«E di questo pezzo di corda che mi dici?» Gualfard sollevò e tese il braccio, facendogli oscillare davanti agli occhi il laccio con cui era stata legata Frediana. Balamber dominò al meglio la propria sorpresa e lo guardò torvamente. «Proprio niente. Che dovrei dirti?»

«Sembrano pezzi di un laccio unno» insistette Gualfard fissandolo.

Balamber si strinse nelle spalle. «E con questo?» replicò in tono aggressivo, sostenendo il suo sguardo. Gualfard arricciò le labbra e trasse un profondo sospiro, lanciando a suo fratello un'occhiata piena di significato. Un attimo dopo, Geremar e gli altri guerrieri presero a muovere impercettibilmente i loro cavalli, stringendo un poco il cerchio attorno ai tre unni. Khaba, sentendo nell'aria odore di battaglia, si raddrizzò sulla sella, pronto alla lotta. Quanto a Odolgan, la sua mano già risaliva lungo la coscia verso l'elsa della spada. Balamber capì che doveva fornire una spiegazione: «Avevo preso al laccio la ragazza, ma lei, dopo che il fulmine ci ha colpito, si sarà liberata».

Gualfard continuò a studiarlo ancora per qualche secondo, con l'aria di ripetere nella propria mente e soppesare ogni sua parola; poi, annuì e gettò il laccio nell'erba. «D'accordo» disse in tono conclusivo. Appoggiando entrambe le mani all'arcione, scosse il capo e, quasi rivolto a se stesso, soggiunse cupamente: «È incredibile. Per colpa di due ragazzetti...».

Geremar, allarmato, tese la mano a indicare Balamber e osservò: «Lo hanno visto! Se li lasciamo scappare tutto il piano andrà a monte, lo sai bene. Dovremo vedercela con Gundovek, e...».

Balamber scosse il capo risolutamente. «No. Anche se quei ragazzi arrivassero a Genava, non avrebbero prove per accusarvi. È vero: mi hanno visto, ma sapevamo che i sospetti sarebbero caduti su Attila, no? E comunque non hanno visto voi. Inoltre, le vostre guardie non erano riconoscibili. Dunque non dobbiamo preoccuparci oltre il necessario.»

Gualfard, convinto solo in parte, obiettò: «Ieri non la pensavi così. Se quei due parlano, non sarà facile convincere l'assemblea a scegliere la neutralità».

Balamber si strinse nelle spalle: «E allora, vediamo di trovarli».

Intervenne Geremar: «Il ragazzo è ferito. Non devono avere fatto molta strada».

Gualfard si volse a lui: «Perciò, tu resterai in questa zona con una mezza dozzina di uomini e la batterai palmo a palmo. Devi trovarli a ogni costo e ucciderli. Quanto a me, devo andare alla riunione dei capi a Genava: un mio ritardo desterebbe sospetto. È preferibile che io arrivi a Genava prima del corpo di Waldomar, anziché dopo».

Geremar, accigliato, scosse il capo. «Pagherei qualche *solido* per sapere come finirà questa faccenda» disse tetro. Senza prestargli attenzione, Gualfard si volse verso gli unni: «Quanto a voi, non c'è più ragione che vi trattenga qui. Se volete...».

«No!» lo interruppe Balamber. «Noi resteremo da queste parti e parteciperemo alle ricerche.»

Gualfard obiettò: «Fra poco, sulla strada per Genava e in tutte quelle secondarie vi sarà un gran movimento di capivillaggio che si recano al grande raduno. Non conviene che voi unni vi tratteniate in questa zona».

Imperturbabile, e ignorando lo sguardo stupito e carico d'irritazione di Khaba, Balamber scosse il capo: «Porto sempre a termine ciò che intraprendo».

In quel momento il guerriero che era rimasto nella radura discese a sua volta sul ghiaieto e affiancò il suo capo. «Non ci sono tracce di cavalli sul sentiero, là dietro» annunciò. Un lampo di irritazione brillò negli occhi di Gualfard, e subito essi si fissarono su Balamber. «Quei due sono o molto abili o molto fortunati» disse tra i denti.

Di nuovo l'unno si strinse nelle spalle. Accennando ancora alla mano fasciata, osservò: «Non dirlo a me. Questo inseguimento mi è già costato parecchio. Te l'ho detto: il loro dio li protegge».

Protendendo il mento in una smorfia volitiva, Gualfard proclamò: «È una protezione che non durerà molto, stanne certo». Rivolto al fratello, soggiunse in tono di comando: «Lascio a te chiudere questa faccenda. Io non posso più trattenermi».

Ancora poche rapide parole di commiato, poi Gualfard pungolò il suo roano e, con un secco gesto del braccio, ordinò agli uomini che erano con lui di mettersi in marcia. I quattro unni e i burgundi rimasti con loro si trattennero per qualche momento a osservarli mentre si allontanavano al piccolo trotto lungo la riva del torrente, poi Geremar si rivolse a Balamber.

«Bene» disse, tirando le redini e facendo voltare il cavallo, «la caccia riprende, allora. Cerchiamo di levarci in fretta questo problema.»

Sollecitò il cavallo e con pochi colpi di sprone lo spinse a risalire nuovamente il sentiero. I suoi uomini lo imitarono, ma Balamber lo richiamò: «Perché da quella parte? Il tuo esploratore ha detto che sul sentiero non ci sono tracce».

Proseguendo, Geremar si voltò appena a rispondergli: «Può darsi, ma nessuno mi leva dalla testa che quei due stanno cercando di raggiungere il lago, e da lì Genava».

Balamber non replicò, e nemmeno si affrettò: lasciò invece che le guardie burgunde seguissero il loro capo; poi, senza dir nulla, si accodò a loro. I suoi compagni lo seguirono.

19

Scendendo verso il Lemano, gli uomini di Geremar non impiegarono molto a ritrovare le tracce dei due fratelli. Su un pendio erboso, un guerriero trovò l'erba calpestata e rinvenne dello sterco di cavallo; immediatamente smontò e si inginocchiò per guardare meglio, quindi si affrettò a chiamare gli altri e riferì che, a suo parere, le tracce erano molto recenti. Geremar rivolse allora a Balamber uno sguardo di trionfo: «Come vedi avevo ragione! Stanno scendendo al Lemano. Da ieri non hanno fatto molta strada».

L'unno increspò le labbra e si strinse nelle spalle: «Il ragazzo è ferito. E poi, di certo credono che il fulmine abbia ucciso anche me e quindi non pensano di essere ancora inseguiti».

Senza rispondergli, Geremar spronò e si buttò per la discesa, subito seguito dai suoi uomini. Questa volta, Balamber non indugiò: gridò nelle orecchie del cavallo e lo lanciò a sua volta al galoppo, portandosi presto in linea con i guerrieri burgundi. Raggiunsero un boschetto di arbusti, e Geremar, incurante dei rovi che graffiavano le gambe dei cavalli, vi si buttò a capofitto. Aggirando ognuno a suo modo i punti in cui più fitta si presentava la vegetazione, uno dopo l'altro i guerrieri sbucarono all'aperto, trovandosi in faccia all'ampia conca del lago, cinta da catene di monti, e dopo un'altra breve discesa si arrestarono su una balza rocciosa che incombeva a picco sulle sue azzurre acque. Da quel punto un sentiero tortuoso scendeva tra grandi macigni di granito, abeti e macchie d'arbusti verso la riva del lago, dove si estendeva un ampio spiazzo di prateria, nel quale sorgeva una casupola di tronchi di legno. Un cavallo bianco, nel quale Balamber riconobbe subito Rutilan, pasturava tranquillamente in prossimità dei canneti che rivestivano l'argine. Oltre la linea di questi, un uomo immerso nell'acqua fino alle ginocchia stava spingendo verso il largo una lunga barca, sulla quale poi salì agilmente, tuffando subito dopo i remi nell'acqua. A bordo con lui, Balamber riconobbe Frediana, e immaginò che quella specie di fagotto che intravedeva sul fondo dell'imbarcazione fosse suo fratello. Imprecando, Geremar frustò il cavallo e si gettò a rotta di collo lungo il sentiero, e Balamber dietro di lui, seguito da tutti gli altri. Quando raggiunsero lo spiazzo, la barca, grazie alla perizia del suo unico rematore, aveva già guadagnato diverse decine di braccia dalla riva. «Sono ancora a tiro!» esclamò Geremar fermando il cavallo, e la sua mano corse alla faretra. Rapido, incoccò una freccia e tese il suo arco. Il cavallo di Balamber, che sopraggiungeva in quel momento di gran galoppo, urtò il suo proprio mentre egli scoccava la freccia, che perciò andò fuori bersaglio. «Ma che fai? Sei pazzo?» proruppe con ira il burgundo. Strattonando l'animale, e mostrando di calmarlo, Balamber non replicò, ma in effetti l'urto non era stato casuale: per quanto egli si sentisse combattuto da opposti sentimenti, di certo non voleva che Frediana fosse uccisa. Alcuni armigeri e lo stesso Odolgan avanzarono sull'argine, spingendosi anche nel folto dei giunchi, e scoccarono a loro volta delle frecce, ma senza raggiungere il bersaglio, ormai troppo distante. Rapida, l'imbarcazione si allontanava nel grande specchio d'acqua. Imprecando, Geremar pungolava e strapazzava il suo cavallo, con lo sguardo fisso verso i fuggitivi. Balamber, invece, assunse un tono rassegnato e constatò freddamente: «Ormai non li prendiamo più. Lasciamoli al loro destino!».

20

Il lontano canto di un gallo trovò Aulo Sebastiano già desto e pronto per la nuova, impegnativa giornata che lo attendeva. Alla luce fioca di una candela di sego, che dal tavolo sembrava far palpitare gli antichi mattoni della piccola stanza del presidio, Vitalio stava già allacciandogli l'armatura di cuoio, leggera e adatta per il viaggio. Oltre la vecchia porta semiaperta, nel corridoio, risuonavano le voci sommesse e i passi pesanti e affrettati dei soldati della sua guardia; nel cortile si levò la voce potente di Matauro, il capo *turma*, a sollecitare in tono aspro la sellatura dei cavalli.

Mentre l'ordinanza gli aggiustava sulle spalle il corto mantello purpureo, l'ufficiale percorreva con sguardo distratto lo squallore di quello che per una notte era stato il suo alloggio: una stanzetta non più larga di cinque passi, con un'unica finestra, chiusa da sbarre arrugginite e con un battente di legno tutto sbilenco, l'arredo costituito soltanto da un basso letto con un materasso sfondato, un tavolo da campo, due sgabelli e una cassapanca; per il riscaldamento, niente di più di un piccolo braciere ormai spento su un basso tripode di bronzo. Preferendo evitare il confronto con le cimici che vi si annidavano, aveva lasciato intatto il materasso, adattandosi a dormire per terra in un angolo, sulle proprie coperte, che Vitalio aveva già riavvolto e appoggiato accanto alla bacinella dell'acqua sul vecchio tavolo, incrostato di sudiciume e mocci di candela. E quello era l'alloggio del capoposto! Sebastiano non aveva avuto modo di visitare la camerata dei soldati, ma era tranquillamente certo che non poteva presentarsi meglio di così. Del resto, quella in cui si trovava non era che una piccola stazione militare della Sapaudia – l'ultima sulla strada per Genava – presidiata da miliziani burgundi: un edificio la cui pianta ricordava un ferro di cavallo, costituito centralmente da una massiccia torre, alla quale erano annessi da un lato un dormitorio e dall'altro una stalla. Non era stato nemmeno possibile alloggiarvi tutta la sua scorta – venti cavalieri illirici e dieci arcieri alani – sicché alcuni dei suoi uomini avevano dovuto attendarsi nel cortile. Un tempo la postazione era stata presidiata da soldati romani e aveva fatto parte integrante della meravigliosa rete di stazioni e posti militari che aveva vigilato sulle strade dell'Impero, assicurando veloci collegamenti commerciali e rapidi spostamenti delle armate, ma ora era caduta in pieno abbandono. Il presidio era costituito da una dozzina di guardie giovani e indolenti, che a stento capivano il gallo-romano e men che meno il latino, e anzi, ignorando che lui, avendo avuto madre e nutrice burgunde, comprendeva benissimo il loro dialetto, si erano sulle prime lasciate andare nei suoi confronti a qualche ostile commento a mezza bocca, fino al momento in cui lo avevano veduto conversare disinvoltamente in burgundo con il loro comandante, che fin dal principio aveva palesato serie difficoltà con la lingua di Virgilio e Cicerone. Era, costui, un rubizzo, panciuto poltrone più che cinquantenne dai mustacchi attorcigliati, tanto lunghi quanto corto doveva essere il suo comprendonio, peraltro adeguato, tutto sommato, alla pochezza dei suoi compiti. Proprio lui si affacciò sulla soglia, accompagnato da un giovane, robusto armigero armato di tutto punto. Avanzando nella stanza con la disinvoltura che gli veniva dall'esserne, dopotutto, il normale occupante, gli si rivolse con voce rauca: «Tutto è pronto, Prefetto. Ricario, qui, ti farà da guida fino a Genava con un paio delle mie guardie».

«Bene, Wolfhram. Per quanto mi riguarda, sono impaziente di mettermi in viaggio.»

La voce del capoposto si fece esitante: «Spero che tu abbia

trovato comodo l'alloggio. Abbiamo fatto il possibile per accomodarti al meglio. Questa non è che una piccola postazione di confine e...».

Sebastiano scambiò un'occhiata ironica con Vitalio e sospirò: «Non temere, Wolfhram: ho dormito in posti ben peggiori. Comunque, non mancherò di lodare con Gundikar la tua buona volontà: in essa vedo riflessi i segni della ben nota ospitalità burgunda».

Aggiustandosi il cinturone attorno al ventre prominente, il capoposto annuì compiaciuto, mentre Sebastiano, incurante di lui, già si volgeva verso la porta. Subito Wolfhram gli si accodò e i due, seguiti dal soldato burgundo e da Vitalio, che portava lo scrittoio pieghevole e il modesto bagaglio del prefetto, percorsero rapidamente il buio corridoio e uscirono all'aperto, nella luce tenue dell'alba. Al centro del cortile, sotto lo sguardo attento degli armigeri del presidio, Sebastiano trovò ad attenderlo una delle sue guardie, che teneva per le redini due cavalli: il suo magnifico sauro e il roano di Vitalio; due burgundi, già in sella, attendevano invece Ricario, trattenendo il suo cavallo. Con passo deciso, l'ufficiale raggiunse il sauro e montò in sella; in quel momento udì nuovamente, proveniente dalla strada, la voce di Matauro: il capo *turma* gridava qualcosa in tono adirato, ma per via della distanza non era possibile cogliere le sue parole. Vitalio stava ancora sistemando le sue cose sulla groppa del roano, quando Sebastiano salutò con un gesto Wolfhram e sollecitò il proprio cavallo, avviandolo verso il portone. Un momento dopo si trovò, davanti alla sua scorta, sull'antica strada per Genava, dominata a settentrione da dolci colline a vigneto.

L'ufficiale non impiegò molto ad accorgersi che i ranghi della sua scorta erano incompleti. «Dov'è Matauro?» domandò con irritazione a un soldato. Quello si voltò in direzione di un pioppeto, distante un centinaio di passi dalla strada. Lì, tra i primi alberi, si intuivano le figure di alcuni illirici a cavallo, che sembravano in cerca di qualcuno o di qualcosa. «È laggiù, nel bosco. Hanno pescato qualcuno vicino ai muli.»

Intanto, erano sopraggiunti l'araldo, che reggeva lo stendardo rosso di Gundovek, e i suoi due compagni, e tutti e tre osservavano con curiosità i romani, cercando di farsi un'idea di quanto stesse avvenendo. Indispettito dal contrattempo, Sebastiano stava per dare una voce agli illirici, ma non fu necessario, poiché quelli, preceduti dal capo *turma*, uscirono dal bosco sospingendo rudemente un uomo appiedato, dall'aspetto di contadino. Non senza una certa soddisfazione, Matauro lo condusse al suo cospetto. «Quest'uomo si aggirava tra i bagagli» annunciò. «Un ladro, probabilmente, o forse una spia. In effetti, ha uno strano accento.» Porgendogli per il manico un lungo pugnale, soggiunse: «Aveva questo in uno stivale».

Sebastiano soppesò l'arma nella mano, quindi squadrò l'uomo con una rapida occhiata, rilevandone la barba incolta, gli abiti strappati e infangati, lo sguardo impaurito rivolto in basso. «Non avete trovato nessun altro?» domandò.

Il capo *turma* scosse il capo: «No, Prefetto».

Wolfhram, avendo constatato che il piccolo corteo tardava a muoversi, era uscito dal portone e aveva raggiunto il romano insieme ad alcuni dei suoi. «Che succede?» domandò.

«Non so dirti se i miei uomini hanno preso una spia unna, un sicario o un semplice ladro» gli rispose tranquillo Sebastiano, accennando al prigioniero e mostrando il pugnale tra il pollice e l'indice.

«Cosa? Che cosa?» esplose il capoposto, avvampando e avvicinandosi minacciosamente all'uomo, che subito cadde in ginocchio. «Pietà» implorò, con l'aria di rivolgersi, più che a lui, al romano, nel quale non poteva non aver riconosciuto un ufficiale di rango.

«Pietà un corno! Che volevi fare, bestia?» lo investì Wolfhram assestandogli, in direzione del viso, un calcio che fu parato solo in parte con una mano. «Chi ti ha mandato? Sei una spia di Attila? Volevi assassinare l'ambasciatore, eh? Morirai tra i tormenti, lo sai?»

L'uomo cadde con un gemito sul lastricato, ma si risollevò subito, proteggendosi con le braccia: «No! Non è vero! Io volevo solo rubare. Lo giuro!».

Pieno di zelo, Wolfhram levò il braccio per colpirlo un'altra volta, ma Sebastiano, dall'alto del suo cavallo, tese una mano a contenere la sua ira. «Aspetta!» gli ordinò. Quindi, volgendosi al prigioniero, che si massaggiava la guancia sanguinante, domandò: «Che cercavi tra i muli?».

«Da mangiare» rispose quello prontamente. «Non tocco cibo da ieri mattina.»

«Qual è il tuo nome?»

«Audbert.»

«Non è un nome celtico, e dall'accento non sembri né un burgundo né un gallo-romano» osservò Sebastiano. «Da dove vieni?»

«Sembrerebbe un merdoso marcomanno» osservò il capoposto.

Continuando a palpeggiarsi la mandibola tumefatta, Audbert abbassò la testa e lo guardò di sbieco, con espressione cupa e incerta, meditando sulla risposta che doveva dare. Vedendolo esitare, Wolfhram avanzò di nuovo di un passo e lo schiaffeggiò. «Non hai sentito? Rispondi! Il Prefetto ti ha fatto una domanda.»

Audbert strisciò sulle ginocchia fin quasi tra le gambe del sauro. «Pietà, *Eminentissimo!* Abbi un po' di misericordia per questo tuo umile servo! Sì, sono un marcomanno e vengo dall'Alta Svevia.»

Sebastiano controllò il suo cavallo, innervosito dalla strisciante presenza del bifolco tra i propri aristocratici garretti. «L'Alta Svevia è assai lontana da qui e, per quanto ne so, è quasi tutta sotto il dominio degli Unni. Dunque, forse sei veramente una spia di Attila. Che fai da queste parti?»

Audbert scosse il capo energicamente. «No, no! Io... ho dei parenti qui. Insomma... non io, mia moglie. Mia moglie era... è cugina di Waldomar, sì: Waldomar l'Invincibile! Ero venuto per fare visita ai suoi parenti, ma per mia sventura sono stato aggredito e derubato dai bagaudi. A stento ho salvato la mia vita, ma ho perduto tutto ciò che portavo con me.»

«E questo pugnale? È un'arma di notevole fattura, con il pomo d'argento.»

«Un'arma burgunda» confermò Wolfhram, attorcigliandosi i baffi.

Il marcomanno lo fissò un momento con spavento, poi si riprese, rivolgendosi al romano: «L'ho tolto a uno dei quei malfattori, *Eminentissimo*. Abbiamo lottato furiosamente: lui voleva uccidermi, e allora io...».

Levando la mano, Sebastiano lo interruppe: «Va bene, va bene» disse, consegnando il pugnale al burgundo. «Ma se è così, perché, invece di rubacchiare tra i nostri bagagli, non hai chiesto soccorso al presidio della stazione?»

«È proprio quello che volevo dire» interloquì il capoposto, infilandosi il pugnale nel cinturone. Poi scosse il capo: «No, amico, tu non ce la racconti giusta. Ma sono sicuro che, se adesso ti scalderemo un po' i piedi sulla brace, la verità verrà fuori di corsa».

Con un fremito, Audbert si disse che, dopo l'orrendo spettacolo dell'agguato a Waldomar, la fuga disperata con gli unni alle calcagna e il bagno nel Rodano, la tortura era proprio ciò che gli mancava per completare le sue disgrazie. Per alcuni momenti il suo sguardo terrorizzato si spostò febbrilmente dall'uno all'altro dei suoi interlocutori, come per individuare quello dei due che apparisse il più incline alla misericordia. Infine, egli tornò di slancio a prosternarsi di fronte a Sebastiano, un po' perché il suo volto dai tratti forti e virili, illuminato da occhi grigi e ironici ma non malvagi, gli ispirava sicuramente più fiducia di quello laido del burgundo, ma soprattutto perché aveva ben notato la soggezione che egli ispirava nel capoposto. «No! No, pietà! Per l'amor di Gesù Cristo, non mi fare torturare, *domine*!»

Il romano corrugò la fronte. «Sei cristiano?» domandò con interesse.

Con furia, Audbert si fece più volte, sulla fronte, il segno della croce. «Certo, *domine*! Cristiano battezzato! Cristiano battezzato!»

Una smorfia sarcastica si dipinse sul volto rubizzo di Wolfhram: «Sììììì, certo! Un marcomanno battezzato, figuriamoci!».

La mano appoggiata su una coscia, Sebastiano si protese un poco dalla sella verso il prigioniero: «Se sei cristiano, saprai certamente recitarci il Padre nostro, non è vero?».

Gli occhi di Audbert si spalancarono in un'espressione attonita. «Io... io...» balbettò smarrito.

«Dunque?» lo incalzò Sebastiano.

Il marcomanno deglutì e, corrugando la fronte, provò a declinare: «*Padre nostro, che sei nei cieli. Sì,... che sei nei cieli. Sia santificato il tuo nome e il tuo regno, e perdona i debiti dei... peccatori, sì, dei peccatori... e ... e...*».

Afferrandosi con violenza i capelli per la disperazione, batté più volte la testa sul lastricato: «No. Io non ricordo più... Non ricordo!» ammise gemendo.

Risa di scherno si levarono tutt'attorno a lui, ma Sebastiano, stendendo nuovamente la mano, zittì tutti. In tono severo, si rivolse al prigioniero: «Dunque hai mentito, e questo aggrava la tua posizione. Non mi resta che darti in mano a quest'uomo e ai suoi soldati».

Rialzandosi bruscamente, il volto rigato di lacrime, Audbert si aggrappò alla sua gamba e lo implorò: «No! Non lasciarmi nelle mani di questi burgundi!» poi, strisciandogli ancora più vicino e abbassando la voce, gli occhi che spiavano tutt'attorno, soggiunse: «Se mi risparmi la vita posso dirti... sì, posso farti una rivelazione importantissima».

Il romano socchiuse gli occhi, scrutandolo con rinnovato interesse. «Che dici? Una rivelazione?»

Avvicinandosi ulteriormente e senza mollare la presa, Audbert insistette: «Sì. Io... io so qualcosa che...» si interruppe, volgendosi verso Wolfhram e le sue guardie. «Ma solo a te. Solo a te posso dirlo. Qui non posso parlare. Sono tutti infidi. Dammi retta: non te ne pentirai.»

Per un lungo momento, riflettendo, Sebastiano lo scrutò negli occhi. Poi annuì gravemente. Voltosi al capoposto, lo interpellò chiedendogli un cavallo per il prigioniero. Wolfhram, stupefatto, tese la mano verso il marcomanno e obiettò: «Ma... Prefetto, dimentichi che quest'uomo voleva...».

«Pagherò io la sua cavalcatura» tagliò corto Sebastiano «e

trovagli anche un mantello: male in arnese com'è, non voglio che mi faccia sfigurare troppo lungo il percorso. Deciderò cosa fare di lui strada facendo. Dopotutto, sono state le mie guardie a prenderlo, no?»

Esitando, Wolfhram fissava il romano con espressione incerta, ma l'ufficiale lo incalzò: «Dunque? La strada che devo percorrere è ancora lunga e non intendo perdere altro tempo. Vuoi che stasera abbia a lagnarmi di te presso Gundovek?».

Avvampando, Wolfhram trasalì; poi, bruscamente, si volse verso i suoi e, sbraitando, fece scattare un paio di armigeri perché provvedessero subito a esaudire la richiesta del romano. Poco dopo, preceduto di una ventina di passi da Richelmo, che reggeva lo stendardo di Gundovek – con un cinghiale nero in campo rosso – il distaccamento dei romani si mise in moto, lasciandosi alle spalle la stazione di posta. In testa si trovava Sebastiano. Audbert, montato su un pomellato grigio e con le spalle coperte da un pesante mantello militare, procedeva al suo fianco. Addentava avidamente una pagnotta passatagli da uno dei soldati per ordine del legato, e rivolgeva di quando in quando a quest'ultimo occhiate cariche, a un tempo, di gratitudine e di apprensione. Non avevano percorso cento passi che Sebastiano si volse verso di lui. «Ora puoi parlare liberamente. Sentiamo questa importante rivelazione!»

21

Sebastiano giunse a Genava nel primo pomeriggio. Trovò la città piena di gente, affluita dal contado per conoscere le imminenti deliberazioni dei capi burgundi. Già lungo la strada il piccolo corteo, preceduto dalle guardie di Wolfhram, aveva incontrato un intenso movimento di gruppi e delegazioni in cammino verso la grande adunanza. In tutti i villaggi, in tutte le stazioni di posta, in tutti gli assembramenti non si parlava che dell'assassinio di Waldomar. La notizia del delitto correva di bocca in bocca, suscitando orrore e alimentando sospetti e recriminazioni. Durante la sosta in una locanda, Matauro, scambiando qualche parola con l'oste gallo-romano, aveva appreso che le spoglie dell'Invincibile erano state rinvenute il giorno prima lungo la strada di Massilia insieme con quelle di tutti gli uomini della sua scorta e portate in città da un certo Reinwalt, uno dei più importanti principi del seguito di Gundovek, diretto a sua volta alla grande assemblea. Ma la notizia più clamorosa era un'altra: a quanto sembrava, i due figli di Waldomar erano scampati all'agguato e, sfuggendo alle mani degli assassini, erano giunti a Genava sulla barca di un pescatore. Il giovane Waltan era gravemente ferito, privo di conoscenza e in pericolo di vita, ma sua sorella Frediana aveva già incontrato Gundovek, al quale, secondo quel che si andava mormorando in tutti i crocicchi, in tutte le osterie, aveva dichiarato senza ombra di incertezze che gli assassini erano sicuramente burgundi, senza peraltro saperne indicare il clan di appartenenza; si diceva, inoltre, ch'ella avesse riferito della presenza nelle loro file di un guerriero unno e che solo un fulmine provvidenziale avesse impedito a costui di assassinarli entrambi.

Dunque – rifletteva Sebastiano, entrando in città attraverso la Porta Meridionale sotto lo sguardo incuriosito della folla – quel bifolco marcomanno che si stava portando dietro gli aveva detto il vero giurandogli che Waldomar era stato ucciso, e non v'era quindi ragione di dubitare delle altre sue informazioni, che certamente si sarebbero di lì a poco rivelate preziosissime. L'assassinio di Waldomar era un colpo grave per Gundovek, che perdeva in lui il migliore amico e il più fidato tra i comandanti del suo esercito. Di conseguenza, per Sebastiano era facile intuire che la sua ambasceria, che già al momento della partenza da Ravenna si annunciava delicata, si sarebbe svolta in circostanze drammatiche, che avrebbero messo alla prova le sue non spiccate capacità di diplomatico: in fondo, era stato scelto da Flavio Ezio soprattutto perché, essendo figlio di una donna burgunda, appartenente allo stesso clan di Gundovek e sposata a un ufficiale romano, parlava discretamente la lingua di quel popolo. Tra l'altro, avendo vissuto l'infanzia in un avamposto militare sul Reno, aveva avuto per compagni di giochi molti bambini burgundi, tra i quali anche Chilperico, il figlio di Gundovek. Riflettendo sulle prospettive della sua missione, non poteva non ringraziare la divina Provvidenza per avergli benevolmente posto nelle mani, per influenzare gli eventi, un'arma decisiva, ch'egli doveva saper mettere in gioco al momento giusto. Audbert, al quale aveva imposto di radersi la barba per risultare meno riconoscibile, era dunque già divenuto molto caro ai suoi occhi. Preoccupato ch'egli arrivasse vivo a Genava e non avesse ripensamenti, lo aveva posto sotto la custodia e la responsabilità di Matauro, che se lo teneva al fianco e non lo perdeva di vista per un attimo.

Sul momento, comunque, a preoccuparlo era la sgradevole

constatazione che nessun nobile burgundo gli fosse stato ancora mandato incontro per fargli strada fino al *castellum*, dove – stando a quanto gli risultava – era convocata l'adunanza dei principi. In effetti, fatta eccezione per i tre armigeri di Wolfhram, che marciavano in testa inalberando lo stendardo di Gundovek, il suo ingresso in Genava avveniva senza alcuna solennità. Conosceva abbastanza bene la città: le sue mura robuste, recentemente rinforzate con materiali sottratti ai più piccoli borghi circonvicini, le case di pietra grigia del centro cittadino, raccolto lungo le pendici di un colle attorno al vecchio *castrum*, ma anche quelle di tronchi delle zone periferiche, e poi i grandi magazzini e le banchine del porto, dove ancora, a dispetto della ristrettezza dei tempi, attraccavano numerosi battelli carichi di merci. Anche se aveva conosciuto tempi migliori, Genava era ancora una città prospera, e Sebastiano ritrovava con piacere la sua popolazione operosa e tranquilla, che ora, riconoscendo in lui l'atteso emissario di Ravenna, faceva ala al suo passaggio lanciandogli occhiate di simpatia e saluti pieni di speranza. Su quella gente, in preda all'ansia per le voci di un imminente, immane conflitto, la vista di un ufficiale romano che giungeva in città con un magnifico seguito produceva un effetto rinfrancante, poiché quell'ambasceria sembrava indicare che l'Augusto Valentiniano non aveva abbandonato gli Elvezi e non avrebbe affidato il loro destino soltanto alle milizie burgunde.

Finalmente, il prefetto udì un ritmato calpestio di cavalli e notò nella via Pretoria un movimento tra la folla; un attimo dopo apparvero una mezza dozzina di cavalieri, che gli venivano incontro di buon trotto e presto si arrestarono davanti a Richelmo. L'uomo che guidava il gruppo, sui quarant'anni, brizzolato, elegantemente vestito ma privo di armatura, scambiò con l'araldo poche parole, quindi avanzò verso di lui. «Salute a te, Aulo Sebastiano» esclamò tendendo la mano aperta, all'uso romano, e valutandolo con una fulminea occhiata indagatrice, che non attenuò la genuinità del suo sorriso. «Io sono Manlio Lutterio Alpiniano.»

Apprendendo di avere di fronte niente meno che il consigliere romano del re burgundo, Sebastiano si rinfrancò. Immaginò, tuttavia, che egli fosse sgradevolmente sorpreso dal constatare che il *Magister militum* gli aveva mandato un ambasciatore nemmeno trentenne; quanto a lui, trovava l'aspetto del magistrato in tutto conforme alla descrizione che già Flavio Ezio gliene aveva fatto a Ravenna: egli era un vero romano, a cui il portamento degno di un senatore antico, il taglio curato, corto e arricciato, dei capelli e l'eleganza delle vesti avrebbero consentito senz'altro di figurare tra i dignitari della corte di Ravenna. Prontamente, anch'egli levò la destra: «Ti reco, insieme al mio saluto, quello del *Magister Officiorum* e del *Magister militum*. Flavio Ezio, in particolare, mi manda a dirti che ti ricorda con affetto, si augura che tu e la tua famiglia siate in salute e spera di incontrarti presto».

Alpiniano mosse il cavallo e gli si affiancò, invitandolo con un elegante cenno della mano ad avviarsi con lui verso il Pretorio. Appariva teso e preoccupato. «L'amicizia di Flavio Ezio mi onora. Devo dirti, però» osservò, mentre la sua scorta si accodava a quella del romano «che fino a pochi giorni fa speravo di incontrarlo di persona. Anche Gundovek contava sul suo arrivo qui alla testa di un'armata. Quando le staffette imperiali sono giunte con l'annuncio che invece sarebbe arrivato soltanto un ambasciatore, ha reagito molto male.»

«Il *Magister* sta radunando un'armata nella pianura padana. Se tarda ad arrivare, è solo perché non intende trascurare nulla in vista della guerra imminente. Quanto a me, più che a portare ambasciate, sono stato inviato qui per concordare il modo di unire i nostri eserciti.»

L'anziano magistrato gli rivolse un'occhiata perplessa, poi, tornando a guardare davanti a sé, rilevò: «Mentre Ezio fa preparativi, gli Unni premono ai confini, e intanto» soggiunse guardando verso la folla «questa gente vive nell'angoscia. Non ti nascondo che la situazione qui si è fatta difficile. Avrai già saputo, immagino, dell'assassinio di Waldomar».

«Sì. Come sta suo figlio?»

Alpiniano trasse un profondo sospiro. «È morto. Stamattina all'alba. Era stato colpito a una spalla da una freccia, ma cadendo da cavallo aveva riportato delle fratture al costato e, a quanto dicono i medici, gravi lesioni interne. Abbiamo sperato tutti che si riprendesse, ma non ce l'ha fatta. Del resto, quando li ho visti arrivare ieri sera, non riuscivo a credere che sua sorella fosse riuscita a portarlo qui ancora vivo.»

«Deve essere una ragazza coraggiosa.»

«Sì. Ha una grande forza d'animo. È in tutto degna di suo padre.»

Sebastiano si stava chiedendo febbrilmente se fosse il caso di metterlo subito a parte delle sue preziose informazioni. Sapeva che Ezio nutriva per quell'uomo la massima fiducia: era lui che, tirando le fila di tutta l'amministrazione romana nella regione, faceva da ponte tra Ravenna e Genava, ossia tra lo stesso *Magister militum* e Gundovek, e dunque, almeno in teoria, era al di sopra di ogni sospetto; tuttavia, riteneva preferibile valutarne comunque l'affidabilità e farsi un'idea della situazione generale, prima di fargli le sue rivelazioni.

Preceduti dall'araldo e seguiti dalle rispettive scorte, procedevano insieme sulla strada affollata, che, con una leggera pendenza, attraversava il popoloso centro della città. Via via che si avvicinavano al Pretorio, la folla si infittiva, e sempre più lento risultava il procedere del piccolo corteo. Guerrieri burgundi, generalmente a cavallo e armati di tutto punto, si facevano largo con i loro servi tra i cittadini gallo-romani. L'atmosfera generale era meno cupa di quanto Sebastiano si sarebbe aspettato; sfidando il rischio che i burgundi sfogassero in atti di violenza la loro rabbia e il loro dolore per la morte di Waldomar, i mercanti e gli artigiani avevano tenuto aperte le loro botteghe: i forni e le macellerie erano affollati, e i sellai, i maniscalchi e gli spadai lavoravano febbrilmente; lungo la via Pretoria e in quelle che la intersecavano si notavano molti banchi di formaggiai, rosticceri, mercanti di tessuti venuti anche da altri borghi per trarre il loro particolare profitto dall'adunanza generale della nobiltà burgunda. In mezzo agli uomini in armi che in piccoli gruppi avanzavano verso il *castellum* parlottando cupamente, si aggiravano ragazzetti petulanti e curiosi, venditori d'acqua, vino e birra, prostitute guardate a vista dai loro ruffiani e non pochi bifolchi che, all'annuncio del raduno dei nobili, erano venuti dalla campagna con canestri di uova e sporte di formaggi da vendere in città. Fare commercio con i barbari era rischioso, perché la loro violenza poteva esplodere all'improvviso, senza che alcuno potesse contenerla, e non era detto che si venisse sempre pagati; tuttavia molti gallo-romani, intrepidi, non si trattenevano dall'avvicinarli, offrendo la loro mercanzia con insistenza spesso molesta; quelli che venivano rudemente sospinti contro i muri non si rassegnavano per questo: raccattate le loro cose, si gettavano di nuovo in mezzo alla ressa, ansiosi di mettere insieme, al termine di quella irripetibile giornata, il peculio preventivato. L'arrivo di Sebastiano, con i suoi soldati splendidamente armati ed equipaggiati, non poteva non suscitare la curiosità della folla, ma sui volti dei burgundi che con riluttanza, sollecitati dall'araldo, si facevano da parte al passaggio del corteo, il romano poteva leggere nervosismo, curiosità e un'ansiosa aspettativa.

Ponendo fine a una breve pausa di silenzio, Sebastiano domandò: «Le esequie di Waldomar?...».

«Avranno luogo stasera, subito dopo l'assemblea. Gundovek, però, ha voluto che il feretro fosse presente all'adunanza, come se lui ci fosse ancora, capisci? Poi le salme saranno portate solennemente per la sepoltura al *castellum* della famiglia, che è a una trentina di miglia da qui.»

Alpiniano tacque per qualche istante, ma poco dopo, mentre imboccavano l'ultimo tratto della via Pretoria, scosse il capo con espressione corrucciata. «Questa è una brutta faccenda, Prefetto: al Pretorio stanno litigando furiosamente. C'è rabbia, certo, ma ho visto anche smarrimento. Perfino Gundovek, di solito così risoluto, mi sembra come stordito, incerto sul da farsi.»

«Alla mia partenza, il *Magister militum* mi ha avvertito che tra i Burgundi esiste un forte partito che vuole la neutralità, ma adesso, alla luce di questo delitto, esso dovrebbe essere ridotto al silenzio.»

Di nuovo, Alpiniano scosse il capo: «Non proprio. Sarebbe

di certo così se oggi, conformemente a quanto promesso, fosse giunto l'esercito di Ezio, o almeno una sua consistente avanguardia, perché la maggioranza dei nobili è sempre stata con Gundovek, che come sai è uomo fedele ai patti. Ma non ti nascondo che, quando si è saputo che da Ravenna sarebbe arrivato soltanto un ambasciatore con una piccola scorta, molti si sono sgomentati, e l'apprendere che Waldomar è stato assassinato da sicari burgundi su istigazione di Attila ha indubbiamente generato furore e ansia di vendetta, ma anche paura e un'atmosfera di sospetto. Tutti sono profondamente irritati con Ravenna, e alcuni vanno dicendo a mezza bocca che, in fondo, Attila non intende fare la guerra ai Burgundi, ma ai Romani e ai Visigoti d'Aquitania; si pentono del trattamento inflitto alcuni mesi fa ai suoi ambasciatori e si chiedono se valga la pena di irritarlo schierandosi con Ravenna, dal momento che l'Augusto – loro pensano – non ha intenzione di combattere. Tutti dubitano di tutti, e se pure il partito della neutralità non osa reclamarla apertamente, però pone una serie di difficoltà».

Erano ormai prossimi al grande arco di pietra che immetteva nello spiazzo del Pretorio, e la folla attorno a loro si infittiva, rallentando il passo. Finirono per doversi fermare, in paziente attesa che si sciogliesse un intasamento formatosi all'ingresso del Forte. Percorrendo la moltitudine con lo sguardo, Sebastiano domandò: «Hai dei sospetti circa gli assassini?».

Alpiniano scrollò le spalle: «Che ti devo dire? Fino a poco tempo fa non v'erano fra i Burgundi divisioni importanti. Se c'è una cosa che tutti li accomuna è l'odio per gli Unni, e anche se non tutti i principi sono favorevoli ad appoggiare Ravenna in questo conflitto, farei fatica ad additarti un possibile colpevole, perché Waldomar era rispettato da tutti e in ogni assemblea la sua opinione risultava sempre decisiva. Ancora adesso stento a credere che qualcuno abbia osato tanto. D'altro canto, non ho ragione di dubitare della parola di sua figlia. Del resto, la sua è l'unica testimonianza che abbiamo».

Sebastiano si decise. «No. Ti sbagli: non sarà l'unica. Io porto con me quella risolutiva, e so chi è l'assassino.»

Alpiniano, accigliandosi, lo interrogò ansiosamente: «Come? Che dici?».

Da ogni parte si levava un vociare confuso, in mezzo al quale non era agevole capirsi. Per farsi udire, Sebastiano fu costretto ad avvicinare un poco il proprio cavallo a quello dell'interlocutore e gli parlò quasi all'orecchio, sporgendosi dall'arcione. Udendo il nome del traditore, Alpiniano si raddrizzò sulla sella come se fosse stato colpito da una frustata e si rabbuiò in volto. «Brutta faccenda! In gioventù, Gualfard si comportò magnificamente nella guerra contro gli Unni. Nessuno dubiterebbe mai del suo odio per Attila. Sei sicuro del tuo testimone?»

Sebastiano annuì: «Sì, non ho ragione di dubitare di lui».

«È un burgundo o un gallo-romano?»

«Né l'uno né l'altro. È il bifolco marcomanno che ha fatto da guida agli unni che hanno commissionato il delitto. È l'uomo che vedi qua dietro, a capo coperto.»

Subito Alpiniano si voltò e, individuato Audbert tra gli illirici che lo circondavano, lo osservò attentamente; quindi tornò a rivolgere lo sguardo alla strada, scuotendo il capo con espressione perplessa: «Ezio mi ha scritto che tua madre era burgunda, dunque forse sei in grado di capire il problema. Gualfard è un capo importante, ed è presente oggi con un largo seguito. Non sono sicuro che la testimonianza di un bifolco basterà per inchiodarlo. Per catturarlo potremmo provocare disordini anche gravi. Forse converrà limitarsi ad avvertire Gundovek e lasciare a lui la scelta del modo di neutralizzarlo, magari anche dopo l'assemblea».

La folla davanti a loro, intanto, aveva ripreso a muoversi. Gettando attorno a sé un'occhiata circospetta e spingendo nuovamente avanti il suo sauro, Sebastiano accondiscese: «D'accordo, decida lui per il meglio. Comunque, indicami questo Gualfard appena ne avrai la possibilità. Le guardie di Gundovek sono fidate?».

«Fidatissime. Le comanda suo figlio Chilperico.»

«Bene: mettilo subito sull'avviso, allora. Io tirerò fuori il mio testimone al momento da voi scelto. Basterà un tuo cenno.»

Sebastiano si voltò quindi verso il marcomanno: «Stammi vicino Audbert!» gli ordinò. «Contina a coprirti col mantello e non ti allontanare per nessun motivo. Resta sempre accanto a Matauro, capito? E voi» disse rivolto al capo *turma* e ai soldati «stategli sempre attorno.»

Alpiniano avrebbe voluto fare molte domande, ma ormai era troppo tardi: varcato il portone del *castrum*, avevano percorso l'ultimo tratto della via Pretoria e stavano entrando nel piazzale dove era in corso l'assemblea. A fatica, iniziarono a fendere la folla immobile e silenziosa, visibilmente tesa e in preda a cupi risentimenti. Erano alcune centinaia di uomini in armi, molti dei quali si alzavano sulla punta dei piedi per meglio vedere un maturo guerriero in cotta di maglia, che parlava dalla corta scalinata di quello che un tempo era stato il palazzo del governatore romano. In lui Sebastiano riconobbe Gundovek. Alle spalle dell'oratore, i corpi di Waldomar e di suo figlio, vestiti delle loro armi, erano distesi su catafalchi ricoperti di drappi scuri. A vegliarli erano cavalieri di rango e armigeri con splendide armature, ma nella prima fila Sebastiano scorse anche, sedute su scranni di ferro sbalzato, alcune donne velate. In quella, matura ma ancora avvenente, che si trovava nel mezzo, riconobbe Grimilde, la moglie di Gundovek, e nella graziosa fanciulla che sedeva alla sua destra indovinò la principessa Griselde, che ricordava bambina. La figlia di Waldomar non poteva che essere la giovane che si trovava alla sinistra della regina: vestita di una tunica di panno amaranto, con delicate passamanerie di porpora e oro, sedeva altera e impettita, tenendo le mani strette sui braccioli, e seguiva con attenzione ogni parola del suo sovrano. Ammirato, ne rilevò i nobili lineamenti, lo sguardo intelligente e determinato e i fluenti capelli castani, che il velo, sormontato da un sobrio diadema, riusciva a nascondere solo in parte.

Molti dignitari si raccoglievano anche sulla scalinata, ma badando a lasciare spazio al loro sovrano. Vicino alle tre donne, Sebastiano notò un uomo con i paramenti sacri, affiancato da due chierici, che non poteva essere altri che il vescovo di Genava; alto e ossuto, teneva il pastorale come avrebbe impugnato una lancia e guardava alla folla radunata davanti al palazzo con occhi severi.

Sebastiano non aveva potuto cogliere le ultime parole di Gundovek, ma si avvide che questi, avendo evidentemente veduto l'araldo che si faceva largo tra la folla, si era interrotto e, sceso nel piazzale, avanzava alla sua volta con passo misurato, invitando i suoi guerrieri a fare spazio. Nel giovane biondo e dai tratti decisi che gli stava a fianco, Sebastiano riconobbe subito Chilperico. Fermando il cavallo, Alpiniano tese il braccio verso di lui e lo presentò al re, invero più a beneficio del pubblico presente che per vera necessità, poiché il magistrato sapeva perfettamente che i due già si conoscevano: «Aulo Sebastiano, l'ambasciatore dell'*Eccellentissimo* Augusto Imperatore Valentiniano».

«Salute a te, Sebastiano, e al tuo Imperatore!» Nonostante lo sforzo di essere cordiale, Gundovek appariva teso e irritato, e faticava a sorridere. Nello spazio di pochi secondi, il romano ebbe modo di constatare che, a dispetto dei molti anni trascorsi dall'ultima volta che lo aveva veduto, non era troppo cambiato: la lunga barba arricciata e i suoi capelli, che ricordava di un biondo molto chiaro, si erano fatti largamente brizzolati e la sua figura, alta e robusta, si era un po' appesantita. Per il resto, il capo burgundo appariva in piena forma. Tutto nel suo volto esprimeva decisione e coraggio, e nei suoi occhi brillava una luce di acuta intelligenza. Era un uomo imponente, dal gesto energico ma anche controllato, e appariva ben consapevole del proprio ruolo, che interpretava con autentica regalità.

Rinunciando prontamente alla posizione di vantaggio che gli derivava dal trovarsi ancora sul cavallo, il romano smontò agilmente e tese la mano. «Ti porto il suo saluto e quello di Flavio Ezio, il mio comandante.»

«Come sta?»

«Bene: sta radunando il suo esercito, e presto sarà qui. Confida molto nel tuo aiuto di alleato.»

Gundovek, accigliandosi, gli rispose in tono severo: «Il suo ritardo preoccupa molti, qui».

«Me ne rendo conto, ma non dovete preoccuparvi: tra venti giorni, Ezio sarà in campo con la sua armata.»

Chilperico avanzò di un passo ad abbracciare il suo vecchio amico: «Ehi, Sebastiano! Ti ricordi di me, spero!».

«Naturalmente! Non sei cambiato molto, invero.»

«Tu sì, invece: quando ti ho visto l'ultima volta, avevi la tunica tutta sporca di fango, correvi a piedi nudi nell'erba e un vecchio precettore ti inseguiva furibondo agitando la verga. Oggi vedo che indossi abiti di ben altra fattura.»

«*Cursus honorum*, amico mio! Ti ricordi quante volte ci siamo azzuffati?»

«Già. L'ultima, ti avevo acciaccato il naso, mi pare: spero che adesso non sanguini più.»

Risero insieme, ma il silenzio attorno a loro li richiamò alla gravità del momento. Subito Sebastiano tornò a volgersi verso Gundovek, che osservava entrambi con malcelata impazienza. Il re accennò verso le due salme: «Immagino che tu sia ormai al corrente degli ultimi avvenimenti».

«Sì, e non posso che esprimerti il mio profondo cordoglio e lo sdegno romano per questo vile delitto. Sono sicuro di parlare più che mai a nome del *Magister militum* e dello stesso Augusto, che apprenderanno certo con dolore questa notizia. Comunque» aggiunse abbassando il tono della voce, «sappi che un caso fortunato mi ha messo nella condizione di conoscere il nome del colpevole.»

Un lampo brillò negli occhi di Gundovek. Gettò attorno a sé un'occhiata furtiva, quindi, fingendo di abbracciarlo, lo attirò a sé e gli sussurrò nell'orecchio: «Dimmelo: subito!».

Udendo in risposta il nome dell'assassino, si ritrasse scuro in volto; i suoi lineamenti si indurirono. «Puoi provarlo?» mormorò accigliandosi.

«Certamente. Lascio a te la scelta del momento.»

«Allora fallo subito. È il cielo che ti manda: le tue rivelazioni varranno a scuotere gli indecisi. Fra poco lascerò a te la parola.»

Stendendo la mano, lo invitò a salire con lui la breve scalinata, in cima alla quale si trovarono a dominare l'assemblea.

Sebastiano si voltò un momento per accertarsi che Matauro lo avesse seguito con Audbert e tutti i soldati. Costoro, ai piedi dello scalone, erano smontati dalle loro cavalcature, ma senza allontanarsene. I burgundi osservavano gli illirici con curiosità, e gli alani con una malcelata ostilità, poiché, senza fare distinzioni, consideravano quel popolo amico degli Unni.

Gundovek accompagnò Sebastiano davanti alle due salme. Slacciandosi l'elmo piumato, il romano scoprì il volto leonino e i folti riccioli castani, tra i quali non poche matrone di Ravenna si deliziavano di affondare le dita inanellate; passato l'elmo a Vitalio, si mise una mano sul petto e, contemplando con una lunga occhiata il corpo del grande guerriero, che peraltro non aveva mai conosciuto in vita, chinò brevemente il capo in segno di contrizione; poi fece un passo indietro e in quel momento incontrò lo sguardo di Frediana. Era pallida, tesa, certamente provata, ma i suoi occhi erano asciutti. Non si era mossa dal suo scranno, ma lo fissava acutamente. Un vento leggero accarezzò il suo velo, mentre rispondeva con un semplice cenno al suo inchino rispettoso. Ci fu solo il tempo per un saluto fuggevole alle altre due donne. Griselde, con l'ingenua spontaneità dei suoi quindici anni, accennò ad alzarsi per farglisi incontro, ma venne saggiamente trattenuta per un braccio dalla madre, preoccupata del rispetto delle forme. Frediana, intanto, aveva già distolto lo sguardo da lui, tornando a fissare gli occhi nel vuoto.

Gundovek, alquanto innervosito dalla sua recente rivelazione, gli stava presentando il vescovo, il cui nome era Antelmo. Flavio Ezio gli aveva parlato di quell'uomo, descrivendolo come autorevole capo della comunità autoctona, fedele alla Chiesa romana. Trovarlo a presenziare alle esequie di un eminente guerriero barbaro di fede ariana lo sorprese un poco, ma non negativamente; dopo avergli baciato l'anello, accennò a tale circostanza: «Il *Magister militum*» osservò «apprenderà con piacere che la comunità dei cristiani non conosce divisioni in un momento tanto grave».

Il prelato annuì, ma nemmeno l'ombra di un sorriso comparve sul suo volto severo. «In assenza di un vescovo ariano» precisò «i Burgundi mi hanno chiesto di celebrare il rito funebre. Ma tu hai detto bene, Prefetto: il momento è molto grave, e il gregge di Cristo deve restare unito. Come vedi» aggiunse, accennando con un solenne, curiale gesto della mano alle due salme, «la perfidia di Attila ha già fatto le prime vittime!»

Scambiarono solo poche parole, perché non c'era tempo per lunghi convenevoli: un mormorio d'impazienza già correva tra i capi burgundi, evidentemente ansiosi di udire il messaggio del romano e vedere l'assemblea giungere a delle conclusioni. Mentre ascoltava con espressione concentrata le preoccupate esternazioni del vescovo, a Sebastiano non era sfuggito che Gundovek parlottava con Chilperico, evidentemente trasmettendogli degli ordini. Quando il capo burgundo tornò a volgersi verso di lui, capì che doveva disimpegnarsi. Salutò il vescovo, ma questi lo trattenne per un braccio con la sua mano nervosa. Fissandolo con tutta l'acutezza dei suoi occhi cerulei, gli disse in tono angosciato: «Ravenna deve soccorrerci, Legato: se i Burgundi si arrenderanno ad Attila, le vite di migliaia di cristiani saranno in pericolo».

Sebastiano lo rassicurò: «Non temere: Ezio non intende abbandonarvi».

Un momento dopo, Gundovek lo conduceva nel punto esatto dal quale aveva parlato lui poco prima e lo presentava senz'altro all'assemblea, invitandolo a riferire a tutti il messaggio di cui era latore. Un mormorio confuso accolse quell'annuncio, ma tutti tacquero rapidamente appena lui accennò a prendere la parola.

Percorso con una rapida occhiata il suo uditorio, portò prima di tutto il saluto dell'Imperatore Valentiniano e quello del suo *Magister militum* e rinnovò le sue espressioni di cordoglio per il duplice assassinio. «Di Waldomar» disse fra l'altro «Flavio Ezio aveva grande rispetto e lo stimava come un fedele alleato. Chi lo ha ucciso, comunque, ha fatto male i suoi calcoli, perché...»

Una voce impaziente si levò tra la folla a interromperlo: «La fedeltà all'alleanza non può essere solo dei Burgundi: dicci quando arriverà l'esercito di Ezio!».

Un'altra si associò: «Sì! Non possiamo certo affrontare gli Unni da soli, mentre voi Romani ve ne state chiusi nei forti e il tuo Imperatore gioca a Ravenna con le galline!».

Era, quest'ultima, un'allusione pesantissima a Roma, la gallina che molti decenni prima l'Imperatore Flavio Onorio, zio e predecessore di Valentiniano, aveva tenuto nel suo palazzo come un animale domestico: un'innocente debolezza da giovane patrizio annoiato, che tuttavia per quei barbari era sempre attuale e tornava buona come motivo di scherno feroce anche nei confronti del nipote. Risate e grida di approvazione, infatti, accolsero quelle parole irriverenti. Preoccupato, Gundovek levò le braccia per reclamare il silenzio, ma Sebastiano dovette attendere un poco per poter dare la sua risposta, e lo fece quasi gridando: disse ai burgundi di comprendere la loro impazienza e assicurò che l'esercito di Ezio sarebbe giunto sul Lemano di lì a una ventina di giorni. Quello era il messaggio, in effetti, ma lui sapeva bene di mentire, poiché molto difficilmente l'armata di Ezio – ma quale? Quando aveva lasciato Ravenna non v'erano che poche migliaia di soldati – avrebbe passato le Alpi prima della fine di aprile. Voleva tornare al punto, smascherare l'assassino, ma un uomo corpulento e barbuto, che stava nella prima fila con i pollici infilati nell'alto cinturone di cuoio, domandò in tono aggressivo di quanti soldati e cavalieri fosse formato quell'esercito. Un altro, che doveva essergli amico e aveva sul viso un'espressione ancor più arrogante, assentì energicamente, rilanciando la sua domanda: «Sì, dicci un po', soldatino: chi ci manderà il tuo Imperatore? Le sue concubine? O forse un esercito di eunuchi dipinti?».

Di nuovo, un coro di risate si levò dalla massa. Sebastiano intuì che quel guerriero doveva essere di un certo rango, perché era attorniato da un folto seguito di uomini armati, che lo supportavano con i loro schiamazzi. Nel suo sarcasmo, nel suo sguardo arrogante poté leggere un'ostilità preconcetta e irriducibile.

«Dovete credermi: quello che sta per arrivare è un grande esercito: il meglio delle truppe palatine e comitatensi!» assicurò spudoratamente, tra animate contestazioni. «Ma ora lasciatemi parlare, perché ho un'altra cosa importantissima da dirvi. Io...»

Altre voci si levarono a interromperlo: «Quanti soldati? Quanti cavalieri?» gli fu domandato da più parti. Incontrò lo sguardo di Gundovek, il quale però, le braccia incrociate, lo ascoltava accigliato, ma con l'aria di non voler intervenire. Forse perfino lui, nonostante ciò che aveva appena appreso, o forse proprio per questo, stava soppesando i pro e i contro della situazione; forse era tuttora incerto su quale fosse il miglior partito da prendere nell'interesse del suo popolo e stava a guardare, valutando con estrema attenzione la forza degli schieramenti in seno all'assemblea, nonché, conseguentemente, il pericolo che potevano rappresentare per lui stesso. In ogni caso, Sebastiano si rese conto di essere sottoposto a un esame anche da parte sua. Era una situazione incresciosa. Era stato mandato con l'ordine di promettere anche l'impossibile, perché l'alleanza dei Burgundi era vitale, e tuttavia decise di non spingersi troppo avanti nella menzogna: «Non meno di trentamila soldati, per metà di cavalleria!» proclamò in tono stentoreo. Pareri contrastanti si levarono tra i burgundi, e nella folla si accesero vivaci discussioni. Molti assentivano compiaciuti e commentavano con soddisfazione quell'annuncio, ignorando che la cifra dichiarata era più del doppio di quella reale, ma Sebastiano udì qualcuno gridare che anche trentamila soldati erano pochi, poiché gli Unni erano enormemente di più. Una voce, chissà dove, gridò che i Romani erano tutti vigliacchi e infidi. Altre si levarono a confermare quelle parole insultanti.

«Dovete avere fiducia» ribadì Sebastiano. «Il *Magister militum* non vi abbandonerà! E i Visigoti dell'Aquitania saranno con noi!» riuscì ancora a gridare prima che il confuso clamore che si levava dalla folla eccitata sormontasse la sua voce. I pareri erano discordi, e qua e là si accesero anche piccole zuffe, anche perché nessuno, a quanto sembrava, si incaricava di mantenere l'ordine. Confuso dalla piega negativa che l'assemblea andava prendendo, Sebastiano ebbe un momento di scoraggiamento; accigliato, interruppe il proprio intervento e, in cerca d'aiuto, si volse di nuovo a cercare con lo sguardo Gundovek, ma lo vide impegnato a discutere animatamente con Alpiniano. D'istinto, stringendo i denti per la collera, si avvicinò di qualche passo ai soldati del suo seguito, come a cercare un rifugio in cui riordinare le idee. Dopotutto, era un soldato, non un oratore! Imprecava tra sé: la sua missione si stava rivelando improba, non solo a causa della morte di Waldomar, ma anche perché era più che chiaro, ormai, che erano molti i nobili che remavano apertamente contro rispetto agli sforzi di Gundovek per tener fede all'alleanza. Mentre quest'ultimo cercava nuovamente di riportare il silenzio, gli occhi di Sebastiano incrociarono ancora una volta lo sguardo di Frediana e vi lessero una muta, sprezzante disapprovazione. Si disse che doveva mostrarsi più energico, non poteva farsi sopraffare. Si era lasciato mettere sotto accusa, mentre avrebbe dovuto invece forzare subito il gioco e denunciare senza indugi l'assassino di Waldomar. La posta era troppo alta, e non gli era concesso di fallire. Furente, si voltò, deciso a riprendere la parola, ma nel frattempo questa gli era stata tolta da un atletico guerriero dal cranio rasato, con occhi astuti e lunghi baffi attorcigliati. L'uomo, che indossava una comoda ma efficace armatura di cuoio, rinforzata con decine di borchie di metallo, era già salito fino a mezza scala e si sbracciava nel tentativo di attirare l'attenzione della platea. Avvicinandosi a Sebastiano senza dare nell'occhio, Alpiniano accennò a quel guerriero e gli sussurrò: «Volevi vedere Gualfard? Eccolo lì».

«E Gundovek? Che fa?»

«Esita. Senza Waldomar è come privo di un braccio. La situazione è molto incerta. L'esito di questa assemblea è nelle tue mani.»

22

Gonfiando il petto, e scorrendo con lo sguardo i volti di coloro che si apprestavano ad ascoltarlo, Gualfard levò un braccio a chiedere il silenzio, quindi esordì in tono deciso: «Ascoltate! È da stamane che discutiamo, ed è venuta l'ora di prendere una decisione. Aspettavamo l'esercito di Ezio, e invece» stese il braccio con un gesto di sufficienza, a indicare Sebastiano «egli ci ha mandato soltanto questo suo ambasciatore, e noi lo abbiamo ascoltato. Trentamila soldati, ha detto! Ma io vi dico: chiacchiere! Trentamila soldati sono pochi per noi e troppi per Roma. Dove li trovano tutti questi soldati, i Romani? Come li pagano? Parole al vento, dunque! Ancora una volta, Ezio ci ha ingannato; ancora una volta, è venuto meno alla parola data, e spera che siano altri a combattere per lui e per il suo Imperatore. Voi sapete che io non ho certamente paura degli Unni. Nessuno qui può accusarmi di essere un vile. Ma io lo dissi, mesi fa, che sarebbe stato sbagliato respingere l'ambasceria di Attila, e ora eccoci qui, trascinati in una guerra che non ci riguarda!».

Un uomo, sgomitando tra la folla, raggiunse le primissime file e lo interruppe: «Altroché se ci riguarda!» puntò il dito verso i due feretri. «Guardate! L'hanno assassinato! Waldomar ci aveva ammonito di stare in guardia, e loro, gli Unni, l'hanno assassinato.»

Riscosse molte approvazioni, ma Gualfard alzò la mano a

tacitarlo: «È vero, o almeno così sembra. Ma l'amico Waldomar fidava nell'arrivo dell'esercito romano. Ebbene, io vi chiedo: dov'è questo esercito? Ditemelo, perché io non lo vedo. O volete forse fare la guerra ad Attila da soli? Il tradimento dei Romani...».

Sebastiano, che non riusciva più a contenersi, avanzò verso di lui: «Basta!» proruppe. «Come osi parlare di tradimento, tu?» Si volse quindi verso l'uditorio: «Non posso più tollerare gli insulti di questo cane! Né posso accettare ch'egli pronunci ancora il nome della sua vittima e che proclami di essergli stato amico. Perché proprio lui è l'assassino di Waldomar, e io ne ho le prove!».

Mentre un boato di esclamazioni contraddittorie esplodeva con veemenza tutt'attorno a lui, Sebastiano vide Gualfard, livido in volto, protestare con parole che furono coperte dal clamore della folla. Subito dopo il burgundo diede mano alla spada. Sebastiano fece altrettanto, ma tra loro si interposero fulmineamente le guardie di Gundovek e alcuni illirici di Matauro. Anche gli armigeri che scortavano Gualfard avevano tratto le armi, e per qualche minuto la folla ondeggiò e tumultuò, mentre asce e spade si levavano minacciosamente, pronte a colpire. Potente, la voce di Gundovek si levò a imporre il silenzio, ma occorse del tempo perché egli potesse prendere la parola. Levando le braccia, gridò: «Silenzio! Tacete, dunque!». Quindi si rivolse al romano: «Le tue accuse sono gravi. Spero che tu abbia le prove di quanto affermi».

Sebastiano si chiese fino a che punto egli stesse recitando; in ogni caso, doveva dargli atto che Chilperico e le sue guardie si erano mossi con perfetta tempestività. Eppure, sentiva che il capo burgundo non aveva ancora preso la sua risoluzione. Le mani sui fianchi, gli rispose in tono fermo e a voce alta, affinché coloro che lo circondavano potessero udirlo: «Certo che ho le prove! Ho con me un testimone: un bifolco marcomanno che ha guidato un principe unno fino a poche miglia da qui, a un appuntamento con questo assassino, e ha poi assistito all'agguato».

Un momento dopo, Audbert fu sospinto in mezzo alla

massa dei guerrieri, e Gundovek lo interrogò con veemenza: «Allora? Che hai da dire? Cosa hai visto?».

Stringendosi nelle spalle e guardando attorno a sé con spavento evidente, il marcomanno balbettò: «Io... io l'ho visto!».

«Chi hai visto, dunque?»

Audbert deglutì e si guardò attorno smarrito. Aprì la bocca, ma la voce gli uscì strozzata, senza consentirgli di articolare parola. Gli sguardi di centinaia di guerrieri erano puntati su di lui.

«Parla, maledizione!» lo sollecitò il romano, scuotendolo per lo scollo della tunica. Fattosi coraggio, torcendosi le mani, il bifolco accennò col capo in direzione di Gualfard, il quale lo guardava come se volesse farlo a brani. «Lui!... Ho visto lui e Balamber.»

Gundovek lo incalzò: «Chi è questo Balamber?».

«Un unno!... Mandato da Utrigùr, l'Onegesio. Mi ha costretto ad accompagnarlo da queste parti, dicendo che si trattava di un'ambasceria matrimoniale. Io non volevo... Gliel'ho detto, anche, che non volevo... ma lui ha minacciato di uccidermi, di vendicarsi sulla mia famiglia, e allora io...»

«E questo Balamber ha incontrato Gualfard?»

Audbert assentì energicamente: «Sì, è così! E poi...».

«E poi?...»

«E poi, il giorno dopo, i guerrieri che avevano accompagnato Gualfard si sono appostati e hanno ucciso Waldomar e tutta la sua scorta. Io... ho visto tutto.»

Un mormorio di sconcerto accolse quelle parole. Frediana, che aveva lasciato il suo scranno e si era fatta spazio fra i robusti guerrieri, si portò dinanzi ad Audbert. Grimilde, con un'espressione d'angoscia nei bellissimi occhi azzurri, le cingeva la vita, più a trattenerla, invero, che non per proteggerla o consolarla. Sfuggendo a quell'abbraccio e facendo un passo avanti, la giovane interrogò ansiosamente il marcomanno: «Come è avvenuto l'attacco? Sai dire come io ho potuto fuggire? Di che colore era il cavallo di mio padre?».

«Erano una ventina, con molti arcieri. Molti arcieri, sì... Tu eri su un carro, il cocchiere è stato colpito da una freccia e i cavalli si sono imbizzarriti. Tuo padre aveva un cavallo bianco, ma è stato subito disarcionato. Quel cavallo l'ha preso poi un ragazzo: tuo fratello, credo...»

Di scatto, con i pugni stretti e gli occhi lampeggianti d'odio, Frediana si volse verso Gundovek. «È vero» esclamò. «È tutto vero. Quest'uomo dice il vero!»

Un boato di voci accolse le sue parole. Senza attendere risposta, la ragazza sfilò fulmineamente un pugnale dalla fondina di una delle guardie e si lanciò come una furia contro Gualfard, chiamandolo porco e assassino. Dovettero fermarla in tre. Nel tumulto si levò, carica di collera, la voce dell'accusato: «Questo bifolco mente! È tutto un imbroglio dei Romani! Hanno montato questa commedia per trascinarci alla guerra!».

Ci fu tra coloro che si trovavano in cima allo scalone un altro movimento convulso, un ondeggiamento. Prontamente, Matauro si pose davanti ad Audbert per fronteggiare Gualfard, che irrompeva in avanti levando la propria spada. Tra loro si interpose Gundovek, che, con incredibile prontezza di riflessi, afferrò il polso del guerriero e lo bloccò, mentre le sue guardie spianavano le armi a trattenere gli armigeri che lo spalleggiavano. Ansimando, trattenuto da mani robuste e da diverse lame protese, Gualfard gridò: «Non posso tollerare un affronto del genere! Non potete credere a questo cane! Non è che un bifolco, un verme della terra. Non è nessuno, e nessuno lo conosce! È tutta un'infame trama di questo porco romano!».

Risolutamente, la mano di nuovo posata sull'impugnatura della spada, Sebastiano si rivolse a Gundovek. «Io ti ho portato la prova di quanto affermo. Ora sta a te decidere, ma non intendo farmi insultare da questo assassino.»

Con disappunto, vide Gundovek esitare ancora: accigliato, sembrava intensamente concentrato su una sua idea. Gualfard, schiumante di rabbia, si dibatteva tra le guardie di Chilperico e continuava a inveire contro di lui. «L'Ordalia!» gridò a un tratto. «Chiedo l'Ordalia! La prova delle armi dimostrerà che le accuse di questo romano sono solo menzogne!»

A quelle parole, un solo grido proruppe e si diffuse rapidamente nella folla: «Sì! Ordalia! Ordalia!».

Riflettendo, il re dei Burgundi assistette per qualche istante senza dir nulla all'agitarsi dei seguaci dell'accusato, poi annuì gravemente e si volse verso Sebastiano: «È giusto. Gualfard è di nobile stirpe, e la parola di un uomo comune, per di più straniero, non può bastare per accusarlo di un fatto così grave».

Per un momento, Sebastiano trasecolò. Conosceva bene quell'assurda usanza germanica di affidare la risoluzione delle cause penali all'esito di pesanti prove fisiche affrontate dall'accusato o a un duello tra questi e l'accusatore, ma stentava a credere che un capo come Gundovek, che aveva fama di uomo intelligente e avveduto, accettasse di farvi ricorso in una questione di tale rilevanza, ed era portato a chiedersi quali fossero le reali motivazioni del suo ambiguo atteggiamento. Anche se fino a quel momento, davanti agli insulti di Gualfard, si era trattenuto a stento dal porre mano alla spada, era abbastanza conscio delle proprie responsabilità per trovare irragionevole che la soluzione del caso e fors'anche il destino di interi popoli fossero rimessi all'imponderabile esito di un confronto individuale. In verità, il suo stesso comandante, anni prima, aveva accettato una tale soluzione battendosi vittoriosamente in un duello, rimasto celebre, col suo rivale Bonifacio; quanto a lui, non era certo tipo da tirarsi indietro davanti a una tale sfida, nella quale – lo intuiva – era in gioco non solo il suo onore, ma anche quello dell'Impero; inoltre, forte di un allenamento costante con qualsiasi tipo di arma, non temeva il confronto col burgundo. Nondimeno, l'atteggiamento assunto dal re risultava offensivo per lui, in quanto lesivo della sua dignità di ambasciatore romano. Prima che potesse dire qualcosa di irreparabile, Alpiniano gli afferrò un braccio e si rivolse a Gundovek: «Ma...» obiettò sconcertato, indicando con la mano Gualfard, «è sicuramente colpevole! Hai un testimone, che vuoi di più? È lui l'assassino!».

Gundovek scosse il capo e ribadì fermamente. «Ha diritto di difendere il suo onore. Ma tu» si volse verso Sebastiano «sei un ambasciatore e puoi rifiutare di batterti in duello. Puoi designare un campione tra i tuoi migliori soldati.»

Prontamente, Matauro fece un passo avanti e propose se stesso, ma Sebastiano, esasperato e furente, non ne volle sapere. «Niente affatto!» disse deciso. «Se deve esserci un duello, sarò io a battermi.»

Incerto, le mani appoggiate sui fianchi, Gundovek lo fissò per qualche momento mordendosi il labbro inferiore, infine prese la sua risoluzione: «Come vuoi! Quando? A piedi o a cavallo?».

«Anche subito» ribattè risoluto il romano, «e a piedi: il mio cavallo è stanco e con uno che non conosco mi troverei in svantaggio.»

«Armi corte, naturalmente. Hai preferenze?»

«No. La mia spada andrà benissimo. Lui scelga l'arma che preferisce.»

Facendosi spazio a forza fra le guardie di Gundovek, Gualfard si avvicinò: «Allora scelgo ascia e scudo».

Sebastiano sostenne con tranquilla fermezza il suo sguardo carico d'odio. «Per me va bene» rispose.

Gundovek annuì; quindi, allargando le braccia, ordinò ai suoi: «Date campo! Date campo per l'Ordalia!».

23

Con gesti rapidi ed efficienti, dettati per entrambi dall'assuefazione all'uso delle armi, i due avversari si preparavano al confronto. Non occorse molto tempo a Matauro per trarre dal bagaglio del suo comandante la splendida armatura a scaglie di metallo e aiutarlo a indossarla. Quanto a Gualfard, che già indossava la propria, si era munito di un elmo di ferro e di un largo scudo rotondo, e attendeva con impazienza la fine dei preparativi del romano, camminando avanti e indietro come una belva del Circo e soppesando o mulinando l'ascia bipenne sotto gli sguardi ammirati degli spettatori. Sebastiano non lo guardava nemmeno.

«Sta' attento, *Eminentissimo*» lo avvertì Matauro passandogli l'elmo. «Tu hai grande destrezza con la spada, ma quel barbaro mi pare assai forte, e se ha scelto l'ascia è perché certamente la sa usare al meglio. Il mio scudo è solido, ma non so quanto potrà resistergli.»

«Staremo a vedere» si limitò a rispondere Sebastiano, indossando i guantoni ferrati. D'un tratto, si sentì avvolgere da un profumo soave: come uscendo dal nulla, Frediana era comparsa accanto a lui. Nel vederla così vicina provò un'emozione tanto forte che il suo cuore cominciò a battere più in fretta. Con gesto deciso, prima ancora che lui potesse salutarla, lei si tolse il diadema e, liberando la splendida chioma, levò il velo dal capo e prese a legarglielo attorno al braccio destro. «Tu oggi combatti anche per me, romano!» gli disse mentre glielo annodava, fissandolo con una luce di estatica risolutezza negli occhi.

«È un grande onore per me» riuscì a risponderle prima ch'ella gli voltasse bruscamente le spalle e corresse a raggiungere la sua protettrice. Ammirando la sua snella figura che si allontanava rapida, confondendosi presto nella massa formicolante dei guerrieri, avvertì una forza misteriosa e potente aprirglisi nell'animo ed espandersi in lui, e seppe che avrebbe vinto, ne fu certo.

A un segnale di Gundovek, il suono di un corno diede il via al combattimento. Nel quadrato definito dai grandi scudi delle guardie di Gundovek, dietro le quali si assiepavano centinaia di spettatori, i due uomini avanzarono con cautela l'uno verso l'altro, studiandosi con attenzione. Un silenzio carico di tensione gravava sul piazzale, dal quale la folla straripava sulla via Pretoria e nelle altre strade adiacenti. V'erano spettatori a ogni finestra dei palazzi circostanti, sui loggiati e perfino sui tetti d'ardesia, sullo sfondo di maestose nuvole biancheggianti.

Fu Gualfard a sferrare, con un grido, il primo colpo, spaccando subito l'orlatura di ferro del pur robusto scudo del romano, il quale preferì non contrattaccare. Quand'anche Sebastiano avesse avuto prima qualche dubbio circa la vigoria del proprio avversario, la forza di quel colpo d'ascia sarebbe bastata da sola a dissiparlo: ebbe subito chiaro che in quel duello sarebbe stato pericoloso per lui scendere sul terreno di un puro confronto fisico, e che perciò avrebbe dovuto fare assegnamento su tutta la propria esperienza. Si mossero per un po' cautamente, tenendosi d'occhio l'un l'altro, poi il burgundo sferrò un attacco a fondo, prolungato e tremendo, con una serie di colpi, badando però a non consentire all'avversario di coglierlo scoperto. La bipenne che impugnava era forse un'arma pesante, ma gli permetteva di colpire con pari efficacia anche di rovescio, senza dare respiro a Sebastiano; il solo fischio che produceva fendendo l'aria sarebbe bastato a sgomentare più di un guerriero. Il romano, mobile sulle gambe, arretrava e parava a fatica, cercando di non ricevere i colpi direttamente, bensì di deviarli per quanto gli era possibile, al fine di preservare lo scudo; ciononostante, quest'ultimo, benché fosse rinforzato da una larga piastra metallica, uscì da quella tempesta rotto in più punti.

«Ti farò a pezzi, romano!» ringhiò Gualfard quando alla fine si fu tratto indietro. Il tempo di riprendere fiato, e subito, muggendo come un toro infuriato, gli si gettò ancora contro con tutto il suo peso, scudo contro scudo, respingendolo indietro, fin quasi a ridosso del cordone delle guardie. Un mormorio di compiacimento si levò dalla folla, in mezzo alla quale, se non altro per orgoglio nazionale, i sostenitori del romano non dovevano essere troppo numerosi. I due avversari si separarono per un momento, nel quale una smorfia crudele apparve negli occhi di Gualfard, che tormentava nervosamente il manico dell'ascia, impaziente di porre termine a quel confronto che gli appariva più facile del previsto. Quando però, dopo un'altra breve pausa, egli tornò all'assalto, Sebastiano finalmente reagì: di nuovo sviò il colpo, ma con un movimento verso l'esterno, allo scopo di squilibrare il suo avversario, e sferrò subito un fendente, che l'altro parò a sua volta, portando poi un nuovo colpo dall'alto. Il romano, rapidissimo, anziché parare sbilanciò l'avversario traendosi indietro e subito dopo, con un fendente di ritorno, colpì con gran forza il manico dell'ascia. Gualfard, disarmato, diede un balzo indietro. L'urlo di spavento e disappunto che si udì nel piazzale fu così forte che alcuni uccelli lasciarono precipitosamente il tetto del Pretorio. Gualfard, però, non si perse d'animo: non commise l'errore di chinarsi per riprendere l'arma e, con grande prontezza e insospettabile agilità, si gettò in avanti a testa bassa. Proteggendosi con il suo grande scudo, urtò con tutto il proprio peso Sebastiano, cogliendolo mentre già accennava ad avanzare per vibrare il colpo risolutore, e lo rigettò all'indietro. Sospinto in quel modo, il romano arretrò barcollando, perse l'equilibrio e cadde sulla schiena tra le grida della folla, dando così il tempo al suo avversario di riprendere sveltamente la propria arma e rimettersi in guardia.

Sebastiano fu subito in piedi, rimproverandosi per aver perduto scioccamente la sua occasione. Ora erano di nuovo l'uno davanti all'altro, entrambi decisi a dare una rapida soluzione al combattimento. Gualfard ansimava, adesso, e nei suoi occhi crudeli era comparsa una luce di allarme. Intuendo il suo nervosismo, Sebastiano arretrò un poco, sperando che egli abboccasse e, attaccando, si scoprisse ancora una volta. E infatti Gualfard, risoluto a finirla e forse sospinto dalle esortazioni della folla, lo assalì d'impeto, con un ennesimo, tremendo fendente. Sebastiano parò il colpo con lo scudo, ruotò fulmineamente sul piede sinistro e colpì poi di rovescio con la spada, senza nemmeno guardare, spaccando il paranuca dell'elmo dell'avversario, nel momento in cui quello, spinto dal proprio slancio, passava oltre. Gualfard aveva intuito il colpo e si era spinto in avanti tenendosi basso, sicché la spada di Sebastiano lo aveva raggiunto quando era ormai quasi fuori portata, lasciandolo illeso; per quanto frastornato, si girò prontamente per rimettersi in guardia, ma non ne ebbe il tempo. Velocissimo, il romano colpì col taglio del proprio scudo ammaccato e contorto l'interno di quello dell'avversario, lo scostò di lato e, forzata in tal modo la sua guardia, portò con forza un affondo fulmineo. Con fatale precisione, la lama raggiunse Gualfard alla gola, l'unico punto lasciato parzialmente scoperto dall'armatura. Dalla folla si levarono allora grida di raccapriccio, cui seguì un agghiacciato silenzio.

Mentre le sue armi rovinavano sul selciato con fragore, il burgundo arretrò di un passo, e poi di un altro, le mani strette al collo squarciato, dal quale il sangue usciva schiumando. Si fermò, ondeggiò, poi cadde sulle ginocchia, e rimase in quella posizione per alcuni secondi, lo sguardo stupefatto, improvvisamente smarrito, emettendo un rantolo orrendo, gorgogliante; infine i suoi occhi si fecero vitrei ed egli crollò morto sul lastricato. Dopo un breve, sbigottito silenzio, dal gruppo dei suoi fedeli esplose un coro di grida di rabbia; come un sol uomo, essi mossero in avanti tumultuando, ma incontrarono le lance spianate delle guardie di Gundovek. Per qualche momento, in un confuso clamore, la piazza fu teatro di un tafferuglio convulso, che però ebbe breve durata, perché quei guerrieri si trovarono presto ridotti all'impotenza. Avvicinandosi a Sebastiano, Gundovek diede appena un'occhiata al corpo del traditore. Battendogli una mano sulla spalla, sorrise al vincitore. «Bel combattimento!» disse sorridendo. «Non mi aspettavo niente di meno da un ufficiale della guardia di Ezio!»

«E se fosse andata diversamente?» replicò il romano, gettando a terra lo scudo sconquassato.

Gundovek rise. «Ricordo ancora con quale maestria maneggiavi il bastone d'allenamento, quand'eri ragazzo. E poi» soggiunse, «non poteva andare diversamente, perché tu eri nel giusto.»

«Forse avevi bisogno di questo duello per averne la certezza!» rispose con accento polemico Sebastiano. Il burgundo si strinse nelle spalle e accennò alla folla che ancora rumoreggiava: «Io no, ma loro sì. Ora non esiteranno più».

Sebastiano si limitò a scuotere il capo, rinunciando a tentare di capire. Sulle motivazioni di Gundovek avrebbe riflettuto in seguito. In mezzo alla folla in tumulto, i suoi occhi cercarono invece Frediana. La vide avanzare alla sua volta fra gli armigeri. Una luce estatica irradiava il suo volto. Quando gli fu di fronte, gli giunse una mano fra le proprie. «Non ho dubitato nemmeno per un momento della tua vittoria!» esclamò, scrutando nei suoi occhi quasi con rapimento.

«Sono lieto di aver potuto vendicare tuo padre e tuo fratello.»

Lei volse lo sguardo al corpo di Gualfard, che due uomini di Gundovek trascinavano via per le gambe, segnando il selciato con una lunga striscia di sangue. Il suo volto si rabbuiò. «Vendicati, dici? No, non abbastanza. Il mio popolo è in grave pericolo: gli Unni ci perseguitano da trent'anni, e non vivremo mai in pace finché non ci saremo liberati di quei mostri assassini. Il fulmine mi ha aperto gli occhi. Sì: questa sarà una lotta del bene contro il male, una lotta a morte, e Dio sarà con noi. Dobbiamo ucciderli tutti. Dobbiamo sterminarli!»

Sebastiano colse nelle sue parole un odio così violento e

una determinazione così implacabile che ne restò a un tempo ammirato e sgomento. Immaginò che, parlando di un fulmine chiarificatore, Frediana alludesse a quello che, a quanto gli era stato detto, aveva colpito il sicario unno, e si ripromise di chiedergliene conferma appena avessero potuto parlare con più calma, giacché quell'episodio lo incuriosiva molto. Un istante dopo, la loro attenzione fu attratta da Gundovek, che, salito rapidamente in cima alla scalinata, era tornato ad arringare la moltitudine dei suoi guerrieri. Parlava di un giudizio divino, della giustezza della causa per cui chiamava il suo popolo a combattere, dell'inevitabile vittoria. La folla lo ascoltava ora fiduciosa, vibrando di una tensione nuova, di una nuova concordia. Sebastiano si sforzava di prestare attenzione alle sue parole infuocate, ma intanto la sua mano stringeva ancora quella di Frediana.

24

La sera stessa, davanti ai guerrieri riuniti nello spiazzo del Pretorio, il vescovo celebrò la messa e il rito funebre per Waldomar e il giovane Waltan. Poche ore prima, senza voti contrari, l'assemblea dei capi aveva deciso per il rispetto dell'alleanza: in attesa dell'esercito imperiale che doveva giungere dall'Italia, i Burgundi avrebbero presidiato i passi alpini e la media valle del Rodano, assicurando anche la difesa, ad Augusta, del ponte sul Reno. Il comando della piazzaforte fu affidato a Reinwalt, che i Burgundi chiamavano il "Taciturno" e consideravano, malgrado il suo cupo carattere, il più degno successore di Waldomar. I nobili e i capivillaggio presenti furono sollecitati a mobilitare tutti gli uomini atti alle armi, compresi i gallo-romani. Sebastiano assicurò che si sarebbe trattenuto a Genava fino all'arrivo di Ezio, per mantenere i contatti con Ravenna e aiutare Gundovek nei preparativi di guerra. Una volta rotti gli indugi, il capo burgundo si mostrò risoluto e spietato: tutti gli uomini del seguito di Gualfard, che erano stati incarcerati, furono passati per le armi nella notte stessa, mentre era in corso il banchetto funebre. Solo Geremar sfuggì alla giustizia: al mattino, Gualfard aveva detto ad alcuni amici di attendere il suo arrivo per la sera, ma egli non si fece vedere, evidentemente perché avvertito per tempo da qualche messaggero, e tutto ciò che Gundovek poté fare fu metterlo al bando e inviare una trentina di cavalieri a riprendere possesso delle terre che suo padre gli aveva in precedenza assegnato.

Nel corso del banchetto funebre, Chilperico e Sebastiano rinnovarono la vecchia amicizia, ripercorrendo i ricordi comuni ma anche parlando del loro presente. Il principe burgundo, che univa a un carattere animoso una grande passione per le armi, era stato impressionato dall'abilità che il romano aveva mostrato nel confronto con Gualfard, e gli pose numerose domande circa le tecniche di addestramento e l'armamento dei soldati di Flavio Ezio, e in particolare dei *Palatini*, le guardie dell'Imperatore; presto però la loro conversazione toccò anche altri argomenti: dai cavalli alle usanze conviviali della corte di Ravenna, dagli spettacoli che vi tenevano famosi giocolieri e illusionisti alle *venationes*, che, a quanto si diceva, appassionavano l'Imperatore. Toccando quel tema, scoprirono di condividere la passione per la caccia; Chilperico, in particolare, prediligeva la caccia all'orso, assai diffuso in quella regione, e Sebastiano, cui mancava quell'esperienza, accettò con entusiasmo il suo invito a unirsi a lui appena se ne presentasse l'occasione. Durante la serata, oltre a ritrovare un amico d'infanzia, si guadagnò anche la simpatia di sua madre e suscitò anche un vivo interesse in sua sorella Griselde. La fanciulla aveva ereditato dalla madre la bellezza e l'intelligenza, alle quali aggiungeva, di suo, una febbrile sete di vita e una vivacità di spirito che formavano un curioso e intrigante connubio con il suo fisico ancora acerbo, da adolescente. Era stata conquistata da lui fin dal primo momento, e per tutta la serata lo tempestò di domande circa i cerimoniali e i passatempi della corte di Valentiniano: un interesse, il suo, che non derivava da un'indole fatua, bensì dalla consapevolezza, ch'ella aveva ben radicata a dispetto della sua giovane età, della propria appartenenza a una stirpe regale. Nel risponderle, Sebastiano si sforzò di non apparire vanaglorioso o millantatore, e raccontò ciò che aveva potuto vedere stando nella guardia personale del *Magister militum*, il quale, del resto, ben di rado aveva soggiornato a Ravenna negli ultimi anni, sia perché si era trovato spesso impegnato in campagne di guerra, sia perché considerava da sempre la corte un nido di vipere. Frediana, chiusa in un silenzio carico di afflizione in mezzo al vociare dei commensali, lo ascoltò tuttavia con attenzione, e non certo per un suo interesse circa quegli argomenti. Dopo averlo visto esporsi nell'assemblea e battersi contro l'assassino di suo padre, era passata nei suoi confronti dall'indifferenza a una sorta di cieco entusiasmo, e durante il banchetto i suoi occhi ardenti ritrovarono la loro luce solo guardando lui. Nondimeno, si sottrasse a ogni suo sia pur cauto tentativo di farle raccontare qualcosa della sua drammatica esperienza. Del resto, lasciò presto la tavolata, dichiarando che preferiva recarsi a dirigere i servi che le erano stati assegnati per i preparativi della partenza, poiché aveva deciso di lasciare Genava il giorno dopo per traslare nella sua valle le salme del padre e del fratello. Grimilde, gentilmente, l'accompagnò all'appartamento che le era stato assegnato nel palazzo.

Il mattino seguente, Sebastiano ebbe cura di levarsi per tempo per salutarla. Tuttavia, desiderando parlarle da solo, non si recò al Pretorio per assistere al suo commiato da Gundovek. Accompagnato da Vitalio, raggiunse invece a cavallo il mesto corteo poco oltre la Porta Meridionale. Le due bare di quercia, coperte di fiori, intraprendevano il viaggio su carri trainati da buoi, scortate da una ventina di guerrieri di Gundovek. Sebastiano fu sorpreso di vedere Frediana a cavallo e in abiti maschili: un giustacuore di daino e pantaloni di lino aderenti, che le fasciavano le lunghe gambe; in effetti, si sarebbe potuto perfino scambiarla per un giovane paggio un po' effeminato, se non fosse stato per la cascata dei capelli che le si allargava sulle spalle, accarezzata a tratti da un vento umido, che faceva presagire la pioggia.

«Dunque» le disse, protendendosi un poco dalla sella a stringerle la mano «torni alla tua valle. È molto distante?»

«No. È un viaggio di soli due giorni. È giusto che mio padre sia sepolto presso la sua casa, in mezzo alla sua gente. Ma ci rivedremo presto. Fra venti giorni sarò qui con almeno trecento guerrieri.»

«Dovrebbe competere agli uomini guidare altri uomini in battaglia.»

«Non ci sono più uomini, nella mia famiglia. La vendetta è dunque compito mio.»

Notando che dal suo fianco pendeva una spada, Sebastiano osservò: «Ti diletti nell'uso delle armi?».

Lei rise amaramente. «Mi diletto, dici? Avrai presto modo di vedere che uso la spada bene quanto te. Come altre donne burgunde, del resto» aggiunse in tono d'orgoglio. «Un tempo eravamo potenti, ma oggi siamo un piccolo popolo che ha molti nemici, e non possiamo permetterci di lasciare combattere solo gli uomini.»

«Questo è molto triste. Ieri ho potuto vedere con i miei occhi che gli abiti femminili si addicono alla tua bellezza molto più dei ruvidi panni e dell'armatura del guerriero.»

Ebbe l'impressione che il suo complimento fosse andato a segno. Con gesto tipicamente femminile, lei si scostò i capelli che il vento le aveva un po' scompigliato sulla fronte e lo fissò acutamente, incerta se compiacersi delle sue parole o risentirsi per lo scetticismo che in esse poteva pur cogliere. Poi, però, il suo sguardo si indurì e gli rispose risoluta. «Io non indosserò più abiti femminili finché non avrò completato la mia vendetta.» Ciò detto, si voltò verso gli uomini della scorta e, levando il braccio, diede il segnale affinché si riprendesse la marcia. Stava già pungolando il cavallo, ma Sebastiano la trattenne appoggiando una mano sul pomo della sua sella. «Spero di rivederti presto, allora...»

Frediana si limitò a rivolgergli, da dietro le lunghe ciglia, un sorriso incerto, nel quale gli parve di cogliere un'ombra di ambiguità; quindi, bruscamente, gridò al cavallo, diede di sprone e si allontanò, raggiungendo la sua scorta con un rapido galoppo. Mentre la osservava allontanarsi, Sebastiano fu raggiunto da una staffetta di Gundovek, che gli trasmise l'invito a recarsi al più presto da lui, ma non fu in grado di anticipargli le ragioni di quell'incontro. Rientrò quindi rapidamente al Pretorio insieme col fedele Vitalio, e lì, entrando nel cortile, trovò ad attenderlo Audbert. Il marcomanno lo aspettava vicino allo scalone, dove c'era un grande movimento di guardie, staffette, delegati trattenutisi dal giorno prima e persone di servizio, e gli si fece subito incontro in uno stato di evidente agitazione. Sebastiano smontò e lo salutò, mentre Vitalio affidava i cavalli di entrambi a uno stalliere. Prendendolo per un braccio, lo indusse ad accompagnarlo su per la scala del palazzo. «Che c'è, Audbert? Ti vedo preoccupato.»

«Sì, *Eminentissimo:* sono in apprensione per la mia famiglia. Appena sapranno che vi ho rivelato il loro complotto con Gualfard, gli unni si vendicheranno certamente su di noi. Tu ieri mi avevi promesso che...»

«Certo. Sta' tranquillo: non ho dimenticato» lo rassicurò Sebastiano, rispondendo con un cenno al saluto delle guardie e avanzando con passo deciso nell'atrio. Oltrepassata una porta ad arco, imboccarono un corridoio, e poi il loggiato dell'antico peristilio, nel cui giardino, invaso dalle erbacce e in totale abbandono, erano in attesa, impegnati in piccoli conciliaboli o stravaccati a dormicchiare sotto rozze coperte, numerosi servi e armigeri dei delegati ancora ospitati nel palazzo. Ai loro passi, che echeggiavano seccamente sotto le arcate, si erano aggiunti ora quelli di Vitalio, il quale, sopraggiunto di corsa dal piazzale, li seguiva in silenzio, pronto agli ordini. Sebastiano, accortosi di lui, gli si rivolse senza smettere di camminare: «Salgo un momento da Gundovek. Tu va' nel mio alloggio e finisci di sistemare il mio bagaglio, ma prima cerca Matauro e digli di raggiungermi al più presto con quattro illirici: fra poco devo andare dal vescovo».

Audbert continuava a seguirlo. Fisso al suo problema, non mollava. «Per di più» rincarò arrancando accanto a lui «ormai è evidente che ci sarà la guerra, e ieri ho sentito dire da questi burgundi che Attila si avvicina ogni giorno di più col suo esercito. Se passerà per l'Alta Svevia, ... Insomma, comunque vada, io perderò tutto, la mia fattoria sarà distrutta, e...»

Sospirando, Sebastiano si fermò e si volse finalmente a guardarlo: «Ho capito, Audbert, ma ti ho già detto di non preoccuparti: ieri ho parlato con Gundovek e ho ottenuto per te una piccola scorta che ti accompagnerà a casa tua. Sono guerrieri esperti e, se vorrai, ti riaccompagneranno qui con tutta la famiglia, il bestiame, e tutte le tue cose. Gundovek ti darà della terra da queste parti».

Il marcomanno spalancò gli occhi e gli afferrò una mano tra le proprie, stringendogliela con forza. «Oh! Grazie! Grazie, *Eminentissimo!*» ma subito il suo viso tornò a oscurarsi. «Una scorta, eh? Gente fidata, spero!»

«Naturalmente: tutte guardie personali di Gundovek» rispose Sebastiano liberando la mano e riprendendo a camminare. Audbert gli tenne dietro. «Ma... perdona, *Eminentissimo*: tu sei stato molto generoso, e anche Gundovek, sì, anche Gundovek è molto generoso, naturalmente, ma... io quest'anno ho arato e seminato. Se vengo via, perderò il mio raccolto, e...»

«Devi decidere, Audbert. Del resto, se ti ammazzano cosa te ne farai del raccolto, dopo?»

«Sì, certo, hai ragione, *domine*, ma quello che io chiedevo è... insomma: di cosa vivrò, di cosa vivremo quando saremo giunti tutti qui, fino a che il generoso Gundovek non mi avrà sistemato, anzi no, voglio dire: fino al raccolto dell'anno venturo?»

Superato un altro posto di guardia, avevano preso a salire una scala di mattoni che conduceva agli appartamenti di Gundovek. Sebastiano, che ancora aveva per la mente Frediana, levò gli occhi al soffitto, ma cercò di dominare la propria insofferenza: «Credo che Gundovek provvederà a te nel migliore dei modi, anzi ne sono certo».

Audbert, rinfrancato, si fermò a mezza scala, ma ancora domandò: «Quando potrò partire allora? Non c'è tempo da perdere, mi pare».

Aveva ragione. Fermandosi a guardarlo dall'alto, le mani sui fianchi, il romano corrugò le sopracciglia e annuì: «Be', visto che sto andando da lui, dirò a Gundovek di organizzare la tua partenza per domani».

«Non oggi stesso? Perdonami, *Eminentissimo*, ma mezza giornata potrebbe voler dire per me e per la mia famiglia la vita o la morte, la rovina o la salvezza.»

Sebastiano sospirò: «D'accordo: vedrò di organizzare la tua partenza per il primo pomeriggio. E adesso vattene e lasciami in pace».

Dalla scala, Audbert lo stava ancora ringraziando quando, oltrepassata l'ultima sentinella, entrò negli appartamenti di Gundovek. Un domestico si offrì subito di fargli strada e lo accompagnò per stanze e corridoi semibui fino alla sala attigua ai bagni. Con l'aiuto dei servi, Gundovek si stava asciugando davanti a una fontana di marmo, certamente opera d'uno scultore pagano: l'acqua usciva scrosciando dalla bocca di un paffuto amorino, scendeva in una conchiglia di marmo e da questa, a cascata, in una vasca più grande, che recava in rilevo figure di nudi maschili e femminili. Mentre il capo burgundo fissava i mosaici del pavimento, un giovane servo gli strofinava energicamente la pelle arrossata delle spalle con un drappo dagli ampi ricami multicolori, di disegno celtico. I suoi abiti, accuratamente ripiegati, erano appoggiati su un sedile di marmo vicino al muro, accanto al quale era in attesa un altro domestico, pronto al suo più piccolo cenno. Entrando nella stanza, satura dei vapori del *calidarium* adiacente, Sebastiano si imbatté in Chilperico, il quale, vestito e con la spada al fianco, stazionava in piedi vicino alla porta, evidentemente non reggendo l'elevata temperatura di quel locale. Sul suo volto, come pure su quello di suo padre, era dipinta una viva preoccupazione.

Appena Gundovek si avvide di Sebastiano, lo salutò, e subito accennò ai due servi di allontanarsi. Quindi, avvolgendosi nel telo, sedette su una delle panche di marmo che si appoggiavano alle pareti. Osservandolo, Sebastiano non poté fare a meno di considerare come solo quindici anni prima si sarebbe potuto trovare su quella stessa panca un alto funzionario romano, accudito da servi germanici; ora invece accadeva il contrario: segno dei tempi! Se lui non avesse avuto una madre burgunda, facilmente Gundovek gli sarebbe sembrato, così rivestito, la grottesca caricatura di un antico romano nella sua toga. Invece, doveva riconoscergli una certa regalità naturale, e anzi non poteva negargli, a dispetto dell'incultura, un'assennatezza e una vivacità di mente degne di un grande re. Quando gli domandò il motivo per cui l'aveva fatto chiamare, Gundovek, prima di rispondergli, lo osservò per qualche momento, corrugando la fronte e strofinandosi il petto villoso col lenzuolo. Poi gli pose brutalmente una domanda: «Ieri, ci hai detto che l'esercito di Ezio sarà qui tra una ventina di giorni. È la verità?».

«Questo è quanto il *Magister militum* mi ha detto di riferirvi.»

Gundovek scosse il capo. «No» insistette con durezza. «Ti ho chiesto di dirmi se è la verità.»

Mentre Chilperico incrociava le braccia e si appoggiava alla parete, studiandolo attentamente, Sebastiano si trovò preso al laccio. Lo sguardo freddo e attento di Gundovek lo passava da parte a parte, inchiodandolo sulla linea di demarcazione, sottile come la lama di un rasoio, che passa tra la menzogna e la verità. Capì che mostrarsi offeso sarebbe stato inutile. «Io... non posso certo saperne più del mio comandante, ma posso garantirti sul mio onore che il suo intento di giungere qui al più presto e con tutte le forze di cui potrà disporre è assolutamente sincero.»

Appoggiando una mano sulla coscia – una coscia che pareva un tronco d'abete – Gundovek annuì con gravità: «Questo lo credo: se non fosse così, ieri non ti saresti battuto».

Vedendo l'espressione sconcertata di Sebastiano, aggiunse: «Tu sei valoroso ma non stupido, e in più sei un uomo d'onore, e un uomo d'onore con un po' di senno non rischia la vita in nome di una spudorata menzogna».

«Ieri, però, non ti sei mostrato troppo convinto della mia attendibilità a riguardo del tradimento di Gualfard.»

Gundovek scrollò le spalle. «Gualfard era già condannato, comunque andasse l'assemblea: lo avrei fatto sopprimere nel giro di pochi giorni. C'era ben altro in gioco. Quello che volevo vedere, e che volevo che anche la mia gente vedesse, era se avresti difeso a rischio della vita l'onore di Roma, e tu l'hai fatto. Non era solo la tua parola a essere messa alla prova, ma quella del tuo Imperatore, capisci?»

«E se non mi fossi battuto? Se avessi perduto?»

Gundovek rise brevemente. «Se tu non ti fossi battuto o avessi perduto avrei dovuto piegarmi al volere della maggioranza, che ieri era contraria alla guerra. Sì, avrei dovuto farlo. Ma non era questo che gli dèi volevano. Anzi» si corresse, ammiccando furbamente verso il figlio, «non era ciò che il nostro nuovo dio cristiano voleva. Tu hai vinto, e questo ha convinto tutti. Ora però io ti chiedo: quando pensi che arriverà Ezio? E con quanti soldati?»

Per un momento, Sebastiano, che era ancora confuso dalla logica contorta e superstiziosa del suo interlocutore, abbassò lo sguardo, quasi a cercare la risposta tra le tessere musive del pavimento. Comprese che non era possibile mentire: non troppo, almeno. Presa la sua decisione, guardò il re burgundo dritto negli occhi e rispose con voce ferma: «Ebbene, credo che, pur con tutta la buona volontà, non sarà qui prima della fine di aprile. Undici giorni fa, quando sono partito da Ravenna, aveva con sé all'incirca diecimila soldati».

Gundovek scambiò col figlio un'occhiata preoccupata. «Solo diecimila soldati! E non prima di un mese!» proruppe con sconforto.

«Altri ne sta arruolando, però, e dunque il numero che ho riferito ieri all'assemblea non dovrebbe rivelarsi, alla fine, troppo lontano dal vero. D'altra parte, devi considerare che non può lasciare l'Italia completamente sguarnita.»

Poco convinto, Gundovek si rivolse a suo figlio: «Digli le novità» disse.

Staccandosi dalla parete, Chilperico infilò i pollici nella cintura e annunciò: «Notizie dal Reno: gli Unni sono già davanti a Coblenza. I Franchi ripuari stanno abbattendo alberi a centinaia per costruire zattere».

«Ne sei certo?»

«Sì. È arrivata stamane una staffetta da Magonza. Puoi interrogarla tu stesso, se vuoi.»

Dunque, era veramente la guerra: anticipando i suoi avversari con l'abituale rapidità, Attila aveva aggirato da settentrione la selva Ercinia e si era già portato sul confine romano.

«Dovrò subito chiedere istruzioni a Ravenna. È un grande esercito?»

«Sembra che solo gli unni siano decine di migliaia, ma a loro bisogna aggiungere i Turingi, gli Ostrogoti, i Franchi ripuari e probabilmente i Rugi e gli Eruli.»

«Dunque, Attila invaderà le Gallie da settentrione» osservò Sebastiano, accarezzandosi pensosamente il mento e rammentando le voci che, prima della sua partenza, erano corse a Ravenna circa un esercito unno che, nella Rezia, tentava di forzare gli Alamanni a cedergli il passo. «Dovreste rallegrarvene: le vostre terre non saranno devastate. Perciò se...»

«No» lo interruppe Gundovek; quindi, volgendosi verso il figlio, soggiunse: «Digli il resto».

«C'è un altro esercito: di Gepidi, principalmente. Sono almeno diecimila, forse molti di più, e stanno risalendo la riva sinistra del Danubio sulla vecchia strada romana. Gli Alamanni sono stati sconfitti. Si sono ritirati nelle loro foreste e li hanno lasciati passare. Fra non più di una settimana quell'armata sarà qui.»

«Ma... voi come lo sapete? E da quando?»

Gli rispose Gundovek: «Da un paio di giorni: avevo mandato delle spie nella Svevia, proprio per essere informato per tempo. Ma se ieri lo avessi detto all'assemblea, dopo che la mia gente aveva constatato che non c'era nessun esercito romano in vista, ti avrebbero fatto a pezzi e tutto sarebbe stato perduto. Io però non sono uomo da strisciare ai piedi di Attila: ho condotto qui il mio popolo perché fosse libero, e non consentirò che si sottometta ai suoi nemici di sempre. Non senza combattere».

Di fronte a quella rivelazione, Sebastiano non poté non guardare sotto un'altra luce tutto il comportamento di Gundovek del giorno precedente: si rese conto pienamente dell'enormità della responsabilità che il burgundo si era assunto scegliendo di mantenere fede al proprio impegno con Flavio Ezio, come pure del conflitto interiore che doveva averlo dilaniato durante l'assemblea, e pur rimanendo sconcertato, da buon romano, dall'azzardo che aveva ispirato il suo atteggiamento circa il duello, non poté non provare per lui ammirazione e gratitudine. «Che intendi fare, ora?» domandò.

Corrugando la fronte, Gundovek si strinse nelle spalle. «Se gli Unni stanno passando il Reno a settentrione, è chiaro che i Gepidi intendono fare lo stesso qui: forse puntano su Lugdunum, ma potrebbero avere per obiettivo la conquista dei valichi alpini. Ci intimeranno certamente di cedere loro il passo, e poiché noi ci opporremo, combatteranno.»

«Dovrebbero passare da Augusta, e mi hai detto di aver provveduto affinché sia ben presidiata.»

«Sì, per fortuna ci sarà Reinwalt a difenderla. È un guerriero esperto e valoroso. La sua responsabilità è enorme: se i Gepidi passano il Reno, possono essere qui in tre giorni. In ogni caso, per precauzione, dovremo abbandonare tutti i villaggi e i borghi indifendibili, limitandoci a presidiare i posti più fortificati. Ieri sera ho avvertito i capi più fidati, e oggi ho diramato staffette per mettere in allarme tutti i villaggi e gli avamposti. Dobbiamo raccogliere quanti più soldati possiamo, anche tra i romani. Augusta, comunque, è in condizioni di resistere fino all'arrivo di Ezio.»

Sebastiano avrebbe voluto sprofondare dalla vergogna per la sua impossibilità a fornire subito un vero aiuto, tuttavia trovò la forza di sfidare il sarcasmo di Gundovek mettendosi a disposizione: «Ho con me solo una trentina di uomini, ma disponi pure di noi come meglio credi».

Negli occhi di Gundovek passò un fugace lampo d'ironia, tuttavia egli si limitò ad annuire: «E speriamo che Ezio arrivi presto. Fra pochi giorni ci sarà molto da fare».

Chilperico sorrise amaramente a Sebastiano. «Già» commentò, «niente più caccia all'orso!»

25

I profughi cominciarono ad arrivare di lì a pochi giorni. Primi, dal Settentrione, giunsero alcune centinaia di svevi del Giura, che i burgundi accolsero amichevolmente, nonostante i conflitti che anche di recente avevano diviso i due popoli. Arrivavano portando con sé poche cose: i più fortunati su carri a due ruote caricati in fretta e furia di qualche sacco di provviste, ma molti non avevano con sé quasi nulla, anche se generalmente gli uomini non si erano disfatti delle loro armi. Per ordine di Gundovek, tuttavia, venivano sfamati e alloggiati alla meglio, a condizione che non portassero, se non per farne scambio, sementi o bestie da pascolo e si impegnassero a combattere il comune nemico. In breve, il capo burgundo si trovò ad avere ai propri ordini un folto reparto di alamanni, i quali, consapevoli di non poter fuggire in eterno, altro non chiedevano che di poter affrontare di nuovo i comuni nemici. Poi arrivarono gli Elvetici e i Gallo-romani, ogni giorno sempre più numerosi. Le chiese li accoglievano e i presbiteri indicevano collette per sfamare quelli che erano totalmente privi di mezzi di sussistenza; anche tra loro, gli uomini atti alle armi venivano per lo più arruolati nelle milizie che dalle valli alpine e dalla pianura affluivano verso Genava. Tutta la regione, d'altra parte, si stava mobilitando per la guerra: ogni giorno dai villaggi affluivano ai punti di raccolta centinaia di guerrieri burgundi, ciascuno dei quali era accompagnato, oltre che dal suo scudiero e da servi elvetici armati, da una piccola squadra di bifolchi muniti di asce e di picche.

Con sorpresa, Sebastiano ebbe a constatare che, benché nemmeno dieci anni prima i Burgundi, insediandosi nella Sapaudia, si fossero presi quasi ovunque due terzi delle terre, metà dei pascoli e un terzo degli schiavi, e a dispetto della taccia di eretici con cui la Chiesa romana li bollava per la loro fede ariana, i loro rapporti con la popolazione romana apparivano complessivamente buoni. La positiva collaborazione di Gundovek con Alpiniano, del resto, già da sola sarebbe bastata a dargli testimonianza di questo fatto. Forse perché consapevoli di dovere il loro insediamento all'interessata clemenza di Flavio Ezio, e certo anche per via del loro piccolo numero – considerando le donne e i bambini, non erano più di trentamila in tutto il vasto territorio – non si erano sovrapposti brutalmente alla popolazione locale, non avevano fatto proselitismo dell'arianesimo e avevano invece fatto proprie alcune norme dell'antico diritto romano; che avessero ottenuto un certo successo stava a dimostrarlo anche la frequenza dei matrimoni misti, tanto più sorprendente ove si considerasse il loro recente insediamento nella regione.

Ogni signore burgundo, installato sulla sua terra, un tempo appartenuta a proprietari romani, aveva sotto di sé numerose famiglie di coloni. Costoro, in quel frangente di comune pericolo, non solamente ricercavano la sua protezione, ma erano anche disposti a battersi come meglio potevano per salvare la propria vita e quella dei familiari, oltre che i pochi beni di cui disponevano. Il terrore che gli Unni ispiravano veniva prima di ogni antagonismo etnico o invidia sociale. Nemmeno gli schiavi, ancora numerosi nelle campagne, avevano alcunché da sperare dagli invasori, e dunque l'intera popolazione della provincia si compattava in vista della lotta disperata che ormai appariva inevitabile.

Dopo quindici giorni i profughi erano già divenuti qualche migliaio, mettendo a dura prova le capacità di accoglienza delle comunità della regione, e altri ne arrivavano di continuo. Morti di stanchezza, sciamavano per le strade di Genava a testa bassa, con l'espressione cupa e smarrita, un po' allucinata, di chi ha perduto tutto e si sforza di pensare solo alla meta successiva: il prossimo bivacco, il ricovero per la prossima notte, rifiutando di soffermare la mente sul ricordo di ciò che avevano perduto e sulle inevitabili tribolazioni che ancora li attendevano. Ogni giorno arrivavano contadini, artigiani, commercianti, ma anche proprietari terrieri e aristocratici di antica discendenza romana, con le loro figlie dal bianco incarnato e dalle candide vesti, gente che fino ad allora, nonostante gli espropri subiti a opera dei Burgundi, aveva conosciuto una vita quasi agiata, e poi gente proveniente da luoghi remoti: Mattiaci del bacino renano, Bréoni della Rezia orientale e Marcomanni dell'Alta Svevia. Fra questi, ma accompagnato dalla scorta fornitagli da Gundovek, giunse anche Audbert, con la famiglia al completo, un carro stipato fino all'inverosimile e tutto il suo bestiame, compresa la scrofa, che aveva viaggiato con i suoi piccoli ingabbiata sopra un barroccio. Naturalmente, la prima cosa che fece appena arrivato fu cercare Sebastiano, per ricordargli le sue promesse e impetrare da lui una parola buona affinché i Burgundi provvedessero alla sua sistemazione. Sebastiano ne parlò con Chilperico, e questi gli confermò l'intenzione di suo padre di sistemare il marcomanno come colono nelle proprie terre. Dopo avergli riferito questa buona notizia, ricevendone ringraziamenti a non finire, Sebastiano non seppe più nulla di lui. Audbert, comunque, gli aveva riportato informazioni soltanto generiche, ma alquanto allarmanti, circa la consistenza e i movimenti del nemico. I profughi che erano venuti nei primi giorni dalla Rezia erano scappati solo al semplice annuncio dell'avanzata unna, e non avevano molto da raccontare, ma quelli che, come lui, erano arrivati in seguito parlavano con terrore di un esercito enorme, che andava radunandosi sulla riva destra del Reno, di fronte ad Augusta Rauricorum, e il numero di quei barbari veniva continuamente moltiplicato nei bivacchi o nelle taverne: gente che a stento sapeva contare fino a dieci parlava con enfasi di ventimila, cinquantamila o addirittura centomila gepidi e unni, bramosi di sangue, di stupro e di saccheggio.

Comunque stessero le cose, Augusta si trovava in grave pericolo. Per soccorrerla, ai primi di aprile Gundovek lasciò Genava con gran parte dell'esercito. Da Augusta partivano due strade romane. La prima portava verso Occidente, alla ricca Vesontio, e lì si biforcava: un ramo si dirigeva verso Lugdunum e il centro delle Gallie; l'altro scavalcava i bassi monti del Giura e scendeva a meridione verso Noviodunum, presso la quale confluiva nell'altra grande strada, che, passando più a nord per Aventicum, collegava direttamente Augusta a Genava. Nell'incombente pericolo, il controllo di quelle strade era vitale per i Burgundi. Ancora più sconvolgenti erano le notizie che arrivavano dal Settentrione, dove ormai gli Unni avevano passato il Reno e sciamavano nelle Gallie: già si parlava di terribili e metodici saccheggi, di atroci massacri e di nefandezze di ogni genere perpetrate dagli invasori.

La Pasqua cadde l'8 aprile, e fu vissuta nell'angoscia e nei preparativi di guerra. Nelle chiese affollate, il popolo implorò, attraverso la penitenza e la preghiera, che gli venisse risparmiato di abbeverarsi all'amaro calice della guerra e della devastazione. Sebastiano partecipò, insieme ad Alpiniano e alla sua famiglia, alla funzione eucaristica celebrata, nella chiesa dei Gallo-romani, dal loro vescovo Antelmo. L'intensità della fede che percepì nella moltitudine angosciata, che si era riunita attorno a quell'uomo come un gregge raccolto attorno al suo pastore, lo colpì profondamente. Il prelato non si limitò ad ammonire i fedeli circa l'incombere su di loro del giudizio e della punizione divina per i loro peccati, ma li esortò a prendere le armi per difendere le vite, gli averi e la loro fede dall'oltraggio dell'invasore pagano, e a confidare nell'aiuto di Dio, oltre che – soggiunse, rivolgendo uno sguardo pieno di significato a Sebastiano, in piedi in prima fila – nel soccorso dell'Imperatore cristiano.

In realtà, la situazione offriva pochi motivi di speranza. Tutta la regione compresa fra la grande ansa del Reno e le Alpi era come oppressa da una cappa di angoscia e tutti coloro che l'abitavano, dal più esperto guerriero al più umile servo di stalla, dal proprietario della grande *villa* all'ultimo dei suoi bifolchi, vivevano nell'aspettativa di qualcosa di tremendo. Le notizie funeste si susseguivano incalzanti, e ogni volta che Sebastiano spediva un corriere verso Mediolanum, dov'era il centro di raccolta dell'esercito imperiale, sapeva già che l'idea che Ezio si sarebbe fatto in base al suo messaggio circa la situazione in Sapaudia sarebbe stata superata in peggio, nel giro di pochi giorni, dall'evolversi della realtà. Quando, tre giorni dopo la Pasqua, qualcuno portò dal Settentrione la notizia dell'atroce saccheggio di Divodorum, avvenuto proprio il sabato santo, nel giro di poche ore la comunità di Genava si trovò preda dello smarrimento e della paura.

Due giorni dopo, in una mattina ventosa, in cui il cielo appariva quasi terso, percorso solo da piccoli cirri che si muovevano rapidi ad alta quota, Sebastiano si trovava sulla torre principale del Forte di Genava. Da quella posizione privilegiata lo sguardo poteva contemplare la massa compatta dei tetti d'ardesia della città e i battelli ormeggiati nel piccolo porto, oppure sollevarsi a spaziare anche su grandi distanze, percorrendo in una splendida panoramica lo specchio azzurro del lago, sul quale veleggiavano piccole e grandi imbarcazioni, e le montagne che gli facevano corona e si specchiavano nelle sue acque. Vitalio, che si trovava accanto al suo comandante, scorreva a sua volta quel paesaggio, volgendo forse la mente al *suo* lago, che era il Benaco: era infatti un mezzo barbaro, discendente, da parte di padre, da coloni alamanni insediati ottant'anni prima dal grande Valentiniano nella Pianura Padana. La sua famiglia viveva nei pressi di Brixia, su terre del demanio imperiale. Poco lontano da lui, le due sentinelle burgunde parevano molto meno interessate al paesaggio e parlottavano sommessamente nel loro ostico dialetto nordico.

Sulla riva settentrionale del lago era ben visibile il borgo di Noviodunum, e molto più vicino, sulla strada che costeggiava quella sponda, si potevano scorgere numerose figure in movimento con carri e masserizie. Volgendo lo sguardo a levante, Sebastiano non poteva non pensare a Frediana, cosa che spesso gli era accaduto di recente: gli aveva promesso di essere di ritorno entro una ventina di giorni, ma sulla vecchia strada romana non si erano visti né lei né i "trecento guerrieri" dei quali gli aveva parlato. Vanterie e minacce di una giovane donna di lignaggio, addolorata e ansiosa di vendetta? Forse solo in parte: in quei giorni aveva più volte discretamente sondato sia Chilperico sia Alpiniano nel tentativo di appurare qualcosa a suo riguardo, e da quanto essi gli avevano detto aveva ricavato l'impressione che per tutti la personalità di Frediana fosse un enigma. Il figlio di Gundovek la descriveva vivace, dotata di coraggio e acuta intelligenza e non priva di spirito, ma anche lunatica, soggetta a improvvisi attacchi di malinconia, come pure a collere repentine e tempestose, che avevano scoraggiato fino a quel momento più di un pretendente. «Un carattere impossibile, una pazza!» gli aveva detto perfino, soggiungendo che non c'era proprio da stupirsi che fosse arrivata ai diciannove anni senza sposarsi, anche perché mai avrebbe accettato un marito non di sua scelta. Da Alpiniano, Sebastiano aveva appreso che nel passato della ragazza c'era un evento doloroso, che non poteva non aver influito pesantemente nella formazione della sua personalità: bambina di cinque anni, Frediana aveva assistito allo stupro e alla brutale uccisione di sua madre da parte di un gruppo di guerrieri unni. Era dunque inevitabile che, dopo l'assassinio di suo padre e di suo fratello, il suo odio per quel popolo crescesse oltre ogni misura, e Alpiniano gli aveva detto che non si sarebbe stupito per nulla se l'avesse vista effettivamente, di lì a qualche settimana, sopraggiungere a cavallo, i lunghi capelli al vento, alla testa di un manipolo di guerrieri.

A un tratto, per le strade cittadine risuonò l'eco del galoppo di molti cavalli, e le due sentinelle si affacciarono dalle merlature e presero a discutere animatamente. Una puntava il dito in direzione della Porta Orientale. Guardando in quella direzione, Sebastiano scorse, tra una casa e l'altra, una colonna di cavalieri che sembrava apprestarsi a lasciare la città. Dal vicino Decumano, inoltre, salì il martellante galoppo di un cavallo. Poco dopo, si udirono dei passi pesanti risalire lungo la stretta scala di pietra, ma la torre era alta e ci volle un po' perché dalla botola uscisse Chilperico. Nel salutarlo, Sebastiano notò che indossava l'armatura. «Che succede? Quelli laggiù sono almeno una cinquantina di cavalieri. Dove vanno?»

Dopo essersi concesso un momento per riprendere fiato, Chilperico annunciò: «Una staffetta da Augusta. La città è caduta. Sembra che Reinwalt l'abbia consegnata ai Gepidi e sia passato dalla loro parte, mettendosi a capo di un distaccamento di burgundi rinnegati, gente d'oltre Reno, per lo più. A quell'esercito è aggregato anche un grosso contingente di unni. Mio padre ha dato battaglia, ma è stato sconfitto e si ritira su Aventicum. La Sapaudia è invasa».

Per un momento, Sebastiano si sentì come tramortito: con poche parole, Chilperico aveva tracciato il quadro di un disastro. «Ma... avevi detto che Reinwalt era un grande guerriero, e di provata fedeltà!»

Chilperico, sconfortato, allargò le braccia e si strinse nelle spalle: «Che vuoi che ti dica? Se non la paura, sarà stato l'oro di Attila a convincerlo, anche se la cosa mi pare strana, perché Reinwalt non è mai stato un uomo venale».

«Adesso possiamo spiegarci che sia stato proprio lui, venti giorni fa, a portare qui il corpo di Waldomar. Decisamente, Attila ha lavorato molto bene, in Sapaudia.»

«Già. Lo penso anch'io. Reinwalt è stato abile: ha finto pieno accordo con Waldomar e si è tenuto nell'ombra. Lo stesso Gualfard non è stato che un suo strumento, forse nemmeno consapevole, visto che dagli interrogatori dei suoi uomini, sotto tortura, il nome di Reinwalt non uscì affatto. Ma le cattive notizie non sono finite: sembra che i gepidi siano in marcia su Vesontio, e poco fa alcuni mercanti arrivati dal Settentrione mi hanno detto che migliaia di profughi sono in fuga sulla strada per Noviodunum.»

Sebastiano comprese subito le possibili implicazioni di quanto stava avvenendo: «Vesontio! Se la città cade, o anche solo se riescono ad aggirarla, i gepidi possono arrivare a Noviodunum, e da lì ai passi alpini. Se li chiudono, Ezio non potrà soccorrervi, e l'Italia stessa sarà minacciata».

«È così. Bisogna assolutamente fermarli, per dare a mio padre il tempo di ritirarsi qui e riorganizzare le nostre forze. Sto mobilitando tutti gli uomini che hanno un'arma e un cavallo. Fra poco partirò anch'io con tutti quelli che mi restano. Ora devo andare. Ti saluto.» Accennò a muoversi verso la scala, ma Sebastiano lo trattenne per un braccio. «Come sai ho poca gente con me, ma se possiamo renderci utili...»

Chilperico annuì: «Ogni aiuto può risultare utile, certo, e i miei uomini saranno rinfrancati dal vedere i soldati romani scendere in campo insieme a loro. Penso però che la cosa migliore che tu potresti fare in questo momento sarebbe mandare un altro corriere da Ezio per dirgli di affrettarsi».

Risoluto, Sebastiano fece un cenno di richiamo a Vitalio e seguì il principe burgundo verso la scala. «Lo farò senz'altro, appena avrò accertato la situazione di Vesontio» disse. «Intanto, raduno subito i miei uomini e vengo con te.»

Prendendo a scendere i gradini di pietra, Chilperico obiettò: «Sei un ambasciatore, non dovresti esporti di persona».

«Non importa! Devo rendermi conto di quanto sta avvenendo. E poi, se sulla strada di Vesontio vi sono dei cittadini romani in pericolo, è mio dovere fare quanto posso per soccorrerli.»

Scesero le scale rapidamente e uscirono insieme dalla torre; nel frattempo, dalla terrazza del corpo di guardia aveva preso a levarsi il suono del corno, chiamando a raccolta tutti coloro che potevano portare le armi. Poco dopo, la campana della basilica prese a suonare a stormo. La capitale della Sapaudia era in pericolo.

26

Il mattino era già inoltrato, ma il sole stentava ad affacciarsi da dietro le grandi nuvole grigie che la notte aveva portato sulla Sapaudia. Fermi in sella ai loro cavalli su un costone boscoso, Sebastiano e Chilperico potevano spaziare con lo sguardo verso settentrione, oltre le ultime, digradanti propaggini del Giura. Sul significato di ciò che vedevano non v'era alcun dubbio, e nessuno dei due riusciva a pronunciare parole di commento. Quel fumo che si innalzava in grandi, pesanti volute grigie all'orizzonte diceva tutto quello che c'era da dire: Vesontio bruciava. Ma il nemico l'aveva già oltrepassata, e il suo progressivo avvicinarsi era segnalato dagli incendi che divoravano i villaggi più prossimi all'antica strada militare.

Sotto di loro, i soldati erano smontati e approfittavano di quella breve sosta per mangiare qualcosa e dissetarsi. Erano poco più di quattrocento cavalieri, tra i quali bisognava annoverare almeno un centinaio di gallo-romani ed elvetici con l'armamento più eterogeneo, talvolta rudimentale. Chilperico aveva ordinato loro di disporsi fuori della strada, che seguiva il contrafforte opposto della valle, ed essi avevano invaso l'argine erboso e il letto di un fiume quasi in secca, lasciando in tal modo fluire sul lastricato la sfilacciata moltitudine dei profughi: gente col terrore negli occhi, che tardivamente aveva abbandonato Vesontio e i borghi limitrofi portando con sé solo poche cose, e ora, benché estenuata dalla lunga marcia, si sforzava di procedere velocemente, senza mai fermarsi, temendo di vedersi piombare addosso da un momento all'altro le orde unne. Nemmeno la vista dei guerrieri di Chilperico era valsa a confortarli. Guardavano i burgundi senza sollievo apparente, tirando diritto con la testa bassa, quasi che temessero di poter subire da quei guerrieri rivestiti di ferro e dall'aspetto truce ciò che fino a quel momento era stato loro risparmiato. Incontrandoli, anzi, le madri richiamavano i figli più vicino, il pastore correva a riportare nel suo piccolo gregge la pecora che si era allontanata, mentre l'avvenente matrona si copriva col velo e cercava di confondersi insieme con i servi nella folla degli umili, e chi aveva più bagaglio, magari affastellato in fretta sulla groppa di un asino recalcitrante, cercava di forzare l'andatura. Le diverse comunità si raggruppavano generalmente dietro i diaconi, che procedevano tenendo aperti i loro salteri di pergamena e intonando, ormai con scarso seguito tra la folla esausta, salmi che imploravano la misericordia divina. Quanto alla *nobilitas*, si muoveva in prevalenza a cavallo o sui carri da viaggio, e spesso, con l'aiuto di servi e guardie armate, non esitava a farsi strada con la prepotenza. Scorrendo dall'alto, fin dove l'occhio arrivava, il nastro della vecchia strada, che seguiva con larghi tornanti i verdeggianti versanti della valle, Sebastiano la vedeva ovunque punteggiata di quelle figure in movimento, ma aveva anche notato che piccoli gruppi preferivano abbandonare la colonna e salire a cercare rifugio tra i monti, per raggiungere le numerose grotte che in essi si aprivano o i villaggi dei pastori. Le convalli laterali pullulavano di fuggitivi, e un occhio attento che frugasse sulle pendici dei monti dirimpetto poteva distinguere qua e là, nei piccoli spiazzi erbosi che si aprivano tra gli abeti, decine di figurette che arrancavano lentamente verso l'alto, dove – così speravano – i cavalli degli unni non potevano arrivare.

Tendendo la mano verso quello sfacelo, Chilperico disse al romano: «Hai detto che volevi renderti conto. Che mi dici adesso?».

Sebastiano stava per rispondergli, ma la sua attenzione fu attratta da un confuso movimento che aveva potuto cogliere sulla strada: a meno di mezzo miglio da dove si trovavano, in corrispondenza dell'ultima svolta visibile ai loro occhi, ondeggiava una bassa nuvola di polvere. La indicò a Chilperico: «Guarda laggiù».

Protendendosi sull'arcione per vedere meglio, il figlio di Gundovek corrugò la fronte e, bruscamente, annuì. «Stanno arrivando» confermò con allarme. «Spazzeranno via tutta quella gente e fra poco saranno qui.»

Dunque, al secondo giorno di marcia stavano finalmente per incontrare il nemico. Sebastiano spostò lo sguardo verso il tratto più vicino della strada: avendo superato una svolta, sovrastata da una grande roccia a strapiombo, i profughi che vedeva avanzare non erano in condizioni di accorgersi di quanto avveniva alle loro spalle e dunque del gravissimo pericolo in cui si trovavano. Provò lo sciocco impulso di gridare, di agitare le braccia per avvertire in qualche modo quella gente, che era troppo distante da lui per poterlo vedere o sentire. Improvvisamente, però, un lontano, confuso clamore si levò nella valle, riecheggiando in modo strano, come strascicato, sotto il cielo plumbeo. In lontananza Sebastiano vide delle persone riversarsi in sempre maggior numero nell'alveo disseccato del fiume. L'intera colonna si fermò di botto e parve esitare per un lungo momento, poi fu come percorsa da una specie di onda che, risalendo da dietro, la sconvolse completamente. Le piccole figure che, in gruppi più o meno consistenti, fino a quel momento avevano avanzato sul tracciato della strada, furono prese da una folle agitazione. I più presero a correre sul lastricato, ma molti altri lo abbandonarono e, a imitazione di quanto già avevano fatto coloro che si trovavano più indietro, si gettarono a risalire il versante più vicino, oppure si riversarono nell'ampio alveo del fiume, cercando scampo sul versante opposto o tra le file dei burgundi. Chilperico riscosse l'amico, che seguiva inorridito quella scena. «Andiamo!» gridò, muovendo il cavallo e avviandolo per la discesa. Spronando, discesero rapidamente il sentiero che li aveva condotti sulla balza, attraversarono il guado e raggiunsero i soldati. Chilperico ordinò loro di montare e di approntare le armi, mentre Sebastiano, da parte sua, si rivolgeva a Matauro: «Ci siamo. Di' agli uomini di prepararsi: si va in battaglia».

«Dove ci schieriamo?»

«Te lo dirò fra poco» gli rispose Sebastiano e subito, dando di sprone, tornò a raggiungere Chilperico. «Hai solo quattrocento soldati, e non tutti sono guerrieri esperti. Che intendi fare?»

Il burgundo, prima di rispondere, rivolse uno sguardo preoccupato alla folla che, vociando, correva verso di loro in fuga disperata. «L'unica cosa che possiamo fare» gli disse infine. «Qui la valle si restringe un poco e questo potrebbe giocare a nostro favore. Inoltre, il letto sassoso del fiume è impraticabile per i cavalli e questo ci avvantaggerà. Con l'aiuto del tuo dio, cercheremo di fermarli. Intendi partecipare alla battaglia?»

«Naturalmente. Ma ti suggerirei di non puntare tutto su uno scontro frontale: quasi certamente sono molto più numerosi di noi.»

«Cosa suggerisci?»

«I miei alani sono pochi, ma sono tutti arcieri esperti, e tu pure hai molti arcieri nelle tue file. Dammene una ventina, in modo da formare un unico reparto e nascondiamoli tutti fra gli alberi del pendio, sotto la roccia che abbiamo appena lasciato: prenderanno gli unni d'infilata.»

Chilperico annuì e disse qualcosa, ma Sebastiano non riuscì a udire le sue parole, poiché il clamore della folla in fuga sembrava ora riempire il cielo: centinaia di persone in preda al panico correvano a perdifiato sulla strada, sull'ampio argine erboso o anche sciaguattando nell'acqua bassa del fiume. Gli uomini chiamavano e incitavano i propri familiari, i vecchi inciampavano e cadevano, dimenticati, le madri tornavano sui loro passi a raccogliere i bambini piccoli che rimanevano indietro, mentre il bestiame, compresi i muli con le loro some, vagava senza più guida in mezzo al caos. Tutta quella moltitudine, in preda al terrore più cieco, passò come una mareggiata in mezzo ai cavalieri burgundi, che cercavano di dispiegarsi per fronteggiare il nemico, e fuggì oltre, sospingendo ancora più avanti coloro che già erano transitati in precedenza. In mezzo a quella confusione, Chilperico aveva continuato a gridare i suoi ordini, cercando di farsi udire dai suoi sottoposti in mezzo al grande clamore. Appena riuscì a volgersi nuovamente verso Sebastiano, gli diede senz'altro la sua approvazione: «È un'ottima idea. Ti darò venti arcieri. Provvedi tu stesso ad appostarli tra gli alberi con tutti i tuoi uomini. Intervenendo al momento opportuno, potreste risultare decisivi».

La massa dei fuggitivi si andava sfilacciando. Arrancavano i ritardatari: persone anziane, per lo più; alcuni, esausti, si sedevano sull'argine o sui lastroni che emergevano dall'acqua e, tossendo, ansimando e scuotendo il capo, parevano rassegnarsi alla morte. A poco a poco, il silenzio tornò nella valle. Si udivano solo il lontano pianto di un bambino sperduto e gli ansiti rauchi di un cavallo che, azzoppatosi tra i sassi in mezzo al guado, giaceva semisommerso nell'acqua bassa e, scalciando, tentava invano di rialzarsi. Mentre i burgundi si schieravano da un versante all'altro della valle, Sebastiano dispose i suoi uomini: gli alani della sua scorta e gli arcieri che aveva ottenuto da Chilperico, per lo più bifolchi abituati da sempre a tirar d'arco. Gli illirici li avrebbero protetti da assalti troppo ravvicinati. Li fece nascondere nella boscaglia che rivestiva il morbido pendio della valle, un centinaio di passi più avanti rispetto al luogo in cui, su due file, si stava dislocando la cavalleria burgunda. Passando davanti a loro, gli unni avrebbero esposto il fianco non protetto dallo scudo e sarebbero stati più vulnerabili. Il piano di battaglia era tutto lì. Ora non c'era che aspettare.

L'attesa non durò a lungo, poiché presto un cupo rimbombo cominciò a rotolare lungo la valle, e poco dopo i primi cavalieri barbari apparvero alla svolta della strada.

27

Un silenzio opprimente gravava sulla valle. I barbari avevano impiegato poco a lasciare la strada e ad allargarsi sui due argini e nel letto del fiume, sicché in breve tempo il loro schieramento era giunto a estendersi da un pendio all'altro. Dopo avere avanzato per un breve tratto, si erano fermati, ma le loro file continuavano a infoltirsi. Appostato con i suoi soldati tra gli alberi, Sebastiano aveva già appurato che non si trattava di gepidi, bensì di unni, e cercava ora di farsi un'idea del loro numero. Molto probabilmente doveva trattarsi di un *mingàn*, l'unità base di mille uomini degli eserciti di Attila, ma potevano esserci altri reparti, invisibili dal punto in cui lui si trovava, oltre l'ansa del fiume. A dispetto della distanza, poteva intuire in quella multicolore moltitudine di guerrieri l'estrema eterogeneità di armamento ed equipaggiamento che era caratteristica degli Unni. Sotto grandi stendardi verdi, segno distintivo del clan a cui era affiliato il reparto, si assiepavano guerrieri quasi nudi o vestiti solo di pelli di montone, generalmente in sella a piccoli ma robusti cavalli mongoli, e altri che invece sfoggiavano armature sfolgoranti e abiti di una ricercatezza quasi orientale, montando cavalli di razza, di cui si erano impadroniti in Europa. Davanti a quello schieramento, su un nervoso morello spagnolo dalla lunga criniera, caracollava un guerriero rivestito di una splendida corazza di lamine di ferro e con un elmo a punta, dotato di ampi paraguance e cinto da un lungo nastro, o piuttosto una fusciacca, di un verde squillante. L'uomo, che con ogni evidenza era il comandante dell'esercito nemico, percorreva senza fretta le file dei propri guerrieri, ma volgeva spesso lo sguardo a quelle dei burgundi. Per un momento, si affacciò alla mente di Sebastiano l'idea che potesse trattarsi di Attila stesso. «Ma no! Sarebbe davvero troppo onore per noi!» rilevò amaramente tra sé, gettando un'occhiata alla fragile barriera formata dai burgundi, e cercando in particolare Chilperico, il quale, attorniato dai suoi luogotenenti, stava in quel momento calzando l'elmo sulla testa bionda.

Dunque, la battaglia. Non era certamente la prima per lui, ma con molte probabilità sarebbe stata l'ultima. Nondimeno, non avvertiva in sé altra sensazione che una pulsante voglia di confronto. Ogni giorno, da quando era giunto nella Sapaudia, si era sentito frustrato, umiliato per l'impossibilità di essere d'aiuto ai Burgundi nella lotta mortale che, fedeli all'alleanza con Roma, sostenevano contro il nemico di sempre. Ora non chiedeva che di battersi e fare la sua parte. Al seguito di Ezio, che spesso si era avvalso di mercenari unni, e ne teneva anzi molti tra le proprie guardie personali, aveva combattuto in più occasioni al loro fianco e li conosceva abbastanza per averne il più grande rispetto; tuttavia non li temeva, avendo avuto modo di imparare le loro tattiche di combattimento. Piuttosto, pur fidando in Chilperico, il cui carattere ardimentoso gli era ben noto, si domandava se i burgundi si sarebbero mostrati all'altezza di quel confronto, che si annunciava decisamente impari. Per loro sarebbe già stato duro affrontare gli unni ad armi pari, ma in condizioni di inferiorità numerica avevano poche speranze. Si rendeva perfettamente conto che, una volta che la loro resistenza fosse stata infranta, niente si sarebbe frapposto fra i barbari invasori e i passi alpini. L'Italia stessa era forse in pericolo. Improvvisamente, si ricordò di quello che era un suo dovere ormai improcrastinabile. «Vitalio!» chiamò.

Subito l'ordinanza fu accanto a lui, pronta agli ordini. Senza nemmeno guardarlo, Sebastiano lo sollecitò con un gesto nervoso della mano: «Prendi una tavola, presto! Corri!».

In un attimo, Vitalio si gettò tra gli abeti e raggiunse, poco più in alto, la radura dove erano stati nascosti i cavalli. Staccata dalla sella la cassetta con l'occorrente per scrivere, l'aprì febbrilmente, senza preoccuparsi di far cadere nell'erba, in tal modo, rotoli di pergamena, boccette d'inchiostro e tavole di cera. Raccolse invece una di queste e uno stilo; quindi, gettata la cassetta dietro di sé, tornò di corsa dal suo comandante. Sebastiano, teso e accigliato, puntò il dito verso la tavoletta e ordinò: «Scrivi: "*All'Eminentissimo, ecc., ecc. Magister utriusque militiae Flavio Ezio dal suo Prefetto e Legato Aulo Sebastiano*"».

Piegato su una gamba, il piede appoggiato su un vecchio tronco marcescente, Vitalio lavorava alacremente di stilo sulla tavoletta, che teneva appoggiata sulla coscia.

Ti scrivo per dirti che qui la situazione è grave. Augusta è stata consegnata a Gepidi e Unni da un principe burgundo traditore, e Gundovek è stato battuto. I barbari devastano la Sapaudia: hanno preso Vesontio e minacciano Lugdunum. I Burgundi stanno per impegnare battaglia con gli Unni sulla strada tra Vesontio e Noviodunum. Io combatterò con loro, difendendo l'onore di Roma. Se riceverai questa missiva vorrà dire che saremo stati sconfitti e i passi alpini saranno minacciati.

Dopo aver detto all'ordinanza di aggiungere le solite formule di commiato, Sebastiano intimò: «Da' qua!».

In un attimo impresse il sigillo del suo anello nella cera della tavoletta; era consapevole che sarebbe stato più opportuno, oltre che più elegante, inviare un messaggio scritto su pergamena, ma non c'era tempo per le finezze. Riconsegnò la tavoletta a Vitalio. «Ora sta' bene attento: monta a cavallo e allontanati da qui più in fretta che puoi. Scegliti un punto da cui vedere come vanno le cose, e se vedrai che saremo sconfitti...»

«Che nostro Signore non lo voglia, Prefetto!»

«Se vedrai che saremo sconfitti» ribadì nervosamente Sebastiano «dovrai metterti su quella strada, galoppare come non hai mai fatto, passare il valico e portare questa tavoletta al *Magister militum*, a Mediolanum o in qualunque altro luogo egli si trovi, hai capito?»

«Sì, Prefetto, ma è un viaggio di molti giorni e...»

Sebastiano scosse il capo con energia. «Non devi assolutamente fermarti a Genava: potrebbero trattenerti, e per di più la città è in pericolo; raggiungi invece la *villa* di Lutterio Alpiniano e fatti dare da lui un altro cavallo e delle provviste, poi via subito verso l'Italia. Lungo il percorso evita di chiedere aiuto ai burgundi: alcuni di loro sono malfidi, e non rivelare a nessuno il contenuto del messaggio... Ah! È meglio che tu prenda con te un compagno, quello in cui riponi maggior fiducia. Superato il valico, cambierete ancora i cavalli nelle stazioni di posta dell'esercito. Almeno uno di voi dovrà assolutamente arrivare da Ezio con questo messaggio. Mi hai inteso?»

Vitalio, sul cui volto traspariva l'emozione per la delicatezza del compito che gli veniva affidato, assentì con energia: «Sì, sì, Prefetto!».

«Bene. Andando via, per un po' cercate di tenervi nel bosco: è meglio che questi burgundi non vi vedano. Non voglio dover fornire spiegazioni.»

Con voce incerta, Vitalio domandò: «E... se invece vinciamo?».

Involontariamente, Sebastiano si trovò a sorridere: «Se vinciamo, allora... be', tornerai qui e ci berremo insieme una coppa di vino. Ora va'! Corri!».

Il giovane esitò per un momento: «Prefetto... io...».

Comprendendo che quel bravo giovane era addolorato di doversi separare da lui, e che temeva di non rivederlo mai più, gli batté affettuosamente una mano sulla spalla: «Addio, Vitalio, buona fortuna!».

«Anche a te, Prefetto!»

Ciò detto, il soldato voltò le spalle e corse fra gli alberi in cerca del proprio cavallo. Lungo il percorso si accostò a un commilitone illirico appostato tra gli arbusti e si chinò per dirgli poche parole, poi entrambi si alzarono e raggiunsero la radura dove si trovavano i cavalli. Sebastiano già non si curava più di loro. La sua attenzione era ora nuovamente rivolta a quello che di lì a poco sarebbe stato il campo di battaglia.

I burgundi attendevano. Saggiamente, Chilperico si era guardato dal caricare per primo, e ora si preparava a fronteggiare l'attacco nemico. Aveva fatto appiedare gran parte dei suoi uomini e li aveva schierati su più file nell'alveo del fiume, disponendo invece la cavalleria sugli argini e sulla strada. Frammisti ai fantaccini, molti dei quali avevano i piedi nell'acqua, i suoi arcieri provavano e riprovavano con cura le corde dei loro archi. Gli unni, nel frattempo, stavano assumendo uno schieramento non molto differente da quello adottato da Chilperico. Il guerriero dalla fusciacca verde sembrava ora consultarsi in tutta tranquillità con altri unni di rango, che di continuo volgevano lo sguardo a valutare le forze che stavano loro di fronte.

Uno squarcio di luce si era aperto nella coltre di nuvole che fino a quel momento aveva gravato sulla valle: un fascio di raggi solari traeva ora luccicanti bagliori dalle basse acque del fiume e restituiva vivacità al verde della prateria che fiancheggiava il suo letto ghiaioso, e a quello più scuro delle abetaie che, tutt'attorno, facevano da scenario a quei preparativi di battaglia. Nel silenzio che incombeva sulla valle, Sebastiano poteva udire nitidamente, di quando in quando, lo sbuffare dei robusti cavalli dei burgundi, il diguazzare dei fanti nel guado e il tintinnare metallico delle loro armi. Il cavallo che era rimasto azzoppato giaceva ormai immobile, semisommerso dall'acqua; il pianto del bambino, che si era udito fino a poco prima, era cessato: Sebastiano sperò che ciò significasse che qualcuno lo aveva trovato e si stava occupando di lui. Al centro delle file unne, intanto, i guerrieri erano smontati e si affollavano in un'unica massa irta di lance, certamente disponendosi ad affrontare la fanteria burgunda nel letto del fiume. Il loro capo gridò loro alcune parole di incitamento, poi, dopo un breve conciliabolo con altri guerrieri di rango, lasciò ad alcuni di loro il comando di quel settore e si portò davanti all'ala destra del suo schieramento, nella striscia di prateria che separava il fiume dalla boscaglia. A quel punto

Sebastiano, che si trovava appostato tra gli alberi, lo perse di vista. Gli giunsero, però, distorte per la distanza, le grida di esortazione ch'egli rivolse ai suoi guerrieri, con accenti duri e di comando.

«Ci siamo» gli disse Matauro, che, al riparo di un grosso pino contorto, non perdeva di vista il nemico. Poi tese la mano e si voltò verso i soldati, che già avevano incoccato le frecce e, inginocchiati tra le felci, al riparo dei grandi alberi, attendevano con i volti tesi, e una fissità nello sguardo che segnalava la loro esasperata concentrazione. «State pronti!»

Sollecitata dai capi, la fanteria degli unni prese ad avanzare nell'alveo del fiume, mentre la cavalleria si muoveva a sua volta, ma tenendosi al passo. Disponendosi a sostenere l'assalto, i burgundi serrarono i ranghi e, cominciando ad avanzare a loro volta, lanciarono più volte il loro grido di battaglia. Appena i due schieramenti furono a tiro, gli arcieri entrarono in azione e nubi di frecce si levarono a solcare il cielo da entrambe le parti, incrociandosi e cadendo con un crepitio di grandine a decimare le file avversarie. Subito dopo, lanciando grida selvagge, le due cavallerie si scagliarono l'una contro l'altra al galoppo, e quasi subito anche i guerrieri appiedati dei due fronti si gettarono in avanti, sollevando grandi schizzi d'acqua nel letto del fiume. In un fragore di tuono, i due eserciti correvano ormai alla battaglia. Sebastiano vide passare velocissimo il guerriero dalla fusciacca, che guidava la carica tenendosi sulla riva del fiume. «Ora!» gridò a Matauro, il quale subito abbassò seccamente il braccio. Subito gli arcieri si levarono in piedi e, senza mirare, scoccarono una raffica di frecce verso la massa compatta e urlante degli unni che passava al galoppo davanti a loro, tesa allo scontro con i burgundi che avanzavano a contrastarla. Poiché soltanto pochi cavalli erano in qualche modo protetti e quasi tutti i guerrieri tenevano lo scudo col braccio sinistro, l'effetto di quell'attacco sulla destra fu devastante. Almeno una quindicina tra cavalli e cavalieri rovinarono nella prateria, intralciando coloro che li seguivano, col risultato di un generale sbandamento tra le file unne. Nel contempo, i guerrieri che si trovavano più avanti si scontravano con i cavalieri burgundi, i quali sfruttarono al massimo quel momento favorevole penetrando a fondo nello schieramento nemico e scompaginandolo ulteriormente.

Sebastiano e Matauro continuavano a incitare i loro uomini, ma essi non avevano bisogno di incoraggiamento: gli alani, in particolare, lanciavano le loro frecce a un ritmo incredibile, e ognuno di loro aveva portato con sé due o anche tre faretre piene, come erano usi fare anche gli Unni, con i quali avevano molto in comune. Davanti a loro, in un clamore di voci e di colpi, la battaglia infuriava, particolarmente accanita nel letto del fiume, dove i fantaccini, a causa del fondo sassoso, si muovevano con serie difficoltà. Spezzate le lance, o rese inutili dalla ressa in cui si combatteva, gli unni facevano ricorso alle spade e alle loro mazze, armate con punte di ferro o denti d'orso, e i burgundi, molti dei quali erano pesantemente corazzati, calavano le loro tremende bipenni. Costretti a combattere appiedati, gli unni stentavano a sostenere l'urto dei loro nemici, ma il loro maggior numero compensava in parte la loro inferiorità.

Trovandosi in una posizione più elevata rispetto alla maggioranza dei combattenti, Sebastiano era in condizione di rendersi conto dell'andamento complessivo della battaglia. Si avvide così che, mentre al centro e nel settore a lui più vicino i burgundi tenevano e anzi progredivano sensibilmente, sul lato opposto della valle, dove correva la strada, gli unni sembravano guadagnare terreno. Invano cercò di riconoscere Chilperico tra la moltitudine dei combattenti, e quasi subito dovette tornare a preoccuparsi di ciò che lo riguardava più da vicino. Sull'argine, infatti, alcuni unni avevano fatto irruzione tra gli alberi, nel tentativo di assalire gli arcieri. Gli illirici, però, li aggredirono prontamente, rovesciandoli di sella e massacrandoli di colpi. Sebastiano stesso abbattè con un fendente un guerriero che, sfuggito ai suoi soldati, aveva invertito la direzione e spronava il cavallo cercando di rientrare fra i compagni. Improvvisamente rivide sull'argine erboso il guerriero con la fusciacca, che si stava rivelando un combattente tremendo: assecondato dal magnifico cavallo, si spostava di continuo, sfuggendo alle lance che invano si protendevano a colpirlo, si riparava con uno scudo rotondo e lavorava bravamente di spada. Due altri unni sembravano proteggergli le spalle ovunque egli si spostasse: uno, senza corazza e dal fisico imponente, schiantava cavalli, scudi e armature con una mazza chiodata, l'altro sembrava addirittura ridere sguaiatamente, come in preda a una specie di delirio, ma maneggiava la sua spada con micidiale abilità. Grazie al valore di quei tre guerrieri, gli unni stavano superando il primo sbandamento derivato dall'intervento degli arcieri di Sebastiano, e ora i burgundi apparivano in quel punto in grave difficoltà, anche perché ormai gli arcieri non riuscivano più a distinguere i loro bersagli e tiravano ormai quasi a caso, là dove intuivano gruppi di nemici. Ciononostante, Sebastiano, che vedeva quei tre diavoli avvicinarsi pericolosamente, li additò ai suoi alani. «Quei tre!» gridò. «Tiratemeli giù!»

I soldati eseguirono l'ordine nell'unico modo in cui era possibile farlo, e una pioggia di dardi si abbattè, senza distinzione, sul gruppo di combattenti in mezzo al quale si batteva il capo nemico. Alcuni cavalli stramazzarono, alcuni cavalieri scomparvero inabissandosi nella mischia, ma Sebastiano dovette constatare che il bersaglio più importante non era stato abbattuto; al contrario, apertasi la strada tra i cavalieri burgundi, il guerriero dalla sciarpa puntava ora decisamente nella sua direzione insieme al compagno con la mazza. Il prefetto gridò ai suoi illirici di stringersi a difesa degli arcieri, ma essi non ebbero il tempo di farlo efficacemente. In un lampo, i due sfondarono l'improvvisata barriera dei loro scudi, aprendo la strada ad altri che accorrevano per sostenere la loro azione. Sebastiano, che si trovava vicino agli arcieri, si rese conto che il capo nemico l'aveva proprio con lui. Nello spazio di un secondo poté vedere i suoi occhi ebbri di massacro, sentire il suo grido di furore. Per non essere travolto dal cavallo, dovette gettarsi nell'erba, rotolando in un piccolo avvallamento al riparo di un larice, mentre l'unno, seguito da altri cavalieri, passava oltre e superava la linea dei primi alberi. Si rialzò subito dopo il loro passaggio, e gli bastò un'occhiata per constatare che i suoi uomini erano stati dispersi; molti erano stati abbattuti e alcuni si trascinavano tra gli arbusti, gemendo per le ferite. Tra costoro distinse Matauro, che, perduto lo scudo, stava inginocchiato nell'erba, il viso contratto, e si comprimeva il ventre con le mani. Una caccia mortale era in corso tra gli abeti. Gli arcieri fuggivano nel tentativo di raggiungere i loro cavalli, oppure provavano a risalire il pendio per portarsi in luoghi più elevati, dove, per le asperità del terreno e la più fitta vegetazione, i cavalieri nemici non potevano inseguirli. Molti di coloro che per aggiustare il tiro si erano spinti troppo avanti, adesso non potevano più mettersi in salvo ed erano spietatamente incalzati dagli unni. Uscendo dalla sua buca, Sebastiano vide un unno raggiungere un alano e vibrare un fendente con la spada: la testa recisa volò nell'aria in uno schizzo di sangue, mentre il corpo del soldato stramazzava nella sterpaglia. Poco più in là un arciere elvetico, inchiodato a un albero da una lancia che gli stava infissa nello stomaco, si aggrappava con le mani insanguinate all'arma che lo straziava e, cereo in volto, sembrava interrogarlo con occhi attoniti, muovendo impercettibilmente le labbra, come per parlare.

Poi il capo unno ritornò e brandendo la spada uscì da un folto di pini a pochi passi da Sebastiano. Entrambi furono colti alla sprovvista, ma il romano riuscì a gettarsi di lato parando in qualche modo con la daga il colpo prontamente sferratogli dall'avversario, che passò oltre, ma arrestò quasi subito il cavallo, facendolo voltare per portare un nuovo attacco. Sebastiano comprese di non avere scampo: senza una lancia non avrebbe potuto opporsi alla carica di quel magnifico guerriero, e se gli avesse voltato le spalle, cercando ancora di sfuggirgli tra gli alberi, quello gli sarebbe stato subito sopra. Risoluto ormai a morire con onore, si piantò quindi ben saldo sulle gambe e con la spada in pugno, ma mentre guardava il barbaro galoppare su di lui con la verde fusciacca al vento, avvertì il sopraggiungere di un altro cavaliere alle proprie spalle. Presentendo un pericolo, tentò di girarsi e si scostò di lato. Poté così vedere con un minimo di anticipo il laccio del cavaliere nemico che gli calava sopra dall'alto, per stringergli le spalle e risalire a serrargli il collo. Alzando istintivamente il braccio sinistro, riuscì a sottrarlo alla stretta, mentre, lasciata la sua arma, afferrava con la destra la corda nel tentativo di trattenerla; essa lo catturò comunque, passando sotto l'ascella sinistra, ma stringendolo al collo solo da un lato. L'unno che lo aveva catturato lo strattonò con violenza, lanciando un grido che suonò a un tempo di scherno e di trionfo, ed egli rovinò a terra e fu trascinato via per un tratto, urtando dolorosamente arbusti, radici, corpi di soldati caduti, armi abbandonate, mentre le cime degli alberi e le nuvole sembravano vorticare sopra di lui e il cappio, che si sforzava di trattenere con le mani, lo stringeva sempre più atrocemente al collo, la cui unica protezione era costituita dalla sciarpa purpurea della cavalleria. Le sue dita, imprigionate dal laccio, lo difendevano dalla morsa della corda, ma contribuivano a soffocarlo. Tutto ruotava attorno a lui, le orecchie gli ronzavano. Poi battè la testa contro qualcosa di molto duro e il suo elmo si fracassò. Avvertì allora un cupo rimbombo nella mente, e di colpo tutto si fece buio davanti a lui.

28

Kyrie eleison! Criste eleison!
Kyrie eleison! Criste eleison!

Sotto la navata centrale della piccola chiesa, il canto dei monaci si levava lento, puro e potente. Inginocchiati di fronte all'abate, a mani giunte si concentravano nella preghiera e rendevano gloria al Salvatore. Dalla piccola finestra – poco più che una feritoia, aperta nell'abside – un raggio di sole fendeva la penombra con un ritaglio di luce pervasa di pulviscolo, che irradiava d'oro il tabernacolo al centro del semplice altare di pietra e illuminava i volti di alcuni dei cantori, lasciando gli altri quasi invisibili agli occhi di Canziano: il loro abate, la loro guida. Del resto, non aveva bisogno di guardarli in volto, giacché ogni singola ruga, ogni piccola increspatura con cui la dura vita del cenobio segnava i loro volti era nota alla sua mente quasi quanto le ferite – qualche volta assai gravi – che ciascuno di loro, chi più chi meno, recava nell'anima. Otto monaci di varia età, di diversa estrazione; otto corpi macerati dai digiuni, dal lavoro e dalle penitenze, otto cuori straziati, come il suo, dall'amore per il Salvatore. Quando egli ebbe finito la litania e si fu levato in piedi, subito fu affiancato con silenziosa sollecitudine da Simplicio, il monaco più giovane, che reggeva in una mano un canestro di vimini con pezzi di pane benedetto e nell'altra il calice del vino consacrato: il corpo e il sangue transustanziati di Gesù Cristo. Canziano prese allora a passare dall'uno all'altro dei monaci inginocchiati, mettendo in mano a ciascuno il suo boccone di pane e porgendo il calice.

«Il corpo di Cristo! Il sangue di Cristo!»

Fratello Baudelio – ultimo della fila – stava bevendo il suo sorso di vino benedetto quando giunse dall'esterno, lontana eppure ben distinguibile, l'eco del pianto di un bambino. Raccolti in quel circolo silenzioso e assorto, compresi della solennità del sacramento, i monaci rimasero a lungo immobili, reticenti a prendere atto di quella voce infantile che veniva a turbare quel momento sublime. Il pianto tuttavia continuava, si faceva anzi di momento in momento più vicino, e a esso si sovrapponeva ora, con accenti di consolazione e di insofferenza a un tempo, una voce di donna. Il giovane Simplicio fu il primo a levare lo sguardo dei suoi occhi ardenti in direzione dell'abate, rivolgendogli una muta interrogazione che però non ricevette la minima attenzione.

Il rumore di molti passi sulla ghiaia del cortile, il pesante strascichio delle ruote di un carro, e poi grida più lontane, provenienti dalla stradicciola che dall'eremo scendeva a valle attraverso l'abetaia; finalmente, l'eco di voci maschili che, sempre più numerose, parlottavano sommessamente con accento ansioso a pochi passi dalla porta chiusa: era chiaro che al convento era salita gente, e quando il silenzio tornò improvviso all'esterno, fu evidente a tutti i monaci che in esso era implicito un pressante, angoscioso richiamo. Le teste rasate di alcuni di loro ebbero movimenti impercettibili. Con un moto istintivo, quelli che si trovavano rivolti verso la porta accennarono a levare gli occhi su di essa, mentre coloro che le volgevano le spalle spiarono di sbieco, inquieti. La rigida disciplina della loro *regola*, tuttavia, li inchiodava con le ginocchia sulle smozzicate piastrelle della pavimentazione, crudamente illuminate in ogni abrasione, in ogni fenditura, dal raggio di sole che filtrava dalla piccola finestra.

L'abate sospirò. «Sono venuti qui!» rilevò in tono di profonda tristezza. «Dunque, ciò che temevamo è avvenuto.»

Si mosse verso la porta, e subito tutti si alzarono e lo seguirono tenendo le mani giunte sul petto, quasi a trattenere il precedente raccoglimento. Canziano aveva quasi settant'anni, e il suo fisico, che in gioventù era stato assai vigoroso, appariva ora, sia per l'età sia per le pluriennali privazioni, come prosciugato; la sua lunga barba brizzolata, inoltre, contribuiva a conferirgli le sembianze di un antico patriarca. Quando provò a tirare il chiavistello arrugginito, esso gli resistette, tuttavia lui fermò con un misurato ma autorevole gesto della mano lo slancio di Simplicio, il quale prontamente si era accinto ad aiutarlo. Un momento dopo ebbe ragione del chiavistello e la porta, di vecchie assi di noce, scheggiate in più punti ma rinforzate da grossi chiodi di ferro, si aprì cigolando sui cardini. I monaci si trovarono davanti la folla che si era radunata nel cortile: decine di uomini e donne con molti bambini e qualche vecchio, sorretto dai parenti. I diroccati muri perimetrali dell'eremo – che in passato era stata una postazione militare – non bastavano a contenere la moltitudine, giacché altra gente, risalendo la stradicciola sterrata, affluiva di continuo nel cortile. Alcuni avevano portato con loro la vacca o l'asino, e in mezzo alla folla troneggiavano, sovraccarichi di masserizie, anche carri e carrette di vario tipo. Su tutti i volti era impressa l'angoscia. All'apparire di Canziano sulla soglia, quella gente fu come percorsa da un fremito. Un «Ooooh!» di sollievo si levò da molte bocche, in specie femminili. Dopo un attimo di incertezza, alcuni uomini si fecero avanti timidamente per parlare. Uno in particolare, alto e allampanato, col volto smagrito incorniciato da una barba corta e arricciata, avanzò davanti agli altri, fermandosi a un passo dall'abate, il quale, ancora immobile sulla soglia, contemplava con sguardo sconfortato quella massa di disperati. Torcendosi le mani in un gesto di imbarazzo, l'uomo si schiarì la voce e prese a parlare. «Perdonaci, Padre santo. Noi... Gli Unni hanno preso Vesontio» accennò dietro di sé, in direzione del portone spalancato che dava sulla strada. «Dal roccione là sotto si vede ancora il fumo degli incendi... Sicuramente potete vederlo anche voi, se salite sulla torre. E giù al fiume dev'esserci stata una terribile battaglia: salendo, sentivamo le grida e il cozzare delle armi. Ma i burgundi erano pochi, e gli unni innumerevoli. E allora... ecco... noi... siamo scappati e siamo qui a chiedervi asilo e protezione.»

Il volto severo di Canziano si accigliò. «Protezione?» domandò con voce roca ma ferma. «E quale protezione possono mai garantirvi questi muri diroccati e nove monaci inermi? Perché non vi siete diretti a Noviodunum? Laggiù c'è un presidio burgundo, no?»

L'uomo scosse il capo: «È troppo lontana, e gli unni ci gridavano nelle orecchie, Padre santo! Tu lo sai: si muovono con la velocità del fulmine».

Una giovane donna, che stringeva al seno un infante di pochi giorni e si trovava accanto all'uomo che aveva parlato, si inginocchiò in lacrime davanti a Canziano: «Accoglici, Padre santo! Per amore dei nostri figli! Per amore di Gesù Cristo!».

Altre donne caddero in ginocchio, altre voci si levarono con la stessa pressante richiesta. Lentamente, Canziano scese i pochi gradini e si inoltrò in mezzo alla folla, scorrendo con lo sguardo, la cui vividezza non era stata per nulla fiaccata dall'età, i volti di coloro che lo attorniavano. Lo seguiva, con la sua imponente figura, fratello Gomerio, e dietro di lui venivano Simplicio e tutti gli altri monaci. Al passaggio dell'abate, la gente si inginocchiava, portando con la punta delle dita baci di devozione alla sua veste. Le donne gli protendevano i bambini, a invocare la sua benedizione, a implorare la sua protezione, e da tutti veniva la stessa accorata preghiera. I padri, lo sguardo perso in angosciose riflessioni, appoggiavano le mani sulle spalle dei figli adolescenti, le vergini stringevano con espressione smarrita le mani delle madri.

Gli occhi esercitati del monaco gli consentivano di cogliere al primo sguardo i segreti delle anime di ciascuno di quei supplici. Ecco, per esempio, un uomo avido e arrogante: a simulare contrizione, teneva la testa bassa, quasi infossata nelle spalle massicce, ma da sotto le folte sopracciglia lo scrutava ansiosamente con occhi furbi, e intanto tratteneva sul ventre prominente i lembi del suo mantello, certo a coprire la borsa di pelle che gli pendeva dalla cintura. Gli stava accanto un uomo istruito, forse uno scrivano, magro eppure panciuto, con gli occhi sfuggenti, il mento debole, la bocca carnosa e la pelle grassa e lucida: indizi inconfondibili di lussuria. E che dire di quella meretrice – certo non un'abitante del villaggio – dalle labbra voluttuose, che tremando si stringeva il velo sotto il mento, ma recava ancora tracce di bistro sugli occhi e si sorreggeva con somma cura la veste ricamata perché non pescasse nella pozzanghera sopra la quale era stata spinta nella ressa? Vite sconvolte, poveri travicelli che il fiume in piena del terrore scompigliava e spingeva innanzi rovinosamente; come quella donna che, gravata di una pesante sporta fatta con una coperta annodata, teneva per le mani un bimbo: aveva un occhio pesto, un labbro spaccato e lo fissava con espressione umiliata; accanto le stava il marito, un robusto, sanguigno contadino dall'espressione ottusa, che portava sulla schiena una gerla piena di involti e utensili agricoli: era certamente un uomo violento, ma ora il mento gli tremava e lacrime di angoscia brillavano nei suoi occhi.

Tutte quelle povere anime si affidavano a lui. Ed egli immaginava anche quali contraddittori sentimenti albergassero in quel momento negli animi dei confratelli che lo seguivano: perché – si chiedevano colpevolmente – quella gente era salita a violare la pace dell'eremo? La loro comunità si era data da poco la sua *regola*, fatta di precetti severi: lavoro nei campi e cura dei pochi animali da latte, digiuni, confessione periodica dei peccati e penitenza, silenzio fuori dalla liturgia, studio essenziale del greco e lettura e commento dei Testi Sacri, nessun contatto con l'esterno se non attraverso l'abate, e soprattutto preghiera, tanta preghiera, individuale e collettiva.

Il luogo per il loro eremitaggio era stato scelto, una quindicina d'anni prima, dallo stesso Canziano, dopo avervi vissuto da solo per un lungo periodo: un vecchio posto di guardia militare abbandonato, che sul lato settentrionale spaziava su un ampio pianoro erboso in leggera pendenza, battuto dalla tramontana; sul lato opposto, il muro di cinta culminava in una torre di avvistamento, abbarbicata su un roccione di ardesia, dalla quale si dominava la stretta valle sottostante e il torrente turbinoso che scorreva sul fondo, fiancheggiato da una stradicciola sterrata. Un luogo isolato, dunque, sul quale incombevano i monti del Giura, i cui fianchi, rivestiti di boschi di conifere e betulle, declinavano a valle con pendenze ora dolci, ora ripidissime e inquietanti. Nel cielo ventoso della Sapaudia, grandi nuvole fluttuavano di continuo, lente e maestose, sopra quella valle perduta. L'aria era pulita, spesso fredda, anche nei mesi estivi. Il pianoro offriva pascolo per un piccolo gregge di pecore, e i monaci coltivavano, in piccoli appezzamenti, un po' di avena. L'orto, situato appena sotto il muro esterno, assicurava alla mensa del cenobio una certa quantità di verdure e di tuberi. A ben vedere, non vi poteva essere un luogo migliore per chi volesse rinunciare al mondo e cercare la pace per l'anima vivendo secondo i dettami del Cristo. E infatti in molti erano venuti, in quegli anni, per tentare quell'esperienza, ma quegli otto erano gli unici rimasti: non li accomunava il rango dal quale erano originati – Baudelio, per esempio, era di nobilissima estrazione, mentre Simplicio, al contrario, era figlio di uno stalliere – né l'intensità della fede, bensì, prima di tutto, la capacità di rinuncia, la disponibilità a soffrire. Ognuno di loro si era lasciato alle spalle affetti e vincoli familiari, in qualche caso anche legittime ambizioni o un apprezzabile patrimonio: rinunciando a tutto, e tutto donando alla Chiesa, si erano gettati tra le braccia di Cristo. Molti altri, invece, avevano finito per desistere, incapaci di reggere quella vita di fatiche e privazioni e, soprattutto, fallendo nel compito principale: amare Dio sopra ogni altra cosa. L'ultimo di costoro era stato Inisio. Una penosa vicenda, la sua: figlio di un giudice, ostinatamente dedito al semiclandestino culto degli idoli, aveva consumato i suoi giovani anni nei piaceri e nello studio occasionale e dilettantesco dei poeti pagani, e solo a ventidue anni, forse a causa di una delusione d'amore, aveva chiesto il battesimo, abbandonando subito dopo il mondo per ritirarsi in una caverna tra i monti. La sua adesione al cenobio era stata tardiva e aveva subito creato problemi, a causa della sua indole ombrosa e intransigente, che era stata spesso fonte di discordia all'interno dell'eremo.

Fra l'altro, egli soffriva di mal caduco, e le sue crisi convulsive avevano subito sgomentato i suoi confratelli, al punto da indurli a vedere in esse, a dispetto dei paterni rimproveri dell'abate, delle vere e proprie manifestazioni demoniache, sulle quali la vita monastica sembrava non esercitare alcuna influenza mitigatrice. Eppure, la sua fede cieca, la sua acuta intelligenza, la sua conoscenza del greco – preziosa nell'interpretare i testi sacri, che i confratelli si vedevano con gioia recapitare da messi dei presbiteri della valle o da pellegrini di passaggio – e infine la sua capacità di sacrificio, che giungeva fino ai limiti dell'autoannientamento, lo avevano reso per molto tempo caro al cuore di Canziano, facendogli mettere in secondo piano le sue stranezze e, in particolare, le sue virulente pulsioni sessuali, che lo inducevano a infliggersi, con frequenza, dolorose penitenze e digiuni estenuanti. La sua presenza, tuttavia, era presto divenuta inquietante per i confratelli, e quando Simplicio, esasperato da una lunga, strisciante persecuzione, aveva apertamente denuciato le sue profferte carnali, il suo allontanamento dall'eremo era stato inevitabile. Era stata, per Canziano, una decisione difficile, perché fino a quel momento tutti coloro che avevano fallito se ne erano andati di loro volontà, o lasciandosi persuadere da lui con appropriati argomenti. Non era nemmeno stato facile attuarla, giacché Inisio si era ribellato, aveva resistito, senza riuscire a scalfire la gelida parete di indifferenza che ormai era stata eretta attorno a lui. Alla fine era stato necessario metterlo fisicamente alla porta: aveva dovuto occuparsene, con dolce fermezza, il robusto Gomerio. Lui era rimasto tre giorni a vagare attorno alle mura dell'eremo, gridando e supplicando che lo riprendessero, ma il portone era rimasto chiuso. Poi, finalmente, se n'era andato, e la pace era tornata tra le mura del cenobio. Solo per breve tempo, però: alla fine di marzo un liberto di Alpiniano era salito da Noviodunum recando la notizia della terribile minaccia che si addensava sul Reno. Nessuno aveva proposto di abbandonare l'eremo: se la morte doveva venire, l'avrebbero attesa lì, e con gioia. Il martirio sarebbe stato il capolavoro della loro vicenda terrena, il coronamento della loro aspirazione a imitare il Redentore. Ma l'invasione dell'eremo da parte di quella folla di disperati cambiava ogni cosa. Senza una ragione logica, quei valligiani credevano, o volevano credere, che quelle mure sbrecciate e la semplice presenza dei monaci in mezzo a loro li avrebbe salvati dall'appuntamento col dolore e con la morte. Affidavano dunque le loro vite a chi aveva già rinunciato alla propria, e rifugiandosi nel cenobio avrebbero costretto i confratelli a mettere da parte ogni ambizione di martirio. Loro, con la loro piccola fede; loro, che invadevano quel mondo di pace così duramente conquistata portandosi dietro, invisibile bagaglio in mezzo a tante povere cose, la bava appiccicosa dei loro peccati! Tutto rischiava di esserne insozzato.

Facendo tali considerazioni, l'abate stesso si sentiva invadere da un senso di ripulsa. Quando fu giunto al centro del cortile, si fermò e non seppe trattenersi dal gridare la sua ribellione: la sua voce si levò sorprendentemente potente, tagliando l'aria con accenti di terribile risentimento. «Chiedete asilo, dunque! Chiedete protezione! Perché temete per le vostre vite e per i vostri beni! Avete paura degli Unni! Ma quanti di voi si sono chiesti per quale ragione Nostro Signore li abbia mandati a seminare la morte e il terrore in queste nostre contrade?» Lasciò che questa domanda fluttuasse a lungo nell'aria, mentre trafiggeva col suo sguardo acuto i volti degli uomini e delle donne che lo ascoltavano. Molte teste si abbassarono, ma nessuno gli rispose. Poi riprese: «Ebbene, ve lo dirò io: è la collera divina che ora vi colpisce, e se ciò avviene è per via dei vostri peccati».

A lenti passi, riprese a percorrere il cerchio dei suoi ascoltatori, guardandoli in viso uno per uno. Nessuno riusciva a sostenere il suo sguardo. «Fino a ieri vi siete rivoltati nel fango dei vostri vizi, avete gavazzato, rubato, fornicato, ucciso, bestemmiato, e chissà quanti fra voi ancora sacrificavano nascostamente agli idoli pagani o ai demoni dei boschi e delle acque! Ciechi alla verità, sicuri dell'impunità. Ma certo: l'uomo vive stolidamente il presente e dimentica con facilità che un giorno sarà chiamato a rendere il conto di ogni ora della sua vita su questa terra! Stolti! E ora ecco sopraggiungere la falce dell'angelo giustiziere! Perché lo sapete bene: ciò che ora incombe sulle vostre teste e su quelle dei vostri figli è la giustizia di Dio. Ciò che dovreste temere ben più della morte per mano dei barbari pagani è la dannazione delle vostre anime, la condanna al fuoco eterno per la vostra malvagità.»

Si interruppe un momento, poi tese la mano scarna verso il portone ancora aperto: «Credete forse che gli Unni non possano risalire anche più in fretta di voi la strada che avete percorso fin qui? Credete che queste mura potranno valere da sole a salvare le vostre miserabili vite? Io vi dico che solo affidando alla misericordia di Dio le vostre anime potrete sperare salvezza!».

A quelle parole, un fremito percorse la folla. Alcune donne gemettero e ruppero in singhiozzi, uomini anche giovani e vigorosi caddero sulle ginocchia, mentre da qualche parte un bambino, spaventato dal tono adirato dell'abate, scoppiava in pianto. Una matura matrona, col capo avvolto da un velo nero, si gettò ai suoi piedi. In lacrime, implorò: «Il perdono, Padre, santo! La penitenza! Infliggici la penitenza! Purifica le nostre anime miserevoli e accoglici. Abbi pietà di noi! Abbi pietà di noi!».

Con la fronte corrugata, Canziano la osservò per qualche secondo. Poi il suo sguardo si sollevò a passare rapidamente in rassegna i volti dei confratelli: capì che lo approvavano. Nei loro occhi, anzi, lesse una durezza che addirittura, nello zelo, sembrava travalicare la sua. Per ultimo, però, incontrò lo sguardo di Simplicio, che appariva velato da lacrime di commozione, ma manifestava anche una dolente, stupefatta delusione. Il giovane lo fissò avvampando, e le sue labbra, in un tremito, si schiusero per parlare. «Fratello Canziano... essi sono in pericolo! Chiedono il nostro aiuto!» osò dirgli, e nella sua voce risuonò un maltrattenuto accento d'accusa.

Canziano si rammentò allora, riportandone un'improvvisa e lacerante stilettata nel profondo dell'anima, dell'ammonimento che lui stesso aveva paternamente rivolto al novizio soltanto il giorno prima, commentando un passo del vangelo di Luca, relativo al buon samaritano: «Non scordare mai che il primo comandamento di Nostro Signore è l'amore!». Come aveva potuto non comprendere che lui stesso era chiamato in quel momento – più di ogni altro, e a scapito di qualunque altra sia pur nobile aspirazione personale – a mostrarsi fedele a quel supremo insegnamento? Trafitto da quella rivelazione, che gli giungeva per tramite di un'anima pura e innocente, abbassò gli occhi e tacque per un lungo momento, rimproverandosi per la propria superbia. Tutto era silenzio attorno a lui. Infine, scrollando il capo, tornò a rivolgersi alla moltitudine. «Non è la mia pietà che dovete implorare, bensì quella dell'Altissimo!» ammonì stancamente. Ora comprendeva che, dopo i rimproveri, doveva fornire una speranza. Passando dall'invettiva a un tono di calma risoluzione, soggiunse: «Questa donna dice bene: penitenza! Preghiera e penitenza!».

Cercando tra la folla, trovò subito accanto a sé l'uomo barbuto che poco prima aveva parlato per tutti. «Ambiano! Mi rivolgo a te, che sei il capo del villaggio: vedo che siete in molti. È tutta gente della vostra comunità?»

L'uomo chinò il capo, in un gesto d'imbarazzo: «Per la verità, Padre santo, in mezzo a noi vi sono molti profughi di Vesontio. Hanno saputo che salivamo da voi e non abbiamo potuto impedire che ci seguissero».

Quelle ultime parole, pronunciate in tono di scusa, diedero a Canziano la misura completa del tremendo peccato d'orgoglio nel quale era caduto poco prima: lui, il padre fondatore del cenobio, colui che doveva essere d'esempio per tutti. La sua mano batté sulla spalla del capovillaggio. «Meglio così! Meglio così!» rispose energicamente. «Da qualunque parte veniate, agli occhi di Cristo siete tutti un unico gregge, non dimenticatelo. Sistematevi qui come potete, fratelli, ovunque troverete dove stendere le vostre membra e disporre le vostre cose. Noi divideremo con voi le nostre scorte, ma chi ha portato con sé dei viveri li metta a disposizione di tutti.»

Un coro di esclamazioni di sollievo si levò tutt'attorno a lui. La donna che gli stava dinanzi in ginocchio gli afferrò la mano e gliela baciò con venerazione. Altre mani si protesero col medesimo intento. Levando l'indice, l'abate tornò a rivolgersi a tutti: «Ma soprattutto dovete pregare, pentirvi dei vostri peccati e pregare. Tutti dobbiamo pregare. Confessare i nostri peccati e intonare salmi invocando dall'Altissimo il perdono e la salvezza dell'anima. Se poi gli Unni verranno... sarà quel che Dio vorrà».

Ambiano era un uomo semplice, ma risoluto e concreto: «Il portone è robusto, e lungo il muraglione, in molti tratti, il vecchio cammino di ronda è ancora in piedi. Stiveremo tutti i viveri e il bestiame nel magazzino. Qui c'è una sorgente, e perciò l'acqua non ci mancherà. Potremmo resistere anche per molti giorni. Se arrivano...».

Levando la mano, Canziano lo interruppe e, chiudendo gli occhi, scandì gravemente: «Disponi tutto come meglio credi. Appena vi sarete sistemati, raccogli la gente qui: pregheremo insieme, implorando la misericordia di Nostro Signore».

In quell'istante, dal portone si levò un improvviso mormorio, che si accompagnò a un confuso movimento di gente; molte voci si intrecciarono in tono d'angoscia e da più parti si gridò: «Presto, chiudete! Chiudete!». Poi, mentre la folla si animava e tutti gli sguardi si orientavano con allarme in quella direzione, un giovane si fece largo sgomitando e, sconvolto, si presentò davanti a Canziano. «Gli Unni!» gridò. «Gli Unni sono qui!»

29

Fu il panico. Grida di terrore si levarono dalla folla, che fu come percorsa da un fremito. Alcuni padri di famiglia già sospingevano i propri cari verso l'edificio, nella speranza di asserragliarvisi; altri più animosi correvano verso l'ingresso. I bambini piangevano e si aggrappavano alle madri atterrite. Canziano e Ambiano, insieme, si fecero largo con decisione nella ressa e, seguiti dai monaci e da un codazzo di gente, mossero verso l'ingresso del cortile, che raggiunsero mentre alcuni uomini robusti stavano richiudendo febbrilmente i battenti del portone. Ambiano tese il braccio per fermarli. «Aspettate!» ordinò. «Non sono Unni!»

Alcuni guerrieri burgundi, a piedi, erano comparsi davanti all'eremo. Altri, anche a cavallo, li seguivano risalendo la strada. Erano sporchi ed esausti, con gli abiti a brandelli, le armature ammaccate e imbrattate di polvere e sangue; alcuni erano feriti e si trascinavano aggrappati ai compagni. Sollecitamente, Ambiano fece spalancare di nuovo il portone, e poco dopo i primi guerrieri entrarono nel cortile, facendosi spazio tra la moltitudine dei profughi con sguardo torvo, in un cupo silenzio. Quattro di loro portavano un ferito, un giovane dell'apparente età di circa venticinque anni, su una barella rudimentale, fatta sommariamente utilizzando due lance e un mantello. Li precedeva un uomo tarchiato, con lunghi capelli biondastri e uno sfregio verticale sulla guancia destra. Canziano, intuendo che cercava per il ferito un luogo tranquillo e riparato, gli si accostò e lo aiutò a farsi largo nella ressa. Facendo da guida ai burgundi, consentì loro di trasportare il compagno nel dormitorio, già invaso da decine di profughi, che avevano disposto ovunque le loro masserizie. «Fate spazio!» diceva loro l'abate tendendo le braccia. «Siate bravi, fratelli! Un po' di spazio!»

Infine, con l'aiuto degli altri monaci, riuscirono a stenderlo sul giaciglio dello stesso Canziano, al quale erano bastate poche occhiate per rendersi conto che il giovane era in gravi condizioni: era cereo in volto, e sulla fascia di lino che gli stringeva il torace si allargava, poco sotto la mammella destra, una macchia di sangue. Canziano comprendeva la lingua dei Burgundi. Udì il maturo guerriero impartire seccamente ai quattro che avevano trasportato il giovane l'ordine di non muoversi dal suo fianco, poiché lui aveva da fare altrove. Infatti, lasciò subito il dormitorio e tornò nel cortile. Canziano gli tenne dietro, non senza avere prima raccomandato a fratello Baudelio di fare quanto poteva per assistere il ferito. Mentre arrancava dietro di lui, Ambiano si chinò a sussurrare al suo orecchio. «È Wisichart» disse accennando al guerriero, «il maestro d'armi di Chilperico e il suo uomo di fiducia.»

Il burgundo, intanto, aveva raggiunto il portone e stava incoraggiando i soldati che arrivavano alla spicciolata affinché si affrettassero. Canziano gli si affiancò e lo interrogò: «Quel giovane è il principe Chilperico, vero?».

L'altro gli rispose appena: «Sì».

Canziano annuì con gravità. «Avete molti feriti?»

Wisichart, finalmente, lo guardò con i suoi occhi grigioazzurri, pieni di sconfitta. «No. Non molti... I più sono morti.»

L'abate non seppe cosa rispondere. Il mesto corteo degli sbandati si esaurì presto. Quando gli ultimi guerrieri entrarono con passo lento e strascicato, Wisichart ingiunse loro di chiudere il portone. L'abate tese la mano per fermarli: «Aspettate! Potrebbero esserci altri profughi in arrivo».

Sollecitando con un gesto i soldati a eseguire il suo ordine, l'altro rispose seccamente: «Dietro di noi ci sono solo gli Unni».

Con un tonfo, il portone fu richiuso. Con smarrimento, Canziano volse lo sguardo alla moltitudine che affollava il cortile: a colpo d'occhio, aveva di fronte almeno duecento fra uomini, donne e bambini, con non poche bestie da soma e una mezza dozzina di carri di vario tipo. Ma si era già avveduto che molta gente si era sparsa nei tre edifici che costituivano l'eremo: la chiesa – che un tempo era stato il posto di guardia – il magazzino e le antiche stalle, che i monaci avevano adibito a dormitorio. E poi, c'erano i burgundi: poco più di una cinquantina, molti dei quali feriti. Immaginava con quale contrasto di sentimenti i gallo-romani li guardassero farsi largo rudemente fra le loro file: se da un lato quei guerrieri avrebbero potuto difenderli dai razziatori, era anche vero che proprio la loro presenza nell'eremo poteva risultare fonte di maggior pericolo, attirando un nemico che invece, sapendo di non avere a che fare con gente armata, avrebbe fors'anche potuto tirare diritto e trascurare di inseguire in mezzo a quei monti poche centinaia di persone inermi, che non potevano nuocergli in alcun modo. Inoltre, la gente diffidava degli armigeri stranieri: anche se alleati di Roma e, almeno teoricamente, al suo servizio, erano pur sempre barbari, con i quali non era mai semplice avere a che fare. D'altro canto quei burgundi, demoralizzati e inviperiti dalla recente sconfitta, non si trovavano certamente nello stato d'animo più idoneo per fraternizzare con i romani. In un primo momento gli parve che tra la folla di questi ultimi prevalessero diffidenza e preoccupazione: all'avvicinarsi dei truci guerrieri, gli uomini nascondevano le borse dietro la schiena e le donne abbassavano lo sguardo e si ritraevano, cercando d'istinto la protezione dei mariti. Un giovane armigero, vedendosi forse in qualche modo ostacolato da un ragazzo, lo sospinse rudemente all'indietro; il padre di quello, un uomo alto e robusto in abiti da lavoro, forse un carpentiere, si interpose fra loro, parandosi davanti al guerriero. Tra la folla corse un brivido. Altri burgundi si avvicinarono al compagno, una donna lanciò un grido, ci fu qualche spintone, ma sulla confusione, potente, si levò la voce di Wisichart, che rimproverò in tono aspro quel giovane impulsivo; avvampando per l'ira e lo scorno, egli subito voltò le spalle ai gallo-romani che lo fronteggiavano e, sgomitando tra i compagni, se ne andò da un'altra parte. A quel punto, l'atmosfera si distese. Un uomo anziano, uscendo dalle file dei profughi, porse a due soldati un involto con del pane e del formaggio. I due gradirono molto l'offerta, e altra gente, fattasi coraggio, si fece avanti porgendo ai guerrieri otri d'acqua, pane, frutta, tagli di carne.

Incoraggiati dal rasserenarsi degli animi, i monaci cominciarono a darsi da fare, sforzandosi di accomodare alla meglio i più anziani, ristorare gli affamati, consolare i più disperati, riportare, nella confusione, i bambini piangenti alle loro madri angosciate. Gomerio, in particolare, era infaticabile, e il suo vocione cavernoso, dall'intonazione sempre rasserenante, infondeva un po' di ottimismo negli animi dei molti che per tutto il giorno – ma alcuni per diversi giorni – avevano vagato in preda a mille angosce e sospinti da un cieco terrore. Al centro del cortile, l'abate si rivolse a Wisichart: «Sei certo che siete inseguiti? Pensi che siamo in grave pericolo?».

Il burgundo si versò sul viso tutta l'acqua contenuta in un otre di pelle di capra, poi, scuotendo i capelli fradici, gettò l'otre al bifolco al quale apparteneva e scrollò le spalle. «È difficile dirlo. La battaglia è stata disastrosa. Abbiamo resistito quanto abbiamo potuto, ma erano almeno il doppio di noi e ci hanno battuti. Adesso siamo così in pochi che forse non contiamo più niente per loro, ma non posso esserne certo... Sì» concluse annuendo, «forse ci inseguono. E se sanno che il figlio di Gundovek è con noi» accennò alle proprie spalle, in direzione del dormitorio «non vorranno certo lasciarsi sfuggire l'occasione di catturarlo. A ogni buon conto, ho lasciato indietro due uomini per sorvegliare la strada: se li vedranno arrivare ci avvertiranno.»

Ambiano, che non si staccava mai dal fianco dell'abate, domandò con apprensione a Wisichart se riteneva che quel luogo fosse difendibile. Il burgundo chiamò uno dei suoi soldati perché lo aiutasse a liberarsi del corsaletto e della sottostante cotta di maglia di ferro; dopo aver lasciato cadere tutto a terra con uno scrosciante suono metallico, appoggiò le mani sui fianchi e percorse con lo sguardo i cadenti muri di cinta, gli edifici dai tetti bassi e sconnessi, il portone, dalle assi pesanti ma schiodate, ed espresse finalmente la propria opinione: «No. Se vengono in molti non reggerà al primo assalto. E poi, qui c'è troppa gente; soprattutto, troppa gente inutile».

«Comunque, potremmo aiutarvi» insistette Ambiano. «Ci sono molti uomini vigorosi... e anche diversi giovani. Il sentiero che conduce qui non è molto largo. Se lo sbarriamo tagliando gli alberi, forse...»

Il burgundo lo squadrò con un'occhiata ironica. Poi scosse il capo: «Non sperare che noi si resti qui per difendere voi bifolchi. Io devo salvare il principe Chilperico. Ci fermeremo stanotte e domani prenderemo la via dei monti, visto che la strada è in mano agli Unni».

«Ma... qui ci sono centinaia di persone indifese. Se gli Unni arrivano...»

Senza ascoltarlo, Wisichart raccolse la sua ferraglia e li lasciò dov'erano. Imprecando, si diresse verso un gruppo dei suoi, che ancora vagavano per il cortile portando per le briglie i loro cavalli. Mentre, sbracciandosi, li rimproverava con asprezza, lo sguardo di Ambiano si fissò negli occhi cerulei del vecchio abate. «E adesso, Padre santo?»

Canziano, protese una mano a stringergli il polso: «Siamo nelle mani di Dio, Ambiano. Nelle mani di Dio!».

30

Fermo al centro della piazza, Balamber tratteneva il suo morello, innervosito dai bagliori fiammeggianti dell'incendio, e contemplava con sguardo cupo lo scenario di distruzione che lo circondava. Benché avesse impartito direttive precise in senso contrario, buona parte degli edifici del villaggio era in preda alle fiamme. Era il risultato della rabbiosa delusione dei suoi uomini: esasperati dalla strenua resistenza opposta dai burgundi, avevano cercato invano il loro premio nel saccheggio, e ora correvano freneticamente e senza scopo tra il fumo e i crolli degli edifici che quella sera avrebbero potuto invece ospitarli. In ogni caso, quel villaggio ormai diroccato sarebbe stato un ottimo campo base in cui concentrare, mentre l'avanzata proseguiva, i carriaggi con le provviste, i servi e le donne, il bestiame razziato e i prigionieri; tanto peggio per chi avrebbe dormito all'aperto.

Terminata la battaglia, si era liberato di quasi tutta l'armatura, tenendo addosso solo il corsaletto e lasciando tutto il resto sul carro di Kayùk. Mandzùk, il fedele scudiero – ormai più che sessantenne – che sempre lo accompagnava in battaglia, attendeva poco lontano, vicino a un vecchio lavatoio; tarchiato e possente, severo e imperturbabile, reggeva lo stendardo del clan di Balamber: un toro nero in campo verde, e guardava ardere il villaggio senza fare commenti; il suo volto di pietra, attraversato da sfregi profondi, non denotava la minima espressione. In realtà, Mandzùk era molto più di un semplice scudiero: tutti i guerrieri di Balamber, compresi Khaba e Odolgan e i capi delle dieci *jagùn*, le centurie del *mingàn*, sapevano di dover eseguire senza esitare le direttive ch'egli trasmetteva loro, perché Mandzùk parlava solo per conto del suo capo, al quale lo legava la stessa dedizione assoluta che in precedenza egli aveva avuto per suo padre, il valoroso Uldin. Per Balamber Mandzùk era stato, dopo l'assassinio di Uldin, una sorta di ruvido padre adottivo e un magnifico maestro d'armi, che aveva fatto di un orfano sperduto un valente guerriero, dedito esclusivamente alla restaurazione del prestigio del proprio clan e ciecamente fedele a Utrigùr, come lo era stato suo padre prima di lui. A lui Balamber affidava anche la cura del suo bestiame e di tutti i suoi beni quando era costretto ad allontanarsi per molto tempo dal campo, come era avvenuto durante la missione del mese precedente in Sapaudia. Per quel vecchio guerriero egli nutriva un affetto quasi filiale, che, per quanto inespresso e mascherato dal cameratismo tipico degli uomini d'arme, andava ben oltre quello che si può riservare a un servo fedele: nella battaglia dell'Utus, per esempio, gli aveva salvato la vita a grave rischio della propria, tornando da solo a soccorrerlo durante una fase confusa, nella quale Mandzùk era rimasto isolato in un canneto, in mezzo a un gruppo di soldati bizantini.

Dal villaggio, alte volute di fumo si alzavano verso il cielo. Ciononostante, alcuni guerrieri si ostinavano ancora a entrare freneticamente nelle case in fiamme, nella speranza di poter arraffare qualcosa. Ma era un affannarsi inutile, perché la gente era fuggita per tempo, portando via le cose più preziose e cercando scampo sui monti boscosi che incombevano tutt'attorno. Molti dei burgundi scampati alla battaglia dovevano essersi mescolati con i valligiani in fuga, altri stavano cercando di sicuro di raggiungere Noviodunum; i corpi dei loro compagni meno fortunati erano sparsi a centinaia nella fanghiglia del guado o nei boschi limitrofi, ma se ne trovavano anche, per un lungo tratto, lungo la strada militare e nei vicoli di quel miserabile villaggio. La vittoria, tuttavia, non era stata senza prezzo, e quella sera sarebbero stati molti i falò che avrebbero consegnato agli spiriti del vento i corpi degli hiung-nu uccisi.

Da una nube di fumo nerastro uscì Khaba, che avanzò verso Balamber tenendo il cavallo al passo. Il suo giaco di montone, privo di maniche, era schizzato del sangue dei nemici abbattuti e nero di fuliggine. «Qui non troveremo niente» annunciò. «Hanno portato via tutto quello che potevano trasportare.»

«E il bestiame?...»

«Odolgan ha trovato qua attorno soltanto una mezza dozzina di pecore e un vecchio cavallo ammalato. Nient'altro.»

«Allora è inutile restare qui. Raduna gli uomini: proseguiamo.»

Prima di eseguire l'ordine, Khaba indugiò un momento. «I guerrieri sono furibondi. A Vesontio non hanno avuto molto tempo per far preda, e speravano di rifarsi qui, e invece i villaggi sono tutti abbandonati. Abbiamo trovato anche pochissimo grano, e...»

«Non posso farci niente. È stato Utrigùr a mandarci qui, l'hai dimenticato? Era da saperlo che i contadini se la sarebbero data a gambe, vedendo gli incendi di Vesontio. Ci rifaremo a Noviodunum.»

Un gruppo di guerrieri a cavallo caracollava alla loro volta. Due di loro trascinavano per le braccia un uomo macilento, col cranio rasato, che arrancava fra loro buffamente, come una scheletrita marionetta. Quando furono a pochi passi da Balamber lo lasciarono andare, ed egli rovinò giusto fra le gambe del suo cavallo. «Sembra che questa schifezza d'uomo sappia dove sono scappati!» esclamò uno di loro.

Controllando il cavallo, Balamber valutò l'uomo nello spazio di un attimo: indossava un sudicio saio di rozza tessitura, strappato e sfilacciato in più punti. Era magro, emaciato, ma le sue membra sembravano percorse da un'insospettabile corrente di energia. In contrasto singolare con il cranio, completamente rasato, aveva una barba nera, lunga e arricciata; i suoi occhi, grandi e scuri, allucinati, parvero all'unno quelli di un pazzo. Avendo appreso il gallo-romano quando, giovanissimo, aveva combattuto come mercenario di Ezio contro i Burgundi, Balamber lo interrogò nella sua lingua: «Dunque? Che hai da dire? Dove sono i tuoi compaesani?».

In ginocchio vicino al cavallo, le mani appoggiate sulle cosce, scarne sotto il saio, l'uomo levò il capo e gli rivolse un sorriso ebete: «I miei... compaesani?».

«Sì. La gente del villaggio. Dove sono?»

L'uomo occhieggiò torvamente attorno a sé, poi precisò: «L'eremo!... Sono andati all'eremo, sì, stamattina! Io non ho niente a che fare con loro: sono peccatori! Peccatori! Si credono al sicuro, laggiù, perché la valle è profonda, e il luogo elevato». Rivolgendo a Balamber uno sguardo da esaltato, puntò il dito su di lui e soggiunse in tono enfatico: «Ma tu... sì, tu sei il loro castigo: tu sei l'angelo sterminatore, e dunque li raggiungerai e li punirai. Perché il giorno del giudizio è venuto, alfine, e tutti sconteranno i loro peccati. Sì, tutti, anche... anche quelli lassù!». Rise istericamente: «Anzi, loro più di tutti! Più di tutti, sì!».

Nel pronunciare quelle ultime parole, aveva guardato in direzione dei monti, le cui cime erano nascoste alla vista da nuvole basse e plumbee, che lentamente si distendevano sopra le abetaie. Decine di guerrieri si erano intanto avvicinati sui loro cavalli e ora, raggruppatisi tutt'attorno, ascoltavano con viva attenzione quanto egli diceva. Sui loro rudi volti era possibile distinguere espressioni che andavano dallo scherno al timore superstizioso che tipicamente gli Hiung-nu nutrivano per gli invasati. Balamber lo interrogò ancora: «Parli di un eremo. Cos'è? Una delle vostre chiese?».

Coprendosi la testa con le mani, l'uomo emise un lungo gemito. «Sììì!» gridò poi rialzando il capo e strabuzzando gli occhi, pesantemente cerchiati, ma dall'espressione incredibilmente vivida. «Sì... è anche una chiesa, certo, in un vecchio posto di guardia. Ma loro l'hanno profanata: ora è un luogo di peccato... Di peccato, sì, perché loro non sono degni! Hanno cacciato me. "Devi andartene, Inisio" ha detto lui, quel vecchio, arido otre gonfio di vento! Ma loro non sono migliori di me. No, non sono degni! Nessuno, nessuno di loro lo è.»

Khaba non ne poteva più: «Che ne facciamo? È chiaro che è un povero pazzo».

Balamber annuì: «Lasciamolo al suo destino e andiamocene!».

Accennò a far muovere il cavallo, ma Inisio, strisciando sulle ginocchia, gli si aggrappò a una gamba: «Devi andare lassù! Devi fare giustizia! Sono andati tutti là, capisci? Con tutte le loro cose: monete, abiti, gioielli... oro! È gente ricca, devi credermi: non solo gente del villaggio, ma anche molti che sono scappati da Vesontio. E donne! Belle donne! Ragazze vergini dai lunghi capelli biondi, con grandi seni e denti bellissimi!».

Poiché quasi tutti gli unni che lo circondavano avevano già appreso da tempo le parole gallo-romane ricorrenti in ogni interrogatorio di prigionieri e in ogni saccheggio, quelle sue affermazioni suscitarono nelle loro file commenti di compiaciuto interesse. In mezzo a loro si era fatto largo Odolgan, che, ferito durante la battaglia da una freccia alana, aveva una coscia fasciata sommariamente da una benda sudicia e insanguinata. Appoggiandosi all'arcione, si rivolse al suo capo: «Be', una piccola capatina a questo forte, o chiesa che sia, si può fare no?».

Khaba lo sostenne: «Rifletti: Noviodunum, a quanto ne so, è ad almeno venti miglia da qui. Uomini e cavalli sono stanchi, ma anche se così non fosse non potremmo arrivarci prima di domani».

Balamber, accigliandosi, fece un gesto nervoso con la mano, orrendamente segnata dalle ustioni prodotte dal fulmine nemmeno un mese prima: «Certo, ma se là davanti ci aspetta Noviodunum, perché dovremmo perdere tempo a salire sui monti?».

«Ma puoi mandare solo un distaccamento, e lasciare qui il grosso con i carriaggi e i feriti. E poi, sono pronto a scommettere che la valle pullula di burgundi in fuga: vuoi lasciarteli alle spalle?»

«Se quella gente davvero viene da Vesontio» osservò prosaicamente Odolgan, «avrà portato con sé le cose più preziose, no? Gli uomini hanno combattuto, e hanno diritto al loro bottino. Via, Balamber!» concluse ammiccando. «Forse non sarebbe male dare un'occhiata lassù.»

Tirando le redini, Balamber assentì, ma erano stati gli argomenti di Khaba a convincerlo. Rivolto a Odolgan, gli domandò: «La tua gamba?... Forse è meglio che rimani al campo. Avremo presto altre battaglie e ti voglio tutto intero».

Glielo aveva detto col sorriso sulle labbra, come scherzando, ma l'altro si raddrizzò sulla sella come se lo avessero frustato. «Che ti prende?» replicò in tono offeso. «La ferita non è profonda, e l'ho appena cauterizzata.»

Balamber rinunciò a convincere il suo amico, poiché, insistendo perché si riguardasse meglio, lo avrebbe offeso davanti agli altri guerrieri. Ponderò brevemente il da farsi. Un centinaio di hiung-nu erano morti, quel giorno, andando ad aggiungersi ai molti già caduti vicino ad Augusta; tenendo conto dei feriti che non avrebbero potuto seguirlo, poteva contare su circa settecento guerrieri: certamente troppi per esplorare la valle. Ormai riuniti in gran folla attorno a lui, tutti attendevano con impazienza la sua decisione. «D'accordo» disse infine, «sorteggeremo due centurie, che verranno con me a dare un'occhiata a questa valle. Ma possiamo concederci solo una giornata. Se entro domani sera non avremo concluso nulla, proseguiremo per Noviodunum. Quelli che resteranno pianteranno il campo qui, vicino al villaggio.»

Chiamò a sé Mandzùk: «Ti occuperai tu di fare erigere le tende e della cura dei feriti più gravi. Manda una grossa ricognizione verso Noviodunum e sguinzaglia delle pattuglie nei dintorni, per vedere se riescono a recuperare un po' del bestiame abbandonato da questa gente».

Poco dopo, fra grida di entusiasmo e lazzi di scherno all'indirizzo di coloro che rimanevano, circa duecento guerrieri a cavallo si avviarono su una stradicciola sterrata che si diramava dalle ultime case del villaggio e si inerpicava lungo un pendio boscoso. Balamber era in testa, e subito alle sue spalle venivano i suoi due amici. Fra loro, in sella a un asino, avanzava anche Inisio. Teneva lo sguardo fisso davanti a sé, e nei suoi occhi brillava una luce di follia.

31

Quando Sebastiano riaprì gli occhi, dapprima vide solo il buio. La prima cosa che udì furono alcune voci femminili, che discutevano sommessamente non molto lontano da lui, e solo grazie a esse si rese conto di essere ancora in questo mondo. Si sentiva la bocca amara, la lingua impastata. Con cautela mosse un braccio, e poi l'altro. Provava un senso di pesantezza alla testa e, tentando di sollevarsi sui gomiti, avvertì delle fitte lancinanti al collo e al torace, sicché preferì rinunciare. Rilassandosi, si rese conto di trovarsi avvolto in una coperta, o forse nel suo stesso mantello. Avvertiva odore di fumo di legna e sentiva crepitare un fuoco da qualche parte; presto si accorse del debole palpitare di una luce rossastra, che lo aiutò a rendersi conto di trovarsi in un ambiente chiuso, piuttosto ampio, invero: un edificio in pietra, con un alto soffitto sorretto da grandi travature di legno. L'aria, lì dentro, era pesante, pregna di un intenso odore di umanità. Non lontano da lui, qualcuno russava. Si accorse che le donne che udiva parlavano in dialetto gallo-romano e, prestando loro orecchio, sentì fare il nome di Attila. Allora ricordò la battaglia: la carica degli unni nel letto ghiaioso del fiume, Matauro in ginocchio nell'erba col ventre squarciato, il cavaliere dalla fusciacca verde, il suo nero cavallo dalle froge dilatate, la sua spada luccicante levata a colpire... Che esito aveva avuto lo scontro? Che gli era successo? Era evidente che era stato ferito, ma forse non gravemente. Le gambe riusciva a muoverle, e questo era già qualcosa, ma il suo avambraccio sinistro era fasciato e gli pareva che tutto il suo corpo fosse passato sotto le ruote di un carro. In particolare, avvertiva un dolore bruciante al collo, e la testa gli pareva come stretta in una morsa. Ricordò con orrore il laccio che nello spazio di un momento, sottraendolo alla morte onorevole alla quale si era preparato, lo aveva catturato e ridotto all'impotenza, trascinandolo via come un fantoccio. Di quanto era accaduto in seguito non ricordava nulla. Dunque, era prigioniero? Ma, allora, che significavano quelle voci femminili? Frugava attentamente con lo sguardo nella semioscurità, ma senza risultato, perché non potendo sollevare il capo non riusciva a farsi un'idea precisa della propria condizione. Riusciva soltanto a vedere sopra di sé il profilo delle lunghe travi del soffitto.

Un'ombra gli si parò davanti. Sullo sfondo della luce proiettata dalla fiamma, vide chinarsi su di lui il volto di una donna. «Ti sei svegliato. Bene!» sentì dire in gallo-romano, ma con la tipica inflessione degli elvetici. La voce, dal tono un po' ruvido, gli sembrò quella di una donna non più giovanissima.

«Hai fame?»

La sua bocca impastata sembrava stentare ad aprirsi per la risposta. Deglutì, prima di parlare. «No... Sete! Ho molta sete.»

La donna, che si trovava in ginocchio accanto a lui, depose in terra una ciotola di terracotta. «Aspetta» gli disse. «Devi cercare di sollevarti un poco.»

Allungò una mano verso un mucchio di pelli, stuoie e velli di lana alle sue spalle e prese un manto di pecora, che avvolse rapidamente, facendone un fagotto. «Aiutami ora» comandò, passandogli una mano dietro le spalle e attirandolo a sé. Sebastiano l'assecondò puntellandosi sui gomiti a prezzo di dolori lancinanti, e lei gli insinuò il manto ripiegato dietro la nuca, mettendolo in grado di bere l'acqua dalla ciotola che gli accostò alle labbra subito dopo. Riuscì a raggiungere il recipiente con entrambe le mani, ma la donna, forse avvertendo la debolezza della loro presa, preferì continuare a tenerlo. Bevve a lungo, avidamente, provandone grande sollievo. «Grazie. Dove sono?» le domandò subito dopo, mentre lei ritirava la tazza. Rilassandosi sul suo improvvisato cuscino, si rese conto di avere la testa fasciata.

«In un villaggio che non so dirti. Sei prigioniero degli unni.»

«Che posto è questo?»

«Credo che fosse una specie di magazzino. È una delle poche case ancora in piedi di questo villaggio.»

Avendo modo di osservare la donna più da vicino, constatò che, come aveva immaginato dalla voce, era sulla trentina, piuttosto bella, con folti capelli rossastri e arricciati che facevano corona a un viso lungo, dal profilo deciso. La sua tunica, priva di maniche e stretta in vita da una fettuccia, gli parve sporca e piena di strappi.

«Non sei di queste parti?»

«No. Mi hanno preso lontano da qui, nella Rezia.»

«Da quanto tempo sono qui?»

«Da oggi pomeriggio. Ti hanno portato che sembravi più morto che vivo, ma credo che, tutto sommato, tu non abbia niente di grave. Certo, hai battuto la testa e devi avere una costola rotta, per cui ti abbiamo fasciato anche il torace. E poi, hai ammaccature un po' dappertutto, e queste abrasioni sul collo: è un miracolo che la corda non te l'abbia spezzato. Comunque, ti riprenderai presto.»

Parlava in tono sicuro, con la rude semplicità di modi delle donne di forte carattere, e pur avendo di certo intuito il suo rango, non sembrava minimamente in imbarazzo di fronte a lui. «Come... ti chiami?» la interrogò.

«Lidania. E tu?»

Le disse il proprio nome, poi le domandò se in quel luogo lei fosse l'unica donna.

«Scherzi? Ce ne sono almeno una trentina solo qua dentro, ma fuori, a sollazzare questi animali, anche di più.»

«Ma... gli altri prigionieri? Hai detto che...»

Sempre in ginocchio accanto a lui, le mani appoggiate sulle

cosce, lei scosse il capo. «Questi di solito prigionieri non ne fanno, bello mio! Preferiscono prendere i contadini per tenerli come servi, ma quelli li hanno messi da un'altra parte. A te, ti hanno tenuto in vita perché sei un ufficiale romano.»

Una seconda figura femminile si accostò: «Si è svegliato, finalmente!».

Dalla sua voce, Sebastiano dedusse che doveva essere alquanto più giovane di Lidania. Tuttavia, poiché il suo volto si trovava in ombra, poteva distinguerne a malapena i contorni. «Ma...» insistette «la battaglia...»

Fu la ragazza a rispondergli: «Come volevi che finisse la battaglia? Gli unni si vantano di avere ucciso almeno trecento burgundi».

«A quanto ho visto arrivando qui» soggiunse Lidania, «non esagerano affatto. Giù al fiume, è tutto un carnaio. Comunque, se ti può consolare, sono morti anche molti unni. E noi abbiamo passato tutto il pomeriggio a ricucire i feriti che sono riusciti a trascinarsi fin qui.»

Sebastiano si agitò sul suo giaciglio: «Ma... e Chilperico? Il figlio di Gundovek: che ne è stato di lui?».

«Non so chi sia questo Gundovek di cui parli. Ma gli unni hanno vinto, questo è certo. Quei pochi burgundi che l'hanno scampata sono fuggiti.»

Dopo avergli controllato le fasciature, Lidania stava ora inzuppando una piccola pezza di lino nell'acqua che era rimasta nella tazza. Quando gliela appoggiò sul collo, a quel contatto sulla pelle martoriata, Sebastiano sussultò. «Lascia fare» gli disse lei, «ti farà bene. Poi ti metterò un unguento: grasso per ungere il cuoio. Non c'è altro rimedio, qui.»

«Allora sei tu che mi hai fasciato.»

«Col suo aiuto» rispose Lidania, accennando nuovamente alla giovane. Tendendo un poco il mento, per agevolarla in quel lavoro, che in effetti gli dava un qualche sollievo, Sebastiano domandò: «E voi... come vi hanno preso?».

Continuando a picchiettargli il collo, la donna sospirò: «Me, mi hanno presa nella Rezia, vicino ad Augusta. Mio marito era un liberto, faceva il falegname in un villaggio. Me l'hanno ammazzato sotto gli occhi, questi cani, e dei miei due bambini non so più nulla. Li avevamo nascosti in un bosco quando ci accorgemmo che gli unni ci stavano raggiungendo. Chissà, forse sono ancora vivi; forse...».

Tacque un momento. Sebastiano la vide deglutire, mordersi un labbro e asciugarsi una lacrima col palmo della mano. Tuttavia, tratto un respiro profondo, Lidania si fece forza e riprese con voce ferma. «Lei» accennò con la testa alla compagna «viene da un villaggio dalle parti di Vesontio. Se stai per chiederci perché non hanno tagliato la testa anche a noi e ci tengono con loro, fanne a meno. La risposta te la puoi immaginare da solo, credo.»

«Non c'è modo di fuggire?»

Lidania accennò a rispondergli, ma in quel momento la porta si spalancò e, alla luce di una torcia, un gruppo di unni irruppe schiamazzando nel locale. Sebastiano, che era riuscito a sollevarsi un po' sui gomiti, vide che dall'uscio non filtrava alcuna luce ed ebbe la conferma che era notte fonda. I mobili bagliori della torcia illuminarono alcune parti del locale, che si rivelò agli occhi del romano molto più grande di quanto avesse immaginato, e affollato da molti corpi infagottati distesi sul pavimento in terra battuta, cosparso di paglia. Si levarono dei gemiti, lamenti di gente svegliata nel sonno. Molte teste si sollevarono, e Sebastiano ebbe la conferma di trovarsi circondato da decine di donne accovacciate alla bell'e meglio, soprattutto vicino alle braci morenti del focolare, unico conforto in quel luogo di dolore. Gli unni erano tre. Facendosi luce con la torcia che uno di loro sorreggeva, presero a muoversi fra le donne distese, esaminandole senza fretta e scambiando di quando in quando commenti nel loro dialetto. Alcune prigioniere si ritraevano strisciando verso le pareti, altre sembravano non avere nemmeno la forza per farlo e restavano inerti, lasciando che la luce violenta della torcia illuminasse i loro volti e che quegli uomini, brutalmente, strappassero loro le coperte per meglio esaminarle. Una però gridò e lottò con furia, e Sebastiano capì che non era per sé che si batteva, bensì per difendere sua figlia. La fanciulla le si aggrappava e gridava: «No!

Basta! Non voglio più! Non voglio più!» e con disperazione invocava la madre, la quale, tuttavia, se la vide strappare dalle mani. Mentre l'unno che aveva preso la ragazza raggiungeva rapido la porta, trascinandola per un braccio e per i capelli, la madre, rimasta in ginocchio nel buio, proruppe in un pianto isterico, straziante. Sebastiano accennò a sollevarsi, ma Lidania lo fermò premendogli la mano sul petto: «Fermo!» gli intimò in un sussurro. «Vuoi farti ammazzare?»

I due unni rimasti nel locale si avvicinarono a loro. La luce della torcia illuminò dapprima il volto della donna, e poi lo stesso Sebastiano, ma subito si scostò, proiettandosi sulla ragazza e rivelandone i lineamenti, che erano belli e aristocratici. L'unno che reggeva la torcia aveva il volto sfregiato e un occhio guercio. Disse parole il cui tono sembrava di apprezzamento e tese una mano ad accarezzare il viso della giovane. Ella fece un passo indietro, fissandolo con una cupa, passiva ostilità. Lidania si levò allora bruscamente in piedi e, con grande sorpresa di Sebastiano, prese a inveire contro i due con un profluvio di insulti nella loro lingua, agitando anche un braccio per intimare loro di andarsene. Sebastiano, che pure conosceva un poco il dialetto unno, non poté capire molto, tuttavia colse in quell'esplosione di collera alcune offese che da sole avrebbero dovuto bastare a quegli uomini per mettere senza esitazione le mani su Lidania e sottoporla alle più crudeli torture. Invece, incredibilmente, sui volti dei due barbari si dipinse un'espressione di spavento: guardandola intimoriti, diedero subito indietro e poi, volte le spalle, ripresero la via della porta. Prima di raggiungerla, tuttavia, si fermarono presso una donna minuta e dall'aspetto smunto che, appoggiata con la schiena al muro, pregava con fervore, con la testa bassa e le mani giunte. Senza quasi guardarla, la fecero alzare rudemente e la trascinarono con loro, senza ch'ella osasse protestare. Poco dopo, la porta si richiuse alle loro spalle e lo stanzone ripiombò nella quasi completa oscurità. Nessuna voce si levò nel buio. Ci fu soltanto un generale strascicare di corpi distesi, un frusciare di coperte, e subito, dopo qualche colpo di tosse, tornò il silenzio. Solo si udivano, sommessi, i gemiti e i singhiozzi soffocati della donna a cui era stata strappata la figlia. La ragazza che Lidania aveva aiutato era ancora in piedi vicino a Sebastiano; si lisciò i lunghi capelli con un gesto stanco e, fissando l'amica, la ringraziò.

Lidania scrollò le spalle. «Di niente. Se non ci si aiuta fra noi...»

Sbalordito, Sebastiano le domandò: «Vedo che conosci la lingua unna meglio di me. Cosa hai detto esattamente a quei due?».

Lei si era di nuovo accosciata accanto a lui e già riprendeva a bagnargli il collo. «Che lei deve aiutarmi per ordine di Mandzùk, e che se non la lasciavano in pace li avrei fatti scorticare. In più, ci ho messo qualche loro tremendo insulto e un paio di maledizioni per darmi ancora più importanza.»

«Chi è questo Mandzùk?»

«È il mio attuale padrone: un bestione cupo e taciturno. È il più fidato uomo di Shudian-gun, che gli ha lasciato il governo del campo mentre lui se ne va in giro a rubare e ammazzare, quel maledetto!»

«Shudian-gun?»

«Sì. Significa "scampato al fulmine". È il soprannome che gli hanno dato per non so quale fulmine che lo ha colpito senza ucciderlo: che fortuna, eh? Neanche Nostro Signore è riuscito a incenerirlo, quel maledetto! È il loro capo. È stato lui a darmi a Mandzùk, appena non ne ha potuto più di me.»

«Dunque, tu sei stata la schiava del loro capo!»

«Gran bastardo, te l'assicuro. Un vero animale, un pagano. Mi prendeva in qualunque momento, come una bestia, poi subito mi cacciava via e la notte mi faceva legare per il collo ai pali della sua tenda. "Cavalla triste", mi chiamava. Perché, dopo quello che mi hanno fatto, dovevo ridere, capisci? Di notte poi, grida e scalcia nel sonno, in preda a chissà quali incubi. Saranno i rimorsi per i suoi peccati, dico io. Comunque con lui sono rimasta solo due giorni, poi mi ha gettato nella tenda di Mandzùk.»

«Fai male a lamentarti» le disse la ragazza, parlando in tono stanco. «Hai avuto una bella fortuna, va'! In fondo, avrebbe potuto ucciderti e invece ti ha presa con sé. E anche con Mandzùk non dev'essere poi tanto male. Almeno hai qualche privilegio. E poi, in fondo, è quasi un vecchio.»

Lidania arricciò le labbra e alzò le spalle: «Be', sì, devo riconoscere che mangio bene e fatico poco, e poi è sempre meglio avere a che fare con un uomo solo che doverne soddisfare dieci o anche venti al giorno, come capita a queste qui. Del resto, credo che questo Mandzùk mi abbia preso con sé soprattutto per farmi cucinare per lui. Tutto sommato, non mi tratta molto peggio di mio marito: sono con lui da quindici giorni e mi ha battuto solo una volta. Mangiare, mangio tutti i giorni, e carne, anche. Ma durerà poco: quando si stancherà di me, il che avverrà presto, temo, se non mi si prende uno dei suoi amici finirò anch'io in mezzo a loro» accennò con la testa. «Tutte queste che vedi qui, e anche lei, sono a disposizione degli unni, di quelli che non contano niente, capisci? O addirittura dei loro servi, come quei tre che sono entrati poco fa.»

Bruscamente, si alzò. «Adesso devo andare via» disse. «Sei sicuro di non voler mangiare?»

«Credo che non riuscirei a mandare giù niente, adesso. Più tardi, forse.»

Lidania annuì. Porse alla ragazza un piccolo vasetto di coccio: «Mettigli questo unguento, sul collo e sugli altri lividi. Qualcosa gli farà». Tornando a volgersi a Sebastiano, lo salutò: «Domattina verrò a darti un'altra occhiata, e ti porterò da mangiare: Mandzùk ha detto che devo rimetterti in piedi in due giorni. E se lo ha detto è perché così vuole Balamber. E quando Balamber vuole una cosa è meglio cercare di accontentarlo».

Nella mente del romano quel nome, che aveva già udito da Audbert, aveva echeggiato come un tuono: «Balamber, hai detto?».

«Sì: Shudian-gun. Adesso ha da fare, ma probabilmente domani o posdomani lo vedrai. O forse no, chissà! Qui è tutto così: non sei mai sicuro di niente. Possono tagliarti la testa per una sciocchezza, ma magari per giorni interi si dimenticano completamente di te. Tutto il tempo non si fa che correre e cavalcare da un posto all'altro. Io, per esempio, da quando mi hanno presa ho già percorso centinaia di miglia, sempre sgroppando dietro a questi maledetti: a piedi, sui carri, a dorso di mulo. E per loro» accennò col capo alle altre donne «è stato più o meno lo stesso, e domani sarà uguale a ieri, e così fino a quando le uccideranno o creperanno da sole, come bestie da fatica. Perciò, se non vuoi che quelli si stanchino di te e ti uccidano, cerca di riprenderti presto perché, da come la vedo io, fra un paio di giorni dovrai metterti in marcia, e forse anche prima.»

«Quanti guerrieri ha con sé questo... Balamber?»

«Il suo capo, un certo Utrigùr, gli ha affidato il comando di mille guerrieri. In effetti adesso ne avrà con sé sette o ottocento. Non è così?» chiese conferma alla sua compagna, la quale si limitò ad annuire. «Non so dirti, però, se dietro ne verranno altri.»

«Tu sai cosa ha in mente? Vuole raggiungere i passi? Scendere in Italia?»

Lidania increspò di nuovo le labbra, rifletté brevemente, poi scosse il capo: «No. Non credo. Spero di no, comunque: ci mancherebbe solo di dover valicare quelle montagne là fuori! Comunque, quello che so per certo è che deve incontrarsi da qualche parte con un capo gepido, un certo Ardarich. Ma non chiedermi dove e quando».

«Ma perché Balamber mi riserva tante attenzioni?»

Lei scrollò le spalle: «Non lo so. Lo chiederai a lui».

Ciò detto, si voltò, scavalcò alcuni corpi e con passo svelto si allontanò. Finché potè, Sebastiano seguì con lo sguardo la sua snella figura mentre passava senza troppa circospezione in mezzo alle donne accovacciate. La sentì bussare alla porta per farsi aprire dall'esterno e poi udì il tonfo del battente che si richiudeva. Stanco della propria immobilità, tornò a sollevarsi ancora un poco, ma un acuto dolore alla spalla lo immobilizzò, costringendolo a desistere. La ragazza si accovacciò accanto a lui. «È meglio che resti fermo» gli disse placidamente, «ora ti passo l'unguento.»

Osservandola prendersi cura del suo collo in fiamme, Sebastiano stentava a immaginare la sua età: aveva lineamenti delicati, e occhi che solo poche settimane prima dovevano avere avuto una dolce espressione ma che ora, profondamente cerchiati, avevano uno sguardo opaco, come estenuato. La vide scuotere il capo, riflettendo. «Lidania è una donna magnifica. Sono certa che in segreto, quando nessuno la vede, piange come tutte noi, eppure... se non ci fosse lei...»

Le sue dita si muovevano delicatamente sulla sua pelle. «Come ti chiami?» le domandò.

«Odetta.»

«Odetta! È un bel nome... Hai anche tu un... protettore, come Lidania?»

Lei scosse il capo in segno di diniego. Tirò su col naso: «L'avevo. Ma si è stancato presto. Poi ne ho avuto un altro, ma anche lui si è stancato. Adesso sono qui... Ancora per poco, però».

«Perché? Che vuoi dire?»

Continuando a spalmargli l'unguento, lei disse cupamente: «Niente... lo so io».

«Dimmi: Balamber... che tipo d'uomo è?»

Odetta si strinse nelle spalle: «Che vuoi che ti dica? È un unno, no? Ma appena lo vedrai lo riconoscerai subito, non temere: porta sempre alla vita una fascia verde e oro».

Sebastiano rivide, sul suo nero cavallo, il magnifico guerriero che il giorno precedente si era trovato di fronte in battaglia. Dunque, il destino lo aveva fatto incontrare proprio con l'unno che aveva organizzato l'assassinio di Waldomar. O si trattava forse di un altro Balamber? Poteva essere, dopotutto. Ma no: ricordava il racconto, fatto da Frediana, di un emissario unno colpito da un fulmine. Lei, a dire il vero, lo aveva dato per morto, ma nell'ansia della fuga poteva essersi sbagliata. Tante altre cose avrebbe voluto chiedere a Odetta, ma, sopraffatto dalla stanchezza e deliziato dal dolce tocco delle sue dita, chiuse gli occhi e si addormentò.

32

Nel lucore pigro e lattiginoso di un'alba senza sole, gli hiungnu avevano levato il campo con la silenziosa efficienza di sempre. In sella ai bassi cavalli mongoli, si avviavano in doppia fila lungo il torrente, mentre l'eco del tuono rimbombava sopra la valle: un budello tortuoso scavato tra roccioni alti e boscosi. Da poco, una pioggia sottile aveva preso a cadere senza convinzione, picchiettando sulla vegetazione con un rumore leggero. C'era nell'aria umida un penetrante odore di terra bagnata.

Accigliato, Balamber guardava sfilare il suo piccolo esercito da una balza erbosa. Un *mingàn*: era quello il premio che Utrigùr gli aveva dato per aver portato a termine la sua missione in Sapaudia, insieme a una mandria di cinquanta bovini e a una magnifica armatura persiana. Aveva ricevuto quelle ricompense nella Rezia ormai occupata dai Gepidi, dove Utrigùr si era trattenuto in attesa di conoscere l'esito della sua missione. Soltanto due giorni dopo, in procinto di partire per unire le sue forze a quelle di Attila nel Settentrione, l'Onegesio era stato raggiunto da un furibondo Geremar, dal quale aveva appreso che Audbert, invece di tornarsene dalla sua scrofa, era incredibilmente ricomparso a Genava, dove aveva smascherato Gualfard nell'assemblea dei capi burgundi. Balamber se l'era cavata con una dura lavata di capo, il che gli aveva confermato ciò che aveva intuito fin dal principio, ossia che l'Onegesio non aveva mai scommesso veramente sulla neutralità burgunda: potendo contare, per il passaggio del Reno, sul tradimento di Reinwalt, aveva sempre attribuito maggiore importanza all'assassinio di Waldomar. Una punizione, per la verità, c'era stata comunque, visto che Utrigùr gli aveva ordinato di affiancare i Gepidi nella marcia su Augusta, tagliandolo fuori in tal modo dallo scenario principale della guerra, che certamente si sarebbe collocato nella Gallia centrale. «I Burgundi» gli aveva detto con un sorriso eloquente, appoggiandogli una mano sulla spalla «avrebbero combattuto comunque, o forse no, ma in ogni caso è giusto che tocchi a te tenerli a bada!»

A lui non era rimasto che chinare il capo e obbedire, ma fin da subito aveva cominciato a domandarsi in quale modo avrebbe potuto trarre il massimo profitto da quella missione apparentemente secondaria. La decisione di Utrigùr, anzi, gli era parsa un nuovo segno del destino. Perché quella era, comunque, la sua grande occasione. Il comando di un *mingàn* era, infatti, la premessa indispensabile per la fortuna di un guerriero, perché comportava potere assoluto sugli uomini, possibilità di ingente bottino e di gloria ulteriore. Soprattutto, significava la possibilità di mettersi in luce non solo agli occhi di Utrigùr, ma anche davanti allo stesso Attila, il grande re. Perché era a lui che Balamber voleva arrivare, con la speranza di entrare un giorno nella cerchia dei suoi più fidi condottieri, quelli che, in Pannonia, avevano libero accesso alla sua immensa reggia di tronchi dagli alti soffitti. Nelle sue grandi sale – Utrigùr glielo aveva detto molte volte – ovunque si orientasse lo sguardo, era possibile scorgere una profusione di oggetti d'oro e d'argento, suppellettili incastonate di pietre preziose, mobili di legno pregiato, cuscini di piume, tendaggi di seta provenienti dal lontano Regno di Mezzo. Lì, su bellissimi, morbidi tappeti di Persia o di Battriana, si aggiravano splendide fanciulle velate di bianco, adorne di bracciali in oro e collane di perle, che correvano ad accogliere con gioia il grande re ogni volta che tornava da una gloriosa impresa, accompagnato da decine di servi che recavano nuovi regali per ciascuna di loro; tutte, però, erano pronte a farsi da parte rispettosamente all'apparire della nobile figura di Hereca, la sua prima moglie, alla quale toccava il governo della casa. Attila non era un uomo fatuo, ma gli piaceva che le persone che amava vivessero negli agi, per non dire nell'opulenza. Parco nel mangiare e nel bere, vestiva semplicemente – di bianco, per lo più – e sulla sua persona nessuno aveva mai visto brillare alcun ornamento d'oro. Pochi erano gli eletti che onorava della propria amicizia: prima di ogni altro il vecchio Utrigùr, che in precedenza era già stato l'amico fidato e il primo consigliere (ossia l'Onegesio) del grande Rua, suo zio; e poi Edeco, comandante degli Sciri, che, accompagnato dal suo consigliere Oreste – romano per metà – era stato ambasciatore a Bisanzio; Valamir, re degli Ostrogoti, e Ardarich, il gepido. In quest'ultimo, in particolare, Attila sembrava riporre assoluta fiducia, al punto – così almeno si diceva – da non prendere nessuna decisione importante senza aver sentito il suo parere. Insieme, Gepidi e Unni avevano varcato il Reno grazie al tradimento di Reinwalt, sopraffatto i Burgundi in una facile battaglia e devastato orribilmente Vesontio. Lì le loro strade si erano divise, perché, lasciando i Gepidi a completare il saccheggio, Balamber si era portato via i suoi guerrieri per adempiere alla particolare missione che Utrigùr gli aveva affidato, ossia scendere verso meridione, prendere il controllo della strada per l'Italia e tenere i Burgundi nel terrore finché non fosse stato richiamato. In pratica, il suo *mingàn* era l'estremità dell'ala sinistra dell'immensa armata.

Lui, per la verità, era intenzionato a interpretare quegli ordini a modo suo. Già il giorno in cui, insieme ad Audbert, aveva contemplato da un costone roccioso il grandioso paesaggio del lago Lemano e la prospera capitale del piccolo regno di Gundovek, si era detto che quello sarebbe stato un magnifico premio per un grande guerriero. No, lui non si sarebbe appagato del comando di un *mingàn*: voleva la Sapaudia. Fin da quando era tornato in quelle terre aveva cominciato a guardarle con l'occhio del padrone, rilevando l'ampiezza dei granai, valutando la produttività delle vigne, l'estensione dei pascoli e la capienza delle stalle e degli ovili, e non per caso, fino a quel momento, aveva fatto il possibile per contenere, spesso invano, la furia distruttiva dei suoi guerrieri. Voleva quelle terre con cieca determinazione, e voleva la nobile fanciulla dai lunghi capelli che lo aveva ammaliato. Frediana, sì. Molte volte quel nome gli era salito alle labbra, quando si trovava nel segreto della sua tenda o galoppava in solitudine nelle praterie, ondeggianti sotto la carezza del vento. In Turingia si era ubriacato tutti i giorni, e aveva giaciuto con molte donne: giovani unne dalle schiene robuste e forti; schiave germaniche ancora adolescenti, tremanti al suo cospetto come cerbiatte dinanzi al lupo; floride slave, malinconiche e tranquille, passategli da Utrigùr, che, vecchio e scalcagnato com'era, per loro conservava ancora un debole. Ciononostante, non era riuscito a togliersela dalla mente. Era lei che voleva: lei e la sua forza, il potere che l'accompagnava. Sentiva che se fosse riuscito ad averla avrebbe avuto tutto, e se avesse conquistato tutto, ma non lei, non avrebbe avuto nulla. Era ben consapevole della sua ostilità: ricordava le sue occhiate cariche di disprezzo. Ma rammentava anche le sue lacrime, il suo sguardo improvvisamente implorante quando era stato sul punto di finire suo fratello. Per un momento, aveva avuto il privilegio di vederla piangere, di averla nelle sue mani. Dunque, al di là del coraggio ch'ella gli aveva dimostrato, e che dava prova della sua nobile stirpe, c'era anche in Frediana una fragilità femminile. Spesso, negli ultimi giorni, gli era tornata davanti agli occhi l'immagine di lei, squassata dai colpi di Rutger che brutalmente forzava la sua verginità, e ora si rimproverava per essere intervenuto tardivamente, ma aveva come l'impressione, nel contempo, che in quei momenti drammatici si fosse instaurata fra loro, indipendentemente dalla volontà di entrambi, una sorta di inconfessata, segreta complicità. Era come se dal momento in cui la sua ascia si era abbattuta sul cranio di Rutger, Frediana avesse cominciato ad appartenergli. O forse era lui che, con quel gesto, aveva dato il via alla propria soggezione? E si chiedeva se gli occhi lampeggianti della giovane e la sua bocca altera, che aveva visto piegarsi in una smorfia di ripulsa di fronte al burgundo, avrebbero saputo invece esprimere un domani l'abbandono, la resa agli impeti del suo desiderio. L'avrebbe avuta, non sapeva come ma l'avrebbe avuta, e presto o tardi, mostrandole di cosa era capace, avrebbe finito per conquistarne l'ammirazione e forse, perché no, perfino l'amore. Non si sentiva colpevole per la morte di suo fratello: la guerra è guerra, non ci si poteva far nulla, e d'altra parte, con tutta probabilità, lei ignorava che proprio lui aveva scoccato la freccia che lo aveva colpito.

Fino a quel momento, si era sempre curato poco delle donne, limitandosi a considerarle soltanto una fonte di piacere. Come il cavallo gli era utile per spostarsi nella prateria e andare in battaglia, così esse gli erano sempre servite come sollievo e premio dopo il sangue e la fatica, la lotta e la vittoria. Aveva sempre provato, naturalmente, un certo piacere nel soggiogarle e assoggettarle alle proprie voglie, indifferente a ciò ch'esse potevano provare per lui, non dispiacendosi affatto quando esse lo detestavano o, peggio ancora, lo aborrivano: vedere la loro resa gli dava un'emozione fuggevole ma intensa, quasi comparabile a quella che provava quando domava un cavallo selvaggio. Riteneva di avere ventinove anni, fors'anche trenta, ma non si era ancora sposato. Figli ne aveva, da qualche parte, ma non erano molti quelli della cui paternità potesse dirsi certo, perché lui le donne le teneva sempre poco e se le levava dai piedi appena cominciava a sentirsene appagato. Di quei pochi che conosceva, comunque, poco si curava, poiché trovava sempre il modo di sistemare le sue concubine gravide con qualche guerriero del suo seguito, magari incoraggiandole con un dono generoso. Certo, un uomo doveva avere una moglie, anzi più di una, perché era dovere di ogni unno generare figli che un domani facessero più grande il suo clan e il suo nome, ma fino a quel momento lui non s'era occupato che di mettersi in luce agli occhi del suo signore, che lo aveva raccolto e sfamato dopo che il suo clan era stato sterminato in un'incursione degli Avari. Seguendo Utrigùr, aveva combattuto dapprima per vendicare la propria famiglia, poi contro i Goti, contro i Bizantini, contro i Burgundi, e recentemente contro Marcomanni e Alamanni, uccidendo, razziando, incendiando, violentando e ubriacandosi come tutti gli altri. Più di tutti gli altri. Il fuoco dell'ambizione covava nel suo petto, ma fino a quel momento egli aveva pensato più a ridare lustro al nero toro che campeggiava nel suo stendardo, che non ad amministrare i frutti dei suoi successi. Sperperava le ricchezze accumulate nei saccheggi, affidava le sue mandrie a servi pastori senza chiedere rendiconti, e non ricordava quante concubine aveva dimenticato per strada nelle sue campagne di guerra, né di quanti schiavi si era liberato, magari uccidendoli in uno scatto d'ira. Aveva ricercato solo la gloria e la fiducia del suo signore. La sua massima aspirazione, fino a un mese prima, era stata quella di ottenere il comando di un *mingàn*, ma ora, dopo l'incontro con Frediana, le sue ambizioni avevano acquistato ben altra caratura. Perché adesso aveva un progetto, nel quale lei rivestiva una parte importante. Quale magnifica moglie sarebbe stata per lui! Che splendidi figli gli avrebbe generato! Una donna così non poteva che andare in sposa a un grande guerriero, e lui avrebbe compiuto qualunque impresa per conquistarla. Ora aveva qualcosa, aveva un *mingàn*. Presto, forse, avrebbe avuto un regno, e anche una moglie. Una bellissima moglie.

Khaba gli si accostò sul suo cavallo. «Ci vorrà un po'. È una brutta salita» osservò, accennando col capo verso l'antica costruzione che incombeva sulla valle da un pinnacolo di roccia.

Balamber sapeva che il suo amico era certamente in imbarazzo per essersi fatto, al villaggio, portavoce delle lagnanze dei guerrieri, e cercava in realtà di sondare il suo stato d'animo, la sua irritazione. Forse era addirittura pentito. Levò a sua volta lo sguardo in direzione dell'eremo. Il giorno prima erano giunti ai piedi di quel roccione al tramonto, dopo aver percorso un tratturo disseminato delle tracce lasciate dalla moltitudine dei profughi, ma sul quale avevano riscontrato anche segni evidenti del passaggio di ciò che restava del piccolo esercito burgundo: bisacce, armi ormai inservibili o cotte di maglia abbandonate tra le felci, ma anche, frettolosamente occultato in una macchia di arbusti ai margini della pista, il corpo esanime di un guerriero che non aveva retto alla gravità delle sue ferite. Considerata l'oscurità che andava distendendosi sulla valle, non avevano potuto fare altro che rimandare l'ascensione e accamparsi in riva al torrente, e per lui era stato tutto tempo perso. «Ieri avete insistito per venire» ribatté seccamente all'amico. «Forza, allora! Manda avanti Odolgan.»

«È ferito. Non lo ammette, ma la gamba deve dolergli molto. Forse è meglio che vada io.»

Balamber gli rivolse un'occhiata gelida. «Fa' come ti ho detto.» ribatté seccamente.

«E il monaco? Che ne facciamo? Insiste per salire con noi.»

Inisio, ignorato dai guerrieri ormai in marcia, stava ancora cercando, senza troppo successo, di montare sul suo asino. Accigliandosi ancor più, Balamber lo osservò brevemente, poi emise un sospiro d'insofferenza: «Quello scarafaggio! Aiutalo. Forse potrà esserci utile, in qualche modo».

Khaba annuì, quindi pungolò il cavallo, discese la balza e si avvicinò a Inisio, che continuava a girare in senso rotatorio insieme al suo asino, nel vano tentativo di fermarlo per salirgli in groppa. L'unno afferrò l'animale per la cavezza e lo tenne fermo, aiutando il monaco a montare. Chiamò un guerriero e gli ordinò di occuparsi di lui, quindi si avviò verso la testa della colonna.

Il sentiero era abbastanza largo da consentire a due uomini a cavallo di procedere affiancati, ma era tutto tornanti, ripido e sassoso. Salendo insieme ai suoi guerrieri, Balamber vedeva spalancarsi sotto di lui la stretta valle, poco più di un tortuoso budello, stretto tra rocce e macchioni di conifere. Da sopra incombevano enormi lastroni di ardesia, alla base dei quali un pietrame più o meno sminuzzato – segno evidente dell'attitudine franosa del terreno – ostacolava la marcia dei cavalli. Risalendo la colonna, poteva vedere in alcuni tratti, in cima alla salita, le scure mura dell'eremo stagliarsi contro le nuvole in movimento. La pioggia minuta che aveva salutato il risveglio dei guerrieri era cessata. Da Oriente il brontolio del tuono echeggiava ancora, ma ormai il mutevole cielo della Sapaudia tornava ad aprirsi, lasciando filtrare raggi dorati che spiovevano a ravvivare il verde manto dei monti. Gli uccelli, arditamente, riprendevano a volare alti, tracciando le loro misteriose traiettorie sullo sfondo delle nubi.

Il sentiero andava allargandosi, e perdeva pendenza quanto più ci si avvicinava al culmine della salita. A un tratto, tuttavia, la colonna si arrestò. Balamber, allora, si spinse in avanti, superando i suoi guerrieri che occhieggiavano con impazienza verso l'alto. Oltrepassando l'ultimo sperone di roccia, si trovò sull'ultimo tratto del sentiero e si imbatté in un assembramento. Fendendo la calca, si portò in testa e trovò Odolgan che, sbracciandosi e imprecando, sollecitava i suoi a rimuovere una rudimentale barriera di tronchi di betulla: un patetico baluardo eretto frettolosamente, oltre il quale, dopo un ultimo tratto in modesta pendenza, si intuiva l'aprirsi di un pianoro erboso dominato sulla destra dalla mole dell'eremo, appollaiato su una balza rocciosa. Sopraggiunse anche Khaba. «Hanno bloccato il sentiero» constatò con disappunto.

«Era da saperlo, no?»

Con impazienza, Balamber guardava oltre, verso l'antica costruzione, di cui poteva vedere la torre e un vasto tratto del muro di cinta, nel quale si apriva un largo portone. Niente di insuperabile. La parte rimanente dell'edificio, che gli hiung-nu avevano intravisto salendo, in quanto si affacciava sul precipizio, non era più visibile da quel punto. Oltre l'orlo del muro e attraverso le feritoie della torre, Balamber notò il formicolare di molte teste: uomini e donne che certamente si affollavano per scrutare con ansia verso la barriera, che peraltro non era presidiata. Alcuni guerrieri erano smontati e già stavano dandosi da fare per rimuovere i tronchi, che erano stati affastellati con precipitazione evidente. Inisio, sopraggiungendo, balzò dal suo asino e corse ad arrampicarsi tra le ramaglie, guardando attentamente verso l'eremo. Puntando l'indice, Khaba annunciò a Balamber: «Guarda: aprono il portone».

Tre uomini erano usciti dall'edificio. La distanza non consentiva a Balamber di vedere bene, ma giudicò che uno di loro dovesse essere un vecchio. Avanzava con passi misurati, appoggiandosi a un lungo bastone. Gli altri due gli stavano accanto, ma mezzo passo indietro: uno di loro teneva le mani intrecciate come per pregare, l'altro, molto più giovane, reggeva un riquadro ligneo con un'immagine dai vivi colori. Dal loro atteggiamento e dai sai che indossavano, dedusse che si trattava di tre monaci.

«Anche lui!... Oh, anche lui!» esclamò Inisio, aggrappandosi ai tronchi e sbarrando gli occhi in un'espressione di esasperata attenzione, ma Balamber non riuscì a comprendere a chi si riferisse. Quando i tre furono giunti a pochi passi da lui, la barriera era stata quasi completamente rimossa. Scavalcando un ultimo tronco rimasto a sbarrare il tratturo, Balamber si portò in faccia al monaco più anziano, che subito si fermò e levò la mano a salutarlo: «La pace del Signore sia con te!».

Per qualche momento, Balamber restò come affascinato dall'immagine sorretta dal giovane monaco che accompagnava l'abate, e che riconobbe come quella del dio cristiano: un volto enigmatico, che sembrava fissarlo con occhi grandi e penetranti, sottolineati da cupe ombreggiature. Occhi che sembravano chiamarlo – ma a che? E perché? – e una mano levata in un gesto che sembrava al tempo stesso di benedizione e di ammonimento. Turbato, distolse lo sguardo e preferì scrutare negli occhi dell'abate, nei quali non trovò alcuna traccia di paura. Nella loro severa espressione non riconobbe, come certamente avrebbe dovuto, i segni di un'estenuata pulizia interiore, ma in essi colse una luce di risolutezza che avrebbe immaginato di riscontrare, più che in un religioso, in un anziano, esperto guerriero. Anche il monaco più robusto che lo accompagnava appariva un uomo di carattere, sebbene nei suoi occhi fosse ben visibile la preoccupazione. Il loro compagno più giovane, invece, lo fissava con ansia estrema, e il suo viso gentile, quasi femmineo, aveva il colore della cera. Terminato quel rapido esame, Balamber si drizzò sulla schiena e, aggiustandosi la fusciacca sui fianchi, interpellò rudemente l'abate, parlandogli in gallo-romano: «Chi sei? Che vuoi?».

Sollevato nel constatare di poter comunicare con lui nella propria lingua, il monaco rispose in tono pacato: «Il mio nome è Canziano. Sono qui per parlare con te, se sei il capo di questi guerrieri».

«Sì: sono ai miei ordini. Dunque?...»

Il vecchio annuì: «Sono l'abate di quest'eremo. Quella che tu vedi infatti non è più da gran tempo una postazione militare, bensì un luogo di preghiera e di raccoglimento. Non vi si custodiscono tesori di alcun genere, e...».

«Risparmia il fiato, monaco! Sappiamo bene che il tuo eremo è pieno di gente scappata da Vesontio e dai villaggi qua attorno. Speravano che non li inseguissimo, e di sicuro hanno portato con loro oro e gioielli. Invece eccoci qui. Come vedi, non saranno certo questi tronchi a fermarci. Aprite il portone e fateci entrare: sarà meglio per voi.»

Canziano, mestamente, scosse il capo. «Sei in errore, se ritieni che vi sia da fare gran bottino, lassù. In generale, si tratta di gente di campagna: coloni o miseri bifolchi con le loro famiglie. Comunque, temono non già per i loro beni, ma per le loro vite, e anche per l'onore delle spose e delle fanciulle. Se tu...»

«No!» gridò una voce alle spalle di Balamber. Ci fu un rumore di ramaglie, e subito la rinsecchita figura di Inisio comparve al fianco dell'unno. «Non dargli ascolto!» gridò. «Io ti ho detto il vero, e potrai vedere presto con i tuoi occhi. Io stesso ho veduto passare donne ingioiellate e votate alla lussuria, e bestie da soma con sacche piene di gioielli e monete. Sono peccatori! Sì! Peccatori che non meritano la tua misericordia.»

Riconoscendo il monaco, Canziano aveva trasalito, e ora lo fissava severamente. Il suo confratello più giovane, che aveva fatto addirittura un mezzo passo indietro, fissava Inisio con terrore, e la sua intera persona sembrava percorsa da una corrente di ribrezzo. Balamber sopportò per poco la petulanza di Inisio: senza nemmeno guardarlo, con un violento gesto del braccio lo respinse lontano da sé, mandandolo a ruzzolare sul sentiero. Un sorriso ironico comparve sul suo volto. «Come vedi» disse all'abate «ho chi mi informa di tutto. Aprite quel portone dunque, prima che i miei guerrieri lo aprano con la forza.»

Con un gesto misurato ma severo, Canziano puntò il dito su Inisio, che si stava rialzando. «Non puoi credere a quest'uomo: non è che un povero pazzo, pieno di rancore perché lo abbiamo allontanato a causa della sua follia.»

«No!» gridò Inisio rialzandosi. «Non è vero! Non sono pazzo. Tu! Maledetto fariseo! Cerchi solo di salvare la tua miserabile vita, ma è venuto il giorno della giustizia!» Accennò a gettarsi di nuovo tra loro, ma Khaba, trattenendolo per il saio, lo trasse energicamente indietro. Altri guerrieri, frattanto, si erano fatti d'attorno e seguivano con interesse la trattativa. Balamber aveva mantenuto lo sguardo fisso sull'abate. «Non mi importa niente di lui. Né di te. Voi Romani siete bravi a parlare; a parlare e a pregare, ma a combattere avete mandato avanti i vostri servi burgundi. So per certo che molti di loro si sono rifugiati là dentro.»

Sospirando, Canziano annuì: «È vero, non lo nego. Ma ora non ci sono più. Se ne sono andati per la via dei monti».

Balamber sorrise di nuovo: ecco spiegato perché nessuno aveva avuto il coraggio di presidiare la barriera! «Dunque» constatò con sarcasmo, «non vi resta che pietire.»

Un lampo comparve negli occhi di Canziano, ma subito egli abbassò il capo in un gesto di remissione; quando lo rialzò, il suo sguardo era diritto e fermo. «Sì. Sono qui a supplicarti... Perché vuoi spargere sangue inutilmente? Quale onore trarrai da una tale azione? Se invece risparmierai quella gente, la fama della tua clemenza si spargerà in ogni dove, e oltre che come un valoroso guerriero sarai ricordato come uomo giusto e misericordioso.»

Balamber fece con la mano un gesto di sufficienza: «Aaah! Queste sono tutte fole. Con chi credi di parlare? I miei uomini hanno avuto stamane un dura battaglia, e giustamente vogliono essere riconfortati: hanno sete e fame. Stanotte ci accamperemo nel tuo eremo, e prenderemo ciò che ci piacerà».

«Ma... l'eremo è già pieno di gente.»

Balamber rise: «Non temere, ci faremo spazio».

Accennò a volgersi ai suoi per ordinare loro di spingersi avanti, ma Canziano tese il braccio per fermarlo. Era stato soldato, in gioventù, e sapeva bene cosa avrebbe significato fare entrare gli unni nell'eremo. «No! Aspetta: se sono le loro bestie e i loro beni che volete, essi te li consegneranno. Raccoglieranno tutto ciò che hanno e ve lo porteranno qui.»

«Ah sì? Mi prendi per uno stupido? Certamente ne nasconderanno la gran parte, se non l'hanno già fatto.»

«Certo! È così!» proruppe Inisio dibattendosi nella stretta

di Khaba. «Ti sta ingannando, non vedi? Sta solo cercando di salvare se stesso.»

Prontamente, Canziano replicò: «No! Se vuoi un ostaggio, prendi me, e poi manda là dentro dei guerrieri a controllare: questi miei fratelli, Gomerio e Simplicio, faranno loro strada. Se sarai stato ingannato, potrai prenderti la mia vita».

Sfuggendo a Khaba, Inisio si gettò ai piedi di Balamber. «Non dargli retta. Devi fare giustizia, devi estirpare quei peccatori con la tua spada. Ricco bottino! Sì, ricco bottino: oro e gioielli. Quello che non troverai lì, lo avranno nascosto lungo la strada. Lo so: li ho sentiti, molti di loro, dire che avevano nascosto tutto nei boschi attorno al villaggio. Devi solo farli parlare... E poi le vergini... belle fanciulle che...»

Con una pedata in faccia, Balamber lo respinse un'altra volta nella polvere. Infastidito, si rivolse duramente a Khaba: «Che aspetti? Uccidi questo cane!».

L'unno non si fece pregare: pigiò con un piede Inisio affinché restasse in ginocchio e trasse dal fodero la sua spada.

«No!» gridò l'abate tendendo nuovamente il braccio. Il suo giovane confratello sussultò. Rivolgendosi a Balamber, Canziano lo supplicò: «Ti prego: risparmialo. Non è che un povero pazzo. La sua mente è ottenebrata, ma in realtà egli è... un uomo mite... un uomo buono».

Balamber stese un braccio a fermare il suo amico, che già aveva levato la spada a colpire; quindi, appoggiando i pugni sui fianchi, rise: «Buono? Se vi vuole tutti morti!».

Canziano scosse il capo: «No. Non è così. Seguire Gesù Cristo non è facile, ed egli... ha un incendio nell'anima!».

A quel punto, Inisio scoppiò in pianto e, coprendosi il volto fra le mani, piegò il capo sulle ginocchia e guaì fra le lacrime: «No! Noooo! Maledetto superbo! Non smetterai mai di voler essere il migliore. Maledetto!... Maledetto!».

Dimenticandosi praticamente di Balamber e degli unni, Canziano gli si rivolse in tono paterno, indicandogli l'immagine sorretta da Simplicio: «Non temere, Inisio, fratello... Nel volto di Nostro Signore Gesù Cristo puoi trovare come sempre soccorso e conforto, solo che tu lo voglia. Volgi lo sguardo a questa santa immagine, e implora il perdono dei tuoi peccati. Vedrai che, come sempre è accaduto, ti farà bene».

Muovendo freneticamente le mani adunche e le ginocchia sudicie, che foravano la trama sfilacciata del suo saio, Inisio prese a strisciare all'indietro nella polvere, guatando con espressione di terrore, di sotto in su, l'intenso volto divino che lo fissava dall'icona. «Nooo! Nooo! Sempre così! Sempre così! Non è giusto, non è giusto, io... io...»

Successe un fatto strano: d'improvviso, il monaco portò le mani alla nuca, si raddrizzò, pallido in volto, irrigidendosi in tutta la persona, quindi si gettò a terra e prese a rotolarsi e ad agitarsi scompostamente, digrignando i denti, scalciando e ringhiando come un cane arrabbiato. Sconcertati da quelle convulsioni, gli unni che lo circondavano si fecero indietro fissandolo con timore e ribrezzo, mentre Simplicio, contraendo le dita sull'immagine sacra, pronunciava a mezza voce una febbrile preghiera. Khaba stesso, che ancora stringeva in pugno la sua spada, arretrò di un passo, e Balamber fece lo stesso. A lungo fissò Inisio, che, inutilmente soccorso da Gomerio, si dibatteva in preda alla sua crisi, schiumando una bava biancastra; poi gettò un'occhiata allarmata alla figura del Cristo; infine, fissando il suo sguardo sbalordito in quello di Canziano, balbettò: «Tu... tu hai il potere... il potere del fulmine!».

L'abate, che fino a quel momento non si era preoccupato che delle condizioni di Inisio, lo guardò con sorpresa, scrutandolo con i suoi occhi penetranti. Un'intuizione attraversò la sua mente. Tornando ad accigliarsi, indicò il volto del Cristo e proruppe con enfasi: «Quello che tu chiami il mio potere viene da lui! Da lui vengono la gloria e la giustizia, la punizione eterna e il perdono, la sconfitta e la vittoria! Egli soccorre coloro che chiama a gloriose imprese, ma maledice e abbandona i malvagi. Egli è soprattutto amore! Amore e perdono, comprendi?».

Intanto Gomerio, impegnato in una silenziosa colluttazione con l'epilettico, era riuscito a mettergli fra i denti un robusto ramoscello raccolto da terra, affinché non si mordesse la lingua. Balamber, tendendo una mano verso Inisio, osservò: «Ma... quest'uomo... lo stai uccidendo!».

Canziano scosse il capo. «No. Il mio Dio è misericordioso; vedrai che presto si riprenderà.»

Chinatosi sull'infermo, sul quale Gomerio gravava con tutto il suo corpo per impedirgli di farsi male nelle sue scomposte convulsioni, gli fece un segno di croce sulla fronte, poi prese a carezzargli il volto e a parlargli dolcemente, sotto gli sguardi attenti e spaventati degli unni che li circondavano. Durò poco: molto presto, il respiro di Inisio si fece meno affannoso, le sue gambe cessarono di raschiare la terra, i suoi occhi, infine, tornarono a vedere. Poco dopo, stremato, il monaco si addormentò fra le braccia del confratello. Tenendo il suo capo in grembo, Gomerio sembrava ora coccolarlo come un infante, e la vista di tale radicale cambiamento nella condizione dell'infermo provocava tra i guerrieri che li circondavano esclamazioni e commenti di meraviglia. Odolgan, che si era fatto largo nell'assembramento, si avvicinò zoppicando a Inisio e si chinò a osservarlo da vicino. Poi guardò Balamber e Khaba e, rialzandosi, aprì le mani in un gesto di stupore. «Dorme!» constatò.

Canziano si rialzò a sua volta. «Il peggio è passato» annunciò a Balamber, che per tutto quel tempo aveva seguito con estremo interesse ogni suo sia pur piccolo movimento.

«Vuoi dire che... vivrà?»

«Sì, certamente. Ora si sta riconciliando con Dio. Quando si sveglierà si sentirà molto stanco e avrà dimenticato tutto.»

Accigliato, perplesso, Balamber rifletteva ora sul da farsi; i pollici infilati nella fascia verde che gli cingeva la vita, percorse con un'occhiata i volti dei guerrieri che stavano tutt'attorno, e su tutti lesse sconcerto, paura, incertezza. Più in basso, dal fondo della colonna, là dove i guerrieri non potevano rendersi conto di quanto accadeva davanti all'eremo, cominciavano intanto a levarsi le prime voci di protesta.

L'abate era ormai deciso a trarre dal favorevole imprevisto tutto il vantaggio possibile. «Come hai veduto tu stesso» disse prontamente a Balamber, «il mio Dio punisce, ma anche perdona. Perché è un Dio d'amore.»

Corrugando la fronte, Shudian-gun osservò: «D'amore, dici? Egli però usa anche la forza del fulmine. Io stesso...». Tacque subito, increspando le labbra, affinché i guerrieri non lo sentissero parlare di quell'episodio, del quale – lo sapeva – correvano nei bivacchi le versioni più diverse. Canziano non poté capire quel suo riferimento, ma nondimeno colse al volo lo spunto offertogli dalle sue parole e annuì con energia: «La forza del fulmine, sì. Hai detto bene. Con la sua potenza il mio Dio può certamente distruggere, ma a volte vuole soltanto ammonire, come nel caso di Inisio, qui. Qualche volta, addirittura, coloro che Egli percuote con le sue forti mani, si rialzano in piedi e da quel momento combattono per lui. Egli legge nei cuori degli uomini, e sceglie i suoi soldati per poi sottoporli alle più dure prove, esattamente come il tuo re ha fatto con te».

Aveva pronunciato quelle ultime parole con un tono di gravità, lo sguardo perso in chissà quali ricordi. Balamber ne era rimasto molto colpito. Un'idea attraversò la sua mente: «Da come parli, sembra che sia successo anche a te».

Una luce vividissima illuminò gli occhi dell'abate. Umilmente, egli abbassò il capo. «Eh sì!» ammise con gravità. «Qualcosa del genere è capitato anche a me.»

Di nuovo, da dietro i primi tornanti, si levarono proteste e schiamazzi. Con uno scatto d'ira, Balamber si volse verso Khaba e gli intimò di andare a calmare le centurie. Poi tornò a volgersi al monaco: «Tu non sei sempre stato un monaco, vero?».

«No. Sono stato... molte cose. Un tempo fui anche soldato di cavalleria. Combattei contro i Visigoti, molti anni fa; partecipai anche alla difesa di Narbona.»

«E com'è che...»

«Dopo il congedo presi moglie e venimmo a vivere da queste parti. Comprai della terra e avemmo anche un bambino, un bellissimo bambino, che il Signore chiamò a sé in tenera età. Mia moglie era di classe elevata, aveva un animo delicato: non resse a quel colpo, smarrì la fede e morì poco dopo. Io stesso, a quel punto mi diedi al vizio, dilapidai i miei beni e divenni violento; infine, mi arruolai volontario nella milizia che dava la caccia ai bagaudi e commisi ogni sorta di nefandezze, ma poi... poi sentii la Sua chiamata.»

«La chiamata dici?... E di chi?»

Canziano accennò con la mano all'icona. Il suo sguardo si fece ispirato. «Di Nostro Signore» rispose semplicemente. «Adesso eccomi qui. Sono monaco da quasi dodici anni, ormai.»

Tornò a fissare i suoi occhi su Balamber: «Immagino che ormai avrai preso la tua decisione. Intendi accettare la mia proposta?».

Balamber, in realtà, stava ancora rimuginando su quanto l'abate gli aveva detto: certo, se il suo dio lo aveva scelto dopo averlo sottoposto a tante dure prove, aveva scelto bene, perché in quell'uomo, in quel soldato aveva trovato un magnifico combattente, che ora si batteva per Lui allo stesso modo in cui un guerriero unno avrebbe difeso in battaglia lo stendardo del proprio *mingàn*. Ma se era così, quale significato doveva lui attribuire alla propria esperienza? C'era forse una missione anche per lui?

«Allora, che facciamo?» lo sollecitò Odolgan, facendoglisi accanto.

Balamber si riscosse: «Facciamo come si è detto, no?» accennò a Simplicio e Gomerio. «Manderemo dentro questi due a dire a tutti di consegnare i cavalli, i carri e tutte le bestie, e poi orzo, grano, e tutti i viveri di cui dispongono.»

Rivolto a Canziano, gli disse la stessa cosa in gallo-romano, ma il monaco obiettò: «Tutti i viveri, dici? E di cosa vivrà quella gente quando ve ne sarete andati?».

Balamber si rivoltò stizzito: «Pretendi troppo: due dei tre granai che c'erano al villaggio sono bruciati».

«Non per colpa nostra. Ma tutto ciò è rimediabile: se tu garantirai la vita e un minimo di mezzi di sopravvivenza ai miei fratelli lassù, essi stessi ti indicheranno i depositi granari dei dintorni. Non è necessario che ricorriate alla violenza. Possiamo accordarci.»

Corrugando la fronte, Balamber lo fissò per qualche istante, poi annuì gravemente, ma, a completamento dell'offerta dell'abate, aggiunse: «Non basta: dovranno procurarci vino, birra, e il foraggio per i nostri cavalli».

«Certo. Faremo il possibile.»

Bruscamente, Shudian-gun si volse a chiamare a gran voce Khaba.

«Sono qui» rispose quello, che si trovava solo a pochi passi da lui.

«Andrai tu là dentro. Porta con te quattro guerrieri, gente con la testa a posto, però, che rimanga calma, hai capito?»

Khaba annuì. «E le donne?»

Balamber si morse il labbro. Quello era un problema. Forse la preoccupazione che tuttora era impressa sul volto dell'abate derivava dalla semplice consapevolezza che quel punto delicato non era ancora stato chiarito, ma Balamber si chiese anche se per caso, avendo militato nell'esercito, e dunque certamente a contatto con mercenari unni, il vecchio monaco non fosse in grado di comprendere il suo dialetto; in effetti, le sopracciglia di Canziano già si corrugavano inquiete, a preannunciare un'energica contestazione. Va bene: tanto peggio! «Le donne lasciatele stare. Tutte! Mi sono spiegato? Portate invece via i servi e un po' di gente robusta per i lavori al campo e per caricare i carri e condurli di sotto.»

«Ma...» proruppe Canziano, rinunciando a nascondere la sua sia pure sommaria conoscenza della lingua degli Unni. «Sono gente come tutti gli altri, creature di Dio che...»

Balamber lo interruppe in tono duro: «Devi accontentarti, monaco. Non forzare la tua fortuna».

Canziano non seppe dominarsi: «E se fossi tu a forzare la tua?» sbottò, accigliandosi. «Il mio Dio sa ricompensare la clemenza, ma punisce gli arroganti.»

«Osi minacciarmi?» replicò Balamber, e portò la mano all'impugnatura della spada, più che altro per salvaguardare il proprio carisma nei confronti dei suoi; nondimeno, turbato, fece un mezzo passo indietro. Gomerio, spaventato, lasciò in terra Inisio e si levò in piedi, accostandosi istintivamente all'abate. Quest'ultimo, tuttavia, si impose la calma: chinando il capo, fece un gesto rassegnato con la mano. «No. Come potrei minacciarti? Tu puoi tutto e io nulla. Ma considera: molti di quegli uomini sono padri di famiglie numerose. Chi sfamerà i loro bambini se li porterete via? Se tu...»

Balamber lo interruppe irosamente: «E va bene! Quando avranno portato i carri e il bestiame al campo e ci avranno condotto ai granai dei dintorni, li lascerò andare!». Guatando attorno a sé, preoccupato che i suoi lo considerassero troppo condiscendente, aggiustò nervosamente la spada nella cintura e soggiunse: «Adesso taci, prima che cambi idea. Ora faremo come s'è detto, ma ricorda: nel frattempo tu resterai qui, e voglio che tutto sia portato fuori da quel portone prima del tramonto, hai capito?».

Canziano annuì. «Sì. Ho capito.»

Khaba e i suoi quattro hiung-nu erano già pronti ad avviarsi verso il portone. I due monaci attendevano un ordine esplicito dell'abate. «Andate. Andate con loro» disse questi, e parlando al più giovane, che esitava, soggiunse: «Va', Simplicio: non temete per me. Non mi accadrà nulla».

Fratello Gomerio, tuttavia, accennò ad Inisio, che ancora giaceva privo di conoscenza sul margine del sentiero. «E lui?...» domandò.

«Certo! Bisogna portarlo dentro.» Canziano si volse per interpellare Balamber, ma questi, che aveva ascoltato quanto si erano detti, fece un cenno a Khaba. Il corpulento guerriero sollevò Inisio come un fuscello e lo caricò come un sacco di stracci sulla spalla del più robusto dei guerrieri che dovevano accompagnarlo, quindi si incamminò verso l'eremo al seguito dei due monaci.

Mentre Balamber ordinava ai suoi di salire e disporsi nello spiazzo erboso antistante il monastero, l'abate guardava il gruppo allontanarsi. Si sentiva spossato per la tensione di quella trattativa che gli era parsa interminabile, ma sapeva che nulla di più avrebbe potuto ottenere. Dunque, aveva operato bene, era riuscito a prendere quei barbari per il giusto verso. In particolare, l'idea di trarre profitto dalla crisi di Inisio era stata magnifica. Si rimproverò: la sua solita superbia! Quando se ne sarebbe liberato? La verità era che Dio stesso, nella sua onnipotenza, aveva operato per suo tramite. Chiudendo gli occhi, trasse un profondo sospiro di sollievo e rese grazie alla divina Provvidenza.

33

Raccolti attorno al focolare, nella stanza più grande dell'unico edificio del villaggio ancora in piedi, Balamber e i suoi più fidati guerrieri erano giunti quasi al termine della loro cena. Uomini dai volti duri, cotti dal sole e segnati da orrende cicatrici, con occhi enigmatici che guardavano fisso e però, di quando in quando, si rischiaravano inopinatamente per improvvisi scoppi di risa. Non pochi fra loro recavano impressi nelle carni i segni della recente battaglia: ferite anche orribili, cauterizzate dal fuoco o cucite alla bell'e meglio, che certamente dovevano dare vivo dolore. Nessuno, però, lo lasciava trasparire. Sedevano a gambe incrociate sul nudo pavimento di coccio o su pelli di pecora e mangiavano con gusto, bevevano molto e ridevano forte, passandosi l'un l'altro otri di birra. Alcuni dividevano i loro bocconi con giovani donne seminude, che sulle loro rotondità, qua e là unte di grasso, recavano evidenti testimonianze delle loro avide carezze. In un angolo poco illuminato erano accatastati armi, bauli, vesti di pregio e vasellame ricolmo di monili di ogni tipo: il bottino di Balamber. Lì, a cavalcioni di una sella romana, Kayùk aspettava di ricevere ordini dal suo padrone, e intanto sbocconcellava una mela e giocava alla morra con due suoi coetanei. La fiamma ondeggiante, sopra la quale, infilato sullo spiedo e ben unto del suo stesso grasso, rosolava l'ultimo quarto di un montone, proiettava sui volti di tutti i presenti mutevoli riflessi di luce vermiglia. Selle, armi, coperte, sacchi di granaglie erano accatastati in modo caotico contro le pareti. Un paio di cassapanche scoperchiate e due tripodi bronzei rovesciati erano tutto quanto restava dell'arredamento, poiché in quei giorni una buona parte del mobilio era stato fatto a pezzi per alimentare i falò accesi dai guerrieri. Dal focolare, il fumo saliva pigramente verso un largo foro di sfiato, che con pochi colpi di mazza era stato aperto in alto, tra le massicce travi d'abete.

Odolgan, già sazio, aveva abbandonato il cerchio dei compagni e se la spassava in un angolo oscuro della grande sala, sopra un cumulo di pelli, infliggendo grandi colpi di reni tra le cosce divaricate di una giovane burgunda dalle lunghe trecce bionde. Ansimava, ringhiava, sbuffava mentre lei, sobbalzando e gemendo, i palmi delle mani premuti contro il suo petto muscoloso, lo fissava con gli occhi sbarrati, la bocca dischiusa, e scuoteva impercettibilmente il capo come a implorare remissione. Aveva quasi finito, comunque, quando la porta semisfondata fu aperta e, con uno spintone, un robusto guerriero spinse all'interno il prigioniero romano.

Le risate si spensero a poco a poco, mentre Sebastiano avanzava verso il centro della sala, con un atteggiamento dignitoso che gli unni trovarono doppiamente ammirevole, intuendo che, come ogni romano di rango, doveva sentirsi non poco a disagio, oltre che per la sua condizione di prigioniero, per via della sua barba lunga e degli abiti a brandelli. Per qualche secondo, l'anfanare sempre più serrato di Odolgan, l'unico a non essersi accorto del suo ingresso, creò nel silenzio generale un curioso contrasto col ritmo misurato dei suoi passi; infine, dopo una specie di muggito liberatorio, il giovane guerriero si staccò dalla fanciulla, emerse per metà da una pila di pellami e cuscini di varia dimensione e rivolse a lui tutta la propria attenzione.

Entrando, Sebastiano, aveva subito cercato tra i presenti un guerriero con una fusciacca verde. Non trovandolo, dovette lavorare d'intuito per individuare Shudian-gun, e la sua attenzione si concentrò quasi subito sull'uomo che sedeva di fronte alla porta e lo fissava acutamente, ma senza smettere di spolpare con metodo un grosso pezzo di carne. In effetti Balamber, quella sera, non portava la fusciacca; era a torso nudo e indossava brache di pelle di montone, non diversamente da quasi tutti i guerrieri che lo circondavano. Invero, non si coglieva nei suoi tratti alcun segno di nobiltà, e addirittura, osservandolo in quelle vesti comuni, Sebastiano stentò a riconoscere in lui il magnifico guerriero che aveva veduto in battaglia e che era stato sul punto di ucciderlo. A prima vista lo si sarebbe detto un unno come tutti gli altri, con il colorito olivastro, il torace ampio, il collo forte e le spalle possenti; anche il suo volto era tipicamente unno: largo, caratterizzato da zigomi alti e solcato da lunghi sfregi, con gli occhi a mandorla e il naso schiacciato. Tuttavia, qualcosa in lui, forse il suo sguardo risoluto e vivido d'intelligenza, vagamente ironico sotto le sopracciglia corrugate, o anche la disinvolta sicurezza che traspariva da ogni suo gesto, e che è tipica degli uomini di carattere, abituati a esercitare il comando, gli fece intuire in quel guerriero un individuo di caratura superiore rispetto agli altri presenti nella sala. Fermandosi al di qua del bivacco, concentrò perciò il suo sguardo esclusivamente su di lui.

Sì, non potevano esservi dubbi: quello era il terribile Shudian-gun. Si chiedeva che cosa potesse volere da lui, ma in effetti non provava alcun timore: avvertiva piuttosto, accanto al sordo, cupo risentimento per la propria impotenza di prigioniero, il pulsante desiderio di un confronto e, soprattutto, un sentimento di virulenta ostilità. Poco prima Lidania, sconvolta, era entrata nel magazzino delle donne, annunciando che Odetta si era uccisa: qualcuno l'aveva trovata, non lontano dal campo, impiccata a una betulla. La notizia era stata accolta dalle sue compagne con cordoglio, ma senza sorpresa, quasi come un evento normale e anzi, date le circostanze, del tutto prevedibile. Qualcuna, cristianamente, aveva deplorato la tragica scelta della ragazza, che con quel gesto disperato aveva perduto la propria anima. Altre, invece, avevano con amarezza commentato che, almeno, Odetta aveva finito di patire. Rimasto senza parole, lui non aveva potuto fare altro che aprire le braccia per dare asilo a Lidania e al suo dolore. Accarezzandole la nuca mentre, affranta, piangeva sulla sua spalla, non aveva potuto non ripensare alle strane parole che la ragazza aveva pronunciato la sera del suo primo giorno da prigioniero: «Ancora per poco», aveva detto. Dunque, in quel momento la ragazza aveva già maturato la propria decisione, e Lidania, tra le lacrime, gliene aveva appena detto la ragione: Odetta si era accorta di essere incinta, e fin da subito le aveva confidato con spietata fermezza che mai avrebbe accettato di portare in grembo il figlio di uno dei suoi aguzzini. Giusto in quel momento di intensa solidarietà, due guerrieri erano venuti a prenderlo. Uscendo per la prima volta all'aperto dopo tre giorni di clausura, aveva percorso in preda a una collera violenta la distanza che separava il magazzino dall'edificio in cui si trovava Balamber, imponendosi tuttavia di non far trapelare il proprio stato d'animo. Nell'ultima luce del crepuscolo era passato attraverso le rovine del villaggio, tra i bivacchi e gli attendamenti degli unni, e aveva cercato di farsi un'idea approssimativa del loro numero. Con occhio esercitato da anni di campagne militari, lo aveva valutato – a conferma di quanto già gli aveva detto Lidania e della stima che già aveva fatto al fiume nell'imminenza della battaglia – attorno ai sette o ottocento uomini, con il seguito immancabile di donne, servi, prigionieri, cavalli e bestiame da soma e da carne. Aveva visto pochi carri, per lo più del tipo con due ruote cerchiate di ferro, che quei barbari, stivandoli fino all'inverosimile, si tiravano dietro dovunque, e aveva constatato che gli attendamenti erano alquanto rudimentali, probabilmente perché il distaccamento doveva muoversi così rapidamente e spostarsi con tale frequenza che non poteva portarsi dietro ingombri superflui, che sui carri avrebbero sottratto spazio al bottino. Vicino a ogni bivacco erano impastoiati i cavalli dei guerrieri che attorno a esso si raccoglievano, giacché nessun unno si sarebbe mai allontanato più di un passo dal proprio.

Dunque, ora si trovava di fronte al loro capo. Ebbene, gli avrebbe mostrato come sapeva comportarsi un ufficiale romano: se la loro intenzione era quella di umiliarlo, non vi sarebbero riusciti. Nella sala era calato il silenzio. Gli occhi attenti e indagatori degli unni indugiarono a lungo su di lui, senza che nessuno dicesse nulla. Infine Balamber, gettando alle proprie spalle l'osso che aveva appena finito di spolpare, gli rivolse un sorriso cordiale. «Salve romano» gli disse in latino, pulendosi la bocca unta col dorso della mano; quindi, gli fece cenno di sedersi di fronte a lui. In silenzio, Sebastiano obbedì.

«Mi hanno detto che il tuo nome è Aulo Sebastiano. Dico bene?»

«Sì. E tu sei Shudian-gun.»

Un sorriso di compiacimento comparve sul viso sfregiato di Balamber. Sorrisero, ammiccando, anche alcuni dei suoi uomini. «Sai che significa questo soprannome?»

«Sì: pare che nemmeno il fulmine ti abbia voluto. Evidentemente Dio non ti vuole, per via dei tuoi delitti.»

Per un momento Balamber si accigliò, e alcuni dei suoi guerrieri, quelli che comprendevano il gallo-romano, drizzarono le orecchie e mostrarono evidenti segni di irritazione. Una giovane donna hiung-nu, con i capelli sciolti e completamente nuda, bisbigliò qualcosa all'orecchio del guerriero che la teneva fra le braccia, ma quello, accigliandosi, la respinse brutalmente, imponendole di tacere con un secco, rabbioso gesto del braccio. Con un sorriso disarmante, Balamber sdrammatizzò la situazione. Accennando alla carne sullo spiedo, domandò: «Hai già mangiato?».

Sebastiano esitò un momento prima di rispondere. In quei giorni aveva mangiato pochissimo e l'odore dell'arrosto gli solleticava le narici in modo irresistibile. Balamber insistette: «Serviti pure!».

Con gesti eloquenti, un anziano guerriero dall'aspetto severo, che si trovava alla destra di Sebastiano, lo sollecitò a prendere la sua porzione, porgendogli un coltello perché potesse ritargliarla. Il romano decise di accettare l'invito: aveva troppa fame per fare lo sdegnoso, e d'altra parte conosceva abbastanza gli unni per sapere che avrebbero giudicato il suo rifiuto più offensivo delle sue ardite parole di poco prima. Senza dir nulla, prese il coltello, si alzò sui talloni e staccò rapidamente dallo spiedo un pezzo di carne, riprendendo subito dopo il suo posto, sotto lo sguardo attento dei guerrieri che lo circondavano.

Mentre assaporava il gusto della carne, volgeva lo sguardo dall'uno all'altro dei suoi ospiti, i quali a loro volta non smettevano di osservarlo in silenzio, studiando attentamente – ne era ben consapevole – ogni suo atteggiamento. Sapeva che gli Unni stimavano in un uomo soprattutto il coraggio e l'astuzia, e poiché quest'ultima poco si conciliava con gesti impulsivi e avventati, si era imposto, fin da quando erano venuti a prelevarlo nel magazzino, il massimo autocontrollo. Il suo sguardo si appuntò per un momento sul giovane guerriero che, in piedi e un po' discosto dagli altri, si aggiustava tranquillamente il perizoma attorno ai fianchi, lasciandosi alle spalle, tra pellicce e masserizie di ogni tipo, la giovane schiava che aveva appena finito di possedere. Notò che aveva una gamba fasciata, appena sopra il ginocchio, e zoppicava visibilmente. Aggirando i compagni seduti attorno al fuoco, il guerriero gli si avvicinò, fissandolo con uno sguardo indagatore e carico d'ironia. Giuntogli accanto, si chinò un poco, appoggiando le mani sulle cosce, e prese a scrutarlo in volto, cercando di catturare il suo sguardo. Lui però, senza smettere di masticare, lo mantenne fisso su Shudian-gun. Con la punta delle dita, il guerriero afferrò un lembo strappato della sua tunica *dalmatica* e lo tirò con un gesto secco, allargando lo squarcio. «Tu... romano!» lo apostrofò. «Tu brutto aspetto. Dove è tua corazza? Dove mantello di porpora? Dove finito tuo elmo piumato?»

Lentamente, Sebastiano si volse verso di lui, a incontrare i suoi occhi pieni di odio e irrisione. Sostenne il suo sguardo senza scomporsi, finché Balamber, nel suo dialetto, richiamò il guerriero, ordinandogli di sedersi e tacere. Ci fu tra loro un breve battibecco, e Sebastiano, che conosceva qualche parola di unno, comprese quanto bastava per apprendere che il giovane si chiamava Odolgan e non approvava affatto la sua presenza in quel consesso. A ogni modo, lo vide assoggettarsi al capo, ma prendere posto lì dove si trovava: una vicinanza fastidiosa e irritante. Osservando che ormai aveva quasi finito la sua carne, Balamber lo sollecitò a servirsi nuovamente, ma lui preferì declinare l'invito. Allora, l'unno che sedeva alla sua sinistra gli porse un otre di birra. Sebastiano bevve e accennò a restituirglielo, ma quello gli fece cenno di passarlo a Odolgan, il quale rudemente glielo tolse di mano.

«Ti ho visto in battaglia» gli disse Balamber, «sei un valente guerriero.»

Da soldato a soldato, la risposta di Sebastiano fu schietta e spontanea: «Anche tu».

Un guerriero corpulento, sulla trentina, che sedeva alla sinistra del capo, gli si rivolse con un sorriso ironico: «Come va il collo?».

Attorno, tutti risero. Balamber, accennando al guerriero, rise a sua volta: «È stato Khaba, qui, a prenderti al laccio. Ti ha fatto fare una bella corsa, eh?».

Altre risate. Sebastiano, rivolta a Khaba una rapida occhiata, preferì rimanere in silenzio.

«I tuoi alleati burgundi» riprese Balamber «si sono battuti molto bene, ma non avevano speranze contro di noi. È un peccato che non abbiano ascoltato coloro che li consigliavano di stare fuori da questa guerra. Ora li distruggeremo.»

«Finché non arriverà l'esercito di Flavio Ezio.»

Le lunghe palpebre dell'unno si socchiusero in un'espressione di estrema attenzione: «E quando arriverà?».

«Non lo so. E se lo sapessi non te lo direi di certo.»

Balamber imbronciò per un momento le labbra, ma non si irritò per la sua reticenza. Le mani appoggiate sulle ginocchia divaricate, ondeggiò leggermente con le ampie spalle e si protese un poco verso di lui, fissandolo con ancor maggiore attenzione. «E allora, che aspetta? Tu sai che Aventicum è in nostra mano? Il presidio si è arreso tremando di paura, e Gundovek si è chiuso in Genava con quello che gli rimane del suo esercito. Io ho combattuto sotto Ezio in Gallia, e allora era un valoroso comandante. Che gli è successo? Si è rammollito? Oppure, senza gli Unni non ha più soldati?»

«Baaah!» sbottò Odolgan, facendo con la mano un gesto di disprezzo. In dialetto unno disse che i Romani non si sarebbero fatti vedere, perché erano tutti vigliacchi. Sebastiano non si trattenne e, attingendo al suo modesto bagaglio di parole unne, gli rispose seccamente in quella stessa lingua. «Dammi una spada e ti farò vedere!»

Un mormorio di sorpresa percorse il cerchio dei guerrieri. Aggrottando le sopracciglia, Balamber constatò: «Dunque, tu parli l'unno!».

Si era espresso nel proprio dialetto, ma Sebastiano, nel rispondere, preferì tornare alla propria lingua. «Non molto, ma quanto basta per capire se si offende il mio onore o quello di Roma.»

«E quello che sai dove l'hai imparato?»

«Ho combattuto in Hispania contro gli Svevi, e lì avevo ai miei ordini numerosi mercenari unni.»

Di nuovo, si levarono nella sala esclamazioni di sorpresa; alcuni unni annuirono, guardandolo con più vivo interesse, e a Sebastiano parve che quelle reazioni esplicitassero in qualche modo un segno di apprezzamento nei suoi confronti.

«Sei un prefetto della guardia di Ezio, vero?»

«È così.»

«E che facevi tra i burgundi?»

Sebastiano si era già preparato da tempo la risposta a quella domanda prevedibile: «Sono... ero una specie di ambasciatore».

«E la tua ambasciata?...»

Si strinse nelle spalle: «Tutto quello che dovevo fare era convincere i Burgundi a combattere».

«Dunque, sei tu l'ufficiale che ha smascherato Gualfard e poi lo ha ucciso.»

«Sì.»

«Quindi hai saputo anche di me. Di quello che ho fatto, intendo.»

Sebastiano ebbe la certezza che quanto aveva immaginato rispondeva a realtà: dunque, non c'era nessuna omonimia. «Certo» rispose con voce ferma. «Hai preparato l'assassinio di Waldomar.»

Senza risentirsi per quelle parole, Balamber si limitò ad assentire gravemente, tenendo lo sguardo fisso su di lui. Cadde nella sala un breve silenzio. Fu Odolgan a romperlo, rivolgendosi al suo capo: «Che vuoi fare di questo romano?».

Poiché Balamber si era limitato a guardarlo con espressione distratta, pensò di doversi spiegare meglio: «Si dà troppe arie, per conto mio. Se non vuoi ucciderlo, possiamo almeno vedere di ottenerne un riscatto». Volgendosi a esaminare Sebastiano come avrebbe valutato un cavallo, soggiunse: «Deve valere tanto oro quanto pesa».

Il romano sorrise: «Questo giovane guerriero si sbaglia» disse in dialetto unno. «Sono figlio di un soldato, e non ho alcun parente.»

Khaba scrollò le spalle. «Che importa? Se davvero è un ambasciatore, il suo Imperatore pagherà per riaverlo. Almeno» soggiunse ridendo, rivolto a Sebastiano «tu spera che sia così.»

Balamber fece un gesto vago con la mano: «Staremo a vedere» disse. Bruscamente, si levò in piedi e congedò tutti, ma non Sebastiano e Mandzùk, che il romano aveva individuato ancor prima di riconoscere lui, grazie alla perfetta descrizione che gliene aveva fatto Lidania. Impassibile, lo scudiero di Balamber assistette all'uscita degli altri, mantenendo lo sguardo concentrato solo su di lui. Pur conoscendo l'impenetrabilità dei volti degli Unni, Sebastiano era colpito dalla sua assoluta mancanza di espressione. «In quindici giorni, mi ha battuta una sola volta» gli aveva detto di lui Lidania. In effetti, a ben vedere, era già molto. Gli riusciva già difficile credere che quel guerriero dall'aspetto severo e insondabile avvertisse di quando in quando il bisogno di una donna. Era indubbiamente un uomo ancora energico: un petto possente e massicci bicipiti premevano sotto il suo camiciotto di lino, e tuttavia, anche se il suo cranio rasato lo faceva probabilmente apparire più giovane, doveva avere quasi sessant'anni, e la durezza del suo sguardo, insieme alla sua immobilità, piena di forza, davano a chi l'osservava l'impressione ch'egli fosse immune da ogni desiderio, assolutamente bastante a se stesso.

Appena l'ultimo dei guerrieri ebbe lasciato la stanza, Balamber passò accanto al fuoco e si accosciò accanto al suo prigioniero, proprio dove fino a poco prima si era seduto il suo amico Odolgan. Aveva una strana luce nello sguardo. «Se tu sei quello che dici di essere» proferì quasi in un sussurro «sei stato sicuramente a Genava. Non è così?»

«Certo. È così.»

«Quindi...»

«Ma non sperare che ti dia alcuna informazione che ti possa aiutare a espugnarla.»

Balamber allargò le mani e assunse un'aria innocente: «Io non intendo chiedertene. So che il tuo onore di soldato ti impedirebbe di dirmi queste cose. Oh! Certamente, potrei farti torturare, e ti assicuro che tra noi c'è gente capace di far cantare un sordomuto. Ma quelle domande te le farò quando saremo di fronte a Genava». Sedendosi a gambe incrociate accanto a lui, sotto il vigile sguardo di Mandzùk, gli piantò gli occhi in viso e proseguì: «Per il momento, da te vorrei sapere altre cose».

«Ossia?»

«Ecco: per esempio, chi hai conosciuto a Genava. So che quel giorno v'erano al Pretorio molte persone importanti.»

«Evidentemente le tue spie ti hanno già informato di tutto. Che vuoi sapere di più?»

Senza fare caso alla sua ironia, e continuando a seguire il filo dei suoi pensieri inespressi, Balamber continuò: «Gundovek, immagino, e poi suo figlio Chilperico. Ieri siamo stati a un passo dal catturarlo, sai? E poi quel tale romano... sì, quell'Alpiniano. C'erano tutti, vero?».

Sebastiano fu lieto di apprendere che Chilperico era sopravvissuto alla battaglia, ma non poté fare a meno di chiedersi dove l'unno volesse andare a parare. «Naturale» rispose. «Tutti: anche quel Reinwalt che poi vi ha consegnato Augusta.»

Di nuovo Balamber annuì ma con l'aria di avere tutt'altro in mente. «Reinwalt, sì.»

Il romano azzardò una domanda: «A proposito, che ne é stato di lui?».

L'unno si strinse nelle spalle e, imbronciando le labbra, atteggiò il volto a un'espressione di sufficienza: «Fino a qualche giorno fa si trovava a Vesontio con Ardarich, il re dei Gepidi. Se lo sono adottato loro, insieme con Geremar e, naturalmente, tutto il corteo di rinnegati che quei due si portano dietro. A loro si è unito anche un contingente di burgundi d'oltre Reno, che, come certo saprai, sono vassalli di Attila».

«Certo che lo so. Sono molti i popoli che tenete schiavi e costringete a combattere per voi.»

Anche stavolta, Balamber non raccolse la provocazione. Sorrise, invece. «Ma forse non sai che tra loro Reinwalt ha una donna, la sua prima moglie, e un figlio.»

«Questo lo ignoravo.»

«Già, e sicuramente lo ignorava anche Gundovek. La donna era caduta in mano a noi durante l'assalto a un villaggio, al tempo della guerra che combattemmo con i Burgundi sul Reno, e di sicuro loro, e lui prima di tutti, credevano che fosse morta insieme col bambino, perché grande era stata la strage. Invece Attila, saputo chi era, aveva voluto che fosse risparmiata. È un uomo previdente, lui! Al momento opportuno, abbiamo fatto sapere a Reinwalt che lei e suo figlio, che ormai ha quasi vent'anni, erano ancora in vita, capisci? In conclusione, credo che quei due siano stati un bell'argomento nelle mani di Attila per convincerlo a collaborare.»

Sebastiano cercava di richiamare alla mente l'altera, tetra figura di Reinwalt il Taciturno: a Genava aveva potuto scambiare con lui solo poche parole, e non aveva avuto modo di formarsi sul suo conto una precisa opinione; tuttavia ora, considerando quelle premesse nel suo passato, non faticava a comprendere quella cupezza di atteggiamenti che lo aveva contraddistinto tra i Burgundi e che gli aveva fatto acquisire quel soprannome. Dunque, la ragione del suo tradimento non andava ricercata in ambizioni di potere o nell'oro di Attila, o comunque non in essi soltanto.

«Insomma, Attila non esita a servirsi del tradimento» fece osservare polemicamente al suo interlocutore.

Nuovamente, Balamber increspò le labbra sotto i baffi e si

strinse nelle spalle. «La posta in gioco era troppo alta per farsi degli... scrupoli, dite così, no? Ma dimmi» proseguì, appoggiandogli una mano sul gomito. «Ho saputo che il figlio di Waldomar è morto.»

Il romano sorrise acidamente. «Vedo che ne sei molto addolorato» osservò con sarcasmo. «In compenso, non siete riusciti a uccidere sua sorella.»

Non gli sfuggì la luce di ravvivato interesse che quelle sue ultime parole avevano acceso negli occhi di Balamber, che infatti lo interrogò ancora: «La ragazza, già. L'hai conosciuta?».

«Certamente.»

«Vuoi dire che... hai parlato con lei?»

«Sì, in più occasioni.»

Urtandolo di nuovo sul braccio, col dorso della mano, Balamber sorrise con una strana espressione di complicità e osservò: «È molto bella, vero?».

Un'intuizione cominciava a farsi strada nella mente di Sebastiano, che, nel dubbio, scelse di non lasciarsi andare a troppi commenti. «Sì. Molto bella.»

«Ti ha parlato di me?»

«Sì» rispose Sebastiano con cattiveria. «Ti ha visto ballare sotto il fulmine.»

Balamber, accigliandosi, lo fissò acutamente, poi si alzò in piedi. Appoggiando le mani sui fianchi, domandò: «Tu sai dove lei si trovi ora?».

«No. Ma so che era tornata nella sua valle per dare sepoltura al padre. Da allora non l'ho più vista.»

«Dunque non è a Genava.»

«No» rispose Sebastiano alzandosi a sua volta. «Lasciò la città il giorno dopo l'assemblea.»

«Tu sai dov'è quella valle?»

La scoperta di quell'interesse del terribile Shudian-gun per la figlia dell'uomo che aveva fatto assassinare suscitava in Sebastiano un sentimento oscillante tra l'indignazione e l'ilarità. In ogni caso, sapere che con ogni probabilità Frediana si trovava al sicuro lo tranquillizzava. «So soltanto che per sua fortuna è lontana da qui!» rispose in tono ostile.

Senza smettere di fissarlo, Balamber trasse un profondo sospiro, quindi annuì pensosamente e, volgendosi verso la porta, chiamò il guerriero che stava di guardia all'esterno. Poi, mentre quello varcava la soglia, si volse a Sebastiano. «Ora va' pure. Da questa sera starai con gli altri prigionieri. Domani leviamo il campo, e durante la marcia dovrò farti legare i polsi come agli altri: capisci bene che non posso fare altrimenti. Comunque, a parte questo, finché non sarai riscattato godrai di una maggiore libertà, ma naturalmente, se tenterai di fuggire, sarai subito ucciso.»

Diede ordini in quel senso al soldato e fece a Sebastiano un cenno di commiato. Tuttavia, mentre questi si avviava seguendo il guerriero verso l'uscita, protese un braccio a trattenerlo per un momento: «Un'ultima cosa: quel marcomanno... Audbert: che ne è stato di lui?».

Sebastiano si chiuse a riccio: «Non lo so. Non ho più saputo nulla di lui».

Balamber non insistette e accennò alla guardia di accompagnare fuori il prigioniero. Quando la porta si fu richiusa, si voltò e incontrò lo sguardo severo di Mandzùk, che non si era mosso dal suo posto. «Be'?» lo apostrofò con irritazione: «Che c'è? Che hai da guardare? Di' piuttosto ai servi di portarmi le armi domattina all'alba, e assicurati che le sentinelle siano ben disposte e che i capi delle *jagùn* stiano curando i preparativi.»

«Dunque, intendi partire?» domandò l'altro in tono cupo, levandosi in piedi.

«Certo! Ne abbiamo parlato fino a poco fa. Dormivi forse?»

«Tu sai che a Attila Genava non interessa.»

Era vero, ma Mandzùk era il solo a conoscere esattamente gli ordini che Balamber aveva ricevuto da Utrigùr. Per tutta la sera, tuttavia, non aveva proferito una parola, come suo solito del resto, ma ora, forte del credito che gli derivava da una pluridecennale fedeltà, non sapeva trattenersi dal ricordargli i suoi obblighi. Balamber gli era affezionato, e quindi si trattenne dal rimproverarlo. Gli si accostò e gli appoggiò le mani sulle spalle: «Ma interessa molto a me, capisci? Io» scandì «voglio Genava e la prenderò».

Un lampo fuggevole d'ironia balenò negli occhi di Mandzùk: «Genava, e anche una certa valle, vero?».

Comprendendo che il suo scudiero alludeva a quanto aveva udito dire poco prima a proposito di Frediana, Balamber si concesse solo un attimo, nel quale si raddrizzò in tutta la persona e il suo sguardo lampeggiò, prima di rispondere con determinazione: «Sì: niente potrà resisterci. Spazzerò via i Burgundi dalla Sapaudia».

Accigliandosi, lo scudiero osservò in tono vagamente insinuante: «Non proprio tutti, credo».

Balamber si rabbuiò: Mandzùk stava passando il limite. Tuttavia si limitò a guardarlo severamente. «Ora va'» concluse, dandogli una pacca sulla spalla «e fa' tutto quanto ti ho ordinato. Domani all'alba si parte.»

34

Sebastiano fu condotto in una grande stalla che si trovava ai margini del villaggio, a circa duecento passi dall'edificio in cui si era insediato Balamber con i suoi servi. Entrando, incrociò due donne, che uscivano portando pile di scodelle vuote. Non le conosceva e loro gli diedero appena un'occhiata. Ogni apertura del locale era stata inchiodata, fatta eccezione per quelle poste più in alto, a filo del tetto, e nella tenue luce lunare che da esse filtrava si vide circondato da una piccola folla di figure spettrali. Appena i suoi occhi si abituarono a quella semioscurità, constatò che il fondo di terra battuta e gli stabbi erano ancora cosparsi di paglia, sulla quale si affollava una piccola comunità di derelitti vestiti di stracci. Alcuni di loro, avendo riconosciuto in lui, dai suoi abiti sbrindellati e dal portamento, l'ufficiale romano della cui presenza nel campo si era sparsa la notizia già da giorni, si alzarono e in breve gli si fecero attorno. Lo tempestarono di domande: cosa ne era del piccolo esercito burgundo, se questa o quella località era stata conquistata dagli Unni, quando sarebbe arrivata l'armata di Ezio; alcuni gli chiesero tra le lacrime notizie delle loro donne o delle figlie, prigioniere nel magazzino, e la loro angoscia, la loro disperazione erano tali che non si preoccupavano che i loro compagni udissero le sue risposte: era già molto appurare che quelle loro congiunte fossero ancora in vita, l'onore passava del tutto in secondo piano. Sebastiano si rese presto conto di avere a che fare con una varia umanità. Molti di coloro che lo circondavano erano semplici coloni, oppure giovani, robusti schiavi di campagna, che gli unni avevano asservito e trascinavano al proprio seguito per ogni dove: venivano adibiti alla guida dei carri, al governo dei muli o ai lavori nel campo; altri, che i barbari reputavano appartenenti a famiglie abbienti, più che dei prigionieri erano degli ostaggi, per i quali forse il futuro poteva prevedere la liberazione dietro pagamento di un riscatto. Alcuni di questi ultimi, anzi, essendo stati catturati nella zona, si facevano coraggio cullandosi nell'illusione che i messi delle loro famiglie avrebbero prima o poi raggiunto il campo degli unni per trattare il loro riscatto. Fra i prigionieri v'erano anche alcuni burgundi, pochi per la verità, e nessuno di un certo rango. Parlavano malamente il gallo-romano e si tenevano un po' in disparte, cupi e nervosi, consapevoli di avere più degli altri da temere dagli unni, a causa dell'odio antico che divideva i due popoli. Con sorpresa, Sebastiano ritrovò in quella piccola folla anche un alano che aveva fatto parte del suo seguito: si chiamava Maliban, e come lui era stato catturato al fiume, durante la battaglia. Era un giovane alto e dai nobili lineamenti, abbronzato, con occhi scuri e ondulati capelli castani, raccolti in crocchia sulla nuca. Appena ebbe riconosciuto in lui il suo comandante, gli si accostò e si fece riconoscere, con fare dignitoso ma con gioia autentica e da quel momento non si staccò più dal suo fianco.

Sebastiano si sforzò di rassicurare tutti, di infondere fiducia, ma quando finalmente trovò un momento di tregua e un angolo, contro le assi di uno stabbio, nel quale rincantucciarsi per la notte, lo scoramento si impadronì anche di lui. I gomiti puntati sulle ginocchia sollevate, si prese il volto fra le mani, sospirando. Ripensava a Vitalio, che ormai doveva avere portato a Flavio Ezio il suo messaggio. Forse il *Magister militum* stava arrivando, forse era già sul valico. Tuttavia, avvertiva nell'animo un cattivo presentimento, poiché l'esercito imperiale era in ritardo non solo rispetto a quanto egli aveva assicurato a Gundovek, ma persino rispetto alle sue stesse più pessimistiche previsioni. Quanto ai Burgundi, erano certamente allo sbando: Gundovek, se Balamber gli aveva detto il vero, era asserragliato in Genava, e di

Chilperico non si sapeva nulla: forse era ferito, braccato con pochi seguaci tra i boschi del Giura. Ora poi che aveva conosciuto Shudian-gun, ora che si era trovato faccia a faccia con lui e aveva avuto modo di misurarne, oltre al coraggio che già aveva osservato in battaglia, l'astuzia e l'incrollabile determinazione, un'inquietudine profonda si andava radicando in lui: quell'uomo, pur disponendo di forze poco rilevanti, era capace di grandissime imprese, specialmente se fosse stato ancora spalleggiato dai Gepidi, che, controllando l'antica strada che da Vesontio conduceva a Lugdunum, minacciavano a loro volta Genava dal Settentrione. Strani, poi, e inquietanti quei suoi insistenti accenni a Frediana: che era successo fra loro? A quanto sembrava, la figlia di Waldomar aveva acceso in quel guerriero una vera passione, e lui conosceva abbastanza bene la virulenza con cui si esprimeva l'anima unna per sentirsi doppiamente preoccupato da tale imprevista rivelazione: per la ragazza, esposta a una caccia implacabile da parte di quell'assassino, e perché gli era parso di intuire che il miraggio di quella conquista rappresentasse per Balamber uno stimolo non secondario per continuare a imperversare in tutta la regione. Ma era la prima preoccupazione ad affliggerlo di più. Stringendo i pugni e scuotendo il capo nel buio, ribolliva al pensiero dell'improntitudine tipicamente barbarica di quell'uomo, che non esitava a bramare per sé una fanciulla della quale aveva ucciso il padre e il fratello, ma soprattutto non riusciva ad accettare nemmeno in ipotesi l'idea ch'egli potesse un domani farla sua. Sempreché... sempreché ciò non fosse già avvenuto!

Attorno a lui, nel frattempo, era calato a poco a poco il silenzio. Molti già dormivano, come Maliban, appoggiato ai tronchi della recinzione, o come il bifolco della Belgica che gli stava accanto, che russava con ritmica regolarità. Più in là, due uomini bisbigliavano nel buio, e gli parve che uno singhiozzasse sommessamente. All'esterno, due sentinelle unne ridevano, motteggiandosi a vicenda; una civetta, chissà dove, lanciava nell'oscurità il suo cupo richiamo. La notte aveva inghiottito ciò che restava del villaggio e l'intero accampamento di cui esso costituiva il centro.

Un caleidoscopio di immagini prese ad affastellarsi in successione davanti agli occhi di Sebastiano: Frediana sul suo cavallo, con i capelli accarezzati dal vento; Shudian-gun che galoppava verso di lui brandendo la spada scintillante; Lidania, china su di lui, col suo sguardo concentrato, appesantito dall'odio gelido e impotente ch'ella covava in sé, e Odetta, che con uno strano tono di voce gli ripeteva infinite volte: «Ancora per poco, ancora per poco...». Si assopì.

Lo risvegliò uno schianto improvviso, cui fecero seguito, all'esterno, grida concitate e nitriti di cavalli. Riaprendo gli occhi nel buio, gli parve di scorgere dei bagliori di fiamma tra le sconnessioni della parete di tronchi. D'istinto, rivolse lo sguardo alla porta e alla stretta apertura che la sovrastava, attraverso la quale si vedeva il cielo illuminato da un bagliore rossastro. Nell'aria percepì l'odore acre del fumo. Balzò in piedi, mentre molte voci gridavano tutte insieme: «Il fuoco! Il fuoco!».

In un baleno tutti si alzarono e, urtandosi e ammassandosi spasmodicamente, si precipitarono contro la porta, tempestandola di colpi. Sebastiano cercava attorno a sé una via di scampo alternativa, ma in quella confusione, nonostante il riverbero dell'incendio, vedeva pochissimo e gli era impossibile orientarsi, anche perché, quando era entrato in quell'edificio, non aveva avuto né il tempo né il modo di farsi un'idea se non approssimativa della sua planimetria e delle possibilità ch'esso poteva offrire a tentativi di fuga. Sballottato nella calca, assordato dalle grida dei compagni, trovava già arduo mantenersi in piedi e restare padrone dei propri nervi. Poi, improvvisamente, la grande porta si spalancò, e come un sol uomo la folla dei prigionieri si proiettò all'esterno. Sebastiano si trovò in mezzo al fumo e al frenetico trambusto di gente terrorizzata che non capiva nulla di quanto stava accadendo. Si accorse che a bruciare, com'era logico, non erano gli edifici già semidistrutti, bensì molte tende degli unni. Cavalli imbizzarriti galoppavano in mezzo all'accampamento sconvolto, e nel cielo dardi infuocati fendevano il buio della notte. Alla luce delle fiamme, in un clamore infernale, vide gente armata battersi tra le case e le tende. Istintivamente, urtando uomini che fuggivano senza meta in preda a un cieco terrore, si lanciò verso il magazzino delle donne e presto ne incontrò alcune che correvano nel fumo. Ne afferrò una per un braccio e riuscì a trattenerla per un momento. «Che succede?» le domandò concitatamente. Col volto sconvolto da una cieca euforia, la donna, una giovane gallo-romana, gli rispose divincolandosi: «I burgundi! Sono nel campo! Ci hanno liberate!».

Sebastiano pensò subito a Chilperico: dunque non solo era vivo, ma stava contrattaccando. Mentre la donna spariva nel fumo e nella notte, si guardò intorno in cerca di un'arma, qualunque cosa che potesse risultargli utile per battersi. Insieme a Maliban, del quale fino a quel momento si era completamente dimenticato, e ad altri fuggitivi, imboccò correndo una strada tra le rovine del villaggio e, giunto su uno spiazzo, che riconobbe per averlo attraversato dopo l'incontro con Balamber, vide agitarsi e ondeggiare, contro il rosseggiare di molteplici focolai d'incendio, un gruppo di combattenti. Un unno si trascinava per terra a pochi passi da lui. Sebastiano cercò la sua spada e la trovò poco distante. Se ne impadronì con autentica voluttà e subito si gettò nella mischia. Un folto gruppo di unni si difendeva scompostamente, con lance e spade, dall'assalto di una mezza dozzina di burgundi, guidati da un guerriero valorosissimo. Costui, protetto da una cotta di maglia di ferro e da un magnifico elmo, sovrastato da un cimiero metallico a forma di testa di lupo, parava i colpi dei nemici con un piccolo scudo rotondo e calava la sua spada con furia non disgiunta da una certa maestria, uccidendo e mutilando senza remissione. Aitanti guerrieri, con lunghe spade e grandi scudi, gli coprivano i fianchi con ammirevole dedizione, il che fece pensare a Sebastiano che quel valoroso rivestisse un certo rango tra la sua gente. Gli unni, che pure superavano di numero gli assalitori, arretravano difendendosi in modo scoordinato e poco efficace. Con furia, Sebastiano si fece largo e ne abbatté uno mentre protendeva la lancia a colpire il guerriero col cimiero. L'uomo non era ancora caduto che già la sua arma, dalla lama lunga e ricurva, concepita per infliggere ferite tremende, passava tra le mani di Sebastiano, che, lasciata a Maliban la spada, poco utile non disponendo di uno scudo, se ne servì da quel momento per colpire a morte più di un avversario. In breve tutti gli unni caddero al suolo. Quelli di loro che davano ancora segni di vita, furono finiti con furia, a colpi di pietre e bastoni, da uomini e donne sgusciati prontamente tra i ranghi dei burgundi: schiavi del campo ora liberi e animati da un'incontenibile sete di vendetta.

«Avanti! Avanti!» gridò il guerriero che guidava gli assalitori, e la sua voce, appena udibile nella cacofonia di quei momenti convulsi, parve a Sebastiano quella di un ragazzo. Non gli sembrò, comunque, quella di Chilperico. Il guerriero scattò in avanti, in direzione di uno spiazzo erboso recintato con muri a secco, nel quale erano impastoiati numerosi cavalli. Lì vicino gli unni avevano eretto due grandi tende, una delle quali era già in preda alle fiamme. Mentre alcuni di loro si schieravano a difesa per contenere l'impeto degli assalitori, altri si affannavano a sciogliere le pastoie ai cavalli, i quali, spaventati dal fuoco, scartavano, si impennavano e nitrivano disperatamente. Il gruppo dei difensori avanzò in mezzo al fumo a contrastare i burgundi, e subito si accese una mischia accanita. Sebastiano riconobbe nel guerriero che guidava gli unni il giovane con la gamba fasciata che si era preso gioco di lui davanti a Balamber, e che quest'ultimo aveva chiamato Odolgan. L'unno incrociò subito la spada col guerriero dal cimiero a forma di lupo, il quale peraltro mostrò di sapergli tener testa validamente e anzi presto prese a incalzarlo, respingendolo indietro. Sebastiano avrebbe voluto farsi largo tra i combattenti per portare aiuto al burgundo, ma aveva il suo da fare nel fronteggiare i barbari che gli si contrapponevano. Quanto a Maliban, gli si era posto al fianco e lavorando di spada lo aiutava ad aprirsi la strada in quel parapiglia. Gli hiung-nu faticavano a reggere il forsennato assalto dei loro nemici e presto si trovarono schiacciati a ridosso del recinto, nel quale ora i cavalli correvano e si urtavano con violenza sotto una tempesta di frecce, di lance, tizzoni ardenti e proiettili di ogni tipo.

«Così! Così! Uccideteli! Uccidete i cavalli!» gridava senza posa il giovane condottiero. Sebastiano, impegnato a schivare e infliggere colpi ai nemici, fu dapprima sorpreso da quell'ordine strano e crudele, ma non tardò a comprenderne lo scopo: senza i loro cavalli, gli unni erano poca cosa, perché solo una minoranza fra loro faceva uso di armature, e in genere le loro armi non si prestavano molto al duello ravvicinato, né essi erano soliti ricercarlo. Riuscì a portarsi a breve distanza dalla testa di lupo che, rilucente di riflessi corruschi alla luce dell'incendio, ondeggiava in mezzo alla battaglia. L'aveva quasi raggiunta quando un unno alto e corpulento, nudo fino alla cintola, gli sbarrò la strada. In lui Sebastiano riconobbe il guerriero che, al guado, lo aveva preso al laccio. Anche l'altro lo riconobbe, e per un momento i suoi occhi lampeggiarono e sul suo volto comparve un sorriso feroce; poi, con tutta la sua forza, l'uomo calò su di lui una mazza ferrata. Sebastiano parò sollevando a due mani la lancia, ma il colpo fu così forte ch'essa si spezzò e lui dovette piegarsi sulle ginocchia. L'unno gli afferrò prontamente un troncone della lancia con la mano libera e, scostandogli in tal modo il braccio, levò la destra per assestargli un nuovo fendente. Improvvisamente, però, si irrigidì, lasciò cadere la mazza e, ondeggiando, portò una mano al costato. Il guerriero dalla testa di lupo, che lo aveva colpito sotto l'ascella, affondò la sua spada con un'ulteriore spinta, per ritrarla poi lorda di sangue mentre l'unno cadeva di schianto addosso al romano. Respingendolo a terra, Sebastiano cercò invano di guardare in viso il burgundo, poiché l'elmo, munito di paranaso e di ampi guanciali, lo mascherava quasi completamente, tuttavia gli parve che la sua bocca si piegasse in un sorriso, che trovò fuggevole conferma nell'espressione dei suoi occhi. Ma subito quel valoroso gli voltò le spalle e si gettò in avanti in cerca di nuovi avversari. Assalito da altri, Sebastiano lo perse di vista. Poco dopo, qualcuno gridò che altri unni arrivavano da sinistra, e tra i burgundi ci fu uno sbandamento, poi Sebastiano sentì gridare: «Via! Via! Basta così. Andiamo via! Portate via i feriti. Ai cavalli!».

In pochi secondi, i burgundi e i gallo-romani che combattevano con loro volsero le spalle al nemico e presero a correre attraverso le tende rovesciate o in preda alle fiamme in direzione dei boschi. Presto, oltrepassato il margine del campo, furono inghiottiti dall'oscurità della foresta. Sebastiano era con loro.

35

Col fiato grosso, Balamber raggiunse il recinto dei cavalli. Davanti a lui, il nemico fuggiva verso la boscaglia nereggiante, ma tutt'attorno il terreno era cosparso di morti e feriti. Nel riverbero degli incendi, il suo sguardo si spinse anche all'interno della recinzione, per constatare l'effetto più importante dell'incursione: nella terra fangosa, agonizzavano con orrendi, rauchi nitriti almeno una ventina di cavalli. Altri, terrorizzati, vagavano come impazziti per l'accampamento devastato, zoppicando, scalciando e travolgendo chiunque si parasse loro davanti; altri ancora giacevano morti o morenti tra le tende in fiamme. Ma molti ne mancavano, ed erano quelli che i burgundi avevano portato con loro. Gruppi di hiung-nu correvano affannosamente in lungo e in largo negli spazi tra gli attendamenti distrutti, alla vana ricerca di nemici che di volta in volta venivano segnalati in questa o in quella direzione. Balamber, però, sapeva che tutto sarebbe stato inutile, perché ormai i burgundi avevano conseguito tutti gli scopi principali che si erano prefissi: almeno un quarto del suo *mingàn* appiedato, liberati i prigionieri, molti guerrieri uccisi, i più nel sonno; infine, ucciso o disperso il bestiame, e carri ed equipaggiamento distrutti. In una parola, il disastro. Odolgan gli si accostò. Una profonda ferita da taglio gli attraversava il viso. «Se ne sono andati. Vuoi che li inseguiamo?»

Furente e scoraggiato, Balamber lo guardò per un momento come se non lo vedesse. Poi si riscosse: «Inseguirli? E dove? In quei boschi ci ammazzerebbero tutti».

Era furente, e non soltanto per lo scorno derivante dal successo nemico, ma soprattutto per il naufragio ch'esso avrebbe comportato per i suoi progetti. Genava gli appariva ora più lontana della sua *yurta* in Pannonia. Odolgan annuì. «Io... ho avuto davanti per un momento il loro capo. Un prode guerriero, credimi. Ma era troppo spalleggiato dai suoi, e poi con questa gamba...»

Balamber non lo ascoltava. La sua attenzione era stata invece attratta dallo strano atteggiamento di Mandzùk. Fermo in mezzo ai caduti, si appoggiava con entrambe le mani alla sua lancia e sembrava osservarne uno con attenzione particolare. Spinto da un cattivo presentimento, Balamber scostò con un braccio Odolgan; scavalcando i morti e i feriti, si accostò al suo scudiero e concentrò lo sguardo sul guerriero ucciso. Senza dir nulla, si piegò sulle ginocchia e, lentamente, tese la destra a chiudergli gli occhi. Odolgan sopraggiunse e trasalì. «Khaba!» esclamò.

«Sì.»

«È stato il loro capo, quello con la testa di lupo sull'elmo» disse Mandzùk. «Io ho visto, ma ero lontano. Non ho potuto far nulla.»

Senza dir nulla, Balamber continuava a fissare il corpo inanimato del suo amico. Quanto a Odolgan, volse altrove lo sguardo, forse sentendosi in colpa per aver mancato la possibilità di uccidere il burgundo. Chiamato un guerriero che beveva da un otre, glielo strappò di mano e bevve a lungo, facendosi colare il *kumìs* lungo gli angoli della bocca e sul petto. Poi glielo rilanciò e, pulendosi col dorso della mano, si avvicinò di nuovo, barcollando per via della gamba ferita. «Dovremo rendergli i più grandi onori» disse. «Era un magnifico guerriero. Ed era anche...»

«Un grande amico» completò tetramente Balamber rialzandosi.

«È strano, però!» osservò lo scudiero.

Balamber si voltò verso di lui. Il suo sguardo era di piombo.

«Che cosa?» domandò come stordito. «È morto, Mandzùk. Cosa c'è di strano?»

«Il guerriero che lo ha ucciso: aveva una voce da donna.»

«Ma... che dici?» si indignò Odolgan. «Khaba ucciso da una donna? Sei pazzo!»

Seguitando a guardare Balamber, lo scudiero ribadì: «Una voce da donna. Sono certo di non sbagliarmi».

Balamber soffermò per qualche momento lo sguardo su di lui; poi, lentamente, lo girò tutt'attorno a sé, contemplando lo sfacelo del campo, la confusione che ancora regnava tra i suoi uomini. Sopra le colline a levante, il cielo si schiariva nella prima luce dell'alba. I suoi occhi tornarono a fissarsi sull'impenetrabile manto dei boschi che da ogni lato circondavano l'accampamento. Il nemico era lì, in fuga dopo la sua vittoria. Irraggiungibile. Ma lui non poteva accettare un'umiliazione come quella: doveva reagire. Rivolto al suo scudiero, gli ordinò di convocare subito con il corno tutti i capi delle centurie. «Questa gente non mi conosce ancora» aggiunse. «Finora sono stato generoso con loro, ma adesso capiranno con chi hanno a che fare.»

36

Appena il gruppo al quale Sebastiano si era unito si fermò al riparo dei primi alberi, il romano si voltò a guardare verso il villaggio. Scostando le fronde di un tasso, poté scorgere nella luce incerta dell'alba gran parte dell'accampamento unno e avere un quadro completo degli effetti prodotti dall'incursione dei suoi liberatori. Gli incendi andavano spegnendosi, ma la maggior parte degli attendamenti era stata distrutta. Constatò che anche la stalla nella quale era stato rinchiuso aveva preso fuoco, e vide il tetto crollare in un turbinio di tizzoni e di fumo, lasciando in piedi solo alcuni pilastri avvolti dalle fiamme. Uomini e cavalli vagavano tutt'attorno nella più grande confusione. Vicino al recinto si era formato un grande assembramento, e Sebastiano non poté non pensare che, se non era stato ucciso nel corso dell'attacco, certamente Balamber si trovava lì e tentava di riportare ordine fra i suoi. Fu Maliban a distoglierlo da quello spettacolo: «Dobbiamo andare, Prefetto, altrimenti non troveremo cavalli per noi».

Sveltamente raggiunsero gli altri del loro gruppo. Dopo aver risalito un breve pendio boscoso sfociarono in un'ampia radura, nella quale stavano confluendo i burgundi che avevano assalito l'accampamento e gran parte dei prigionieri liberati. Molti guerrieri erano già montati in sella ai loro cavalli, altri si apprestavano a farlo insieme ad alcuni gallo-romani che si erano battuti con loro. Qualcuno si sgolava nel tentativo di impartire delle direttive alla massa dei fuggitivi, che affluiva nella radura in grande confusione. Sebastiano capì ciò che Maliban aveva voluto dire: i burgundi avevano tolto agli unni una trentina di cavalli, per lo più non sellati, che, a quanto sembrava, davano soltanto ai loro compagni liberati e a chi si dichiarava disposto a battersi insieme a loro. Molti scampati, giurando di voler combattere, imploravano per ottenerne uno, arrivando fino ad azzuffarsi fra loro per avere la precedenza; ma ve n'erano anche molti che, nient'affatto intenzionati a seguire i loro liberatori, o semplicemente incapaci di stare in sella, non sapevano tuttavia risolversi sulla direzione da prendere e discutevano animatamente sul da farsi; altri ancora, invece, avevano già preso la loro decisione e imboccavano i pochi sentieri che si aprivano nella boscaglia per allontanarsi il più in fretta possibile dagli unni, che temevano di avere già alle calcagna.

Mentre a sua volta si faceva largo nella ressa in cerca di un cavallo, Sebastiano scrutava tra la folla in cerca di Lidania. La scorse, infine, e notò che stava rimanendo indietro: trascinava, non senza trovare resistenza, una fanciulla minuta e dal colorito diafano, che di continuo volgeva indietro lo sguardo allucinato e sembrava balbettare parole incoerenti. Al vederlo avvicinarsi, gli occhi di lei si illuminarono: «Sebastiano! Sei vivo, allora!».

Subito la sollecitò. «Vieni via! Devi venire con me! Gli unni saranno qui fra poco.»

Lei gli resistette. «No!» accennò alla fanciulla, che cercava di liberare il polso dalla sua stretta. «Non posso abbandonarla. Non posso, capisci?»

Il romano ricordò: quella era Lucia, la fanciulla – nemmeno quattordicenne – che pochi giorni prima, sotto i suoi occhi, dei servi unni avevano portato via a forza dal magazzino per abusarne una volta di più. Scrutava con ostinazione tra gli alberi in direzione dell'accampamento e ripeteva con voce di pianto: «Mamma! Devi venir via! Devi venir via! Sono sporchi! Sono brutti! Via! Via! Via! Mamma! Dove sei mamma?».

Senza smettere di trascinarla, Lidania, cercava di consolarla: «La mamma arriverà, piccola, vedrai, arriverà fra poco». Guardando per un momento Sebastiano, tuttavia, scosse il capo in segno significativo, lasciandogli capire che la madre della ragazza era stata uccisa durante la fuga. «Ma adesso devi farti forza, devi venire con me, devi camminare. Così, da brava!»

La ragazza, però, le resisteva ostinatamente, e lei, estenuata da quella lotta, rivolse a Sebastiano uno sguardo disperato, gli occhi pieni di lacrime. Lui tese un braccio in un gesto rassegnato: «Non lo vedi? È pazza. Ormai ha perduto la ragione. Non puoi portartela dietro».

Lei scosse il capo con decisione e tornò a incoraggiare la ragazza, cercando di farla muovere. Nel frattempo, ancora una volta Maliban era tornato indietro per chiamare Sebastiano: «Prefetto! Prefetto! Presto: ho trovato due cavalli!».

Sebastiano constatò che i burgundi stavano per abbandonare la radura; alla loro testa si era posto il giovane guerriero che li aveva guidati nell'assalto e che ora montava un magnifico sauro, distinguibile anche per una lunga stella bianca sulla fronte. Da una distanza di una trentina di passi, Sebastiano lo vide liberarsi dell'elmo: gli apparve il volto di un giovane dai bei lineamenti, circonfuso da capelli castani tagliati uniformemente all'altezza delle orecchie. Quando, per un attimo, poté vederlo volgersi nella sua direzione, trasalì: quel giovane assomigliava incredibilmente a Frediana! D'istinto, avanzò di qualche passo tra la folla per osservarlo meglio mentre, annuendo, ascoltava ciò che gli dicevano alcune donne che erano riuscite a giungere fino a lui. Appena vide il suo viso illuminarsi di un fuggevole, rassicurante sorriso non ebbe più dubbi: quel guerriero era davvero la figlia di Waldomar! Il suo primo impulso fu di chiamarla, ma dalla distanza in cui si trovava non poteva farsi udire da lei; la vide impartire con sicurezza degli ordini agli uomini che la circondavano, levare il braccio per dare il via e dare poi di sprone con impazienza. Nel suo animo lo stupore si fondeva con la gioia di rivederla. Dunque, aveva preparato e guidato lei l'incursione, e i guerrieri che devotamente la seguivano e con grande valore si erano battuti con lei dovevano essere quelli che, a Genava, aveva promesso di portare dalla sua valle a rinforzo dell'esercito di Gundovek; come gli aveva anticipato quel giorno, aveva saputo combattere come un uomo, mostrando coraggio e grande maestria nell'uso delle armi e gli aveva addirittura salvato la vita. Decisamente, aveva fatto male a non crederle e doveva riconoscere che, se quella era la donna di cui voleva impadronirsi, Balamber avrebbe avuto qualche difficoltà.

La colonna dei burgundi era ormai in movimento. Bisognava affrettarsi. Pochi passi dietro di lui, Lidania non riusciva ancora a smuovere la ragazza. «Avanti, Lucia» la implorava tirandola per un braccio, «non fare così, vieni! Devi camminare, capisci?»

Sebastiano, scuotendosi dal suo sbalordimento, si concesse solo un attimo per decidere. Poi passò la lancia a Maliban e si volse verso Lidania. «Vieni con me!» le ordinò, mentre, con un gesto rapido, sollevava con forza la ragazza; con lei tra le braccia, che si dibatteva e gemeva invocando la madre, prese a farsi largo tra coloro che lo circondavano, senza perdere di vista l'alano, che gli faceva strada verso i cavalli. «Sai andare a cavallo?» domandò a Lidania.

«Certo, mio padre era uno stalliere.»

Ormai si era fatto giorno. I burgundi, sulle loro cavalcature, si erano già avviati in doppia fila su un sentiero che si perdeva tra gli alberi e molti dei prigionieri liberati, non sapendo che fare, si mescolavano a loro in cerca di protezione o li seguivano a piedi. I più, però, si stavano disperdendo nei boschi circostanti. La radura si andava rapidamente svuotando. Maliban prese in consegna da uno dei pochi soldati burgundi rimasti due tozzi cavalli mongoli, naturalmente privi di sella. Uno, però era stato imbrigliato con dei lunghi pezzi di corda, e Maliban lo passò a Sebastiano. Questi, prima di montare, gli mise tra le braccia la ragazza, dicendogli di tenerla con sé e, riferendosi ai cavalli, gli domandò: «Come li hai avuti?».

Lucia non lottava più: piangeva tenendo le mani sul volto, ma seguitava a invocare la madre, emettendo gemiti prolungati che davano i brividi. Maliban la issò come una piuma sul suo cavallo e, montando a sua volta, ve la tenne afferrandola saldamente per la vita. Rivolto a Sebastiano, sorrise. «Io non ho fatto niente. Quando ho cercato di prendere quello – accennò al cavallo che gli aveva dato – il burgundo che lo tratteneva per le briglie mi ha detto che gli avevano ordinato di tenerlo per te. Evidentemente il loro capo ti conosce, Prefetto. Io ho detto di essere il tuo scudiero e me ne sono fatto dare un altro.»

Montando, Sebastiano tese la mano a Lidania: «Sali con me. Appena potrò troverò un cavallo anche per te».

Invece di salire all'amazzone davanti a lui, la donna non esitò a sollevarsi la tunica, non senza qualche strappo frettoloso e deciso, ben al di sopra delle ginocchia, quindi di slancio montò alle sue spalle. Un attimo dopo, lasciarono la radura e si inoltrarono nella foresta.

37

Il piccolo esercito marciò per ore, seguendo per lo più sentieri appena tracciati, scendendo o risalendo scoscesi pendii o costeggiando cupe forre selvose. Si procedeva in una foresta di faggi, tassi e carpini spesso secolari, rivestiti del nuovo manto del fogliame primaverile, e in taluni tratti il sentiero si faceva così stretto che occorreva abbassarsi per non urtare i rami degli alberi o era necessario scostarne le fronde con le mani. Nei punti più elevati, le latifoglie cedevano spazio ai larici svettanti e a maestosi abeti, in mezzo ai quali quello strano corteo di guerrieri e civili in fuga si snodava a passo sostenuto, producendo uno strascicato tramestio. Piccole radure di prateria verdeggiante si aprivano improvvisamente, ma la colonna le attraversava quasi di corsa, per rituffarsi subito nel folto della boscaglia. Il percorso era tanto tortuoso, e la colonna talmente sfilacciata che Sebastiano non aveva mai l'opportunità di vederla in tutta la sua estensione. Domandò a un burgundo quale fosse la consistenza del distaccamento di audaci a cui doveva la libertà e seppe così che si trattava di una forza di quasi duecento uomini, in maggioranza provenienti dalle terre della famiglia di Waldomar, ed ebbe la definitiva conferma che era Frediana stessa a guidarli. Dell'andamento generale della guerra, invece, l'armigero non seppe dirgli nulla.

Lidania stava in groppa dietro di lui e rimaneva in silenzio: ora che non erano più accomunati dalle sventure della prigionia e che, conseguentemente, lo vedeva ansioso di rientrare nell'azione e di fare la sua parte, percepiva di essere del tutto estranea ai suoi pensieri e si ritraeva saggiamente in se stessa, consapevole, nel mutare delle circostanze, dell'enorme divario di rango che li separava. Nondimeno, il braccio con cui gli cingeva il petto, e le sue cosce seminude, premute per forza di cose contro di lui, gli trasmettevano un certo turbamento, ma soprattutto una sorta di imbarazzo, poiché in quel momento la sua mente tendeva a concentrarsi su Frediana: era impaziente, infatti, di vederla e di parlarle, tanto più che lei lo aveva riconosciuto e sapeva della sua presenza. Appena trovava un po' di spazio risaliva la colonna superando chi lo precedeva, e Maliban gli teneva dietro con Lucia, che ora dormiva con il capo appoggiato alla sua spalla, cullata dal passo del cavallo. Guadagnando posizioni, Sebastiano pensava a come liberarsi, prima di raggiungere Frediana, della scomoda presenza di Lidania. Ne ebbe l'occasione quando un cavaliere burgundo, gravemente ferito, si piegò sul collo del cavallo e scivolò poi di sella proprio davanti a loro, cadendo pesantemente nella sterpaglia che fiancheggiava il sentiero. Rapido, Sebastiano smontò e si piegò sul guerriero. Constatando che era ormai in punto di morte, gli tolse il cinturone con la spada e si impadronì del suo cavallo, lasciando il proprio a Lidania. Prendendo le redini, la donna lo guardò montare in sella. Percepì la sua fretta di allontanarsi, come prima aveva percepito la sua inquietudine. In imbarazzo, si fregò il naso col dorso della mano. «Be'» disse stringendosi nelle spalle. «Grazie di tutto.»

«Sono io che devo ringraziare te.»

Mostrando un'evidente esperienza, Lidania pungolò il cavallo coi talloni e lo avvicinò a quello di Maliban. Stava già protendendo le braccia per prendere Lucia ma Sebatiano la fermò: «No!» disse; quindi, rivolto all'alano, gli ordinò di continuare a portare la fanciulla e di restare con lei e Lidania fino a quando la colonna avrebbe sostato per accamparsi. Dopo di che si accomiatò da loro: «Io vado in testa. Ci vediamo più tardi».

Aggiustandosi una ciocca di capelli dietro l'orecchio, Lidania annuì, con un sorriso incerto. «Bene. Arrivederci allora!»

Sebastiano la salutò, raccomandandole di non allontanarsi mai da Maliban, quindi sollecitò il cavallo e, senza più voltarsi, prese a risalire la colonna con ben maggiore rapidità di quanto aveva fatto fino a quel momento. Non impiegò molto a raggiungere i primi cavalieri, che in quel momento stavano scendendo in una radura al cui centro si estendeva uno stagno, circondato da canneti e macchie di arbusti. Spaventate dal passaggio di tanta gente, alcune starne si spostarono con brevi, bruschi voli rasoterra, mentre il silenzio scendeva tra gli alberi circostanti. Approfittando dello spazio offerto dalla distesa erbosa, Sebastiano frustò il cavallo e si avvicinò alla figura slanciata che a tratti vedeva comparire in mezzo al gruppo dei robusti guerrieri. Quando però cercò spazio tra costoro per poter affiancare la giovane e rivolgerle la parola, essi le si strinsero attorno e un colosso biondo agitò il braccio, intimandogli seccamente di stare indietro. Lei però si voltò e, riconoscendolo, ordinò al guerriero di lasciarlo passare.

Stavano costeggiando lo specchio d'acqua, sul quale la luce molle di un imminente tramonto dipingeva riflessi dorati. Ora che le era giunto a fianco, improvvisamente Sebastiano si trovò in imbarazzo. Aveva già avuto modo di ammirare il modo perfetto in cui lei stava in sella, con la schiena diritta e la nobile testa alta, i capelli che le sobbalzavano sulle spalle: dopo una così lunga cavalcata, non mostrava alcun segno di affaticamento, benché oltretutto, in una giornata piuttosto calda, indossasse ancora la cotta di maglia. Aveva anche percepito l'estrema devozione che i guerrieri nutrivano per lei e la sicurezza, l'autorevolezza con cui ella esercitava il comando. Dunque, consapevole anche del proprio aspetto miserabile, si trovò in un'imprevista condizione di soggezione. Lei lo salutò sorridendo, ma non senza squadrarlo con una breve occhiata, che le bastò per rilevare appieno tutta la sua disastrosa condizione. «Sono contenta di rivederti, ambasciatore» gli disse in tono leggero. «Anche se, a guardarti, hai l'aria di non essertela passata troppo bene ultimamente.»

«Sì. Riconosco che fino a stanotte gli avvenimenti recenti non mi hanno troppo favorito.»

Sorridendo, lei annuì. «Al tuo posto, io non mi lamenterei.

Hanno riconosciuto in te un ufficiale romano e ti hanno risparmiato. Un vero privilegio. Speravamo di liberare gente nostra, invece in quella stalla c'erano pochissimi burgundi e comunque pochi uomini adatti o disponibili a combattere.»

«Gli Unni, in genere, non fanno prigionieri.»

«Nemmeno noi» fu la dura risposta di Frediana. «Comunque, abbiamo almeno liberato moltissime donne.»

«In ogni caso, è stata una magnifica incursione.»

Di nuovo, lei sorrise: «Detto da un ufficiale di Ezio, è un gran complimento».

«È la verità. Ti ho visto batterti come un uomo; anzi, ti sono debitore della vita. Chi ti ha insegnato l'uso della spada?»

«Mio padre, ma soprattutto Ricario, il suo maestro d'armi. È morto con lui.»

Lasciato alle spalle il lago, stavano inoltrandosi nuovamente nel folto della macchia e il terreno si faceva impervio. Sebastiano le chiese notizie di Chilperico.

«È ferito, ma in salvo. I suoi soldati lo hanno portato a Genava.»

«E tu? A quanto pare, alla difesa preferisci l'attacco.»

Gli rispose spiando attenta nella semioscurità del bosco: «È così. Ho portato i miei nei boschi. Non sono nemmeno duecento uomini, ma ognuno di loro vale per dieci. Abbiamo un rifugio sicuro, e da lì ci muoviamo per dare agli unni tutto il fastidio che possiamo».

«Che non è poco, a quanto ho visto.»

Il percorso si faceva sempre più aspro, e non v'era agio di condurre una vera conversazione. Seguendo Frediana, Sebastiano si trovò quasi d'improvviso sul ciglio di un profondo vallone dove la vegetazione si infittiva: un intrico di querce, salici e sambuchi attraverso il quale giungeva il gorgogliare di un corso d'acqua. Vi si poteva scendere avventurandosi per un sentiero, ripido e appena tracciato, percorribile solo in fila indiana e non senza qualche pericolo per i cavalli, ma Frediana non esitò a spingervi il proprio; Sebastiano fu costretto a imitarla, e rivolse per la prima volta un pensiero a Lidania, chiedendosi se, magari con l'aiuto di Maliban, sarebbe riuscita a fare altrettanto. Sul fondo scorreva un torrente, in riva al quale erano in attesa alcuni esploratori. Il vallone era così profondo e la vegetazione sui due versanti così fitta che, a quell'ora, la luce del sole vi entrava a stento; l'aria era umida, odorosa di fango. Sciami di minuscoli insetti ronzavano a mezz'aria. Seguendo gli esploratori, la colonna risalì il torrente per circa mezzo miglio, tenendo i cavalli con gli zoccoli immersi nell'acqua. Nessuno parlava, ma presto Sebastiano percepì, dapprima sommessa e poi sempre più intensa, l'eco di un fragore lontano. Il sole tramontava e, con il lento spegnersi della luce diurna, sulle svariate gamme di verde della vegetazione circostante andava stendendosi un uniforme velo di triste, polveroso grigiore. Finalmente, a poco a poco, lo spazio tra le due rive cominciò ad allargarsi sempre più e davanti a Sebastiano, sullo sfondo di monti dirupati, si aprì infine lo spettacolo di una stretta cascata che, dall'altezza di una quarantina di piedi, precipitava fra grandi rocce granitiche a formare un piccolo, limpidissimo lago, del quale il torrente era l'emissario. Se la riva che si trovava alla sua sinistra era rivestita da una boscaglia fitta e impenetrabile, su quella a destra si allargava invece un ampio spiazzo erboso, nel quale i burgundi, al riparo di una palizzata, avevano eretto il loro accampamento. Nell'ultima luce del giorno morente, Sebastiano poté scorgere un numero non facilmente calcolabile di baracche di legno e fango, e attendamenti di varie dimensioni, in mezzo ai quali si aggiravano uomini armati. Le grandi rocce a strapiombo e i contrafforti selvosi dei dintorni incombevano da ogni lato sul lago e vi si specchiavano con perfetta nitidezza, conferendogli, in quell'ora, un triste colore ferrigno.

Frediana spinse il cavallo fuori dal greto del torrente e guidò la colonna all'interno del campo. Gli uomini che già vi si trovavano le mossero incontro con grida di saluto, accogliendo i compagni di ritorno dalla missione e interrogandoli sul suo andamento. Non senza sorpresa, Sebastiano constatò che in mezzo a loro v'erano anche molti gallo-romani e non poche donne, e perfino alcuni bambini. La figlia di Waldomar fermò il suo cavallo davanti a una tenda di cuoio di tipo romano, abbastanza grande ma non diversa da altre, e smontò agilmente di sella. Subito, un giovane servo accorse per prendersi cura del suo cavallo. «Vieni con me» disse rivolta a Sebastiano, e più che come un invito, quelle parole suonarono come un ordine. Smontò e la seguì sotto la tenda, nella quale, sopra una grande pelle d'orso, non v'erano altro che un lettino da campo, un grosso baule e un paio di sgabelli. Osservandola, non poté fare a meno di apprezzare le sue gambe lunghe e tornite: fasciate da strette brache di lino, esse tradivano, al pari dell'ondeggiare sia pur discreto dei suoi fianchi, una femminilità che la pesante cotta di maglia, la lunga spada e gli scarponi maschili si sforzavano inutilmente di occultare. Dopo essersi fatta aiutare dal servo a liberarsi delle molte libbre di ferraglia che la proteggevano, gli ordinò di portare della birra e si rivolse a Sebastiano in tono affabile: «Siedi pure. Ho già disposto perché ti sia assegnata una tenda. Niente di speciale, naturalmente: solo qualche telo teso tra gli alberi. So che hai uno scudiero, e basterà per entrambi. Del resto, ti sarai già accorto che qui non ci sono comodità per nessuno».

Liberata dell'armatura, gli appariva ora, nonostante il taglio corto dei capelli e gli abiti maschili, più simile all'immagine che aveva conservato di lei; i suoi seni puntuti premevano sotto l'accollato farsetto di lino, e le ciglia, in qualche attimo fuggevole, scendevano ancora a stendere un velo di dolcezza femminile sul suo sguardo risoluto. Ma l'elastica energia che si coglieva in ogni suo movimento, segno evidente di frequente esercizio fisico, era pur sempre quella di un guerriero. Sedendo su uno sgabello, Sebastiano prese il boccale di birra che il servo gli porgeva e lo tese a toccare quello già in mano a Frediana: «A questa vittoria!» propose. Lei, seduta a gambe larghe davanti a lui, al modo di un uomo, sollevò il boccale e annuì gravemente: «A questa e a quelle che verranno!».

Bevvero insieme, scrutando l'uno negli occhi dell'altro. Poi, Sebastiano domandò: «Hai notizie di Flavio Ezio?».

A quella domanda, Frediana si rabbuiò. Si asciugò le labbra col dorso della mano e, gettato il boccale vuoto sul pagliericcio, scosse il capo: «Il tuo *Magister militum* non è arrivato e, se vuoi la mia opinione, non arriverà».

«Ma... questo è impossibile!»

«Fin dal principio, Gundovek gli ha mandato una staffetta ogni settimana per sollecitare il suo aiuto, ma, a quanto hanno riferito gli ultimi messaggeri, non sembra che abbia intenzione di muoversi da Mediolanum.»

Sebastiano, perplesso, si passò le dita nella barba ruvida. Anche se nella tenda si era ormai fatto buio, sicché poteva vedere la sagoma di Frediana soltanto grazie al riverbero dei fuochi accesi all'esterno, sentiva su di sé il suo sguardo severo. Si sentì in obbligo di giustificarsi: «Io... non ho mai inteso ingannarvi. Anche adesso che me lo dici, fatico a credere che Ezio abbia rinunciato a soccorrervi. È impossibile che l'Imperatore accetti l'invasione delle Gallie. Pensavo che...».

Con un movimento brusco, Frediana si levò in piedi, facendogli capire che il loro colloquio era già giunto al termine. «Certo. Nessuno ha mai dubitato della tua buona fede. Anzi, quando a Gundovek hanno detto che eri morto in battaglia, ne è rimasto sinceramente dispiaciuto. Ma le cose stanno come ti ho detto.»

Alzandosi a sua volta, Sebastiano aprì le mani coi palmi verso l'alto: «Sono certo che la situazione migliorerà. Continuo a pensare che il *Magister militum* non mancherà alla sua parola. Comunque, forse sarebbe il caso che io raggiungessi Genava, non credi?».

La vide scuotere il capo nella penombra. «Non subito. Non conosci il territorio, e al momento non posso darti una scorta. E poi puoi essermi molto utile qui. Ho bisogno di qualcuno che sappia comandare gli uomini in battaglia. Per adesso, immagino che vorrai rifocillarti.»

Volgendosi verso l'ingresso della tenda, chiamò: «Hariman!».

Il romano vide affacciarsi tra i teli il colosso che poco prima gli aveva chiuso il passo mentre cercava di affiancarla durante la cavalcata. Accennando a lui, Frediana gli disse: «Hariman ti accompagnerà alla tua tenda. Mi hanno detto» aggiunse, dopo una pausa appena percepibile ma significativa «che sei con una donna e sua figlia. Potrai tenerle con te».

Lui volle precisare: «Non è la mia donna, e quella ragazza non...».

«Non mi interessa» tagliò corto lei. «Fa' come ti pare. Buonanotte.»

Sebastiano avrebbe voluto parlare ancora con lei, farle altre domande. Relativamente a Balamber, per esempio. Ma fu costretto a rimandare a un'altra occasione. Uscendo all'esterno, fu colpito dallo splendore del cielo, che già appariva punteggiato da miriadi di stelle. Si avviò al seguito del burgundo ed ebbe così modo di attraversare una parte dell'accampamento. Raccolti attorno ai bivacchi, i guerrieri mangiavano; commentavano variamente le vicende di quella giornata sanguinosa, con grandi esclamazioni e perfino con qualche risata, esaltando le imprese dei più audaci e motteggiando coloro che non avevano saputo distinguersi. I riflessi delle fiamme dipingevano mobili effetti di chiaroscuro sui loro volti e grandi ombre sulle tende circostanti. Sotto la carezza di un vento leggero, saturo di umori primaverili, la foresta stormiva dolcemente, viva e fremente nella notte.

38

Una giornata calda, quasi estiva. Sotto il cielo terso si stendeva il pianoro ondulato e verdeggiante. Le uniche coltivazioni si raccoglievano attorno a una balza, dominata dalle rovine ancora fumanti di una stalla e di poche case. Su queste si appuntava l'attenzione di Sebastiano, che scrutava il paesaggio dall'alto di uno sperone roccioso. Gli si accostò Maliban, che montava ancora il cavallo mongolo di cui si era impossessato la sera in cui i burgundi avevano assalito il campo di Balamber. «Scendiamo a vedere?»

«Certo!»

Pungolando il suo baio con i talloni, Sebastiano lo costrinse su un sentiero che, tra grandi rocce calcaree, scendeva verso il pianoro. Maliban e gli altri – otto cavalieri burgundi – lo seguirono prontamente. Il prefetto si trovava con la gente di Frediana già da sei giorni, ed era quella la prima volta che guidava da solo un suo reparto. Contrariamente a quanto aveva sperato in un primo momento, dopo il loro primo colloquio sotto la tenda non si erano più visti senza la presenza di altri, e quindi gli era mancata la possibilità di conoscerla meglio, di entrare con lei in una qualche intimità. In ogni occasione Frediana si era comportata con lui come i suoi uomini dovevano attendersi da lei, ossia trattandolo certo cameratescamente, ma comunque alla stregua di un qualunque ospite o, meglio, come un alleato utile nella lotta comune. Nel suo atteggiamento Sebastiano non era più riuscito a cogliere la benché minima parvenza di un interesse d'altro genere per lui: nessuna confidenza, nessun gesto o parola che lo invitasse a una maggiore intimità. Né ella gli aveva subito affidato la guida dei suoi uomini. Fino a quel momento, infatti, gli era stato consentito soltanto di partecipare a piccoli giri di perlustrazione, per dargli il tempo di familiarizzare con i soldati e conoscere un po' il territorio. Comunque, a quanto pareva, il suo primo giorno di comando lo stava portando sulle tracce del nemico così a lungo cercato, anche se esso rimaneva, per il momento, ancora invisibile.

Non impiegarono molto a giungere in fondo alla discesa e a trovare il largo sentiero terroso che, profondamente segnato dalle impronte dei carri, saliva al piccolo borgo. Il primo morto Sebastiano lo scorse proprio ai margini dello sterrato, non lontano da un grande abbeveratoio per il bestiame: era un piccolo corpo, certo di un bambino, ma privo della testa. D'istinto, la cercò con lo sguardo nell'erba, ma senza risultato. Era preparato a quello spettacolo, e sapeva che, quasi certamente, ciò che avrebbe visto tra le case sarebbe stato anche peggio. Non arrestò dunque il cavallo e proseguì, lo sguardo fisso alle rovine. Passò davanti alla stalla: le porte erano spalancate, ma quando due burgundi la ispezionarono la trovarono vuota.

Passando tra le case, gli parve di udire l'uggiolare sommesso di un cane. I muri di tutti gli edifici, costruiti con la pietra grigia di cui i bifolchi si rifornivano nei monti circostanti, erano anneriti dal fuoco e tuttavia ancora in gran parte in piedi, ma i tetti d'ardesia erano crollati all'interno insieme alle travi in fiamme, che qua e là ancora scoppiettavano. L'aria era impregnata dell'odore acre del fumo e da quello della carne bruciata. Il romano si trovò presto al centro del piccolo spiazzo che fino a quel giorno era stato il punto di raccolta di quella minuscola comunità: senza dubbio un clan di coloni che, per chissà quali ragioni, avevano scelto di non fuggire. Forse, si erano sentiti più al sicuro di altri, poiché quella zona si trovava lontana dal territorio occupato dagli unni; forse, invece, non avevano semplicemente voluto o potuto abbandonare il bestiame e perdere il raccolto. Il frenetico, odioso ronzio delle mosche attirò la sua attenzione verso sinistra: il cadavere di una donna, cerea e scarmigliata, giaceva sul gradino della sua casa, con la schiena appoggiata allo stipite della porta e la testa reclinata. Un torrente di sangue le aveva inzuppato la tunica: probabilmente le avevano tagliato la gola. Tra le mani, teneva in grembo qualcosa che lì per lì Sebastiano non seppe identificare. Lo aiutò Maliban. «Ecco dov'era la testa del bambino» constatò. «Agli Unni piace scherzare.» Accennò poi col capo dietro di sé: «Un altro l'hanno affogato nell'abbeveratoio».

Sebastiano fu lieto di non essersene avveduto. Dalla casa di fronte, scuro in volto, uscì uno dei burgundi. «Qui dentro sono tutti morti» annunciò. «Un vecchio e due donne.»

Altri cadaveri furono trovati tra le rovine. Un soldato, che aveva spinto il cavallo oltre il ciglio dello spiazzo e aveva esplorato il lato non visibile di una delle case, chiamò tutti a gran voce. Accorrendo con gli altri, Sebastiano si trovò di fronte a una distesa di stoppie e a un piccolo campo d'ortaglia, dove scorse altri corpi. Ma il soldato guardava verso la casa. Il romano seguì quello sguardo e rimase impietrito dall'orrore: inchiodato, crocefisso per le mani alla porta, c'era il corpo nudo e martoriato di una fanciulla. Ai suoi piedi guaiolava un piccolo cane da pastore, che non si mosse per nulla all'arrivo dei soldati. Dalle mani della giovane, il sangue era colato in lunghi rivoli lungo il legno antico e scheggiato, fino a irrorare i pochi gradini di pietra. La testa ciondolava sui seni straziati da morsi crudeli e la cascata dei lunghi capelli pareva voler coprire in qualche modo le sue molte ferite e l'atroce oscenità delle sue gambe aperte e un po' ripiegate. Quando il soldato, sceso di sella, le sollevò il capo, il viso apparve segnato da profondi, orribili sfregi.

Maliban sputò con disgusto. «Gli Unni! Non sono che animali!» fu il suo commento, giacché quello spettacolo era troppo anche per un barbaro come lui. D'istinto, Sebastiano fece girare il cavallo e diede le spalle a quella scena. «Seppelliteli» ordinò. «Poi vedremo se...»

«Prefetto! Laggiù, oltre quella macchia. Guarda!»

Richiamato dalla voce di Maliban, Sebastiano guardò là dove egli indicava, ossia verso la pianura sottostante, dove, appena al di là di un piccolo bosco di betulle, si vedevano muoversi delle minuscole figure nere: uomini a cavallo, che sembravano scortare alcuni bovini. Lutgard, il burgundo che aveva trovato la ragazza, accorse a vedere a sua volta. «Sono loro di sicuro» disse. «Stanno portando via la mandria.»

«E allora» ruggì Sebastiano dando brutalmente di sprone «andiamo a prenderli!»

In pochi secondi, tutto il distaccamento lo seguì, galoppando giù per il largo sentiero che si inoltrava nella prateria. Attraversarono di volata i filari delle betulle, ma a quel punto gli unni non tardarono ad accorgersi di loro, e appena ciò avvenne accelerarono l'andatura, lasciandosi alle spalle senza esitare la mandria di bovini che stavano conducendo. Con eloquenti gesti del braccio, il romano ordinò ai suoi di allargarsi nella piana. La distanza tra inseguiti e inseguitori rimase a lungo invariata, poiché i piccoli ma resistenti cavalli degli unni ancora non la cedevano ai poderosi destrieri dei loro inseguitori, e Sebastiano cominciò a disperare di riuscire ad agguantare quella banda di assassini, ma improvvisamente li vide dapprima rallentare, e poi operare una conversione verso sinistra, in direzione di un pendio boscoso nel quale forse speravano di trovare rifugio. Scorgendo una bassa nuvola di polvere nella piana assolata, proprio nella direzione verso cui essi si erano spinti fino a poco prima, comprese la ragione di quel loro cambiamento di percorso: evidentemente, un altro distaccamento burgundo si era parato a chiudere loro la via della fuga, costringendoli a quella deviazione. Segnalò ai suoi di piegare a sinistra e cercò di stringere in diagonale, per tagliare la strada ai fuggitivi.

Ormai poteva vederli bene e, contandoli, constatò che non erano più di una mezza dozzina. Galoppavano frustando spietatamente i cavalli e voltandosi spesso a sincerarsi della posizione dei loro inseguitori. Sebastiano si avvide che quello a lui più vicino, interamente vestito di pelli di pecora e con il tipico copricapo di montone della sua gente, aveva tratto il suo arco dalla faretra e stava incoccando una freccia. Ruotando sul busto, il guerriero tese l'arco e subito, senza rallentare la corsa, scoccò il suo dardo. Sebastiano si abbassò sul collo del suo cavallo, ma il bersaglio non era stato lui: nel rimbombo del galoppo, udì un grido rauco e un attimo dopo vide affiancarglisi, con la criniera al vento, il pomellato di Lutgard, privo del suo cavaliere. L'unno stava già incoccando un'altra freccia, ma non si avvide che un burgundo gli si stava avvicinando, soppesando nel palmo della mano un giavellotto. Quando si girò per tendere di nuovo l'arco, fu colpito a un fianco e ruzzolò di sella. I suoi compagni, intanto, forse per dividere i loro nemici, si erano separati e fuggivano in direzioni diverse. Sebastiano vide però dei cavalieri avanzare da destra a chiudere loro la via della boscaglia e si rese conto che ormai quei razziatori avevano poche speranze di salvezza. Tratta la spada, se ne scelse uno per sé e, raggiuntolo mentre quello tratteneva il cavallo e si guardava attorno febbrilmente in cerca di una via di scampo, tentò di abbatterlo con una stoccata. Quello, però, si piegò sul fianco opposto dell'animale e schivò il colpo, ma solo per essere trapassato, mentre si raddrizzava, dalla lancia di un burgundo che sopraggiungeva quasi frontalmente. In breve tempo, agli altri non toccò miglior sorte, e presto ne rimase in vita uno solo. Era un guerriero non proprio giovanissimo, dal fisico secco e legnoso, e tuttavia energico, con i capelli raccolti sulla nuca a formare una lunga coda. Ormai circondato, si difendeva agitando la spada e spostando di continuo il cavallo alla ricerca di una via di fuga, ma ovunque provasse vedeva perarglisi davanti i guerrieri nemici, che lo respingevano e lo incalzavano con le lance. Muovendo continuamente il cavallo, ringhiava come una belva in trappola e mulinava la spada lampeggiando tutt'attorno con occhi terribili, ma presto il cerchio delle lance si strinse su di lui, e una di esse giunse a segno, raggiungendolo in un fianco. Frediana, però, intervenne in tono aspro: «No! Prendetelo vivo!».

Un attimo dopo, un guerriero afferrò da dietro l'unno per il corsetto e lo rovesciò di sella. Tre, quattro burgundi gli furono subito sopra e lo immobilizzarono, non senza una dura lotta comunque, perché egli era estremamente vigoroso e, pur essendo ferito, si difendeva con ferino accanimento. Intanto, Sebastiano aveva affiancato Frediana, facendole un cenno di saluto. «Non sapevo che fossi da queste parti.»

«Dei mulattieri ci hanno segnalato la presenza di questi razziatori. Temo però che per il villaggio sul colle non ci sia più nulla da fare.»

«Sì. Veniamo di là: uno spettacolo orrendo.»

Frediana annuì, senza chiedere altri ragguagli. Chiamò a sé Hariman che, sceso dal cavallo, aveva raggiunto in pochi passi il prigioniero e stava legandogli i polsi dietro la schiena. Prontamente, il burgundo fece cenno a un compagno di portare a termine quel lavoro e le si accostò. Frediana gli parlò appoggiandosi con entrambe le mani al pomo della sella. «Sai cosa devi fare, vero?»

Una smorfia feroce si dipinse sul viso del guerriero. «Come al solito?» domandò.

Frediana annuì e confermò: «Come al solito!».

Le mani sui fianchi, Hariman si guardò attorno brevemente, come in cerca di qualcosa. Poi puntò il dito verso un piccolo querceto che rivestiva una balza poco distante. «Laggiù va bene, no?»

«Andrà benissimo.»

Pungolati dai secchi ordini del guerriero, alcuni burgundi trascinarono il prigioniero nel luogo indicato, mentre altri, tratte le scuri, si sparsero rapidamente nella boscaglia.

«Che destino intendi riservargli?» domandò Sebastiano a Frediana, accennando al prigioniero. «Vuoi impiccarlo o cosa?»

«Adesso vedrai» fu la semplice risposta. Dopo una breve pausa di silenzio, soggiunse: «C'è una cosa che devo dirti: stamane, poco dopo la tua partenza dal campo, è arrivato un portaordini da Genava. Ci sono novità: ieri l'altro una staffetta dall'Italia ha portato a Gundovek un messaggio di Flavio Ezio. È un tuo soldato. Si chiama... aspetta...» aggrottò la fronte nel tentativo di ricordare. Sebastiano l'aiutò: «Vitalio?».

«Vitalio, sì! Dev'esserti molto affezionato, perché la staffetta ha detto che, quando Gundovek gli ha assicurato che eri ancora in vita,... insomma, quello per la gioia si è messo a piangere come un bambino.»

Sebastiano sorrise appena. Ciò che gli importava era di avere finalmente notizie dal *Magister militum*: «Il messaggio?...».

Lo sguardo di Frediana si incupì. «Ezio è in marcia verso Arelate. Forse vi è già arrivato. Quanto a te, nell'ipotesi che Vitalio, arrivando qui, ti avesse trovato ancora in vita, gli ha detto di trasmetterti il suo ordine di raggiungerlo laggiù. A quanto ho capito, intende assegnarti una nuova missione, sicuramente qualcosa d'importante.»

Sebastiano trasecolò: «Arelate? Ma è nella Narbonense! Dunque non ha preso la via dei passi!».

La voce di Frediana assunse un tono d'intenzione, marcatamente polemico: «No. Evidentemente, ha temuto che gli Unni gli sbarrassero la strada, o forse, avendo saputo delle nostre sfolgoranti vittorie, ha pensato che non fosse il caso di soccorrerci. In ogni caso, l'idea di accorrere in nostro aiuto non deve averlo nemmeno sfiorato».

«Sai quanti soldati ha con sé?»

La figlia di Waldomar si strinse nelle spalle: «A quanto ho capito, non più di diecimila».

Sebastiano si sentì costernato. In quei giorni drammatici si era illuso che, letto il suo messaggio, Ezio si sarebbe mosso verso i passi alpini per scendere con tutte le sue legioni nella Sapaudia e soccorrere i Burgundi. Invece, traendo evidentemente altre deduzioni strategiche dalla sua ultima missiva, il *Magister militum* li aveva lasciati a vedersela da soli con Unni e Gepidi e, per portarsi nelle Gallie, aveva scelto, evitando i valichi delle Alpi Pennine, la più sicura via della valle del Rodano. Anche se, informandolo degli insuccessi di Gundovek, non aveva fatto che il proprio dovere, non poteva non sentirsi in qualche modo colpevole, soprattutto nei confronti di Frediana, che ora lo guardava severamente e di certo sentiva riaffiorare in sé tutta l'antica ostilità germanica verso Roma. Per quanto in imbarazzo, si sentì obbligato a giustificare la scelta del suo comandante: «Arelate è la capitale delle Gallie. Ezio avrà ritenuto prioritario accorrere a difenderla».

Frediana, accennando al prigioniero, gli rispose in tono duro: «Sarà come dici. Comunque, intanto noi siamo qui a vedercela con questi demoni».

Con rapidità ed efficienza, i burgundi stavano reperendo fasci di ramaglie secche, che accumulavano in una grande catasta ai piedi dell'albero più vicino, una quercia antica e frondosa. Mentre uno di loro si indaffarava per appiccarvi il fuoco, l'unno venne completamente spogliato e inchiodato a terra da quattro robusti guerrieri. A quel punto Hariman, con un coltello, gli incise torno torno il cuoio capelluto e, puntellandosi sulla sua schiena con un ginocchio, lo scalpò con un brusco movimento del braccio, strappandogli un urlo agghiacciante. Poi, con metodo ed evidente esperienza, e senza preoccuparsi del sangue che sempre più lo imbrattava, gli praticò altre incisioni alla radice del collo e sulle spalle, fino alle ascelle e ai fianchi, dopo di che, infilate con calma le dita in quelle incisioni, con pochi gesti secchi gli strappò la pelle fino alle reni. L'unno si tese in tutto il corpo ed emise gemiti orrendi, lunghi e soffocati.

Disgustato, Sebastiano distolse lo sguardo e con indignazione si rivolse a Frediana, che, al suo fianco, assisteva al supplizio con espressione gelida, senza battere ciglio. «Ma è orribile! Tu non puoi fare questo. Tu porti al collo una croce! Non possiamo essere peggiori di loro!»

Si volse a lui bruscamente: «Taci, romano! Hai ben visto di cosa sono capaci, no? Questi sono bestie, e come tali vanno trattati!».

Sebastiano non seppe trattenersi: in guerra aveva visto orrori di ogni genere, ma quella scena lo aveva fatto rivoltare. «Puaah!» proruppe con disprezzo. «A quanto vedo, voi non siete meglio di loro. Non siete che dei...» si fermò appena in tempo, ma lei, raddrizzandosi sulla sella e fulminandolo con lo sguardo, prese un tono di sarcasmo e finì la frase per lui: «Dei barbari, vuoi dire, vero?».

Sebastiano ammutolì. La sua ferocia lo sconvolgeva. Ma lei insistette, implacabile: «Ma certo! Peccato che siano questi barbari violenti e ignoranti a difendere il sedere incipriato del tuo Imperatore e a battersi per lui, mentre i suoi generali se ne vanno a spasso per l'Impero, il più lontano possibile dalla battaglia!».

Sebastiano avrebbe voluto replicare, richiamare Frediana a valori cristiani che in qualche modo dovevano pur sempre appartenerle, e quindi insistere perché al prigioniero venisse inflitto un supplizio più rapido, meno crudele, ma nella sua veemenza aveva letto un'assoluta irremovibilità, e nel suo sarcasmo un'indignazione che non poteva non riconoscere ben motivata. Dunque, distolse lo sguardo e tacque.

Il prigioniero, ormai scorticato in gran parte del corpo, venne sveltamente evirato e fu poi issato a testa in giù a uno dei rami più robusti del grande albero, con i gomiti piegati e le mani intrecciate e legate dietro la schiena. Sotto di lui, la catasta di tronchi e ramaglie era ormai preda del fuoco, che Hariman, dopo essersi assicurato lo scalpo alla cintura, ebbe cura di ravvivare ulteriormente, traendosi poi indietro insieme con quelli che lo avevano aiutato per contemplare l'esito della proprio lavoro. Per un po', raccolti in cerchio attorno al falò, i burgundi si trattennero a guardare l'unno che bruciava. Presto incominciò a ondeggiare, scosso da spasimi violenti, e non tardò a lanciare grida rauche e disperate, che suscitarono nei suoi carnefici compiaciuti commenti e qualche risata. Di quando in quando, alcuni di loro alimentavano le fiamme gettandovi altri rami, mentre nell'aria si diffondeva l'odore della carne arrostita. Invano Sebastiano cercò sul volto di Frediana il minimo segno di turbamento. Infine la vide impartire ai suoi un ordine secco, ed essi, dopo avere ravvivato un'ultima volta il fuoco, lanciarono le ultime occhiate al suppliziato e si disposero in doppia fila, accingendosi alla partenza. Anche quelli che in teoria erano sotto il comando di Sebastiano, fatta eccezione per Maliban, si accodarono agli altri, senza attendere un suo ordine. Quando Frediana fece un ampio gesto con il braccio, l'intero distaccamento si rimise in marcia nella prateria, tenendo i cavalli al piccolo trotto. L'unno gridava e si contorceva, ruotando con la corda sopra al suo rogo. Pallida in volto, le mascelle contratte, Frediana guardava dritto davanti a sé. Sebastiano, affiancato dall'alano, si teneva una mezza lunghezza indietro e non osava più avvicinarla. Ancora stentava a credere a ciò che aveva veduto, ma le urla dell'unno lo inseguirono troppo a lungo perché potesse fingere che tutto fosse stato un incubo, un'allucinazione. La giovane donna che cavalcava davanti a lui gli ispirava ora soltanto un senso di orrore e di ripulsa.

39

Raggiunto il campo al tramonto, si separarono senza dirsi più nulla. Chiuso in un cupo silenzio, Sebastiano consumò un pasto veloce davanti al fuoco, ascoltando con disgusto i commenti compiaciuti degli armigeri circa il supplizio inflitto al razziatore unno. Li lasciò presto per ritirarsi nella sua tenda. Sentiva ribollire in sé un profondo risentimento nei confronti di Frediana, la cui gelida crudeltà lo aveva semplicemente sconvolto. A distanza di alcune ore dal fatto, si rendeva conto che la sua reazione indignata non era scaturita da un reale sentimento di pietà per l'unno scorticato, ma piuttosto dal profondo senso di sgomento che aveva avvertito vedendola rivelarsi, in quel frangente, più spietata e barbara del barbaro più feroce, e dunque lontana e irraggiungibile come donna. La sua algida bellezza, che fino a quel giorno lo aveva affascinato, gli appariva ora quella di una statua di marmo, priva di ogni calore umano. Si rinnovava in lui, questa volta con ben più chiara evidenza, quell'intuizione che gli aveva attraversato la mente al momento del loro commiato a Genava: che, cioè, vi fosse in lei qualcosa di oscuro, una vena di follia forse, o comunque una forza indomabile e in qualche modo perversa che sottraeva la sua anima a ogni profondo contatto umano, a ogni tentativo di vera familiarità da parte di chiunque.

A ogni modo, dopo quanto aveva visto quel giorno, dei Burgundi e della Sapaudia non ne poteva più: non vedeva l'ora di lasciare l'accampamento e raggiungere Flavio Ezio ad Arelate: là certamente lo aspettavano un bagno caldo, abiti puliti, un nuovo cavallo e, forse, una promozione che – così sperava – gli avrebbe restituito un ruolo significativo negli importanti avvenimenti che si susseguivano nelle Gallie. Umiliato per avere fatto ai Burgundi promesse che Ezio non aveva mantenuto, si diceva che nella capitale della Narbonense avrebbe finalmente ottenuto le risposte a tutte le sue domande, a tutti i suoi dubbi, e che soltanto riprendendo il suo posto accanto al *Magister* gli sarebbe stato possibile formarsi finalmente una visione completa e chiara della situazione militare.

Nel cielo terso già brillavano le stelle. Dagli assembramenti raccolti attorno ai fuochi si levavano voci sommesse, qualche risata. Sebastiano aveva quasi raggiunto la sua tenda quando si imbatté in Lidania che, stretta nella sua sudicia tunica piena di rappezzi, portava un secchio d'acqua. In quei giorni l'aveva perduta di vista, giacché fin dalla prima sera lei aveva trovato asilo insieme a Lucia nella piccola comunità di fuggiaschi che Frediana ospitava in alcuni attendamenti ai margini del campo. In cambio, i profughi lavoravano a perfezionare la palizzata o a scavare latrine, oppure sbrigavano piccole incombenze per i soldati; naturalmente, alcune donne si trovavano a fare quello che già avevano fatto nel campo di Shudiangun, ma senza coercizione, o almeno non senza ottenere in cambio una coperta, un taglio di carne, un po' d'idromele che aiutasse a sopportare l'umidità che, specialmente la notte, promanava dal lago. Frediana, attenta alla disciplina, puniva duramente ogni prevaricazione nei loro confronti. Lidania e Lucia, comunque, non erano state disturbate, e benché anche quella vita fosse miserevole, era incomparabilmente migliore di quella che avevano condotto presso gli unni, e la compagnia di persone conosciute, oltre alla temperatura relativamente alta di quei giorni e all'assenza di pioggia, attenuava il loro disagio.

Riconoscendo Sebastiano, Lidania abbassò gli occhi e cercò di tirar via per un sentiero laterale, ma lui aveva voglia di parlare con qualcuno: la chiamò e, raggiuntala, la trattenne per un braccio. «Come stai?» le domandò. «Non ti ho più vista.»

Sorpresa, lei sollevò lo sguardo su di lui e, aggiustandosi una ciocca di capelli sulla fronte, si strinse nelle spalle. «Bene. Bene come si può stare qui, intendo.»

«E Lucia? È rientrata in sé?»

Lidania appoggiò il secchio in terra e sospirò: «Piange spesso, ma va migliorando. Però non si stacca mai da me. Adesso sono riuscita ad andare a prendere un po' d'acqua solo perché si è addormentata. Temo che dovrò portarmela sempre dietro, ormai».

«Sono sicuro che presto tutto questo finirà e sarai libera di tornare dalle tue parti. Forse troverai ancora qualcuno laggiù.»

Asciugandosi i palmi delle mani sulla veste, gli ricordò che non sapeva più nulla dei suoi due figli, e gli disse di sperare che un suo fratello fosse sopravvissuto alle razzie unne e se ne fosse preso cura. Toccandola sul gomito con la punta delle dita, la invitò con un cenno a camminare un po' insieme a lui, e lei, docilmente, lasciò il secchio dove si trovava e lo seguì lungo un sentiero tra le tende. Sembrava aver voglia di parlare. Aprendosi inaspettatamente, gli raccontò della sua casa distrutta, di suo marito che, certo, aveva avuto anche lui il suo carattere ma in fondo era stato buono con lei, dei suoi bambini sperduti, entrambi maschi, due vispi furetti di sette e dieci anni, che già aiutavano il padre nella sua officina; gli disse dell'orto che per anni aveva coltivato dietro la sua casa, e dei suoi mobili in legno di abete, ben piallati, delle stoviglie di Lugdunum che era riuscita a far comprare dal marito, e di tante altre cose.

Spirava un vento caldo, che blandiva il fogliame degli alberi. Il trillo infaticabile dei grilli si sovrapponeva al rumoreggiare sommesso e regolare della cascata. Passeggiarono per un po' lungo la palizzata sconnessa, sui cui ruvidi tronchi, parlando, Lidania faceva scorrere distrattamente le dita. Ascoltandola, Sebastiano la guardava come se la vedesse per la prima volta, e constatava quasi con meraviglia che era davvero bella. Una "cavalla triste", aveva detto Balamber. No: piuttosto, un viso nordico dai tratti decisi ma piacevoli, una bocca ben fatta e uno sguardo diritto, leale e risoluto. E poi i capelli: mossi, fortemente ondulati, ingovernabili, le ricadevano sempre in disordine sulle spalle e sembravano invocare le dita di un uomo per essere accarezzati. Fu quanto egli fece, per un improvviso trasporto, mentre ancora lei parlava, con la schiena appoggiata alla palizzata. Lei s'interruppe e si irrigidì. Tuttavia, non si sottrasse a quella carezza.

«Domani vado via, Lidania.»

Lei intrecciò nervosamente le dita. «Via? Che significa via? Anche oggi sei andato via, e anche ieri, e...»

Sebastiano scosse il capo. «No. Frediana mi ha detto che a Genava è arrivato un corriere con un messaggio per me: devo lasciare la Sapaudia e raggiungere il *Magister militum* ad Arelate.»

«Arelate? Non è nella Narbonense?»

«Sì.»

Lidania si aggiustò i capelli sulla fronte. «E... allora?»

Sebastiano sentiva ora il desiderio accendersi in lui. Le si accostò ancor di più, guardando profondamente nei suoi occhi che, nella fioca luce lunare, e con l'aiuto del riverbero dei fuochi del campo, sembravano attrarlo sempre più vicino. «Allora... noi probabilmente non ci vedremo più.»

Scosse le spalle: «Oh! be'... non è che tu ti sia fatto vedere spesso in questi giorni, no?» Le parole erano di rimprovero, e tuttavia il tono era incerto, ma si indurì subito dopo. «Fino a poco fa sei stato sempre alle costole di quella...» tese la mano nella direzione in cui si trovava la tenda di Frediana, «di quella piccola monaca! Quel gambo di sedano in armatura!»

Sebastiano la voleva, ormai. Non prestava troppa attenzione a quanto lei gli diceva. Senza risponderle, appoggiando una mano alla palizzata, con l'altra le accarezzò una guancia, mentre chinava il capo verso di lei, continuando a fissarla e cercando la sua bocca. Non funzionò: Lidania scartò di lato e con un secco gesto del braccio allontanò la sua mano. Poi, appoggiando i pugni sui fianchi, aggiunse dura: «Adesso è un po' tardi per accorgerti di me, non credi? Che è successo,

Prefetto? Lei ti ha detto di no? Poverino! E ora che devi partire non vuoi andar via senza esserti preso il tuo piacere, vero? Così vado bene anch'io: anche "Cavalla triste" può servire allo scopo, perché no? Anzi, devo sentirmi onorata. Ma certo, accomodati pure, *clarissimo*, vedrai che ti piacerà: ormai mi sono abituata a consolare i guerrieri! Da due mesi non faccio altro, figurati!».

Come colpito da uno schiaffo, Sebastiano si ritrasse. Pur in quella semioscurità, gli occhi di Lidania mandavano fulmini. Per un attimo si sentì offeso, accusato ingiustamente, perché le sue parole lo avevano fatto sentire meschino e sciocco: in fondo, che c'era di male se, in quelle particolari circostanze, e soprattutto dopo gli orrori ai quali aveva assistito quel giorno, si era sentito spinto a cercare da lei un momento d'intensità vitale, un po' di calore? Una breve tregua, niente di più. Era abbastanza onesto per riconoscere che l'indignazione di Lidania aveva qualche fondamento, ma nella sua reazione aveva avvertito un accento di amara polemica che lo sorprendeva. Che le importava di Frediana, dopotutto? Possibile che fosse gelosa? O era solo dispetto femminile per non essere stata corteggiata per prima? In ogni caso, una cosa era certa: quel suo sbrigativo tentativo di seduzione era stato un passo falso. Confuso, optò per una pronta ritirata. «Come vuoi» le disse, alzando una mano per calmarla. «Non intendevo certo farti offesa... Buonanotte!»

Si girò per tornare alla sua tenda, e lei non gli rispose, non lo trattenne. Ma dopo pochi passi qualcosa in lui si ribellò: gli dispiaceva separarsi in quel modo da lei, dover portare con sé, in futuro, come ultima sua immagine, quella del suo viso acceso dall'ira. Si fermò e, tornando a guardarla, le disse con un sorriso malinconico: «"Cavalla triste" è un brutto soprannome, e non ti si adatta affatto. Tu sei una bella donna. Una magnifica donna».

Lei, ferma contro la palizzata, con le mani intrecciate dietro la schiena e la bocca ancora contratta per la collera, scrollò le spalle. Sebastiano indugiò ancora un momento. «Be'...» disse esitando, «allora addio!»

«Addio!» gli rispose soltanto.

Non c'era altro da dire. Si girò e, demoralizzato, scontento di sé, imboccò il sentiero che avevano percorso poco prima. Ma sì: se l'era meritato. Come aveva potuto comportarsi così con Lidania? Dopo tutto ciò che aveva passato! Dimenticando di essere in debito con lei, l'aveva ignorata per molti giorni e adesso l'aveva offesa irrimediabilmente con le sue rudi maniere da soldato e la ritrovata arroganza del suo rango. Si era comportato da stupido, e...

Alle sue spalle, un passo veloce e quasi furtivo sul fango secco, poi una mano che si posava sul suo braccio, a trarlo indietro. Voltandosi, se la trovò di fronte, il volto vicinissimo al suo, un'espressione a un tempo dolce e risoluta negli occhi lucidi di pianto. Le sua braccia si aprirono per accoglierla ed ella gli si strinse contro quasi con violenza, appoggiando la testa sulla sua spalla. Lui volle spiegarsi, giustificarsi: «Lidania, io...».

«Zitto!...» gli sussurrò con voce incrinata. «Non dire niente!»

Stringendola a sé, Sebastiano trovò la sua schiena nervosa e forte, che si tendeva al contatto delle sue mani. Le accarezzò dolcemente la nuca, mentre il suo desiderio tornava ad accendersi. Lei sollevò il capo, scrutò nei suoi occhi e socchiudendo le ciglia cercò le sue labbra. Allora tutto quanto v'era attorno sparì, e la forza che li spingeva l'uno verso l'altro li portò a un tenero incontro, a un dolce momento di completa intesa, di esclusiva intimità. Era bello sentire aderire il suo corpo, sentire il sapore delle sue labbra, il suo calore, la stretta nervosa delle sue mani. Rimasero un poco così, avvinti l'uno all'altro, miracolosamente proiettati lontano dalle vicissitudini, dalle fatiche, dalle atrocità in mezzo alle quali si dipanavano le loro esistenze. Quando le loro labbra si separarono, non c'era più bisogno di parole, c'era solo il loro reciproco desiderio. Gli occhi di Lidania si erano fatti torbidi, ora, la bocca semiaperta lo invocava ancora, e le sue mani, senza più reticenze, vagavano su di lui, lo cercavano sotto la tunica. Sorridendole teneramente, tornò a passarle una mano tra i capelli, e lei, chiudendo gli occhi, piegò il capo da quella parte, quasi a voler trattenere quella carezza. La baciò ancora, finché il fuoco che s'era acceso in lui non lo indusse a cingerle le spalle con un braccio e ad avviarsi con lei verso la sua tenda. Benché avessero imboccato un sentiero tra i meno battuti fra quelli che intersecavano il campo, alcuni guerrieri che si trattenevano vicino a uno dei pochi fuochi ancora accesi li videro passare allacciati e si diedero di gomito, scambiando qualche mezzo sorriso, qualche commento a mezza voce: il romano andava a fare l'amore! Sebastiano li udì, ma non prestò loro attenzione.

40

Gli unni cercarono invano, per molti giorni, di agganciare il distaccamento che aveva portato l'attacco micidiale al loro campo. Fin da subito Odolgan propose, per rappresaglia, di tornare all'eremo e fare strage dei monaci e dei molti profughi che ancora vi si trovavano, ma Balamber, fedele alla parola data a Canziano e temendo il suo potere, respinse quel suggerimento.

Gli occorsero alcuni giorni per riorganizzare il *mingàn*. Nell'intento di recuperare cavalli e bestiame, nonché la gran parte degli approvvigionamenti perduti, i suoi razziatori allargarono il loro raggio d'azione, e incominciarono a incrudelire sulla popolazione, ma non senza rischi, perché qualche piccolo gruppo di razziatori ricevette dai burgundi un'aspra punizione. In più di un'occasione, dal campo si videro dei fuochi ardere nel cuore della notte sui monti vicini, e le pattuglie inviate in quei luoghi il giorno seguente trovarono i resti carbonizzati di loro compagni caduti nelle mani del nemico. Un guerriero che era sfuggito ai burgundi e aveva assistito al supplizio dei compagni nascosto in una macchia, aveva riferito che a guidarli era una giovane donna che montava un sauro stellato, confermando così, indirettamente, l'impressione che Mandzùk aveva avuto fin dal primo momento. Quei roghi notturni, i cui responsabili non venivano mai catturati, demoralizzavano gli uomini. Alla luce del poi, la clemenza usata giorni prima dal loro capo nei confronti dei profughi divenne presto oggetto di recriminazioni. Raccolti attorno ai bivacchi, i guerrieri constatavano unanimemente che i guai avevano avuto inizio dopo la poco fruttuosa ascensione al monastero. Presto presero ad accusare l'abate di aver gettato su tutto il *mingàn* una maledizione, e con sempre minor circospezione cominciarono a reclamarne la morte, ricordando che, dopotutto, egli aveva offerto in pegno al loro capo la propria vita. Era pur vero che Canziano si era fatto garante solo per il suo gregge di profughi, ma ai loro occhi tra burgundi e gallo-romani, contadini e soldati non correvano differenze degne di rilievo, e occorreva dare un esempio, fare capire a quella gente – come lo stesso Shudian-gun aveva detto davanti al corpo inanimato di Khaba – con chi aveva a che fare. Quando, appeso a una quercia, fu trovato il quarto hiung-nu arrostito, nessuno avrebbe più potuto trattenere Odolgan: la sua furia era condivisa da tutti i guerrieri, esasperati dalla loro impotenza nei confronti di quella che ormai chiamavano "la Principessa della morte". Osservando torvamente dalla sella i poveri resti dell'uomo, Balamber acconsentì. «Va bene» disse a Odolgan. «Pagherà lui per tutti.»

Se avesse potuto, avrebbe impartito un ordine esattamente opposto: tutti, ma non Canziano, giacché nell'abate aveva riconosciuto un uomo di qualità non comuni, che ai suoi occhi valeva più di tutti i profughi messi assieme. Ma sapeva che era soprattutto la vita dell'abate che i suoi uomini reclamavano. Dunque, sia pure con rammarico, cedette a quella richiesta, ma non affidò l'incarico di prelevarlo a Odolgan, bensì a Mandzùk, non volendo che si perpetrassero eccessi contro i profughi.

Lo scudiero lasciò il campo il mattino dopo con una trentina di guerrieri, e Balamber lo vide ritornare il giorno seguente, nel pomeriggio, trascinando in catene l'abate. Con grande sorpresa e irritazione, tuttavia, constatò che il piccolo corteo era seguito a distanza da Inisio. Quando ne chiese la ragione a Mandzùk, questi si strinse nelle spalle e, allargando le mani, gli spiegò che, nel momento in cui Canziano era uscito dal portone dell'eremo per consegnarsi, quel pazzo gli si era gettato dietro reclamando di subire la stessa sua sorte, e non c'era stato verso di distanziarlo. Balamber se lo vide, allucinato e febbricitante nel suo saio tutto strappato, prostrarsi di slancio ai suoi piedi. «Ti prego» lo supplicò il monaco. «Demone sterminatore, spada vendicatrice: non lasciare ch'egli mi umili così. Io sono il più degno. Prendi la mia vita!»

Canziano, a cui Mandzùk aveva fatto legare i polsi sul davanti, assisteva a quella scena grottesca con sguardo grave e dolente, senza dir nulla, mentre non lontano da lui i suoi carnefici affastellavano fascine davanti a un lungo tronco sbrecciato. Vedendo però Balamber, furente, trarsi indietro con un ringhio di furore e gridare a Inisio che lo avrebbe accontentato, gli si accostò di qualche passo e gli chiese una volta ancora, con voce ferma, di risparmiare quel povero demente. Balamber, allora, intimò a Inisio di levarsi dai piedi e cercò di allontanarsi da lui, ma quello, inesorabile, lo inseguì strisciando sulle ginocchia e si gettò ad afferrargli le caviglie: «Allora la stessa pena! Lo stesso martirio! Non chiedo che questo. Io merito la morte! Io la invoco! Adempi alla tua missione, figlio di Belial!».

Fu decisamente troppo per Balamber. Fatto un altro passo indietro per sottrarsi a quel contatto ripugnante, trasse la spada e, sordo ormai al grido di Canziano, la levò a colpire, per porre termine a quel flusso torrenziale di tediose implorazioni. Ma si fermò a mezz'aria: no, non avrebbe lordato la sua spada del sangue di un essere così ignobile. «La sua stessa pena, hai detto? Bene, sia come tu vuoi!»

Immediatamente fece predisporre un altro rogo, a pochi passi da quello di Canziano. Costui, rassegnato, non disse più nulla. Frattanto una folla silenziosa era apparsa sul sentiero che scendeva dall'eremo: centinaia di uomini e donne che, al seguito dei monaci, avevano lasciato il loro rifugio ed erano scesi a valle in muta processione, rifiutando di abbandonare Canziano nel momento supremo. Balamber ordinò ai suoi di chiudere il sentiero, ma essi si sparsero sui costoni della valle, affollandosi sulle rupi di ardesia e nelle piccole radure che si aprivano tra gli abeti. Da qualche parte fu intonato un salmo, che in breve echeggiò potente da un contrafforte all'altro della valle. Benché adusi a ogni sorta di violenza e crudeltà, gli unni faticavano a sottrarsi alla suggestione di quel canto e si guardavano attorno torvamente, nervosi e disorientati.

Canziano affrontò il supplizio con coraggio. Attese il suo momento concentrato in preghiera, senza palesare alcun segno di timore, e salì sulla pira con passo fermo, risoluto. Anche Inisio, legato al suo palo, disse le sue preghiere, le gridò, anzi, con voce distorta, inumana, scuotendo di continuo la testa, con un sorriso assurdo sul volto sconvolto, gli occhi rivolti al cielo. Quando le fiamme lo avvolsero, urlò follemente, a lungo, in modo atroce. Canziano, invece, non gridò, nemmeno mentre le fiamme lo divoravano, e lasciò profondamente delusi, ma anche ammirati, i guerrieri che si erano raccolti attorno al rogo. Balamber assistette alla sua fine senza battere ciglio, come ci si aspettava da lui, ma molto rammaricandosi, nell'intimo, per la soppressione di un uomo di tale valore. Il canto dei valligiani non si interruppe mai, neppure per un momento. Poi, quando tutto fu finito, un tragico silenzio scese sulla valle. Fratello Gomerio, accompagnato da Ambiano, scese il pendio, si presentò a Balamber e chiese e ottenne di poter raccogliere i poveri resti carbonizzati dell'abate. Nessuno, invece, reclamò ciò che rimaneva di Inisio.

Il giorno seguente, verso il tramonto, giunse al campo un messo dell'Onegesio, portando a Balamber l'ordine di lasciare la Sapaudia e raggiungere l'armata nella Gallia settentrionale.

41

Tenendo il cavallo al passo, Balamber guardava fisso davanti a sé, registrando con sollievo la crescente piattezza che il paesaggio andava assumendo, ora che il *mingàn* si era lasciato alle spalle i monti del Giura. Dietro di lui, con ciò che restava del bestiame razziato e i carri ancora utilizzabili dopo l'incursione dei burgundi, avanzava il suo piccolo esercito. Lontani, nella pianura ondulata, punteggiata di piccoli casolari abbandonati e intervallata da macchie boscose, poteva distinguere gli esploratori che gli aprivano la strada. Immensi cumuli di nuvole bianche torreggiavano nel cielo, in una giornata calda, un vero anticipo d'estate che aveva indotto i guerrieri a liberarsi delle armature e a procedere seminudi. Sull'orizzonte, distingueva lo sperone roccioso sul quale svettavano le torri diroccate di Vesontio. Un arco di basse colline boscose segnalava l'ansa del fiume che scorreva sotto le sue mura. Passato quel fiume, la Sapaudia sarebbe stata alle sue spalle, e con essa anche il suo sogno, il suo progetto di conquista.

Il messaggio di Utrigùr non gli aveva lasciato spazio per reticenze o libere interpretazioni: doveva ricongiungersi al più presto con i gepidi e puntare a settentrione, lungo la strada per Cenabum Aureliana, dove dovevano confluire tutti gli eserciti di Attila. Laggiù si sarebbe deciso tutto. Evitando i passi alpini, Flavio Ezio aveva raggiunto Arelate con un esercito di consistenza incerta, e da lì stava cercando di raccogliere le forze eterogenee che potevano opporsi agli Hiung-nu e ai loro alleati, ma era in enorme ritardo rispetto al suo avversario. Il pericolo che gli eserciti di Attila che si trovavano sulla Loira e nella Belgica venissero assaliti alle spalle da un'armata romano-burgunda penetrata attraverso la Sapaudia era stato scongiurato, e Balamber poteva dunque andar fiero di aver adempiuto egregiamente alla missione che gli era stata affidata. Il messaggero, del resto, gli aveva detto che l'Onegesio era molto soddisfatto di ciò ch'egli era riuscito a fare col suo *mingàn*. Lui, invece, ribolliva per la collera e la delusione. Il cigolio dei carri sulla vecchia strada, i richiami dei guerrieri, il galoppo avanti e indietro dei portaordini lungo la colonna, non valevano a distoglierlo dai suoi cupi pensieri. Non solo era costretto a rinunciare a portare a termine la conquista della Sapaudia, ma la lasciava senza aver potuto punire i burgundi per la devastazione del suo accampamento, e con poco più di due terzi dei guerrieri che vi aveva portato, non pochi dei quali pativano ora l'umiliazione – inconcepibile per un unno – di tornare a piedi o su cavalli da tiro rimediati nelle campagne, con la deprimente prospettiva di esporsi, all'arrivo, al dileggio dei compagni soggetti ad altri comandanti.

Dunque, eccolo sulla via del Settentrione, con l'animo inquieto e molti rimpianti. Uno più vivo degli altri, giacché ogni passo del suo cavallo lo allontanava dalla donna che per tutto quel tempo era stata per lui un miraggio costante e irresistibile. Sì, questo era il peggio. In quel momento di nera depressione, avrebbe dato un braccio per ritrovarla, risentire la sua voce, incontrare nuovamente la profondità conturbante del suo sguardo. Invece, Frediana era ora irraggiungibile per lui, e anche se la guerra andava come meglio non avrebbe potuto, con quella marcia verso settentrione sfumava per lui ogni possibilità di rivederla.

Sopraggiungendo al galoppo, Odolgan lo raggiunse e gli si affiancò. Mandzùk, che si trovava poco distante, intuì che dovevano esservi novità e, uscendo dalle file dei guerrieri, li raggiunse a sua volta. Balamber aveva incaricato il suo amico di guidare la retroguardia, e dalla sua espressione capì che aveva importanti novità. «Che c'è?» gli domandò.

«C'è gente, dietro di noi. Cavalieri burgundi, sembrerebbe. Un grosso distaccamento.»

«Quanti sono?»

«Non meno di duecento, direi.»

«Pensi che intendano attaccarci?»

«Non saprei. Per adesso non sembrano aver voglia di accorciare la distanza.»

Balamber, pensosamente, scosse il capo: «Questi cani burgundi non osano affrontarci di giorno in campo aperto. Ma li costringeremo a farlo».

«Cos'hai in mente?» domandò Mandzùk.

Rivolgendosi a Odolgan, Balamber accennò davanti a sé, verso un boschetto di carpini e betulle – alberi radi e con poco sottobosco – che fendeva trasversalmente la campagna. La strada lo attraversava per poi risalire, attraversando un'estesa piantagione di frumento ancora acerbo, lungo un morbido pendio, in cima al quale si scorgevano le rovine di un'antica *villa* romana, circondata da una corona di pioppi. Conosceva quel luogo, perché fra quelle mura annerite e diroccate aveva messo il campo del suo *mingàn* il giorno che aveva lasciato Vesontio. «Disporremo metà degli uomini, le prime *jagùn*, dietro quegli alberi, su entrambi i lati della strada. Dovranno sdraiare i cavalli nell'erba e non fare rumore. Taglierò la gola al primo che farà un fiato. Tu» soggiunse rivolto a Mandzùk «porterai avanti il resto della colonna con tutti i carri e il bestiame. Fate più polvere che potete, ma fermatevi con i carri oltre il ciglio di quel colle, e tenetevi pronti: appena noi attaccheremo, tornerete indietro più in fretta che potrete.»

Odolgan annuì, con un'espressione di apprezzamento. «Il solito sistema, insomma.»

«Sì: quando saranno qui dove siamo noi ora, usciremo dal bosco su due file, tu da una parte e io dall'altra, chiuderemo il cerchio alle loro spalle e li sospingeremo verso Mandzùk.»

Odolgan assentì compiaciuto: «Bene!» disse accomiatandosi. «Da queste parti si ricorderanno di noi per un pezzo!»

Poco dopo, approfittando della schermatura offerta dal bosco, piccoli gruppi di guerrieri lasciarono la coda della colonna e si dispersero tutt'attorno, facendo stendere i cavalli nell'erba alta e tra gli alberi. Poi incominciò l'attesa, che non si protrasse a lungo. Presto, sulla strada comparvero due esploratori e poco dopo, dietro di loro, fu visibile l'intero distaccamento degli inseguitori. Immobili, distesi sulla terra già satura di umori estivi, sopportando il ronzio e le molestie degli insetti, gli unni scrutavano attraverso l'erba e i filari degli alberi, ciascuno carezzando con la mano il collo o il muso del suo cavallo nel timore che, con un nitrito o anche solo un brusco movimento, desse avvisaglia ai nemici dell'imboscata. Gli esploratori si avvicinavano, ma Balamber, in ginocchio dietro un carpino molto ramificato e frondoso, guardava più in là, osservando il guerriero che sembrava guidare i burgundi: notò che montava un magnifico sauro e gli sembrò molto giovane, poco più che un ragazzo. O si trattava forse della femmina guerriera, valorosa e crudele, che aveva bruciato i suoi uomini? La distanza ancora non gli consentiva di distinguere i lineamenti di quel cavaliere, ma già la sua figura eretta ed elegante sembrava richiamare qualcosa dalle profondità della sua memoria.

I due uomini in ricognizione avevano ormai raggiunto il bosco. Privi di armatura per la calura, lo attraversarono senza fretta, tenendo lo sguardo fisso alla colonna unna che, davanti a loro, stava ormai scomparendo oltre il ciglio del colle. Proprio al limitare del bosco, però, quello che stava dietro indirizzò una lunga, attenta occhiata agli alberi, e poi al campo di grano e alla prateria, e d'un tratto, fissando lo sguardo verso un punto preciso, trattenne il cavallo. Un attimo dopo, una freccia gli si piantò nella schiena. Richiamato, prima ancora che dal tonfo del suo corpo, dal caratteristico sibilo dei dardi unni, il suo compagno si voltò, frustò il cavallo e tentò di tornare indietro, ma subito due, tre, quattro frecce in rapidissima successione colpirono anche lui. Il suo cavallo, però, proseguì nel galoppo, e a quel punto a Balamber non rimase che dare il segnale dell'attacco. Balzati in sella, gli unni frustarono spietatamente i cavalli, attraversarono il bosco in pochi secondi e ne uscirono gridando, fendendo la prateria in due file parallele che risalirono celermente i fianchi della colonna degli inseguitori. Costoro, sotto una pioggia di frecce, dapprima si fermarono bruscamente, poi tentarono, nella più grande confusione, di aprirsi a ventaglio e allargarsi per fronteggiare l'attacco. Gli unni, però, già li aggiravano e chiudevano il cerchio alle loro spalle, senza smettere di bersagliarli con micidiale precisione. Alcuni guerrieri riuscirono ad aprirsi un varco e cercarono scampo in una fuga disperata nella prateria; altri, i più fra quelli rimasti in sella, tentarono dapprima di compattarsi, ma sotto la grandine delle frecce unne, che abbattevano molti dei loro cavalli, si trovarono presto sospinti verso il bosco. Vi erano quasi arrivati quando dagli alberi, con un sibilo multiplo, quasi musicale, partì al loro indirizzo un'altra mortale raffica di frecce; subito dopo, gli uomini di Mandzùk, che fin dall'inizio dell'attacco erano tornati sui loro passi secondo il piano stabilito, si proiettarono al galoppo fuori della macchia e li attaccarono frontalmente.

Balamber, dopo avere scagliato alcune frecce tirando di fianco, brandì la spada e, vedendo che la morsa si era ormai chiusa sui nemici in pieno caos, guidò i suoi in un attacco a fondo. Ovunque, in una cacofonia assordante di grida, gemiti, nitriti, tonfi di corpi e clangore di armi, gli uomini si battevano, i cavalli stramazzavano, i feriti gemevano trascinandosi nell'erba, e uomini con ferite tremende, incredibilmente ancora in vita, correvano per il campo di battaglia. Balamber evitava di affrontare i nemici che gli si paravano dinanzi per attaccarlo, schivava i terribili colpi delle asce e delle spade e andava oltre, unicamente cercando, nella confusione di quello che ormai non era che un massacro, il capo nemico. Quando lo trovò, impegnato a difendersi con vigore da due hiung-nu che lo serravano da presso, si lanciò subito alla sua volta. Gli tagliò la strada un uomo biondo e corpulento, che aveva come unica protezione un corsaletto di ferro. Balamber schivò la sua bipenne, che gli passò fischiando sopra la testa, e fece impennare il cavallo per proteggersi da altri colpi. In quel momento il capo nemico gli sfrecciò davanti sul suo sauro, cercando di farsi largo fra i combattenti e guadagnare lo spazio aperto della prateria. Fu l'apparizione di un attimo, ma bastevole per consentirgli di riconoscere Frediana. Se quel momento di distrazione non gli fu fatale, lo fu però per il suo cavallo, che stramazzò di schianto, col cranio sfondato da un nuovo formidabile colpo d'ascia sferrato dal suo avversario. Lui e il guerriero, tuttavia, caddero insieme, quasi l'uno addosso all'altro, perché quello era stato a sua volta disarcionato da un unno con un colpo di mazza. Balzato prontamente in piedi, senza complimenti Balamber afferrò per la cintura colui che lo aveva salvato e lo strappò dalla sella, impadronendosi del suo cavallo. Nello spazio di un momento fu in groppa all'animale e, spronandolo selvaggiamente e gridandogli con furia nelle orecchie, lo lanciò all'inseguimento di Frediana.

La vide che galoppava davanti a lui nella prateria, sul limitare delle betulle. Notò che non indossava armatura, bensì brache aderenti e un camiciotto nero senza maniche, e di nuovo apprezzò il suo modo elegante di stare in sella. I suoi capelli, tagliati poco sotto le orecchie, e dunque molto più corti di come egli ricordava, si sollevavano e tornavano a scendere ritmicamente a ogni passo del cavallo, e quell'ondeggiamento quasi lo ipnotizzava, bastava da solo a fargli dimenticare tutto quanto lo circondava. Ma presto lei si fermò e si voltò. D'istinto, anche Balamber riportò al trotto l'andatura del suo cavallo mongolo. Frediana gli appariva stanca, provata dal combattimento, ma il suo stallone sbuffava e, ancora pieno di energia, percuoteva con forza la terra con gli zoccoli anteriori. Con un cavallo così, la ragazza avrebbe potuto ancora salvarsi, ma evidentemente non era tipo da fuggire lasciando altri a morire per lei: la nobiltà del suo sangue glielo impediva. Forse ne aveva avuto l'impulso, ma ora sembrava decisa a tornare indietro. Pensò che, data la modesta distanza che li separava, non gli sarebbe stato difficile, se solo avesse voluto, imbracciare il suo arco e colpirla con una freccia. Udì un rumore di galoppo alle proprie spalle: due guerrieri sopraggiungevano a dargli manforte, eccitati dall'idea di aiutarlo nella cattura della "Principessa della morte". Uno di loro agitava nell'aria un laccio per i cavalli. Li aggredì irosamente. «Via!» gridò, accompagnando l'ordine con energici gesti delle braccia. «Andate via! Via!»

Stupefatti, spaventati, i due trassero le redini e, fatti voltare i cavalli, tornarono indietro. Frediana, nel frattempo, non si era mossa. Aspettava nella prateria, pronta alla lotta, brandendo la sua spada. Balamber notò che era priva dello scudo, che invece prima le aveva visto imbracciare: forse, stanca di portarne il peso, doveva essersene liberata per disimpegnarsi più agevolmente. Si chiese se l'avesse riconosciuto. Avvicinandosi a lei senza fretta, più per contemplarla meglio che non per cautela, pensò che ragazza e cavallo costituivano uno spettacolo magnifico, e concluse che li avrebbe avuti entrambi. Era così felice di averla ritrovata che, quando la vide gridare e, mulinando la spada, dare rabbiosamente di sprone per caricarlo con tutta la sua forza, d'istinto trattenne per un momento il cavallo, sorpreso e incerto sul da farsi; poi spronò e le si fece incontro tenendolo al trotto, e lanciandolo al galoppo solo per allargarsi e schivare il suo assalto con un'improvvisa deviazione sulla propria sinistra. Si fermò quasi subito, voltando il cavallo. La vide tirare le redini e, operata una stretta conversione, ritornare protendendo la spada, determinatissima a ucciderlo. Le si lanciò allora incontro, disponendosi in modo da averla alla propria destra, come avrebbe dovuto fare per colpirla meglio con la spada, ma quando si incrociarono si limitò a schivare ancora una volta il suo fendente strisciando rapido sul dorso del cavallo. Lei passò oltre e di nuovo, arrestato il suo stallone sudato e schiumante, si apprestò a una nuova carica. Sul suo volto erano evidenti i segni dell'irritazione. Caracollando senza fretta in lungo e in largo col proprio cavallo, Balamber teneva lo sguardo fisso su di lei, contemplandola con ammirazione. Non si curava più del combattimento, il cui clamore gli giungeva ora lontano e attenuato. Il suo esito, del resto, era stato deciso fin dal principio. Tenendo la spada nella destra, le si avvicinò un poco al passo e levò la mano sinistra in segno di pace. «Aspetta!» le gridò. «Voglio parlare.»

Frediana, che già stava nuovamente spronando il suo cavallo, lo trattenne, ma guardò inquieta verso il campo di battaglia. Balamber avanzò ancora verso di lei. «Mi hai riconosciuto?» le domandò. Vide una smorfia di disprezzo disegnarsi sul suo volto. «Certo, maledetto! Shudian-gun! Se vuoi parlare» soggiunse protendendo la spada, «fermati dove sei.»

Balamber obbedì. Ormai li separava solo una decina di passi.

«Io non voglio combattere con te.»

«Io sì, invece.»

«Non voglio ucciderti.»

«Peggio per te, allora, perché io ti voglio morto.»

Bella e risoluta, lo guardava fieramente, e Balamber sentì che il suo odio era privo di incertezze. Sospirando, si appoggiò al pomo della sella e, guardandola un po' di sbieco le rammentò: «Io ti ho salvato la vita, l'hai dimenticato?».

Frediana avvampò, i suoi occhi divennero quelli di una furia: «Tu hai ucciso mio padre e mio fratello!» gridò. «E dunque io non ti devo proprio niente!»

«Non fui io a decidere la loro morte, e fu Gualfard a tendere l'agguato. Io feci solo da tramite per conto dell'Onegesio.»

«Certo!» rispose lei in tono sprezzante: «Hai lasciato che fossero altri a sporcarsi le mani di sangue. Tu non avresti mai osato occupartene di persona!».

Senza rilevare l'offesa, Balamber replicò pazientemente: «Non era mio compito e, comunque, ho cercato di aiutarti. Non puoi negare questo».

Gli rispose con voce piena di rancore: «Credi che io sia stupida? Non oso pensare quale sarebbe stata la mia sorte se il fulmine non ti avesse colpito». Scosse il capo guardandolo con disprezzo, poi soggiunse a filo dei denti: «Io ti odio. Ti odio, capisci?».

Sopraffatto, Balamber tentò di sorridere, si sforzò di rabbonirla. «La guerra non è cosa per le donne. Non l'odio si addice alla donna, ma l'amore.»

Fu come se l'avesse frustata in viso. «L'amore?» ruggì. «Ne ho già avuto un'esperienza, ricordi?» Un attimo dopo, si lanciava di nuovo su di lui. Gli fu addosso, e questa volta fu costretto a farle fronte, parando i suoi fendenti, e non senza fatica, perché Frediana, pur non possedendo la forza di un uomo, maneggiava la spada con autentica maestria. Finalmente, con un colpo di sprone riuscì a trarsi fuori dalla sua portata e, allontanandosi, ebbe modo di guardare per un momento verso il campo di battaglia, che non distava più di poche centinaia di passi. Tutto sembrava finito laggiù, ma notò che quattro guerrieri stavano avanzando nella loro direzione. Il loro intervento era l'ultima cosa che voleva, ma non c'era molto tempo. Frediana già lo incalzava. Manovrando abilmente il cavallo, la schivò ancora una volta, poi puntò il dito verso i quattro che si avvicinavano: «Guarda!» le gridò. «Fra poco i miei saranno qui. Se ti prendono, non riuscirò a impedire che ti uccidano. Moriresti fra i tormenti.»

Trattenendo il suo cavallo, la giovane guardò verso i quattro unni. Esitava. Balamber comprese che era troppo coraggiosa, o comunque troppo caparbia perché con lei risultasse utile far leva sulla paura, e cercò un altro argomento che valesse a persuaderla alla fuga. «Va' via» le disse. «Facendoti catturare renderesti vano il sacrificio dei tuoi: molti si sono fatti uccidere solo perché tu potessi salvarti. Altri sono fuggiti e aspettano la tua guida. Io non ti inseguirò.»

Traendo le redini per far girare il cavallo, Frediana lo fissò corrugando la fronte, con l'aria di riflettere. Di certo era sorpresa per quella sua generosità. «Non sperare che io ti ringrazi» gli disse in tono cupo.

Balamber levò una mano in cenno di commiato: «Va'. Mi ucciderai un'altra volta».

Frediana annuì nervosamente e rinfoderò la spada. «E sia. D'accordo così, allora. Se ci incontreremo ancora, uno di noi due morirà.» Fece voltare il cavallo e, lanciandolo al galoppo, si allontanò rapida nella prateria. Balamber si trattenne per qualche istante a guardare la sua figura rimpicciolirsi sullo sfondo verdeggiante dei monti del Giura. Quando i quattro guerrieri furono presso di lui, li fermò con un gesto del braccio. «Va bene così» disse. «Torniamo indietro.»

Senza fretta, ritornò a quello che era stato il campo di battaglia. Vedeva i suoi uomini andare e venire, spogliando i nemici uccisi, finendo quelli feriti e formando piccoli assembramenti. Vittoria piena, dunque. Ma la sua mente era altrove. Perché, dopo averla tanto desiderata, l'aveva lasciata andare? Per timore – si rispose – che i suoi uomini ne reclamassero la morte e anche per non essere costretto a umiliarla davanti a loro. Giacché essi non avrebbero potuto comprendere. Del resto, nemmeno lui comprendeva se stesso. Non era certo sorpreso dall'ostilità, del tutto prevedibile, che Frediana nutriva per lui; a lasciarlo stupefatto era l'incredibile forza ch'ella aveva saputo trarre dal suo odio per combattere e lottare, con il coraggio e l'abilità di un uomo, per il suo popolo e per la vendetta. La rivedeva, splendida e furente, nel suo ultimo assalto, dopo quel suo accenno astioso allo stupro di cui era stata vittima. Strano che per tutto quel tempo, ripensando al loro primo incontro, non gli si fossero presentate alla mente tutte le possibili ripercussioni dell'affronto ch'ella aveva subìto sotto i suoi occhi. Sì, forse il particolare accanimento che metteva nel suo odio originava da quell'episodio, del quale lui si sentiva del tutto incolpevole. Anzi, a ben vedere, era stato proprio lui a porvi termine, e non senza rischi per sé e per la sua missione. Ma evidentemente non importava, perché, questo era il punto, lui... aveva veduto! D'istinto, trafitto da quell'intuizione, trattenne per un momento il cavallo. Certo! Era così: Frediana non intendeva soltanto punire il responsabile dell'assassinio di suo padre e di suo fratello, il nemico che terrorizzava la sua gente, ma voleva soprattutto sopprimere il testimone della propria umiliazione, quasi che questo valesse a cancellarla. Ciò rendeva ancor più incolmabile l'abisso che li separava, e non v'era dubbio che, se mai si fossero rivisti, lei avrebbe agito ancora allo stesso modo, tesa solo alla lotta e alla vendetta. Balamber comprendeva ora, alla cruda luce della realtà, che il sogno che segretamente aveva coltivato, di fare di lei la sua sposa, altro non era se non un frutto saturo di veleno. Eppure, provava per lei un'enorme ammirazione, e anche, nel profondo di sé, qualcos'altro. Ripensando, come più volte gli era accaduto negli ultimi tempi, al suo volto bello e nobile, alla sua figura snella e forte, allo sdegno, alla fierezza che aveva letto nei suoi occhi, avvertiva più che mai vivo nel proprio animo – sì, da qualche parte sotto la gola, nel punto dove si diceva aleggiasse lo spirito di un uomo – una curiosa sensazione: come l'espandersi di qualcosa di impalpabile, che gli ricordava vagamente momenti di dolce, mai confessato struggimento che aveva vissuto in Pannonia durante l'adolescenza, quando nella luce sanguigna di splendidi tramonti cavalcava da solo, a pelo, nell'immensa prateria accarezzata dal vento. Era qualcosa di diverso dalla brama di possesso che aveva provato per altre donne. Era l'intuizione della possibilità di una grande gioia, cui si accompagnava, peraltro, un'altrettanto grande malinconia, poiché era ormai evidente che il destino si era fatto beffe di lui, mettendolo nella condizione di essere detestato dall'unica donna per cui avesse fino a quel momento provato un vero interesse. «Se ci incontreremo ancora» gli aveva detto. Ma come sarebbe stato possibile? Il suo re lo richiamava altrove, molto lontano dalla Sapaudia. Ormai, ne era certo, l'aveva persa per sempre, e aver percepito tutta l'intensità del suo odio non valeva a rendere meno amara la consapevolezza di non rivederla più. Ma allora, come poteva essere che un uomo si sentisse triste e lieto a un tempo? Anche lieto, sì, perché era felice di averla rivista e di averla poi lasciata fuggire ancora una volta.

Parte Seconda

1

Dal loggiato al secondo piano del vecchio palazzo di Costantino, Flavio Ezio e Tonanzio Fereolo, prefetto delle Gallie, osservavano con interesse soltanto apparente le evoluzioni delle centurie che si addestravano alle manovre nei grandi riquadri erbosi del cortile sottostante. Nessuno dei due, almeno in apparenza, prestava alcuna attenzione al giovane ufficiale che alle loro spalle, in piedi con l'elmo piumato sotto il braccio, rimaneva in attesa in mezzo a quello che era stato lo studio del grande Imperatore.

I vialetti ben lastricati, fiancheggiati da filari di cipressi, erano incessantemente percorsi da piccoli gruppi di sottufficiali o da portaordini, servi, vivandieri, magistrati cittadini, appaltatori, postulanti che, magari per la ventesima volta, venivano a impetrare un'udienza, o a porre a segretari e uscieri angoscianti, irrisolvibili problemi personali: proprietà devastate in terre lontane, figli rapiti che certamente non sarebbero mai tornati, debiti fiscali che ormai nessuno avrebbe più potuto pagare. Non c'era niente di strano: Arelate, la *Magnifica*, era la capitale amministrativa delle Gallie e non v'era quindi da stupirsi che fosse quotidianamente invasa da schiere di faccendieri e postulanti, soprattutto ora che le diocesi galliche erano sconvolte dalla guerra. Le rogne civili, del resto, erano tutte per Fereolo: Ezio aveva infatti ben altri problemi. Tenendo le mani intrecciate dietro la schiena e mantenendo un'espressione severa, il

Magister militum guardava i suoi soldati calpestare senza riguardo il lavoro dei giardinieri del demanio e prestava poca attenzione ai commenti saccenti dell'alto magistrato. Ogni tanto, seguendo il filo dei propri pensieri, chiudeva gli occhi e respirava a pieni polmoni l'aria piena di effluvi del meridione.

Intanto Sebastiano, nella sua ritrovata tenuta da ufficiale comitatense, aspettava e si imponeva la pazienza. Guardandosi attorno, provava la sensazione di trovarsi dentro una specie di mausoleo. A quanto si diceva, quella stanza, invasa dalla calda luce mediterranea che entrava dal balcone e dalle grandi finestre, era stato un tempo il rifugio preferito del grande Costantino, al quale andava, del resto, il merito della costruzione dell'intero palazzo. Il sobrio ma elegante arredamento poco si attagliava all'uso che Ezio faceva del locale, che aveva destinato a sede del Comando. Alla propria destra, Sebastiano vedeva troneggiare una massiccia scrivania d'ebano, il cui ripiano era coperto da incartamenti di ogni genere. Busti di austeri personaggi, fra i quali naturalmente spiccava, vicino alla scrivania, quello raffigurante lo stesso Imperatore, lo guardavano con inquietante fissità, e lungo le pareti gli affreschi dai vivi colori si alternavano agli armadi della libreria, sui cui ripiani si potevano intravedere, attraverso lo spiraglio di qualche anta semiaperta, codici e libri di pergamena, perfettamente allineati da scupolosi segretari. Lunghi tendaggi di fattura orientale consentivano, all'occorrenza, di schermare le finestre. Entrando, Sebastiano era stato subito soggiogato dall'austera atmosfera di quel luogo, e ora ingannava l'attesa immaginando il grande Imperatore seduto sul grande scranno intarsiato posto dietro la scrivania, o magari disteso a riposare sullo splendido divano che si trovava alla sua sinistra; oppure, ancora, in piedi sulla terrazza, nello stesso punto dove si trovava il suo comandante.

Era giunto ad Arelate la sera prima, dopo sei giorni di galoppo su percorsi non sempre agevoli, e rivedeva solo ora il suo *Magister* dopo più di due mesi; nondimeno, dopo la prima malcelata euforia, cominciava già ad avvertire il morso della delusione. Ezio gli si era fatto incontro e lo aveva abbracciato con cordialità, palesandogli una gioia di rivederlo indubbiamente sincera, ma a lui, che lo conosceva bene, non era sfuggita la strana luce, a un tempo inquisitiva e irridente, dei suoi occhi. Fin dalle prime battute, il loro colloquio si era svolto in modo diverso dalle sue aspettative. Ezio non gli era parso particolarmente colpito dalle sue disavventure, né in alcun modo interessato a quanto lui aveva riferito sul conto di Balamber o sull'eroica lotta che Gundovek, Chilperico e Frediana conducevano contro gli Unni. Anche la sua descrizione delle devastazioni che la guerra stava producendo nella Sapaudia sembrava averlo lasciato indifferente. Poi il suo rapporto era stato interrotto dall'ingresso nella stanza di Fereolo, evidentemente portatore di importanti notizie; con lui Ezio si era spostato sulla veranda, lasciando il suo ufficiale ad attenderlo, in preda a interrogativi e inquietudini che si portava dietro da settimane. Ora sembrava che i due uomini avessero smesso di discutere: appoggiati alla balaustra, volgevano lo sguardo verso il cortile, commentando pigramente gli esercizi delle reclute; tuttavia, Ezio non sembrava avere fretta di salutare il governatore. Appariva assorto in gravi pensieri, e per un momento Sebastiano fu indotto a chiedersi se per caso non si fosse dimenticato di lui, tanto più che il paffuto Fereolo accennava spesso a lasciare la balaustra, evidentemente ansioso di congedarsi: per quella visita, si era ritenuto in obbligo di indossare la corazza, e ora sudava per il caldo, con in più lo sconforto di constatare che il generale l'aveva ricevuto in abiti civili.

Ezio, in realtà, gli prestava ormai scarsa attenzione, perché la sua mente era già altrove. Tuttavia, esitava a volgere le spalle allo splendido paesaggio che si poteva ammirare dalla loggia. Contemplava pensosamente i nuvoloni bianchi che attraversavano senza fretta l'azzurro pastellato del cielo della Narbonense, oppure, guardando a settentrione, oltre le torri e il muro di cinta del palazzo, osservava la compagine serrata dei tetti delle linde case di Arelate, intervallata qua e là, con effetto piacevole alla vista, dalle fronde sempreverdi dei pini marittimi, che un po' ovunque ornavano piazze e giardini. Su tutti gli edifici spiccavano l'imponente massa calcarea dell'Arena, i tetti del Foro, e le arcate sovrapposte dell'acquedotto. Sul Rodano, che scorreva sotto il muraglione alla sua sinistra, veleggiavano alcuni battelli, e le grida dei marinai giungevano alle sue orecchie, attraverso l'aria incredibilmente limpida, con una strana sonorità: frammiste agli ordini secchi dei centurioni nel cortile e a lontani, distorti rumori della città, gli trasmettevano una sensazione piacevole di normalità, di vita serena e operosa, che contrastava enormemente con le notizie di orrori e saccheggi che giungevano ogni giorno dal Settentrione.

D'improvviso, sembrò rammentarsi dell'ufficiale in attesa. Bruscamente si staccò dalla balaustra e accennò a rientrare nello studio, facendo così comprendere al sudaticcio Fereolo che il colloquio era giunto al termine. Prendendolo con fare amichevole sotto braccio, lo accompagnò alla porta, passando davanti a Sebastiano e ignorandolo completamente. «Allora d'accordo» disse in tono conclusivo, «aspetterò a Lugdunum gli ultimi carri con le salmerie.»

«Sta' certo, *Magister*, che provvederò affinché non vi sia alcun ritardo.»

Con un sorriso e piegando appena il capo in un piccolo cenno di condiscendenza, Ezio, lo salutò: «Ciò mi tranquillizza. Il problema dei rifornimenti sarà decisivo in questa campagna, e l'Imperatore non potrà non compiacersi della tua efficienza, della quale, stanne certo, avrò cura di informarlo. Sta' in salute».

Sebastiano, sempre fermo con l'elmo sotto braccio, aveva udito quelle ultime battute e ne aveva colto il messaggio più importante, perfettamente rispondente ai suoi desideri: dunque, finalmente l'esercito era pronto a muovere! Grandi eventi erano in vista e, di certo, grandi battaglie. L'eco dei passi di Fereolo non si era ancora spenta nel lungo corridoio, quando Sebastiano udì levarsi alle sue spalle, irridente, la voce del suo comandante: «Io combatterò con loro, difendendo l'onore di Roma!». Ezio lo affiancò senza fretta e, tenendo le mani incrociate dietro la schiena, prese a fissarlo con espressione significativa. «Ma che bella frase!» sbottò. «Davvero degna di un antico tribuno dei tempi della Repubblica!»

Ecco cosa c'era nell'aria! Ora tutto era chiaro, finalmente. Temendo l'avvicinarsi di una tempesta, Sebastiano si irrigidì ancor più sull'attenti, guardando fisso davanti a sé, oltre la loggia, verso un punto indefinito tra due nuvole. Ezio, però, gli si parò davanti, senza togliergli di dosso il suo sguardo penetrante. Gettandogli un'occhiata fuggevole, Sebastiano ebbe tuttavia l'impressione ch'egli fosse in quel momento più divertito che realmente adirato.

«Ti avevo mandato a Genava» scandì il *Magister*, fissandolo con un'improvvisa luce d'ironia «perché, preannunciando il mio arrivo, convincessi i Burgundi a tenere fede all'alleanza e perché da laggiù mi tenessi informato di quanto avveniva.»

Sebastiano deglutì. «Con tua licenza, *Eminentissimo*, non credo di essere venuto meno a questo compito.»

Levando una mano in un gesto d'autorità, Ezio gli intimò di tacere. «No, certamente, ma io ti avevo vietato di prendere parte ai combattimenti. In quella tua ultima lettera, invero mirabilmente drammatica, fai riferimento a una supposta necessità di riscattare l'onore di Roma. Ebbene, in quella frase non mi è difficile leggere... non negare!» di nuovo la sua mano si levò imperiosa a tacitare una sua prevedibile protesta «non mi è difficile leggere, ti dicevo, un rimprovero nei miei confronti.»

Sebastiano lo sopravanzava in statura di almeno tre dita, ma non in prestanza fisica, giacché Ezio non era soltanto, a dispetto dei suoi cinquant'anni, un uomo di aspetto gradevolmente virile, con un volto dai tratti decisi e capelli ancora folti se pur ampiamente brizzolati: aveva anche spalle larghe, collo robusto e ampio torace, sul quale si tendeva l'elegante tunica dalmatica color amaranto, con elaborati ricami in oro; le sue braccia erano muscolose, temprate dall'esercizio fisico fatto in gioventù e dalle fatiche anche recenti della guerra, e i pantaloni militari, aderenti, fasciavano gambe forti, dal passo elastico, quasi felino. Nei suoi occhi grigioverdi brillava una luce di vivace intelligenza, e il suo sguardo era risoluto, ma anche, spesso, ironico e inquietante, al punto che, secondo quanto si diceva, lo stesso Augusto Valentiniano non riusciva a sostenerlo. In quel momento, non vi riuscì nemmeno Sebastiano, che, confuso, tentò di giustificarsi: «Ho scritto quelle parole nell'immediata imminenza della battaglia. Io intendevo...».

Ezio lo interruppe seccamente: «Ho capito benissimo cosa intendevi. Allora sappi...». Si fermò e tacque per un momento, con l'aria di dominare un accesso di collera. «Sappi» ripeté severo, levando l'indice ammonitore ma moderando il tono di voce «che i tuoi stessi rapporti dalla Sapaudia hanno molto contribuito nel convincermi a rinunciare a scegliere la via delle Alpi.»

Prima che Sebastiano potesse replicare, chiedere una spiegazione, il *Magister* riprese: «Ora vieni a vedere!» e con un gesto brusco, gli ordinò di seguirlo sull'ampio balcone. Giunti che furono alla balaustra, accennò col mento ai soldati che si esercitavano. «Quelle sono milizie italiche e narbonensi» gli disse «arruolate a forza, naturalmente, tra i bifolchi, gli schiavi e i vagabondi. In teoria sono due legioni, ma tutti insieme non sono nemmeno duemila uomini.» Appoggiato con entrambe le mani alla balaustra, continuò: «Guardali, i difensori dell'Impero: gente che fino a ieri sapeva al massimo maneggiare una roncola, magari buona per una rissa in una taverna o per nascondersi in una forra e tendere agguati ai viandanti».

«Nel *castrum* e negli accampamenti che ho visto lungo il Rodano ho notato però milizie palatine e comitatensi, e anche distaccamenti di ausiliari barbari: alani, eruli, con molti arcieri, e forse...»

«Sì, e sono il meglio delle mie forze. Il fatto è che tutto il mio esercito, ossia, in pratica, tutto ciò che Roma può mobilitare in questo momento, mi intendi? Ebbene tutto il mio esercito, comprendendo questi contadinotti» accennò nuovamente alle reclute «non supera i dodicimila soldati, ai quali ne vanno aggiunti due o tremila che potrò prelevare dalla guarnigione di Arelate. Dai tuoi rapporti e da altri pervenutimi a Mediolanum dai territori invasi risulta che Attila dispone di forze almeno sette o otto volte superiori. Non è così?»

Sebastiano fu costretto a confermare. «Sì. È così. Forse anche di più.»

Ezio lo fissò intensamente: «Allora dimmi, Sebastiano: in tali condizioni, di cosa ho disperatamente bisogno per vincere?».

«Di tempo e di alleati?...» azzardò il prefetto dopo un momento di riflessione.

Ezio, con espressione soddisfatta, schioccò le dita: «Esatto! Hai detto bene: tempo e alleati! E anche, diciamolo pure, di un bel po' di fortuna! O, per dirla come il nostro papa Leone, dell'occhio benevolo della divina Provvidenza. Ora ascoltami bene: come sai, nelle Gallie esistono molte forze unendo le quali sarebbe possibile mettere insieme un grande esercito capace di opporsi agli Unni. Milizie barbare, per lo più, ma legate a noi da precisi trattati di alleanza. I Visigoti di Aquitania, anzitutto, e poi i Franchi della Belgica, ma anche gli Alani di Cenabum Aureliana, i Sassoni sulla Loira...».

«E i Burgundi...» aggiunse Sebastiano.

Per un momento, il volto di Flavio Ezio si rabbuiò. Poi egli annuì: «E i Burgundi, certo. Essi hanno assolto già magnificamente il loro compito. Quando ti mandai a Genava, ancora non era possibile conoscere le intenzioni di Attila: se cioè intendesse attraversare la Sapaudia e scendere in Italia o se preferisse puntare al cuore delle Gallie, che, dopotutto, costituiscono il suo vero obiettivo. Quando però a Mediolanum mi giunse il tuo ultimo messaggio, la situazione era cambiata: dai dispacci ricevuti in quei giorni da tutte le regioni invase risultava ormai chiaro che il fronte principale della guerra era concentrato nel Settentrione. Attila intende prima di tutto spacciare i Visigoti, capisci? E con piena ragione, poiché riconosce in loro l'avversario più forte e pericoloso. Il compito che aveva affidato ai Gepidi e al tuo Shudian-gun non era di scendere in Italia, ma di coprire provvisoriamente il fianco sinistro della sua enorme armata d'invasione e alleggerirne i problemi di rifornimento vivendo delle risorse del territorio invaso. Appurato questo, ciò che avveniva in Sapaudia era secondario, e sarebbe stato inutile e pericoloso impegnarvi anzitempo le poche forze disponibili. E d'altro canto: come avrei rifornito il mio esercito in una regione che tu stesso descrivevi già devastata dal nemico? E ancora: tu sai bene che i Visigoti bramano da tempo Arelate, che è davvero troppo vicina al territorio che essi controllano. Se, vedendoci incerti, si fossero sottomessi ad Attila, passando nelle sue file con tutto il loro esercito, questa città, col presidio che aveva fino a dieci giorni fa, sarebbe stata certamente perduta, e tu sai che da qui si arriva in Italia in pochi giorni. Dunque, via via che la situazione si chiariva, ho spostato truppe dalla Pianura Padana alla valle del Rodano attraverso la Via Aurelia e i passi della Darantasia, e ora eccomi qui, pronto a difendere Arelate, ma soprattutto a unire le nostre forze con quelle dei Visigoti contro il nemico comune, il che è precisamente quanto sta per avvenire».

Traendo un respiro profondo, Sebastiano annuì. Dunque, i Visigoti scendevano in campo a fianco di Ezio, che più di chiunque altro aveva tenuto loro testa negli anni precedenti! Ancora una volta, doveva riconoscere che il *Magister militum* aveva agito per il meglio, ma non lo consolava troppo apprendere che le drammatiche vicende che aveva vissuto nell'ultimo mese venivano sbrigativamente archiviate come episodi ininfluenti rispetto al quadro generale della guerra. E le centinaia di burgundi uccisi? E le pene sofferte dalla popolazione? Da Lidania, da Odetta, dalla giovane Lucia? Anche la crocefissione dell'ignota fanciulla in quel borgo in fiamme era da annoverarsi tra gli avvenimenti secondari? Decisamente, il prezzo pagato dalla Sapaudia alla strategia di Ezio era stato enorme. C'era solo da sperare che non risultasse inutile. Comunque, era venuto ad Arelate con la speranza di vedersi chiarire il senso degli avvenimenti in Sapaudia e aveva ottenuto la spiegazione cercata. Ora, pur comprendendo che il *Magister* aveva già perdonato il tono retorico e malcelatamente critico del suo messaggio, ritenne opportuno giustificarsi: «Con tua licenza, *Eminentissimo*, io ignoravo l'evolversi complessivo degli eventi. I burgundi erano in completa crisi, e furibondi con noi, ed è per questo che scelsi di battermi al fianco di Chilperico».

Ezio aggrottò le sopracciglia, e per un momento le rughe che solcavano la sua fronte si approfondirono, ma subito il suo volto tornò a distendersi. Gli sorrise amichevolmente e, battendogli una mano sul braccio, rientrò con lui nell'ufficio. «Certo. Mi rendo conto che ti sei trovato in una situazione assai delicata, e forse anch'io mi sarei comportato al tuo stesso modo. In ogni caso, al risentimento di Gundovek penseremo in seguito: è un uomo intelligente e comprenderà. Ciò che conta è la vittoria finale. Del resto, a quanto ne so, Unni e Gepidi stanno lasciando la Sapaudia, diretti verso il Settentrione. Il Settentrione, capisci? E qui veniamo al punto.»

Fece cenno a Sebastiano di accostarsi alla scrivania, che senza esitare sgomberò degli incartamenti spazzandola con un unico, ampio gesto del braccio e scoprendo una mappa di cuoio, sulla quale erano disegnati, con un colore verde, i contorni della Gallie; con il nero erano sommariamente tratteggiati i fiumi, mentre alcune macchie rosse indicavano le città principali. Quello che, illuminato dal riquadro di una finestra spalancata, si offriva alla vista di Sebastiano era dunque il teatro delle operazioni. «Guarda qua» gli disse Ezio, facendogli cenno di avvicinarsi ulteriormente. «L'esercito di Attila è ormai di fronte ad Aureliana: grande città, come sai, e quindi ricco bottino. Ma soprattutto, impadronendosi di Aureliana, Attila disporrebbe di un ponte sulla Loira, sul quale far passare il suo esercito per invadere il territorio dei Visigoti.»

«Chi abbiamo lì?»

«Sangiban, con quattro o cinquemila alani e un presidio romano, a cui devi aggiungere qualche migliaio di volontari. Hanno scorte consistenti e possono resistere anche a lungo. Ora stammi bene a sentire» gli strinse il braccio con una mano, quasi a volergli trasmettere con quel contatto tutta la forza della propria determinazione. «Aureliana non deve cadere, capisci?»

«I Visigoti potrebbero soccorrerla» osservò Sebastiano, che vedeva ora brillare negli occhi del suo comandante una luce d'eccitazione che ben conosceva.

«Certo! Due settimane fa ho mandato da Teodorico il vecchio Avito, ti ricordi di lui, no? Ma sì: fu prefetto delle Gallie alcuni anni fa, poi cadde in disgrazia e...» fece un gesto con la mano, come per allontanare un discorso superfluo. «Ma questo non importa. È stato Avito a convincere Teodorico alla guerra: non s'è dovuto sforzare troppo, del resto, visto che ormai è chiaro che Attila vuole le Gallie, e quindi anche la pelle dei Visigoti. Pochi giorni fa una sua staffetta da Tolosa mi ha confermato che Teodorico sta radunando il suo esercito. Ma, giustamente, si aspetta che ci muoviamo anche noi. Ebbene: la nostra preparazione è quasi ultimata. Poco fa ho ricevuto da Fereolo le ultime rassicurazioni circa il flusso di rifornimenti di cui avrò bisogno: la ricca Narbonense provvederà al meglio delle sue possibilità. Dunque, fra due giorni l'esercito marcerà verso Lugdunum, e da lì raggiungerà Aureliana. La città, perciò, deve resistere quel tanto che basti per consentirci di unire le nostre forze all'esercito di Teodorico e attaccare Attila insieme.»

Sebastiano era al tempo stesso perplesso, sbalordito e compiaciuto: aveva già avuto occasione di partecipare con altri ufficiali a dei consigli di guerra, ma quella era la prima volta che il *Magister militum* gli parlava da solo a solo e così diffusamente dei suoi piani. Significava forse che per lui era in arrivo un importante passaggio di grado? Era sempre difficile indovinare che cosa avesse in mente quell'uomo. A ogni buon conto, non voleva apparire privo di raziocinio autonomo, e dunque, facendo con la mano un gesto incerto in direzione della carta, obiettò: «Quel tanto che basti, dici. Ma, *Eminentissimo*, la nostra sarà una marcia di almeno trecento miglia!».

«Di' pure trecentocinquanta. Considerando che non intendo perdere per strada la fanteria, ci vorranno dai quindici ai venti giorni.» Inarrestabile, posseduto dal suo disegno, Ezio tese ancora una volta la mano a prevenire un'obiezione. «Lo so cosa stai per dirmi: che città più munite di Aureliana sono cadute in *due* giorni. Ma io sono sicuro che Aureliana non cadrà. Sangiban non è certo un leone, e forse non è nemmeno troppo fidato, ma... hanno un vescovo, laggiù: un certo Aniano. È un uomo di tempra eccezionale. Quando Attila si trovava ancora a duecento miglia da Lutetia Parisiorum, si è messo in viaggio ed è venuto qui. Mi ha implorato di salvare la sua città, ha detto che la sua gente vuole battersi, resistere. Ebbene, sai che ti dico? È stato proprio lui a convincermi che possiamo vincere, dimostrandomi che nelle Gallie c'è ancora gente disposta a combattere. L'ho rimandato con la mia parola che per la metà di giugno sarò là col mio esercito. Aureliana, credimi, è il luogo adatto per schiacciare gli Unni: unite le nostre forze con quelle di Teodorico, potremo attaccarli e stringerli tra noi e la città.»

Conquistato, Sebastiano domandò: «Posso chiederti quale sarà la mia parte in tutto questo?».

Flavio Ezio increspò un momento le labbra, squadrandolo con l'aria di riflettere. «Il tuo compito sarà importante, certo.»

«Un comando? Che reparto?»

Scosse il capo: «No, non un comando. Non per il momento, almeno. Un'altra missione».

Sebastiano si sforzò di nascondere la propria delusione: «Di che si tratta?».

Invece di rispondergli, Ezio si protese sulla scrivania e prese un campanello, che agitò brevemente. Al richiamo, il piantone si affacciò subito sulla soglia. «Fa' passare Divicone» gli ordinò il *Magister*.

Un attimo dopo, con passo strascicato, entrò nella stanza un uomo magro e dinoccolato, in abiti da contadino. Sebastiano notò che aveva i polsi incatenati. Interrogò con lo sguardo il *Magister*, il quale, gettata un'occhiata furente ai polsi del prigioniero, rimproverò aspramente il piantone: «Razza di idiota! Divicone è un amico! Perché me l'hai condotto qui in catene?».

Il soldato, impallidendo, si schermì: «Io... io non so... Lo hanno portato qui così dalle prigioni. È un bagaudo, e...».

«Ti hanno dato la chiave delle catene, almeno?»

Il soldato rispose che la chiave l'aveva il carceriere, che attendeva in fondo alle scale. Furente, Ezio lo spedì in cerca di quello e poco dopo i due sopraggiunsero di corsa e in un attimo liberarono il prigioniero, che nel frattempo non aveva fatto un fiato, limitandosi a fissare i disegni dei mosaici sul pavimento. Appena i due furono spariti oltre la soglia, Ezio si avvicinò all'uomo. Posandogli una mano sulla spalla, si rivolse a Sebastiano: «Questi è Divicone. Come ha detto il piantone, è un bagaudo, o meglio: lo è stato fino a una settimana fa, quando si è consegnato ai soldati di guardia al palazzo». Volgendosi all'uomo, gli domandò in tono amichevole: «Non è così, Divicone?».

Il bagaudo annuì, volgendo per la prima volta lo sguardo verso Sebastiano. Uno sguardo a un tempo mite e allucinato, che non appariva certamente quello di un criminale incallito. «Sì» disse, in tono pacato ma quasi ispirato. «Perché, prima che un bagaudo, sono un buon cristiano.»

Non era la spiegazione più chiara che ci si potesse attendere, ma Ezio, tenendo la mano sulla spalla dell'uomo, annuì a sua volta e proseguì: «Devi sapere che quest'uomo è stato per lungo tempo, anzi potrei dire fino a ieri, intimo amico di Eudossio».

«Eudossio il Medico?»

«Esattamente: pare che in passato, prima di mettersi alla testa dei Bagaudi della Loira, abbia esercitato tale onorevole professione.»

«Credevo che fosse morto.»

«Anch'io, in effetti, ma non è così.»

Lasciando la spalla del bagaudo, Ezio incrociò le braccia e proseguì: «Ora, devi sapere che questo Eudossio, sfuggito chissà come ai nostri alani, ha trovato rifugio lo scorso autunno presso Attila, e Divicone, insieme a pochi altri, era con lui. Il racconto del loro viaggio attraverso la Selva Ercinia fino in Turingia sarebbe degno della penna di Omero, ma te lo risparmio. Per farla breve, laggiù Eudossio è riuscito, non senza molti inutili tentativi e una lunga attesa, a infilarsi nella tenda di Attila e a parlare con lui. E il nostro Divicone, qui, era presente».

Sollecitato da Ezio a confermare le sue parole, il bagaudo di nuovo annuì con energia, poi prese a parlare con una voce dal tono basso ma deciso: «È vero: Eudossio disse ad Attila che i Bagaudi della Loira lo avrebbero accolto come un liberatore e avrebbero combattuto con lui. Promise che a migliaia si sarebbero sollevati appena lui fosse arrivato col suo esercito e che gli avrebbero fatto da guida in tutta la regione, aiutandolo a espugnare i luoghi più muniti e a fare bottino».

Sconcertato, Sebastiano spostò lo sguardo dal bagaudo a Ezio, quindi di nuovo sul primo, e domandò: «Ma... in cambio di cosa? Che si aspettava da Attila quel pazzo?».

Per un momento, Divicone si rabbuiò in volto, quasi che anch'egli si sentisse in qualche misura offeso dal giudizio espresso su colui che fino a pochi giorni prima era stato il suo capo, e a sua volta, grattandosi pensosamente la barba di più giorni, lanciò un'occhiata interrogativa al *Magister militum*; quest'ultimo, però, con un cenno d'impazienza lo invitò a rispondere. «Bene» disse infine con imbarazzo. «Ciò che Eudossio ottenne da Attila fu la promessa della liberazione di tutti gli schiavi, l'emancipazione di tutti i coloni e la cacciata di tutti i proprietari e dei magistrati romani dal territorio tra il Reno e il mare. "Un tempo la terra apparteneva a tutti" diceva sempre, "e deve tornare a essere di tutti." E poi diceva: "Le beghe di Attila con Valentiniano III non ci riguardano, ma se fra loro vi sarà guerra Attila sarà per noi un utile alleato. Gli Unni sono diversi dagli altri barbari, perché sono nomadi: a loro la proprietà della terra non interessa, perciò, se ci aiuteranno non dovremo poi guardarcene considerandoli un pericolo per noi".»

Incredulo, Sebastiano cercò una conferma nello sguardo del suo comandante. Ezio, sollevando le sopracciglia, gli rivolse un'occhiata eloquente. «Insomma, hai capito» gli disse, «al confronto di questo Eudossio, il famoso Spartaco era uno spirito moderato.»

Tornò a rivolgersi al bagaudo. «E così, col solo obolo di qualche promessa, il mio amico Attila conquistò un nuovo alleato. Ed ecco Eudossio e i suoi amici seguirlo e anzi precederlo nell'invasione, aiutarlo nel passaggio dei fiumi, aprirgli la via in vari modi, come esploratori, vivandieri, informatori, e addirittura nell'assalto alle città, non è così, Divicone?»

Il bagaudo abbassò lo sguardo per un momento. Poi, con sforzo evidente, riprese a parlare: «Sì: Eudossio conosceva un po' tutti i capi bagaudi delle provincie invase, o comunque sapeva come entrare in contatto con loro. Abbiamo aiutato gli Unni in tutti i modi, ma poi io...».

Vedendolo interrompersi, Ezio ammiccò verso Sebastiano e lo sollecitò a continuare: «Poi?... Avanti, Divicone: questo mio ufficiale deve sapere tutto di te».

«Poi però io non ho più voluto.» I suoi occhi di cane assunsero un'aria smarrita, quasi implorante. «Io... io sono un buon cristiano. Gli Unni sono pagani, e fanno cose... sì, fanno cose orribili! E non solo loro» rincarò alzando la voce e accendendosi in viso. «Sono soprattutto i loro alleati: sì, i Turingi! Quelli sono tremendi: a Divodorum hanno ucciso anche il vescovo, saccheggiato tutte le chiese. E poi, uccidono donne e bambini, li torturano anche... sì, in un villaggio che era stato occupato da loro ho visto con questi occhi dei bambini – dei bambini piccoli, capite? – appesi ai rami degli alberi per i tendini delle gambe. È una cosa che...» Deglutì, torcendosi le mani, lo sguardo perso nel vuoto, come a rivedere le cose orrende che andava descrivendo. Poi, bruscamente, tornò a fissare Sebastiano con un'espressione intensa, allucinata: «Insomma... io lo dissi a Eudossio, ma lui mi rispose che quello era il prezzo da pagare per la libertà. Ma quelli erano solo bambini, dico io, e non erano neanche figli di *clarissimi*, i loro genitori erano contadini, gente come noi. E allora lui mi dice di smetterla, di tacere, che ho il cuore troppo tenero, che non capisco niente e... Be', io mi sono detto che no, Nostro Signore non può volere queste cose, e allora una notte ho preso un cavallo e sono scappato. Sono scappato, ma avevo sempre davanti agli occhi quei bambini, quelle fanciulle violate e fatte a pezzi, e allora... allora, quando ho saputo che il *Magister militum* era qui ad Arelate sono venuto a consegnarmi, perché forse lui può fare qualcosa, fermare questi demoni, forse io posso rimediare al male che ho fatto e...». La voce gli si strozzò in gola. Rivolse verso il pavimento i suoi occhi pieni di pianto e tacque.

Senza aspettare di incontrare lo sguardo stupefatto di Sebastiano, Ezio fece qualche passo nella stanza, le mani intrecciate sulle reni, con l'aria di seguire con la mente una sua idea. Infine si fermò e fissò il suo prefetto. «Quest'uomo» accennò a Divicone «può esserci di grande aiuto. Come sai, la regione a Occidente della Loira è sempre stata un covo di bagaudi. Pensavo che negli ultimi anni i miei generali avessero riportato un po' d'ordine, ma evidentemente mi sbagliavo. Eudossio ha sguinzagliato laggiù i suoi manutengoli nell'intento di provocare una sollevazione generale in appoggio agli Unni. Forse, anzi, vi si è recato di persona. Per lo meno questa, secondo Divicone, era la sua intenzione. Lui, però» di nuovo accennò al bagaudo «conosce molta gente da quelle parti, e gode di un certo credito tra i capi. Potrebbe parlare con loro e cercare di dissuaderli.»

Sebastiano si strinse nelle spalle. Non riusciva a comprendere quale dovesse essere il suo ruolo in tutta quella faccenda. «Con tua licenza, *Eminentissimo*, non capisco cosa...»

Col gesto di sempre Ezio lo zittì imperiosamente: «Ma noi possiamo sperare molto di più dai Bagaudi: sono numerosi e armati, forse non adusi alle tattiche militari, ma esperti dei luoghi e cattivi quanto basta per risultarci utili, prima di tutto come esploratori, ma anche, perché no, in battaglia. Del resto la gente che ho arruolato di recente non è molto meglio. Naturalmente, occorrerà offrire loro una ricompensa.»

«Ossia?»

«Il perdono! Il perdono e l'arruolamento nell'esercito romano, non per essere dislocati sui confini, bensì per venire assegnati al presidio di grandi centri; o, in alternativa, la possibilità di essere accolti come coloni nelle terre del demanio.»

«Perdona *Eminentissimo*, ma continuo a non capire quale sarà la mia missione.»

«La tua missione è duplice: prima di tutto, accompagnare Divicone negli accampamenti dei Bagaudi e parlare con i capi, sventando le mene di Eudossio. Partirete domani stesso. Ti affiancherò anche un valente ufficiale di origine gallica, che meglio conosce la mentalità di quella gente e perciò ti sarà d'aiuto. Lo conoscerai domani. Racconterete loro le atrocità perpetrate dagli Unni e tu prometterai a mio nome ciò che ti ho detto, con tutta l'autorità che ti deriverà dalla tua qualità di *Comes* e Primo Consigliere del *Magister militum*. Ma tu e quell'ufficiale avrete anche un altro compito, ancora più importante: molti reparti romani in fuga hanno ripiegato oltre la Loira. Dovrete entrare in contatto con i loro comandanti, rianimarli e convincerli a confluire con i loro soldati nell'armata. Un'altra cosa: quando sarai laggiù, trova il modo di far giungere un messaggio ad Aniano e a Sangiban, assicurando loro che il mio esercito non mancherà all'appuntamento.» Si interruppe un momento, per girarsi e prendere dal tavolo un cilindro di pergamena e un altro foglio semplicemente ripiegato in quattro parti: «Ecco. Queste» disse porgendogli il cilindro «sono le tue credenziali, col mio sigillo, che Aniano saprà riconoscere. Qui, invece» aggiunse dandogli il foglio, «troverai il nome e il recapito di un uomo, un barcaiolo della Loira nel quale egli ripone fiducia assoluta: sarà lui, all'occorrenza, a fare da tramite fra voi».

Sebastiano prese le due pergamene senza fare domande. Mentre il suo comandante gli parlava, aveva cercato di mostrarsi impassibile, ma non aveva potuto fare a meno di battere le palpebre più volte. «*Comes* e Primo Consigliere!» Ezio aveva pronunciato quelle due parole con una significativa sottolineatura nel tono di voce. Un bel salto nel suo *cursus honorum*, dunque, e soprattutto un grande onore per lui. Nondimeno, l'idea di girovagare nei boschi della Lugdunense in cerca di briganti cenciosi e soldati fuggiaschi mentre l'esercito andava verso una delle più grandi battaglie della storia di Roma – forse addirittura l'ultima, quella fatale – gli ripugnava al di là di quanto potesse nascondere. «Il tempo a disposizione è scarso» azzardò, «e io... non vorrei mancare alla battaglia.»

Come spesso accadeva, il volto di Ezio si illuminò repentinamente in un ampio e accattivante sorriso. Con un gesto energico, gli posò una mano su un braccio, guardandolo con occhi ardenti di ottimismo e determinazione: «E non accadrà, Sebastiano! Anzi, non deve assolutamente accadere: perché entro la seconda settimana di giugno tu e Divicone dovrete portarmi ad Aureliana tutti i soldati e tutti i bagaudi e tutti coloro che troverete disposti a battersi, da qualunque parte provengano e qualunque sia la loro condizione. Questa non è una guerra come le altre, fatta da soldati e generali: la gente delle Gallie deve comprendere che non resistere agli invasori significa andare incontro allo sterminio, all'annientamento di un'intera civiltà. Quella che si prepara sarà una battaglia fra popoli, e noi dobbiamo vincerla!».

2

Per quella missione, Sebastiano non avrebbe avuto altra scorta che Maliban, unico superstite della *turma* di cavalleria che lo aveva accompagnato in Sapaudia, e Vitalio, che aveva avuto il piacere di ritrovare a Genava. Il mattino seguente lasciò dunque con loro il proprio alloggio, in abiti civili e senza portare con sé altra arma che la propria spada. Conformemente a quanto gli era stato anticipato dal *Magister militum*, trovò ad attenderlo davanti all'ingresso del palazzo, insieme a Divicone, l'altro compagno di viaggio che ancora non conosceva. Da quell'ufficiale, il cui nome era Elvio Metronio, ricavò subito un'ottima impressione: viso franco, spalle larghe, occhi grigi dallo sguardo acuto e intelligente, stretta di mano decisa e vigorosa. Era un capo *turma* della cavalleria palatina, originario di Treveri e solo di pochi anni più giovane di lui, e non difettava certo di esperienza militare, avendo combattuto, come lui, contro i Visigoti e contro gli Unni, e potendo vantare anzi una campagna in più: quella contro i Bagaudi. Fin dal primo momento si instaurò fra loro una reciproca simpatia, che aiutò entrambi a intraprendere con un po' di ottimismo quella missione tutt'altro che ambita.

Lasciarono Arelate all'ora terza, passando sotto il grande arco d'età augustea della Porta Settentrionale, senza altro bagaglio se non quello che ciascuno poteva portare sul proprio cavallo. Cammin facendo ebbero modo di fare un po' di conversazione, approfondendo la reciproca conoscenza. Metronio, tra l'altro, disse subito francamente a Sebastiano di nutrire qualche dubbio circa le capacità militari dei bagaudi, che considerava niente più che dei briganti da strada: indisciplinati, indolenti, infidi e opportunisti, e dunque inadatti, per la loro mentalità prima ancora che per il loro armamento, ad affrontare gli eserciti barbari. Nondimeno, riconosceva che era vitale staccarli da Attila, poiché, se non potevano risultare utili ai Romani sul campo di battaglia, sarebbero stati invece di grande aiuto al re degli Unni, dato che erano in grado di guidarlo in un territorio a lui ignoto, assicurando il sostentamento delle sue armate e aiutandolo potentemente nella conquista delle città. Sebastiano si limitò a constatare con amarezza che il fatto che si dovesse fare ricorso a tali alleati era la miglior prova del collasso nel quale si dibatteva un impero un tempo glorioso. Appurarono di discendere entrambi da famiglie caratterizzate da una radicata tradizione militare: un avo di Metronio, addirittura, era stato Legato imperiale a Magonza ai tempi delle prime invasioni barbariche, durante il Principato di Aurelio Probo. Dai suoi pochi accenni alla sua partecipazione alla guerra bagaudica, che non sembrava considerare fra le sue imprese più gloriose, Sebastiano trasse la convinzione che la sua esperienza sul campo non doveva essere stata trascurabile. Metronio, tra l'altro, non era entusiasta di avere un alano per compagno in quella missione: ricordò a Sebastiano che erano stati principalmente reparti di alani, due anni prima, a dare la caccia ai Bagaudi della Loira, e lo avvertì che la sua presenza avrebbe potuto generare delle difficoltà, una volta che avessero raggiunto gli amici di Divicone. Gli suggerì anzi di farlo tornare indietro alla prima stazione di cambio, ma Sebastiano, che di quel soldato si era formato un'ottima opinione, respinse con fermezza quell'idea, principalmente perché, come tutti gli alani, Maliban era un arciere esperto, che nel gruppo avrebbe potuto risultargli molto utile, e poi perché, d'altro canto, non avrebbe saputo con chi sostituirlo. Discussero anche, all'insaputa dei diretti interessati, dello strano antagonismo che sembrava contrapporre l'alano e Vitalio. In effetti, tra i due soldati v'era scarso cameratismo, soprattutto a causa di una inconfessata gelosia che il secondo sembrava nutrire nei confronti del primo. Sebastiano se ne era avveduto già nel tragitto da Genava ad Arelate e, ridendone in cuor suo, si era ripromesso di trovare al più presto il modo di gratificare Vitalio assegnandogli qualche compito speciale, che valesse a rassicurarlo circa l'immutata importanza del suo ruolo. Metronio gli suggerì scherzosamente di fargli tenere il diario della loro "storica impresa", e l'idea gli parve tutt'altro che peregrina. Alla prima stazione di cambio, prese da parte Vitalio e gli impartì quella direttiva, sostenendo di voler disporre, al termine della guerra, di un diario delle operazioni, per poterne ricavare, come molti scrittori di cose militari del passato, un libro che conservasse memoria, a beneficio dei posteri, della loro avventura. Il giovane soldato, che andava molto fiero della propria capacità di scrivere, ne fu visibilmente compiaciuto e si assunse senz'altro quell'incarico, garantendo che avrebbe messo il massimo zelo nel riassumere con scrupolo ogni avvenimento.

Verso mezzogiorno il cielo, che già al mattino andava rannuvolandosi, divenne plumbeo, e il temporale che scoppiò nel primo pomeriggio rallentò un poco la loro marcia. Al tramonto, fradici d'acqua, si fermarono in una stazione di cambio e lì consumarono la loro prima cena insieme ed ebbero l'opportunità di conoscersi meglio. I due ufficiali avevano viaggiato in abiti civili, ma l'oste, guidato dall'infallibile istinto della sua professione, riconobbe subito in loro delle persone di riguardo e si affrettò a servirli personalmente, assegnando loro, nella sala affollata, un lungo tavolo in buona posizione, lontano dai fumi della cucina. L'illuminazione era affidata a un paio di candele di sego infisse in piatti di rame.

Mentre Vitalio, fedele all'incarico assegnatogli, attendeva la propria cena incidendo rapidamente su una tavoletta di cera una sintesi di quella prima giornata di viaggio, Sebastiano osservava con curiosità Divicone. Con sorpresa, lo vide raccogliersi a mani giunte e formulare una breve preghiera di ringraziamento appena l'oste portò in tavola la brocca del vino e un grande vassoio ricolmo di tagli di agnello. Anche Metronio ne fu colpito e non seppe trattenere un sorriso. «Vedo che sei un uomo d'intensa fede» commentò, ammiccando a Sebastiano e allungando la mano a prendere la propria porzione. Facendo altrettanto, Divicone sorrise mitemente: «Il cibo è dono del Signore» disse serafico «e dunque è giusto rendergliene grazie».

Versandosi da bere, Sebastiano lo interrogò: «Tu non hai l'aspetto del bandito. In verità, sembri più un uomo di chiesa. Eppure, il *Magister militum* sostiene che tra i Bagaudi sei ben conosciuto. Com'è stato che sei diventato uno di loro?».

Divicone, che mangiava masticando con calma, finì di succhiare un osso con la concentrazione con cui avrebbe assunto un farmaco e lo gettò poi in terra. «È stata la volontà di Nostro Signore» rispose, fissando Sebastiano con i suoi occhi ardenti. «Tu hai detto bene: un uomo di chiesa! In realtà, a diciotto anni ero già diacono, e a venti presi la via del convento.»

«Dunque, eri di condizione libera.»

«Certo! Mio padre aveva terra e servi, era il capo della nostra comunità, un villaggio vicino ad Augustodunum. Aveva anche altri quattro figli, tutti maschi e tutti più grandi di me, ma credo che io fossi il suo preferito. Cercava sempre di evitarmi i lavori più faticosi, diceva che ero destinato a fare il presbitero, e per un anno mi mandò anche da un maestro, perché apprendessi a leggere e scrivere. Ma fu in convento che completai la mia istruzione.»

Si interruppe per un momento, e i suoi occhi guardarono nel vuoto, prendendo un'espressione ispirata. «Tutti quei salmi!» disse in tono estatico, e subito, protendendo il braccio al di sopra del vassoio, come rivolgendosi a un ben più numeroso uditorio, declamò:

Acclamate il Signore, voi tutti della terra!
Servite il Signore nella gioia,
presentatevi a Lui con esultanza...

Tacque d'improvviso, e il suo braccio ricadde sul tavolo in un gesto stanco. Il suo volto si era incupito. «Con esultanza, già! Ed era così, per me. Altri soffrivano, stentavano a rinunciare al mondo: erano ancora preda della concupiscenza, capite? Ma io no: vivevo in pace, e le severe regole del chiostro non mi pesavano. Era un luogo bellissimo: una vecchia casa di coloni, circondata da prati e boschi di querce. I monaci l'avevano trasformata in convento, e con le donazioni era stata eretta una piccola chiesa, con un magnifico ritratto del Cristo benedicente. E poi c'era il conforto, ma che dico, l'entusiasmo della preghiera, che offrivamo a Dio a espiazione e compensazione dei peccati del mondo. Era la vita giusta per me. Sì: la vita giusta, proprio così. Il mondo non mi aveva mai attratto particolarmente, e io ero felice di essermelo lasciato alle spalle. Il lavoro, che pure non mancava là dentro, non mi spaventava, e i tormenti della carne non mi hanno mai afflitto in modo intollerabile. Pregavo, lavoravo e pensavo che il sentiero della mia esistenza terrena fosse ormai tracciato. Ma poi accadde un fatto...»

Preoccupato nel constatare che, infervorato nel suo dire, dimenticava di mangiare, Sebastiano lo sollecitò con un gesto della mano: «Mangia intanto: il nostro è un viaggio lungo e devi tenerti in forze».

Divicone si riscosse, come se solo in quel momento si accorgesse di lui. Obbediente, prese una seconda costa d'agnello e iniziò a sbocconcellarla. Quasi subito, tuttavia, Metronio lo incitò a proseguire nel suo racconto: «Dunque? Parlavi di un qualche accadimento, mi pare».

Inghiottendo il suo boccone, Divicone annuì. «Sì» riprese, pulendosi le dita unte sul sudicio blusotto di lino. «Successe un pomeriggio. Ricordo che era autunno: tutti quei colori, sapete... Insomma, un pomeriggio, insieme a un mio confratello, ero andato a far legna nei dintorni. Per portarla al convento avevamo un piccolo carro aperto, a due ruote, trainato da un vecchio cavallo prestatoci da un bifolco. Lo lasciammo sul sentiero ed entrammo nel bosco, e ricordo che lui, che era più robusto ma poco esperto, si indaffarava senza troppo costrutto ad abbattere un acero con l'ascia. Io, invece, prendevo tutt'attorno le ramaglie secche, che per il fuoco vanno bene anche quelle. Mi ero allontanato un poco, sapete, e a un certo momento sento abbaiare un cane, e delle grida anche, come di cacciatori, poi uno strepito di rami, e poi... e poi ecco che un ragazzo mi esce di corsa dalla boscaglia proprio lì, a pochi passi da me. Lo riconobbi: era il figlio di un colono di una *villa* nelle vicinanze, un brav'uomo a cui l'esercito e le febbri avevano già portato via cinque dei suoi sette figli. Quello era il più giovane, avrà avuto tredici o quattordici anni, più o meno. Correva a perdifiato ma era esausto. Mi ruzzolò davanti in mezzo alle foglie secche e mi si avvicinò carponi, così, vedete?» agitò le braccia, per rendere meglio l'idea di quanto andava dicendo, poi proseguì: «Io ero rimasto di gesso, con il fascio delle ramaglie tra le braccia. Non sapevo cosa dire e cosa fare. "Aiutami!", mi fa quello, "se mi prendono mi ammazzano." "Chi ti insegue?" gli chiedo io e quello risponde, ansimando, che a rincorrerlo è il soprastante della *villa*, e mi implora, per carità di Dio, di aiutarlo. Era così spaventato, poveretto... e poi il latrato del cane si avvicinava, e io... insomma, io non stetti troppo a pensarci e, buttate in terra le mie ramaglie, lo presi per una mano, lo portai di corsa verso il carro e in fretta e furia gli ricavai un po' di spazio tra i molti ceppi che già avevamo caricato, e altri gliene misi sopra in gran fretta, in modo di nasconderlo. Il mio confratello, che stava tornando con la sua ascia senza aver concluso nulla, mi vide e si fermò sbalordito, ma io, ora non so più come, in poche parole dette di furia lo convinsi ad aiutarmi. Finito di coprire il ragazzo, ci allontaniamo un poco dal carro, ed ecco che arriva il cane: un molosso da far paura, con il collare dentato, e dietro al cane un uomo a cavallo, grosso e con una faccia da far spavento. "Avete visto un ragazzo fatto così e così, vestito così e così" mi fa. Naturalmente, io dico che no, non ho visto nessuno. E il mio confratello, pallido come un morto, riusciva solo a far segno di no con la testa, non aveva nemmeno il fiato per parlare, capite? "Che ha fatto quel poveretto?" domando io. "Poveretto un corno" dice quello. "Quel ragazzo è un ladro. Ha rubato una gallina nella *villa*, e non è la prima volta. Questa gentaglia, invece di rimborsare i suoi debiti, ruba a chi li aiuta. Ma questa volta la paga, questa volta lo impicco, quel bastardo."»

Divicone si interruppe un momento, poi tenne ad aggiungere. «"A chi li aiuta" capite? Disse proprio così. Come se non si sapesse come vanno queste cose: i contadini poveri, oppressi dalle tasse e dalla sfortuna, si indebitano con i *clarissimi*, poi non riescono a pagare ed eccoli ridotti a coloni semiliberi, schiavi in effetti, costretti per tutta la loro vita e quella dei figli a ripartire col *dominus* i frutti della terra che un tempo era loro.»

«È vero» assentì Vitalio, «è così che tanta povera gente finisce in rovina!»

Sotto lo sguardo stupito di Sebastiano, il giovane tacque subito e arrossì, certo pentendosi di essersi lasciato coinvolgere da quel racconto fino al punto di fare affermazioni così azzardate in presenza di due ufficiali di rango. Al contrario del giovane soldato, Maliban appariva poco interessato alla conversazione, intento com'era a sussurrare dolci profferte all'orecchio di una bionda servetta che aveva appena portato al tavolo una seconda brocca di vino; la ragazza, ridendo, indugiava accanto a lui e resisteva con determinazione palesemente insufficiente al suo vigoroso abbraccio. Quando Sebastiano, infastidito da quello squittio continuo, spostò su di lui il suo sguardo severo, l'alano la lasciò andare, ma non senza assicurarle, con un cenno della mano e un irresistibile sorriso, che si sarebbero ritrovati più tardi. Intanto Divicone, che aveva energicamente assentito all'intervento di Vitalio, aveva già ripreso il suo racconto: «Il cane, intanto, aveva cominciato a girare attorno al carro, ringhiando e annusando senza tregua, tanto che il cavallo cominciava a innervosirsi, capite? Allora io prego quel bestione di richiamarlo, ma ecco che, proprio in quel momento, il cane salta sulla catasta, comincia a grattare, a smuovere i ceppi, e allora il ragazzo cerca di uscir fuori e salta giù, ma il cane lo azzanna, il soprastante smonta da cavallo, lo agguanta per i capelli e... insomma: lo prese». Sospirò, guardando con occhi febbrili i suoi commensali che lo ascoltavano attenti.

«Un bel guaio anche per voi due!» osservò Metronio.

Riscuotendosi, Divicone mormorò: «Per noi due? Noi due chi?».

Metronio agitò la mano: «Ma sì: tu e il tuo confratello, no?».

«Sì, certo: "Ah, maledetti monaci" mi fa quello, "volevate proteggerlo, eh? Sentiremo cosa ne penserà il vostro abate". Intanto, però, strattonava per i capelli quel poveretto, coprendolo di improperi. Lo getta per terra, comincia a legargli le mani dietro la schiena, mentre quello ci grida di aiutarlo, che lui aveva fame, e per questo aveva rubato. Io mi avvicino al soprastante e gli dico: "Ascolta, buon uomo: impiccando questo povero ragazzo il tuo padrone non ne avrà alcun guadagno, e suo padre perderà due braccia che lo aiutano nei campi. È un bravo giovane, io lo conosco, e sono certo che saprà rimediare al mal fatto". Ma quello mi dà uno spintone e mi fa cadere. Il ragazzo allora ne approfitta e scatta via come una lepre. Il cane però gli balza contro, lo atterra e lo azzanna alla gola. Il soprastante, invece di richiamarlo, se ne sta lì in piedi a gambe larghe, a ridersela con i pugni sui fianchi. Io corro, cerco di staccare il cane, ma non c'è niente da fare: il ragazzo grida, ha già tutta la faccia piena di sangue, si copre con le braccia già martoriate. Allora mi giro e vedo il mio confratello fermo come un sasso, che guarda a bocca aperta quella scena orribile, e ha ancora l'ascia in mano: io gliela prendo, e tiro giù un colpo contro il cane, e poi un altro, con tutta la forza.»

Infervorato nel suo racconto, con gli occhi accesi dall'emozione, aveva accompagnato le ultime parole agitando il braccio, come se ancora stesse vibrando i suoi colpi con l'ascia. Poi tacque di nuovo, guardandosi attorno come smarrito, sopraffato dalla drammaticità di quel ricordo, ma Metronio, che lo aveva ascoltato attentamente, tenendo le braccia incrociate sul tavolo, lo sollecitò di nuovo a proseguire: «E allora?... Come finì?».

La tensione che aveva animato fino a quel momento il bagaudo sembrò svanire di colpo: scrollò le spalle e, abbassando lo sguardo, scosse mestamente il capo. «Male, purtroppo. Nel peggiore dei modi. Qualcosa mi colpì alla testa, persi i sensi e non vidi più nulla. Mi risvegliai nell'eremo, circondato dai miei confratelli. Mi guardavano come un assassino, e l'abate mi parlava severamente. Alzandomi sui gomiti, domandai del ragazzo, e mi dissero che era morto. Anche il cane era morto, e il soprastante chiedeva soddisfazione. Ora... dovete sapere che era stato proprio il signore della *villa* a fare costruire la chiesa del convento, e inoltre l'abate apparteneva a una famiglia di rango, senatoria addirittura. Del resto anche molti altri di quei monaci erano nati bene, come si dice, e niente segna di più un uomo come il sigillo impresso dall'ambiente nel quale è cresciuto. Io, invece di riconoscere la mia colpa, o per meglio dire quella ch'essi ritenevano fosse una colpa, dissi che avevo agito così per difendere il ragazzo, che il mio unico intento era stato di impedire una sopraffazione, e che... – e qui mi perdetti – che Nostro Signore non poteva volere che i miseri venissero umiliati e uccisi così barbaramente da chi viveva nell'opulenza. Sì, dissi proprio così.»

Un sorriso amaro comparve sul volto di Metronio: «Ti cacciarono, vero?».

Abbassando di nuovo lo sguardo, Divicone rispose: «Non proprio: l'abate mi ingiunse di recarmi il giorno seguente a porgere le mie scuse al soprastante, implorandone il perdono. Ma io...». Rialzò il capo e guardò i due ufficiali con un'espressione di esaltazione. «Io allora... scappai quella stessa notte. Iniziò così per me un periodo terribile, perché non avevo dove andare: forse mio padre mi avrebbe accolto, ma ero lontano da casa e, comunque, tornando in quella condizione di reietto lo avrei certamente messo in grave imbarazzo; e poi, temevo che cercasse di forzarmi a genuflettermi davanti a quell'assassino e al suo padrone, oltre che, naturalmente, davanti a quell'indegno abate. Fu davvero un brutto momento! Nei primi giorni, se non avessi avuto la mia fede, forse mi sarei ucciso per la disperazione. Ma trovai presto solidarietà. Vagabondai per un paio di settimane nelle campagne, nascondendomi nei boschi e vivendo della carità dei contadini; poi, una sera, alle soglie dell'inverno, mentre mangiavo in casa di uno di loro, bussò alla porta Eudossio, accompagnato da un paio dei suoi, e tutti e tre cenarono con noi. Mi piacque quell'uomo: capii subito che era colto, ma possedeva anche princìpi fermissimi e inflessibile volontà. Sì: un bell'ingegno, invero. Quando gli dissero chi ero, rise e disse che aveva molto sentito parlare di me e che era contento di conoscermi. Mangiammo, bevemmo insieme, e lui mi disse del suo sogno, che è poi da sempre il sogno dei Bagaudi: la terra a chi la lavora, niente più potere dell'uomo sull'uomo, niente più tasse, niente più gabellieri, niente più soprastanti con cani feroci. Ah! Quell'uomo sa parlare, sapete? E ha una luce negli occhi! Una luce che... Insomma, per farla breve, diventammo compari, amici, anzi. Il giorno dopo mi condusse alle grotte dove viveva la sua banda, e in breve tempo ebbi molti altri amici. Presto prese a portarmi con sé in ogni impresa, perché diceva che io avevo sempre quell'idea in più, e anche un'altra cosa: che io riuscivo sempre a ricordargli perché combatteva. Quante ne abbiamo fatte insieme!»

«E quante *villae* messe a sacco! Quante gole tagliate!» lo interruppe Metronio, sollevando ironicamente le sopracciglia. Divicone ribatté con energia: «Solo quando non se ne poteva fare a meno! Eudossio non era un sanguinario, ma un vendicatore degli oppressi. Del resto, molti fra i suoi seguaci sono devoti cristiani».

Davanti ai sorrisi ironici dei suoi ascoltatori, si accalorò: «Sì, è così, vi dico. Se voi sapeste quanti ne ho battezzati! Voi non avete idea di quanta fede e di quanta sete di giustizia vi siano tra quella gente. Il loro unico peccato, se così si può chiamare, è quello di non aspettare di ottenere giustizia e felicità il giorno della Risurrezione, ma di reclamarla qui e ora. E hanno ragione, a parer mio, perché il Nazareno comandò ai ricchi di spogliarsi delle loro ricchezze e di ripartirle con i poveri, e al potente di farsi umile tra gli umili, ma i ricchi e i potenti fingono che così non sia. Eudossio salassava i ricchi, è vero, ma sempre per fare del bene ai miseri».

«Certo!» sbottò Metronio ridendo. «E se proprio ci scappava il morto, tu gli impartivi la tua benedizione, e magari gli davi anche l'olio santo!»

Risero tutti brevemente, ma non Divicone, che, eludendo

quel riferimento alle sue personali responsabilità, continuò con fervore. «No, sentite: di solito le guardie che si avventuravano nei boschi o gli sgherri dei proprietari se la cavavano con qualche bastonata. Certo, a quel soprastante, quello del cane, dico, non andò così liscia ma, uccidendolo, Eudossio fece solo un'opera di giustizia: "*Perché ha rifiutato di usare misericordia e ha perseguito il misero e l'indigente!*" dice il Sacro testo. Io l'ho letto, sapete? Io conosco le Scritture! E in convento avevamo anche diversi libri dei salmi di Girolamo. Io ne conosco molti, sì, e li ho insegnati anche a loro, ai Bagaudi, dico, e...» Si interruppe un momento, aggrottando la fronte nel tentativo di riprendere il filo. «Che stavo dicendo? Ah, sì... Poi le cose cambiarono, però. La banda si ingrossava di giorno in giorno: la carestia, le violenze dei soldati, le prepotenze dei *clarissimi*... Ci furono delle impiccagioni, dei villaggi messi a fuoco, e...» Di nuovo si interruppe, guardandosi attorno per un momento, e la consapevolezza di essere circondato da soldati di Roma, evidentemente, gli suggerì di non forzare le tinte su quel punto. «Insomma, la violenza aumentò. Poi, l'anno scorso, i soldati uccisero la moglie di Eudossio in un'imboscata. Da quel giorno lui non fu più lo stesso. Divenne tetro, scostante, sempre più sanguinario, finché...»

«Finché pensò di rivolgersi ad Attila!» concluse Sebastiano. «Non è così?»

Mestamente, Divicone tornò ad annuire: «Sì. Decise di rivolgersi ad Attila, e così perdette la sua anima!».

Bevve un lungo sorso dal suo bicchiere di legno, poi rimase a guardarlo fissamente, rigirandoselo fra le mani, senza più dir nulla. Si era fatto tardi, e molti avventori avevano ormai lasciato la sala da pranzo per ritirarsi nelle stanze dormitorio. L'oste e i servi andavano e venivano tra i tavoli, rassettando e lanciando occhiate impazienti ai pochi che ancora si trattenevano. Fuori, la pioggia cadeva ancora a scrosci. Sebastiano decise che era venuto il momento di ritirarsi, e la conversazione finì lì.

Il mattino seguente, uscendo nel cortile, ritrovarono il sole.

Dopo aver lasciato a Maliban il tempo di prendere commiato dalla sua conquista della sera precedente, ripartirono lungo l'antica strada militare e quel giorno, approfittando del bel tempo, percorsero una distanza quasi doppia. Consapevole di avere poco tempo per adempiere la propria missione, Sebastiano aveva tracciato un piano di viaggio a dir poco massacrante, che tuttavia fu rispettato: facendo poche soste e frequenti cambi di cavalli nelle stazioni di posta, raggiunsero Lugdunum in tre giorni, durante i quali ebbero spesso occasione di scorgere, soprattutto attorno ai villaggi, desolanti baraccopoli di gente in fuga dalle provincie invase.

Trovarono Lugdunum ancora traumatizzata dalla grande paura di pochi giorni prima. Minacciata dai Gepidi, la grande città, debolmente presidiata da milizie romane e sassoni, aveva dato rifugio a molti profughi in fuga dalle campagne e si era preparata in vista di un possibile assedio. In effetti, un grosso stuolo di barbari si era accampato per alcuni giorni nella zona, devastando orrendamente il contado, ma poi, un mattino, aveva levato le tende e si era avviato verso settentrione, senza che per questo i lugdunensi potessero veramente sentirsi fuori pericolo, poiché altre grosse bande erano segnalate un po' in tutta la Sequania. Quando Sebastiano e i suoi compagni varcarono la grande Porta Meridionale, i loro salvacondotti militari furono sottoposti a un severo controllo da parte del drappello di guardia. Vedendoli provenire dal Meridione, i soldati li interrogarono ansiosamente, nella speranza di sentirsi annunciare l'imminente arrivo dell'esercito del *Magister militum*, ma Sebastiano preferì non mostrarsi troppo informato. Nelle strade trovarono un grande affollamento, ma senza l'animazione che di solito si accompagnava al concentrarsi di grandi masse in una città. L'atmosfera generale era, al contrario, piuttosto depressa, soprattutto per via della presenza di numerosi profughi, la cui degradazione, lì come in Sapaudia, forniva eloquente testimonianza del cataclisma che si era abbattuto sulle Gallie: non pochi disperati, e fra questi anche donne che per l'aspetto e l'abbigliamento apparivano di rango, non esitarono a fermarli mendicando del cibo; fanciulle che nel volto sembravano già vecchie vagavano con lo sguardo perso e inespressivo, oppure indecorosamente ammiccante, e maturi padri di famiglia sedevano sconfortati, con la testa fra le mani, sui gradini degli edifici, pensando alle proprietà abbandonate e devastate dai barbari, o alle persone care che in varia forma avevano subìto la loro violenza. Alle prese con problemi annonari insostenibili, gli amministratori cittadini brillavano come sempre per la loro inefficienza, e il potere militare si limitava ad assicurarsi rapacemente ogni risorsa possibile in vista degli incerti giorni a venire. Conseguentemente, l'unica vera autorità era il vescovo, la cui residenza era assediata di postulanti, tenuti a bada da diaconi e volontari. Sebastiano avrebbe avuto tutta la convenienza a recarsi al Pretorio, se non altro per ottenere un alloggio confortevole, ma se ne astenne, per non perdere tempo nell'ossequiare il comandante della guarnigione e gli alti ufficiali. Preferendo tenere segreta la propria presenza in città, trovò una sistemazione accettabile in una locanda, dove, con i suoi amici, dormì accanto ai cavalli, non solo perché i cubicoli e i dormitori brulicavano di clienti, ma soprattutto per evitare che qualcuno tentasse di rubarli per rivenderli o macellarli. Il mattino seguente si rimisero in cammino prendendo la strada per Argentoratum ed entrarono, in tal modo, nella regione della Bagaudia.

3

Percorsero quel giorno una quarantina di miglia tenendosi sulla strada militare, ma la lasciarono il giorno seguente, inoltrandosi per carrabili sterrate, tutte dossi e avvallamenti, in un paesaggio punteggiato di acute e dentellate creste di granito intervallate da gole profonde, e da monti conici di origine vulcanica, ora rivestiti di prateria, ora coperti da una fitta vegetazione: le estreme propaggini dell'Arvernia, una regione poco popolata, che i barbari avevano soltanto sfiorato. Verso mezzogiorno si trovarono a guadare un fiumiciattolo, su una sponda del quale, nemmeno mezzo miglio più a valle, era visibile un vecchio mulino, e più oltre, su un'altura, si scorgeva un villaggio. Divicone, che già dal mattino precedente aveva affiancato Sebastiano alla testa del gruppo, fermò tutti con un gesto della mano. Accennando al mulino, disse soltanto: «È venuto il momento di avvertire gli amici. Aspettatemi qui».

Mentre lui si allontanava, Metronio rivolse a Sebastiano un'occhiata preoccupata. «Ti fidi?» domandò appoggiandosi all'arcione.

«Voglio fidarmi. Dopotutto, quell'uomo si è consegnato a Flavio Ezio pur potendo farne a meno e si è assunto un compito difficile e rischioso.» Smontando, Sebastiano soggiunse: «Fermiamoci e lasciamo riposare le bestie. E magari, nell'attesa, mangiamo qualcosa».

Si sistemarono all'ombra di una macchia di carpini, lasciando pasturare i cavalli. In attesa del ritorno di Divicone, sgranocchiarono della galletta, addentando anche pochi bocconi di carne secca. Attorno a loro c'era solo silenzio, ma la campagna pulsava di vita. La loro presenza aveva indotto al silenzio gli uccelli sugli alberi, ma i tafani ronzavano con accanimento attorno ai cavalli, i corvi volteggiavano gracchiando sopra un vicino campo di grano, e coorti di formiche grosse e fameliche erano comparse dal nulla, fra le pietre, appena Maliban aveva appoggiato in terra la sporta delle provviste. Sopra di loro, in un cielo di un azzurro intenso, che a Sebastiano pareva di aver veduto solo in Italia, nuvole biancheggianti si spostavano pigramente verso Oriente. Molto più vicino, piccoli rumori di minuscoli animali animavano la sterpaglia lungo il torrente, e l'allegro gorgoglio dell'acqua tra i sassi suonava come un canto sommesso e accattivante, che sembrava invitare tutti al riposo e ad accantonare ogni preoccupazione. Appoggiato a un albero, Vitalio osservava il grano ancora acerbo, mordicchiando uno stelo di orzo selvatico.

«Pensi al tuo raccolto?» gli domandò Sebastiano.

Levatosi lo stelo di fra i denti, e puntandolo in direzione del grano, Vitalio precisò: «Sì, ma quello di mio padre è senz'altro più avanti di questo: si raccoglie a fine giugno. Questo qui non lo raccoglieranno prima di quaranta giorni».

Metronio ammiccò verso l'alano, che se ne stava disteso nell'erba, con le mani intrecciate dietro la testa: «Il nostro Maliban non si interessa di agricoltura. Lui pensa all'amore!».

«Già» rincarò Sebastiano allegramente. «Quella servetta, in quella taverna, gli ha lasciato il segno, a quanto pare. In questi tre giorni l'ho visto più taciturno del solito.»

Maliban, senza cambiare posizione, si limitò a un vago sorriso e rivolse loro un'occhiata di sbieco, che era al tempo stesso una compiaciuta ammissione e un invito a non pungerlo più di quanto il suo onore di guerriero gli avrebbe consentito di tollerare. Cambiando argomento, Metronio gli domandò se fosse lieto di avvicinarsi ad Aureliana, dove di certo avrebbe incontrato molti della sua gente.

«Certo» rispose Maliban. «Nella guarnigione ho molti amici, e li ritroverò con gioia, anche se non c'è gloria né piacere a combattere nelle città. Noi alani siamo cavalieri, un popolo della prateria.»

«Proprio come gli Unni, vero?»

Maliban, questa volta, si levò di scatto a sedere e, intrecciando le gambe, sputò con disprezzo e rivolse a Metronio uno sguardo torvo e risentito: «Non dire questo, romano! Gli Unni sono bestie! Sono la feccia della terra! Sono niente lontano dai loro cavalli, mangiano i cani e quando combattono evitano sempre il confronto a lancia e spada dell'uomo con l'uomo. Non possiedono nulla che non abbiano tolto ad altri! Noi sappiamo lavorare l'oro, foggiare armi e magnifico vasellame, e tessere abiti dai molti bellissimi colori. Noi...».

Metronio, senza guardarlo, fece cenno con la mano che poteva bastare: «Va bene! Va bene! Le sappiamo queste cose: resta il fatto però che molti sarmati, o alani, come vi piace chiamarvi, stanno con Attila, e che...».

L'espressione di allarme con cui Sebastiano guardava verso Maliban lo indusse a tacere e a volgere a sua volta lo sguardo al soldato. Questi si era silenziosamente alzato in piedi, e lo fissava con palese irritazione, la mano poggiata sull'impugnatura della spada: «Tu sei un ufficiale, romano, e io ti devo rispetto, ma tu devi guardarmi quando ti parlo, e non devi interrompermi. E non devi nemmeno insultare il mio popolo».

Anche Vitalio, allarmato, si era levato in piedi e guardava ansiosamente verso il suo comandante, incerto su cosa dovesse fare. Metronio, comunque, non era tipo da cederla facilmente. Si alzò a sua volta e replicò con durezza: «Ehi! Datti una calmata, capito? E ricorda che...».

Tenendo lo sguardo fisso su Maliban, Sebastiano tese la mano a interrompere l'amico. «Smettila, Metronio!» ordinò. Conosceva abbastanza l'orgoglio smisurato e l'impulsività degli alani per essere seriamente preoccupato dall'irritazione di quel valoroso guerriero. Il gallo-romano volle protestare: «Ma questo...».

«Basta!» il tono di Sebastiano si era fatto durissimo, adesso.

«Abbiamo una missione troppo importante per permetterci di litigare fra noi, e per certe sciocchezze, per di più! Qui non si dubita di nessuno e non si offende nessuno, è chiaro?»

Metronio sembrò esitare per un attimo, come combattuto fra impulsi diversi e contrapposti, poi scrollò le spalle. «Ma sì, certo!» esclamò; quindi, volgendosi al soldato, allargò le mani in atteggiamento conciliante: «Via, Maliban, dicevo tanto per dire, stavo solo scherzando. Non dubiterei mai di te, né vorrei mai offendere te o la tua gente».

Annuendo gravemente, l'alano allontanò la mano dalla spada. In quel momento, Vitalio puntò l'indice verso il mulino e annunciò: «Divicone! Laggiù: sta tornando!».

Si portarono tutti sul sentiero. Divicone arrivò lasciando che il suo cavallo trotterellasse senza fretta. I suoi occhi brillavano di intima soddisfazione. Appena fu accanto a loro, Sebastiano, le mani sui fianchi, lo interrogò: «Dunque? Cos'hai concluso? Quand'è che incontreremo i tuoi amici?».

Il bagaudo assunse un'aria sorniona: «Ho chiesto un'assemblea dei capi di tutte le bande della regione, ma il quando non te lo so proprio dire, Prefetto».

«Saprai almeno il dove.»

Divicone sorrise: «Non temere, li vedrai presto. Non dobbiamo fare altro che proseguire su questa strada, che si addentra nel loro territorio. Prima o poi, saranno loro a trovare noi».

4

Il giorno dopo, il paesaggio attorno a loro cambiò nuovamente. Si trovarono ad avanzare su un terreno molle e desolato, una prateria in cui non si vedevano tracce di presenza umana, inframmezzata da frequenti stagni circondati da canneti e folte macchie di ontani. Presto si trovarono in una vera palude, nella quale il solo Divicone sembrava in grado di orientarsi. Gli zoccoli dei cavalli affondavano nel terreno pesante e il sentiero che percorrevano, in alcuni tratti, si stringeva a tal punto da costringere Sebastiano e i suoi compagni a procedere in fila indiana, circondati dalla fitta sterpaglia e dalle acque stagnanti, in mezzo alle quali solo piccoli ponti di tronchi marcescenti consentivano di passare da un isolotto all'altro. Poco prima del tramonto una leggera foschia si distese su quello scenario deprimente, ma tutt'altro che disabitato: di quando in quando, potevano udire il tonfo prodotto dal tuffarsi di un'anatra, o l'improvviso, frenetico battito d'ali di una coppia di cigni che, senza prestare loro attenzione, volava a pelo d'acqua, tutta presa dai suoi giochi d'amore, o il canto di piccoli uccelli che nidificavano tra i canneti. Sciami di minuscoli insetti si libravano nell'aria e, al passaggio dei cavalli, grossi ramarri dai magnifici colori correvano a rifugiarsi nella sterpaglia. Rauco, nel cielo, si levò più volte il grido della poiana.

Anche se Divicone sembrava procedere sicuro in quel fradicio labirinto, Sebastiano cominciava a preoccuparsi. «Finora i tuoi amici non si sono fatti vivi, e fra poco sarà buio» osservò, rivolto al bagaudo. «Spero che tu sappia dove ci stai portando.»

L'altro gli rispose senza voltarsi: «C'è un capanno poco più avanti. Potremo accamparci lì».

Gli fece eco, da dietro, la voce di Metronio: «Che bello! Un bivacco nella palude! Le zanzare ci mangeranno vivi».

Divicone si astenne dal replicare. Proseguirono fino al tramonto. Il silenzio della sera si era già disteso sulla palude quando il bagaudo, come sempre in testa, si fermò accennando col mento davanti a sé. «Ecco!» disse. «È laggiù, vedete?»

Definire un capanno la costruzione che sorgeva su una piccola balza a una cinquantina di passi da loro era un vero azzardo: in realtà era un tugurio tutto sbilenco, fabbricato con canne e frasche tenute insieme con fango essiccato. Fermando il cavallo, Metronio domandò: «Vuoi dire che stanotte dovremmo dormire lì?».

Divicone annuì: «È abbastanza comodo, meno brutto di come sembra visto da qui. Io vi ho dormito molte volte. E comunque è l'unico posto coperto che possiamo trovare per molte miglia, a meno di dormire tra gli alberi. Credetemi: non c'è qua attorno un luogo migliore per accamparci».

«Ed è proprio per questo che noi andremo altrove» replicò seccamente Sebastiano.

«Che vuoi dire?» domandò Metronio accennando col capo al bagaudo. «Temi che questo mezzo monaco ci abbia condotti in una trappola?»

«No, non è questo. Mi fido di lui, ma non altrettanto dei suoi amici.»

Divicone, girato per tre quarti sulla sella, gli rispose con l'abituale pacatezza: «Non devi dubitare, Prefetto. L'uomo a cui mi sono rivolto per mettere sull'avviso i bagaudi di questa zona è quasi un fratello per me».

«Sarà come tu dici, ma io preferisco prendere qualche precauzione.»

Metronio assentì. «Concordo in pieno, ma a questo punto sorge il problema di trovare in tempi brevi un luogo adatto per accamparci.»

Divicone, fatto girare il cavallo, si avvicinò, riflettendo. «Se questo posto non vi va, potremmo spostarci laggiù» indicò un altro isolotto una cinquantina di passi più avanti, separato da quello del capanno da un breve tratto di acqua stagnante.

«Lì sono tutti alberi» obiettò Sebastiano.

«No. Dietro c'è una piccola radura: uno spazio appena sufficiente per accogliere i cavalli e il vostro bagaglio. Il terreno però è umido, vi avverto.»

Guardando nella direzione indicata, Metronio si massaggiò la barba di tre giorni. «Be', sì» disse rivolto a Sebastiano, «potrebbe anche andare, ma se ciò che temi è una sgradita visita notturna, per la nostra sicurezza non farebbe molta differenza. La presenza dei cavalli sarebbe facilmente notata. La cosa migliore sarebbe lasciarli al capanno: se verranno dei malintenzionati, penseranno che siamo dentro anche noi e non guarderanno troppo in giro.»

«Questa è un'ottima idea» approvò Sebastiano. «Faremo dei turni di guardia, prestando un'attenzione particolare ai cavalli.» Si volse quindi ai due soldati, ordinando loro di andare a dare un'occhiata sia al capanno sia all'altro isolotto.

Mentre Vitalio e Maliban spingevano i cavalli nelle acque stagnanti, Divicone scosse il capo con espressione di disappunto: «È male che non vi fidiate. La diffidenza origina spesso dalla cattiva coscienza».

Non desiderando entrare in polemica con lui, né tanto meno giustificarsi, Sebastiano preferì rivolgergli una domanda: «Come si chiama questo tuo amico che dovremmo incontrare?».

«Ambarro.»

Quel nome al prefetto non poteva dir nulla, ma Metronio, che aveva partecipato alla guerra bagaudica, interrogò ancora il bagaudo: «Ambarro il Barbuto?».

«Sì: lo chiamano così.»

«Ha molta gente al suo comando?» domandò Sebastiano.

Gli rispose Metronio: «Nessuno comanda veramente, fra i Bagaudi. Eleggono i loro capi e, quando non credono più in loro, li destituiscono da un giorno all'altro».

Divicone confermò: «È così: è stato scelto per guidarli in assenza di Eudossio».

«Come vuoi, ma quanti sono?»

Il bagaudo sorrise compiaciuto: «Da qui ad Avaricum, diverse migliaia».

«Speriamo» commentò Sebastiano «che si faccia vedere domani.»

Dal capanno, Vitalio gridò che tutto era in regola, e poco dopo anche Maliban, dall'isolotto, con coerenti gesti delle braccia mandò segnali analoghi. Si fece dunque quanto Metronio aveva suggerito: tutti raggiunsero il capanno, alleggerirono i cavalli delle loro some, si caricarono di quanto potevano portare e a piedi, immergendosi nell'acqua fino alle ginocchia, raggiunsero l'isolotto. Accesero il fuoco al riparo degli alberi e mangiarono, circondati dall'oscurità e quasi assordati dal gracidio delle rane. Infine, avvoltolati nelle coperte, si distesero alla meglio, là dove ciascuno era riuscito a trovare un pezzo di terra meno umido. A Maliban toccò il primo turno di guardia. Tranquillamente, prese con sé arco e faretra e andò ad appostarsi tra gli alberi, sistemandosi tra i tronchi bipartiti e contorti di un vecchio salice.

Molte ore dopo, fu Metronio a svegliare uno per uno i suoi compagni, scuotendoli con forza. «C'è qualcuno vicino al capanno. Hanno delle torce» sussurrò a Sebastiano.

Il nitrito d'allarme di uno dei cavalli venne a confermare le sue parole. D'un balzo, con le armi pronte, furono tutti sul limitare degli alberi. Maliban, unico arciere del gruppo, si posizionò accanto a Sebastiano, con una freccia già incoccata nel suo arco. Due figure munite di torce avanzavano cautamente nell'acqua, illuminando di una luce rossastra, nel buio della notte, le pareti di frasche del capanno e i cavalli che, inquieti, si agitavano nelle loro pastoie. Altre ombre, alle quali fuggevolmente le fiamme davano corpo, si avvicinavano da varie direzioni avanzando tra la sterpaglia o nella palude. Sebastiano e i suoi videro alcuni degli ignoti visitatori sciogliere i cavalli e spingerli via: mentre gli animali si allontanavano diguazzando nell'acqua putrida, le torce furono lanciate a spiovere sul tetto di giunchi della costruzione. Ma alla luce dell'incendio che ne seguì, le figure degli assalitori – Sebastiano ne contò rapidamente sei – risultarono subito ben distinguibili.

«Vai!» ordinò a Maliban, con un secco bisbiglio. L'alano tese il suo arco, e il riverbero delle fiamme, insieme alla luce lunare, lo aiutò a riconoscere i possibili bersagli. La freccia che scagliò andò a colpire quello dei due bagaudi che conduceva i cavalli, che si trovava più lontano dai compagni. L'uomo aveva già raggiunto la terraferma e stava entrando nell'oscurità, ma era ancora visibile perché procedeva affiancato dal roano di Metronio, che aveva un mantello molto chiaro, accarezzato in quel momento dalla luce lunare; i cavalli che lo seguivano, d'altro canto, lo nascondevano alla vista dei suoi amici. Essi, dunque, non poterono vederlo quando si afflosciò nell'erba alta; se gridò, non lo udirono. Pochi secondi dopo, il compagno che lo seguiva, colpito a sua volta, cadde con un tonfo nell'acqua. L'uomo a lui più vicino, che si trovava a pochi passi dal capanno, si voltò, corse verso i compagni e lanciò un grido d'allarme, che però subito gli si strozzò nella gola, trafitta dal terzo dardo di Maliban. A quel punto Sebastiano lasciò il riparo degli alberi, entrò nell'acqua e si lanciò in avanti con la spada in pugno, seguito dai suoi compagni, con la sola eccezione di Divicone, che rimase dov'era. I tre aggressori ancora in piedi tardarono a rendersi conto di quanto stava avvenendo. Appena Metronio raggiunse l'isolotto, uno di loro tentò di opporglisi con un'ascia, ma il romano lo spacciò con un fendente prima che potesse calare la sua arma; un altro, dopo un attimo di esitazione, lasciò cadere lo stocco che impugnava e accennò un tentativo di fuga, ma fu infilato dalla spada di Sebastiano. Un terzo si gettò nell'acqua e fuggì sciaguattando in direzione della boscaglia. «Prendetelo vivo!» gridò il prefetto, fermando con una mano Maliban, che già stava tendendo nuovamente il suo arco micidiale.

Vitalio raggiunse l'uomo in quattro salti e con un tuffo lo avvinghiò alla vita, trascinandolo nell'acqua. Ingaggiarono una breve lotta, poi l'uomo, mezzo annegato, si arrese. Vitalio lo condusse allora all'asciutto, vicino a ciò che restava del capanno: poche assi atterrate, che il fuoco finiva di divorare. Lì lo aspettavano i suoi compagni, ai quali si era ora unito Divicone, che appariva invero più sconfortato che spaventato. Guardando il prigioniero – un uomo sui quarant'anni, magro quasi come lui ma con una lunga barba – proruppe: «Eucherio! Perché avete fatto questo? Volevi dunque assassinarmi?».

L'altro non gli rispose. Guatava invece con occhi preoccupati, che apparivano enormi nel suo volto smagrito, coloro che lo avevano catturato. Rinfoderata la spada, Metronio lo sospinse rudemente contro un giovane ontano: «Bastardo! Volevate arrostirci vivi, eh? Ma vi è andata male e adesso te la vedi brutta, amico!».

Sebastiano, mandati Maliban e l'infradiciato Vitalio a riprendere i cavalli, concentrò la sua attenzione sul bagaudo. «Eri tu che guidavi il gruppo?» gli domandò. Quello non rispose. Metronio, senza esitare, si chinò a raccogliere un tizzone ardente tra le rovine del capanno e, inchiodando con una mano l'uomo contro il tronco dell'albero, glielo spinse davanti al volto. Il bagaudo, investito da vicino dal calore della fiamma, gridò di terrore e si divincolò vanamente. «Senti, bello mio!» ringhiò Metronio, con una ferocia che sorprese lo stesso Sebastiano. «Vedi di rispondere, e anche in fretta, se non vuoi che ti bruci questa faccia da beccamorto che ti ritrovi, hai capito?»

Voltando la testa per sfuggire alla fiamma, l'uomo gridò che no, non era stato lui a guidare il gruppo, e indicò il corpo di un suo compagno, semisommerso e impigliato tra le ramaglie di un vimine. In due passi Divicone gli si accostò e lo rivoltò; raddrizzandosi subito con un'espressione di profonda tristezza, pronunciò mestamente il nome dell'uomo: «Bassiano!».

Sebastiano, traendo indietro con una mano il braccio di Metronio, che ancora sventolava il tizzone in faccia a Eucherio, tornò a interrogare quest'ultimo: «È stato Ambarro a mandarvi?».

L'uomo lo guardò con l'aria di essere incerto sulla risposta. Divicone, che era tornato ad avvicinarsi, rispose per lui. «Questo è impossibile. Ambarro avrebbe aspettato l'assemblea. Non avrebbe mai tradito le leggi della Bagaudia, e comunque sarebbe venuto di persona.»

Sebastiano incalzò il prigioniero: «Dunque? Parla, o lascerò che questo mio compagno, qui, ti bruci come tu volevi bruciare noi».

Rivolta un'ultima occhiata preoccupata a Metronio, il bagaudo si decise. «È stata una sua idea» rispose accennando in direzione del corpo di Bassiano. «Appena ha saputo che stavate arrivando, ha pensato di... insomma... voleva impedirvi di arrivare alla riunione.»

«Ordini di Eudossio?»

L'uomo trasalì, fissando Sebastiano con rinnovato allarme.

Metronio lo schiaffeggiò con forza. «Hai sentito?» gridò. «Rispondi, testa di somaro!»

Scrollando il capo, il bagaudo assentì: «Sì, ordini di Eudossio».

«Dunque, Eudossio sa che siamo qui con Divicone?»

Tornando a fissarlo, Eucherio rispose a denti stretti: «No, non proprio, insomma. Ma aveva immaginato che Divicone voleva tradirlo e ha mandato ad avvertire Bassiano di vigilare».

Divicone fece un passo avanti. «Tradirlo?» sbottò indignato. «Io tradire? È lui che ha tradito la legge della Bagaudia, e la fede in Nostro Signore, anche! I Bagaudi non hanno mai fatto comunella con i nemici del Cristo!»

Senza prestargli ascolto, Sebastiano domandò al bagaudo dove si nascondesse Eudossio. Quello scosse il capo con energia. «Non lo so. Forse Bassiano lo sapeva. Io non so niente.»

Metronio, che ormai aveva gettato ciò che restava del tizzone, afferrò il bagaudo per la giubba di lino e lo scrollò rudemente. «Ma certo che lo sai! Avanti, sputa: dov'è quell'assassino?»

Eucherio gli afferrò i polsi, cercò di liberarsi, e allora Maliban, che nel frattempo aveva riportato i cavalli insieme a Vitalio, gli passò dietro, lo afferrò saldamente per le braccia e gliele immobilizzò dietro la schiena. Metronio lo schiaffeggiò di nuovo, ingiungendogli tra le imprecazioni di dire la verità, che era meglio per lui. Ciononostante, il bagaudo, che sanguinava dal naso e aveva un labbro spaccato, continuò a gridare con quanto fiato aveva in gola: «Non lo so, vi dico! Giuro che non lo so!».

Sebastiano lo fissò per un lungo momento, poi, sospirando, si trasse indietro, e a malincuore anche Metronio fece altrettanto. «Che facciamo di lui?» domandò.

«Credo che non abbia più altro da dirci, e non possiamo tirarcelo dietro. Sarebbe un peso inutile. Uccidetelo e facciamola finita.»

Divicone si frappose di slancio a difesa dell'ex compagno: «No! Aspetta! Non puoi farlo. Sta scritto: *Non adirarti contro gli empi*, e anche che *Chi di spada ferisce...*».

Metronio lo respinse lontano. «Ma sta' zitto, menagramo!»

Divicone accennò a slanciarsi nuovamente per fermarlo, ma Vitalio lo afferrò per un braccio e lo trasse indietro con forza. Metronio, tratta la spada, stava già preparandosi a colpire il bagaudo, quando questi, con voce piena di terrore, gridò: «No! Nooo! Non uccidetemi. Lasciatemi in vita e vi dirò dov'è Eudossio. Lo so! Lo so, vi dico!».

«E allora parla!» gli intimò Metronio afferrandolo per i lunghi capelli, senza rinfoderare la spada. Sebastiano, che di nuovo gli si era accostato, lo interrogò con minor furia. «Dunque? Bada che la tua vita o la tua morte dipenderanno da ciò che stai per dirci.»

Nel rispondere, il bagaudo non staccò un momento lo sguardo dalla lama di Metronio. «È ad Aureliana... È entrato come un profugo poco prima dell'assedio...»

«E perché?»

«Lui deve...» inghiottì «lui cercherà di aprire le porte per fare entrare gli Unni.»

I due ufficiali si scambiarono uno sguardo carico di allarme. Sebastiano domandò ancora quanta gente Eudossio avesse portato con sé per tentare quell'impresa.

Tormentato da Metronio, che, artigliandolo per i capelli, gli tirava indietro la testa e gli pungeva la gola con la sua lama, Eucherio rispose con voce strozzata: «Non so esattamente, ma Bassiano mi aveva detto che dovrebbero essere una trentina, divisi in piccoli gruppi per non dare nell'occhio».

Divicone, che Vitalio aveva ora lasciato nuovamente accostare, confermò: «Non mi sorprende. Anzi, è proprio quello che temevo. Lo abbiamo...» si interruppe levando gli occhi al cielo, quasi a implorare il perdono celeste, e sospirò. «Lo abbiamo già fatto in altre città. Un gruppo entra per tempo, si mescola tra i volontari, si fa assegnare al controllo di una porta e... il gioco è fatto. Se ciò non è possibile, si cerca di demoralizzare la gente, di far serpeggiare lo sconforto, la paura di mali peggiori, per convincerla alla resa, e magari si provvede ad assassinare i più valorosi, i capi più capaci... Sì: è così che lavora, lui.»

Quelle sue ultime parole agghiacciarono Sebastiano. Ordinò ai due soldati di legare il prigioniero, quindi con Metronio gli volse le spalle e si allontanò di qualche passo, riflettendo sulle gravissime informazioni che aveva appena acquisito. Pulendosi istintivamente sulla tunica la mano che aveva afferrato i capelli di Eucherio, Metronio gli domandò: «Bene. Immagino che questo cambierà un poco i nostri progetti. Non è così?».

«Altroché.»

«Cosa pensi di fare?»

Appoggiandosi con una mano al ramo di un albero, Sebastiano corrugò la fronte: «Prima di tutto c'è l'assemblea. Se avremo contro i bagaudi della Loira, sarà impossibile anche entrare ad Aureliana. Spero solo che Divicone riesca a convincerli».

«Lo credo bene, perché, se non ci riuscirà, le nostre vite non varranno un *quadrante.*»

«Se però ci riuscirà, dovremo dividerci: io devo raggiungere assolutamente Aureliana e fermare Eudossio, perciò toccherà a te rimanere con loro, organizzarli al meglio e portarli poi da Ezio.»

«Oh! Una cosa da nulla, figurati!» commentò con sarcasmo Metronio, tutt'altro che entusiasta dell'incarico affidatogli. «Davvero, non so proprio cosa il *Magister* si aspetti di ricavare da questi banditi: hai appena avuto un saggio delle loro capacità militari. Comunque, avremo modo di parlarne ancora. Per intanto, torno a chiederti: che ne facciamo di quello?»

Sebastiano esitò: «Ho dato la mia parola...».

«Stai celiando, spero! Quello è un tagliagole da strada, un vigliacco che veniva di notte per arrostirci vivi. Che vuoi che valga la parola data a uno così? Sta' sicuro che, se le parti si invertissero, lui non esiterebbe a tradire la propria. Liberare il mondo della sua presenza è opera meritoria, credimi.»

Accanto a loro si delineò dal nulla, nell'oscurità appena attenuata dall'alba incipiente, la figura di Divicone. Il bagaudo li aveva raggiunti silenziosamente e doveva aver colto almeno le ultime parole di Metronio. «Lasciatelo in vita!» suggerì col suo tono pacato. «Potrà tornarci utile: lo porteremo con noi, e se sarà necessario lo costringeremo a ripetere la sua confessione all'assemblea. Ciò darà maggior rilievo alle mie parole e varrà a squalificare Eudossio.»

Colpito dal sottile acume politico di Divicone, Sebastiano annuì. «Quest'uomo ha ragione, Metronio. Porteremo con noi quel bagaudo. Bisognerebbe però ritrovare il suo cavallo. Sarà qua attorno insieme con quelli dei suoi amici.»

Divicone lo rassicurò: «Credo che i tuoi soldati ne abbiano riportato qualcuno».

Sebastiano, accigliato, lo squadrò brevemente con lo sguardo: forse solo in quel momento, dopo aver udito le rivelazioni del prigioniero, si rendeva davvero conto del ruolo decisivo che quell'uomo strano e all'apparenza insignificante, mezzo monaco e mezzo bandito, poteva rivestire nei tragici avvenimenti in corso nelle Gallie, e dunque anche dell'importanza della propria missione. Si riscosse. «Benissimo» rispose. «Allora il nostro Eucherio verrà con noi.»

Levò lo sguardo al cielo che andava schiarendosi e batté con la mano sulla spalla di Metronio: «Ormai è quasi giorno e di sicuro non si dorme più. Tanto vale metterci in cammino. Prepariamoci!».

5

Uscirono dalla palude poche ore dopo, entrando in una regione dal terreno ondulato e argilloso, ugualmente desolato e ancora infiltrato dalle acque, ma nel quale cominciava a manifestarsi la presenza dell'uomo. Avanzavano sotto il cielo terso in un territorio stepposo, su sentieri dove la terra rossastra sembrava sfarinarsi sotto gli zoccoli dei cavalli, costeggiando spesso lunghi calanchi, in fondo ai quali scorrevano lenti rigagnoli o stagnavano acque putride circondate da grovigli di giunchi. Tuttavia, cominciavano a scorgere piccole greggi pascolare nella prateria, case di pastori e anche qualche borgo dall'aspetto triste e dimesso, che peraltro Divicone aggirava con cura. Incontrarono pochi viandanti, che generalmente, alla vista delle spade che pendevano loro al fianco, acceleravano l'andatura e rispondevano a mezza bocca, spaventati, all'affabile saluto del bagaudo. Nel pomeriggio, giungendo in vista di un trivio nel quale sorgeva, diroccata e circonfusa di mirto, l'antica edicola votiva di un culto pagano, scorsero due uomini in evidente atteggiamento di attesa; costoro, appena si avvidero del loro sopraggiungere, montarono prontamente a cavallo.

«Bene» disse Divicone. «Che vi avevo detto? Sono venuti a prenderci.»

Sebastiano, temendo altre sorprese, avvertì tutti di tenersi all'erta. Poco dopo li ebbero di fronte. Il tribuno li valutò in un attimo: entrambi robusti, sulla trentina, erano armati di spade; uno di loro aveva sulle spalle un mantello militare, l'altro teneva appeso all'arcione uno scudo rotondo, di quelli usati dalla cavalleria ausiliaria. Probabilmente si trattava di disertori. Divicone li conosceva entrambi, e levò la mano a salutarli: «Salve Baudelio! E anche a te, Marziano, salve!».

«Salute a te, Divicone» gli rispose quello col mantello. «E anche ai tuoi amici.»

Sebastiano fermò il cavallo e rispose con un semplice cenno del capo, ma accanto a lui Maliban teneva già una freccia incoccata, e gli sguardi di entrambi i bagaudi si spostarono inquieti da questa al loro compagno, il quale, con i polsi legati, non faceva molto per nascondere la propria condizione di prigioniero. Quello col mantello interrogò Divicone: «Che ci fa con voi Eucherio? Perché l'hanno legato a quel modo?».

Udendo le spiegazioni dell'ex monaco, i due si accigliarono. Quello con lo scudo esaminò i quattro compagni di Divicone con un'occhiata stupefatta e non priva di un certo apprezzamento, poi osservò che, se Eucherio aveva violato le leggi della Bagaudia, all'assemblea se la sarebbe vista brutta. A quel punto, Sebastiano lo interruppe con impazienza: «Ecco, appunto: l'assemblea. Immagino che siate qui per farci da guida, no?».

Gli rispose quello col mantello: «È così, infatti».

«Allora che aspettiamo?»

Colto di sorpresa dal suo tono irritato, il bagaudo si raddrizzò sulla sella, annuì e fece voltare bruscamente il cavallo. «Seguitemi!» disse dando di sprone.

Al seguito di quelle due guide, Sebastiano e i suoi compagni si avviarono su una delle stradicciole che s'intersecavano al trivio e procedettero ancora per un lungo tratto attraverso la campagna. Poi furono condotti su per un dolce pendio, oltre il ciglio del quale si apriva in un largo vallone stepposo, forse il letto di un antico fiume ormai scomparso o deviato dall'uomo. Quando ebbero raggiunto e risalito l'argine opposto, entrarono in una zona di fitta macchia, dove il sentiero, tra arbusti di more, biancospini ormai in piena fioritura e odorosi sambuchi, divenne presto tortuoso e si restrinse al punto da costringerli a procedere in fila indiana. Sfociarono infine in un'ampia radura in cui si affollavano decine di persone, radunate tra alti muri diroccati, che a un esame più ravvicinato si rivelarono essere le pareti di un'antica *villa*, certamente distrutta in un passato non troppo recente da qualche incursione di barbari, se non degli stessi bagaudi. Tra le erbacce appariva la pavimentazione a mosaico, con disegni geometrici o scene di caccia, che rappresentavano improbabili pantere intente all'inseguimento di daini fuggenti. Molti bagaudi, che evidentemente avevano atteso nell'erba o tra le rovine, si alzarono in piedi all'arrivo dei nuovi venuti e li accostarono osservandoli con viva curiosità. Procedendo lentamente in mezzo a loro sul suo cavallo, Sebastiano li studiava a sua volta, constatando con sollievo che, se il loro atteggiamento non poteva certo dirsi cordiale, non appariva nemmeno aggressivo. Col suo occhio esperto, si sforzava di valutare coloro che gli si stavano stringendo attorno anche sotto l'aspetto delle capacità militari, giacché quelli erano, dopotutto, gli alleati che Ezio cercava di conquistarsi per suo tramite, ma doveva riconoscere che v'era fra loro una tale varietà di tipi umani da rendere arduo formulare qualunque giudizio definitivo sulla loro affidabilità come combattenti; alcuni, robusti come querce, avevano sguardo diritto e quell'elasticità felina nel passo e in genere nei movimenti che è tipica di chi è aduso alle armi; altri, e non pochi invero, sembravano più dei semplici bifolchi, animali da fatica, e altri ancora davano l'impressione di caricature d'uomini: smunti e contorti nel fisico, guatavano i nuovi venuti con sguardo diffidente, quando non apertamente ostile. I più indossavano abiti da contadino, ma non mancavano brache, tuniche e gambali militari, o clamidi finemente intessute che dovevano aver rivestito, in passato, più nobili spalle. Non tutti portavano armi, ma Sebastiano poté rapidamente fare di quelle che c'erano un sommario e scoraggiante inventario: poche le spade e le lance di fabbricazione militare, molti invece i coltelli, le roncole, le mazze ferrate e le asce da taglialegna. In mezzo a quella gente scorse anche non poche donne, alcune delle quali gravide, e qualche adolescente dallo sguardo sfrontato e beffardo. Al passaggio di Eucherio, che aveva i polsi legati, dalla folla si levavano esclamazioni di sorpresa e di protesta, e occhiate ostili si indirizzarono verso Maliban, nel quale i bagaudi avevano subito riconosciuto un alano. Lui, imperturbabile, spingeva avanti il cavallo nella ressa, tenendo lo sguardo fisso davanti a sé e senza mostrare nel viso alcun segno di preoccupazione, ma Sebastiano ebbe per un momento il timore che, a conferma delle preoccupazioni espresse da Metronio alla partenza, l'atteggiamento dei bagaudi potesse degenerare in violenza aperta. Con sollievo vide che un uomo, che aveva dietro di sé un piccolo seguito, si faceva avanti ad accogliere i nuovi venuti: era alto e corpulento, perfettamente rispondente alla descrizione che Divicone gli aveva fatto di Ambarro. Il suo volto, nel quale spiccava il naso forte, aquilino, era incorniciato da una imponente barba arricciata che gli scendeva fino al petto; i capelli, lunghi e brizzolati, gli scendevano sulle spalle in grande disordine, dandogli l'aspetto di un barbaro. Tipiche dei coloni delle campagne erano invece le sue brache a riquadri colorati e la casacca, munita di un lungo cappuccio. Lo sguardo dei suoi occhi verdi, sotto le folte sopracciglia, era vivo e penetrante, non facile da sostenere. Quando Divicone arrestò il cavallo di fronte a lui e balzò a terra, il suo volto accigliato si illuminò quasi d'improvviso. «Divicone! Amico!» proruppe tendendo di slancio le sue robuste braccia e stringendo l'ex monaco con una tale espansività che Sebastiano temette seriamente che quello ne uscisse stritolato. Allontanando poi da sé Divicone, l'uomo lo trattenne tuttavia per le spalle con la stretta ferrea delle sue mani enormi: «È un piacere riaverti fra noi» gli disse, squadrandolo come avrebbe fatto con un figlio che non vedeva da tempo o con una bella donna. «Le tue prediche piene di fervore ci sono mancate! Chi ci assolve dai nostri peccati, se tu non ci sei?»

Divicone scosse il capo con amichevole condiscendenza: «Il riscatto può venire solo dal pentimento e dalle buone opere, Ambarro, lo sai bene, e io sono venuto proprio per darti l'opportunità di compierne una».

Il capo bagaudo non disse nulla e rivolse finalmente la sua attenzione ai quattro romani, che valutò nello spazio di un secondo. Rispose con un semplice cenno del capo al saluto rivoltogli da Sebastiano, e subito il suo sguardo si concentrò su Eucherio, che, con le mani legate, stava a testa bassa tra Vitalio e Maliban. «Non mi piace vedere i miei uomini in questo stato» disse, facendosi estremamente serio. «Che è successo?»

Gli rispose Sebastiano, che era già smontato, pur non avendo ricevuto alcun invito in tal senso. «Lui e altri cinque suoi compagni ci hanno assalito la notte scorsa nelle paludi, mentre venivamo qui. Lui è l'unico superstite.»

Ambarro si volse a Divicone: «È vero?».

«Sì. Purtroppo, è evidente che qualcuno non voleva che venissi qui a parlare con voi.»

Accigliandosi, il capo dei bagaudi annuì con gravità. «Bene: ora ne hai l'opportunità.»

Appena Divicone ebbe fatto le presentazioni, Ambarro invitò gli altri nuovi arrivati a smontare e a seguirlo insieme a Sebastiano, precisando: «Non abbiate alcun timore: finché sarete qui, sarete ospiti della Bagaudia, e nessuno attenterà più alle vostre vite. E voi» aggiunse volgendosi bruscamente ad alcuni dei suoi «tiratemi giù quello scemo. Fra poco dovrà dirci molte cose».

Tenendo per il gomito l'ex monaco, ch'egli sopravanzava in statura di più di un palmo, si avviò con lui tra le rovine e si fece largo tra i bagaudi, raggiungendo così il grande riquadro erboso che doveva essere stato il peristilio della *villa*. Sebastiano e gli altri gli tennero dietro insieme con Eucherio, che ora i suoi stessi compagni sospingevano in avanti senza troppi complimenti. Ambarro si fermò al centro del giardino, dove spiccava, alta la metà di un uomo, l'antica statua di bronzo di un fauno dall'espressione irridente, al quale gli ignoti saccheggiatori della casa avevano brutalmente troncato una mano e la virilità. Con un largo gesto delle braccia, Ambarro invitò tutti a prendere posto, ma tenne Divicone alla propria destra, mentre Sebastiano, insieme con i suoi compagni, si sedeva poco lontano, su un grosso blocco di calcestruzzo – ciò che restava di un muro portante della casa – e praticamente di fronte all'assemblea.

Ambarro aprì la riunione dicendo ai suoi che Divicone, che era appena tornato dal campo di Attila, aveva chiesto la convocazione dell'assemblea dei capi perché aveva molte cose da dire ai suoi compagni. Aggiunse che gli uomini che accompagnavano l'ex monaco erano emissari del *Magister militum* dell'Impero, latori di un suo importante messaggio per tutti i Bagaudi della Loira.

Subito dopo, Divicone ebbe la parola: si alzò senza fretta, e con calma raggiunse lo spazio riservato agli oratori, giusto davanti al fauno. Parlò a lungo, raccontando del suo viaggio con Eudossio, del colloquio che avevano avuto con Attila, degli accordi intercorsi tra questi e il capo della Bagaudia. Poi si diffuse a raccontare delle atrocità commesse dagli Unni e dai loro alleati, con ancor più particolari di quanto aveva fatto in presenza di Flavio Ezio. Infervorato nel suo dire, si spostava di qualche passo, ora in questa, ora in quella direzione. Sebastiano fu colpito dalla sua eloquenza e constatò che essa sembrava toccare l'anima dei suoi ascoltatori, sui cui volti era facile leggere una crescente emozione: raccontò degli ostaggi massacrati nella Tungria, delle fanciulle che i turingi, dopo averle violate, avevano squartato legandole fra due cavalli lanciati in senso opposto, oppure incatenato a paletti piantati nei sentieri e fatte schiacciare dai carri, disse delle atroci uccisioni di bambini. «Perché questo» ammonì «è il segno, l'impronta che Attila lascia al suo passaggio: sangue, morte, distruzione!»

Raccontò, infine, del saccheggio di Divodorum: «Assassinarono tutti i sacerdoti davanti agli altari consacrati, rubarono ogni oggetto del culto, dagli ostensori ai calici della consacrazione, dai turiboli ai tabernacoli d'oro, e della gente che nelle chiese aveva creduto di trovare asilo e protezione fecero un'orrenda strage. Oh, fratelli miei, come vorrei che i miei occhi non avessero dovuto vedere tali nefandezze! E come vorrei non avere avuto parte alcuna in tali orrori! E invece no, fratelli! Non posso dire nemmeno questo. Perché fummo proprio noi bagaudi, sotto la guida di Eudossio e in accordo con quelli della Belgica, a far cadere la città, a guidare quei diavoli alla strage e al saccheggio!». Si batté con forza il petto, gridando con drammatica enfasi: «Mia colpa! Mia colpa! Mia grandissima colpa! Sì, fratelli, sì, compagni, e non dovete credere che siano stati solo i *clarissimi* a cadere sotto le loro spade insanguinate. No, non dovete crederlo, perché non è così, non è mai stato così. Essi – gli Unni, dico – non fanno distinzione alcuna tra ricchi e miseri, tra arroganti e miti timorosi di Dio, tra peccatori incalliti e servi di Nostro Signore: sono come un uragano che spazza ogni cosa al suo passaggio, sono demoni, dai quali altro non dovete attendervi se non violenza e oppressione, stragi e umiliazioni. Credetemi: coloro fra voi che si aspettano da loro la propria liberazione si illudono! Vi siete fatti bagaudi per non vivere da servi, ma proprio questo è il destino che vi attende se quei barbari prevarranno! E se ciò accadrà, a quel punto sarà inutile chiedere la ragione delle vostre pene, dei vostri supplizi, giacché questa è sempre incomprensibile: chi ha resistito, o soltanto ha protestato, viene bruciato o impalato, ma chi ha subìto, viene ugualmente ucciso tra i tormenti perché ha subìto. Essi ci considerano con occhio ancor meno benevolo di quello con cui noi guardiamo alle nostre bestie, giacché di solito le uccidiamo per una nostra necessità, mentre essi uccidono solo per il piacere di farlo. Ora capite perché io vi chiedo se non sia il caso di ritornare sulla nostra decisione. Approvammo infatti le proposte di Eudossio perché tutti, qui, speravamo che gli Unni ci aiutassero a conquistare la libertà, mentre ormai è certo che essi vogliono soltanto fare di noi degli schiavi».

Il sole era ormai tramontato dietro lontane colline, e alcuni ragazzi già avevano acceso delle fiaccole, la cui luce ondeggiante proiettava curiosi bagliori sui volti di tutti i partecipanti alla riunione e sui muri scrostati, dove qua e là erano ancora visibili gli avanzi degli affreschi. Le parole di Divicone avevano destato una profonda impressione, ma un uomo allampanato, con lunghi baffi neri, si levò bruscamente in piedi e, puntandogli contro l'indice, gridò: «Tu accusi Eudossio di essere nemico della sua gente, ma lui non è qui a difendersi. È sempre stato il nostro capo, un grande capo, vi dico, e non sarò certo io a tradirlo».

«Ma non capisci» replicò Divicone «che lui ha tradito noi? Aspetti forse di sentire sul collo il tallone dell'unno per comprendere l'errore che abbiamo commesso? Eudossio non è più quello che conoscevate. Vivendo fra quegli assassini, è diventato un nemico di Dio, barbaro quanto e più di loro, al punto da violare le stesse leggi della Bagaudia tentando di sopprimermi affinché non venissi qui a dirvi la verità. Eucherio può confermare le mie parole: non avete che da domandarglielo.»

Ambarro stesso si incaricò di interrogare rudemente il prigioniero, il quale, spinto di fronte alla platea dei compagni, confermò senza reticenze le affermazioni di Divicone, raccontando più o meno le stesse cose che già aveva riferito a Sebastiano. «Dunque» disse allora il monaco, mentre Eucherio veniva allontanato «vedete bene, amici, che ho detto il vero. Eudossio, ormai, è fuori dalla Bagaudia!»

Un altro bagaudo, dal fondo della platea, si alzò a rimbeccarlo con furia: «No! Tu sei il traditore! Tu hai violato le nostre leggi! La decisione era già stata presa, e ora tu approfitti dell'assenza di Eudossio per pugnalarlo alla schiena e rimettere tutto in discussione!».

Esplose una serie di contestazioni, piccoli alterchi si accesero qua e là tra la folla, e ci fu anche un breve tumulto, per sedare il quale Ambarro, che per fortuna disponeva di una voce tenorile, dovette fare ricorso a tutta la propria autorità, e non senza allungare qualche ceffone. Appena ritornò un minimo di calma, si levò in piedi un uomo corpulento, con il cranio rasato e il volto che pareva intagliato nel granito. Infilando i pollici nel cinturone di cuoio, osservò: «Ma se anche tu dici il vero, non capisco che cosa noi possiamo fare per contrastare gli Unni. Si dice che siano più di centomila, forse il doppio. Sono magnifici arcieri, hanno belle armi e splendidi cavalli, e noi cosa dovremmo fare? Combatterli con questi?» sollevò ed esibì il suo bastone chiodato, suscitando risate e commenti di approvazione. «E per cosa poi? Ezio è il nostro peggior nemico. Avete già dimenticato cosa hanno fatto da queste parti i suoi soldati due anni fa? No, amici, io non rischierò la pelle per lui, e nemmeno per difendere le *villae* dei *clarissimi*.»

A quel punto, Sebastiano si alzò dal basamento e chiese la parola. Un mormorio di sconcerto si levò dalla folla dei bagaudi, ma Ambarro invitò tutti al silenzio e gli accennò con la mano che poteva parlare. Mentre Divicone si sedeva nell'erba, incrociando le braccia sopra le ginocchia, il prefetto si portò con calma al centro dell'assemblea. Attento a non sembrare supponente e a non lasciare trasparire le sue stesse perplessità, disse ciò che doveva dire, riferendo le promesse di Ezio: «Divicone ha ragione, l'invasore che sta arrivando non è come tutti gli altri barbari che lo hanno preceduto in passato: non cerca solo preda, vuole il vostro annientamento, e lascia solo morte e deserto dietro di sé. Ma non dovete credere che sia invincibile. In Sapaudia ho visto i Burgundi resistere valorosamente agli Unni, e sopraffarli in più occasioni. Sono gente abominevole e feroce, questo è vero, ma non sono affatto imbattibili. Il *Magister militum* sta avanzando dalla Narbonense col suo esercito, e di fronte a questo comune nemico chiama sotto le sue insegne tutti coloro che, nelle Gallie, sono in grado di impugnare un'arma e combattere. I Visigoti, gli Alani, i Sassoni, i Franchi saranno con lui, volete dunque che siano solo i barbari a combattere per la vostra terra e per la vostra sopravvivenza? In realtà, battendovi avete tutto da guadagnare e niente da perdere, poiché, se gli Unni prevarranno, potete già considerarvi tutti morti, se invece li vinceremo in battaglia e li cacceremo dalle Gallie, sarete ricompensati col perdono e, per chi vorrà, con la sicurezza di un futuro. Per come la vedo io, non dovreste avere dubbi su cosa sia meglio per voi».

Tornò a sedersi, convinto di avere perorato al meglio la propria causa, confortato anche dall'occhiata di approvazione di Metronio. Ma le cose erano più complicate di come aveva immaginato. Le sue parole, infatti, diedero il via a una serie di interventi di tenore contrastante. Non tutti infatti si lasciavano sedurre dalle proposte di Flavio Ezio: la vita del colono sulle terre del demanio era assai dura, e molti fra i presenti si erano dati alla macchia proprio per sfuggire allo spietato sfruttamento di intendenti ed esattori; al tempo stesso, ancor meno attraente risultava per molti la prospettiva del servizio militare, anche nei reparti *castrensi*, destinati a presidiare le città. In realtà, se una cosa accomunava tutti i bagaudi, questa era proprio la refrattarietà a ogni forma di disciplina. Quanto al perdono – obiettò qualcuno – era una bella cosa, ma aveva poco significato se non si accompagnava al pane e magari al companatico. E non mancarono nemmeno alcuni che presero apertamente le difese di Eudossio, manifestando verso le autorità romane un rancore inestinguibile, che scaturiva da incredibili sopraffazioni subite in passato.

La faccenda andava per le lunghe. Incontrando lo sguardo di Divicone, Sebastiano vi lesse a un tratto uno sgomento che lo sconfortò. La sua attenzione si accentrò allora su Ambarro, che non aveva ancora parlato. Tuttavia dovette ascoltare ancora diversi interventi contrastanti, spesso incoerenti o vanamente recriminatori, prima di vederlo alzarsi e prendere la parola. In pochi passi il bagaudo si portò davanti al fauno, e subito il silenzio scese sulla platea degli ascoltatori. «Io non so» esordì «quanti di noi siano veramente interessati alle proposte di Flavio Ezio. Per quanto mi riguarda, io non intendo fare né il soldato né il colono. Io voglio semmai una terra mia, su cui lavorare per me e per i miei figli, che non sono pochi, come sapete!»

«Per forza: con tutte quelle mogli!» sbottò una voce da qualche parte nella platea, suscitando un coro di risate. Ambarro sorrise compiaciuto, ma tacitò colui che lo aveva interrotto con un ampio gesto della mano. «Io però» riprese «dico solo questo: Divicone ha ragione quando dice che la decisione che prendemmo, di aiutare gli Unni, fu presa senza sapere chi era quella gente. Io credo a quanto racconta, perché so ch'egli è incapace di menzogna. Voi lo sapete bene: io non sono certo un buon cristiano, e nella mia vita ho commesso iniquità di ogni genere, ma non ho mai profanato tabernacoli, e non ho mai ucciso un bambino. E allora vi dico che, se questi Unni sono nemici di Nostro Signore, ebbene io non starò dalla loro parte. Io non so cosa Eudossio abbia trovato in questo Attila, ma so che, se questo principe barbaro è un assassino di bambini, che uccide e spoglia i poveri al pari dei ricchi, be' allora io non combatterò per lui, ma semmai contro di lui. Soprattutto, se vuole venire qui a farla da padrone, peggio dei Romani e degli altri barbari che già abbiamo fra i piedi, allora io mi opporrò a lui con tutte le mie forze. Divicone ha detto bene: siamo diventati bagaudi perché volevamo essere liberi, e dunque non possiamo schierarci ora con chi vuole renderci nuovamente schiavi. Perché non si tratta solo di noi radunati qui, non si tratta solo dei bagaudi: molti di noi hanno familiari che nelle loro case, sui loro campi, nei villaggi, sono esposti al pericolo. E poi, c'è un'altra cosa. I contadini sono i nostri migliori amici: vogliamo lasciarli in balia di questi barbari? Anzi, vogliamo essere noi stessi a condurre gli Unni, armi alla mano, nelle loro case, che sono spesso le nostre case, per sgozzare i loro figli, ossia anche i nostri figli, le nostre mogli, le nostre sorelle? No, io dico: sarebbe follia. Ma non possiamo stare solo a guardare: se adesso gli Unni sono il nemico principale, dobbiamo cacciarli via. E se per cacciare questo Attila dovremo combattere, combatteremo, e se per combattere dovremo allearci con l'Imperatore, ebbene io sono disposto a farlo, e credo che tutti dovremmo farlo, perché se lasceremo che siano i nostri oppressori di sempre a battersi per noi, se permetteremo questo, ebbene, allora il disprezzo ch'essi ci hanno sempre riservato risulterà più che motivato, capite? D'altra parte, sappiamo tutti che l'esercito romano non è gran cosa a confronto dei barbari: i soldati di Roma sono molto bravi a fare i prepotenti con i contadini, ma quando hanno a che fare con i barbari, ah, allora è un'altra faccenda; vogliamo metterci allora solo nelle loro mani? No, anche questo sarebbe una follia.» Tendendo la mano, accennò in direzione di Sebastiano. «Questo ufficiale, però, mi pare un uomo onesto, ed è anche coraggioso, altrimenti non sarebbe venuto fin qui senza scorta: ha esposto la situazione chiaramente, senza inutili giri di parole. Il fatto che sia venuto qui per parlare con noi, il fatto, capite, che Ezio lo abbia mandato da noi con delle proposte, è più importante delle proposte stesse: vuol dire che i Romani sanno di non averci piegato, sanno di aver bisogno di noi, riconoscono che in questa regione siamo una forza.» Il tono della sua voce si alzò bruscamente. «Ebbene, io dico che anche gli Unni devono impararlo! Devono imparare che in casa nostra comandiamo noi. La libertà e la giustizia nessuno le regala, e come ho sempre rifiutato di strisciare davanti ai Romani, non lo farò di certo di fronte a questi barbari pagani che vogliono essere i nostri nuovi padroni. Che Attila se ne torni da dove è venuto! Cacciamo gli invasori! Siete d'accordo? Siete con me?»

A quelle ultime parole, pronunciate in un crescendo a effetto del tono di voce, la folla rispose con un boato di consensi. In molti si alzarono e avanzarono tra colonne e muri smozzicati, protendendo le armi, gridando e lampeggiando con gli occhi, quasi che già avessero di fronte i barbari. Sebastiano, insieme ai suoi compagni, si levò in piedi a sua volta, osservando con sollievo e compiacimento, e non senza una certa ammirazione, l'entusiasmo con cui i Bagaudi accettavano il confronto col terribile nemico. L'immagine di quella folla di miserabili che gridava alle stelle la propria voglia di combattere, sullo sfondo cadente e pur maestoso delle rovine di quell'edificio, appartenuto in tempi non troppo lontani a un patriziato ormai cancellato dalla storia, rappresentava meglio di qualunque discettazione di eruditi o di ogni accorata perorazione di canuti senatori il disastroso punto d'arrivo a cui era giunta una civiltà millenaria, un tempo forte e temuta in tutto il mondo, faro di conoscenza e civiltà. Il fauno stesso, nei bagliori sanguigni delle torce, sembrava ridere di tutto ciò. Ma non c'era che fare: quella era la realtà con cui ci si doveva misurare, quelli gli uomini.

Divicone, portatosi dinanzi a quella massa in tumulto, agitava le braccia gridando qualcosa che il clamore generale non consentiva di udire. Sebastiano poté afferrare solo poche parole:

«*Non temo la moltitudine di genti*
che contro di me si accampano...
...Hai colpito sulla guancia i miei nemici,

hai spezzato i denti ai peccatori.
Del Signore è la salvezza:
sul tuo popolo la tua benedizione!»

Nonostante il suo scetticismo di veterano, il lungo, travolgente discorso di Ambarro lo aveva scosso. Aveva sempre condiviso con gli ufficiali e le classi elevate un totale disprezzo per i Bagaudi, ma ora, per la prima volta, li vedeva sotto una luce diversa: pur nel loro radicato antagonismo verso la gente di rango e le istituzioni, essi erano in realtà carne viva dell'Impero, rappresentavano milioni di oppressi che rivendicavano con pieno diritto rispetto e dignità. Provava anche un'altra sensazione: nel suo animo, come un pensiero quasi inconfessabile, cominciava a serpeggiare un presentimento di vittoria.

Il suo sguardo incontrò quello di Ambarro, circondato e acclamato dai suoi. Uno slancio istintivo gli suggerì di suggellare l'alleanza con un gesto simbolico, che certamente sarebbe stato apprezzato. Fattosi largo tra coloro che lo circondavano, raggiunse il capo dei Bagaudi e gli tese la mano. Tra le acclamazioni dei suoi, Ambarro gliela strinse con vigore e gli gridò: «Siamo con voi. Faremo la nostra parte. Ora vedremo cosa saprà fare il tuo Ezio!».

«Non temere» fu la risposta, «se i popoli delle Gallie lo sosterranno, non potrà che vincere! Gli Unni non sanno cosa li aspetta.»

6

La luce pomeridiana esaltava le calde sfumature delle colonne marmoree del piccolo tempio: un colonnato circolare posto in mezzo a un prato punteggiato di campanule e pratoline, che costituiva il centro esatto dell'ampio parco della *villa* dei Patriniani. In piedi, con il capo velato, davanti all'ara del sacrificio, Ippolita fissava pensosamente l'agnello squarciato, nelle cui viscere ancora pulsanti l'aruspice frugava con sapienza antica. Osservando i movimenti delle sue zampe e l'ondeggiamento brusco della testa, indotti dai gesti del vecchio, era quasi portata a chiedersi se ancora vi fosse vita nella bestiola, dai cui occhi ormai opachi le sembrava che scendessero, ad accusare inutilmente il carnefice, lacrime di disperato dolore. Nessuno fra i componenti della servitù assisteva all'antico rito, proibito dalle leggi imperiali. Al fianco di Ippolita v'era solo la bella Flavia Sestilia, sua amica da sempre, che teneva gli occhi bassi e con una mano contratta si stringeva il *ricinio* sotto il mento, incapace di reggere lo spettacolo di quel piccolo scempio sanguinoso. Lei era così: il coraggio e la fermezza non rientravano fra le sue pur numerose qualità.

Volgendo lo sguardo sull'austera, ossuta figura di Cetego, l'aruspice, la matrona non poteva non sentirsi quasi soggiogata da quell'uomo, del quale, pur sapendolo molto anziano, non conosceva nemmeno esattamente l'età e l'estrazione, che peraltro immaginava servile. Egli era l'erede di un'antica, nobilissima tradizione: forse l'ultimo, in tutta la regione, a essere ancora padrone dei segreti dell'aruspicina. Essa era ancora praticata un po' dappertutto in forma semiclandestina, ma i riti ai quali usualmente si faceva ricorso altro non erano, il più delle volte, che espedienti di furbi impostori, ai quali facevano concorrenza, nelle campagne, legioni di sedicenti continuatori degli antichi druidi, che scimmiottavano in varia forma i metodi di divinazione celtici. L'aruspicina praticata da Cetego era un'altra cosa. Essa costituiva, in effetti, una vera arte, risalente alla più pura tradizione romana (ma qualcuno pretendeva che il mondo romano ne fosse debitore addirittura agli antichi Etruschi) e caratterizzata da metodiche ben definite, che ormai erano in larga parte dimenticate a causa della completa vittoria del cristianesimo, un culto di derivazione giudaica che Ippolita considerava assurdo, rivolto principalmente a gratificare gli schiavi e coloro che, non essendo tali per nascita, lo erano però profondamente nell'animo. Da più di un secolo esso aveva espugnato la stessa corte imperiale, col risultato che, di fatto, i pochissimi cittadini romani che ancora aderivano agli antichi culti si trovavano ormai costretti a praticarli in segreto. Lei, comunque, da tempo si era emancipata dalle dottrine cristiane che sua madre, vincendo in quello come in ogni altro campo, le deboli resistenze del marito, aveva voluto impartirle durante la sua adolescenza. A dispetto di tutti gli sforzi della consorte, però, Aurelio Patriniano era riuscito a trasmettere alla figlia la sua profonda passione per gli autori classici e per l'arte dei tempi aurei, alimentando in tal modo sornionamente e non senza un sottile compiacimento la sua ribellione. Questa si era palesata già nell'adolescenza, con un'evidente insofferenza nei confronti della liturgia cristiana, e si era espressa poi in tutta la sua virulenza alla morte della madre. Da quel giorno la giovane patrizia aveva gettato la maschera per lei insopportabile del pietismo predicato dai chierici. Pur astenendosi da pubblici sacrifici agli dèi d'un tempo, per non incorrere nelle severe punizioni previste dalle leggi di Teodosio, con la risolutezza tipica della sua indole e una sempre minore circospezione aveva scelto di rimanere coerente al proprio ideale di vita, accettando di pagare per questo il prezzo dell'isolamento e dell'ostracismo, anche nell'ambito della sua classe. Quell'ideale era sprezzantemente definito dai cristiani come "pagano": curioso termine, che in origine aveva avuto il significato di "campagnolo" e perciò di sicuro non poteva più ritenersi appropriato, visto che da un pezzo, ormai, i seguaci del Galileo, dopo aver conquistato le città, erano riusciti a stendere quello che per lei altro non era se non un putrido sudario di rivoltanti credenze su quelle ben più antiche, romane ma anche celtiche, della gente delle campagne: dai più miseri coloni ai signori delle *villae*. A questi ultimi si volgeva il suo più profondo disprezzo: da tempo – in molti casi da generazioni – quella gente, spesso di antico e nobile lignaggio, aveva abdicato agli dèi patri per aderire al nuovo culto, e ora si batteva il petto nelle chiese e manteneva con onerose donazioni, a salvaguardia e testimonianza di un piccolo potere locale, stuoli di pezzenti, fannulloni e perdigiorno. Ippolita si sentiva ribollire al pensiero che proprio alle donne andasse principalmente attribuita la colpa di aver portato e trasmesso quell'infezione nelle famiglie: non avrebbe saputo contare le sue coetanee che, un tempo sue spensierate amiche d'infanzia, erano state molto presto piegate nello spirito dall'alleanza implacabile fra le loro austere genitrici, le superstiziose nutrici e gli ossuti diaconi incaricati di sovrintendere alla loro educazione, e scodinzolavano adesso con le orecchie basse attorno a orrendi vecchi catarrosi che, con l'occhio rivolto ai loro patrimoni, dispensavano benedizioni e paterni consigli, senza che ciò, spesso, le inducesse a negarsi le preziose sete d'Oriente, il bagno profumato, il gusto della maldicenza e non di rado – perché no? – il giovane amante, magari un vigoroso schiavo germanico da convertire alla giusta fede e poi affrancare cristianamente. Alcune – spesso quelle di cui mai l'avrebbe immaginato – avevano avuto sorte anche peggiore: ancora nel pieno rigoglio della vita, si rifiutavano ai doveri coniugali e a ogni possibile fonte di piacere e, tra lo strazio dei mariti e dei parenti, sceglievano di macerarsi nei digiuni, vagando come spettri, con i loro corpi scheletrici, sui lussuosi mosaici delle loro *villae*. Lei, invece, non era incline né all'autoflagellazione né a vivere nella menzogna. Se l'essenza della nuova fede si riassumeva nella promessa del paradiso per gli umili, con la minaccia dell'inferno per i reprobi, be' allora lei umile non lo era di certo; reproba, invece, di sicuro. Del paradiso, però, nulla le importava, e quanto all'inferno, le pareva che la realtà quotidiana che la maggioranza della gente, cristiani o pagani, era costretta a vivere, gli assomigliasse parecchio, tanto più che da tempo, ormai, il consesso umano sembrava aver smarrito il gusto del bello e soffocato crudelmente negli animi il naturale istinto verso la felicità. In questo, almeno, Flavia la seguiva in toto, anche se la sua ribellione all'oscurantismo dei tempi aveva altre motivazioni. Del resto era stato sempre così, fin da quando erano state bambine: dove andava Ippolita, Flavia andava a sua volta. Col tempo era diventato quasi un legame coniugale: *ubi tu Gaia*...

La divinazione era finita. Cetego sparse l'olio di una piccola ampolla sulle viscere sanguinanti, raccolte nel bianco riquadro di lino, quindi, sollevando il piccolo peso, lo depositò sulla fiamma che ardeva nel braciere accanto a lui. Mentre l'odore della carne arrostita si levava nell'aria, si lavò nel bacile sorretto dal giovane servo – l'unico che avesse – che lo aveva accompagnato, e si asciugò poi con la salvietta che quello teneva su una spalla; indi, sciogliendosi la benda bianca che gli aveva cinto la fronte durante il rito, fissò accigliato Ippolita, che lo interrogava ansiosamente con lo sguardo: «È giusto che ti dica, *domina*, che il responso non è buono. Un grave pericolo minaccia questa casa, e te con essa».

La mano eburnea di Flavia si appoggiò delicatamente al braccio della *domina*: non era un incoraggiamento, ma un appello di quell'anima fragile alla forza dell'amica. «Eppure» obiettò quest'ultima «il mio intendente, che ieri è stato in paese, mi ha portato notizie molto confortanti: sembra che gli Unni stiano lasciando la regione: si ritirano verso settentrione seguendo la Loira. Dopo tante ansie, per stasera ho invitato degli amici, e...»

Negli occhi di Cetego aleggiò un sorriso velato d'amichevole ironia: «Dunque, dubiti delle mie parole, *domina*?».

«Non potrei mai, lo sai bene. Solo, il tuo responso mi sorprende un poco.»

«E fai male a sorprenderti: ieri notte non hai forse sognato un cigno nero che si alzava in volo da un canneto in fiamme?»

«Sì. È così. Proprio per questo, anzi, ti ho fatto venire. Tuttavia...»

«Lo vedi? Non è solo dalle viscere sacrificali che giungono cattivi presagi. Il mio consiglio, *domina*, è di lasciare questa casa al più presto. Tra l'altro, mi hai detto poco fa che nei giorni scorsi molti dei tuoi schiavi sono fuggiti. Forse altri hanno in animo di farlo, o addirittura meditano la violenza. Mi hai detto di avere una sorella ad Avaricum, e forse faresti meglio...»

Levando fieramente il capo, Ippolita si ribellò e lo interruppe a sua volta: «No! E poi: con quale vantaggio? Le strade sono insicure, minacciate dai bagaudi e da soldati sbandati. Non sono scappata finora e non lo farò certamente adesso. Non lascerò la mia casa. Questa proprietà appartiene alla mia famiglia da quattro secoli. Altre volte è stata minacciata, e mai nessuno l'ha abbandonata. Non sarò certo io a fuggire, lasciandola in balia di barbari e predoni».

Cetego scosse il capo in segno di disapprovazione: «Sono tempi particolari, questi: tempi difficili!».

Flavia le si rivolse con la sua voce soave, ma in tono di esitazione: «Ippolita, forse Cetego ha ragione. Non v'è nulla di disonorevole, in circostanze come queste, nel fuggire da un pericolo soverchiante!».

Con energia, Ippolita scosse il capo: «No! Con i Goti mio padre seppe accordarsi. Con questi nuovi barbari, se si renderà necessario, sarà lo stesso».

Il vecchio sospirò: «Io ti capisco, *domina*. La tua fedeltà ai tuoi Penati ti fa onore. A quanto ho sentito, però, sembra che questi barbari siano i più feroci mai comparsi in queste regioni, e se consideri che i soldati che erano acquartierati qua attorno si sono ritirati ad Aureliana...».

«Lo so. Ma perché dovrebbero venire proprio da queste parti? Qua attorno non ci sono che boschi. A quanto si dice, Gepidi e Unni stanno affluendo all'assedio di Aureliana. Al più, potrebbe arrivare qui qualche piccola banda di razziatori, e al villaggio, dopotutto, c'è la milizia. Cilone, che ne ha il comando, mi è devoto e saprebbe difendermi. Comunque, le mura esterne sono alte e robuste: mio padre fece di questa *villa* quasi una fortezza.»

Tutt'altro che persuaso, l'aruspice si limitò ad annuire con gravità; quindi, si slacciò il paramento di lino bianco, spruzzato del sangue della vittima, lo affidò al servo che lo aveva aiutato nel rito, e prese poi dalle mani di questi il proprio bastone. Appoggiandosi con una mano su quello, e con l'altra a una spalla del ragazzo, scese i due gradini del tempio e si avviò con passo claudicante sul sentiero ghiaioso che, fiancheggiato da siepi di mirto, conduceva verso il muro di cinta, dove si apriva una porta secondaria: sarebbe uscito da quella, per non attirare troppo l'attenzione. Le due donne lo accompagnarono e si accomiatarono da lui rispettosamente. Stavano ancora salutandolo, quando furono raggiunte dall'anziano intendente.

Nato schiavo, discendente da generazioni di schiavi, e dunque impossibilitato a ricostruire le proprie radici, Clemanzio era stato liberato proprio dalla *domina*, allora ventiquattrenne, pochi mesi dopo la scomparsa del suo padrone, il compianto Aurelio Patriniano. La morte del genitore aveva lasciato Ippolita, in quel momento già vedova, erede di un ingente patrimonio, e da subito lei aveva mostrato di non essere disposta a farsi condurre per mano da nessuno. Senza sforzo, e con disinvolta fermezza, aveva subornato lo zio paterno, che era stato gravato della sua tutela, e aveva preso le redini della propria esistenza. Clemanzio, che da decenni amministrava le proprietà dei Patriniani, l'aveva vista nascere, crescere, bruciare le sue bambole e sposarsi senza partorire figli, ed era stato anche in tempi recenti preoccupato ma muto testimone della sua vita dispendiosa e delle sue stravaganze, astenendosi peraltro dal giudicare il suo comportamento anticonformista, che spesso oltrepassava i limiti della provocazione e le sollevava contro l'ostilità della gente dei dintorni e perfino degli appartenenti alla sua stessa classe. Giunto alla soglia dei sessant'anni, serviva Ippolita con immutata devozione: per suo ordine, comprava frequentemente, da privati o rivenditori, sculture, dipinti, soprammobili d'antica fattura, spesso d'inconfondibile impronta pagana, salvandoli dalla frenesia distruttrice dei fanatici cristiani, e se ne occupava praticamente da solo, giacché i servi, quasi tutti cristiani, mostravano orrore per quel genere di articoli, che, non sempre a ragione, consideravano simulacri idolatrici. Negli ultimi anni, Ippolita aveva fatto una tale incetta di queste opere che diventava sempre più difficile trovare per tutte un'appropriata collocazione nelle pur numerose stanze della *villa*. Clemanzio evitava, per quanto possibile, di tediare la *domina* con i suoi rendiconti, aggiornandola troppo spesso sulle crescenti difficoltà che incontrava nell'ottenere credito o nell'acquisire le rendite dai coloni, i quali, sobillati dai diaconi, si sentivano legittimati a defraudarla di quanto le spettava; ugualmente, evitava di riferirle tutte le maledicenze di cui lei era oggetto tra la gentucola del villaggio. Anche in quel momento, mentre le si avvicinava col passo calibrato e compunto di tutti i maggiordomi, sul suo volto dai duri contorni non si leggeva altro atteggiamento che un rispettoso sussiego. Ippolita teneva ancora lo sguardo fisso sulla lunga figura di Cetego che si allontanava appoggiandosi al suo servo. «Che c'è Clemanzio?» lo interrogò.

L'uomo si schiarì la voce. «Gli invitati sono arrivati» annunciò. «L'eminente Flavio Cilone è all'ingresso principale con il suo amico Emerenziano.»

Ippolita gli si rivolse con espressione sollevata. «Bene. E Claudiano con sua moglie?»

«Sì. Sono stati i primi.»

«Fa' che tutti siano accomodati al meglio, allora, e di' loro che li raggiungeremo subito. Ah! Provvedi a trovare una comoda sistemazione per la notte anche per Emerenziano: è probabile che anche lui preferisca trattenersi a dormire.»

Una lieve increspatura percorse le sopracciglia brizzolate

del liberto. «Dunque, Cilone si fermerà qui fino a domattina?»

Raddrizzando un poco il capo, Ippolita lo guardò attraverso le lunghe ciglia socchiuse. «Certamente. Il banchetto si protrarrà fino a tardi e non credo proprio che alla fine lui vorrà tornare al suo posto di guardia. Sono arrivati anche Placidia Massimina e suo fratello?»

«Quando ho lasciato l'ingresso per venire ad avvertirti, la loro lettiga era appena stata avvistata alla svolta della strada. Saranno qui a momenti. Manca solo Matidia Carnacina.»

Ippolita sorrise: «Arriverà di certo. Ora che è vedova, non si perde un banchetto. E i musici? Sono pronti?».

«Sì, *domina*. Invece, quell'uticense... non è ancora sceso.»

In quelle sue ultime parole Clemanzio aveva messo – cosa insolita in lui – una punta di acredine che Ippolita volle ignorare. Scrollando le spalle, si avviò con lui e Flavia per il vialetto che conduceva alla casa: «Non dubitare!» rispose ridendo. «Mafurro si presenterà puntuale per la cena.»

Mentre l'intendente affrettava il passo per precederle nella *villa*, Ippolita si tolse il velo, scoprendo e scuotendo la lunga chioma, nera e arricciata. Flavia fece altrettanto, ma avendo cura di non scomporre la propria elaborata acconciatura, poi sbuffò d'irritazione: «Non ne hai ancora abbastanza di Cilone? Quel borioso cialtrone!».

Sentendo su di sé lo sguardo severo dell'amica, Ippolita si fermò e si volse verso di lei, prendendole affettuosamente le mani e gratificandola del suo sorriso più smagliante: «Via! Non guardarmi così corrucciata! So che non lo sopporti, ma non potevo non invitarlo. E poi, dopo i foschi presagi di Cetego, ho più che mai bisogno di vedere gente, e il piccolo banchetto di stasera perderebbe gran parte delle sue attrattive senza la presenza di Cilone!».

Flavia scosse il capo, la bocca increspata in una smorfia di disgusto: «È un uomo... così dappoco! E così stupido, anche!».

Con dolce determinazione, Ippolita la prese sotto braccio e la forzò a seguirla sul vialetto ghiaioso, in fondo al quale biancheggiava la breve scalinata di marmo che immetteva alla sala del triclinio. «Sì, lo so. Cilone non è un campione di intelligenza, sa appena leggere, e di certo, in una causa, non gli affiderei il mio patrocinio davanti al magistrato; tuttavia, è pur sempre il comandante della milizia, e per questo è in buoni rapporti con i decemviri di Avaricum e i barbosi diaconi del villaggio.»

«Non credo affatto che si tratti solo di diplomazia!» ribatté Flavia con un vago accento polemico. Sorridendo maliziosamente, Ippolita si strinse nelle spalle. «D'accordo, non si può negargli una certa avvenenza. Via, riconoscilo: è davvero un magnifico esemplare maschile.»

Non avrebbe potuto dire niente che suonasse più urtante alle orecchie dell'amica, che le rispose in tono duro: «Non è che uno sciocco, un fatuo maschio da palestra!».

«Hai ragione» concesse Ippolita «ma un uomo così può essermi molto utile. Lo capisci, no?»

Con la furia dei timidi, Flavia non seppe contenersi: «Ma certo!» proruppe «soprattutto, ha qualcosa che io purtroppo non possiedo!».

Inclinando appena il capo nella sua direzione, Ippolita inarcò le sopracciglia in un'espressione di rimprovero e replicò: «Questo non è degno di te, Flavia. E poi, lo sai: utilizzo Cilone come mi avvalgo del mio acconciatore o del massaggiatore, né più né meno».

Flavia rise con amarezza: «Lo utilizzi, dici. Gli uomini sono bruti per natura e, per quanto mi riguarda, da tempo ho deciso che il primo che mi ebbe sarebbe stato anche l'ultimo!».

Ippolita gemette di fastidio: «Evidentemente, abbiamo istinti differenti. Quante volte ne abbiamo parlato, Flavia? Lo sai che la tua possessività mi opprime».

La sua amica, che ruggiva dentro di sé, avrebbe avuto molto altro da dire, ma si trattenne dall'aprire completamente il vaso delle proprie recriminazioni. Inghiottì il proprio corruccio e si limitò a un lungo, sommesso sospiro. In compenso due lacrime eloquenti avevano fatto capolino nei suoi occhi. Avevano ormai raggiunto i primi gradini della scala che consentiva l'accesso alla *villa*, e già, dal triclinio, giungevano loro le voci dei convitati. Rendendosi conto che Flavia si sentiva umiliata, Ippolita seppe che doveva confortarla. Di nuovo si fermò e si volse verso di lei, ma questa volta l'abbracciò affettuosamente, catturando il suo sguardo con i suoi occhi scuri e ammaliatori: «Ti prego, cuore mio: il vaticinio di Cetego ci ha già rattristato a sufficienza. Mi pento di averlo fatto venire. Lasciamo che se ne vada con i suoi tristi presagi e dimentichiamolo. Aiutami a passare queste ore con serenità. Dopotutto, oggi festeggiamo il mio compleanno, no?».

Un battito delle palpebre, l'ombra fuggevole di un sorriso sul volto imbronciato dell'amica, un cenno subito rattenuto della sua bionda testa a sollevarsi, lasciarono intuire a Ippolita di avere aperto una breccia nel suo risentimento. Aggiustandole una ciocca di capelli davanti all'orecchio e baciandola teneramente sulla guancia, insistette con voce carezzevole: «Tesoro mio, dimmi che non sei in collera, ti prego! Lo sai quanto tengo alla nostra amicizia».

Flavia, arrossendo leggermente, la guardò con occhi febbrili. «Potrebbe essere molto di più, se solo tu lo volessi.»

Ippolita accolse quella coraggiosa profferta d'amore con un sorriso affettuoso e un battito di ciglia. «Lo so. Ma non è questo il momento per parlarne. Su: ora fammi un sorriso e dammi la mano, che gli invitati ci aspettano!»

Soggiogata una volta di più, Flavia ingoiò una lacrima, sorrise timidamente e annuì. Un piccolo bacio suggellò la rappacificazione. Un attimo dopo entrambe, tenendosi per mano, risalirono la scala quasi di corsa ed entrarono nell'ampio triclinio, dove gli ospiti arrivati nel frattempo conversavano fra loro e degustavano bibite rinfrescanti, attendendo con impazienza di ricevere il saluto della padrona di casa.

7

Nella grande sala triclinare il banchetto volgeva al termine. Di lì a poco, uno dopo l'altro, i convitati avrebbero preso congedo dalla loro ospite e, nelle comode lettighe, sarebbero tornati alle loro case, scortati dal silenzioso codazzo dei servi, attenti a illuminare la strada con le lanterne. La giornata si spegneva in una serata calda, appena ventilata da una brezza che scendeva dai colli vicini ad accarezzare le fronde degli alberi del giardino. La luce artificiale delle lucerne, prontamente accese dai servi, svelava l'inganno degli affreschi un po' stinti che, su tutti muri della sala, proponevano immagini agresti con vigne, fontane zampillanti e siepi popolate di piccoli, delicati uccellini. Muovendosi con passi felpati, i domestici servivano le ultime coppe di vino ai convitati, con gesti rapidi e circospetti a un tempo, mentre quattro musici, raccolti su un lato della sala, li intrattenevano al suono di flauti, sistri e tamburelli, integrando con geniali improvvisazioni il loro pur vasto repertorio. Non erano gente del luogo, bensì un gruppo itinerante della Narbonense che, sorpreso a Lugdunum dall'invasione unna, l'aveva lasciata precipitosamente e aveva trovato rifugio ad Avaricum. Lì erano stati scoperti da Camilla, la sorella maggiore di Ippolita. Dopo averli assunti per un'esibizione in occasione della festa per il matrimonio del suo figlio primogenito, gliene aveva scritto in termini così entusiastici da convincerla a farli venire alla *villa*. Del resto, in tutto il circondario Ippolita non avrebbe trovato altro che ispirati cantori di salmi cristiani: quella musica, invece, frutto di una fusione tra ritmi e sonorità romane e melodie celtiche, aveva un suono antico, sull'onda del quale le fantasie paganeggianti della *domina* avevano modo di dispiegarsi al meglio. Come Cetego, erano espressione di un altro tempo, di un altro mondo anzi, al quale con ostinazione si volgeva il suo animo. In quella ribellione – lei stessa ne era consapevole – i suoi ospiti la seguivano con scarso interesse e nessun entusiasmo, a cominciare dal nerboruto Cilone, che aveva solo tre passioni: il gioco, i cavalli e la narcisistica cura e contemplazione dei propri muscoli. Un'eccezione rimarchevole era rappresentata da Servilio Claudiano: quarantenne, aristocratico d'antico stampo e stoico convinto, era forse il solo a poter vantare ascendenti autenticamente romani, il cui insediamento nelle Gallie risaliva addirittura ai tempi di Tiberio. Sua moglie, la pallida, mite Livilla, poco più che ventenne, era al terzo mese di gravidanza: pur essendo tutt'altro che incolta, prendeva scarsa parte alla conversazione, e ciò sia per una sua naturale riservatezza di temperamento, sia perché, in effetti, il marito non gliene dava mai occasione, dal momento che parlava incessantemente e con fervore su qualunque argomento. Le stava accanto nel triclinio la grassa e ingioiellata Matidia Carnacina, che di certo nulla sapeva di politica, filosofia, poesia e letteratura. Vedova da poco di un ricco mercante, aveva ereditato un ingente patrimonio e andava da tempo in cerca di un marito che le garantisse sicurezza e rispettabilità senza mostrarsi troppo avido dei suoi averi. Masticando lentamente una mela, ascoltava attenta dalla bocca di Afranio Mafurro, un maturo, abbronzato profugo della perduta provincia d'Africa, una vivida descrizione di Utica e di Nuova Cartagine, che evocava ai suoi occhi immagini di bianchi palazzi, palmeti verdeggianti, carovane di cammelli e, perché no, muscolosi schiavi dalla pelle d'ebano e dai succinti perizomi. Era debitrice del suo invito a una cugina e amica d'infanzia della padrona di casa: la bella Placidia Massimina, che ora, pagando il fio di troppo abbondanti libagioni, stava prona sul suo divano e ne abbrancava l'orlo con entrambe le mani, come si sarebbe aggrappata al parapetto di una nave in tempesta. Ridacchiando scioccamente, socchiudeva gli occhi e tratteneva il respiro, mentre lungo la sua gamba risaliva la mano esperta di Emerenziano, l'avvenente amico di Cilone. L'aveva accompagnata il giovane fratello Lucio, un paffuto, effeminato rampollo dell'aristocrazia locale che ora, abbandonato da Flavia, che gli era stata vicina durante il banchetto, osservava i musici con uno sguardo annoiato, sul quale inesorabili calavano le palpebre appesantite dal troppo vino. La sua insipida conversazione aveva certamente contribuito a indurre la giovane patrizia ad abbandonare il triclinio, con la scusa di voler cercare un po' d'aria fresca nel giardino, a causa di un insopportabile cerchio alla testa. In realtà, la ragione prima di quella diserzione andava ricercata nell'incapacità di Flavia di sostenere ancora a lungo il proprio ruolo di impotente testimone delle effusioni che Cilone e Ippolita si scambiavano praticamente sotto i suoi occhi. Preoccupata dal protrarsi della sua assenza, e intuendone le ragioni, la *domina*, inquieta per lei, avrebbe voluto andare a cercarla, ed era sul punto di farlo quando Cilone affrontò con Claudiano il penoso argomento del sacco di Divodorum. Poiché nell'austera città risiedevano i genitori di Livilla, Ippolita non poté esimersi dal manifestarle il suo interessamento e la sua solidarietà: «Vengono i brividi al pensiero di tanti orrori» le disse, prendendo una mela da un canestro. «Mi hai detto, però, che per fortuna i tuoi genitori sono in salvo. Di certo, avranno passato momenti terribili.»

Livilla annuì: «Sì. Ancora non riesco a credere che il pericolo sia cessato. Solo ieri, dopo giorni di ansia indicibile, un mercante mi ha portato loro notizie: stanno bene, ma hanno avuto la casa devastata, e due servi sono stati uccisi».

Suo marito interrogò Cilone: «E l'esercito? Che si sa dell'armata di Ezio?».

Il suo interlocutore si strinse nelle ampie spalle: «È vicino. Sembra che abbia ormai oltrepassato Lugdunum e avanzi a marce forzate».

«Sempre troppo lentamente, per quanto mi riguarda.»

Vellicando con le dita una spalla di Ippolita, Cilone arricciò le labbra in un'espressione di virile sicurezza: «Non avete nulla da temere. I barbari sono in marcia verso Aureliana, e non vedo perché dovrebbero deviare dal loro percorso per venire fin qui. In ogni caso la mia milizia presidia il villaggio e, nel caso di un'incursione, saprebbe difendere la comunità. Credetemi, potete dormire sonni tranquilli».

«In ogni caso» osservò Claudiano «non credo che vedremo soldati da queste parti, perché Ezio, nell'inseguire i barbari, si terrà di certo sulla strada per Aureliana.»

«Forse è meglio così» osservò Placidia districandosi pigramente dall'abbraccio di Emerenziano. «Dovunque passino i soldati, fanno quasi più danno degli stessi barbari. L'importante è che il peggio sia passato. Per il resto...» si interruppe, guardando verso una delle due grandi aperture ad arco che mettevano in comunicazione la sala triclinare con il peristilio. «Ma... guardate! Cos'è quel bagliore?»

Ippolita gettò un'occhiata distratta e scrollò le spalle: «Il crepuscolo, no?».

«Il crepuscolo a levante?» obiettò Claudiano, guardando a sua volta tra le colonne.

Tutti concentrarono allora lo sguardo in quella direzione: oltre il parco, al di sopra delle scure fronde degli alberi e del muro di cinta, il cielo avvampava. Lasciando il proprio posto, Ippolita si affacciò sulla veranda. In pochi secondi fu raggiunta da tutti gli ospiti, tranne Lucio Placidio, che, vinto dal vino, ronfava sul suo divano. Anche i domestici e i musici, che tenevano in mano i loro strumenti, si avvicinarono a loro volta, con passi esitanti. Non si vedeva altro che quel palpitante bagliore rossastro, ma nell'aria della sera fluttuava l'eco di un confuso, lontano clamore. Dal portone principale vennero delle grida, e subito dopo la campana dell'allarme prese a suonare con foga.

«Il villaggio!» disse Emerenziano, volgendosi verso Cilone. «Sembra un incendio!»

«Di sopra!» gridò Ippolita. «Sulla terrazza!»

Riattraversato il triclinio, si slanciò verso il corridoio e da lì, salendo una larga scala di marmo, raggiunse il loggiato al piano superiore. Tutti la seguirono e, giunti sulla terrazza, si precipitarono verso la balaustra. Lì, con sgomento, si trovarono davanti allo spettacolo del villaggio in fiamme.

Ci fu un lungo, angoscioso silenzio. Dalle case del borgo, che distava circa mezzo miglio dalla *villa*, si levavano fiamme altissime. Il clamore degli abitanti in preda al panico giungeva sommesso e distorto fino alla terrazza. Uno dei musici puntò il dito sulla destra, dove il centro abitato lasciava spazio alla campagna. «Guardate!» gridò. «Chi sono quelli?»

Tutti rivolsero lo sguardo in quella direzione e nel riverbero dell'incendio poterono chiaramente distinguere una massa di cavalli e cavalieri in movimento. Cilone ed Emerenziano si guardarono smarriti.

«I barbari! Sono qui!» gridò Placidia puntellandosi con le mani sulla balaustra.

Livilla e Matidia gridarono all'unisono il loro terrore. In preda al panico, i servi già avevano preso a correre per tutta la casa o lungo il colonnato del peristilio, e le lanterne con cui si facevano luce proiettavano sui muri, con un effetto angosciante, ombre gigantesche. Gli unici due soldati che Cilone aveva portato con sé lo guardavano ansiosamente dal giardino, attendendo i suoi ordini. Accanto a loro, munito di una lanterna, comparve rapidamente Clemanzio, che chiamò la sua padrona: «Gli unni sono al villaggio, *domina*! C'è gente in fuga che sta correndo qui».

Emerenziano si volse verso la scala: «Dobbiamo andare!» disse con accento risoluto.

Cilone lo trattenne per un braccio. «Andare?» gridò. «E dove? Non c'è più niente da difendere laggiù.»

Il giovane si divincolò con energia. «E la mia casa? C'è mia madre, al villaggio, l'hai dimenticato?»

Ippolita rivolse a Cilone un'occhiata tremenda: «Che fai tu ancora qui? Va' al presidio, dai tuoi soldati!».

Mentre Emerenziano scendeva in furia le scale, Cilone, la guardò attonito. «Ma...» balbettò «saranno tutti morti, ormai.

Vuoi che mi faccia ammazzare per niente? È questo che vuoi?»

Ippolita già non lo ascoltava più. Stava impartendo frenetici ordini a Clemanzio, che era giunto di corsa sulla terrazza insieme ad alcuni domestici.

«Cosa devo fare con chi chiede di entrare?» la incalzò il liberto. «Sta arrivando gente al portone; alcuni sono nostri coloni. Ci sono donne e bambini.»

Ippolita non esitò: conosceva da sempre il proprio dovere. «Apri, naturalmente. Falli entrare.»

Cilone s'interpose: «Bada! In mezzo a loro potrebbero entrare i barbari. Non hai visto che stanno venendo qui?».

Ippolita confermò il suo ordine, ma mentre Clemanzio correva a darvi esecuzione, Cilone la prese per un braccio e tentò di trattenerla: «Che ti importa di quei bifolchi? Credi forse che essi ti amino? Dobbiamo subito chiudere il portone e barricarlo. Se gli unni...».

Con un grido rabbioso, guerriero, Ippolita si girò fulminea verso di lui e gli assestò uno schiaffo. «Ma taci, imbecille!» gli intimò con furia.

Sbalordito, Cilone ammutolì, portò la mano alla guancia e si ritrasse, portandosi fuori dalla luce delle lampade. Già Ippolita non si occupava più di lui. Rivolta agli ospiti, con grandi, decisi gesti delle braccia invitò tutti a lasciare la terrazza e a seguire uno dei servi per raggiungere quella che suo padre e suo nonno avevano sempre chiamato "la ridotta": un ampio torrione quadrato che era stato ricavato in prossimità dei magazzini ai tempi, quasi altrettanto burrascosi, dell'invasione gotica. Si appoggiava al muro di cinta, debitamente rinforzato, sull'angolo tra i lati settentrionale e occidentale dell'edificio, e la via più breve per raggiungerla era costituita da una galleria che si interponeva fra le stanze cubicolari e la zona dei bagni, sfociando nel cortile riservato ai carri dei fornitori. Attraversato quest'ultimo e varcata una robusta porta di ferro, i suoi ospiti e tutti coloro che in quel momento si trovavano nella casa sarebbero stati al sicuro. Nell'edificio c'erano abbondanti riserve d'acqua e ingenti scorte di viveri, anche se l'impossibilità di respingere i numerosi fuggitivi che stavano affluendo disordinatamente dal villaggio, tra pianti di bimbi e angosciose grida di richiamo, avrebbe di certo imposto un severo razionamento. C'era, dunque, una possibilità di salvezza, ma bisognava non perdere il controllo dei nervi e, prima di tutto, rassicurare e organizzare la servitù; la *villa*, però, era molto grande, costituita da un complesso di numerosi edifici, senza contare i giardini e i cortili, e nel suo perimetro vivevano, tra servi agricoli, manovali e domestici, almeno una sessantina di persone. Anche se la campana dell'allarme, nella guardiola del portone, già da un pezzo chiamava tutti a raccolta, Ippolita vedeva attorno a sé solo confusione. Chiamava a sé dei servi che correvano per casa o nel parco, impartendo ordini freneticamente, ma in realtà lei stessa faticava a mantenere il controllo di sé. Nell'ultimo mese aveva predisposto con Clemanzio e i famigli più fidati un piano accurato per il caso di un'incursione, ma ora tutto accadeva senza il minimo preavviso, quando il pericolo sembrava ormai superato. Cosa doveva fare? Cosa avrebbe fatto suo padre in quel frangente? Lui, il vecchio soldato, non si sarebbe perso d'animo e... Sicuro! Doveva prendere gli scrigni col denaro, e i monili! Ma come arrivare in pochissimo spazio di tempo a prelevare tutte quelle cose? E tutte le opere d'arte presenti nella villa? Come salvarle dalla furia distruttrice dei barbari?

Nel vedere i suoi ospiti allontanarsi in fretta al seguito del domestico, si rammentò di Flavia. Dov'era sparita? Dalla balaustra interrogò Clemanzio, che era tornato di sotto e stava parlando animatamente con i terrorizzati lettighieri di Matidia, ma non ottenne che un'imbarazzata risposta negativa. Angosciata, si guardò attorno, passandosi nervosamente una mano fra i riccioli neri. Altra gente le si rivolgeva con voce rotta dalla paura, ponendole domande pressanti, alle quali, a quel punto, smise di rispondere. Di corsa scese le scale e uscì a sua volta nel parco, strappò di mano a un giovane servo una lanterna e, ordinandogli di seguirla, si inoltrò per uno dei vialetti lastricati che lo intersecavano.

«Flavia! Flavia!» chiamava con apprensione, tendendo l'orecchio nella speranza di udire in risposta una voce, un richiamo, ma sentiva soltanto, a ogni passo più distante, il vociare della gente davanti alla *villa*. Inoltrandosi celermente tra le siepi, si preparava a rimproverare nel modo più aspro l'amica, che di certo, in preda alle sue sciocche gelosie e al suo furore impotente, si scioglieva in lacrime su qualche panchina, sorda e indifferente a quanto avveniva attorno lei. Si rimproverava di perdere tempo prezioso alla sua ricerca, che la distoglieva da compiti ben più importanti in quel frangente, e tuttavia non sapeva desistere, perché, insieme all'irritazione, sentiva serpeggiare nel proprio animo il senso di colpa, non disgiunto da un cattivo presentimento. Di fronte a lei, illuminate fuggevolmente dalla lanterna, le fronde degli alberi e il fitto fogliame delle siepi emergevano rapidi dall'oscurità per esserne di nuovo inghiottiti subito dopo. Alle sue spalle sentiva farsi di momento in momento più incerti i passi del giovane servo, e sempre più si affievoliva l'eco delle voci provenienti dall'edificio centrale. Lontana alle sue spalle, una voce maschile la chiamò: «*Domina! Domina!*».

Non si voltò. Non avrebbe potuto voltarsi, perché... aveva veduto! Aveva veduto nell'erba due gambe nude – gambe di donna – sporgere immote e diafane da una siepe di bosso, lì, non lontano dal vialetto sul quale si trovava. Incapace di muovere un altro passo, le fissava attonita, col cuore che le batteva all'impazzata, illuminandole con la lampada senza trovare il coraggio di avvicinarsi. Il servo la raggiunse e si fermò accanto a lei, guardando a sua volta. «Forse dorme...» disse con voce esitante.

Già: perché non ci aveva pensato subito? Ma certo! Flavia dormiva! Povera, tenera, piccola Flavia! Vinta dal suo scoramento, doveva essersi distesa sull'erba e aver trovato pace nel sonno. Rianimata, avanzò facendosi luce con la lampada: «Flavia! Oh, tesoro, svegliati! Andiamo, Fla...».

Quel nome le si spense in gola. In un fragoroso fruscio di fronde, da dietro la siepe era emerso un uomo gigantesco, irsuto, incredibilmente sudicio e completamente nudo. Non aveva altro addosso che la bisaccia di pelle di daino che portava a tracolla e dei sandali rudimentali. Con la mano destra impugnava una specie di mannaia striata di sangue e con la sinistra, piegandosi un poco col busto, trascinava qualcosa, vincendo la resistenza opposta dalle ramaglie. In un primo momento, alla luce della lanterna, l'attenzione di Ippolita fu attratta soprattutto dalle innumerevoli macchie vermiglie di cui appariva schizzato il grande corpo dell'uomo. Indovinando che si trattava di macchie di sangue, pensò ch'egli fosse ferito, ma questa impressione era contrastata dalla luce di selvaggia, malevola ilarità che si coglieva nel suo volto, e dal vigore con cui trascinava il suo carico tra gli arbusti. Ed ecco che, un istante dopo, quest'ultimo ai rivelò essere il corpo nudo di una giovane donna, ch'egli con poco sforzo tirava per i lunghi, biondi capelli. Prima ancora di distinguerne i lineamenti, Ippolita seppe che si trattava di Flavia. Sentì il ragazzo che le stava accanto arretrare di un passo e, soffocato dall'orrore e dallo spavento, esalare con un filo di voce: «Oh! Dio del cielo!».

Fissandola con occhi metallici, ironici e penetranti, e storcendo la bocca in un sorriso crudele, il barbaro lasciò la chioma della donna e ne indicò il corpo martoriato, imbrattato di terra e di sangue, che era ricaduto, inerte e scomposto, sul margine del lastricato. «Flavia?... Tu cercare lei?» le domandò con un accento aspro e gutturale.

Per Ippolita fu come se il cuore le si fosse fermato. No: non poteva essere! Non era vero: quel volto dalla bocca spalancata, dalle palpebre laidamente semichiuse, che lasciavano intravedere il bianco degli occhi rivoltati, non poteva essere quello di Flavia... Ma ora il barbaro avanzava verso di lei, del tutto indifferente al sangue che tutto lo imbrattava e colava lungo il suo corpo, nudo e luccicante di sudore. Presto le sarebbe stato vicino, l'avrebbe insozzata irreparabilmente, e in una frazione di secondo Ippolita seppe che, se ciò fosse avvenuto, lei avrebbe perduto ogni forza residua, sarebbe stata subito preda impotente di quell'orrendo assassino. Una specie di corrente l'attraversò per tutto il corpo. Dando indietro, gridò tutto il suo terrore e lasciò la lampada, che cadde a frantumarsi nell'erba. L'olio, tuttavia, continuò a bruciare ancora per pochi secondi, sufficienti per consentirle di veder comparire, a fianco del primo barbaro, arrestatosi davanti alla fiamma, un'altra figura, quella di un giovane guerriero, che usciva dagli arbusti sistemandosi i pantaloni. Anche sul suo volto colse la stessa espressione, a un tempo esaltata e irridente, che aveva veduto su quello dell'altro. Vide entrambi i barbari dare in un riso sguaiato e insultante, e allora si riscosse, si girò bruscamente e prese a correre a perdifiato lungo il sentiero. Del servo non v'era più traccia; alle proprie spalle udiva le voci dei due, che la rincorrevano senza troppa fretta, per nulla preoccupati ch'ella potesse dare l'allarme. Trovò a memoria un bivio e imboccò in corsa folle quello, dei due viali, che più direttamente portava alla *villa*, nella speranza che i suoi inseguitori scegliessero quello sbagliato. Il velo di seta che le scendeva dalle fibbie auree della tunica si impigliò in un roseto e si strappò, ma lei nemmeno se ne accorse. Doveva dare l'allarme, avvertire tutti che i barbari erano ormai nel perimetro dell'edificio. Forse poteva ancora unirsi agli altri e trovare rifugio nella ridotta. Laggiù c'era di sicuro Clemanzio, e se riuscivano a barricarsi tutti là dentro avrebbero potuto resistere anche a lungo, e forse...

Nello spazio di un secondo, correndo nel buio, vide balenare davanti a sé dei piccoli lampi argentei, e subito dopo sbatté brutalmente contro un'altra persona. Ruzzolò nell'erba a margine del sentiero, con l'impressione di essersi scontrata con un muro di ferro. In un momento realizzò cos'erano stati i lampi argentati che aveva visto poco prima. Un'armatura, certo! Nella fioca luce lunare, le piastre metalliche luccicavano ora sopra di lei. Di nuovo gridò di terrore: come potevano essere già di fronte a lei? Ora l'avrebbero uccisa, come Flavia. No! Lei no! Lei voleva vivere, a lei non poteva succedere che...

«*Domina!* Alzati, *domina*!»

Intuì una mano protendersi nel buio verso di lei per aiutarla a sollevarsi. L'afferrò e si rialzò prontamente, ma del tutto confusa. L'uomo era uno dei due miliziani di Cilone. Era di statura media ma ben piantato, sui ventitre-ventiquattro anni. Un volto forte, da contadino. In un secondo, tenendola saldamente per le braccia, la esaminò con una rapida occhiata, come per accertarsi che stesse bene, ma subito volse lo sguardo al buio da cui lei era venuta. Udirono uno scalpiccio di passi affrettati e le voci dei due barbari intrecciarsi in un dialogo concitato, nel loro dialetto incomprensibile. Nel buio, rotto soltanto, a tratti, dal palpitare tra le fronde del riverbero dell'incendio, i due non potevano orientarsi con facilità all'interno del parco, e avanzavano celermente ma senza correre; tuttavia, non dovevano trovarsi a più di trenta passi. «Sono qui! Sono nel giardino! Mi inseguono!» gridò sconvolta.

Con una circospezione che le parve assurda, lui le parlò in un bisbiglio ch'ella udì a stento: «Quanti sono?».

Artigliandogli le braccia, lei continuava a gridare scioccamente: «Due: vengono qui! Hanno ucciso Flavia, e...».

Il soldato annuì con energia, ma le premette una mano sulla bocca. «Va' via di qui, *domina*. Ma togliti i sandali, e cerca di non fare rumore. Raggiungi gli altri. A questi penso io.»

Fissandolo come stordita, Ippolita arretrò di qualche incerto passo in direzione dell'edificio, ma il soldato agitò con forza la mano e, rabbiosamente, le ingiunse di allontanarsi. Allora si riscosse: si levò i sandali e, tenendoli in mano, riprese a correre. Solo dopo alcuni passi gettò dietro di sé un'ultima occhiata, quanto le bastò per vedere confusamente la sagoma del soldato scomparire tra gli alberi.

8

Col cuore in gola, dopo aver percorso di corsa il criptoportico che metteva in collegamento il giardino con il cortile retrostante alla *pars dominica*, Ippolita giunse di fronte alla ridotta. Lì trovò il cortile invaso da una folla terrorizzata, che alla luce delle torce si accalcava per varcare lo stretto ma robusto portone. L'ingresso era piuttosto basso, concepito per costringere eventuali assalitori a chinarsi un poco, offrendo il capo ai colpi di risoluti difensori; i muri della massiccia costruzione, inoltre, erano in pietra, spessi il doppio del normale, e in essi non si aprivano vere finestre, bensì soltanto poche strette e profonde feritoie, inattaccabili dall'esterno. Riconoscendo Ippolita, i servi le fecero subito largo, e oltre la soglia trovò Clemanzio, in preda a un comprensibile nervosismo. «*Domina!*» esclamò lui con sollievo appena la vide. «Finalmente! Eravamo tutti in grande apprensione per te. Non sapevamo dove fossi, e...»

Ansimando, Ippolita si passò una mano fra i capelli scomposti: «Flavia è morta!» annunciò. «L'hanno uccisa. Sono già nel giardino.»

Allarmato, il liberto gettò un'occhiata ai fuggiaschi che ancora stavano varcando il portone del cortile e trasse subito l'inevitabile conclusione da quell'annuncio. «Allora dobbiamo chiudere subito!»

Senza aspettare l'approvazione della padrona, uscì all'esterno e ordinò ai servi che ancora vigilavano il grande portone, riservato al passaggio dei carri, di chiuderlo immediatamente e raggiungere la ridotta, indi sollecitò con larghi gesti delle braccia tutti i fuggiaschi che lo avevano appena varcato e si affrettavano correndo. Ultima, entrò nella ridotta una coppia di giovani coloni, con tre bambini e pochi fagotti di roba presa in furia. Quando anche gli ultimi servi si infilarono nella stretta apertura, Clemanzio ordinò loro di chiudere il pesante battente di ferro e di reperire qualcosa all'interno che servisse a rinforzarlo. Ippolita tese il braccio: «No! Aspetta ancora un momento. C'era un soldato nel giardino. Si è fermato per proteggermi».

«Ma, *domina*... se tu li hai visti nel giardino ormai saranno certamente nell'edificio, e quindi fra poco...»

Irremovibile, Ippolita scosse il capo con energia. «Aspetta, ti dico!»

Ansiosamente, i suoi occhi scrutavano nel grande cortile. La luna piena era di quando in quando oscurata dal transito delle nubi, ma il manto nuvoloso del cielo rimandava il chiarore che si levava dal villaggio in fiamme, proiettando di quando in quando palpitanti sprazzi di luce sanguigna contro i dormitori dei servi, i magazzini oleari e quelli degli attrezzi, e sulle stalle, dove, inquiete, le vacche muggivano, allarmate dal trambusto e dall'odore del fumo. Il tetto e le travature superiori dell'enorme granaio, che da solo occupava quasi tutto un lato del cortile, emergevano a tratti dall'oscurità. L'eco di un galoppo sempre più vicino indicava che una banda di barbari si trovava ormai a breve distanza dall'edificio; dalla *pars dominica*, per di più, vennero alte grida e un frastuono confuso, di mobili rovesciati e suppellettili infrante.

«Che ti dicevo, *domina*?» disse Clemanzio. «Stanno già saccheggiando la casa.»

Nella voce del liberto vibrava ora la paura. Nondimeno, Ippolita non si mosse. «Tua moglie? I tuoi bambini? Sono tutti qui?» domandò, pur sapendo che, se la sua famiglia non fosse stata al sicuro, il suo intendente avrebbe avuto ben altro atteggiamento. In realtà, cercava solo di prender tempo, eludendo le sue sollecitazioni.

«Sì, *domina*. Per fortuna il mio appartamento si trova a breve distanza da qui.»

«I servi? I coloni?»

«I domestici ci sono quasi tutti, e i coloni più vicini sono arrivati anch'essi, ma molti dei braccianti sono introvabili. Saranno fuggiti.»

Ippolita annuì. «Meglio così» rispose, pensando alle riserve alimentari contenute nel piccolo magazzino della ridotta e al fatto che l'intera costruzione, per la sua estensione, poteva dare rifugio a non più di un centinaio di persone. D'altro canto, la fuga di una parte degli schiavi adibiti al lavoro nei campi era già stata messa in preventivo, nell'ipotesi di una circostanza come quella. Si rammentò invece dei suoi Penati. Bruscamente, si volse verso il liberto: «Il Larario! Le statuette dei miei!?».

Clemanzio la rassicurò. «Sono qui. Le ho prese io personalmente.» Grata per quel suo gesto di dedizione, Ippolita annuì e gli appoggiò una mano sul braccio. Dalla *villa* vennero ancora grida selvagge e una serie di schianti. Attraverso le finestre e le porte rimaste semiaperte, Ippolita e Clemanzio videro brillare delle fiaccole all'interno dell'edificio. La sontuosa dimora dei Patriniani era violata, predata, messa a fuoco. Opere di valore inestimabile, accumulate nel corso di generazioni, andavano incontro alla distruzione.

«*Domina*... dobbiamo entrare!» insistette l'intendente. Un attimo dopo, le prime fiamme cominciarono a levarsi da sopra il tetto della *villa*, in corrispondenza della sala triclinare e del tablino a essa adiacente.

«Il tablino! La biblioteca! Bruciano tutto!» gridò Ippolita a quella vista, passandosi le mani nei capelli in un gesto di panico. Nel suo animo, la paura cedette il posto alla ribellione e a un disperato impulso di salvare tutto ciò che poteva del suo mondo. D'istinto, fece qualche passo in avanti, quasi a voler correre lei stessa a spegnere l'incendio, ma Clemanzio l'afferrò energicamente per un braccio e la trasse indietro. «Devi entrare, *domina*!»

Accanto a lui era ricomparso Cilone. «Che fai Ippolita! Vieni dentro, presto!» le gridò, afferrandola a sua volta. Ippolita si divincolava nella stretta dei due uomini, lottava e ruggiva come una tigre. «Nooo! Non possono farlo. Maledetti! Lasciatemi! Lasciatemi andare, vi dico!»

Senza ascoltarla, la trascinarono verso la ridotta, sulla cui soglia era comparso anche il soldato rimasto con Cilone. Dall'arco del criptoportico uscì, correndo nel fumo, un giovane guerriero. «Guarda, sono qui!» gridò Cilone. «Dobbiamo chiudere!»

Giunta sulla soglia, lei si aggrappò allo stipite con tutte le sue forze: «No! Aspettate! Guardate!» gridò. «È il soldato. Aspettate, vi dico!»

Effettivamente, il barbaro non avanzava per sua volontà, bensì sospinto in avanti dal soldato nel quale Ippolita si era imbattuta nel giardino. Costui, impugnando la daga, correva verso l'edificio incalzando il suo prigioniero, e di quando in quando si voltava e guardava dietro di sé, evidentemente perché inseguito da vicino. Tratta la spada, Cilone chiamò a sé l'altro miliziano e si fece incontro ai due. Appena giunto di fronte al barbaro, tentò di colpirlo con una stoccata. Il soldato, però, scostò bruscamente il prigionero, sicché questi, anziché nel ventre, fu colpito solo di striscio al costato: scartò di fianco, portò le mani alla ferita ma non cadde. Cilone accennava a levare la spada per un nuovo colpo, ma il soldato gridò qualcosa e lo respinse indietro, quindi afferrò il barbaro per i lunghi capelli e lo spinse avanti con forza. Un attimo dopo passarono entrambi davanti a Ippolita e, chinandosi, varcarono la soglia dell'edificio. Subito Clemanzio costrinse la *domina* a fare altrettanto ed entrò a sua volta, proprio mentre alcuni barbari irrompevano nel cortile. Cilone e l'altro soldato tornavano sui loro passi, ma la loro corsa fu di breve durata. Il miliziano, colpito da una freccia alla nuca, cadde bocconi. A Cilone toccò un giavellotto nella schiena. Fece qualche passo incespicando, poi cadde sulle ginocchia proprio davanti alla porta. L'immagine del suo amante nella polvere, con la mano tesa verso la ridotta in cerca di un impossibile soccorso e il volto contratto in una smorfia di dolore, la bocca spalancata in un grido strozzato, fu l'ultima che Ippolita vide prima che, con un tonfo, il pesante battente venisse richiuso di fronte a lei, isolandola con tutti gli altri fuggiaschi dal resto del mondo.

9

Appena ebbe richiuso e sprangato il portone, Clemanzio gridò ai servi di barricare l'ingresso con assi e tronchi, che già da tempo erano stati portati nella ridotta; poi, sgomitando fra la gente assiepata attorno a lui nell'oscurità dell'ampio locale, si precipitò alla più vicina feritoia e spiò all'esterno. «Eccoli, i maledetti!» ringhiò. In un momento Ippolita gli fu accanto e, scostandolo con una mano, guardò a sua volta. Sullo sfondo delle alte fiamme che ormai si levavano dalla *villa*, poté contare, soltanto nella parte di cortile su cui il suo sguardo poteva spaziare da quella posizione, almeno una quindicina di uomini armati e dall'aspetto selvaggio: alcuni correvano diagonalmente attraverso lo spiazzo, forse per andare ad attaccare i magazzini, dai quali già proveniva lo schianto degli orci sfondati; altri, provenienti dalla *villa*, erano carichi di bottino: impacciati dai tascapane rigonfi di argenteria, dai tendaggi trascinati nella polvere, dai tappeti frettolosamente arrotolati, e da candelabri, sgabelli di ferro e altri oggetti altrettanto improbabili nelle loro mani, si muovevano goffamente, occhieggiando l'uno la preda dell'altro, e già barattavano ciò di cui si erano impadroniti; altri ancora, giunti sul piazzale a mani vuote, si guardavano attorno con occhi febbrili, ansiosi di fare il loro bottino. Cilone era a terra ora: due barbari, per nulla preoccupati dalla vicinanza dei romani della ridotta, stavano spogliando brutalmente il suo cadavere. L'orrore che Ippolita poteva provare osservandoli mentre si contendevano il suo elegante mantello, non era niente a confronto dello sgomento che le derivava dal vedere la *villa* in preda all'incendio, o dall'udire gli schianti provenienti dal magazzino e le grida belluine dei razziatori, ormai assoluti padroni di quello che fino a poche ore prima era stato – amorevolmente curato e protetto dalle brutture del mondo esterno – il suo piccolo regno; con angoscia, si chiedeva se di lì a poco quei demoni avrebbero avuto in loro potere la sua stessa vita.

Intanto, i servi si davano da fare per accendere delle candele. Appena fu fatta un po' di luce, alcuni dei rifugiati si gettarono con furia contro il prigioniero e un confuso tafferuglio si accese in mezzo alla sala. Il soldato, però, lo difese con tutte le sue forze. «No!» gridava. «Non uccidetelo! Potrà esserci utile.»

Ippolita, che era rimasta alla feritoia, prestava poca attenzione, essendo molto più preoccupata, in quel momento, di osservare le mosse dei barbari. Con spavento, ne vide una mezza dozzina raggrupparsi e muovere all'attacco della porta. Appena le asce si abbatterono con tremendo rimbombo sulla spessa lastra di ferro, dalla folla radunata all'interno si levarono grida di terrore. Dalla feritoia non era possibile vedere bene quanto avveniva davanti all'ingresso. Ippolita rivolse allora ansiosamente lo sguardo ai servi, impegnati a puntellare come potevano la porta con travi di legno: nell'alone di luce di una torcia infilata in un supporto di ferro, vide volti tesi, schiene robuste, braccia vigorose che spingevano con forza. Per qualche istante, il suo sguardo si posò anche sulla gente radunata nello stanzone: decine di uomini e donne che la luce di due candelabri a muro illuminava stentatamente, con crudeli e inquietanti effetti di chiaroscuro. Con i loro bambini e i loro fagotti di povere cose prese in tutta fretta, si stringevano gli uni agli altri per un istinto animale, e ogni tonfo proveniente dalla porta sembrava vibrare nella mente e financo nelle viscere di ciascuno con la medesima eco di terrore. C'era un vuoto, in un angolo del locale: lì il soldato teneva inchiodato al muro il suo prigioniero, che appariva smarrito e spaventato. Nessuno, tuttavia, lo minacciava. Nell'incalzare dei colpi alla porta, la sua presenza sembrava adesso suscitare soltanto orrore nei fuggiaschi, che gli avevano fatto il vuoto intorno e lo guardavano di sguincio, evitando di incrociare il suo sguardo, torvo e addirittura minaccioso, ora ch'egli sentiva imminente la propria liberazione. All'ingresso, però, i colpi si diradarono, sempre meno convinti, e infine cessarono: i barbari avevano preferito, per il momento, andare a cercare bottino altrove. Alcuni uomini si affollarono allora attorno a Clemanzio, chiedendo animatamente cosa si potesse fare: i più animosi avevano ritrovato il loro coraggio e si rendevano disponibili a una difesa; i più vili, già pentiti dalla risoluzione che li aveva portati nella ridotta, domandavano con ansia se vi fossero altre uscite. Il liberto cercava di calmarli e, per meglio farsi ascoltare, salì un paio di gradini di una stretta scala di pietra che conduceva al piano superiore e da quello a una terrazza che sostituiva il tetto; Ippolita, d'istinto, salì a sua volta e si pose al suo fianco, dominando la platea dei fuggiaschi con uno sguardo mobile ma attento. Tra loro riconobbe i suoi invitati, i loro servi e alcuni suoi domestici. Tutti gli altri erano per lei volti sconosciuti; probabilmente si trattava di gente che in vario modo le apparteneva: schiavi agricoli e coloni con le loro famiglie, che lei non si era mai preoccupata di conoscere. Gridavano, piangevano, pregavano, anche: in ginocchio, con le braccia tese in avanti, i palmi rivolti verso l'alto, lo sguardo ispirato, facendo eco alle giaculatorie per lei incomprensibili pronunciate con fervore da un giovane diacono pallido e smunto, che portava sulle spalle cadenti la stola sacerdotale. Con i bifolchi erano entrati anche dei vecchi. Alcuni di loro, in preda a qualche malore dovuto allo spavento e alla fuga precipitosa, già gemevano sul pavimento, con le mani tremanti e le bocche senza denti che si aprivano affamate d'aria, e imploravano dai loro familiari, con sguardi pieni di paura e smarrimento, un impossibile soccorso. E poi c'erano i bambini, che piangevano atterriti, e i neonati, i quali, in braccio alle madri, strillavano con una prepotenza che a lei appariva assurda e doppiamente urtante nell'enormità del pericolo che sovrastava tutti quanti.

Clemanzio invitò tutti alla calma, dicendo che ora si trovavano sotto la protezione della *domina*, e non avevano nulla da temere. Assicurò che le mura erano robuste e che la porta – come avevano appena veduto – era solida e avrebbe resistito a lungo; indicò, in un angolo dello stanzone, una botola chiusa da una grata, informando che da quella si scendeva nella cantina, dove erano conservate provviste che avrebbero consentito di reggere anche a un lungo assedio; oltretutto, la cantina era stata costruita a copertura di un torrente sotterraneo, dal quale un piccolo pozzo avrebbe consentito di attingere acqua a volontà. Chi aveva fatto costruire la ridotta era stato previdente, e aveva provveduto anche a munirla di una piccola armeria, di un forno con canna fumaria (entrambi si trovavano al secondo piano), e anche di una latrina. Dunque, non dovevano cedere alla paura, ma organizzarsi e prepararsi a resistere. Terminò la sua perorazione esortando i suoi ascoltatori a designare dei capi che facessero una conta e organizzassero chi era disposto a prendere le armi. Subito si accesero tra i presenti decine di piccoli, animati conciliaboli, nei quali le voci dei più risoluti si levavano ora con maggiore autorità.

Appena scesa dal gradino, la *domina* si sentì afferrare per un braccio. Era Placidia: «Oh Ippolita! Che sarà di noi?» piagnucolava, mentre suo fratello, pallido di terrore, sembrava quasi nascondersi alle sue spalle. «Voglio tornare a casa. L'avranno bruciata? Che ne sarà di mio padre? E dei miei fratelli?»

Ippolita non seppe risponderle. Domandò invece dove fosse Emerenziano, e apprese così che il giovane aveva tentato di lasciare la *villa* per raggiungere il villaggio e portare aiuto alla madre. Si allontanò da Placidia e si accostò a Claudiano. Il patrizio cingeva con gesto protettivo le spalle della moglie, appoggiata al muro di mattoni, terrea e con lo sguardo perso nel vuoto, e cercava di confortarla, parlandole sommessamente. Cercò di incoraggiarli: «Non abbiate timore» disse loro. «Questo edificio è praticamente inespugnabile. Presto se ne andranno.»

«Inespugnabile, dici?» proruppe Mafurro, facendosi largo nella ressa. «Ma come sfamerai tutta questa gente?» guardandosi attorno, aggiunse vibratamente: «Ci assedieranno. Moriremo di fame, vi dico».

Negli occhi di Ippolita brillò una luce di fuoco: «Hai sentito Clemanzio, no? A ogni buon conto, ricorda che di te possiamo sempre fare a meno!».

Mafurro, offeso e ancor più sbalordito da quel brutale richiamo, tacque di colpo e si trasse indietro, limitandosi a occhieggiare cupamente attorno a sé. Placidia le si accostò di nuovo e tornò a prenderla per un braccio: «Ma dov'è Flavia? Non la vedo, qui».

«Flavia è morta.»

Qualcuno accolse quell'annuncio con un piccolo, acuto grido e Ippolita individuò facilmente tra i presenti il tondo viso di Matidia: la vedova stringeva a pugno le dita paffute e ingioiellate all'altezza della bocca, contratta in una smorfia di spavento, e la guardava con orrore, quasi che vedesse in lei la responsabile di quell'assassinio. Un gemito, poco lontano: Livilla, con gli occhi rivoltati, stava scivolando lungo la parete, e il marito ebbe appena il tempo di sorreggerla. Facendosi spazio, la fece distendere con la schiena appoggiata al muro e chiese dell'acqua. Ippolita chiamò un servo perché gliene procurasse, ma non si trattenne. Aveva intravisto, nell'angolo, il soldato che vigilava sul prigioniero e desiderava parlare con lui. Per accostarsi ai due dovette fendere la ressa dei rifugiati, e non le sfuggì che alcuni fra costoro, smarriti, la salutavano bensì rispettosamente, ma al suo passaggio ammutolivano, occhieggiavano incerti verso il diacono e si facevano indietro più del necessario, quasi a voler evitare, nella loro superstizione, di contaminarsi avendo un qualunque contatto fisico con lei. Percepiva chiaramente, e non senza irritazione, il conflitto interiore che doveva lacerare quelle anime semplici e incolte, costrette dalle circostanze a implorare l'aiuto di una femmina pagana, che di certo consideravano sprofondata nella licenza e nel peccato, e tuttavia s'impose di non darlo a vedere: non era per amor loro che li aveva accolti, bensì per adempiere, fedele all'insegnamento di suo padre e di generazioni di Patriniani, un dovere che le derivava dal suo rango.

Nel barbaro riconobbe subito il giovane guerriero che

aveva veduto nel giardino, accanto al corpo di Flavia: era stato lui, insieme col suo più anziano compare, a uccidere la sua amica, di certo dopo averla brutalmente violentata, e poi entrambi avevano rincorso lei per riservarle sorte analoga. Nondimeno, sull'istintiva ripugnanza che avvertiva di fronte a quel barbaro assassino prevalevano, in quel momento, la sorpresa e la curiosità. Ora che poteva osservarlo da vicino, constatava che il suo aspetto non rispondeva per nulla alla descrizione che di solito si faceva degli Unni: era alto più di sei piedi, longilineo e di pelle chiara, con una folta e lunga zazzera di capelli color paglia, e anche i tratti del suo viso erano prettamente germanici. L'espressione dei suoi occhi azzurri non sembrava denunciare un'intelligenza vivace, e nel complesso il suo aspetto si sarebbe detto quello di un contadinotto un po' stolido e particolarmente primitivo, se non fosse stato per i bracciali in argento, costellati di rubini, e per il pesante ciondolo d'oro – certamente frutto di precedenti ruberie – che gli pendeva dal collo. Indossava un sudicio camiciotto di lino privo di maniche e pantaloni aderenti, infangati e macchiati di sangue – il sangue di Flavia, pensò lei con ribrezzo – attorno ai quali, in corrispondenza delle caviglie, si stringevano i lacci dei sandali. Nel giardino, Ippolita lo aveva visto guardarla con irrisione, aveva udito la sua risata di scherno, ma ora il suo atteggiamento appariva completamente diverso: si comprimeva il costato – là dove l'aveva ferito la daga di Cilone – con una mano rigata di sangue ed era tornato a guardarsi attorno inquieto, con espressione spaventata, evitando di fissare troppo a lungo coloro che lo circondavano. Ippolita preferì volgere lo sguardo sul soldato, i cui tratti poteva ora vedere chiaramente alla luce delle torce: a conferma della prima impressione che aveva avuto nel giardino, constatò che doveva avere poco più di vent'anni, ma nei suoi occhi scuri e intelligenti lesse la risolutezza e la ponderazione di un uomo già maturo; avvicinandosi, vide apparire sul suo volto abbronzato, dai lineamenti forti, con zigomi alti e mento volitivo, un sorriso di simpatia. Gli sorrise a sua volta. «Qual è il tuo nome, soldato?»

Le rispose di chiamarsi Maberto. Ippolita accennò al prigioniero e gli domandò se effettivamente fosse uno dei due barbari che l'avevano inseguita poco prima. Avutane conferma, chiese cosa ne fosse stato dell'altro.

«L'ho ucciso, *domina*» fu la semplice risposta, nella quale non colse alcun accento di compiacimento. Di fronte a quella tranquilla sicurezza virile, un'emozione strana, nuova per lei, le scorse per le vene. Si sentì pervasa da un empito di ammirazione e gratitudine verso quel giovane valoroso, a cui certamente doveva la vita, ma si impose di non palesarlo. Nondimeno, per un incoercibile istinto femminile si aggiustò una ciocca di capelli sulla fronte. «Perché hai risparmiato questo?» gli domandò. «Ho visto che Cilone voleva ucciderlo e tu gliel'hai impedito.»

«Perché può esserci utile» rispose il soldato, osservando di sottecchi il prigioniero. «Il ciondolo che porta è di fattura germanica, ed è di notevole valore, il che significa, probabilmente, che questo ragazzo appartiene a una famiglia importante. E poi c'è un'altra ragione: l'avevo preso io, non lui, e dunque toccava a me decidere cosa farne.»

«Ma... lui era il tuo comandante!»

Maberto scrollò le spalle, arricciando le labbra in un'espressione di sufficienza. «Non valeva granché» rispose soltanto.

Ippolita tornò ad accennare al giovane prigioniero: «È un unno?» domandò.

«No di certo. Dev'essere un gepido, o più probabilmente un burgundo d'oltre Reno. Il ciondolo, comunque, sembra burgundo.»

«Conosci i barbari?»

Il soldato annuì: «Abbastanza. Fino all'anno scorso scortavo i convogli dei mercanti verso Argentoratum o Augusta; sono stato anche a Genava, e laggiù di burgundi ne ho conosciuti parecchi. In ogni caso questo qui capisce la loro lingua». Afferrandolo per i capelli, si rivolse bruscamente in burgundo al barbaro: «Non è vero che mi capisci, piccolo ladrone?».

Il ragazzo, però, si limitò a rivolgergli uno sguardo spaventato e non rispose. Scuotendolo, Maberto gli domandò il suo nome, ed egli, a denti stretti rispose di chiamarsi Erhardt.

«Sei burgundo, vero?»

Ottenuta una risposta affermativa, il soldato insistette: «Erhardt, figlio di chi?».

Nonostante i rudi scossoni cui il romano lo sottoponeva reiterando la domanda, il barbaro non rispondeva. Maberto lanciò un'occhiata a Ippolita, che guardava senza capire, e spiegò: «Sto cercando di fargli dire il suo clan, *domina*. Il fatto che non voglia rivelarlo è un buon segno. Se, come credo, questo allocco è figlio di un uomo di rango, sarà un ostaggio prezioso nelle nostre mani».

Dovette strapazzare ancora un poco il ragazzo prima di ottenere risposta alla sua domanda, apprendendo così che suo padre si chiamava Reinwalt. Pensò immediatamente al famoso Taciturno, e gliene chiese conferma, ma Ippolita non poté udire la risposta, perché in quel momento, accolto con grida di raccapriccio dalla folla radunata nella ridotta, venne dalla *villa* il pauroso rumore di un crollo. Clemanzio, che fino a quel momento si era occupato di organizzare i capifamiglia e far distribuire le armi, la richiamò alla drammatica urgenza delle circostanze: «Il tetto dell'ala servile è crollato, *domina*!».

«Non è possibile!» di slancio, Ippolita si fece spazio e imboccò la scala che conduceva di sopra. Salendo, incrociò un paio di servi spaventati che scendevano in furia, imbracciando fastelli di asce smozzicate e di armi da taglio, di varia misura ma tutte ugualmente arrugginite. In uno di loro riconobbe il giovane che era stato al suo fianco nel giardino. Il ragazzo si fermò di botto e la guardò spaventato, evidentemente vergognandosi per averla abbandonata nel momento del pericolo e temendo la sua collera. Ma Ippolita aveva ben altro per la mente. «Che fai fermo qui?» lo rimproverò. «Porta giù questa roba, muoviti!»

Giunta sulla terrazza, si trovò all'aperto. Subito sentì l'odore del fumo e avvertì sul viso, invece dell'aria fresca della notte, la vampa di calore originata dall'incendio che divorava la *villa*. Appoggiata alla balaustra, contemplò con sgomento lo scenario da incubo che si offriva ai suoi occhi. L'ala dell'edificio riservata ai servi era tutta un rogo: come Clemanzio le aveva annunciato, il tetto, almeno sul lato a lei più vicino, era già crollato all'interno dei muri perimetrali, e travi incandescenti pencolavano e cadevano in un rovinio di polvere e faville; anche dalla *pars dominica* si levavano fiamme altissime e una densa nube di fumo. L'ala in cui si trovava il loggiato, dal quale poco prima aveva guardato insieme con i suoi ospiti l'incendio del villaggio, crollò con fragore proprio sotto i suoi occhi. I razziatori che per primi erano penetrati nella *villa* avevano aperto il portone del cortile ai loro compagni all'esterno, e ora in quel perimetro si agitava una folla di uomini a piedi e a cavallo, che correvano in tutte le direzioni, gridando e facendosi luce con delle torce. Dissennatamente, nella furia del saccheggio avevano appiccato il fuoco agli edifici tutt'attorno, e ora si sforzavano di trarre il bestiame dal rogo delle stalle e si agitavano senza costrutto attorno al granaio in fiamme. Le loro grida concitate e incomprensibili si sovrapponevano agli schianti dei crolli, al latrato dei cani imprigionati dalle loro catene e ai muggiti delle vacche atterrite.

«Che rovina, *domina*!» fu il commento sconsolato dell'intendente. Ippolita non gli rispose. Stava osservando un gruppo di barbari che, fermi a una ventina di passi dalla ridotta, parlottavano fra loro animatamente, lo sguardo fisso alla terrazza. In mezzo a loro, in sella a un magnifico baio, si distingueva un anziano guerriero particolarmente alto, dal fisico asciutto ma dall'aspetto energico, vestito di abiti scuri. L'uomo sembrava impartire ordini agli altri, che erano quasi tutti appiedati, di certo per muoversi agevolmente all'interno della *villa* e prender parte al saccheggio. «Quello laggiù dev'essere il capo. Stanno parlando di noi, è chiaro.»

Clemanzio tossì a causa del fumo. «Sì» riconobbe in tono preoccupato, «stanno decidendo come cucinarci. Faresti bene a tornare di sotto. Qui sei troppo esposta e rischi di essere colpita da una freccia o da un giavellotto.»

Ippolita, però, non sapeva staccare lo sguardo dallo spettacolo allucinante che si presentava ai suoi occhi. Sullo sfondo dell'incendio, i barbari si stavano radunando attorno al loro capo, ciascuno portando il proprio bottino, e sospingevano con uguale ruvidezza il bestiame prelevato dalle stalle e tutti coloro che – liberi o schiavi – non avendo avuto modo di rifugiarsi nella ridotta, non erano riusciti a sfuggire alla cattura. Fra quei prigionieri terrorizzati, sballottati brutalmente e divenuti già oggetto di baratti e di vivaci contese fra i barbari, poté riconoscere Emerenziano. Il patrizio, che aveva la tunica strappata e il viso sporco di fuliggine, cercava di interporsi tra un barbaro gigantesco e due donne, che si abbracciavano strettamente. Parlava col guerriero tendendo le mani, nell'evidente tentativo di ammansirlo e distoglierlo dalle sue vittime, ma a un tratto quello lo respinse brutalmente all'indietro e, impugnata l'ascia, gliela calò con violenza sul capo. Con un tuffo al cuore, Ippolita vide Emerenziano accasciarsi e scomparire in mezzo alla ressa che lo circondava. Un attimo dopo, il guerriero fu sulle due donne, delle quali Ippolita poté udire le grida di terrore. Poi le perse di vista. Addolorata e furente, tornò a fissare il capo dei barbari, che continuava a parlottare con i suoi fidi, l'occhio fisso alla terrazza. Ippolita sentiva crescere in sé un senso di ribellione. Se quell'uomo pensava di riservare a lei la stessa sorte di Flavia e di Emerenziano, si sbagliava: lei si sarebbe battuta, fino in fondo, fino all'ultimo respiro. «Fa' salire quel soldato, insieme col prigioniero» disse a Clemanzio. «A quanto ho visto, ha una certa esperienza e forse saprà consigliarci.»

Poco dopo, Maberto la raggiunse sulla terrazza. Aveva trascinato con sé il giovane barbaro, al quale ingiunse di sedersi contro la balaustra. «Eccomi, *domina*!» le disse.

Ippolita accennò ai guerrieri nel cortile. «Guarda» disse, «vengono qui.»

Effettivamente, colui che sembrava il capo dei barbari si stava avvicinando alla ridotta, accompagnato da un paio dei suoi, uno dei quali reggeva una torcia, peraltro senza vera necessità, dato che l'incendio risolveva drammaticamente ogni problema di illuminazione. A ogni modo, immaginando che il barbaro intendesse parlamentare, Ippolita ordinò a Clemanzio di portare una torcia o una lanterna, per essere sicura che egli potesse vederla. In effetti, appena fu a portata di voce il burgundo trattenne il cavallo e si rivolse direttamente a Clemanzio, che reggeva una lanterna passatagli da un servo: «Sei tu il padrone, qui?» domandò in un ottimo gallo-romano.

Clemanzio accennò a rispondere per conto della *domina*, ma questa lo fermò con un gesto della mano: per quanto fosse spaventata, non era tipo da ricorrere a intermediari. In tono fermo, rispose al barbaro: «Sono io la padrona qui. È con me che devi parlare».

Disorientato, il barbaro scambiò occhiate perplesse con i suoi consiglieri. Corse tra loro qualche risata. Dopo un breve conciliabolo, l'uomo tornò a rivolgersi a Ippolita: «Se uscite da lì dentro, avrete tutti salva la vita».

Il fragoroso crollo di un altro muro della *villa* alimentò il furore di Ippolita. Quando, caduti gli ultimi calcinacci, fu in grado di rispondergli, lo fece con intrepido sarcasmo: «Non sei soddisfatto del tuo bottino, barbaro? Non sei che un ladro e un assassino, e la tua parola non vale nulla per me».

Clemanzio, allarmato, le si accostò: «Non ti conviene provocarlo, *domina*!».

Ippolita non gli diede retta: un incontenibile furore andava crescendo in lei. «Hai distrutto la mia casa, ucciso i miei servi, rubato tutto ciò che avevo; che vuoi ancora, beccamorto? Uccidere donne e bambini? Noi di qui non usciamo di certo.»

Sconcertato, il barbaro dapprima si raddrizzò sulla sella, come se ciò potesse valere a sottrarlo all'ondata di improperi che lo investiva, poi gridò di rimando: «Bada donna! Non devi discutere con me. Se i miei uomini sfonderanno quella porta, nessuno sarà risparmiato e a te toccherà la sorte peggiore».

«E allora lui morirà!» gridò Maberto, afferrando saldamente per i capelli il prigioniero e costringendolo ad alzarsi, in modo che il capo barbaro potesse vederlo. A tale scopo, disse a Clemanzio di avvicinarsi con la lanterna, dopo di che, tenendo la daga puntata alla gola del ragazzo, si rivolse a Ippolita: «Credo che questo bamboccio sia suo figlio. Augurati che sia così, altrimenti la vedo brutta, qui».

Alla vista del ragazzo, tra i barbari corsero occhiate di sconcerto. Il maturo guerriero mosse in avanti il cavallo di qualche passo, fissandolo con attenzione ed evidente inquietudine, poi si rivolse a lui direttamente, parlandogli nella sua lingua in tono interrogativo. Il giovane rispose con prontezza, benché Maberto gli stesse torcendo un braccio dietro la schiena, ma Ippolita, pur non comprendendo quanto diceva, notò che la sua voce era incrinata, forse per la paura o, più probabilmente, per la vergogna. Ci fu tra i due un vivace scambio di battute: il capo barbaro appariva adirato, e il ragazzo sembrava in evidente imbarazzo e dava l'impressione di giustificarsi. Subito dopo, l'anziano guerriero scambiò alcune parole con gli uomini del suo seguito. Ippolita ne approfittò per chiedere al soldato se aveva capito qualcosa di quel dialogo animato. Maberto rispose accennando col mento al capo barbaro. «Come avevo immaginato, il ragazzo è suo figlio. Lo ha rimproverato: gli ha detto, più o meno, che è stato sciocco a farsi prendere. Sono certamente burgundi d'oltre Reno, e ho ragione di credere che quello non sia un Reinwalt qualunque, bensì quello che in Sapaudia chiamavano il "Taciturno". È un traditore: a quanto si dice, è stato lui a consentire ai Gepidi di passare il ponte di Augusta.»

«Bene. Allora di' a quel traditore che, se non se ne vanno subito, questo ragazzo glielo facciamo a pezzi sotto i suoi occhi.»

Di fronte a quella sua risolutezza, Clemanzio si spaventò: «Ma... *domina*! Se li provochi in questo modo, non farai che esacerbare la loro violenza. Se poi riescono a entrare, che ne sarà di noi? Sarebbe meglio...».

Ippolita scosse il capo con decisione. «Fa' come ti ho detto» disse al soldato. Nonostante tutto, pur avendo constatato che il burgundo parlava la sua lingua, le ripugnava pronunciare lei stessa parole tanto dure; inoltre, pensò che, in bocca a un uomo, esse avrebbero fatto maggiore impressione. Maberto, obbediente, trasmise il suo messaggio. Di nuovo, tra i barbari si accese una vivace discussione. Reinwalt spinse un poco il cavallo verso la ridotta, avvicinandosi abbastanza da consentire a Ippolita, nel riverbero della torcia sorretta dal guerriero che gli stava accanto, di distinguere i suoi lineamenti e di coglievi i segni della preoccupazione. Quando riprese la parola, egli si rivolse a Maberto: «Se toccherete mio figlio, demoliremo questa torre pietra su pietra e vi uccideremo tutti. Non avete speranza» scandì.

Pressando il ragazzo contro la balaustra e pungolandolo con la daga sotto il mento, Maberto tenne duro: «Bada! La torre è solida, e abbiamo viveri bastevoli per molto tempo. Non ti conviene minacciarci. Fai ancora un passo avanti e te lo uccido qui sotto i tuoi occhi».

Reinwalt si fermò subito. Trasse un profondo sospiro d'insofferenza, quindi scosse il capo: «Hai tanta voglia di morire, soldato?».

«Per niente. E neanche lui» rivolto al ragazzo, che vanamente si aggrappava con la mano libera al suo braccio armato, Maberto lo strattonò ringhiando: «Non è vero, bamboccio?».

Un coro di grida d'allarme si levò dai barbari radunati nel cortile. Reinwalt levò la mano, a chiedergli di fermarsi. «No! Aspetta» disse. «Noi non tenteremo di entrare, ma tu non ucciderlo.»

Maberto rilanciò: «Non basta: dovete andarvene! Te lo restituirò solo se porterai via da qui tutti i tuoi guerrieri».

«E i prigionieri?» intervenne Ippolita. «Deve liberarli!»

Maberto annuì: «Hai sentito, Reinwalt? La *domina* li vuole tutti liberi».

Dalla folla dei burgundi si levò un coro di proteste. Un guerriero, che da poco si era posto al fianco del Taciturno su un magnifico stallone bianco, sembrava discutere con lui con particolare ostinanzione: alto e assai imponente nell'aspetto, il volto ornato da lunghi mustacchi biondi, era a torso nudo e gesticolava vibratamente, accennando con la mano, che impugnava un'ascia, in direzione della ridotta.

«Hai idea di chi sia quell'esaltato?» domandò Ippolita.

«Chiediamolo a lui» disse Maberto; quindi interrogò il prigioniero, che, guardando il barbaro, rispose a denti stretti: «Geremar!».

«Si agita parecchio, questo Geremar» osservò la *domina*.

«A quanto ne so, è un brutto tipo. Un altro traditore al servizio di Attila. Se ho capito bene, sta suggerendo a quel Reinwalt di non cedere e di attaccare senz'altro. Evidentemente, non vuole rinunciare agli schiavi che ha catturato per sé e pensa che noi non avremo il coraggio di uccidere il ragazzo.»

Tacitando con un gesto irato e risolutivo il suo interlocutore, Reinwalt tornò a rivolgersi a Maberto: «Va bene. Noi ce ne andiamo. Hai la mia parola. Ora lascia libero mio figlio».

Senza allentare la stretta ferrea sul ragazzo, il soldato scosse il capo. «Stai celiando! Vogliamo vedervi andare via. Tuo figlio ti sarà restituito dopo il tramonto, e solo se sarete ben lontani da qui. Io stesso lo condurrò vicino al tuo accampamento.»

Nuove proteste si levarono tra le file dei barbari. A Ippolita parve che Geremar, che si trovava solo un passo dietro il suo capo, scambiasse a mezza bocca commenti critici, fors'anche sarcastici, con coloro che gli stavano accanto. Non poteva udire le sue parole, ma in compenso vide la fulminea reazione di Reinwalt: nello spazio di un secondo, questi trasse indietro il cavallo, mise mano all'ascia che portava sull'arcione e, girandosi sulla sella, colpì con un tremendo fendente il suo petulante consigliere, spaccandogli il cranio. Coloro che fino a quel momento erano stati accanto a Geremar balzarono indietro, fissando esterrefatti il suo corpo che, ormai inanimato, scivolava lentamente dalla sella e si afflosciava nella polvere. Tra loro nessuno aveva fiatato, ma dalla terrazza la scena era stata seguita con un solo grido di raccapriccio dai molti che vi erano saliti per seguire lo svolgersi della trattativa. Riappendendo in tutta calma la sua arma all'arcione, Reinwalt percorse con una lunga occhiata ammonitrice il semicerchio dei suoi uomini, quindi tornò a volgersi verso Maberto: «Bada» lo ammonì, «se non me lo riporterai, potrò sempre tornare qui e punire te e la tua padrona con i più atroci tormenti».

«Devi fidare nella mia parola, come io fiderò nella tua.»

Il Taciturno riprese le redini e, girando il cavallo, annuì con gravità. «Va bene» disse in tono conclusivo, «faremo come dici tu.»

10

Maberto lasciò la *villa* poco prima del tramonto, portando con sé il giovane prigioniero. Entrambi montavano cavalli lasciati per ordine del Taciturno dagli stessi burgundi, che avevano razziato tutti quelli trovati nella zona. Non fu senza sollievo che il soldato si allontanò dal deprimente spettacolo di rovine e disperazione che aveva avuto sotto gli occhi per tutta la giornata. Quando, al primo albeggiare, gli ospiti della ridotta avevano aperto la porta di ferro e si erano avventurati con passi incerti nello scenario desolato che i barbari si erano lasciati alle spalle, avevano constatato che buona parte della *pars dominica* dell'edificio era andata distrutta, insieme ai locali destinati alla servitù e parte degli edifici agricoli, compreso il fienile e le stalle. Il granaio era stato svuotato, le cantine depredate. Andandosene, i barbari avevano rilasciato molti prigionieri, ma nel perimetro della *villa* si erano poi ritrovati i corpi di altri – liberi e schiavi – che erano stati uccisi durante l'incursione. Alcuni servi erano risultati introvabili: fuggiti, forse, oppure catturati e portati via dai barbari malgrado l'impegno preso da Reinwalt. Cessato il pericolo, Ippolita aveva presto lasciato al suo intendente il compito di aggirarsi tra le macerie ancora fumanti, per constatare le dimensioni del disastro. Era uscita tra i primi in faccia allo sfacelo e si era seduta su una trave tra le macerie del magazzino, rispondendo a monosillabi, con lo sguardo perso nel vuoto, agli scampati che si soffermavano per esprimerle la propria gratitudine. Non erano molti, invero: i più si erano invece subito accalcati attorno al giovane diacono, che nemmeno in quel momento aveva ritenuto di rivolgerle la parola, e fra lacrime di gioia avevano levato ringraziamenti al Dio cristiano per l'accoglimento delle loro preghiere. Quasi tutti i coloni e molti di coloro che erano venuti dal villaggio avevano subito lasciato la *villa* per raggiungere le loro case e accertarsi dei danni subiti, ma alcuni, storditi e incerti, avevano continuato lungamente a stazionare nel cortile o ad aggirarsi nei dintorni, paventando un ritorno dei barbari.

Maberto non avrebbe giurato più degli altri sull'affidabilità del Taciturno. Per questo, nel timore di qualche insidia, aveva evitato di raggiungere il campo seguendo la strada, e aveva preferito percorrere – forte della sua conoscenza della zona – i sentieri, tortuosi ma più sicuri, che attraversavano la foresta. Fu dunque solo all'imbrunire che, tenendo il cavallo al passo, uscì dal limitare della boscaglia e si trovò in una breve spianata, tutta sassi ed erbacce, che terminava sul ciglio di una scarpata erbosa. Da quella terrazza naturale, si trovò a dominare la campagna sottostante, punteggiata dai fuochi dell'accampamento dei barbari. Nel pomeriggio un vento caldo aveva sgombrato il cielo, e la luna era sorta piena e nitida, muta testimone al distendersi della notte sulla pianura. Il canto di centinaia di grilli si alzava da ogni parte.

Con un tranquillo calpestio del suo cavallo, il figlio di Reinwalt gli si affiancò, lo sguardo fisso all'accampamento. Maberto lo osservò nella semioscurità: lo vedeva corrucciato, certamente vergognoso di quel suo disonorevole ritorno. Conosceva abbastanza la mentalità dei barbari per immaginare che quel giovane – figlio di un capo valoroso e temuto – si sarebbe sentito obbligato a impegnare tutto il resto della sua esistenza a riscattare l'inconveniente occorsogli la notte precedente: catturandolo, Maberto aveva macchiato per sempre la sua reputazione, cambiato irreparabilmente il suo destino. "Be'" si disse "peggio per lui!"

Traendo il coltello dalla cintola, recise la corda che teneva legato al suo il cavallo del ragazzo. Quindi gli si accostò e fece lo stesso con i lacci che gli stringevano i polsi. Con un gesto secco della mano, accennò all'accampamento dei barbari: «Puoi andare» gli disse «sei libero».

L'occhiata che ricevette in cambio era carica d'odio. Il ragazzo sembrò volergli dire qualcosa, ma poi sollecitò il cavallo e con poche grida rabbiose lo spinse al trotto, giù per la discesa. Maberto si trattenne a osservarlo finché la luce lunare glielo consentì, quindi, tirò le redini e fece voltare il suo baio. Faticò un poco a ritrovare il sentiero tra gli alberi, ma poi, senza fretta, prese la via del ritorno.

Avanzando nel silenzio del bosco, pensava alla *domina*: era una donna forte, bella e magnifica. La rivedeva ora come gli era apparsa – indomita e risoluta – nelle fasi salienti di quella notte tremenda, ma anche come l'aveva veduta successivamente, nel cortile, al momento di lasciare la *villa* insieme con il prigioniero: prostrata e demoralizzata, con gli occhi velati di pianto. In quel momento, scoprendola così fragile e sperduta, aveva provato per lei un autentico senso di pena, un sincero trasporto di simpatia, e gli era parsa meno lontana, meno irraggiungibile. Mosso da un impulso che travalicava la chiara consapevolezza che pure non gli mancava della differenza di rango che li divideva, le si era accostato per confortarla, lasciando il giovane burgundo in attesa sul suo cavallo. Giunto di fronte a lei, però, si era sentito impacciato, incapace di esprimerle la sua solidarietà: «*Domina*» le aveva detto in tono incerto, «non affliggerti così... Ormai è tutto finito».

«Sì» aveva ripetuto lei in tono amaro, soffocando un singhiozzo, «è proprio così, Maberto: tutto è finito, ormai; tutto... perduto!»

Pur intuendo che il senso pieno di quella risposta andava cercato al di là delle sue parole e probabilmente sfuggiva in parte alle sue capacità di comprensione, non per questo aveva rinunciato a consolarla, portandola a considerazioni semplici ed essenziali: «No, non è così. Pensa che poteva andare molto peggio, *domina*, e tu non hai nulla da rimproverarti: hai agito col coraggio e la risolutezza di un condottiero. Hai salvato la tua vita e quella di molti altri. Sei stata... magnifica!».

Silenziosamente, gli aveva preso la destra, e chiudendo gli occhi gliel'aveva stretta con forza. «Se non ci fossi stato tu...»

«Abbi fiducia, *domina*: gli edifici crollati si possono ricostruire, il grano si può seminare di nuovo. Ciò che più conta è che la vita sia salva. Il peggio è passato.»

Non gli aveva risposto, ma quando era montato in sella e già stava muovendo il suo cavallo, lo aveva richiamato: «Maberto!» gli aveva detto, con nello sguardo una luce strana, che gli era parsa di preghiera ma anche, al tempo stesso, quasi carezzevole. «Sta' attento. Vorrei che tu... tornassi qui.»

«Certo, *domina*. Non temere: tornerò.»

Ora manteneva quella promessa. La luce della luna lo aiutava a indovinare il tracciato del sentiero. Il lento calpestio del cavallo, ovattato dalla lettiera formata dal fogliame, era appena avvertibile nel silenzio della notte.

11

«No! No! Noooo! Così non va! Non va per niente. Dovete tenere i ranghi serrati, stare nelle file e seguire l'insegna, lo volete capire?»

Metronio era fuori di sé, e malediva caldamente sia il *Magister militum* sia Aulo Sebastiano, il quale, ben lieto di proseguire per Aureliana, gli aveva affidato quel balordo incarico di addestrare i volontari. Da ore, in quell'ampia radura, non lontana dal covo di Ambarro, stava cercando di fare marciare con un minimo di ordine quella turba di straccioni scansafatiche, alla quale il loro capo aveva dato pretenziosamente il nome di "Legione bagaudica". I suoi componenti, peraltro, la chiamavano con più realismo "Legione del gatto morto", dall'insegna che essi stessi si erano scelti, non trovando di meglio, fin dal primo giorno, quando lui aveva detto loro di procurarsi uno stendardo, un simbolo o comunque qualcosa da seguire nell'addestramento e poi, magari, anche in battaglia. Un ragazzo aveva subito reperito la pelle di un gatto morto, e tra l'ilarità generale l'aveva inalberata su una pertica. Dopo i primi scrosci di risa, tutti si erano subito affezionati a quell'insegna grottesca, che per voto unanime era stata messa nelle mani di un disertore, di nome Almiro, non solo e non tanto in virtù del suo peraltro oscuro passato militare, ma principalmente perché quell'uomo aveva mostrato di saper sempre distinguere la destra dalla sinistra. Dietro a essa, i guerrieri di Ambarro, con le loro armi rudimentali e il loro abbigliamento a un tempo miserevole e variopinto, avrebbero dovuto radunarsi, incolonnarsi, marciare e spiegarsi sul campo come un vero reparto militare. In realtà, benché il loro capo, consapevole delle carenze di addestramento della sua armata, avesse loro ordinato di attenersi rigidamente alle direttive di Metronio, i bagaudi prendevano tutto poco sul serio e sembravano refrattari a qualunque forma di disciplina. Né gli aspri rimproveri e i calcioni di Ambarro, né le fervide esortazioni del mite Divicone valevano a renderli consapevoli della necessità di prepararsi con serietà e rigore in vista dei giorni decisivi che li attendevano.

Adesso, però, la pazienza di Metronio era davvero giunta al limite. Rivolgendo ad Ambarro un'occhiata furente, esclamò: «Mi dici come potrò mettere i tuoi uomini in condizione di combattere contro gli Unni, se non sono capaci nemmeno di stare in fila? Me lo dici, eh?».

I pollici infilati nel cinturone di cuoio, il capo dei Bagaudi sostenne il suo sguardo. «Devi capirli. Se sapessero accettare la disciplina militare non sarebbero quello che sono. Finché il nemico sarà lontano, non si renderanno conto dell'importanza di...»

«Ma quando sarà vicino, sarà troppo tardi! Gli Unni sono guerrieri tremendi, cosa credi? Uno solo di loro ne vale dieci di questi.»

I verdi occhi di Ambarro lampeggiarono. «Su questo ti sbagli.»

«Ah, tu dici? Per intanto, vedi tu se riesci a convincerli a rispettare gli ordini.»

Stringendosi nelle spalle e increspando le labbra sotto la folta barba arricciata, Ambarro sorrise: «Sei tu l'istruttore, no? Datti da fare, allora».

Travolto dall'ira, Metronio lo lasciò dov'era e, a grandi passi, avanzò nell'erba verso le scomposte file che gli stavano di fronte. I bagaudi, già dimentichi di lui, scherzavano e ridevano fra loro e con le numerose donne che, fino a quel momento divertite spettatrici delle manovre, li avevano raggiunti al centro della radura. Metronio piombò in mezzo a loro e afferrò energicamente il primo che gli capitò a tiro, un tipo allampanato che si appoggiava a due mani alla sua lancia, e lo scaraventò indietro, vicino ad Almiro. Subito dopo fu la volta di un ragazzo robusto dall'aria arrogante, che vanamente provò a resistergli. «Vi ho detto di restare in fila!» gridò, forzandolo a riprendere il suo posto. Poi, puntando l'indice verso Almiro, aggiunse: «Ho detto che dovete allinearvi qui! Dietro di lui, in tripla fila. Capite cosa vuol dire? In tri-pla fi-la! Lo capite o...».

Una voce ironica, sonora e tagliente, si levò alle sue spalle: «E piantala, soldatino!».

Furente, Metronio si voltò, in cerca di colui che aveva parlato, e subito si trovò la punta di una lama a un dito dalla gola. A impugnarla era un uomo sui quarant'anni, alto e robusto, con una folta barba nera. «Dove credi di essere, giovanotto? Non siamo mica in piazza d'armi qui, e tu cominci a diventare noioso.»

Metronio deglutì. Sostenne lo sguardo del bagaudo, ma vi lesse la tranquilla spietatezza di un bruto. Comprendeva perfettamente che, alla prima mossa avventata, alla prima parola sbagliata, quell'uomo non avrebbe esitato un momento a tagliargli la gola. Bella morte sarebbe stata, per l'ultimo discendente dei Metroni: lì, in una radura sconosciuta, lontano dalle grandi battaglie che si combattevano per la salvezza delle Gallie e dell'Impero, e per mano di un bandito. Ma perché mai era toccato proprio a lui avere a che fare con gente simile?

Pungendolo con la spada alla radice del collo, appena sopra l'orlo del camiciotto militare di mezza lana, l'uomo lo sospinse indietro. Sul suo volto era comparso un sorriso d'irrisione. «Fronte a destra, fronte a sinistra...» scosse il capo con aria di disapprovazione. «Mi hai proprio stancato. Chi credi di essere? Non fare troppo il galletto, che io gli ufficialetti come te me li mangio in un boccone, hai capito?»

Arretrando in mezzo al cerchio dei bagaudi, Metronio inciampò in un affossamento e cadde all'indietro tra le risate generali. In quel momento si udì la voce di Ambarro: «Basta così, Milone».

L'uomo della spada si voltò verso il suo capo: «Questo soldatino si dà troppe arie, Ambarro. Secondo me...».

Non finì la frase, perché il pugno di Metronio lo colpì in pieno viso. Lasciando la sua arma, fece un passo indietro, poi un altro e ruzzolò per terra. Subito, però, si risollevò, e i suoi occhi frugarono febbrilmente nell'erba in cerca della spada. L'ufficiale stava già mettendo mano alla propria, ma Ambarro, interponendosi fra loro, stese il braccio a fermarlo. «Fermo, soldato! Non così» ordinò seccamente. Si rivolse quindi a Milone, che, ripresa la sua arma, si stava aggiustando la mascella. «Vuoi batterti con lui?» gli domandò.

«Certo!» rispose quello, sputando un dente nella mano e occhieggiando attorno con un torvo sorriso.

Metronio, pronto, protese la mano verso l'impugnatura della sua spada, ma Ambarro allungò nuovamente il braccio: «No. Niente armi. Sarebbe troppo facile per te. Ma vedo però che hai i pugni sodi: combatterai con quelli».

Divicone si precipitò di fronte a lui. «No!» proruppe allargando le braccia, quasi a proteggere il romano. «A che serve questa violenza? Quest'uomo coraggioso è qui per aiutarci. Sta scritto che...»

Metronio, che già si era spogliato del camiciotto, lo spinse da parte. «Lascia stare, Divicone. Per me» disse risoluto, rivolto ad Ambarro «possiamo cominciare.»

Arretrando, il capo dei Bagaudi allargò le braccia, controllando la posizione dei due antagonisti; quindi, con un gesto secco delle mani, li invitò a dare inizio al combattimento. Subito Metronio, tenendosi piegato un poco in avanti e alzando i pugni per tenersi in guardia, si fece incontro al suo avversario, che, anch'egli a torso nudo, già lo aspettava a piè fermo in mezzo al cerchio dei bagaudi. L'ufficiale sapeva bene che tutti erano contro di lui, tranne forse Ambarro e certamente Divicone – e che nessuno, comunque, avrebbe mosso un dito per aiutarlo. La sola palese ostilità delle centinaia di banditi che lo circondavano – non disgiunta da una viva curiosità di vederlo alla prova – avrebbe sgomentato l'animo più risoluto, ma lui era di una razza particolarmente coriacea, e per di più, in quel momento, era a tal punto posseduto dall'ira, da vedere solo il bagaudo che lo aveva insultato e provocato, odiando in lui con furore, in realtà, tutta quella moltitudine di sconci tagliagole, il destino che lo aveva intrappolato in quella stupida missione, e perfino lo stesso Flavio Ezio. Del resto, non era certo la prima volta che faceva a pugni: per quel tipo di confronto, l'esercito era stato per lui un'ottima scuola, e quelli tra quei bifolchi che scommettevano contro di lui se ne sarebbero presto accorti a proprie spese.

Inizialmente, studiandosi l'un l'altro, si mossero con grande cautela sulle gambe. Incitato dai suoi amici, Milone lo guardava di sottecchi, ruotando i suoi grandi pugni, con una smorfia canzonatoria dipinta sul volto barbuto: «Vieni, vieni, piccolino» gli disse «che ora son fatti, non parole! Finalmente vedremo cosa sai fare».

Metronio, incapace di dominare la sua collera e intenzionato a chiudere in fretta la faccenda, si lanciò in avanti e portò un primo colpo: un gancio destro che l'altro parò facilmente, rispondendo con un colpo analogo che lui parò a sua volta con pari facilità. Approfittando dell'accorciamento della distanza, Milone, che era un po' lento ma più robusto, cercò di afferrarlo per ingaggiare una lotta corpo a corpo, ma lui si sottrasse prontamente alla pericolosa stretta delle sue mani. Riprovò ad attaccarlo, sperando di sbilanciarlo con una serie di finte, cui però Milone, proprio a cagione della propria lentezza, non abboccò. Ci fu un altro breve e violento scambio di colpi, al culmine del quale Metronio, che aveva alzato troppo la guardia, ricevette un diretto inatteso e fortissimo al plesso solare. Aveva gli addominali contratti e riuscì ad assorbirlo, ma realizzò che il suo avversario era tutt'altro che uno sprovveduto. Parò la successiva, scontata successione di ganci e, appena questa si esaurì, balzò indietro con tutta l'agilità che gli rimaneva, cercando il punto debole di Milone. Arretrò ancora, respirando con la bocca e tenendo deliberatamente la guardia un po' bassa per dare l'impressione di essere già molto provato, nella speranza che l'altro abboccasse. Questi, sospinto dalla folla che, tutt'attorno, si sgolava a incitarlo, si fece sotto con decisione e gli sferrò un pesante diretto al volto. Metronio schivò con prontezza inclinando a sinistra e, trovandolo scoperto da quel lato, lo colpì al fianco con tutta la sua forza. Il bagaudo gemette e si contrasse, e subito fu raggiunto alla mascella dal destro di Metronio. Con una specie di muggito, ruotò su se stesso, per ricevere subito dopo un diretto in pieno viso; arretrò allora sbandando, fino a urtare contro la barriera formata dai suoi compagni; costoro dapprima gli fecero spazio, ma poi, sperando che si riprendesse, lo spinsero in avanti. Aveva lo sguardo appannato, ondeggiava sulle gambe, e la rottura del setto nasale aveva fatto del suo volto una maschera di sangue. Tentò fiaccamente di rimettersi in guardia, ma a quel punto il romano lo incalzò sferrandogli due ganci al mento. Milone ondeggiò, cadde sulle ginocchia e poi, stravolgendo gli occhi, stramazzò con la faccia nell'erba.

Per qualche secondo Metronio, ansante, rimase a osservare il suo avversario ormai abbattuto. Poi le sue orecchie rintronarono delle grida della folla, si sentì scuotere e sospingere da molte mani e vide attorno a sé i volti di uomini e donne che lo acclamavano con entusiasmo. Fra loro si fece largo Ambarro, il cui rude viso era rischiarato da un luminoso sorriso di apprezzamento. «Bravo, soldato!» gli disse battendogli una mano su un braccio «credo che ora finalmente ti daranno retta!»

Una graziosa brunetta con grandi, incredibili occhi azzurri, sgusciò nella ressa e gli porse un otre di idromele: «Tieni» gli disse sorridendo. Squadrandolo con ammirazione mentre si dissetava, gli gridò in mezzo al vociare dei compagni: «Da oggi sei dei nostri!».

12

Nel buio della notte, la barca fendeva lentamente la foschia che, come un velo impalpabile, aleggiava sopra il fiume. Il silenzio incombente era rotto solo dal piccolo sciabordio prodotto dai remi che affondavano ritmicamente nell'acqua torbida. Per l'anziano, esperto barcaiolo che si trovava sulla prora, l'unico riferimento per individuare le mura di cinta di Aureliana erano i fuochi accesi sulle torri di guardia, che ne rendevano visibili le sole merlature, con l'effetto di farle sembrare, nell'oscurità, come sospese a mezz'aria, in un cielo senza stelle. Sulla riva sinistra, invece, le luci palpitanti di molti fuochi lasciavano intuire a Sebastiano la disposizione dei distaccamenti unni che vigilavano sul ponte, chiudendo l'accesso alla città da meridione. Da molto più lontano gli arrivava, a intervalli regolari e accompagnato da un indistinto clamore, il cupo rimbombo dei colpi d'ariete sferrati dagli assedianti contro le difese della città: un attacco notturno, probabilmente sul lato opposto della cinta, rivolto a settentrione. Gli pareva di essere sul fiume da un'eternità, ma anche nell'atteggiamento dei suoi compagni poteva cogliere i segni dell'impazienza: Vitalio, dietro di lui, teneva la testa incassata nelle spalle, dando l'impressione di volersi fare piccolo piccolo, e di certo, poco fidando nell'oscurità che pure li avvolgeva, pregava silenziosamente. Gli occhi imperscrutabili di Maliban, che gli sedeva accanto, si muovevano in modo appena percettibile sotto le sopracciglia aggrottate, attenti a indovinare nel buio la fonte di ogni più piccolo rumore. Dietro sedevano i due bagaudi che Ambarro aveva dato loro per guide, con l'incarico di aiutarli a riconoscere e smascherare Eudossio una volta entrati in città: non facevano il più piccolo movimento, ma apparivano anch'essi tesi come corde d'arco; Etbino, il più giovane, si aggrappava con una mano al bordo della barca; l'altro, un uomo robusto e barbuto a nome Dubrizio, tormentava con le dita la corda della bisaccia che portava a tracolla.

In quell'ora ancora antelucana le poche sentinelle unne che vigilavano su quel tratto della Loira se ne stavano probabilmente appisolate vicino alle braci semispente dei fuochi notturni, ma v'era pur sempre il pericolo che qualcuna di loro intuisse quel movimento sul fiume e desse l'allarme, col risultato di costringere il gruppo a rinunciare all'attracco o a sbarcare frettolosamente nel punto sbagliato, magari tra le braccia del nemico.

Per fortuna, non accadde niente del genere. Il vecchio si voltò, segnalando con la mano al compagno che si trovava dietro di rallentare la voga. Qualche secondo dopo, scivolò senza rumore nell'acqua, subito imitato dagli altri. Sebastiano e i suoi compagni lo aiutarono a trarre a riva l'imbarcazione, facendola strisciare senza troppo rumore sul fondo melmoso. Un momento dopo, si trovarono su un terreno molle ed erboso, circondati da canneti all'apparenza impenetrabili. Sebastiano non riusciva a capire come avesse fatto il barcaiolo a indovinare con tanta sicurezza il punto dell'approdo. Lo vide chinarsi sul fondo della barca e prendere una rete nella quale erano riposte due grosse pietre, quindi volgersi a lui e ai suoi compagni. «Seguitemi!» disse soltanto.

Non poterono che avviarsi docilmente dietro di lui, mentre il suo compare rimaneva in attesa a guardia della barca. Con sorprendente disinvoltura, l'uomo individuò subito uno stretto sentiero che si apriva nella sterpaglia e lo imboccò con decisione, facendo strada a tutto il gruppo. Presto il terreno si fece più duro e più aspro, e il prefetto e gli altri si trovarono a salire tra lastroni di arenaria coperti di muschio, in direzione di una parete scoscesa, i cui contorni rimanevano indefinibili nell'oscurità di quell'ora. Inerpicandosi, Sebastiano comprese perché il barcaiolo li avesse portati proprio lì: la salita, infatti, era così ripida che gli unni non sorvegliavano quel punto. Benché i fuochi delle torri si vedessero appena, intuì di trovarsi sotto il bastione meridionale delle mura e, quando il vecchio si fermò, tendendo la mano poté accarezzare la pietra del muraglione. Il barcaiolo trasse i sassi dalla rete e glieli mise in mano: «Due volte di seguito, un altro colpo dopo pochi istanti, e infine altri tre colpi in rapida successione. Si affacceranno quasi subito. Prima però datemi il tempo di portare via la barca, altrimenti, quando gli unni si accorgeranno che qui c'è del movimento, mi daranno dei fastidi. Buona fortuna».

Senza aggiungere altro, si allontanò e scomparve presto tra i canneti.

«Bene!» mormorò poco dopo Sebastiano. «Vediamo se funziona.»

Volgendo lo sguardo verso l'alto, battè le pietre l'una contro l'altra, conformandosi alle istruzioni del barcaiolo. Dopo qualche istante di ansiosa attesa, lui e i suoi compagni udirono sopra di loro alcune voci concitate. Una luce ondeggiò sugli spalti, e un momento dopo la sentinella lanciò nel buio, senza gridare, ma non certo in un sussurro, il suo rituale: «Chi va là!».

Assumendo lo stesso timbro di voce, Sebastiano si qualificò, dicendo di essere latore di un messaggio di Flavio Ezio per il vescovo Aniano. Gli risposero di attendere e, dopo un tempo che a lui e ai suoi compagni parve interminabile, un'altra voce dall'alto – evidentemente del capoposto o di un ufficiale – lo interrogò di nuovo sulla sua identità. Dopo aver soddisfatto con malcelata irritazione quella richiesta, Sebastiano, impaziente, sollecitò affinché gli gettassero una corda e li facessero salire. Poco dopo, dal bastione fu calato un piccolo montacarichi, una specie di gabbia di legno, aperta su un lato per consentire che vi si entrasse, e sostenuta da una robusta catena che evidentemente scendeva da un paranco posto sulle mura: un sistema semplice e ingegnoso per consentire di uscire o entrare in città nei punti meno esposti. Il romano vi salì senz'altro e diede il via a coloro che dovevano sollevarlo. Ondeggiando e avvicinandosi di quando in quando in modo preoccupante al muraglione, la gabbia salì abbastanza velocemente, e poco dopo Sebastiano si trovò sul bastione. Con sorpresa, si vide subito circondato non da soldati, bensì da civili muniti di armi di fortuna, che lo scrutavano in viso alla luce abbagliante di una lanterna sorretta da un ragazzotto. Non aspettò che lo interrogassero. «Chi è il capoposto, qui?» domandò subito, scostando il braccio del giovane.

Un uomo tarchiato, sui quarant'anni, fece un passo avanti: «Sono io» rispose.

«Il tuo nome?»

«Mi chiamo Rutilio. Dato che affermi di venire da parte del *Magister militum*, avrai delle credenziali, immagino.»

Sebastiano trasse da sotto la giubba di cuoio il rotolo di pergamena che gli era stato dato da Ezio. Prima di consegnarglielo, tuttavia, tenne un poco indietro la mano e gli domandò se sapesse leggere. L'altro si accigliò: «Certo! Non avrei questo comando, altrimenti» rispose orgogliosamente Rutilio. Preso il rotolo, osservò con attenzione il sigillo del *Magister militum*, quindi lo strappò e srotolò la piccola pergamena, il cui contenuto scorse alla luce della lanterna, compitando a bassa voce:

[...] Il porta-tore del presente mes-sag-gio agi-sce per mio ordine e deve ri-cevere ogni aiuto di cui abbi... abbisogni.

Il capoposto, riavvolgendo la pergamena, annuì con gravità, e certo si accingeva a fare delle domande, ma Sebastiano non intendeva perdere tempo con personaggi secondari. Lo sollecitò quindi a far salire subito i suoi quattro compagni, tanto più che sull'altra riva del fiume si erano già levate le prime grida d'allarme e si erano anche accese alcune torce, alla luce delle quali le sentinelle unne si muovevano velocemente esplorando i canneti. Il capoposto ordinò ai suoi di calare di nuovo il montacarichi, ma l'operazione richiese un po' di tempo, perché la gabbia poteva portare solo una persona per volta. Mentre saliva Vitalio, Sebastiano osservava i miliziani: facce di onesti artigiani, manovali e mercanti, guerrieri improbabili e improvvisati, per lo più armati di picche, randelli e coltelli da cucina; su tutte erano riconoscibili i segni della fame e della paura. Rutilio non seppe trattenersi più di qualche secondo dal porgli la domanda inevitabile: «Dov'è l'esercito di Ezio? Sta arrivando?».

«Sì, sta arrivando, e presto sarà qui, ma non posso dirti di più.»

«Ma quanta gente ha con sé, il *Magister militum*? Perché qui gli unni sono decine di migliaia. Qualcuno dice centomila, qualcuno addirittura il doppio.»

Sebastiano si tenne sulle generali: «L'esercito di Ezio è sufficiente a respingerli, non temere. Come va qui?».

Rutilio si strinse nelle spalle. «Male. Malissimo. Quelli» accennò col pollice verso l'altra riva del fiume «attaccano quasi tutti i giorni, e come puoi sentire da questi colpi, anche di notte. Hanno costruito degli arieti enormi, con i quali picchiano in continuazione. E da questa parte noi, naturalmente, rinforziamo le mura. In qualche punto hanno provato anche ad assaltare i bastioni con delle scale, ma gli abbiamo tenuto testa. Per fortuna abbiamo molte baliste, e loro non sono capaci di costruire delle torri, altrimenti credo che ci avrebbero già sopraffatto.»

«E i viveri?»

Rutilio scosse il capo con sconforto e abbassò la voce per non farsi udire dai suoi: «C'è il razionamento, ma ormai siamo alla fame. Se Ezio non arriva presto...».

«Come mai non vedo soldati? Non dovrebbe esserci un presidio di alani?»

«Sono sui lati più esposti delle mura. Stasera, poi, c'è un attacco in corso. Noi controlliamo preferibilmente le porte» esitò un momento, guardando di sbieco verso Maliban, che era appena sceso dal montacarichi, poi soggiunse a mezza voce: «Aniano non si fida troppo degli alani».

«Dicendo "noi" cosa intendi?»

«La milizia cittadina e i soldati sbandati che si sono ritirati qui dal territorio circostante.»

Quando anche Etbino, l'ultimo del gruppo, ebbe raggiunto il bastione, a Oriente cominciava a delinearsi una sottile lama di luce. Il prefetto tornò a rivolgersi al capoposto: «Bene. Che aspettiamo? Portaci dal vescovo».

L'uomo spalancò gli occhi: «Ma... a quest'ora Aniano starà ancora dormendo!».

«Facci strada. La cosa è urgentissima, perciò non intendo perdere tempo.»

L'abitudine al comando aveva conferito alle parole di Sebastiano il tono necessario alla circostanza. Per un momento Rutilio, accigliandosi, lo squadrò con espressione riluttante, ma subito annuì. «Va bene! Venite con me.» Dopo aver impartito pochi ordini ai suoi sottoposti, tolse la lanterna al giovane subordinato e con quella si avviò lungo il cammino di ronda, facendo strada ai nuovi arrivati. Scendendo lestamente una lunga scala di pietra, cercò di giustificarsi: «Devi comprendere, Prefetto, quell'uomo non riposa mai, non vive che per salvare questa città. Sono convinto che se non fosse per lui la città si sarebbe già arresa. Si prodiga in mille modi per tener viva la resistenza: si occupa di assistere i feriti e gli indigenti, coordina i volontari, cura il razionamento dei viveri, è sempre sui bastioni e per di più, ogni tanto, trova anche il tempo per pregare e dire messa. Non si concede un momento di tregua. Davvero, io non so dove trovi la forza. In fondo, ha più di sessant'anni. Se crolla lui siamo tutti perduti».

Essendo un antico borgo celtico, Aureliana non aveva la pianta regolare delle città romane: era, piuttosto, un intrico di strade di varia larghezza, con molti vicoli e poche piazze principali. Giunto sullo spiazzo sottostante ai bastioni, Rutilio imboccò con decisione una della molte viuzze che vi si affacciavano, entrando poi in un'altra più larga. Alcuni soldati e volontari, evidentemente sopraffatti dalla stanchezza, dormivano sui marciapiedi, favoriti dalla mitezza della temperatura in quei primi giorni di giugno; altri – ed erano i più – vegliavano ansiosamente: lividi e tesi per l'attacco in corso sul lato opposto del perimetro murario, si raggruppavano in piccoli, silenziosi assembramenti e osservavano con curiosità il passaggio di Sebastiano e dei suoi compagni, domandandosi chi fossero e dove fossero diretti quegli sconosciuti che, ancora bene in carne nella città affamata, avanzavano al centro della via col passo sicuro di chi ha una meta ben precisa. In genere non parlavano, oppure si limitavano a scambiarsi le loro opinioni con brevi bisbigli. Il cupo, ritmato rimbombo dei colpi d'ariete riempiva la notte e ricadeva lugubremente sulla città e sugli uomini come un sinistro preannuncio di morte, che le urla di sfida dei difensori del bastione minacciato cercavano di esorcizzare.

Sebastiano studiava quegli uomini con occhio esperto: erano smagriti, scarruffati e con le barbe lunghe, palesemente provati da un mese di combattimenti e privazioni; tuttavia, non avevano ancora l'aria da cane bastonato tipica del soldato ormai rassegnato alla resa. Ciascuno di loro teneva accanto a sé le proprie armi: vide spade smozzicate, asce smussate, picche senza punta, mazze ferrate ormai contorte, e notò che solo pochi disponevano di uno scudo o di una maglia di ferro. Solo le calzature militari di alcuni gli consentivano di riconoscere in loro dei soldati di mestiere. Constatando che molti erano segnati da ferite sommariamente bendate, oppure spicciativamente cauterizzate, o soltanto cucite alla meno peggio e di certo molto dolorose, ne trasse deduzioni di segno opposto: era positivo e ammirevole che uomini ridotti così non si defilassero dalla battaglia, ma voleva anche dire che le risorse umane di cui Aureliana poteva avvalersi per la propria difesa erano giunte all'estremo.

Albeggiava quando, dopo avere fiancheggiato il palazzo delle Terme, svoltarono in una strada laterale che sfociava in una grande piazza, dominata dalla mole della Cattedrale. Lì, brutalmente, si trovarono faccia a faccia col dolore della città assediata. Un tanfo di immondizia, fumo, sangue ed escrementi li accolse già sull'angolo. L'intera area era occupata da decine di tende, carriaggi, piccoli baraccamenti in mezzo ai quali si muovevano figure spettrali: soldati, monaci, volontari, bambini cenciosi e donne indaffarate, alcune delle quali tenevano i figli piccoli al seno. Da molte tende giungevano lamenti di gente sofferente. Su un carro, cui era aggiogato un vecchio ronzino, evidentemente sottratto al macello solo per essere adibito a quella macabra funzione, erano accatastati dei cadaveri, in attesa dell'ultimo viaggio verso una fossa comune. Quando la lanterna illuminò quella tragica catasta, Sebastiano notò che non tutti i corpi recavano ferite da combattimento; alcuni erano addirittura di bambini. Senza essere interpellato, Rutilio rispose alle domande che lui esitava a formulare: «Qui» gli disse, accennando con un gesto della mano al desolante spettacolo offerto dalla piazza «teniamo i profughi e assistiamo i feriti nei combattimenti, e i malati, anche... Ne abbiamo molti, e non tutti ce la fanno».

Attraversando nella luce pallida dell'alba quell'accampamento di fortuna, piaga aperta nella città dolente, Sebastiano non ebbe modo di osservare nei particolari la Cattedrale, che sapeva consacrata alla Santa Croce. La sua guida, gettata la torcia ormai inutile tra i tizzoni di un bivacco, salì sul sagrato e oltrepassò il colonnato dell'edificio, ma invece di varcarne il portone – già aperto a quell'ora, tirò diritto. Passando davanti all'ingresso, Sebastiano poté solo gettare un'occhiata all'interno. Alla luce di decine di candele, vide interamente solo la navata centrale, nella quale alcuni fedeli pregavano in ginocchio o addirittura distesi faccia a terra, mentre altre persone – forse diaconi o volontari – si muovevano rapidi e silenziosi, con l'aria di assolvere a precise incombenze. Nel portico, alcune delle donne, e fra queste anche delle fanciulle, confortavano pazientemente degli infermi, avvolti in povere coperte e appoggiati contro le colonne. Sebastiano avvertiva fra quella gente dolore e prostrazione, ma anche solidarietà, voglia di resistere. Soprattutto, coglieva dietro tutto quanto aveva veduto fino a quel momento, e tenuto conto delle drammatiche circostanze, un'efficace organizzazione che, coi tempi che correvano, era difficile attribuire all'autorità militare.

Svoltato l'angolo della Cattedrale, attraversarono un piccolo slargo, che la separava da un imponente edificio, certamente risalente al periodo del Primo Impero, il cui ingresso principale, con un portone ad arco, si trovava sulla piazza. Rutilio, tuttavia, passò accanto a un gruppo di miliziani che giocavano ai dadi sui gradini del sagrato e puntò con decisione verso l'ingresso secondario: una porta vigilata da due assonnati volontari che, più che impugnare le loro lance, sembravano appoggiarvisi. Rapido,

Rutilio salutò le sentinelle e, facendo strada a Sebastiano e ai suoi compagni, imboccò una scalinata di mattoni, al termine della quale non restò loro che svoltare a destra e percorrere un corridoio ancora avvolto dalla penombra, prima di trovarsi davanti all'ingresso dell'appartamento del vescovo. Il vestibolo aveva forma quadrata e non era molto grande. Le sue pareti apparivano intonacate di recente, e su quella di fondo un affresco raffigurante Cristo in veste di buon pastore accoglieva i visitatori. Il pavimento era a mosaico, con disegni a losanga. Da dietro un piccolo tavolo, sul quale una candela andava spegnendosi in un candeliere di bronzo, si alzò subito un uomo corpulento, con i capelli tagliati all'altezza delle orecchie. Senza aspettare d'essere interpellato sul motivo di quella visita in un orario tanto inusuale, Rutilio gli si rivolse in termini decisi, annunciando che era entrato in città un messo del *Magister militum* che chiedeva di conferire urgentemente con il vescovo. Dietro l'*atriense* si erano intanto affacciati da un corridoio una donna anziana e dei miliziani: alcuni giovanissimi, quasi imberbi, altri d'età molto più avanzata. Il loro atteggiamento era di aperta diffidenza: in effetti, apparivano più irritati che incuriositi dai nuovi venuti, non diversamente dall'*atriense*, il quale, sotto lo sguardo impaziente di Sebastiano, aveva ingaggiato una serrata discussione con Rutilio nel più stretto dialetto celtico. Avvicinandosi di qualche passo, la donna protestò apertamente, sostenendo che il vescovo era appena rientrato, che era stato sulle mura fino a poco prima e che aveva bisogno di essere lasciato tranquillo, almeno per qualche ora. Nondimeno, alla fine l'*atriense* acconsentì a farli entrare, ma ingiunse loro di attendere, avvertendoli che, in ogni caso, il vescovo non li avrebbe ricevuti tutti insieme: «È vecchio e malato» aggiunse gravemente «e non vogliamo che lo si affatichi oltre misura.»

Sebastiano non poté che assentire. Mentre l'uomo li lasciava sotto l'attenta sorveglianza dei guardiani per andare ad annunciarli al prelato, ordinò a Vitalio, Maliban ed Etbino di scendere e attenderlo fuori. Tenne invece con sé Dubrizio, perché poteva fornire ad Aniano la descrizione del traditore. Poco dopo, entrambi furono introdotti al cospetto del vescovo di Aureliana.

13

Varcando una porta ad arco, Sebastiano e Dubrizio si trovarono in una stanza debolmente illuminata, che il prefetto giudicò essere uno studio o una biblioteca, per via dei moltissimi libri e codici di pergamena che vide allineati, o raccolti in cilindri di cuoio, sui ripiani di due grandi armadi a muro. Al centro del locale li attendeva un uomo anziano, che appoggiava una mano lunga e scarna su un vecchio, semplice tavolo nero, appena orlato con essenziali pitture geometriche, dietro il quale era stato posto uno scranno ligneo con un cuscino da seduta. Benché fuori fosse ormai giorno fatto, l'unica finestra era ancora chiusa e la stanza era illuminata soltanto dalle candele di un candelabro a due bracci. In quella luce giallastra, i lineamenti scavati del vescovo risultavano ancora più marcati. Aniano era di statura media, magro e un po' incurvato dall'età; indossava una lunga, semplice tunica di lana dalle maniche larghe e priva di cintura, e ai piedi calzava dei semplici sandali domestici; i tratti del suo volto apparivano affilati, contornati da una fluente barba biondastra, più scura dei capelli, che erano invece quasi bianchi, ancora discretamente folti, e lunghi a lambire le spalle. Sul momento, a Sebastiano sembrò più vecchio dell'età che gli veniva attribuita. Ora che si trovava al suo cospetto, comprendeva a pieno le preoccupazioni manifestate dalle persone che vegliavano su di lui e la loro resistenza alla sua richiesta di essere ricevuto immediatamente. Quasi subito, però, si sentì catturato dalla vivida, limpida luce dei suoi occhi, che erano di un azzurro intenso, in un volto pallido, lungo e magro, ma dai tratti forti: nel suo sguardo diritto e penetrante, che però si era subitamente illuminato di un sorriso cordiale, non riscontrò alcuna fragilità; vi colse, al contrario, i riflessi di un carattere enegico, e un'espressione di ansiosa aspettativa. «Salute a te, Prefetto!» gli disse subito, con voce ferma anche se appena arrochita, e gli si fece incontro prontamente, le mani aperte per un istintivo abbraccio: «Dunque, mi porti notizie dal *Magister militum*!».

Sebastiano si inginocchiò a baciare l'anello vescovile e, sollevandosi, ritenne doveroso scusarsi: «Sì, *Eccellentissimo*, mi rammarico di avere interrotto il tuo riposo, ma si tratta di notizie importanti».

Gli occhi dell'anziano prelato si illuminarono, e con forza insospettabile egli trattenne la mano del romano fra le proprie: «Dunque l'esercito di Ezio è arrivato?».

Sebastiano, di nuovo in piedi di fronte a lui, lo rassicurò: «Non ancora, ma sarà qui presto, *Eccellentissimo*. Il *Magister militum* non ha dimenticato la promessa che ti fece ad Arelate, e si avvicina a marce forzate con il suo esercito, al quale, in una località che io non conosco, dovrebbe unirsi o essersi già unito quello dei Visigoti. L'armata potrebbe arrivare fra tre giorni, e forse perfino posdomani».

Con sconcerto, Sebastiano constatò che il suo importante interlocutore non sembrava affatto compiaciuto da quelle decisive informazioni. Al contrario, rabbuiandosi in volto, Aniano gli liberò la mano e lo fissò strizzando le palpebre: «Posdomani, dici» mormorò gravemente, indi scosse il capo. «Avrebbe dovuto essere qui già due giorni fa. Posdomani potrebbe essere troppo tardi.»

«La situazione è dunque così grave?»

Invece di rispondergli, Aniano lo prese per un braccio e lo accompagnò alla finestra. Aprendo il battente, invitò l'ospite ad avvicinarsi e gli presentò, nella luce neutra e pulita del primo mattino, lo spettacolo della piazza sottostante, dove, tra gli attendamenti che Sebastiano aveva già attraversato arrivando, brulicava attorno ai fuochi una folla di centinaia di uomini, donne e bambini. Una debole brezza che veniva da ponente non valeva a disperdere i miasmi che salivano dai bivacchi di quella moltitudine afflitta e spaventata. «Vedi questa gente?» gli domandò, senza lasciare il suo braccio e stringendo con l'altra mano la semplice croce di legno che gli pendeva dal collo. «Molti di loro sono profughi che sono fuggiti dalle campagne e hanno trovato rifugio in città; i più, però, sono cittadini di Aureliana: hanno paura a restare nelle loro case, perché temono da un momento all'altro di vedere gli unni irrompere in città. Perciò vengono qui, e come un gregge in pericolo si stringono attorno al loro pastore, al loro vescovo. Sanno che, avendo la città scelto la via della lotta, non potrà impetrare la clemenza di quei barbari.» Trasse un profondo sospiro, quindi continuò: «Rivolgono le loro preghiere a Dio, ma in realtà aspettano la loro salvezza da me. Io ho infuso fiducia in loro, li ho incoraggiati a resistere, a fidare nella parola di Ezio. Ogni giorno, dal pulpito della Cattedrale, o dal sagrato, o da questa stessa finestra, parlo con loro, e assicuro che l'armata imperiale sta per arrivare. Li incoraggio, dico loro che non devono cedere allo sconforto, che presto le loro pene giungeranno al termine, che i barbari saranno ricacciati verso l'Inferno che sembra averli vomitati. Ma quell'orda assassina non concede tregua, e...». Si interruppe, alzando l'indice e assumendo un'espressione di ascolto. Sebastiano udì nuovamente, e questa volta non molto lontano, il cupo rimbombo che aveva già udito in precedenza. Fissandolo con il suo sguardo penetrante, l'indice ancora levato verso la finestra, Aniano aggiunse: «Tu sei un soldato e di certo riconosci questo fragore terribile».

«Sì. Sono colpi d'ariete.»

Il vescovo annuì con gravità. «Da ieri stanno attaccando vicino alla Porta Settentrionale. Sono stato quasi tutta la notte sul bastione per incoraggiare i nostri. Finora le mura hanno resistito, anche perché, seguendo le istruzioni impartitemi dal *Magister militum* ad Arelate, le abbiamo rinforzate con grandi terrapieni e con materiale tratto dagli edifici pubblici delle vicinanze: in pratica» commentò con amarezza «distruggiamo noi per primi la nostra città, prima che lo facciano i barbari. Abbiamo aumentato lo spessore delle porte e le abbiamo puntellate, abbiamo allargato e approfondito il fossato, ma gli Unni ogni giorno tentano di riempirlo di terra e tronchi, per arrivare a gettare dei ponti mobili. Dispongono di numerosi arieti, che spesso usano contemporaneamente contro punti diversi delle mura, sfidando il tiro delle nostre baliste, che ormai usano come proiettili le lastre della pavimentazione delle strade, ma sono così usurate che i serventi devono continuamente ripararle come possono, con mezzi di fortuna. Le nostre difese hanno subìto danni gravissimi, e i difensori sono estenuati, tanto più che le riserve di grano ormai sono quasi esaurite, benché io mi sia prodigato in tutti i modi, e per tempo, per accumulare delle scorte in vista di questo assedio, che consideravo inevitabile. Il fatto è che fino a un mese fa l'amministrazione militare e il collegio dei Decemviri non avevano preparato nulla, mentre l'esercito di Ezio, che dovrebbe essere già qui, ancora non si è visto. Molti temono che gli alani, che finora si sono battuti con valore, piuttosto che patire la fame preferiranno venire a patti con Attila e consegnargli la città. Insomma, siamo allo stremo.» Si interruppe un momento; poi, richiudendo per metà il battente, sospirò e riprese in tono grave: «Ciò che voglio farti comprendere, Prefetto, è che due giorni potrebbero essere molto più di quanto ci rimane, prima che il mio gregge venga sbranato da quei lupi pagani».

Attraverso il battente semiaperto giunse ancora una volta l'eco del tonfo dell'ariete. Sebastiano era rimasto colpito dalla disinvoltura che il vescovo – nel cui aspetto, per quanto risoluto, sarebbe stato impossibile rilevare qualunque indizio di un'indole guerriera – mostrava di avere acquisito nel parlare di faccende militari. Ciò che più lo allarmava, in ciò che gli aveva appena detto, erano i suoi dubbi circa l'atteggiamento degli alani. «I soldati di Sangiban» osservò «sono molto valorosi: tempo fa si sono alleati con Roma proprio per sfuggire agli Unni, che opprimono il loro popolo. Difficilmente si arrenderanno. A ogni modo, se mi farai accompagnare da Sangiban, parlerò con lui e lo spronerò a resistere e a rincuorare i suoi soldati. Dovete tutti tener duro e avere fiducia nel *Magister*; presto sarete in salvo.»

Un sorriso stanco si dipinse sul volto profondamente segnato di Aniano. «Certo. È importantissimo che tu possa parlare con Sangiban. Ti farò accompagnare da Rutilio alla Porta Settentrionale: lui si trova lì. È bene che tu vada subito, anche perché solo quando sarai sul bastione potrai farti un'idea precisa di quanto grande sia il pericolo.» Volgendosi verso il tavolo, prese tra gli incartamenti che vi si trovavano un piccolo campanello, evidentemente per chiamare qualcuno, ma Sebastiano lo fermò tendendo la mano. «Aspetta! C'è un'altra cosa che devo dirti.»

Il vescovo lo fissò con rinnovata attenzione: «Ossia?».

«Sul fondamento di notizie certe, devo informarti che molto probabilmente il capo bagaudo Eudossio, che come forse sai è passato con Attila, è penetrato in città con alcuni dei suoi accoliti. Il suo intento è di assassinarti, o comunque di portare aiuto agli unni dall'interno.»

Una volta ancora, l'anziano prelato sospirò, e la sua mano tornò a cercare la croce sul petto. Abbassando lo sguardo e scuotendo mestamente il capo, depose il campanello e mormorò: «A questo siamo giunti!».

Tacque per un momento, ma si riprese subito, e in un impeto di collera, avvampando, batté il pugno sul tavolo e rivolse a Sebastiano uno sguardo terribile: «Sono le ingiustizie dei potenti a condurre i miseri sulla strada della ribellione e del tradimento! Essi dovrebbero per primi dare in seno alla comunità un esempio di morigeratezza, umiltà, carità e fedeltà ai propri doveri, e invece schiacciano il popolo sotto il tallone della loro arroganza, ostentando i loro privilegi anziché ripudiarli come fardelli dell'anima, inevitabili premesse di peccato e perciò della loro futura dannazione!».

Per qualche momento, Sebastiano tacque, impressionato dal fuoco di appassionata, trascinante fede che aveva sentito ardere nelle parole del vescovo, e dalla collera che aveva visto sprigionarsi dai suoi occhi. In quei pochi istanti, quel piccolo uomo gli era parso quasi un gigante, dando pieno fondamento al carisma che gli era riconosciuto dai suoi concittadini. «Sia come sia» replicò «tu comprendi bene quanto sia importante che si abbia cura della tua sicurezza. Inoltre, è indispensabile cercare e smascherare al più presto Eudossio e i suoi accoliti. Quest'uomo» accennò a Dubrizio, fermo con le braccia incrociate un passo dietro di lui «lo conosce da anni e saprà aiutare i tuoi uomini a identificarlo.»

Proseguì raccontando, senza dilungarsi in troppi particolari, della missione affidatagli da Flavio Ezio, della divisione apertasi in seno ai Bagaudi e dell'impegno di Ambarro a sostenere le armi romane, e infine chiese licenza al vescovo di poter dare la parola a Dubrizio, affinché fornisse la descrizione di Eudossio. Aniano annuì, ma chiamò col campanello l'*atriense*, al quale disse di fare entrare anche coloro che attendevano nel vestibolo, perché potessero sentire anch'essi. In breve, la stanza si riempì, e tra gli astanti Sebastiano rivide Rutilio, che evidentemente si era trattenuto nella speranza di conoscere le novità di cui lui era stato latore.

Invitato a riferire quanto sapeva, il bagaudo si trovò un poco in imbarazzo, poiché fino a un momento prima aveva immaginato di parlare solo col vescovo. Nel silenzio carico di attesa che era calato nella stanza, non si udivano più nemmeno i colpi dell'ariete: l'attacco, evidentemente, era cessato. Dubrizio ondeggiò un poco sulle gambe, si aggiustò la cintura sul ventre un po' prominente, si grattò la barba arricciata, occhieggiando tutt'attorno di sotto le folte sopracciglia, e infine parlò: «Eudossio è un uomo come altri, e all'apparenza non ha nulla di speciale: è di statura media, un po' stempiato, robusto senza essere un atleta; si rade regolarmente la barba e porta di solito i capelli corti, ma questo, naturalmente, non conta granché, perché potrebbe essersi fatto crescere sia l'una sia gli altri. Io credo che... Sì, ciò che colpisce in lui sono gli occhi: tra il grigio e il verde, che quando ti guardano... insomma ti confondono, sono... affilati come spade, ecco, e sembra che ti leggano dentro. Perché è un uomo intelligente, sapete? Sì, molto intelligente! E poi c'è un'altra cosa, che può aiutarvi a riconoscerlo: nella mano sinistra ha soltanto quattro dita, perché una volta – parlo di un anno fa – dalle parti di Avaricum, sì è amputato lui stesso il mignolo, che un soldato di scorta a un esattore gli aveva schiacciato con un colpo di mazza. Non ci ha pensato due volte, capite? E, insomma, è rimasto così, ecco... senza più il suo dito».

Terminato quel resoconto, Dubrizio tacque e, in preda a un certo imbarazzo, tornò a grattarsi la barba ruvida, guardando per terra. Qualcuno, però, gli fece delle domande. Rutilio, in particolare, gli chiese a quando si potesse far risalire l'ingresso di Eudossio in città, ma quando il bagaudo gli rispose di ritenere ch'egli fosse giunto ad Aureliana non più di due o tre giorni prima dell'inizio dell'assedio, si levò tutt'attorno un mormorio di costernazione, poiché tutti sapevano che in quei giorni molte centinaia di persone erano affluite in città dalle campagne devastate. I miliziani decisero di allertare subito tutti i capiposto, comunicando loro i connotati di Eudossio. Alcuni dubitavano che fosse possibile rintracciare quell'uomo nella folla eterogenea dei rifugiati, poiché costoro si erano mescolati tra la popolazione e spesso partecipavano attivamente alla difesa dei bastioni; inoltre, qualcuno osservò che non erano pochi, in città, a recare nelle mani piccole mutilazioni come quella di Eudossio, ma Rutilio si mostrò ottimista e volle rassicurare il prelato: «Non temere, Padre» gli disse, ponendosi una mano sul petto «quel bandito non potrà nuocerti in alcun modo: un uomo con quattro dita in una mano non è poi così difficile da trovare! Se ciò che medita è il tuo assassinio, sapremo impadronirci di lui prima che possa avvicinarti.»

Per nulla spaventato, Aniano sorrise paternamente. «Sia fatta la volontà di Dio!» disse, levando il braccio a benedire lui e quanti altri lo circondavano.

Poco dopo, Sebastiano ridiscese in strada con Dubrizio e Rutilio, che doveva accompagnarlo da Sangiban. Appena si ritrovò nel caos della piazza affollata, vide farglisi incontro Vitalio, con un'espressione di allarme che non preannunciava nulla di buono. «*Eminentissimo...*» balbettò, occhieggiando incerto verso Dubrizio, «Etbino, quel ragazzo che era con noi...»

«Sì. Ebbene?»

Vitalio deglutì. «Ecco... è sparito.»

«Come sparito? Che significa sparito? Sarà qui intorno, no? Vi avevo detto di non allontanarvi. Dov'è Maliban?»

«Lo sta cercando.» Vitalio accennò col braccio verso la Cattedrale e continuò: «Quando siamo arrivati qui, sui gradini del sagrato c'era un gruppo di miliziani. Non so se tu li hai notati, ma...».

«Sì, rammento. Allora?»

Vitalio si strinse nelle spalle: «Ecco: giocavano a dadi, lì sul selciato; poco dopo che tu sei entrato nel palazzo, Etbino si è avvicinato a loro, così, per curiosare. Abbiamo pensato che volesse tirare qualche mano col bussolotto, tentare la sorte, e quindi non ci siamo occupati di lui. Del resto erano solo a una decina di passi, e...».

«Insomma, ve lo siete perso!»

Il volto di Vitalio era il ritratto della costernazione: «Quando ci siamo voltati di nuovo da quella parte, tutto il gruppo era sparito. Abbiamo guardato dappertutto, ma in mezzo a tutta questa gente non siamo più riusciti a ritrovarlo. Maliban lo sta ancora cercando».

Sebastiano si rivolse a Rutilio, che aveva ascoltato con malcelata impazienza. «Tu sai chi erano quegli uomini?»

L'altro scosse il capo negativamente: «No. Non ho fatto caso a loro. Non mi pare grave, comunque. Il ragazzo sarà andato a farsi una bevuta da qualche parte, no?».

Sebastiano, che invece sentiva crescere in sé un senso di allarme, stava per replicare, ma vide Maliban emergere dal lento, faticato va e vieni della folla. Accigliato, l'alano si affiancò silenziosamente al compagno. «L'ho trovato» disse soltanto.

«E perché non l'hai riportato qui!? È sbronzo, vero?»

Con un'espressione cupa sul viso, l'alano scosse il capo: «No» rispose. Appoggiando le mani sui fianchi, accennò col capo dietro di sé e annunciò: «È morto. Laggiù, in fondo a un vicolo. L'hanno pugnalato».

14

Seguendo Maliban, Sebastiano e i suoi compagni raggiunsero il luogo di cui egli aveva parlato: un piccolo slargo delimitato da muri privi di finestre e coperto di sterpaglia, in fondo a un vicolo che si apriva su una delle strade che confluivano nella piazza, snodandosi per un centinaio di passi tra casupole cadenti e baracche di tronchi, abitate da gente miserabile e dallo sguardo sfuggente. Lì, in mezzo a cumuli di rifiuti maleodoranti, giaceva, supino e con le braccia spalancate, il corpo del povero Etbino.

«L'ho voltato io» spiegò Maliban. «Quando l'ho trovato era a faccia in giù.»

Chinatosi insieme a Dubrizio sul cadavere del giovane, Sebastiano cercò sul suo camiciotto, imbrattato di sangue, i segni delle sue ferite: due fori da colpi di pugnale, uno all'altezza dello stomaco, l'altro a destra, nel polmone. «Non deve essere morto subito» commentò.

Rutilio, in piedi accanto a lui, rilevò che la terra, lì vicino, era segnata da graffi profondi e tinti di sangue, impressi probabilmente da Etbino negli spasimi dell'agonia. Rialzandosi, Sebastiano scosse il capo con espressione di commiserazione: «Povero ragazzo!» commentò, mentre Dubrizio, con gesto lento, quasi carezzevole, chiudeva gli occhi del giovane.

«Avrà avuto una lite di gioco» ipotizzò Vitalio «o forse volevano derubarlo.»

«È possibile. Non doveva essere molto furbo, però: farsi condurre da gente sconosciuta in un posto come questo...»

Lo interruppe Dubrizio: «Sconosciuta, dici? Non credo proprio: guardate qui!».

Indicò nella terra, vicino al corpo del giovane ucciso, dei segni che a Sebastiano, in un primo momento, parvero non distinguersi dagli altri che Rutilio aveva già notato, ma che, a uno sguardo più attento, risultarono delineare il disegno di una mano. Era, però, una mano particolare.

«Quattro dita!» Constatò Dubrizio alzandosi. «Capite cosa ha voluto dirci?»

«Altroché» disse Sebastiano, osservando pensosamente il disegno.

«Dunque» esclamò Vitalio «quei miliziani che giocavano a dadi...»

Sgomento, Rutilio trasse le conclusioni: «Certo! Erano bagaudi, e di sicuro quell'Eudossio era fra loro».

Incrociando le braccia, Maliban obiettò: «Strano però. Non è possibile che questo ragazzo non l'abbia riconosciuto subito. Avrebbe dovuto avvertirci».

Dubrizio scosse il capo: «Certo che l'ha riconosciuto subito! Ma tu non sai quanto sia astuto Eudossio. L'avrà preso con le buone, avrà finto di volersi giustificare, gli avrà ricordato i doveri di solidarietà della Bagaudia, che ne so... Etbino, che era un bravo figliolo, si sarà lasciato convincere a discutere. Oppure, più semplicemente, lo hanno minacciato fin dal principio con un coltello alla schiena. Comunque, in qualche modo Eudossio e i suoi sono riusciti a condurlo fin qui, e poi l'hanno pugnalato».

«Vi rendete conto che...» a Rutilio, ora chiaramente spaventato, le parole morirono sulle labbra. Fu Sebastiano a completare ciò ch'egli aveva inteso dire: «Sì: se Eudossio e i suoi erano già sotto la casa del vescovo, di certo tramavano qualcosa, si preparavano a un colpo di mano. Arrivando, abbiamo probabilmente sconvolto i loro piani e senza saperlo abbiamo salvato la vita di Aniano».

«A prezzo di quella di questo povero ragazzo» puntualizzò mestamente Dubrizio. Scosse il capo con gravità: «Ora che si sa scoperto, Eudossio cercherà di agire il più in fretta possibile per raggiungere il suo scopo. Dobbiamo stare bene all'erta».

«Quell'uomo è preda di un demone!» commentò Rutilio in tono accorato. «Dobbiamo prenderlo assolutamente.»

«Certo, ma adesso non è di questo che devo occuparmi, e nemmeno tu: devi accompagnarmi da Sangiban, al bastione settentrionale, ricordi?»

Non senza riluttanza, Rutilio acconsentì. Lasciato ad alcuni miliziani fermati sulla piazza l'incarico di rimuovere e ricomporre poi in chiesa il corpo di Etbino, si adoperò per rafforzare il presidio alla residenza del vescovo, quindi si avviò verso le mura, facendo strada a Sebastiano e ai suoi compagni. Via via che si avvicinavano al bastione, trovavano la strada sempre più affollata di gente in armi, poiché, cessato l'attacco nemico, i difensori si stavano riposando. Tra loro, per via delle inconfondibili armature a scaglie, fatte in qualche caso allineando placche di corno o unghie d'animali, Sebastiano riconobbe molti alani. Fra quei guerrieri si scorgevano però anche alcune donne e numerosi giovinetti, che portavano loro cibo e acqua, e accompagnavano i feriti verso la piazza perché potessero ricevere soccorso. Era un momento di tregua, ma dagli spalti venivano le grida con cui i soldati comunicavano a distanza, e fra queste si riconoscevano, per il tono di comando, quelle degli ufficiali. Il muraglione, malgrado il suo notevole spessore, appariva per un lungo tratto gonfio e sbrecciato, segnato da crepe profonde, e nell'aria gravava ancora, impalpabile, la nuvola di polvere prodotta dai colpi dell'ariete.

Il gruppo raggiunse presto la grande torre di pietra nella quale era inquadrato il massiccio portone, rinforzato e puntellato con robusti pali di legno. Rutilio, varcata una porticina che si apriva su un lato della costruzione, invitò gli altri a seguirlo per la scala che conduceva di sopra, larga quanto bastava per consentire il passaggio a non più di due persone. Salendo, incrociarono dei soldati dall'aria indaffarata, che parlavano nel loro dialetto e non prestarono loro alcuna attenzione; tuttavia Maliban, che stava in coda, li fermò e si trattenne brevemente a scambiare con loro poche parole. Il bastione era ingombrato per gran parte della sua superficie da una grande balista, con i relativi proiettili di pietra, che Sebastiano e i suoi compagni dovettero aggirare, facendosi largo tra i soldati di guardia. Seguendo Rutilio, raggiunsero alcuni guerrieri dalle armature particolarmente sfavillanti, che discutevano tenendo lo sguardo fisso alla pianura, dalla quale saliva fino agli spalti l'eco di un rumoreggiare confuso, quasi una sorta di cupo, sommesso brontolio. Rutilio faticò non poco a richiamare la loro attenzione, ma alla fine, e non senza ricevere occhiate ed esclamazioni di fastidio, ottenne che gli facessero spazio, consentendogli di avvicinare un uomo dal fisico imponente, che si appoggiava con entrambe le mani al muraglione e scrutava attentamente nella pianura. Quell'uomo era Sangiban.

15

L'aspetto del capo degli Alani sconcertò Sebastiano. Si trovò di fronte un uomo di statura alquanto superiore alla media, appesantito da una certa pinguedine, ma in apparenza più giovane della sua età, che, a quanto gli risultava, doveva aggirarsi attorno ai quarant'anni. Aveva la testa grossa e un volto pallido, dalle guance un po' cascanti e ben sbarbate; il naso aquilino, suggeriva l'idea di un carattere forte, ma tale impressione era in parte smentita da un mento poco rilevato e appesantito dal grasso del collo. Verso quel mento debole le labbra sembravano piegarsi mestamente, il che gli conferiva un'espressione triste. Sul suo petto scintillava, contro la corazza di lucenti squame metalliche, una pesante collana interamente costituita di monete auree inanellate. I suoi capelli, secondo l'uso del suo popolo, erano tinti di un colore biondo, che veniva però smentito dalla ricrescita scura, ed erano tirati e raccolti sulla nuca in una sorta di corta e grossa treccia che scendeva sul collo taurino. La prima impressione che di lui riportò Sebastiano, vedendolo volgersi nella sua direzione, non fu positiva. Con disagio, incontrò i suoi occhi un po' sporgenti, di un azzurro gelido, distanti e attenti al tempo stesso: fissandolo attraverso le palpebre socchiuse, sembravano indagare dentro di lui, senza nel contempo offrirgli la possibilità di fare altrettanto. Quando Rutilio l'ebbe presentato, precisando la sua qualità di fiduciario del *Magister militum*, Sangiban non gli sorrise, non gli tese la mano. I pollici infilati nel cinturone di cuoio, lo squadrò con una rapida occhiata, dopo di che, con voce tagliente, si limitò a domandare: «Quando arriverà?».

Conscio di trovarsi di fronte a un comandante certamente provato dalla durezza della lotta pressoché disperata sostenuta fino a quel momento, Sebastiano non volle rilevare la sua scarsa cordialità e rispose con prontezza: «Presto: questione di due o tre giorni, non di più».

«Quanti soldati ha con sé?» lo incalzò l'altro.

Sebastiano si strinse nelle spalle: «Non so dirtelo con esattezza, ma certamente, considerando anche l'esercito dei Visigoti, che si è unito a lui, diverse decine di migliaia. Altre milizie stanno affluendo da ogni parte delle Gallie. Attila troverà pane per i suoi denti».

Quelle sue parole risolute non produssero su Sangiban la benché minima impressione. Mordendosi un labbro, gli rivolse di nuovo una lunga, gelida occhiata; poi sul suo volto massiccio si disegnò un sorriso sarcastico. «Ah, tu dici?» scandì in tono acido; quindi, accennando agli ufficiali che lo circondavano di fare spazio, puntò l'indice verso la pianura: «Avvicinati, e guarda!».

Un momento dopo, Sebastiano fu al parapetto del bastione, e finalmente, sotto un cielo limpido, percorso da piccoli e indolenti cirri biancastri, poté osservare l'accampamento di Attila. Ciò che vide lo sgomentò. Fin dove il suo sguardo poteva spaziare, e dunque fino alla lontana linea dei boschi che cingevano la città, la campagna brulicava di uomini armati. Mai aveva veduto un accampamento di quelle dimensioni! Gli attendamenti, in mezzo ai quali era tutto un formicolare di guerrieri, si estendevano in modo caotico per gran parte della pianura, e per la varia tipologia dei ricoveri rendevano efficacemente l'idea dell'eterogeneità di quell'armata: oltre alle numerose tende dei dignitari unni, grandi e di foggia simile a quelle persiane, Sebastiano vide con sorpresa numerose *yurtae* di feltro, tipiche dei più lontani popoli delle steppe, e poi conglomerati di baracche tirate su alla meno peggio, e una pletora di teli multicolori e sbrindellati, stesi su pali contorti, per lo più in vicinanza dei carri. E ancora, qua e là, recinti sommariamente costruiti, nei quali erano ricoverati i cavalli e il bestiame, grandi carri stivati di viveri e bottino, e teloni sotto i quali erano sorte officine di fabbri e armaioli. Dovunque si levava il fumo dei bivacchi, attorno ai quali si affollava una moltitudine che Sebastiano, uso alla vita militare e buon conoscitore delle abitudini dei barbari, sapeva formata da guerrieri in riposo, donne di ogni razza conosciuta e anche bambini. Oltre il limite degli attendamenti erano visibili orde di armati a piedi o a cavallo, che, talvolta incolonnate lungo i viottoli, più spesso scompostamente in marcia nei campi, si muovevano inalberando siepi di lance. Anche a quella distanza, il vario abbigliamento dei guerrieri trasmetteva l'impressione complessiva di un caleidoscopio di colori, vieppiù movimentato, nella luce radiosa di quella giornata quasi estiva, dal continuo balenio di riflessi cangianti sugli scudi e sulle armature. Una parte dell'armata stazionava in vicinanza delle mura, tenendosi peraltro fuori dalla portata delle catapulte, e molti di quei guerrieri sembravano ora riposarsi dopo l'ultimo attacco, seduti o distesi nell'erba, oppure raggruppati attorno a un gigantesco ariete, formato da tre enormi tronchi strettamente legati e protetto da una *vinea* di cuoio, crivellata e annerita dalle frecce incendiarie scagliate dai difensori.

Concentrando lo sguardo nella terra di nessuno che si estendeva fra quelle disordinate coorti e i bastioni, gremiti di difensori, Sebastiano poté individuare nella sterpaglia decine di corpi, e altri, neri e gonfi per l'avanzata putrefazione, ne vide infilzati sui pali appuntiti di cui era irta la scarpata del limaccioso fossato. Per superarlo, gli assedianti, nel tentativo di realizzare dei camminamenti per raggiungere le mura, avevano gettato in più punti tronchi e fascine, o ponti di travi, per lo più sfondati dalle pietre o bruciacchiati dalle torce gettate dai difensori. Anche i numerosi ripari mobili, fatti di assi o di vimini, apparentemente abbandonati nel campo di battaglia, e le rovine semi carbonizzate di due rudimentali torri d'assalto davano testimonianza dell'accanimento con cui ci si era battuti in quel punto. Dagli attendamenti brulicanti, dalle orde in marcia o in attesa nella pianura, si innalzava quell'eco strisciante, multiforme e continua, sommessa e nondimeno opprimente, che Sebastiano e i suoi compagni avevano udito avvicinandosi al bastione: a comporla concorrevano le grida e i richiami di migliaia di uomini e donne, il galoppo dei cavalli, il calpestio cadenzato dei pesanti calzari dei guerrieri in marcia, ma anche il semplice chiacchiericcio della moltitudine raccolta attorno ai bivacchi, i muggiti che si levavano dalle mandrie, il tintinnio di centinaia di gamelle, o il ritmato battere dei magli sulle incudini, delle asce sui tronchi: erano mille rumori diversi; era, in una parola, il respiro dell'immensa armata di Attila.

Quasi subito Sebastiano cercò con lo sguardo, fra le tende, quella del re unno. Sangiban gli lesse nel pensiero. «È laggiù» disse, puntando il dito su una più ampia delle altre, eretta in prossimità della strada per Lutetia Parisiorum. Sulla sua cupola era inalberato un ampio stendardo purpureo, debolmente agitato dal vento. Dietro al padiglione, si intravedeva un grande recinto affollato da decine di cavalli, e tutt'attorno, per un raggio ch'egli valutò di almeno cinquanta passi, vi era pochissimo movimento, sicché, dalle mura, risultava possibile individuare le sentinelle, vigili e immobili, e addirittura intuire, in alcune figurette che si spostavano con passo corto e affrettato, le concubine del capo unno. La tranquillità di quell'area, attorno alla quale palpitava e rumoreggiava la mostruosa armata, era paragonabile a quella dell'occhio di un ciclone.

Accennando col capo allo spettacolo grandioso e inquietante che stava loro davanti, Sangiban disse cupamente: «Qualcuno dei miei ha provato a contarli, a stabilirne il numero almeno in modo approssimativo, ma ha dovuto rinunciare. Tu che ne pensi, Prefetto?».

Sebastiano, quasi stordito dallo spettacolo che si offriva ai suoi occhi, esitò a rispondere, anche perché non voleva incoraggiare lo sconforto, per non dire il malcelato disfattismo, che aveva percepito nel tono e nelle parole del suo interlocutore: «Ma... non saprei. Diciamo... all'incirca trenta o quarantamila?».

Sangiban sorrise amaramente: «Diciamo pure il doppio, romano, e anche così possiamo sbagliare solo per difetto. Dopo il tramonto, torna su questo bastione: vedrai i loro fuochi trasformare la notte in giorno».

«Ma come può Attila sfamare tanta gente?»

Il capo degli Alani scrollò le spalle: «Ha avuto tutto il tempo per prepararsi a questa guerra e ha organizzato i suoi Unni a imitazione dei Romani. Per due mesi hanno razziato metà delle Gallie, e sono arrivati qui con mandrie enormi, e centinaia di carri carichi di grano. Certo, in questo momento non sguazzano nell'opulenza, ma stanno di sicuro molto meglio di noi, questo te lo posso assicurare. Del resto, devi considerare che, per ogni dieci guerrieri che vedi laggiù, ve ne sono almeno altri due che battono la campagna, anche a molte miglia di distanza, in cerca di rifornimenti, e altri ancora che fanno pascolare il bestiame. Tra l'altro, buona parte di quello che vedi in quei recinti apparteneva a gente del contado che si è rifugiata proprio qui in tutta fretta, lasciando libere le bestie nei pascoli, nella speranza che sfuggissero ai razziatori. Così, gli Unni adesso se le mangiano e noi dobbiamo invece sfamare delle bocche inutili con il poco che abbiamo».

Preoccupato, Sebastiano cercò gli occhi di ghiaccio del suo interlocutore: «Dovete resistere. Si tratta di pochi giorni; anzi, potrebbe essere questione di ore. Ezio avanza sulla strada militare, lungo la riva destra della Loira. Se Attila si impadronisce della città e passa il ponte sul fiume, tutto diventerà ancora più complicato».

L'alano si accigliò: «Credi che non lo sappia? Non è di prediche che abbiamo bisogno, ma di rinforzi e vettovaglie. Ho già perduto un terzo dei miei uomini, e da ieri ho dovuto dimezzare le razioni. Parlo di orzo e frumento, naturalmente, perché di carne non ne vedono da almeno dieci giorni. Credo che ogni giorno, non vedendo arrivare i soccorsi, si chiedano perché dobbiamo restare qui a fare da usbergo ai Visigoti dell'Aquitania». Le sue ultime parole spaventarono Sebastiano, poiché sembravano suffragare i timori che Aniano gli aveva espresso circa l'affidabilità degli Alani e del loro capo. Sangiban dovette intuire qualcosa del suo pensiero, perché sul suo volto tornò a dipingersi il sorriso amaro di poco prima: «Ma non temere, romano» gli disse battendogli, con improvvisa familiarità, la mano sul braccio, «non molleranno. Odiano troppo gli Unni per cedere loro il passo».

«E tu? Li odi abbastanza?»

La domanda era quasi offensiva, ma Sangiban non mostrò di adontarsene: «Io più di loro» rispose semplicemente. Il suo sorriso, questa volta, parve illuminare per un momento anche i suoi occhi enigmatici. «Se dovremo resistere due giorni, resisteremo, e se fossero tre, o quattro o anche dieci giorni, resisteremmo ugualmente. L'importante è che il tuo Ezio arrivi davvero.»

Sebastiano annuì con gravità: «Bene: è quanto speravo di sentirti dire. Quanto a Ezio, sta' sicuro: arriverà».

16

Già nel pomeriggio, e poi per tutti i due giorni successivi, Sebastiano e i suoi compagni ispezionarono le difese di Aureliana, interpellando i capiposto gallo-romani per appurare se avessero notato, tra gli uomini che fino a quel momento si erano avvicendati sugli spalti, qualcuno che rispondesse ai connotati di Eudossio e mettendoli sull'avviso circa il pericolo ch'egli rappresentava per la città. «È un lavoro inutile» avvertì Dubrizio. «Ormai sa che siamo al corrente della sua presenza qui, e certamente studierà un piano che gli consenta di non farsi riconoscere.»

Nondimeno, Sebastiano non voleva correre il rischio di doversi un domani rimproverare per non aver fatto tutto il possibile, sicché parlarono con moltissima gente, ottenendo generalmente in risposta dei: «Non so» o dei: «Non ricordo», ma anche, in qualche caso, delle segnalazioni che sembravano risolutive ma poi, alla prova dei fatti, si rivelarono infondate: in una taverna, Vitalio e Maliban sollevarono di peso dalla sua panca un vagabondo ubriaco, monco di due dita perse in una rissa; in un vicolo immobilizzarono dopo una breve colluttazione un povero, atterrito padre di famiglia che, all'aspetto, aveva ricordato a Dubrizio i lineamenti di Eudossio; in un posto di guardia, infine, trovarono tre uomini – un soldato sbandato e due miliziani – che, sentendosi fare la solita domanda, esibirono ridendo, e non senza un certo stolido orgoglio, le loro mani più o meno martoriate da ferite in combattimento. Uno di loro, però, dichiarò di avere effettivamente conosciuto, diversi giorni prima, l'uomo ch'essi cercavano, e di avergli parlato in un posto di guardia, sentendogli fare affermazioni disfattiste circa le prospettive di salvezza della città; aggiunse però che in seguito non si era fatto più vedere al presidio, come del resto coloro che sembravano accompagnarlo e attenersi ai suoi ordini. Dopo quella testimonianza, che dava un'ulteriore conferma di ciò che ormai già sapevano, non riuscirono a realizzare alcun altro progresso nelle ricerche, e presto lo scoraggiamento si impadronì di loro, e in particolare di Sebastiano, che oltretutto, nel corso di quelle frenetiche perlustrazioni aveva avuto modo di farsi un'idea tutt'altro che incoraggiante circa lo stato delle difese della città. Percorrendo la cinta muraria, che era stata assalita su tre dei suoi quattro lati, essendo il quarto fiancheggiato dal fiume, aveva riscontrato in più punti che solo i terrapieni eretti all'interno a sostenere i bastioni ne avevano impedito il crollo completo sotto il martellamento degli arieti. Era vero che i bastioni erano fortemente presidiati, ma molti dei difensori disponevano di armi di fortuna, e le catapulte, usate spesso da gente inesperta e fatte oggetto, come Aniano gli aveva detto, di frequenti riparazioni con una strumentazione e ricambi inadeguati, non offrivano più garanzie di un efficace funzionamento. La scarsità dei viveri – della quale in maggior misura soffrivano i romani, in quanto, naturalmente, gli alani si prendevano la parte del leone delle riserve disponibili – non solo indeboliva le energie dei difensori, ma ne deprimeva grandemente il morale. Si parlava, senza palesare alcuna meraviglia o reticenza, di bambini e anziani morti d'inedia, e si raccontava di gente ridotta a succhiare il cuoio dei propri calzari o a rubare le candele di sego dalle chiese.

Il terzo giorno di Sebastiano ad Aureliana, il tempo cambiò: dopo una mattinata calda e soleggiata, nel tardo pomeriggio il cielo si ricoprì rapidamente di pesanti nuvole d'inchiostro, portate da un vento umido che faceva sbattere gli scuri delle case e garrire come stendardi i panni stesi nei vicoli, sollevando nubi di polvere dal fondo stradale. In un tramonto cupo e senza colori, presago della tempesta imminente, Sebastiano e i suoi compagni, demoralizzati per l'esito negativo delle loro indagini, consumarono il rancio insieme ai miliziani di Rutilio, che li informò di aver rilevato, dal suo bastione, un intenso movimento di pattuglie unne verso meridione. Sebastiano, il cui nervosismo aumentava di ora in ora, se ne compiacque molto, perché quell'agitazione poteva significare che l'esercito romano-visigoto era ormai vicino alla città, e perciò esortò Rutilio a informarne immediatamente il vescovo. Quando ebbero finito di scodellare la loro sbobba di pappa di grano, lui e i suoi compagni si avviarono verso l'alloggio che il capoposto aveva loro trovato dentro il palazzo dei Decemviri, nella sala quadrata che veniva di solito riservata alle riunioni del senato cittadino. In quel luogo, peraltro, si era già installato da tempo, con armi e bagagli, un folto gruppo di militi: gente raccogliticcia, appartenente a vari reparti sbandati che avevano trovato riparo in città, e che si era posta sotto il comando di un maturo decurione di cavalleria. Si alternavano con gli alani nella difesa della vicina torre occidentale, dalla quale si diramava la strada per Caesarodunum, e da alcuni giorni si erano assunti il compito di assicurare la vigilanza notturna. Il decurione, il cui nome era Marcenzio, si era messo subito a disposizione di Sebastiano appena ne aveva conosciuto il grado e l'incarico, ma non aveva potuto essergli di alcun aiuto nella ricerca di Eudossio. Quella sera si incrociarono mentre i soldati si avviavano alla loro postazione, e scambiarono poche parole. Informato delle ultime novità, Marcenzio dapprima si mostrò piacevolmente sorpreso, ma quasi subito si rabbuiò in volto. «Mah!» disse. «Spero che tu abbia ragione, Prefetto, ma consentimi di avere qualche dubbio: se Ezio fosse così vicino come dici, Attila avrebbe già tolto l'assedio e gli sarebbe andato incontro con tutto il suo esercito. A meno che...» Tacque, grattandosi la barba incolta e guardando nel vuoto con espressione pensosa. Le sue scure occhiaie svelavano quanto fosse provato dalle veglie e da un mese di battaglie e privazioni.

«A meno che?» lo sollecitò Sebastiano, che fin dal primo momento aveva riconosciuto in lui il veterano esperto.

«Be': forse Attila pensa che la città stia per cadere. Conquistandola, lui disporrebbe di una forte base d'appoggio per muoversi a suo piacere lungo l'una o l'altra riva della Loira, o addirittura avanzare in Aquitania, devastando le terre dei Visigoti.»

«Ho visto Sangiban stamane, e ho perlustrato tutta la cinta muraria: non ho notato segni di un attacco imminente.»

«E allora» disse Marcenzio accomiatandosi «speriamo che continui così: forse il tempo lavora per noi. Ti auguro la buona notte, Prefetto.»

Tuonava quando Sebastiano e i suoi amici, salito un ampio scalone e attraversato un vestibolo semibuio, raggiunsero la sala dei Decemviri. Alla luce di poche candele di sego, due soldati feriti, che il decurione aveva esentato dal servizio, allestivano con alcuni miliziani delle gare di scarafaggi sul pavimento a mosaico, puntando, con una scanzonata leggerezza che reagiva allo sconforto, il denaro di una paga che non ricevevano da chissà quanto tempo. Mentre si stendeva sul proprio mantello, Sebastiano ripensò con turbamento alle ultime parole di Marcenzio. Sì, forse quel veterano non aveva torto. Indubbiamente, si avvicinavano ore decisive, e forse avrebbe fatto meglio a tornare sulle mura, per sincerarsi che tutto fosse in regola. Si ripetè, tuttavia, che per tutta la giornata non aveva notato nell'immenso campo nemico alcun segnale di una qualsiasi, imminente iniziativa offensiva; e poi... era stato in movimento dall'alba, senza mai un momento di riposo, ispezionando, indagando, perlustrando vicoli e taverne... aveva fatto il possibile, dunque, ed era stanco. E poi, stava per piovere: difficile pensare a un attacco alle mura in quelle condizioni. Quando prese sonno, fuori la pioggia flagellava il selciato con raffiche violente.

17

Sebastiano fu svegliato dagli scossoni di Vitalio: «Prefetto! Prefetto!».

«Che c'è? Che succede?» domandò, levandosi bruscamente a sedere con un senso di pericolo. Era ancora buio, e attorno a lui, alla luce fioca dell'unica candela ancora accesa, alcuni uomini si muovevano senza una logica apparente, ma con una frenesia che lo allarmò.

«Un attacco» annunciò Vitalio «alla Porta Settentrionale. E un incendio, forse. Non ho capito bene. Corrono tutti laggiù.»

In un momento, Sebastiano afferrò la sua spada, prese il suo mantello e fu in piedi accanto alla sua ordinanza. «Dov'è Maliban?»

«Sono qui» rispose l'alano emergendo dall'oscurità. Già impugnava il suo arco e si stava sistemando la faretra ad armacollo; dal fianco gli pendeva la lunga spada.

«E Dubrizio?»

«È già fuori. Ci aspetta in strada.»

La sala si stava svuotando rapidamente. Dall'esterno giungeva l'eco di un vociare confuso nella via. In pochi passi, Sebastiano raggiunse il vestibolo e imboccò la porta già spalancata. Notò che il temporale era cessato. Dall'alto dello scalone vide una moltitudine di uomini e donne correre nella strada, producendo un fradicio scalpiccio sul selciato ancora bagnato, luccicante alla luce delle torce. Relativamente vicina e ben riconoscibile frammezzo al vociare della folla, gli giunse la cupa eco dei possenti colpi d'ariete che il nemico sferrava contro il bastione. Dubrizio, fermo a metà della scala, lo guardò con un'espressione di allarme e gli indicò un riverbero rossastro che palpitava sopra i tetti delle case verso il fondo della strada, vicino alla piazza centrale. «Un incendio!» annunciò. «Mi hanno detto che si tratta dei magazzini delle scorte. E alle mura gli unni stanno attaccando.»

Incerto sul da farsi, Sebastiano ristette un momento a osservare la folla che correva verso il palazzo in preda alle fiamme. Prese però subito la sua risoluzione e, appena fu sulla strada, accennò a muoversi verso la laterale che conduceva al bastione settentrionale, ma Dubrizio, senza troppi riguardi, lo trattenne per un braccio: «Aspetta, Prefetto: non è detto che il vero pericolo sia proprio da quella parte».

Sebastiano liberò il braccio. «Che vuoi dire? Dobbiamo raggiungere Sangiban» rispose con irritazione.

«Voglio dire che quell'incendio potrebbe essere un trucco. Una... manovra diversiva, insomma.»

«Certo che lo è. O almeno è molto probabile. A meno che sia dipeso da un fulmine. Ha piovuto, no?»

Dubrizio scosse il capo. «No, non è stato un fulmine. È da un po' che ha smesso di piovere, e l'incendio è iniziato da poco; subito dopo, sul bastione, è suonata la campana dell'allarme e si è sentito l'ariete. Ne sono certo perché non riuscivo a dormire.»

«Dunque, l'incendio è certamente uno stratagemma per allontanare la gente dal bastione!» ipotizzò Vitalio, che nella destra stringeva tre giavellotti leggeri e con la sinistra finiva di sistemarsi il cinturone. Di nuovo, il bagaudo fece un cenno di diniego: «Non credo che si tratti solo di questo. Il bastione settentrionale è troppo difeso. Gli alani sono forti, lì. È strano che gli unni lo attacchino. L'incendio, però, ha causato il panico, e sta attirando gente da ogni altro lato delle mura. Molti punti saranno ora sguarniti».

Sebastiano lo squadrò attentamente, con un'ostilità che gli veniva dalla tormentosa consapevolezza che, forse, vedeva giusto. Maliban, sempre taciturno, per una volta si pronunciò: «Credo che faremmo bene a controllare la porta di Marcenzio. Devono essere rimasti in pochi, lì».

Un brivido passò per la schiena del prefetto. «Va bene. Andiamo, allora!»

Dovendo fendere la folla controcorrente, faticarono non poco a raggiungere e imboccare la buia strada che conduceva alla Porta Occidentale. Lì incontrarono alcuni miliziani diretti in senso opposto, che concitatamente domandarono loro cosa stesse accadendo, sicché Dubrizio dovette trattenersi qualche secondo per rispondere, onde non generare inutili sospetti. Si imbatterono poi in due giovani, che correvano facendosi luce con una lampada; prontamente, Sebastiano se ne impadronì, respingendo il ragazzo che la reggeva e senza curarsi delle sue proteste. Usufruendo ora di una maggiore visibilità, accelerarono ulteriormente l'andatura. Incontrarono poche altre persone, tutte dirette verso il centro cittadino per sapere o per rendersi utili. Alcune finestre, spalancate, si illuminavano fuggevolmente per il passaggio affrettato degli abitanti che si facevano luce con le lampade, e dai peristili, celati da alte mura di protezione, giungevano voci allarmate, trambusto di gente che correva, animate discussioni. Entrando nella zona periferica, però, rilevarono meno agitazione, constatando che, quanto più si allontanavano dal centro, tanto più la strada si faceva deserta. Avanzando, sentivano sempre più marcatamente il risuonare dei loro passi sul lastricato, e sempre più lontano il clamore della folla; il tonfo regolare dell'ariete, tuttavia, sembrava inseguirli senza concedere tregua. Oppresso dal silenzio che lo circondava, Sebastiano si sentiva dibattuto tra la preoccupazione e l'impazienza: a ogni passo si diceva che lui e i suoi compagni, anziché dare una mano là dove sembrava essere in gioco la sopravvivenza della città, avanzavano nel nulla e quasi certamente stavano solo perdendo tempo. Nella lampada, l'olio si esaurì presto, e lui se ne liberò, gettandola da parte con un gesto stizzito. Per fortuna albeggiava, e un primo incerto chiarore cominciava a distendersi sulla città. A una svolta della strada, una figura barcollante si staccò dal muro e si buttò quasi addosso a Sebastiano. Sorreggendo l'uomo, che gli si aggrappava senza più forze, il prefetto riconobbe in lui uno dei soldati di Marcenzio; vide che aveva una guancia profondamente sfregiata da un colpo di spada e, sostenendolo, sentì le proprie mani imbrattarsi di un liquido caldo e appiccicoso: sangue, evidentemente. «Che c'è? Che è successo?» gli domandò, cercando di sostenerlo.

«Gli alani: ci hanno assalito... Stanno aprendo la porta. Aiutami, Prefetto!»

D'istinto, Sebastiano cercò lo sguardo di Maliban, che appariva incredulo e indignato. Mentre trascinava per le ascelle il soldato morente, adagiandolo contro il muro più vicino, vide l'alano scattare in avanti. Lo richiamò, gridandogli di aspettarlo, ma quello non gli diede retta e proseguì, imbracciando il suo arco. Impugnate le loro armi, Sebastiano e gli altri due lo seguirono, e in pochi secondi, superata la svolta della strada, si trovarono in vista della torre, che distava non più di cento passi. C'era un gran movimento, lì. Una ventina di uomini, alcuni dei quali avevano i capelli biondi, gli scudi e le armature a scaglie tipiche dei guerrieri di Sangiban, si battevano tra imprecazioni e tintinnare di spade, altri erano già a terra, e altri ancora si agitavano febbrilmente davanti alla guardiola della torre, in cui era allocata la possente ruota dentata che comandava il ponte levatoio. Un gruppo di alani, intanto, lavorava febbrilmente a rimuovere le travi che puntellavano il pesante portone.

«Sangiban! Maledetto traditore!» esclamò Sebastiano, lanciandosi in avanti con gli altri. Maliban, intanto, aveva già scoccato la sua prima freccia, abbattendo un guerriero alto e dalla chioma biondastra, che indossava l'armatura degli alani. Lo raggiunse in pochi passi e si chinò rapidamente su di lui, che ancora agonizzava. Rutilio fece lo stesso. «Non è un alano!» gridò a Sebastiano che sopraggiungeva. «È un uomo di Eudossio.» Poi, puntando il dito verso i combattenti, gridò: «Lui è certamente laggiù».

Sebastiano e Vitalio erano già scattati in avanti. Il prefetto infilzò di slancio un finto alano che gli si faceva incontro, mentre la sua ordinanza scagliava il suo primo giavellotto, abbattendo un altro avversario. Tra i pochi romani che ancora resistevano, Sebastiano riconobbe Marcenzio, che, già sanguinante da una ferita al fianco, si difendeva a fatica da due assalitori. Il prefetto ne uccise uno con una stoccata, mentre l'altro arretrava, proteggendosi con lo scudo e cercando il soccorso dei compagni. Nondimeno, un momento dopo il decurione lasciava la sua spada e cadeva sulle ginocchia, comprimendosi la ferita. Sebastiano si chinò su di lui e lo riscosse con forza, come se ciò potesse valere a trattenerlo in vita. «Ci hanno sorpreso!» gemette Marcenzio. «Vestiti da alani... hanno detto che dovevano... darci il cambio. La porta! Vogliono aprirla!» Un momento dopo, si afflosciò senza più vita sul lastricato.

Poiché, in conformità a un'antica misura precauzionale dell'ingegneria militare, le case non sorgevano troppo a ridosso delle mura, il trambusto di quella zuffa furibonda non aveva attratto subito l'attenzione degli abitanti delle abitazioni vicine, e le prime grida d'allarme e di spavento cominciavano a levarsi solo allora. Nessuno, però, accorreva in aiuto dei pochi che disperatamente si battevano per salvare la città, né costoro erano in grado di mandare qualcuno in cerca di soccorsi, poiché si trovavano ormai impegnati in una lotta accanita e disperata per raggiungere il portone. Vitalio riuscì a colpire uno degli uomini che, abbattuti gli ultimi puntelli, stavano rimuovendo il palo di chiusura, e un altro cadde trafitto da una freccia di Maliban; diversi bagaudi, resisi conto che i pochi soldati ancora in vita stavano ricevendo soccorso, si fecero avanti a contrastare i nuovi venuti, mentre i loro compagni continuavano a manovrare febbrilmente per aprire il portone. Presto una lama di luce opalescente si delineò tra i due pesanti battenti e prese ad allargarsi; nel contempo, lo stridere della catena annunciò a tutti i combattenti che, all'esterno, il ponte di legno stava ormai calando sul fossato. Ciononostante Sebastiano, battendosi furiosamente, tentava ancora di raggiungere la porta, dalla quale distava ora solo una ventina di passi, ma altri bagaudi affluirono dalla guardiola, accorrendo a dare manforte ai compagni. Tra gli altri uscì anche un uomo robusto, dalla barba di più giorni e con i capelli quasi rasati. Fulmineamente, aggredì alle spalle un soldato già impegnato a contrastare un bagaudo e in un istante gli tagliò la gola. Dubrizio, che stava respingendo un avversario con una successione di rabbiosi fendenti, riuscì ad additarlo a Sebastiano. «Quello laggiù!» gridò. «È lui!»

Udendo quel grido, Eudossio si volse a lui e gli si lanciò contro levando la spada, ma non fece che pochi passi, perché l'ultimo giavellotto di Vitalio gli trapassò una coscia. Con un grido, il bagaudo gettò allora la sua arma e, stringendo con le mani l'asta di frassino che gli straziava le carni, arretrò barcollando fino ad appoggiarsi al muro di pietra della torre. Subito Sebastiano gli fu sopra per finirlo. Un momento prima di ricevere la sua lama nel ventre, Eudossio lo guardò con occhi vivi di esaltazione e, stirando le labbra in un sorriso malvagio, ringhiò con rabbioso sarcasmo: «Ormai è troppo tardi, Prefetto!».

Mentre il bagaudo, colpito a morte, si accartocciava ai piedi del muro, già altri avversari venivano a opporsi a Sebastiano, sbarrandogli l'accesso alla torre. Benché soverchiati numericamente, il prefetto e i suoi compagni incalzarono ancora i bagaudi, che si rivelavano alquanto inferiori nell'uso delle armi, e li sospinsero sempre più verso il portone, nella speranza di riuscire a richiuderlo in tempo. D'improvviso, però, l'ultimo fragoroso sferragliare della catena e un immane tonfo all'esterno, seguito da possenti grida di trionfo, annunciarono che il ponte levatoio era stato ormai calato. Subito dopo, attraverso il portone quasi spalancato, davanti a Sebastiano si profilò la massa nereggiante e irta di lance del nemico: centinaia di uomini selvaggi avanzavano correndo alla luce delle torce, che gettavano riflessi cangianti sulle loro armature e illuminava crudamente i loro volti, deformati dalla bramosia di sangue e di saccheggio. Maliban lo strattonò per un braccio. «Vieni via, Prefetto!» gli gridò. «Qui non c'è più niente da fare. Vieni via!»

Già gli assalitori impegnavano il ponte, producendo un immane calpestio sulle vecchie travi di legno, e i bagaudi li accoglievano con esultanza, incoraggiandoli con grandi gesti delle braccia. I pochi soldati ancora in vita avevano già abbandonato il luogo del combattimento. Rimasti dunque soli davanti all'orda, Sebastiano e i suoi compagni furono costretti alla fuga. Il prefetto, tuttavia, si girò dopo una decina di passi, contemplando sconvolto il disastro. Pur arretrando, si sentiva incapace di distogliere lo sguardo dalla massa avanzante dei barbari e resisteva a Maliban, che lo trascinava via. «Non è possibile!» gridava fuori di sé. «Ezio sta per arrivare. Non può accadere!»

La sua ribellione di fronte all'inutilità di tutti i suoi sforzi, al fallimento della sua missione, rischiava di sormontare in lui anche il più naturale istinto di sopravvivenza. I suoi compagni, però, lo costrinsero a volgere nuovamente le spalle al nemico, che in ranghi serrati irrompeva ormai nella città. In una corsa folle, fuggirono insieme verso il centro dell'abitato, mentre centinaia di persone in preda al panico si riversavano sulla strada. Sulle loro grida di terrore si sovrapponevano, come ruggiti di una belva ormai sulla preda, le urla incalzanti degli invasori. Cenabum Aureliana era perduta.

18

Nel giro di breve tempo, le strade caddero in un caos indescrivibile. La voce che gli unni erano ormai entrati in città si spargeva da un isolato all'altro, con una velocità ben superiore a quella con cui potevano muoversi Sebastiano e i suoi compagni, che vanamente, sulle prime, avevano sperato di incontrare qualche reparto di miliziani col cui supporto tentare almeno di rallentare l'avanzata del nemico. Invece, si trovarono presto a dover fendere una folla terrorizzata che per una sorta di istinto animale si dirigeva in corsa affannosa verso la piazza centrale, dove sorgevano, accanto agli edifici pubblici, la residenza del vescovo e la Cattedrale, la cui campana prese presto a suonare a martello, chiamando la cittadinanza a raccolta. Da ogni portone intere famiglie si riversavano nelle vie con tutto ciò che erano riuscite a portar via dei loro beni e si univano a quel fiume umano, in mezzo al quale, in una babele di grida di spavento, richiami, invocazioni d'aiuto, uomini, donne e bambini sgomitavano, spingevano e fluttuavano in preda al panico, abbattendo ogni ostacolo, travolgendo chi si fermava, calpestando senza uno sguardo coloro che cadevano. In quella moltitudine Sebastiano scorse non pochi miliziani, che fuggivano e gridavano al pari degli altri, e anzi più degli altri, senza tentare di coordinarsi in alcun modo. A una svolta, si trovò in vista della piazza e constatò che la sua imboccatura era già ostruita dalla folla in fuga, dalla quale si levava un clamore confuso, in cui gli accessi isterici di donne terrorizzate si sovrapponevano al pianto dei bimbi o alle direttive contraddittorie dei miliziani o di capipopolo improvvisati. In mezzo al caos, alcuni gruppi di volonterosi tentavano di spostare dei carri per farne delle barricate, ma stentavano a farsi largo nella moltitudine tumultuante. Rendendosi conto che in quel luogo non avrebbe potuto fare niente di utile, Sebastiano rinunciò a farsi strada nella ressa e guidò i suoi compagni verso una via laterale che volgeva verso settentrione. «Sangiban!» gridò. «Dobbiamo raggiungerlo!»

Alla prima svolta, però, si imbatterono in un drappello di una ventina di soldati e miliziani, che correvano in senso opposto, preceduti da un uomo gigantesco, dal colorito abbronzato e dai capelli neri, lunghi e scomposti, che gli conferivano, insieme alla barba incolta, un aspetto selvaggio e inquietante. Indossava la cotta di maglia di ferro dei soldati ausiliari e brache militari, ma come unica arma impugnava una specie di lancia corta, con una lama larga e un po' ricurva, probabilmente tolta a un guerriero unno. L'uomo si volgeva verso gli altri componenti del gruppo e con grida rauche li incitava a seguirlo. Sebastiano tese la mano per afferrarlo e trattenerlo, ma quello, vedendo che lui e i suoi compagni erano armati, tirò diritto gridando loro di venirgli dietro. «Bisogna fermarli!» aggiunse concitatamente. «Se arrivano alla piazza faranno una strage!»

Sebastiano pensò fulmineamente che quello era precisamente il rinforzo di cui aveva sentito il bisogno poco prima, quando forse sarebbe stato possibile tentare ancora qualcosa di utile. Nondimeno, pur ritenendo senza speranze il tentativo di difendere il centro cittadino, decise di unirsi al gruppo insieme con i suoi compagni, anche perché un immane urlo di terrore si era levato dalla piazza alle loro spalle, facendogli temere che gli unni avessero già dato il via al massacro. Invertita dunque la direzione, si affiancò al gigante barbuto. Correndo con lui e tutti gli altri verso la piazza, gli domandò cosa ne fosse degli alani.

«Si stanno barricando nelle loro caserme» fu la risposta, «quei maledetti pensano solo alla loro pelle.»

Sull'angolo della via incrociarono un folto gruppo di barbari diretti verso la piazza, e subito si trovarono impegnati in una zuffa furibonda. Colti di sorpresa da quell'attacco imprevisto, i barbari arretrarono lungo la via, lasciando sul terreno morti e feriti, e per un momento Sebastiano assaporò una irrazionale illusione di vittoria. Nell'inseguirli, si avvide solo con ritardo che il suo gruppo, dopo quel breve ma furioso combattimento, era praticamente dimezzato. Per di più, giunto a un crocicchio, poté vedere altri barbari sciamare verso la piazza lungo una via parallela. Dovette tendere un braccio e trattenere con forza il gigante barbuto, che nella furia della lotta si stava spingendo troppo innanzi. «Che fai? Sei pazzo?» gli gridò. «Siamo troppo pochi. Torniamo verso la piazza.»

Il soldato dapprima lo fulminò con un'occhiata carica di furore ed esaltazione, ma poi, resosi conto dello scarso numero dei suoi, invertì la direzione e lo seguì insieme agli altri. Raggiunsero in corsa le immediate adiacenze della piazza, dove trovarono la strada ostruita alla meno peggio da alcuni carri. I miliziani che li presidiavano fecero loro spazio, ma Sebastiano, invece di inoltrarsi nella ressa, si fermò insieme ai compagni, riprendendo fiato e guardandosi attorno per farsi un'idea delle forze su cui ancora poteva contare per trattenere il nemico, imporgli magari una trattativa, guadagnare tempo. Sì: guadagnare tempo, perché Ezio poteva ancora arrivare da un momento all'altro e capovolgere la situazione. Ormai non c'era altra speranza. Ma vide attorno a sé, raggruppati dietro il debole baluardo dei carri, poche decine di miliziani male armati e pallidi di terrore. Alcuni di loro già stringevano a sé le proprie mogli e abbracciavano i figli tra le lacrime. Pur non potendo controllare di persona, immaginò che negli altri accessi alla piazza la situazione non doveva essere diversa. Una specie di ovazione della folla lo avvertì che il vescovo era arrivato. Gli sguardi di migliaia di persone si volsero al sagrato della Cattedrale; per poter vedere meglio, la gente si sollevava vanamente sulle punte dei piedi, ma molti occhieggiavano anche con angoscia verso gli accessi della piazza. Incalzante e sempre più vicina, intanto, si udiva distintamente l'eco caotica e possente delle urla di trionfo dei barbari invasori, e già, con esclamazioni di raccapriccio, qualcuno additava, di là dalla linea dei tetti, il levarsi delle prime colonne di fumo.

Per avere una visuale migliore, Sebastiano si arrampicò al pari di altri sulla fiancata di un carro rovesciato sulla strada, e poté così distinguere, sul sagrato della Cattedrale, la figura di Aniano, che impugnava il pastorale e aveva indossato la stola vescovile. Affiancato da chierici e miliziani che gli facevano spazio, il prelato parlava alla moltitudine, in mezzo alla quale alcuni si volgevano a reclamare il silenzio da coloro che stavano più indietro. Evidentemente su sua esortazione, molti si erano inginocchiati e tendevano le braccia nel gesto cristiano della preghiera, con le palme delle mani rivolte verso l'alto. Più volte, rispondendo alle sue sollecitazioni, si levò dalla folla, possente, il coro di un disperato appello all'Altissimo. Poi Aniano riprese la parola. Da dove si trovava, Sebastiano poteva cogliere soltanto alcuni frammenti di quanto egli diceva, ma a un tratto lo vide alzare il braccio, indicando con un gesto vibrato il lato sud-orientale della città e lo udì gridare con voce potente: «Alle mura! Salite a vedere! Ezio sta per arrivare!».

Un mormorio confuso e sconfortato si levò tra le migliaia di persone radunate di fronte a lui. Ma Aniano, che si muoveva sul sagrato con l'energia di un giovane guerriero, appariva tutt'altro che rassegnato: volgendosi verso coloro che gli erano più vicini, agitò irosamente il pastorale e tornò a spronarli quasi con furia: «Correte a vedere, vi dico!».

Suggestionati, decine di uomini e donne obbedirono a quella vibrante esortazione e si misero in movimento, rompendo la compattezza della folla e imboccando freneticamente la strada che, fiancheggiando il vescovado, conduceva al bastione indicato da Aniano. Un istante dopo, l'attenzione di Sebastiano fu attratta dalle grida di allarme lanciate da alcuni soldati che gli stavano accanto, e da un minaccioso martellare di zoccoli sul selciato. Volto nuovamente lo sguardo alla strada, vide avanzare un folto gruppo di cavalieri, la cui comparsa strappò alla folla grida di spavento e provocò un fuggi fuggi tumultuoso e senza direzione, perché per i cittadini di Aureliana non v'era ormai altro luogo dove rifugiarsi. «Ci siamo. Questi sono unni!» constatò Maliban, traendo sveltamente una freccia dalla faretra e incoccandola all'arco. Il soldato barbuto, che i suoi compagni chiamavano Duryodhan, si fece largo e si affacciò a guardare da dietro il carro. «Maledetti!» ringhiò, fulminando i nemici con i suoi occhi di carbone. «Ma se credono di averci facilmente, si sbagliano.»

Giunti a una cinquantina di passi dalla barricata, gli unni trattennero i loro cavalli e poi si fermarono. Tra le loro file Sebastiano vide avanzare, su un nero cavallo europeo, un guerriero dalla magnifica corazza a scaglie. Tenendo l'animale al passo, l'unno prese ad avanzare verso i carri, seguito dai suoi a breve distanza. Il suo volto severo, ornato da baffi lunghi ma sottili, il suo sguardo attento, fisso sulla barricata, e anche il suo portamento, non risultarono nuovi per Sebastiano, ma quando notò la fusciacca verde e oro che gli cingeva la vita, non poté più avere dubbi: Shudian-gun! Dunque, il destino li spingeva a un nuovo confronto, e ancora una volta l'unno era il più forte. Avendolo ormai a portata di tiro, Maliban, per non essere visto, si portò vicino allo spiraglio che si apriva tra due carri e tese il suo arco. Sebastiano, però, allungò il braccio a fermarlo: «Aspetta! Credo che voglia parlare».

In effetti, Balamber aveva arrestato il cavallo a non più di una ventina di passi dalla barricata e scrutava tra i carri. Comprendendo che stava cercando un interlocutore, Sebastiano scese sulla strada. «Se vuoi parlare» gli disse «sono qui.»

L'unno lo squadrò con attenzione, senza fretta. Poi, d'un subito, il suo volto si rischiarò. «Il prefetto di Ezio!» esclamò. «Dunque, ci ritroviamo. È un piacere rivederti in vita!»

Nonostante l'ansia e la tensione che lo opprimevano, Sebastiano si concesse una battuta: «Finché dura!...».

Percepì alle proprie spalle un confuso movimento tra la folla, e udì un grido rimbalzare di bocca in bocca in direzione della Cattedrale: «Il vescovo! Chiamate Aniano!».

Balamber, che appariva sinceramente lieto di quell'incontro, sorrise di nuovo. «Non temere per la tua vita, romano» disse con un'espressione rassicurante e pungente a un tempo, «tornerai soltanto a essere mio prigioniero.»

Sebastiano non batté ciglio. Da dietro i carri, Vitalio lo avvertì che il vescovo stava arrivando. Indicando la folla sulla piazza, Balamber proseguì: «E anche questa gente potrà salvarsi la vita, sempreché si sottometta: la piazza è circondata, e a un mio cenno, a una mia parola, sarete tutti fatti a pezzi. Sei tu a comandare, qui?».

«No» gli rispose. «Dovrai parlare con il vescovo.»

Già gli occhi vigili dell'unno avevano colto, attraverso la barriera dei carri, l'aprirsi della folla al di là della barricata, e ora seguivano con attenzione l'avvicinarsi del prelato. «È quel vecchio che sta arrivando?» domandò con un vago accento d'ironia, accennando col capo. Sebastiano non ebbe bisogno di girarsi per verificare. «Sì. È lui l'autorità, qui.»

I pugni appoggiati sulle cosce, Balamber sorrise con sarcasmo e commentò: «Insomma, alla fine voi Romani vi rifugiate sempre sotto le sottane di uno di questi preti. Bella razza di dominatori!».

Sebastiano stava per replicare, ma in quel momento gli giunse, portato da un soffio di vento caldo, un suono lontano, vagamente metallico ma ancora indefinito e strisciante, che tuttavia il suo orecchio esercitato riconobbe come quello di una tromba. Irrigidendosi, tese tutto il suo essere all'ascolto. Il suono si ripeté, questa volta un poco più nitido. Dalla moltitudine dietro i carri si levò un grido, e un altro più forte echeggiò subito dopo, ma qualcuno, forse lo stesso Aniano, impose con decisione il silenzio. Sebastiano comprese che l'intera piazza si era posta in ascolto. Quando, la terza volta, lo squillo delle trombe si fece udire nitido e inequivocabile, un boato esplose tra la folla. L'esercito di Ezio era arrivato! Gli unni erano sempre lì a pochi passi, ma la città – tutti lo capirono subito – era salva.

Naturalmente, anche Balamber e i suoi guerrieri avevano udito, e nelle loro file serpeggiava ora lo scompiglio. Sebastiano vide sopraggiungere un guerriero, che raggiunse Balamber, intento a osservare con sconcerto l'ondeggiare della folla in preda all'entusiasmo. Scambiarono poche parole, poi Balamber lanciò a Sebastiano un'occhiata a un tempo indispettita e sconcertata. Facendo impennare il cavallo, lo spinse in avanti fino a trovarsi a pochi passi da lui. Il suo sguardo aveva già ritrovato l'espressione ironica di poco prima: «Il tuo Ezio è arrivato, alla fine! Tu sei un uomo molto fortunato, romano. Spero d'incontrarti ancora!».

Detto ciò, tirò le redini e, fatto voltare il cavallo, diede di sprone, raggiungendo i suoi uomini, in mezzo ai quali si fece strada con la velocità del fulmine. Un momento dopo, volgendo le spalle alla piazza esultante, i guerrieri che erano con lui spronarono a loro volta e lo seguirono al galoppo. Mentre Sebastiano li guardava sparire alla svolta della strada, Vitalio, Maliban e Dubrizio uscirono di tra i carri e gli si fecero attorno raggianti. Vitalio, in particolare, non riusciva a stare fermo. «Prefetto! Prefetto!» gridava tra le lacrime, incapace di contenersi. «Scappano! Stanno scappando, vedi? Il *Magister* è arrivato!»

Contagiato dall'euforia generale, Sebastiano lo abbracciò. «Sì, ragazzo. È arrivato, e Attila scappa. Finalmente, abbiamo smesso di prenderle!»

19

Non fu facile per Sebastiano raggiungere il bastione che guardava verso sud-est. Confuso insieme ai suoi compagni nella moltitudine, che li trascinava come un fiume in piena, lo trovò già gremito da una folla strabocchevole, che si accalcava anche sulle scale d'accesso al cammino di ronda. Molta gente, pur di salirvi, si inerpicava perfino sul terrapieno che era stato realizzato a sostegno del muraglione. Maliban, tuttavia, con bella intuizione suggerì di spostarsi più lontano e raggiungere la torre che vigilava la porta di levante. Naturalmente, non erano stati gli unici ad avere quell'idea, e furono quindi costretti a salire gli scalini, in un fracasso assordante, sgomitando tra civili e miliziani in pieno delirio, e dovendo perfino aver cura di non schiacciare qualche bambino contro il muro di pietra. Nondimeno, quando finalmente uscirono all'aperto, trovarono lo spazio per affacciarsi dal bastione. Nell'aria limpida di quella splendida giornata di giugno, la pianura offrì ai loro occhi lo spettacolo esaltante di una grande ma ancora indistinta moltitudine di armati che sopraggiungeva da meridione con gli stendardi al vento e stava ormai superando l'ampia ansa descritta dalla Loira. Dalla velocità con cui si avvicinava e dalla nube di polvere che sollevava, era facile dedurre che si trattasse di truppe di cavalleria. Portando lo sguardo verso settentrione, Sebastiano vide il campo unno in preda al caos: migliaia di figurette scure correvano fra gli attendamenti come formiche impazzite, mentre reparti a cavallo si stavano raggruppando per fare fronte all'esercito di Flavio Ezio. La tenda di Attila era già afflosciata al suolo e una gran folla brulicava tutt'attorno, mentre numerosi carri già si allontanavano sulla strada che conduceva a levante. Nell'aria rimbombava, attutito e deformato dalla distanza, un indistinto clamore. Vitalio, eccitatissimo, puntò il dito in direzione delle forze romane. «Guarda, Prefetto! I catafratti!»

Effettivamente, nel reparto che si trovava più vicino alla strada erano ora riconoscibili le insegne della potente cavalleria corazzata imperiale. Ma la pianura intera si andava ricoprendo di cavalieri.

«Dove ha trovato, il *Magister*, tanta cavalleria?» domandò Maliban.

«I visigoti!» gli rispose concitatamente Sebastiano. «È chiaro che i due eserciti si sono riuniti.»

Un'ovazione si levò dalla folla, a un centinaio di passi sulla sua sinistra, là dove una larga scala di pietra, fiancheggiata da una bassa balaustra, consentiva l'accesso al cammino di ronda. Guardando da quella parte, Sebastiano vide avanzare, in mezzo a centinaia di teste in movimento, la tiara di Aniano: tra le acclamazioni dei suoi fedeli, il prelato saliva al bastione per assistere di persona al realizzarsi delle sue speranze e raccogliere il premio delle sue incredibili fatiche. Procedeva lentamente, e la sua mano si levava a salutare e a benedire, mentre, al suo passaggio, la gente cadeva sulle ginocchia e gli baciava la veste. Altre grida, però, richiamarono l'attenzione del romano verso quanto avveniva oltre i bastioni. Sotto gli occhi estasiati degli stremati difensori di Aureliana, la cavalleria di Ezio divorava la pianura. A fronteggiarla si muovevano, ma in modo scoordinato e con evidente improvvisazione, i contingenti di cavalieri unni che nel frattempo erano andati schierandosi a protezione del campo. Sebastiano avrebbe dato un braccio per partecipare al combattimento che poco dopo iniziò sotto i suoi occhi. Una pioggia di dardi, così fitta da risultare visibile dalle mura, si levò dalle file unne e ricadde a flagellare la cavalleria romano-visigota, la quale tuttavia non interruppe la propria corsa. Alcuni reparti unni avanzarono per contrastarla, altri invece preferirono aprirsi e ritirarsi, evitando lo scontro. Sebastiano si rese conto che il nemico era in preda al panico: nel campo, gli attendamenti venivano smontati febbrilmente, i carri venivano caricati in fretta e furia e partivano di slancio, scontrandosi in grande confusione, e il bestiame fuggiva dai recinti senza essere inseguito; la grande maggioranza degli unni correva sui sentieri fangosi in direzione opposta al nemico avanzante. Le forze che coprivano la ritirata apparivano chiaramente inferiori, come consistenza numerica, all'avanguardia dell'esercito di Ezio, e tuttavia ingaggiarono con essa, davanti alle mura di Aureliana, una confusa battaglia, il cui svolgimento potè essere soltanto intuito dagli spalti, sia per la distanza, sia perché presto la nube di polvere sollevata dai combattenti li oscurò in gran parte alla vista degli spettatori. All'occhio esercitato di Sebastiano, però, non sfuggì quanto stava avvenendo nel frattempo sul lato nord-orientale dell'immenso campo unno: il grosso dell'armata nemica, infatti, si stava raggruppando celermente sulla strada, e la sua fronte già scompariva oltre la linea verdeggiante dei boschi. Dunque, mentre sotto Aureliana la sua retroguardia faceva il possibile per ritardare l'avanzata dell'esercito di Ezio, Attila stava mettendo in salvo il grosso delle sue forze, portandosi dietro ancora molti carri, certo stivati in fretta e come capitava, e anche tutto il bestiame che i suoi erano riusciti a recuperare. «Attila se ne va» constatò Maliban, indicandogli l'armata in fuga.

Sebastiano, volgendosi indietro, scrutò più volte ansiosamente sulla strada, nella speranza di vedere le milizie di Sangiban dirigersi verso la porta per tentare, con una sortita, di portare aiuto a quelle dell'esercito di soccorso. Pensò anche di andare di persona a sollecitare Sangiban, ma si rese conto che ormai era già tardi perché gli alani potessero condurre un'azione efficace. Intuiva che il re unno, che doveva essere stato avvertito per tempo del sopraggiungere dell'armata di Ezio, doveva avere sperato fino all'ultimo di impadronirsi di Aureliana e fors'anche di trincerarvisi, e ora, costretto a rinunciare quando era giunto a un passo soltanto dal successo, si disimpegnava con la rapidità di una pantera, proprio per il timore di dover combattere su due fronti.

La battaglia vicino al campo unno non si protrasse a lungo. Presto si videro gruppi di cavalieri fuggire scagliando frecce verso i loro inseguitori e attraversare in corsa folle il campo sconvolto, senza riguardo per i fantaccini che ancora vi si attardavano; dietro di loro altri cavalieri dalle lucenti corazze irrompevano al galoppo negli attendamenti sconvolti, mescolandosi ai fuggiaschi e sciabolandoli senza misericordia. Mentre la cavalleria romana, ormai vittoriosa su quella avversaria, dilagava nel campo nemico e ne completava la devastazione, Sebastiano tornò a volgere lo sguardo a sud-est, dove cominciavano a intravedersi, nella pianura, i primi reparti di fanteria. La distanza non gli consentiva di distinguerne le insegne, ma dal disordine con cui alcuni contingenti si dispiegavano trasse l'impressione che in quell'armata le truppe romane fossero affiancate da consistenti reparti di milizie germaniche. Dopo essersi fatto largo tra la ressa a forza di gomiti, Duryodhan comparve al suo fianco. Si appoggiò con una mano alla merlatura e in un attimo si fece un'idea della situazione. «Ormai non li prendono più, Prefetto» osservò, scuotendo indispettito il capo. Il suo accento era suonato strano all'orecchio di Sebastiano fin dal loro primo incontro. La sua constatazione, comunque, gli parve corretta. «Sì» ammise. «Per chiudere i conti con Attila servirà un'altra battaglia. Ma tu... sai chi sono?»

Duryodhan scrollò le spalle: «Lo sanno tutti, qui». Accennando verso settentrione, osservò: «Se quel vigliacco di Sangiban avesse fatto una sortita, forse a quest'ora Attila sarebbe in trappola in mezzo al suo campo, con tutti i suoi cavalli e le sue concubine».

Apprezzando il suo intuito strategico, Sebastiano lo fissò con ancor maggiore attenzione. «La situazione era confusa, e lui avrà ritenuto di non avere forze sufficienti» obiettò prudentemente.

Scuro in volto, il legionario replicò: «Macché! Nella confusione in cui gli unni si trovavano, sarebbe bastato uscire subito con un migliaio di soldati valorosi. E invece, così Attila è riuscito a svignarsela».

Lo sguardo nuovamente rivolto alla pianura, dove ormai l'esercito romano avanzava a ranghi compatti senza incontrare resistenza, Sebastiano gli domandò a quale reparto appartenesse.

«Ventunesima Vexillazione *Comitatense*» fu l'orgogliosa risposta. «Con me ci sono una mezza dozzina di commilitoni. Gli altri appartengono ad altri reparti.»

«La Ventunesima dovrebbe essere costituita di gallici, ma tu non mi sembri un gallo-romano.»

Duryodhan scosse il capo: «Per niente: mio padre era un centurione degli ausiliari sarmati, e mia madre era una liberta armena».

Attratto dallo scenario spettacolare offerto dall'armata del *Magister militum*, Sebastiano rinunciò a fargli altre domande. Un boato di entusiasmo esplose sul bastione quando qualcuno segnalò la comparsa di un ufficiale che, con l'elmo ornato da un folto piumaggio rosso, avanzava celermente sulla strada, circondato da una folta scorta di buccellari dagli splendidi equipaggiamenti. «Ezio! Ezio!» gridava la folla in delirio. Nessuno meglio di Sebastiano avrebbe potuto riconoscere in quell'uomo il *Magister militum*. Duryodhan si protese sul parapetto. «Eccolo!» annunciò ridendo. «È proprio lui!»

La vista del suo comandante provocò in Sebastiano la più forte emozione: lo vedeva avanzare sicuro e risoluto, impartendo ai suoi aiutanti, anche con coerenti gesti delle braccia, quelle che probabilmente erano le ultime direttive per l'azione in corso. Provato dalle turbinose vicende degli ultimi giorni, lo guardava in modo non diverso da come lo guardavano i cittadini di Aureliana, ossia come l'angelo liberatore che, similmente ai numi guerrieri degli antichi racconti epici, giungeva giusto in tempo a trarli fuori dal terrore e dalla disperazione. Mai aveva provato per lui un così vivo slancio d'affetto; mai lo aveva tanto ammirato; mai, infine, si era sentito più orgoglioso di conoscere da vicino quell'uomo eccezionale. La sua gioia, tuttavia, era venata di amarezza, poiché, pur avendo fatto tutto quanto era in suo potere, e non avendo invero mancato l'obiettivo importante dell'uccisione di Eudossio, era consapevole che solo l'intelligenza strategica e la rapidità d'azione del suo comandante avevano impedito che il tradimento del bagaudo provocasse la rovina della città.

L'avanguardia dell'esercito di Ezio era ormai giunta sotto le mura, accolta da acclamazioni alle quali il *Magister*, che ormai si era portato in testa con tutto il suo seguito, rispondeva salutando col braccio levato in un gesto regale. A dispetto della distanza, Sebastiano indovinò sul suo volto un sorriso aperto e radioso. Dalla porta spalancata, una folla esultante correva incontro al liberatore, mentre la sua armata si allargava in faccia alle mura e occupava la vasta area del campo unno e quella che era stata la terra di nessuno fra esso e la città, offrendo uno spettacolo non meno imponente e impressionante di quello che fino a poche ore prima era stato offerto dal nemico. Tra le file romane, Sebastiano riconobbe lo stendardo del suo reparto: la Quindicesima Ala Illirica, e poi, dalle insegne e dagli emblemi dipinti sugli scudi, distinse reparti comitatensi e anche palatini a lui ben noti e milizie ausiliarie di eruli, alani, sassoni, marcomanni. Più lontano, nella pianura, si andava raggruppando la massa poderosa e indistinta dell'armata visigota, che evidentemente aveva rinunciato, almeno per il momento, a inseguire il nemico, ormai inghiottito dalla foresta. Concentrando lo sguardo verso destra, lungo la riva del fiume, Duryodhan assunse un'espressione incuriosita e vagamente ironica: «Ma... chi sono quelli laggiù?».

Seguendo il suo sguardo, Sebastiano vide soltanto la lunga colonna dei carri della sussistenza, che, scortata da nuclei di cavalleria, si snodava sulla strada lungo la Loira. «Sono le salmerie» constatò con un tono di ovvietà. Duryodhan scosse il capo e insistette: «No: oltre le salmerie!».

Sebastiano guardò più attentamente: una nereggiante moltitudine priva di insegne o di stendardi, nella quale non era possibile discernere i diversi reparti, era apparsa nella pianura e avanzava al seguito dell'esercito. Dubrizio, che lui aveva perduto di vista tra la folla, gli si avvicinò tutto eccitato. «I Bagaudi!» annunciò, puntando l'indice in quella direzione. «Hai visto, Prefetto? Ambarro è stato di parola: guarda quanti sono!»

Pensando a Metronio, che a quanto pareva aveva portato felicemente a compimento la sua non facile missione, Sebastiano annuì, ma non senza un sorriso di condiscendenza che mal celava le sue perduranti perplessità circa le potenzialità combattive di quell'armata improvvisata, il cui disordine contrastava penosamente con il perfetto inquadramento dei reparti romani. Dubrizio, però, non vi fece caso, perché la sua attenzione era stata attratta da un movimento che, sul bastione, si andava delineando tra la folla alle spalle di Sebastiano. «Il vescovo!» lo avvertì, accennando. «Sta venendo qui.»

Avanzando lungo il cammino di ronda, Aniano si appoggiava con una mano al pastorale e con l'altra stringeva quelle che gli si protendevano o, quando poteva, benediceva il suo gregge. Era raggiante, e ripeteva di continuo a quanti gli cedevano il passo: «Ringraziate il Signore! Ringraziate il Signore, che ha avuto pietà di noi!».

Sebastiano gli si fece subito incontro e si chinò per baciargli l'anello. «Questa è una magnifica giornata!» gli disse Aniano, con un tremito di eccitazione nella voce.

«Sì: Flavio Ezio ci ha salvati appena in tempo.»

«Iddio ci ha salvato!» puntualizzò Aniano, levando il dito a correggerlo. «Ma Ezio» concesse sorridendo «è il suo angelo di giustizia!»

Prese Sebastiano sotto braccio o, per meglio dire, gli si appoggiò. «Vieni» aggiunse accostandosi al parapetto, «voglio vederlo, il tuo comandante!»

Scortato dai suoi buccellari, Ezio avanzava verso la porta tra due ali di folla osannante. Dal bastione, il vescovo levò entrambe le braccia a salutarlo ed egli, benché si trovasse ancora a un centinaio di passi dalle mura, subito lo riconobbe. Prontamente rispose allo stesso modo, e d'istinto pungolò un poco il cavallo, palesando in tal modo il suo desiderio di incontrarlo immediatamente. Aniano si volse a cercare con lo sguardo la scala che conduceva di sotto, e subito vi si diresse, con tutta la celerità di movimenti che gli consentivano l'età avanzata e la ressa di uomini e donne che lo premevano da ogni parte e lo guardavano come un'apparizione celestiale. Trasse Sebastiano con sé, tornando ad appoggiarsi a lui: «Accompagnami!» lo esortò con voce rotta dall'emozione. «Andiamo incontro al nostro liberatore. Dio sia ringraziato! Dio sia ringraziato!»

Nei suoi occhi cerulei, limpidi e ispirati, brillavano lacrime di gioia.

20

Sull'antica strada romana, Balamber procedeva tenendo il cavallo a un passo indolente e svogliato, lo sguardo fisso davanti a sé, senza prestare alcuna attenzione all'ininterrotto succedersi degli alberi. Era stanco di verderne, in effetti. Da due giorni l'esercito del grande re si ritirava attraverso una regione boscosa, seguendo grosso modo la strada, ma debordando ben al di là del suo tracciato: mentre i carri dovevano necessariamente essere mantenuti sul lastricato, una parte di uomini e cavalli, nonché parte del bestiame che si era riusciti a portare in salvo, sciamava sui sentieri che la fiancheggiavano tra gli alberi, salendo e scendendo lungo le modeste ondulazioni del terreno, guadando corsi d'acqua, dilagando per piccole radure, irrompendo come uno sciame di locuste su villaggi già devastati e completamente spopolati. Non era una rotta: l'armata, pur cedendo terreno davanti ad Aureliana, aveva conservato intatta la sua capacità di combattimento e puntava a marce forzate verso la Senna. Tutti i capi andavano ripetendo che Attila aveva già in mente dove fermarsi per dare battaglia, e che altre forze sparse in tutto il territorio stavano convergendo con il troncone principale dell'esercito verso il luogo prescelto, che si trovava da qualche parte tra la Senna e la Marna. Il nemico, comunque, non sembrava troppo ansioso di raggiungerli, e d'altra parte rientrava nel modo di combattere degli Hiung-nu cedere terreno quando non potevano vincere, per ritirarsi e contrattaccare poi fulmineamente.

Tutte queste considerazioni non valevano però a risollevare il morale di Balamber. Affiancato dall'inseparabile Mandzùk, avanzava tenendosi sul margine della colonna in marcia. Si sentiva l'animo oppresso, e non solo perché, comunque si volesse considerare la faccenda, quella era la prima volta che vedeva il suo re voltare le spalle al nemico; soprattutto, era tormentato da una sorta di cupo risentimento contro il destino che si ostinava a farsi beffe di lui. Prima di tutto, nella confusa battaglia di retroguardia davanti ad Aureliana aveva perduto Kayùk, passato da parte a parte dalla lunga lancia di un catafratto; cosa ancor più grave, il ragazzo era stato ucciso mentre cercava di condurre in salvo il carro dove, per suo ordine, aveva stivato gran parte del suo bottino: ori, gioielli, vasellame e utensili, tessuti preziosi che ora si trovavano certamente in possesso dei mercenari romani, cosicché a lui non restavano ormai che tre cavalli e un paio di muli (uno dei quali gravato dell'armatura donatagli dall'Onegesio), condotti da servi pannoni, sventati e poco affidabili; quasi tutti gli altri guerrieri che avevano coperto la ritirata lamentavano perdite analoghe, e dunque erano furibondi almeno quanto lui. Ma c'era dell'altro: ad Aureliana, proprio come in Sapaudia, aveva provato ancora una volta lo scorno di essere richiamato proprio quando si trovava solo a un passo dal compiere un'impresa memorabile. Se infatti erano stati i Gepidi di Ardarich a varcare per primi la porta di levante, era altrettanto vero che essi si erano subito scioccamente dispersi, gettandosi come furie a depredare le prime case; addirittura, il gruppo più numeroso era stato messo in fuga dai difensori una volta giunto a un passo dalla grande piazza. Il suo *mingàn*, invece, era entrato in città a ranghi serrati e aveva spazzato via facilmente ogni tentativo di resistenza. Le barricate che aveva veduto attorno alla piazza gli erano parse tutt'altro che insuperabili, e comunque lui – ripensandoci a posteriori – si sentiva certo che la città era stata sul punto di sottomettersi senza ulteriori, inutili resistenze. L'aveva letto negli occhi di quell'ufficiale romano che aveva già conosciuto in Sapaudia: due parole col vescovo, qualche promessa, qualche rassicurazione, e la città intera sarebbe caduta in sua mano come un frutto maturo: un degno premio, finalmente, per le fatiche e i sacrifici affrontati fino a quel momento dai suoi guerrieri, che per primi, questa volta, avrebbero potuto impadronirsi degli ori degli altari e dei tesori consegnati con mano tremante dalla gente di rango, e agguantare le donne più belle e aristocratiche per il loro piacere. Le cose, però, erano andate diversamente, e... Ma a che serviva continuare a recriminare? Frustando il cavallo, allontanò quei pensieri deprimenti. Risalendo la colonna dei guerrieri, si portò con Mandzùk in testa al *mingàn*, che era l'ultimo reparto unno della colonna: alle loro spalle, un paio di miglia più indietro, i suoi uomini avevano soltanto l'orda disordinata dei Gepidi, che fungevano da retroguardia dell'immenso esercito. Tra coloro che cavalcavano in testa trovò Odolgan, che stava bevendo idromele – il *kumìs* era finito da un pezzo in tutto il *mingàn* – dal piccolo otre che, come tutti, portava con sé appeso alla sella di legno. Vedendolo sopraggiungere, l'amico lo invitò con un cenno a dissetarsi a sua volta, ma Balamber declinò l'offerta. Riappendendo l'otre, Odolgan si strinse nelle spalle. «Come vuoi. Questa polvere mi secca la gola.»

Balamber gettò un'occhiata carica di torva insofferenza verso la boscaglia. «Stando a quanto hanno detto gli esploratori, fra poco dovremmo uscire da questa foresta. Agedincum non è lontana.»

«Già, ma stando in coda, anche oggi ci toccherà dormire all'aperto. Urtrigùr, là davanti, ci fa mangiare la polvere e si prende sempre il meglio.»

Balamber non disse nulla, poiché sapeva bene che solo il caso – un caso sfortunato, invero – aveva voluto che il suo reparto si trovasse in coda, anziché alla testa del *tumàn* dell'Onegesio.

Solo a metà pomeriggio, scendendo un dolce pendio erboso, si lasciarono finalmente alle spalle la foresta. Davanti a loro si estendeva, intervallata da filari di pioppi, una pianura ondulata, dove in più punti, attorno a piccole case coloniche, le messi biondeggiavano in attesa delle falci dei mietitori. Al centro di quello scenario, in una bassa nuvola di polvere, l'armata si snodava, incolonnandosi approssimativamente lungo il nastro grigio della strada. Dopo qualche ora di marcia l'attenzione di Balamber si concentrò su un piccolo borgo che il *mingàn* era sul punto di raggiungere: niente più di una mezza dozzina di abituri abbandonati, fatti di tronchi e con alti tetti di paglia, con stalle e porcili, ovviamente deserti. I guerrieri lo attraversavano sciamando attraverso gli ampi spazi che si aprivano fra le case. «Quel villaggio non è male» disse a Odolgan. «Proseguire sarebbe inutile, perché ad Agedincum arriveremmo tardi comunque. Ci accamperemo laggiù.»

«D'accordo, sarà sempre meglio che niente» riconobbe Odolgan.

In effetti, come luogo per un bivacco, il villaggio non era gran cosa: era già stato messo a sacco durante l'avanzata, e alcune case non potevano offrire altro che il deprimente spettacolo delle loro rovine carbonizzate.

Appena ebbe raggiunto lo spiazzo che costituiva il centro del piccolo borgo, Balamber diede l'alt, e subito i guerrieri si affrettarono a prendere possesso di ogni costruzione che potesse offrire un tetto. I suoi servi occuparono senza indugio la più comoda tra quelle casupole per preparargli la migliore sistemazione e si diedero da fare per scaricare, foraggiare e impastoiare le bestie. Quanto a lui, prima di smontare pensò di appurare a quale distanza si trovasse la gente di Ardarich, e tornò rapidamente sui suoi passi lungo la strada, fino a raggiungere il limitare del villaggio. Pur guardando con estrema attenzione nella luce radente del tramonto, non vide traccia dell'armata gepida, dal che concluse che ben difficilmente Ardarich sarebbe arrivato lì prima dell'imbrunire. Se ne compiacque, perché ciò significava che non correva il rischio di vedersi trascinato, per il possesso del villaggio, in una controversia con l'amico fraterno di Attila.

Si soffermò un poco a contemplare lo spettacolo del sole che, declinando sull'orizzonte, tingeva di una scia di sangue il cielo turchese, nel quale si affacciavano le prime stelle. Sopra una macchia di aceri, centinaia di passeri volteggiavano freneticamente, cinguettando con appassionata, incredibile veemenza. Fermo sotto la volta celeste, dimentico del movimento di centinaia di uomini alle sue spalle, sordo alle grida, agli alterchi, alle risate che si levavano da decine di bivacchi improvvisati, si sentì improvvisamente invadere da una sottile, snervante, inconfessabile malinconia. Era un uomo delle praterie: amava gli spazi infiniti, l'erba alta e frusciante delle steppe, percorsa fino all'orizzonte da lunghe onde suscitate dal vento, portatore ogni giorno di immense nubi in continuo movimento, e tuttavia si sentiva catturato dallo spettacolo di quel tramonto sull'ordinata campagna della bassa Lugdunense. Se due mesi prima le montagne della Sapaudia lo avevano sgomentato con la loro possanza, se i pendii verdeggianti di conifere del Giura e i boschi della Loira lo avevano oppresso, suscitando in lui la diffidenza tipica dell'uomo assuefatto ai grandi orizzonti, quella pianura in qualche modo lo affascinava. L'impressione di piattezza che si poteva ricavare dalla vista di quella estesa campagna, biondeggiante di messi e accarezzata dalla luce di quel tramonto di giugno, era mitigata dai pioppeti e dai boschetti di betulle, il cui fogliame fremeva sotto la carezza di un caldo vento che soffiava dal meridione. Il suo sguardo, deliziato da quella varietà di colori, era irretito dalla geometria scrupolosa delle coltivazioni, distribuite attorno alle case coloniche e a residenze nobiliari che, per quanto devastate dai saccheggi, continuavano a offrire ostinata testimonianza dell'infaticabile impegno di generazioni di uomini non dediti soltanto all'ozio e alla guerra.

Soltanto quando il sole fu scomparso sotto la linea dell'orizzonte Balamber si chiese finalmente perché mai stesse perdendo il suo tempo in quel luogo: fatta eccezione per un paio di soste, indispensabili per fare riposare i cavalli, era stato in sella tutta la giornata ed era dunque sciocco rimandare il momento del riposo. Proprio in quel momento fu raggiunto da Odolgan, che scrutò ansiosamente nella campagna, sulla quale ogni colore andava spegnendosi nell'imminenza della notte. Pensando ch'egli si fosse fermato per controllare l'affluenza e la compattezza del reparto, gli domandò: «Qualcosa non va? Non credo che sia rimasto indietro qualcuno».

Infastidito da quel brusco richiamo alla realtà, Balamber si limitò a gettargli un'occhiata ostile e trasse le redini, facendo voltare il cavallo e spingendolo verso il centro del villaggio. Il suo amico, vedendolo irritato, gli si affiancò in silenzio. Avevano appena superato la linea delle prime case, quando l'attenzione di Balamber fu attratta dalle risate di alcuni hiung-nu, che, raccolti attorno a un fuoco di sterpi, osservavano con divertimento una bambina di non più di dieci o undici anni, che disputava a due cani scarni e ringhiosi una costina d'agnello semicruda, evidentemente lanciatale da un guerriero. Vestita solo di una tunica di lino sudicia e sbrindellata, la piccola era a piedi nudi e appariva incrostata di fango e di sporcizia in ogni parte visibile del suo corpo, compreso il viso, circonfuso da una chioma scomposta di capelli corvini. Era di statura modesta e magrissima, palesemente provata da recenti privazioni, e tuttavia fronteggiava i due cani con un coraggio e un'energia insospettabili, frustandoli con un piccolo ramo, che doveva avere strappato a qualche arbusto spinoso delle vicinanze. Incuriosito, Balamber si fermò a osservarla. Fu colpito dalla luce di fiammeggiante determinazione che si coglieva nei suoi occhi scuri, mentre, tenendo ben stretto nella sinistra il pezzo di carne e mordendosi il labbro inferiore nell'impegno della lotta, vibrava nell'aria il suo ramo e, producendo un suono fischiante, colpiva i cani per diritto e per rovescio, costringendoli a retrocedere tra le risate e le grida di incoraggiamento dei guerrieri che assistevano al combattimento. Odolgan, che si era fermato a sua volta, rise e commentò ammirato: «Ma questa è la dea della guerra! Sembra una piccola hiung-nu!».

Con un movimento elastico, Balamber balzò di sella; senza fretta, imitato da Odolgan, si fece largo, giungendo così a trovarsi a pochi passi dalla bambina, che ora retrocedeva, continuando a difendere valorosamente la sua carne. Era tutta per la lotta, e le grida dei guerrieri, che la circondavano senza recarle alcun aiuto, sembravano centuplicare la sua determinazione. Notando che uno dei cani la stava aggirando, Balamber gli si fece incontro e lo scacciò con una pedata; quindi, tolto dal fuoco un tizzone ardente, lo agitò energicamente davanti al muso dell'altro, che subito prese la fuga a sua volta, senza peraltro fare molta strada, poiché, con un rapido e implacabile fruscio, la scure di un guerriero lo inseguì e lo inchiodò nel fango dopo pochi passi: i viveri scarseggiavano, e per cena un cane andava benissimo. Il suo compare, più veloce o forse soltanto più fortunato, riuscì invece a eclissarsi nel buio, tra le sterpaglie che circondavano il villaggio. Balamber non aveva fatto in tempo a girarsi verso la bambina che già questa sgattaiolava agilmente tra i guerrieri con il medesimo intento. Odolgan, smontato a sua volta, la inseguì e l'afferrò da dietro per la tunica, che su quel corpicino smagrito offriva facile appiglio alla sua presa; quindi, strappatole il ramo con il quale tentava di colpirlo, la sollevò con una mano e la riportò ridendo dal suo capo.

«Lasciami! E lasciami, brutto bestione!» gridava lei in gallo-romano, agitando invano braccia e gambe, ma attenta a tenere ben stretta la costa d'agnello così duramente conquistata. Quando Odolgan la depose di fronte a Balamber, che la osservava divertito, si liberò divincolandosi e lo squadrò con un'occhiata furente, tenendo dietro la schiena la mano che stringeva il pezzo di carne.

Assumendo un'aria truce, Balamber fece mostra di voler spiare dall'alto cosa ella mai intendesse nascondergli. «Tu hai rubato della carne ai miei guerrieri!» scandì in tono severo.

«Non è vero!» protestò lei con veemenza, e la sua voce, per quanto infantile, suonò forte e ferma. «Me l'ha data uno dei tuoi soldati!» aggiunse, dando indietro e cercando invano con lo sguardo, fra coloro che la circondavano, l'uomo di cui parlava. Arretrando, sbatté contro Odolgan, il quale, le mani sui fianchi, si era trattenuto per godersi quella piccola rappresentazione inscenata dal suo amico. La bambina diede allora un piccolo balzo in avanti, addentando subito la carne, nel timore che stessero per togliergliela a forza. Senza smettere di tener d'occhio Balamber, masticava avidamente, strappando bocconi troppo grossi che le deformavano le guance scavate. All'unno non sembrava per nulla intimidita dal sentirsi circondata da guerrieri armati fino ai denti, le cui facce dovevano apparirle tutt'altro che rassicuranti; forse, semplicemente, aveva molta più fame che paura. Alcuni di quegli uomini, del resto, già tornavano a raccogliersi attorno al fuoco, mentre altri si mettevano in cerca di un luogo in cui disporre il proprio giaciglio; altri ancora raggiungevano i bivacchi degli amici per barattare generi di conforto o anche solo per scambiare due parole; nondimeno, c'erano ancora una decina di hiung-nu, lì attorno, a osservare con divertimento il loro capo, impegnato in quel non facile confronto.

«Da quanto non mangiavi?» domandò Balamber.

«Due giorni» rispose lei senza smettere l'alacre lavorio delle mandibole.

«E i tuoi genitori?... Dove sono?»

Gli occhi della bambina si inumidirono. Deglutì e abbassò il capo, senza rispondere.

«Ti ho chiesto dove sono tuo padre e tua madre... E i tuoi fratelli? Forse sono fuggiti e ti hanno abbandonata qui?»

La bambina rialzò la testa e, stringendo i pugni, lo trafisse con lo sguardo. «Sono tutti morti!» gridò rabbiosamente, ma con voce incrinata. Ora lo fissava con odio, dietro il velo delle lacrime, che tuttavia sembrava trattenere con tutte le sue forze. Il suo labbro inferiore tremava di collera.

«Da quanto tempo?»

«Che te ne importa?» rispose lei con forza, la voce rotta dal pianto. Poi, però, abbassò il capo, volgendo lo sguardo a terra. Nella destra, teneva ancora, ormai quasi spolpata, la costina d'agnello. Con il dorso dell'altra mano si strofinò il moccio dal naso. «Non so...» soggiunse cupamente. «Da molti giorni.»

Balamber aveva già notato che non v'erano cadaveri sparsi per il villaggio. «Abitavate qui?» domandò. Lei scosse il capo in segno di diniego. «Quando sono arrivata non c'era nessuno. Tutti scappati» rispose; poi tornò a rosicchiare.

Non senza ammirazione, Balamber concluse ch'ella doveva aver vagato per giorni nei campi e nei boschi, vivendo di tutto ciò che riusciva a trovare per alimentarsi. «Come ti chiami?»

In risposta, ricevette soltanto un'occhiata ostile e diffidente. In imbarazzo di fronte a quella reticenza, si raddrizzò sulla schiena, aggiustandosi il cinturone di cuoio. Qualcosa in quella bambina suscitava la sua ammirazione. Era sola, circondata da pericoli, di fronte ai quali non poteva trovare rifugio tra le braccia dei genitori o sostegno in alcun membro della sua dispersa comunità: in sostanza, la stessa condizione in cui si era trovato lui dopo l'uccisione di suo padre e di tutti gli altri membri della sua famiglia; doveva dunque avere attraversato prove tremende e ciononostante non si perdeva d'animo. Di sicuro, non era di origini patrizie: doveva essere figlia di una coppia di coloni dei dintorni, e tipicamente contadine erano la sua forza e la ruvidezza dei suoi modi. Ma questo non poteva bastare a spiegare il fatto che fosse ancora in vita: in aggiunta, doveva possedere un carattere indomito, e qualità degne di un guerriero. La dea della guerra, aveva detto Odolgan. Insistette: «Avrai pure un nome, no? O dovrò dartelo io?».

«Go-Bindàn!» suggerì ridendo Odolgan. Gli hiung-nu più vicini risero e approvarono, ripetendo quel nome più volte. Anche Balamber rise. Appoggiando i palmi delle mani sulle ginocchia, si piegò fino a portare il suo viso all'altezza di quello della ragazzina: «Sai che significa Go-Bindàn? Ecco: più o meno... "Vince i cani con la frusta"! Ti piace?».

Non rispose, ma nei suoi occhi lui vide brillare, per un momento, una luce di sorpresa e fors'anche di compiacimento. Un servo gli si avvicinò e gli annunciò che tutto era pronto per la sua cena. Balamber si risollevò e, con un gesto della mano, invitò la bambina a seguirlo: «Vieni, Go-Bindàn: stasera sarai mia ospite».

Fece per avviarsi, ma, vedendola esitare, si girò a incoraggiarla. «Non mi dirai che quella costa d'agnello ti ha già saziato, no?» la sollecitò agitando la mano. «Avanti, non aver paura.»

«Io non ho paura!» replicò lei in tono risoluto; rapida, gli si affiancò, e con passo deciso, fiera e impettita, lo seguì verso il bivacco. Accovacciati attorno ai fuochi, gli hiung-nu la seguirono con lo sguardo, annuendo con espressioni di apprezzamento.

21

Disteso su un fianco, Balamber aprì gli occhi nel buio. La notte era calda, afosa. Per questa ragione aveva deciso di dormire all'aperto, sotto il portico del piccolo frutteto, già devastato da precedenti bivacchi, di una delle case ancora in piedi. I suoi uomini più fedeli, dopo aver ammucchiato la loro roba in cumuli informi contro il muro perimetrale, si erano stravaccati tra i meli e sull'ortaglia e ora, stanchi per la lunga marcia di quel giorno, dormivano pesantemente. Regolare, monotono, gli giungeva alle orecchie il russare di Mandzùk, disteso poco lontano da lui.

Non avrebbe saputo dire che cosa lo aveva svegliato: aveva solo avvertito la sensazione di un contatto strisciante sul viso, ma toccandosi ora non trovava altro che le proprie cicatrici. Provava un senso di vivo dispetto per essere stato distolto dalla visione in cui aveva vagato la sua mente: un sogno ricorrente, nel quale rivedeva sua madre, seduta nella *yurta* con le gambe incrociate e intenta a cucire con un grosso ago una pelle di bufalo, mentre il violento vento della steppa si abbatteva con vano accanimento contro il rivestimento di feltro, sorretto dai robusti graticci di legno. Nel sogno, come nella realtà, o almeno in quella che lui ricordava come la realtà di un tempo lontano, lei gli parlava sempre dolcemente, con voce piana e carezzevole, raccontandogli vecchie storie del suo popolo; nella penombra della *yurta*, le braci del fuoco tingevano di mobili riflessi il suo volto dai tratti delicati, inquadrato dalle grosse trecce nere, attorcigliate all'altezza delle orecchie. Balamber aveva ritrovato ancora una volta il suo sguardo affettuoso ma al tempo stesso malinconico e soffuso di misteriose lontananze, il gesto sempre misurato, l'umorismo semplice, ignaro di ogni malizia, che è tipico delle anime più gentili. Spesso quelle visioni terminavano con un ammonimento o una predizione: continuando con noncuranza nelle sue faccende, lei si faceva portatrice di messaggi di suo padre, sempre con la stessa formula: «Il nobile Uldin dice che...» oppure: «Tuo padre, il nobile Uldin, mi ha detto che...»; sempre così, sempre nello stesso tono giudizioso e riverente. Suo padre, invece, non appariva mai, in quei sogni, ma era come se fosse presente: incombeva attraverso le sue armi appese ai pali di sostegno, le selle e i finimenti dei suoi molti cavalli, le porcellane e gli utensili preziosi che aveva portato dalle sue razzie. Non c'era, ma era come se il mondo fuori della *yurta* fosse pieno di lui: perché lui era la forza, e da quella forza venivano protezione e benessere; si manifestava indirettamente, con quei messaggi, sui quali lui si lambiccava poi per giorni, al punto da rivolgersi agli sciamani quando il loro contenuto gli appariva particolarmente sibillino. Ma se anche quella notte doveva essergli trasmesso un messaggio, lui non aveva potuto riceverlo, perché il sogno si era interrotto all'improvviso.

Avvertendo il contatto di un corpo e un senso di oppressione attorno alla vita, si girò per sollevarsi e urtò contro qualcuno disteso dietro di lui. Udì un gemito infantile, poi sentì che il braccio che gli aveva cinto la vita scivolava via da lui e intuì, nel buio, che la persona che gli stava accanto sul polveroso piantito di frassino stava mutando posizione. Tendendo l'orecchio nel silenzio della notte, percepì il ritmo del suo piccolo respiro: Go-Bindàn, non v'era dubbio. Schioccò la lingua nella bocca impastata, e si sollevò sui gomiti per guardarla: i suoi occhi si stavano adattando all'oscurità, e con l'aiuto della luce lunare non faticò a distinguere la sua figura, rannicchiata al suo fianco in una posizione fetale. Un piccolo passero, niente di più.

Per tutta la sera era stata accanto a lui davanti al fuoco. Inizialmente si era concentrata solo sulle porzioni di carne che le venivano passate; poi però, saziata la sua incredibile fame, aveva cominciato a guardarsi intorno, dapprima di sottecchi, poi senza alcun timore, passando in rassegna i volti degli hiung-nu con i suoi occhi scuri e ardenti, ai quali una strana febbre interiore conferiva una lucentezza conturbante. Benché, naturalmente, non capisse nulla del dialetto unno, gli era parsa in qualche modo attratta dai truci guerrieri che la circondavano, e attenta a ogni loro parola, a ogni loro gesto, di momento in momento sempre più curiosa e meno diffidente. Dopo la cena, allo spegnersi delle ultime risate degli uomini insonnoliti, l'aveva lasciata libera di andare dove più le piaceva. Lei si era levata in piedi, ma aveva esitato ad allontanarsi. Pulendosi le dita unte di grasso sulla tunica consunta, aveva indietreggiato un poco, senza staccare lo sguardo da lui. Poi si era incamminata con passo incerto tra i bivacchi dei guerrieri, ma si era arrestata di botto davanti al servo di uno di questi – un uomo orrendo, con un occhio solo – che, sorreggendo con le braccia un fascio di ramaglie per il fuoco, le si era parato davanti all'improvviso, sbucando del tutto casualmente da dietro un carro. Forse la bambina avrebbe retto alla vista delle sue terribili cicatrici e della sua dentatura marcescente, ma certo non aveva saputo sostenere quella della sua orbita vuota, sicché, appena lui, sorridendo, le aveva rivolto la parola, aveva operato un rapido dietro front ed era tornata a gambe levate vicino a Balamber, suscitando fra i guerrieri un coro di risate. Afferrandogli un braccio, lo aveva guardato smarrita, implorante. Lui aveva cercato di allontanarla, ma lei si era fatta sotto di nuovo, con muta insistenza. Allora, prendendo atto che non sembrava intenzionata ad abbandonare l'accampamento, se l'era tenuta accanto, e più tardi le aveva detto di sistemarsi per la notte dove voleva, lì nel giardino. Naturalmente, aveva ammonito i suoi uomini di lasciarla in pace. Da quel momento non l'aveva più vista, e si era dimenticato di lei. Ora, invece, eccola lì, a stringerglisi contro nell'oscurità, come un cucciolo di cane acquattato nel caldo rifugio offerto dal pelo della madre.

Con inconsapevole ostinazione, aggiustandosi su un fianco, la bambina tornò ad abbracciarlo e si strinse ancora di più a lui. Balamber fece per scostare ruvidamente il suo braccio, ma quando ebbe tra le dita quel polso esile, che la luna illuminava di una luce azzurrata, preferì desistere. Rimase per un poco fermo così, incerto, appoggiato sui gomiti, a osservarla dormire. Ora che il sonno distendeva i suoi lineamenti, quella piccola, intrepida virago tornava a essere la bambina che era. Gli pareva perfino che sorridesse, forse rapita, come lui poco prima, in un sogno lieto. Forse anche lei stava sognando i suoi. Davvero, la sua disperata condizione gli ricordava quella in cui si era trovato lui stesso molti anni prima, quando una banda di Avari aveva massacrato tutta la sua famiglia. Erano venuti in inverno, in un mattino nebbioso, e come una torma di lupi si erano gettati sull'accampamento. Mentre le prime torce volavano a incendiare i tetti delle *yurtae*, suo padre aveva tentato di opporsi agli aggressori insieme con i figli più grandi e pochi compagni, per consentire alle donne e ai bambini di mettersi in salvo. Con pronta e giusta decisione, sua moglie Bodith aveva portato via solo Balamber, troppo giovane per combattere, ma abbastanza grande per potersi salvare con le proprie forze. In certi momenti, gli pareva di udire ancora, ossessivo e amplificato al punto da risultare quasi assordante, il fruscio ritmato, frenetico, dei loro passi mentre fuggivano nell'erba dura della prateria, come pure, sempre più flebili per effetto della distanza crescente, le grida dei guerrieri impegnati nel combattimento impari che si era ingaggiato all'interno del campo. Per la benevolenza degli spiriti protettori del suo clan, Bodith era riuscita a fermare un cavallo che vagava disperso in mezzo alla bruma, e aveva sollecitato il figlio a montargli in groppa. Solo in quel momento lui si era accorto che era stata ferita: aveva ancora davanti agli occhi l'immagine di lei mentre, orrendamente trapassata da una freccia nel suo esile torace, cadeva in ginocchio nell'erba alta, e con voce flebile, tendendo le braccia lo esortava a scappare. «Fuggi!» gli aveva detto anelando, con l'ultimo fiato che le rimaneva. «Va' da Utrigùr. Lui... ti aiuterà!» Quando, con Utrigùr e una cinquantina di guerrieri, era tornato nell'accampamento devastato, aveva trovato nella neve i corpi dei suoi genitori, privi delle teste al pari di tutti gli altri; unico superstite, il servo Mandzùk, che era stato rinvenuto, gravemente ferito e ustionato, sotto i resti bruciacchiati di una *yurta*. Da quel giorno, Utrigùr lo aveva praticamente adottato e, affiancandogli Mandzùk, aveva fatto di lui un guerriero, aiutandolo in seguito a conseguire la sua vendetta. Costretto dalle circostanze a crescere in fretta, più di quanto già accadesse di norma per i bambini del suo popolo, Balamber era presto diventato ancora più forte, più crudele e più astuto degli altri. Gli Avari per primi avevano imparato ad averne terrore, ma il cammino del suo riscatto era stato costellato dalle teste di molti nemici appartenenti a genti diverse. Ora che era giunto alla soglia dei trent'anni, il suo nome era conosciuto e onorato, tra gli Hiung-nu, quasi come lo era stato quello di suo padre: come lui, era un *kutu-heu*, un apprezzato capo militare, che al seguito di Utrigùr era destinato a un grande avvenire; tuttavia, osservando Go-Bindàn, aveva modo di ricordare la pochezza dei propri punti di partenza e la dolorosa lacerazione interiore che lo aveva segnato durante gli ultimi anni della sua infanzia, e poteva rammentare anche quanto dura fosse stata la risalita da quell'abisso di sconfitta e solitudine.

Lentamente, attento a non svegliarla, si distese supino, rinunciando ad allontanare la sua mano. Non sapeva dove mettere il braccio destro, che ora si trovava in una posizione innaturale, e quindi lo trasse indietro e lo sollevò, con l'intento di girarsi poi sul fianco e tornare nella posizione precedente, ma subito lei, con un sommesso mugolio, gli si fece ancor più vicina, risalì un poco lungo il suo corpo e aggiustò la posizione della testa, appoggiandola nell'incavo della sua spalla con una prontezza che per un momento gli fece sospettare che fosse sveglia. Ora non avrebbe più potuto mutare posizione senza svegliarla. Appoggiò allora la mano sulla sua spalla e rimase così: guardando le stelle pulsare attraverso le sconnessioni della tettoia e ignorando il ronfare di Mandzùk per ascoltare il respiro regolare della bambina. Poi, nuovamente cedette al sonno.

22

Dall'argine erboso, sul quale si affacciava un boschetto di giovani betulle, Balamber vigilava affinché i suoi uomini superassero il guado dell'Aubis senza difficoltà, senza danneggiare i carri e perdere il poco bestiame che il *mingàn* si portava dietro. In prossimità di un piccolo borgo un poco più a valle c'era un ponte, ma gli esploratori avevano riferito che i Franchi ripuari, gente di fanteria, se la stavano prendendo comoda e tardavano ad attraversarlo; perciò, considerando la modesta larghezza del fiume e la scarsa profondità dell'acqua, lui aveva deciso di guadagnare tempo, lasciando la strada e facendo passare a guado il *mingàn*. Bisognava affrettarsi, perché il giorno volgeva al termine e il tempo stava cambiando: si stava alzando il vento, e nel cielo, verso Occidente, si accavallavano rapidamente immense nuvole plumbee, trafitte e illuminate di quando in quando da lampi serpeggianti. Lontano, rimbombava il tuono: la voce di un potere divino e sconosciuto la cui forza egli ben conosceva e aveva ottime ragioni per temere. Dunque, sollecitava senza posa i capi delle centurie perché affrettassero il passaggio dei loro uomini, e Mandzùk, in mezzo al guado, faceva altrettanto, gridando e imprecando. Il grande accampamento fortificato di Attila non doveva distare più di una decina di miglia, ma l'ora era ormai avanzata e, per raggiungerlo prima dell'imbrunire, era giocoforza accelerare l'andatura, cosa non facile, perché sia gli uomini sia i cavalli e le bestie da soma erano assai provati. Per quanto appesantito dalle salmerie e rallentato dal bestiame, il *mingàn* aveva infatti marciato per tutto il giorno con una relativa celerità, allungando forse più del necessario la distanza che lo separava dai Gepidi di Ardarich.

Ecco: il carro su cui si trovava Go-Bindàn stava attraversando ora. La ragazzina seguiva gli hiung-nu ormai da tre giorni. Viaggiava sui carri, o a dorso di mulo, e non di rado i rudi guerrieri se la prendevano in groppa ai loro cavalli. La sorprendente benevolenza che il capo mostrava nei suoi confronti non suscitava nelle loro file particolari commenti, ma costituiva per loro ragione più che sufficiente per trattarla con tutti i riguardi che le circostanze consentivano. La simpatia che ispirava, poi, faceva il resto. Non che Balamber o qualcun altro l'avesse in alcun modo invitata ad aggregarsi al *mingàn*: quando gli hiung-nu avevano lasciato il villaggio in cui l'avevano incontrata, si era semplicemente incamminata a fianco della colonna, e da quel momento non era stato più possibile liberarsi di lei. In quei giorni aveva preso crescente confidenza con gli hiung-nu, e aveva anche imparato, con sorprendente rapidità, qualche decina di parole della loro lingua, quanto le bastava per chiedere, ingiuriare, maledire, e soprattutto contrattare. La sera, dopo aver mangiato con Balamber e i suoi uomini più fidati, si allontanava e prendeva a girovagare da un bivacco all'altro, tornandone spesso con un nastro, un bracciale o qualche altro piccolo ornamento che riponeva poi in una vecchia bisaccia di daino, passatale da Mandzùk, dalla quale non si separava mai. Ogni tanto spariva, anche per una mezza giornata, salvo poi ricomparire immancabilmente quando il *mingàn* metteva il campo. Balamber, che non si preoccupava in alcun modo di lei durante le lunghe marce, non le faceva domande, e tuttavia si era già abituato a trovarsela accanto nei bivacchi, come pure, quando annottava, a vederla coricarsi vicino al suo giaciglio avvolta in un brandello di tendaggio che usava anche per mantello e che aveva recuperato, al pari dei mocassini di pelle di montone che ora le proteggevano i piedi, da qualche guerriero del *min-*

gàn. Non parlava molto, non raccontava nulla di sé; il giorno prima, tuttavia, Balamber aveva avuto modo di intuire qualcosa sul suo conto. Era accaduto mentre la colonna transitava davanti a un gruppo di quattro guerrieri di stirpe germanica, che per l'abbigliamento e per le bizzarre acconciature dei capelli erano facilmente riconoscibili per turingi: lasciando pasturare i loro cavalli, se ne stavano stravaccati nell'erba, chiacchierando in tutta tranquillità e guardando passare i loro alleati. Go-Bindàn, arrampicata su un mulo sovraccarico, che un servo sarmata conduceva per la cavezza, aveva puntato con odio lo sguardo nella loro direzione, sputando più volte con disprezzo e spazzandosi la veste con energia, proprio come avrebbe potuto fare un vero hiung-nu. Interponendosi tra lei e quei guerrieri, che già, avendo notato la cosa, aguzzavano lo sguardo mostrando segni evidenti di irritazione, Balamber le aveva domandato la ragione di quel gesto offensivo. Rossa in viso, lei era tornata a guardare davanti a sé, alzando il mento orgogliosamente. «I Turingi sono merda!» aveva risposto soltanto, ma lacrime di furore erano apparse nei suoi occhi. Poi, protendendosi di scatto in avanti, si era aggrappata al collo del mulo e, tentando di afferrare la cavezza, aveva gridato al servo che lo conduceva di fermarsi, cosa che quello aveva fatto prontamente, nel timore che l'animale, innervosito, finisse per imbizzarrirsi. Go-Bindàn, il viso tutto un fuoco, si era rivolta nuovamente a Balamber, puntando il dito verso quegli uomini: «Uccidili, Shudian-gun!».

Dei Turingi, in generale, Balamber non aveva una grande opinione, tuttavia essi erano pur sempre degli alleati. Sbalordito, aveva fermato a sua volta il cavallo e le aveva domandato perché mai lui avrebbe dovuto uccidere quei quattro. Con voce rotta dal pianto lei gli aveva risposto: «Sono tutti cattivi! Hanno ucciso i miei genitori!».

«Sei sicura che siano stati loro?»

Lei non aveva desistito: «Sono loro! Certo che sono loro!» ma poi, contraddicendosi, aveva soggiunto: «Sono tutti uguali! Sono tutti demoni!».

Nell'agitarsi, aveva calciato con rabbia il mulo, col risultato di irritarlo definitivamente, sicché l'animale, sgroppando e sbandando in mezzo ai cavalieri in marcia, aveva finito per disarcionarla. Guardandola risollevarsi, furente, dalla strada polverosa, Balamber non aveva saputo trattenere una risata. Scuotendo il capo, le si era accostato e, afferrandola per la veste, l'aveva sospinta verso un carro che stava passando: «I Turingi sono migliaia» le aveva detto. «Non posso ucciderli tutti, e per di più sono nostri alleati. Non è questo il momento della tua vendetta. Tu stessa la compirai un giorno, quando finalmente sarai capace di stare in sella.» Poi, fatto un cenno energico al conducente del veicolo affinché la prendesse in consegna, aveva dato di sprone e si era allontanato per raggiungere la testa della colonna, senza manifestarle in alcun modo la viva ammirazione che aveva sentito per lei. Sapeva bene ciò che lei provava, perché lui stesso l'aveva provato alla sua età. Ricordava cosa significasse avere il cuore sempre oppresso, gonfio di un odio e di un rancore così forti da potercisi aggrappare per non farsi sopraffare dalla paura e dallo smarrimento, e tuttavia, nel profondo di sé, avvertire struggente il desiderio, tenuto sempre inconfessato, di una parola gentile, di un gesto di tenerezza.

«Shudian-guuuun!» agitando le braccia dalla cima del cumulo di masserizie caricate sul carro, Go-Bindàn lo stava chiamando. Fu sorpreso di vederla sorridere, e le sorrise a sua volta, salutandola con il braccio. In quel momento fu raggiunto al galoppo da Odolgan, che come sempre comandava gli esploratori. «Ho visto il campo» annunciò, accarezzando sul collo il cavallo madido di sudore, mentre i suoi uomini restavano in attesa qualche passo più indietro. «È a non più di sei, sette miglia romane; molto grande. Quando sono tornato indietro, Utrigùr c'era quasi arrivato. Tutta l'armata si sta concentrando lì.»

Tenendo lo sguardo fisso sui guerrieri impegnati nel guado, Balamber scrollò le spalle. «Fra poco ci arriveremo anche noi, sta' tranquillo.»

«Se preferisci, a un paio di miglia da qui c'è una vecchia *villa* abbandonata. C'è una sorgente, perciò potremmo anche accamparci lì.»

Balamber scosse il capo e, alzando il mento, accennò alla nuvola di polvere sollevata dalla retroguardia. «No. La lasceremo a quelli laggiù. Stasera voglio essere al campo. L'esercito di Ezio è vicino, e se laggiù si faranno piani di battaglia, voglio conoscerli per tempo e assicurarmi che il *mingàn* abbia un ruolo importante.»

Odolgan accennò col capo alle proprie spalle. «Da qui in avanti è tutta pianura: terra da pascolo a perdita d'occhio. Ogni tanto, un campo d'orzo, qualche fattoria abbandonata, pochi alberi. Se Attila vuole dare battaglia qui, be', direi che non poteva scegliere un posto più adatto.»

Balamber si limitò ad annuire. Ormai stavano passando gli ultimi guerrieri. Mandzùk, senza fretta, risalì l'argine e si portò accanto a Balamber. «Sono passati tutti» annunciò. «Non abbiamo perduto nemmeno un vitello.»

Sull'orizzonte, un lampo serpeggiò attraverso le basse nubi d'inchiostro, e pochi secondi dopo gli fece seguito il brontolio prolungato del tuono. Balamber tirò le redini e fece voltare il cavallo. «Andiamo!» ordinò nervosamente. «Dite agli uomini di affrettarsi.»

23

Il sole tramontava quando cominciarono a udire, alle loro spalle, l'eco lontana della battaglia: una specie di rombo sommesso, che sembrava inseguire il *mingàn* insieme con il temporale. Gli uomini, trattenendo i cavalli, cominciarono a tendere le orecchie e a interrogarsi vicendevolmente con lo sguardo. Balamber e Mandzùk, allarmati, si erano già portati sul margine della strada e stavano scrutando nella pianura, punteggiata di macchie di pioppi agitati dal vento, quando alcuni hiung-nu che erano stati lasciati in retroguardia risalirono al galoppo la colonna e si fermarono di fronte a loro. In quello che li guidava Balamber riconobbe Toraman, uno dei suoi più giovani capi centuria e forse il più valoroso. «I gepidi!» riferì concitatamente. «Al guado: un grande combattimento! Anche i ripuari sono assaliti, laggiù al ponte.»

Una smorfia di dispetto si disegnò sul volto del suo capo. «Chi li attacca?» lo interrogò. «Cavalleria romana? Visigoti?»

Toraman si strinse nelle spalle: «Sì, cavalleria gota, ma soprattutto fanteria franca e burgunda. In verità, non ho potuto vedere bene. C'è molta confusione laggiù».

Mandzùk mosse il cavallo e si avvicinò. «Non è un'ora buona per combattere, questa. Gli uomini e i cavalli sono stanchi, e fra poco sarà buio. E il temporale...»

Balamber, però, aveva già preso la sua decisione: «Quelli che possono cambieranno il cavallo. Fa' suonare il corno e trasmetti l'ordine: si torna indietro in formazione da battaglia. E fa' chiamare Odolgan: digli anche di mandare qualcuno ad avvertire Utrigùr».

Mentre, al suono del corno, la colonna si arrestava, Balamber si rivolse a Toraman: «La tua *jagùn* si trova in coda alla colonna, vero?».

«Sì, Shudian-gun.»

«Bene. Allora adesso prenderà la testa. Stammi vicino e fa' tutto quello che ti dirò.»

Il volto fiero di Toraman si illuminò. «Certo!» rispose prontamente. Trasse le redini e, frustando il cavallo, si avviò con i suoi per raggiungere il proprio reparto. Mandzùk, intanto, già risaliva a un trotto veloce tutta l'estensione della colonna, inalberando lo stendardo verde e sollecitando alla voce i capi delle *jagùn* a preparare i loro reparti in vista del combattimento imminente. Secondo uno schema ormai da tempo collaudato, i guerrieri, molti dei quali erano seguiti da almeno un servo che conduceva un cavallo di riserva, cambiavano cavalcatura, indossavano le armature e, volgendosi verso Occidente, si disponevano nella campagna per file di dieci. Ogni dieci file sventolava la bandierina di una *jagùn*. Le salmerie, le concubine e il bestiame passarono in coda, sotto la vigilanza dei servi. Il *mingàn* non impiegò molto tempo ad assumere la formazione di combattimento e ad avviarsi, dapprima al passo e quasi subito al trotto, al seguito del suo comandante e dello stendardo che, sorretto da Mandzùk, garriva nel vento. Balamber, che per guadagnare tempo aveva indossato, sopra il camiciotto di lino, soltanto il corsaletto di piastre metalliche, gli spallacci e il suo elmo puntuto, distanziava Mandzùk di un paio di lunghezze e scrutava attentamente davanti a sé in cerca del nemico.

Rifacendo il cammino percorso fino a quel momento, il *mingàn* risalì e poi discese più volte le lunghe ondulazioni della pianura, attraversando di slancio i filari di pioppi e i macchioni di querce, guadando di volata piccoli ruscelli, sconvolgendo e calpestando i campi di grano. Il rimbombo cadenzato e assordante del passo di centinaia di cavalli non consentiva di udire se non debolmente e per brevi tratti l'eco della battaglia, ma, al di sopra della macchia che fiancheggiava il fiume, Balamber già vedeva librarsi la nuvola di polvere sollevata dai due eserciti in lotta. Quando fu più vicino vide irrompere dagli alberi molti uomini in fuga, per lo più servi e scudieri di guerrieri gepidi, che si trascinavano dietro le bestie da soma e, incrociando gli hiung-nu nella prateria, levavano le braccia gridando in preda al panico e indicavano confusamente alle proprie spalle. Finalmente raggiunse l'argine del fiume e lì, impressionante, si offrì ai suoi occhi lo spettacolo di migliaia di guerrieri che, sulla riva opposta, si affrontavano in una mischia gigantesca, quale non aveva più veduto dopo le battaglie sostenute contro i Bizantini. Trattenendo il cavallo, diede l'alt, e proprio in quel momento dalle nubi in tumulto cominciò a rovesciarsi una pioggia torrenziale, cosicché, mentre il *mingàn* arrestava il suo galoppo dietro di lui, con il clamore del combattimento si confusero nelle sue orecchie i tuoni assordanti di un vero nubifragio.

Impiegò poco a farsi un'idea della situazione: investiti con incredibile veemenza dai loro assalitori, i Gepidi si battevano col valore di sempre e serravano i ranghi, ma ciononostante cedevano terreno, cosicché in più punti la lotta, che doveva essere incominciata ben più indietro nella pianura, si ingaggiava ormai sull'argine, quando non addirittura in mezzo al guado. Nella moltitudine di nemici che con forte clamore si riversava contro i guerrieri di Ardarich, riconobbe folte schiere di Franchi, fanteria pesante il cui indomito valore era ben conosciuto, ma anche torme di cavalieri, probabilmente burgundi o visigoti. Constatando l'ampio fronte della battaglia e la scarsa larghezza e profondità del fiume in quel tratto, si rese conto che i Gepidi rischiavano di essere aggirati su entrambe le ali; poiché però sulla destra il ponte era presidiato dai Ripuari, il pericolo principale era sulla sinistra, ossia più o meno dove lui si trovava col suo *mingàn*. Anche se il rapido spegnersi della luce diurna e la piattezza del paesaggio gli impedivano di farsi un'idea precisa della consistenza dell'esercito nemico, c'era da temere che quella che sopraggiungeva fosse l'intera armata di Flavio Ezio. Reggendo lo stendardo, Mandzùk gli fu accanto. Puntò l'indice verso sinistra. «Laggiù» lo avvertì, «stanno attraversando!»

In effetti, un grosso reparto di goti, messi in fuga gli avversari, stava guadando il fiume ed era ormai sul punto di raggiungerne la sponda. Altri cavalieri, innumerevoli, stavano affluendo verso il guado. Uno scontro ravvicinato con la cavalleria corazzata visigota era quanto di peggio potesse capitare ai suoi uomini, che in prevalenza avevano un armamento leggero, tuttavia Balamber non si concesse altre esitazioni: «Con me!» gridò, traendo la spada e dando di sprone. In un furioso galoppo, gli hiung-nu lo seguirono, dapprima lungo l'argine e poi, sollevando grandi spruzzi d'acqua, direttamente nell'alveo del fiume. Non c'era stato tempo per tirare con gli archi, e lo scontro con i goti fu immediato e durissimo. Avanzando nell'acqua sconvolta, che in alcuni punti arrivava ai ginocchi dei cavalli, i guerrieri si affrontarono in decine di furiosi duelli individuali. Coloro che, feriti, venivano disarcionati e cadevano nel fiume faticavano a sollevarsi, perché venivano sballottati e calpestati dai cavalli in continuo movimento, e affogavano malgrado la modesta profondità dell'acqua. Spentasi ormai la luce del giorno, ci si batteva confusamente in uno scenario d'incubo, nel quale i lampi che il cielo scaricava sui combattenti illuminavano di quando in quando di una luce azzurrata la moltitudine che, flagellata dal temporale, si agitava nell'acqua ribollente. La pioggia divenne grandine, senza che per questo i guerrieri delle due parti, che tra l'altro avevano il loro bel da fare a controllare i cavalli, terrorizzati e in difficoltà sull'acciottolato del fondo, desistessero dal gettarsi furiosamente gli uni contro gli altri. Nel fragore della battaglia e della tempesta, Balamber non era in grado di impartire ordini ai suoi. Impegnato a difendersi e a colpire, poteva a stento vedere Toraman e pochi altri hiung-nu che accanitamente si battevano vicino a lui, ma non riusciva a farsi un'idea di come il *mingàn* stesse reggendo il tremendo impeto del nemico. A stento riconosceva, nella luce dei lampi, lo stendardo di Mandzùk, ma quelli più piccoli delle singole centurie erano indistinguibili nella siepe di lance che ondeggiavano tutt'attorno. Molti cavalli venivano abbattuti da entrambe le parti, e anche il suo roano, che non aveva avuto il tempo di proteggere in alcun modo, fu presto ucciso da un colpo di lancia. Nel cadere, Balamber si aggrappò alla gualdrappa del cavallo di un guerriero goto, impegnato a difendersi con l'ascia da altri hiung-nu. Tratto il pugnale dallo stivale, lo piantò nel fianco dell'uomo, sfondando gli anelli della sua maglia di ferro, dopo di che, rapidamente, lo afferrò per un lembo del mantello, lo rovesciò di sella e montò al suo posto. Si impadronì subito della spada che quello aveva agganciato all'arcione, e di nuovo, gridando con furia, spronò e si gettò ancora nella lotta, sperando che i suoi lo seguissero. Il nemico, però, si batteva rabbiosamente, e l'opposta riva di quello che prima gli era parso solo un torrente sembrava ora irraggiungibile.

Dopo un tempo ch'egli non avrebbe saputo definire smise di piovere, e nel cielo le nuvole presero ad aprirsi velocemente, lasciando baluginare perfino qualche timida stella. Nel guado, tuttavia, la battaglia continuava con incredibile accanimento, poiché nel frattempo entrambe le parti avevano ricevuto rinforzi. Balamber si era reso conto che altri *mingàn* erano affluiti a sostenere i suoi uomini, ma non era in grado di riconoscere i loro stendardi; d'altro canto, anche i Visigoti avevano ricevuto soccorso, sicché l'esito del combattimento rimaneva incerto. A un tratto si sentì chiamare da Odolgan, e volgendo lo sguardo lo vide che lo stava salutando con la solita dissennata allegria, mentre ritraeva la lancia dal ventre di un cavaliere nemico. Volgendosi, distinse una compatta muraglia di guerrieri a cavallo che stava scendendo nel guado, e si rese conto che ormai tutta la *tumàn* di Utrigùr doveva essersi gettata nella lotta. Si lanciò allora in avanti, incitando con rinnovato vigore gli uomini che lo fiancheggiavano, e poco dopo, obbedendo al richiamo di un corno, i goti cominciarono a sganciarsi dal combattimento, rifluendo verso l'argine e superandolo, senza che gli hiung-nu, stremati, accennassero alcun tentativo d'inseguimento. Balamber constatò che, per quanto poteva vedere, su tutto il fronte della battaglia il nemico si stava ritirando, mentre gli hiung-nu assumevano il controllo dell'argine. Quando lo risalì a sua volta, potè indovinare a stento, nella semioscurità, la massa dei goti che si allontanava nella pianura. Odolgan e Mandzùk si portarono accanto a lui. «Se ne vanno. Abbiamo vinto!» esclamò il primo in tono entusiastico.

Invece di rispondergli, Balamber gettò un'occhiata alle proprie spalle. A causa della scarsa luce notturna non poteva distinguere, nella confusa moltitudine che affollava il guado e le due rive dell'Aubis, gli uomini del suo *mingàn*, ma era certo che esso aveva subìto perdite gravissime. Numerosi feriti si aggiravano nell'alveo del fiume, sciaguattando senza direzione e invocando aiuto; altri, incapaci di muoversi, venivano trascinati dai compagni su per l'argine, senza che fosse possibile fare nulla per loro. Nei punti in cui l'acqua era più bassa si indovinavano cumuli di corpi e le carcasse dei cavalli. Anche la prateria antistante era costellata di caduti. Balamber, stremato, pensò che ancora una volta si era trovato a battersi presso un fiume: al confronto con quella appena terminata, però, la battaglia che aveva combattuto contro i Burgundi in Sapaudia gli appariva ora poco più che una zuffa di mocciosi. Mandzùk richiamò la sua attenzione verso l'argine: «Quello che arriva non è Ardarich?».

«C'è Utrigùr con lui» lo avvertì Odolgan.

Seguendo la direzione dei loro sguardi, Balamber vide emergere dall'oscurità i due principi, accompagnati dai rispettivi seguiti. L'unno e il gepido erano di razza diversa, eppure, sotto alcuni aspetti, si assomigliavano molto. Entrambi ben al di là dei cinquant'anni, erano di modesta statura, ma compensavano tale limite con l'autorevolezza del sembiante e del portamento. Nello sguardo di entrambi, inoltre, si leggevano astuzia e spietata determinazione. Ardarich aveva un fisico asciutto e un profilo volpino, capelli biondastri e lunghi baffi, occhi azzurri dall'espressione incredibilmente penetrante. L'Onegesio era tarchiato, grosso di testa e di corpo, lento nei gesti, ma quell'apparente torpidità era contraddetta subito, nell'impressione di chi lo incontrava, dall'acutezza e dalla pronta mobilità dello sguardo dei suoi inquietanti occhi mongolici. Crudele quanto e più del suo compare gepido, non ne aveva l'umorismo: nessuno tra gli hiung-nu poteva dire, infatti, di averlo mai visto ridere veramente. Al più, lo si vedeva qualche volta stirare le labbra in un sorriso gelido, che inquietava anche quando voleva essere amichevole. Era poco amato ma molto temuto, anche per via del suo stretto rapporto con Attila, di cui era da sempre il principale consigliere; nondimeno, se non altro per coltivare il proprio prestigio personale, sapeva essere generoso con chi lo serviva, e Balamber gli era debitore più di molti altri. Per questo, e anche per un doveroso ossequio, gli si fece incontro insieme a Mandzùk e Odolgan. Non dovette fare troppa strada, comunque, perché i due capi non impiegarono molto a fermarsi di fronte a lui. Utrigùr, appoggiando entrambe le mani al pomo della sella argentata e sporgendosi un poco in avanti sul collo del cavallo, esibì il suo sorriso enigmatico, nel quale solo chi lo conosceva da lungo tempo come Balamber avrebbe potuto riconoscere una luce di simpatia o, piuttosto, di compiaciuta benevolenza: «Salute a te, Balamber. Oggi il tuo *mingàn* si è portato molto bene. Il valoroso Uldin sarebbe fiero di vedere che magnifico guerriero è diventato suo figlio».

Balamber sentì il suo cuore gonfiarsi per l'orgoglio. Una lode come quella, davanti al capo di un potente popolo alleato, costituiva un grande onore per lui. Portando la mano al petto, chinò il capo in un inchino. «Tu mi onori, Onegesio. Tu sai che non chiedo che servirti ed essere all'altezza della memoria di mio padre.»

Ardarich, che non aveva smesso un momento di studiarlo con i suoi occhi d'aquila, annuì con gravità. «Il nemico era molto numeroso e deciso. Se non fosse stato per te, oggi saremmo stati sopraffatti. Non dimenticherò l'aiuto che ci hai portato.»

Quel regale riconoscimento obbligò Balamber a schermirsi: «Ho fatto ciò che potevo, con le forze di cui disponevo. I tuoi guerrieri si sono battuti come tigri. È un peccato che sia troppo tardi per inseguire il nemico».

A quelle parole, Ardarich e l'Onegesio si scambiarono un'occhiata perplessa, poi il gepido, inarcando le sopracciglia brizzolate, tornò a volgere lo sguardo su di lui. «Inseguire il nemico, dici?»

Sorpreso dall'incertezza che leggeva sui loro volti, Balamber guardò il suo capo con smarrimento, accennando con la mano verso Occidente, dove i nemici erano ormai scomparsi nel buio. «Be',... sì. Ezio è sconfitto, e se il re...»

Utrigùr lo interruppe: «Oggi abbiamo affrontato solo l'avanguardia dell'esercito di Ezio. Tu hai vinto qui, ma i suoi Franchi hanno preso il ponte. Dobbiamo ritirarci, e in fretta anche. Attila ci aspetta al campo fortificato, poche miglia più avanti, in un posto chiamato Campus Mauriacus. Non potete sbagliare: dalla strada si vedono i fuochi».

D'istinto, gli occhi di Balamber cercarono quelli dei suoi compagni, e vi lessero lo stesso sconcerto. «Vuoi dire che...»

Ardarich sorrise: «È così, la vera battaglia deve ancora incominciare».

Ci fu una pausa di imbarazzato silenzio, nel quale si udirono soltanto le invocazioni dei feriti e i richiami dei guerrieri che, anche in piccoli gruppi, vagavano per il campo di battaglia nella pallida luce lunare, in cerca dei rispettivi reparti. Balamber non seppe trovare parole per esprimere il proprio stato d'animo. Non riusciva a credere che una battaglia come quella che aveva appena combattuto potesse non risultare risolutiva. Utrigùr, comunque, portò a conclusione quel colloquio, assumendo ormai un tono di comando: «Dobbiamo raggiungere subito il campo di Attila. Riordina il tuo *mingàn* e ripassa il fiume, poi tieniti sempre sulla strada col resto della *tumàn*: dobbiamo essere là al più presto».

«Ma... abbiamo moltissimi feriti, e...»

Spazientito, Utrigùr trasse le redini: «Fate quello che potete per loro. Dobbiamo andare via subito da qui».

Balamber, sbalordito, avrebbe voluto obiettare, resistere, fare domande, ma già l'Onegesio e il re gepido avevano fatto voltare i cavalli e si allontanavano insieme ai guerrieri del loro seguito. Li seguì con lo sguardo fino a quando furono spariti nel buio, poi Odolgan lo richiamò alla realtà. «Ci muoviamo?» domandò con voce esitante.

Balamber girò appena la testa verso di lui, poi, traendo le redini, mosse il cavallo. «Sì» disse cupamente, «riattraversiamo.»

«E i feriti?»

«Non hai sentito cos'ha detto l'Onegesio? Faremo ciò che potremo, no?»

24

La grande tenda di Flavio Ezio era talmente affollata che i molti ufficiali romani presenti e gli ancor più numerosi capi dei contingenti barbarici si trovavano praticamente a contatto di gomito. Una folla di uomini variamente armati e abbigliati, appartenenti alle diverse genti rappresentate nell'esercito, si raccoglieva attorno al *Magister militum* e al grande tavolo da campo, il cui piano era quasi interamente coperto da una grande mappa militare, che una massiccia lampada a tre piedi illuminava di una luce giallastra. Sebastiano, che aveva il privilegio di trovarsi vicino ad Ezio, godeva di una posizione di favore, per la quale era certo caldamente invidiato da altri ufficiali meno fortunati, che erano stati confinati in ultima fila.

Il più eminente fra i capi alleati era Teodorico, sia per l'indiscusso lignaggio, sia perché i suoi Visigoti costituivano da soli quasi metà dell'intero esercito. Si trovava accanto a Ezio, che sovrastava in statura di un buon palmo, e aveva con sé il figlio Torrismondo, poco più che ventenne, che aveva tratti fisici meno rudi di lui, ma il suo stesso portamento deciso. Dall'altra parte del tavolo c'era Chilperico, che Sebastiano aveva rivisto con gioia ad Aureliana: zoppicava ancora per una delle numerose ferite toccategli in Sapaudia, ma per il resto appariva in piena forma. Dalla Sapaudia aveva condotto nella Lugdunense cinquemila guerrieri ottimamente armati ed equipaggiati: di fronte al pericolo comune, infatti, suo padre aveva scelto di mettere da parte il suo risentimento verso il *Magister militum*, che in primavera non aveva tenuto fede alle proprie promesse d'aiuto. Appena si erano rivisti, Sebastiano non aveva atteso a lungo per interrogarlo a proposito di Frediana, apprendendo così che anche lei si trovava nell'armata; durante le lunghe marce dei giorni seguenti, tuttavia, aveva dovuto rimanere sempre accanto al *Magister*, e non aveva avuto occasione di incontrarla. Secondo quanto gli aveva raccontato Chilperico, era diventata ormai l'eroina del suo popolo, animata da un inestinguibile odio verso gli Unni e da un fiera sete di vendetta. Proprio al suo carisma e alla sua inflessibile determinazione si doveva se tanti burgundi avevano acconsentito a unirsi all'armata di Ezio, superando il loro pur legittimo risentimento nei suoi confronti. Il principe aveva alla propria destra Meroveo, il giovane capo dei Franchi Salii, che nella battaglia contro i Ripuari aveva personalmente ucciso il rivale Gundobaudo; alla sinistra di Chilperico, invece, torreggiava il corpulento Sangiban. Erano presenti, poi, i capi di varie milizie barbariche e, naturalmente, gli alti ufficiali romani che avevano seguito Ezio dall'Italia e quelli che il *Magister* aveva di recente aggregato nelle Gallie, primo fra tutti Egidio, che, pur essendo soltanto poco più che trentenne, già passava per un eccellente generale di fanteria. C'era anche Elvio Metronio, ma si trovava troppo in ombra perché Sebastiano potesse vederlo; Ezio gli aveva assegnato l'ingrato compito di comandare la raffazzonata ma incredibilmente numerosa legione di bagaudi, armoricani, e miliziani volontari che egli aveva condotto con sé dalle provincie occidentali: circa seimila uomini con armamento eterogeneo e spesso sommario, in prevalenza privi di un vero addestramento militare, affluiti generosamente sotto le insegne di Roma per combattere quella che forse sarebbe stata la sua ultima battaglia. Infoltivano i ranghi dell'esercito, ma costituivano per Ezio una presenza imbarazzante, anche se, a dire il vero, durante le lunghe marce di quegli ultimi giorni non si erano resi responsabili di particolari atti di insubordinazione o di prevaricazioni nei confronti della popolazione. Fino a quel momento, comunque, il *Magister mili-*

tum li aveva fatti marciare in coda, sicché la loro capacità di combattimento non era ancora stata messa alla prova.

Nessuno dei presenti si era seduto sui pochi sgabelli disponibili, anche perché, in caso contrario, sarebbe stato difficile osservare con attenzione la grande mappa di pelle di daino, sulla quale, con colori diversi, gli aiutanti del *Magister militum* avevano disegnato sommariamente, seguendo le indicazioni degli esploratori, i principali riferimenti topografici della regione, delimitata a Occidente dal corso dell'Aubis, e a levante da quello più irregolare della Marna.

In mezzo a generali, re e capi barbari, la figura di Ezio rilevava non soltanto per la prestanza fisica, che certamente non gli difettava, nonostante la sua statura non eccezionale, o per lo splendore dell'armatura e delle vesti – ben conosceva l'importanza di darsi un tono, nei rapporti con i barbari – quanto piuttosto per il naturale magnetismo che emanava dall'intera sua persona. Come sempre, appariva deciso e sicuro di sé. «Qui» disse puntando un piccolo pugnale verso la carta «è tutta pianura, esattamente come quella che vedete qua attorno, e più o meno in questo punto» puntò l'indice su un cerchio nero che si stagliava tra i tracciati dei due fiumi, più vicino al primo che al secondo «vicino all'incrocio tra la strada che dal meridione conduce a Durocortorum e la carrabile che abbiamo percorso finora, ecco il campo di Attila!»

Accarezzandosi la folta barba, Teodorico osservò: «È chiaro che si prepara a dare battaglia. Ha anche scelto bene il posto: su questa pianura potrà usare al meglio la sua cavalleria, e nel caso gli andasse male, potrà sempre filarsela su una bella strada romana».

«Come pensi di disporre l'esercito?» domandò Chilperico, che, a dispetto della relativamente giovane età, non sembrava provare timori reverenziali nei confronti del *Magister*.

Ezio rispose prontamente. «È probabile che Attila preferirà combattere davanti al suo campo fortificato, e di certo non disporrà gli unni troppo lontano da esso. Stando a quanto ci dicono le spie, i gepidi, che sono arrivati per ultimi, sono accampati a destra rispetto al campo; se consideriamo che i franchi di Meroveo si sono già disposti di fronte a loro, a una distanza di poche miglia, direi che domani la cosa migliore sarebbe disporre alla loro destra i reparti gallo-romani che si sono uniti a noi vicino ad Aureliana, e poi, centro dello schieramento, la fanteria che ho portato dall'Italia e gli alani di Sangiban; io prenderò con la cavalleria l'estrema sinistra, e voi visigoti» si volse verso Teodorico «dovreste schierarvi invece sulla destra, appoggiandovi agli alani. La vostra cavalleria è la più forte di tutto l'esercito, e ha già saputo tener testa agli unni, perciò dovrebbe riuscire a impedire loro di aggirarci. Se poi Attila, come credo, attaccherà al centro, avremo la possibilità di aggirarlo noi e convergere verso il campo; in ogni caso, questo sarà il nostro obiettivo nella battaglia. Le pattuglie hanno riferito che, anche se non di molto, siamo più numerosi di loro, e se è così dobbiamo cercare di trarre tutto il profitto possibile da questo vantaggio.»

Incrociando le braccia, Teodorico sorrise acidamente: «Mi fa piacere che tu abbia tanta considerazione del valore dei Visigoti. È per questo, immagino, che per avversari dei tuoi romani scegli i Gepidi, che saranno già provati dalla battaglia di oggi».

Il volto di Ezio, che fino a quel momento aveva avuto un'espressione cordiale, si indurì: «Ebbene» replicò seccamente, «io credo che tu voglia vincere questa battaglia almeno quanto me, no?».

«Certamente!»

«E allora il modo migliore per farlo è usare al meglio le forze a nostra disposizione. Hai per caso un piano alternativo?»

Teodorico, ondeggiando sulle gambe, trasse un respiro rauco e rassegnato: «No» ammise, «il piano è buono. Bisognerà vedere se il tuo centro reggerà».

Aveva pronunciato l'ultima frase con un tono d'intenzione, guardando di sottecchi, ironicamente, in direzione di Sangiban. Questi, naturalmente, se ne adontò. Avvampando nel viso solitamente cereo, rispose con un sorriso gelido: «Il centro reggerà. Per fare un aggiramento, però, bisogna che le ali si muovano in avanti, non indietro. Oggi, al fiume, i goti sono scappati».

A quelle parole il giovane Torrismondo imprecò e, rapido, portò la mano alla spada. Il padre, tuttavia, lo fermò prima che l'estraesse dal fodero. I suoi occhi, però, mandavano lampi di collera. Appoggiandosi con i pugni sul tavolo e protendendosi un poco al di sopra di esso, ribatté duramente, scandendo le parole: «Ho mandato in soccorso a Meroveo mio figlio, con tutti gli uomini che avevo in quel momento. Più di così non potevamo fare. Siete voi invece, che non siete arrivati in tempo. Così come ad Aureliana non siete usciti dalle mura. Si vede che il rumore della battaglia ti spaventa, Sangiban!».

Il re degli Alani, furente, si rivolse a Ezio: «Non sono venuto qui per farmi insultare. I miei uomini erano indietro di parecchie miglia, e non è colpa nostra se i Goti...».

Ezio, accigliandosi, levò la mano e lo interruppe: «Basta così. È inutile accapigliarsi per quanto è successo al guado. Ciò che conta è che abbiamo preso il ponte e che abbiamo passato il fiume».

«Non certo per merito loro» puntualizzò, caparbio, Teodorico.

Con un gesto risoluto, Ezio agitò nuovamente la mano: «Non importa. Siamo un'unica armata. Non dimentichiamo che siamo qui per difenderci da un nemico comune, da un pericolo mortale. I rancori e le gelosie non potranno che portare danno a tutti quanti. Dobbiamo cercare di metterli da parte».

«Sono d'accordo!» approvò Chilperico, e per riportare la discussione sul piano della concretezza, domandò dove Ezio intendesse disporre i suoi burgundi. Ezio gli rispose che essi avrebbero combattuto tra i romani e gli alani, dopo di che assegnò sommariamente le posizioni ai contingenti minori, dando ai capi i necessari riferimenti per orientarsi sul terreno. Infine sciolse la riunione, invitando tutti a recuperare le forze in vista della battaglia imminente; trattenne però Sebastiano e Metronio. Gli altri ufficiali romani e tutti i capi defluirono dalla tenda senza troppi indugi, ma Teodorico e suo figlio raggiunsero per ultimi la soglia, e il primo si girò verso il *Magister militum*. «Non mi fido di Sangiban e dei suoi alani» disse fermamente. «Se domani scapperanno, la battaglia sarà perduta.»

Ezio lo fissò per un lungo momento strizzando le palpebre, poi gli rivolse un sorriso rassicurante: «Sangiban è più risoluto di quanto credi. Comunque, non temere: farò in modo che domani non possano fuggire».

Annuendo con gravità, Teodorico si accomiatò e se ne andò con il figlio. Usciti i capi e i generali, non rimasero che l'anziano segretario del *Magister*, un giovane domestico e due gigantesche, impassibili guardie del corpo. Ezio indugiò per qualche istante, fissando pensosamente l'ingresso della tenda mentre, dall'esterno, giungeva lo scalpitio dei cavalli dei capi alleati e delle loro scorte; poi, battendo la lama del pugnale nel palmo di una mano, tornò a osservare la mappa ancora aperta sul tavolo. Nella tenda stava tornando il silenzio, rotto solo, di quando in quando, dal passo cadenzato delle ronde e dalle voci sommesse dei soldati raccolti attorno a un vicino bivacco. Sebastiano e Metronio si scambiarono un'occhiata sconcertata, temendo che il *Magister*, assorbito dalle sue ben comprensibili preoccupazioni, si fosse dimenticato di loro. Infine, tratto un profondo sospiro e deposto il pugnale, Ezio si slacciò il nastro rosso che gli cingeva il torace come segno distintivo del suo supremo comando e, dopo averlo ripiegato, lo depose sul tavolo. Quindi chiamò con un cenno il domestico affinché lo aiutasse a liberarsi della corazza. Mentre quello armeggiava con i lacci, il *Magister* rivolse finalmente il suo sguardo sui due ufficiali, soffermandolo infine su Sebastiano. Non senza emozione, questi comprese che di lì a poco avrebbe saputo quale sarebbe stato il suo incarico l'indomani. Dopo averlo ritrovato ad Aureliana, Ezio aveva scritto a Ravenna per fargli ottenere la qualifica di *Comes* dell'Imperatore e lo aveva voluto nella cerchia dei suoi aiutanti, in rapporti quotidiani con generali del calibro di Egidio o di Ricimero, ma fino a quel momento aveva ignorato la sua aspirazione a ottenere il comando di un reparto. Ora, però, Sebastiano intuiva che forse era giunto il suo momento. Si sentì invece domandare la sua opinione circa l'affidabilità dei Burgundi.

«Sono ottimi combattenti, *Eminentissimo*, e guidati da Chilperico faranno cose splendide.»

Liberato dalla sontuosa armatura, Ezio annuì. «E di Sangiban che mi dici? Ad Aureliana avrebbe potuto fare una sortita, e invece se n'è rimasto trincerato con i suoi nelle caserme; oggi, poi, al fiume non è arrivato in tempo. Forse i timori di Teodorico non sono del tutto infondati.»

Sebastiano si schiarì la voce. Gli seccava contraddire il *Magister*, ma d'altro canto, avendo avuto più volte modo di guidare soldati alani in battaglia, si era formato sul loro conto un'ottima opinione. «Con tua licenza, *Eminentissimo*, forse Sangiban non è un leone, ma in ogni caso il giudizio di Teodorico sugli Alani mi pare ingeneroso: hanno difeso Aureliana per più di un mese, e dubito che, al momento del tuo arrivo, fossero in condizioni di supportarti validamente, anche perché Attila si è sganciato con grande prontezza. Quanto al combattimento di oggi, si trovavano effettivamente a parecchie miglia di distanza quando è iniziata la battaglia, e questo può spiegare il loro ritardo. Forse, se i Visigoti avessero resistito ancora un poco, oggi avremmo potuto schiantare i Gepidi una volta per tutte. D'altra parte, è pur vero che se domani gli alani dovessero cedere...»

Il volto di Ezio si oscurò. «Questo non deve assolutamente accadere» esclamò in tono reciso. «Metterò alle loro spalle qualche reparto di catafratti, per aiutarli, naturalmente, ma anche, nel caso, per togliere loro la voglia di scappare.» Tornando a guardare la mappa fece con la mano un gesto verso lui e Metronio. «Ma veniamo a voi due: domani tu tornerai dai tuoi illirici. Il tuo distaccamento si disporrà sulla sinistra e all'avanguardia infoltito da qualche centuria di arcieri a cavallo: gli arcieri domani avranno un ruolo decisivo.»

«Se potessi avere la centuria che hai affidato a Maliban...»

Ezio, non rammentando, gli rivolse un'occhiata interrogativa.

«Sì, *Magister*, quell'alano che mi ha seguito ad Aureliana e che hai promosso proprio laggiù.»

Ezio annuì: «Va bene: avrai questo Maliban. Quanto a te...» si girò verso Metronio, il quale subito, istintivamente, si raddrizzò in tutta la persona, facendosi attentissimo. Il *Magister militum*, tuttavia, si era già interrotto. Accigliato, sembrava esitare. Tornando a fissare la mappa, trasse un respiro profondo, appoggiando le mani sui fianchi. «Non c'è niente da fare» disse, scuotendo il capo con un'espressione perplessa, «i tuoi bagaudi sono un problema: non so dove metterli.»

Metronio, che certamente non era esaltato dal comando conferitogli, comprendeva le ragioni dell'atteggiamento del suo comandante: un mese prima, quando Ezio disponeva solo delle poche migliaia di soldati che lo avevano seguito dall'Italia, anche i bagaudi gli erano parsi indispensabili, ma ora, avendo visto affluire sotto le sue insegne forze considerevoli, esitava a impiegarli in combattimento. Lui, però, non era disposto a farsi tagliare fuori dalla battaglia, e non era nemmeno uno di quegli ufficiali aristocratici sempre pronti a rinnegare i loro uomini. Perciò, dopo essersi schiarito la voce, rispose con voce ferma: «A dire il vero, *Eminentissimo*, il mio reparto non chiede che di battersi».

Tornando a giocherellare con il pugnale che aveva usato per indirizzare lo sguardo dei generali sui vari punti della mappa, Ezio gli rivolse un sorriso a un tempo ironico e di compatimento. «Il tuo... reparto, dici? La "Legione del gatto morto"! Con quella ridicola insegna!»

Ferito dal suo sarcasmo, Metronio parve smarrirsi per un momento, ma si riprese subito. Fermo sull'attenti, puntualizzò: «Certamente, la loro insegna è alquanto fuori dall'ordinario, *Magister*, e devo dire che ho tentato più volte di convincerli a sostituirla con una più marziale, ma non c'è stato verso: ormai ne hanno fatto il loro simbolo, e credo che, per quanto ciò possa apparire strano, tutti saprebbero difenderla a rischio della vita. Inoltre, con tua licenza, vorrei precisare che non si tratta soltanto di bagaudi, e comunque fra loro non sono pochi coloro che hanno qualche esperienza di combattimento. Certo, non ho avuto che pochi giorni per riorganizzarli, e le coorti che ho formato sono un po' eterogenee, ma non credo proprio che abbiano paura degli Unni».

Senza sollevare gli occhi dalla mappa, Ezio fece con la mano un gesto di sufficienza. «Aaah! Tagliagole e disertori: questo sono! Gente che scappa.»

Metronio arrossì leggermente, ma soffocò dentro di sé la propria irritazione per quelle parole di disprezzo, che di fatto, certo al di là delle intenzioni di Ezio, offendevano lui per primo. «Con tua licenza, *Eminentissimo*, credo che non sia il coraggio a mancare a quegli uomini, ma piuttosto l'organizzazione e l'armamento. In effetti, non ho mai visto soldati più desiderosi di combattere. Vi sono nelle loro file molti ferventi predicatori cristiani, che esercitano una grande influenza e incessantemente li sollecitano a difendere con le armi la Chiesa e la loro terra. Si batteranno, *Magister*, ne sono sicuro.»

Impressionato dal suo fervore, Ezio lo squadrò riflettendo. «Sia pure come dici, Metronio, ma che devo fare di loro? Non posso certo opporli alla cavalleria unna o a quella ostrogota.»

Colpito da quell'obiezione, ma tutt'altro che rassegnato, l'ufficiale abbassò lo sguardo per un momento, come a cercare le parole più adatte per esprimere quanto aveva in animo di dire; quindi rialzò il capo, si schiarì la voce e, guardando dritto davanti a sé, suggerì semplicemente: «Forse, possono essere usati a sostegno della fanteria».

Sebastiano venne in suo aiuto: «Di certo, possono far numero. Sono diverse migliaia e, infoltendo la fanteria, potrebbero costituire una decisiva forza d'urto se le sorti del combattimento risultassero incerte».

Osservandolo pensosamente, Ezio annuì: «Sì. Credo che li utilizzerò in questo modo». Volgendosi verso Metronio, soggiunse: «Riceverai ordini dettagliati domani mattina». Quindi, gettato nuovamente il pugnale sul tavolo, li salutò entrambi e li mise in libertà. «Ora andiamo a dormire» concluse, posando una mano sulla spalla di Sebastiano, «domani sarà una dura giornata.»

Oltrepassando i lembi d'ingresso della tenda, Sebastiano trovò con piacere l'aria leggera della notte. Il temporale aveva portato un po' di sollievo alla calura che in quei giorni aveva oppresso l'armata, e il vento aveva poi spazzato il cielo, regalando lo spettacolo di un nitido quarto di luna e di una miriade di stelle. Attorno ai due ufficiali si estendeva l'immenso accampamento, che era in realtà il risultato dell'accostamento di campi diversi, poiché a quello dei reparti regolari romani, con le tende disposte in file più o meno parallele dietro la protezione dei carriaggi, si affiancavano a scacchiera quelli, meno ordinati, dei diversi contingenti alleati, col risultato di punteggiare la notte di centinaia di fiammelle palpitanti, che sembravano, tutte insieme, voler riflettere il magnifico spettacolo offerto dalla volta celeste.

Metronio, che doveva raggiungere le estreme propaggini del campo, poiché là erano stati confinati i suoi uomini, si avviò verso il suo cavallo, guardato da un giovane bagaudo vicino a una rudimentale staccionata. Lì era in attesa anche Vitalio, che aveva ingannato il tempo scambiando qualche parola con lui. Accompagnando l'amico, Sebastiano si accorse che era di umore nero. «Qualcosa non va?»

Metronio si strinse nelle spalle. «Ma no, che dici!» rispose con sarcasmo. «Domani si combatterà forse la più decisiva battaglia che l'Impero abbia mai sostenuto e io farò solo da comparsa.»

«Non è così sicuro.»

«Hai sentito il *Magister*, no? "Tagliagole e disertori".»

«Sì, ma in realtà mi è parso che l'accorata difesa che hai fatto di loro lo abbia favorevolmente impressionato.»

Accigliato, Metronio si volse verso Sebastiano. «Sì. Ho detto tutto il bene che potevo di loro, anche se, in tutta franchezza, non sono del tutto certo della loro capacità di tenere testa al nemico, domani.»

«Ambarro non è uno che scappa.»

«No di certo» ammise Metronio, prendendo le redini dalle mani del ragazzo. «Devo riconoscere che tra loro ho trovato molta gente animosa e decisa. Non vedono l'ora di suonarle agli Unni. Ma credimi: è stata dura far loro comprendere la necessità di un minimo di disciplina. Qualche risultato, in effetti, l'ho ottenuto, e forse, se avessi avuto più tempo per organizzarli e curarne l'addestramento, avrei potuto trarne dei veri soldati. Comunque, non è tanto questo che mi angustia.» Sospirò, gettando attorno a sé un'occhiata carica d'insofferenza. «Vedi, Sebastiano, io sono l'ultimo discendente di una famiglia piuttosto illustre e, lasciamelo dire, benemerita nella storia dell'Impero. Il mio posto, domani, dovrebbe essere nelle prime file e invece non solo non ho riavuto il comando del mio reparto ma, a quanto pare, mi toccherà stare a guardare. Non è precisamente ciò che mi aspettavo da questa campagna.»

Sebastiano, che ad Arelate, sentendosi affidare la missione tra i Bagaudi, aveva temuto di trovarsi successivamente nella situazione in cui si dibatteva ora il suo amico, poteva comprendere meglio di chiunque altro il suo avvilimento. Cercò di incoraggiarlo: «Tu sei un gallo-romano, no? In fondo sono la tua gente, e se c'è qualcuno che può capirli e guidarli in battaglia, quello sei tu. Sono convinto che domani ci sarà da fare per tutti. Oggi abbiamo avuto solo un assaggio di ciò che ci aspetta: sarà uno scontro terribile, Metronio, e ben difficilmente qualcuno sarà escluso dal combattimento».

Il suo amico annuì e montò in sella, subito imitato dal bagaudo che lo aveva accompagnato. Nel suo sguardo riapparve finalmente la luce di simpatica ironia e di ottimismo che Sebastiano vi aveva visto fin dal loro primo incontro. «Ebbene» concluse tendendogli la mano, «se sarà così, sta' tranquillo che io e i miei sbracati tagliagole faremo la nostra parte.»

Sebastiano ricambiò la sua stretta vigorosa. «Buona fortuna, allora!»

«Anche a te.»

Un momento dopo, mettendo il cavallo al piccolo trotto, Metronio si allontanò insieme con il suo giovane attendente. Sebastiano si trattenne a osservare quelle due figure fino a che poté vederle nella rettilinea prospettiva degli attendamenti. Poi fece un cenno alla sua ordinanza e si incamminò per raggiungere la sua tenda. «Andiamo a dormire, Vitalio: come ha detto il *Magister*, domani sarà una dura giornata.»

25

Campus Mauriacus. Quello era il posto: niente più che un crocevia in mezzo al nulla, presso il quale sorgevano le rovine di un antico edificio, probabilmente una stazione di posta distrutta nel corso di precedenti invasioni o una postazione militare ormai abbandonata. Tutt'attorno, una brughiera che appariva sconfinata e, in effetti, si estendeva per decine di miglia, intervallata soltanto da macchie di arbusti e da pochi filari di pioppi. La ragione del nome nessuno se la ricordava, ma una cosa era certa: lì si sarebbe deciso tutto, perché lì Attila aveva arrestato la ritirata della sua armata per dare finalmente battaglia.

L'esercito romano-visigoto si era lasciato alle spalle l'accampamento già dalle prime luci del mattino e ora, dopo una marcia di alcune miglia, si stava dispiegando nella pianura secondo il piano concordato tra i capi la sera precedente. I portaordini galoppavano freneticamente lungo la linea del fronte e piccole squadre di esploratori in avanscoperta caracollavano nella prateria tenendo d'occhio il nemico, il quale stava schierandosi a sua volta, ma senza mostrare una fretta particolare. La giornata si annunciava calda; sulla pianura gravava un'atmosfera ovattata e sospesa, nella quale i suoni venivano percepiti in modo distorto. Quelli vicini giungevano all'orecchio quasi assordanti: il ronzio dei tafani, il calpestio degli zoccoli dei cavalli, il battere metallico delle armi; quelli appena un poco lontani, come gli squilli delle buccine e dei corni, usati di continuo per trasmettere gli ordini ai reparti, si udivano invece a stento, e con uno strano ritardo, come se venissero da un altro mondo. Grandi cumuli di nuvole candide incombevano nel cielo, mosse impercettibilmente da un vento leggero, che sembrava accarezzare la prateria.

Tenendo il cavallo al passo, Sebastiano avanzava verso il nemico. Nella caligine di quel mattino assolato, l'armata unna si presentava come una linea nereggiante, che sembrava strisciare come una biscia sulla campagna stepposa, allargando di momento in momento l'estensione del proprio schieramento. I due eserciti erano divisi solo da un miglio scarso di sterpaglia chiazzata da poche macchie arbustive, con un unico rilievo: una lunga, insignificante collina spelacchiata e bruciata dal sole, abbastanza alta, comunque, per nascondere a Sebastiano, che con i suoi illirici faceva praticamente da battistrada all'ala sinistra romana, parte dell'ala destra e del centro dell'esercito nemico. Dietro il suo distaccamento avanzava al passo la cavalleria di Ezio, che aveva alla propria destra i franchi di Meroveo, tutti i reparti romani sotto la guida di Egidio e Ricimero, e poi, via via, i burgundi di Chilperico, gli ausiliari retici e gli alani, che costituivano il centro dello schieramento; alla destra degli uomini di Sangiban, dopo alcuni altri reparti di ausiliari, si erano disposti i visigoti: una massa compatta di decine di migliaia di fanti e cavalieri corazzati, supportati dai loro armigeri, dagli scudieri e da centinaia di servi combattenti. Guardando dietro di sé, un po' verso destra, Sebastiano poteva vedere il *Magister militum*, circondato dai più alti ufficiali e dalle sue guardie personali, avanzare sul suo cavallo bianco e studiare attentamente sia il terreno sia lo schieramento nemico. Quando scorse un portaordini sopraggiungere al galoppo proprio da quella parte, si rese conto che stava già per venire il suo momento. Il soldato si fermò davanti a lui in una bassa nuvola di polvere e, trattenendo il cavallo, gli si rivolse in tono concitato: «Salute a te, Prefetto. Ti reco un ordine del *Magister militum*».

«Ossia?»

Il soldato, un buccellario della guardia personale di Ezio, stese il braccio verso la pianura: «Ti ordina di salire a occupare quella collina con la massima celerità. Devi impadronirtene prima che ci arrivi il nemico e tenerla a ogni costo. Riceverai presto rinforzi».

Sebastiano non si sorprese di quell'ordine; tuttavia, essendosi già fatto un'idea del terreno e dell'estensione dello schieramento nemico, intuì subito le possibili difficoltà. «Digli che eseguirò il suo ordine immediatamente. Tuttavia, se devo tenere quella collina, mi serviranno altri arcieri: stamattina mi è stata mandata solo una centuria di alani.»

Il portaordini annuì. «Riferirò questa tua richiesta al *Magister*!» gridò, mentre già si allontanava spronando.

Sebastiano si volse verso Giustino Daziano, il più anziano dei capi *turma*, che aveva preso il posto di Matauro nella Quindicesima Ala Illirica, e gli ordinò di spedire subito degli esploratori sulla collina, per controllare i movimenti degli unni. Quindi impartì le direttive necessarie per dare esecuzione all'ordine ricevuto, e poco dopo il suo reparto, seguito dalla centuria di Maliban, piegò un poco verso destra e si avviò celermente verso l'obiettivo, praticamente sotto gli occhi dell'intero esercito.

Sebastiano era consapevole che quell'azione sarebbe stata la prima fase di una grande battaglia, tuttavia dominava la propria emozione e concentrava tutta la sua attenzione sul compito assegnatogli: per il momento, la cosa che più importava era arrivare in cima a quella gobba prima degli unni. Quasi subito, avvalendosi dei suonatori di corno, ordinò al reparto di dispiegarsi in linea d'attacco e di passare dal trotto al galoppo, poiché l'impossibilità di vedere cosa c'era sull'altro versante del colle lo rendeva inquieto. Gli esploratori che aveva mandato in avanscoperta, ben visibili sul pendio erboso, non erano ancora arrivati sul crinale, e non potevano dunque trasmettergli alcuna informazione. D'altro canto, non c'era tempo da perdere. In effetti, era strano che Attila, giunto in quei luoghi per primo la sera precedente, non avesse pensato a presidiare quella posizione per tempo, e non era detto che ora non stesse rimediando alla propria imprevidenza. In ogni caso, le possenti grida di guerra che gli giungevano dall'altro versante gli annunciavano che il nemico era ora molto, molto vicino. L'eccitazione della lotta imminente si era ormai impadronita di lui. Si voltò più volte per controllare l'allineamento del reparto e la posizione degli ufficiali e dei vessilliferi delle varie *turmae*, che in un combattimento costituivano il principale riferimento per i soldati. Alla sua destra galoppavano Daziano e due trombettieri, mentre Vitalio, attento al suo più piccolo cenno, si era posizionato alla sua sinistra, accanto al portainsegna con il *draco* della Quindicesima Illirica.

Presto il distaccamento, attraversata una stradicciola sterrata, iniziò a risalire il pendio, che per fortuna si presentava lungo e non particolarmente impegnativo per i cavalli, se non per una certa pesantezza del terreno, che non aveva ancora finito di smaltire la pioggia della sera precedente. Gli esploratori erano scomparsi oltre il ciglio del colle, ma presto uno di loro riapparve, sullo sfondo di un maestoso cumulo di nuvole, segnalando con frenetici ed eloquenti gesti delle braccia che, dall'altra parte, il nemico si avvicinava. Dunque, era già la battaglia.

«Giavellotti pronti!» gridò Sebastiano. Appena raggiunse la cresta fu quasi abbagliato dal grandioso spettacolo dell'intero esercito nemico. Il dislivello non era eccezionale: non più di sessanta piedi, ma certamente quello era il miglior punto d'osservazione che si potesse sperare di trovare in tutta la zona. Sotto di lui, l'armata di Attila si dispiegava nella pianura tra assordanti grida di guerra, che sembravano levarsi da popoli interi, intervallate da ordini concitati e cupi squilli di corni, la cui eco il vento portava fino a lui con curiose dissonanze: una moltitudine di armati quale non aveva mai veduto fino a quel giorno, che si estendeva su un fronte di diverse miglia, con un'incredibile profondità. Dietro a essa, minaccioso e imponente, si ergeva il campo fortificato: una doppia, immensa cerchia di carri di vario tipo, che doveva avere un diametro di almeno un quarto di miglio ed era cinta da un terrapieno e da un profondo fossato. Ma non ebbe il tempo di concentrarsi nell'osservazione, perché la sua attenzione fu subito attratta da un'orda di cavalieri unni – forse un intero *mingàn* – che risaliva la collina. Erano già a circa duecento passi, e si erano ormai resi conto che la cresta era in mano romana, ma non apparivano per nulla intenzionati a desistere. Al contrario, frustavano e spronavano rabbiosamente i cavalli, che apparivano in difficoltà nell'affrontare la salita, poiché, come subito Sebastiano constatò con sollievo, su quel versante la pendenza si presentava maggiore che non sull'altro e piccole macchie di arbusti erano d'ostacolo a una più celere avanzata. Comunque, pensò che non c'era che una cosa da fare.

«Aprirsi!» gridò. «Allargatevi! Lasciate spazio agli arcieri!»

Nonostante la concitazione del momento, l'ordine fu eseguito al meglio, e quasi subito Maliban comparve al fianco di Sebastiano, mentre i suoi alani emergevano, con gli archi pronti e le frecce già incoccate, dalle file degli illirici. Senza attendere il suo ordine, e gridando qualcosa ai suoi, Maliban tese il proprio arco e scoccò la prima freccia. Cento altre la seguirono nello spazio di un secondo, rovesciandosi sugli unni avanzanti e abbattendone un buon numero. Gli altri però proseguirono, ed erano ormai a una trentina di passi quando ricevettero la seconda scarica, con risultato anche peggiore. Allora si fermarono e sbandarono, urtandosi con i cavalli e calpestando i loro feriti in mezzo alla sterpaglia. Impegnati a controllare i cavalli su quel terreno impervio, non erano in grado di replicare con i loro archi e si trovavano praticamente alla mercé dei romani. Sebastiano capì che quello era il momento. «I giavellotti!» gridò, e la salva micidiale era appena partita che lui, tratta la spada, si gettava per la discesa. «Quindicesima avanti! Tutti con me!»

Al suono delle trombe, i cavalieri romani si precipitarono sugli unni, li raggiunsero in pochi secondi e subito li travolsero, senza incontrare se non una debole e poco convinta resistenza. Mentre il nemico fuggiva a rotta di collo, Sebastiano dovette faticare e sgolarsi per fermare l'impeto dei suoi e ricondurli a presidiare la cresta. Decine di uomini e cavalli giacevano sparsi nella sterpaglia, e i suoi illlirici, risalendo l'erta, finivano i feriti con rapidi colpi di lancia. Quando ebbe di nuovo raggiunto la posizione, Sebastiano si volse a guardare il nemico: il *mingàn* sconfitto si raggruppava confusamente in fondo al pendio, ma altri reparti, sollevando nubi di polvere, si stavano staccando dalle linee unne per portare il loro aiuto. Eccitato ed espansivo secondo la sua indole, Vitalio gli si avvicinò: «Hai visto, Prefetto? Gliele abbiamo date sode! Che sberla che hanno preso!».

Sebastiano fece per rispondergli, ma Giustino Daziano gli si accostò e puntò il dito verso i reparti unni che si stavano raggruppando in fondo alla discesa. «Si preparano a un altro attacco, Prefetto!»

Sebastiano annuì, quindi si volse a Vitalio: «Calmati e ascoltami: devi correre dal *Magister*. Digli che abbiamo preso la collina, ma abbiamo urgente bisogno di rinforzi, soprattutto arcieri e fanteria per la loro protezione, perché il nemico si prepara a un attacco in forze. Va'! Corri, ragazzo!».

Mentre la sua ordinanza si allontanava al galoppo, Sebastiano gettò un'occhiata verso lo schieramento romano-visigoto, e constatò che l'intero esercito avanzava ancora molto lentamente nella pianura. A quanto pareva, il suo era l'unico reparto che fosse stato già impegnato nella battaglia. Daziano gli riportò le perdite: «Due morti e una dozzina di feriti, Prefetto. È andata benissimo».

Di nuovo attirò la sua attenzione sulla cavalleria nemica ai piedi del colle, che palesemente si accingeva all'attacco. «Così, a colpo d'occhio, sembrano almeno duemila» osservò preoccupato.

Non c'era che la difensiva. Sebastiano fece smontare i suoi uomini, disponendoli a scacchiera e in doppia fila: la prima in ginocchio, con gli scudi a terra a protezione degli alani, che si posizionarono negli intervalli della seconda. Percorrendo lo schieramento insieme a Daziano, incrociò Maliban che, tranquillo ed efficiente come sempre, faceva la stessa cosa ma procedeva in senso opposto, impartendo ai suoi uomini le direttive per il tiro. «Ci sono almeno due *mingàn*, là sotto. Pensi che i tuoi arcieri riusciranno a fermarli?» gli domandò a mezza voce.

L'alano, gettata una fuggevole occhiata al nemico, gli rispose col suo sorriso enigmatico: «Fra poco molti di loro saranno morti. Non hanno sufficiente spazio per manovrare, e anche se smontano per tirare, da sotto non ci faranno gran danno».

«Dobbiamo resistere fino all'arrivo dei rinforzi. Ormai Vitalio dovrebbe avere quasi raggiunto Ezio.»

Maliban accennò all'armata schierata, ma non verso l'ala sinistra romana, bensì in direzione dei visigoti: «Stanno già arrivando» disse semplicemente. Guardando da quella parte, Sebastiano vide con sorpresa avanzare verso il colle un folto reparto di cavalleria.

«Dagli stendardi sembrano visigoti!» constatò Daziano.

«Sì. Teodorico deve aver agito di sua iniziativa.»

Non ci volle molto perché quei cavalieri raggiungessero la cima del colle. Sebastiano fu lieto di vedere che a guidarli era l'animoso Torrismondo, il figlio maggiore di Teodorico. Il giovane appariva scuro in volto, teso e concentrato sull'azione imminente, e lo salutò senza cerimonie: «Mio padre» annunciò subito, guardandosi attorno per rendersi conto della situazione «mi ha mandato qui per darti una mano. Ho con me circa trecento uomini».

«Hai anche degli arcieri?»

«Una cinquantina. Servi e scudieri, per lo più.»

Discussero brevemente. Torrismondo non impiegò molto a rendersi conto che il terreno si prestava poco a manovre di cavalleria, e finì per acconsentire a far smontare i suoi e ad assumere la destra dello schieramento, con il prezioso risultato, prima di tutto, di allungarlo e rendere più difficile agli unni riuscire ad aggirarlo. Il riallineamento dei reparti era ancora in corso, quando furono lanciate le prime grida d'allarme, e Daziano avvertì che il nemico aveva iniziato l'assalto. Con lui Sebastiano si portò subito su una piccola balza che costituiva il punto più alto del colle. Gli unni avanzavano, ma questa volta con maggiore circospezione, facendosi precedere da decine di arcieri appiedati, che presto presero a scagliare frecce verso le linee avversarie. Maliban, per il momento, tratteneva i suoi alani, aspettando che il nemico fosse più vicino. Nella pianura, le due armate strepitavano con urla di guerra ed echi di corni e di trombe, ma si avvicinavano lentamente l'una all'altra, come esitando prima di dare il via a quello che già si preannunciava come un immane massacro. Eppure, doveva essere già mattino inoltrato. Notando la cosa, il capo *turma* osservò: «Sembra che la battaglia sia tutta qui, Prefetto».

Sebastiano annuì: «Sì, Daziano: per il momento, l'onore è tutto nostro!».

26

Quando, nel primo pomeriggio, Attila diede finalmente il via all'attacco generale, le grida di guerra di decine di migliaia di guerrieri si fusero in un unico immenso clamore, che echeggiò assordante per tutta la pianura. Il cupo rimbombo prodotto dalla marcia verso il nemico di tutte quelle genti guerriere fece tremare la terra sotto i piedi di Balamber. Assalto generale, dunque, ma non per lui: poco prima, infatti, Utrigùr lo aveva fatto chiamare e gli aveva ingiunto di restare di riserva; alle sue proteste aveva risposto quasi con irritazione: «Dovresti ringraziarmi. Non capisci che è un grande onore per te? Attila ha molto apprezzato il tuo comportamento di ieri al fiume, e vuole che il tuo *mingàn* sia aggregato a quelli direttamente al suo comando. Oggi non dovrai seguire il mio stendardo, ma il suo».

Il sole era ormai a picco nel cielo, e il caldo stava divenendo insopportabile. A Balamber, imprigionato nella sua armatura, sembrava di cuocere come in un forno. Ma l'impazienza e il dispetto lo facevano ribollire ancor più della calura di fine giugno. Da ore stava in attesa con il suo *mingàn* – ciò che ne restava dopo la Sapaudia e Aureliana – e ora che finalmente la battaglia entrava nel vivo, ora che l'intero esercito si lanciava all'attacco, a lui toccava fare da spettatore. Non che non apprezzasse l'onore che il grande re gli faceva prendendolo sotto il proprio comando diretto, ma l'imponenza della massa che si stava lanciando all'attacco dei nemici era tale da fargli pensare che ben difficilmente quel giorno gli sarebbe stata data l'opportunità di distinguersi.

Poco prima di impartire l'ordine dell'attacco, il re aveva passato in rassegna le sue schiere, accompagnato dai suoi tre figli e dall'Onegesio. Rivestito di una splendida armatura, le aveva infiammate come sempre con la sua semplice ma efficace eloquenza, chiarendo, con poche parole risolute, quale fosse l'obiettivo principale: annientare i visigoti e schiantare il centro dello schieramento nemico, formato da alani e burgundi, schierati proprio là dove declinava quella maledetta collina che invano si era tentato di conquistare già nella mattinata. Quanto all'ala sinistra romana, era formata quasi interamente da truppe di scarto e di certo avrebbe ceduto appena i soldati avessero visto lampeggiare le lance dei Gepidi e dei Turingi che li fronteggiavano. Anche in quell'occasione, Balamber aveva potuto vedere Attila solo da lontano, ma aveva avidamente bevuto le sue parole, unendo poi la sua voce a quella di molte altre quando egli si era allontanato fra le acclamazioni. Solo dopo aveva appreso dall'Onegesio quali erano gli ordini per lui. Ora era lì, una decina di passi davanti ai suoi uomini, a camminare avanti e indietro in mezzo alla sterpaglia come un animale in gabbia, lo sguardo fisso alle schiere che marciavano contro il nemico. Come già era accaduto in altre occasioni, Attila accompagnava l'esercito all'assalto insieme ai suoi più fidati consiglieri, e probabilmente avrebbe scagliato lui la prima freccia, ma poi, iniziata la battaglia, sarebbe rientrato per seguirne l'andamento da una distanza tale da consentirgliene una visione complessiva. Guardando verso la collina, era possibile vedere i reparti unni impegnati in un nuovo attacco – qual era: il quarto? O forse il quinto? – e la linea, irregolare ma ancora non infranta, formata dai difensori. Balamber non avrebbe saputo dirlo, ma di una cosa era certo: anche se Ezio aveva veramente con sé truppe di scarto, quelli lassù erano gente con gli attributi.

Ma ecco echeggiare di nuovo l'urlo della guerra. Davanti a lui, l'esercito intero, ormai lontano nella pianura, prendeva il passo di corsa e i cavalli si lanciavano al galoppo: era l'assalto. Il suo cuore correva insieme con quei suoi compagni e l'intero suo corpo sembrava fremere, ribellarsi al comando dell'inazione. Ciononostante, dovette rassegnarsi ad aspettare. Attila tornò senza fretta, fermandosi spesso a salutare e incoraggiare i guerrieri che, in una nuvola di polvere, andavano al combattimento, e infine raggiunse con il suo seguito una piccola balza, che costituiva il punto più elevato in quella desolata brughiera. Da lì prese a osservare l'andamento della battaglia, scambiando di quando in quando qualche parola con coloro che lo attorniavano.

Mentre davanti a lui si combatteva, Balamber rivolgeva spesso occhiate ansiose a quel gruppo di cavalieri. Da dove si trovava, però, poteva scorgere il re solo a tratti, in mezzo a tutti i dignitari. Fra loro riconobbe il giovane Ernak, che era il suo figlio prediletto. Gli altri due erano già impegnati nella battaglia: Ellak, il maggiore, combatteva sulla collina; Dengizich, invece, guidava l'assalto contro gli alani. Balamber rivolse un'occhiata alle forze che restavano in riserva: tre *mingàn* – cui si aggiungeva il suo, ormai quasi dimezzato – fermi sotto il sole in mezzo alla pianura, a protezione del re e del campo, nel quale erano rimasti i guerrieri più anziani o quelli troppo giovani, insieme a centinaia di donne, in mezzo alle quali si trovava Go-Bindàn. La maggior parte dei non combattenti che seguivano l'armata si trovava, però, fuori del campo. Lungo tutta l'estensione del fronte, infatti, migliaia di scudieri e di servi erano in ansiosa attesa, custodendo armi o cavalli di ricambio per i loro padroni, riserve d'acqua per dissetarli quando lasciavano per un momento il combattimento, e bendaggi per le loro ferite.

L'immenso clamore della battaglia riempiva il cielo sopra la pianura, ma da dove si trovava, Balamber non riusciva a farsi un'idea di come essa si stesse evolvendo, e si chiedeva se per Attila non fosse lo stesso, anche se vedeva di continuo le staffette e i portaordini galoppare nelle due direzioni. L'unica cosa certa era che, ancora una volta, la collina non era stata presa: gli unni stavano infatti visibilmente ridiscendendo il pendio in una massa disordinata.

Non potendone più dal caldo, chiamò a sé Vlaszo, il suo servo pannone, perché lo alleggerisse di parte almeno dell'armatura. Non si sentì troppo in colpa, giacché Attila, a quanto poteva vedere, aveva fatto la stessa cosa. Fu raggiunto da Odolgan che, nervosamente, si batteva i gambali con un frustino. «Che disdetta. Perdersi una battaglia così! Ci sono ancora poche ore di luce, e tutto si risolverà senza di noi» esclamò in tono accorato. «Questo sarebbe il premio per quello che abbiamo fatto ieri?»

Gli rispose solo con un sommesso grugnito, mentre finalmente Vlaszo lo liberava del corsaletto.

«Ti rendi conto che, se i nostri là davanti arrivano al campo di Ezio, si prenderanno tutto loro? E noi, che ad Aureliana abbiamo perso il nostro bottino, restiamo qui a scacciare le mosche!»

Balamber non era dell'umore di fare conversazione: «Non credo che sarà così facile arrivare al campo di Ezio. Comunque, sai bene che gli ordini di Attila non si discutono. Sta' zitto e torna al tuo posto».

Scuro in volto, mentre udiva l'erba frusciare sotto i passi dell'amico che si allontanava, rivolse una volta di più lo sguardo al suo re: sul suo magnifico sauro, dalla lunga criniera, si era spinto fuori della cerchia dei suoi fedelissimi e scrutava con sguardo cupo il campo di battaglia. Balamber si disse che di certo lui, il padre di tutti gli Hiung-nu, sapeva cosa andava fatto, e certamente avrebbe condotto ancora una volta la sua gente alla vittoria: una splendida vittoria. Ma si sarebbe ricordato di lui e del suo *mingàn*?

27

In piedi accanto al suo cavallo, le mani intrecciate dietro la schiena, Elvio Metronio percorreva per l'ennesima volta con occhiate insofferenti le linee della fanteria gallo-romana: circa quindicimila uomini schierati in formazione di battaglia su un largo fronte, circa duecento passi davanti ai suoi bagaudi. Reparti limitanei e castrensi, ma anche ausiliari, confluiti nell'armata da vari punti cardinali dopo la liberazione di Cenabum Aureliana: truppe che, praticamente, vedevano gli Unni per la prima volta, giacché per due mesi non avevano fatto che ritirarsi di fronte alla marea degli invasori. Fino a quel momento quei soldati non avevano dovuto fare altro che fronteggiare l'assalto poco convinto di alcune migliaia di Eruli e Sciri, e dunque la sua "Legione del gatto morto" non era stata ancora impegnata. Se le cose continuavano così, forse non lo sarebbe stata mai.

«Infoltire la fanteria.» Così aveva detto Sebastiano la sera prima, ma in effetti, a quanto sembrava, nemmeno quel compito era stato assegnato ai suoi tagliagole, visto che Ezio li aveva fatti disporre all'estrema retroguardia, su un terreno ondulato e punteggiato di macchie arbustive, nel quale, probabilmente, risultavano poco visibili dai nemici. Voltandosi a guardare le schiere del suo piccolo esercito – piccolo per modo di dire, giacché si trattava pur sempre di più di seimila uomini – ne contemplava con sconforto i ranghi scomposti e il sommario armamento. Fin dal principio del loro grottesco e breve addestramento, aveva rinunciato a istruirli nel lancio dei giavellotti, come pure ad aumentare il numero degli arcieri, poiché entrambe le cose, oltre che richiedere un atteggiamento ben più disciplinato da parte delle "reclute", avrebbero comportato troppo dispendio di tempo. Aveva perciò convinto Ambarro a disporre nelle prime file quelli – non più di tre o quattrocento – che disponevano di uno scudo, di qualunque forma o materiale esso fosse, e a munire tutti di lunghe e robuste lance, che in molti casi altro non erano che dei pali sommariamente appuntiti, che però potevano risultare utilissimi per tenere a distanza la cavalleria, come pure per frenare gli attacchi travolgenti delle fanterie barbariche. La capacità di manovra di quella truppa raffazzonata era quasi inesistente, giacché, in realtà, i suoi uomini conoscevano soltanto due modalità tattiche: l'attacco in massa e la fuga disordinata. Li aveva ripartiti in sei coorti, due delle quali erano formate di armoricani, gente particolarmente dura e primitiva, in gran parte ancora pagana, che era venuta al seguito di un certo Bretannione, un gigante di pelo rosso, trucido e barbuto, con il quale aveva faticato non poco a trovare un'intesa. Ciascuna coorte aveva eletto il proprio duce. Milone era tra i designati, ed era il migliore: dopo i pugni che si erano scambiati erano diventati, se non proprio amici, buoni camerati, e presto Metronio aveva dovuto riconoscergli qualche buona qualità, come la risolutezza, per esempio, e anche una caparbietà che, se ben indirizzata, poteva risultare preziosa; ora stava lì, pochi passi dietro di lui, e come gli altri comandanti seguiva con attenzione l'andamento della battaglia.

«Vuoi un po' d'idromele?» Irmina gli porgeva un otre di pelle di capra. Non c'era stato verso di convincere i bagaudi a fare a meno delle loro donne, e lei, che ormai si considerava la sua donna, non aveva voluto sentire ragioni. Poiché la polvere acre che gravava su tutto il campo di battaglia gli seccava la gola, accettò volentieri l'offerta. Bevve dunque una lunga sorsata, mentre lei lo accarezzava con lo sguardo dei suoi occhi innamorati. Con l'ingenuità dei suoi diciassette anni, gli chiese quando sarebbe finita la battaglia. Non temeva per sé, ma era in grande ansia per lui. Quando lo vide staccare l'otre dalle labbra, gli si accostò fin quasi a sfiorarlo, come a ricercare una volta di più la stretta affettuosa delle sue braccia, cosa che aveva fatto spesso da quando lo aveva visto vincere contro Milone, senza curarsi della presenza dei compagni e anzi ridendo, nemmeno troppo in segreto, del suo imbarazzo. Asciugandosi le labbra col dorso della mano, le restituì l'otre. «Va' dietro con le altre» le disse seccamente. «Non è posto per te qui.»

Irmina, riprese il recipiente, ma poi indugiò, fissandolo come se fosse sul punto di dirgli qualcosa. Spazientito, agitò la mano in direzione delle coorti schierate: «Irmina, devi andare via da qui. Va' nelle ultime file e resta lì».

Lei s'imbronciò. Sembrava riflettere intensamente su una sua idea. Poi protestò: «Le donne dei bagaudi combattono insieme ai loro uomini, non lo sai?».

Metronio sapeva che non diceva per dire: lo avrebbe seguito dovunque. «Ma io non voglio che tu lo faccia» le rispose con un piccolo sorriso, a un tempo seduttivo e canzonatorio, reclinando un poco il capo in un gesto affettato. «Tengo troppo a te per rischiare di vedere il tuo bel faccino rovinato da qualche colpo di spada. Avanti, fa' come ti ho detto.»

Irmina gli rivolse un'occhiata di sguincio, gli cacciò la lingua in una smorfia di dispetto e si allontanò nell'erba. Presto la sua lunga chioma corvina si perse in mezzo alla folla dei suoi compagni. Ormai assuefatti al clamore della battaglia, che finora li aveva visti solo nel ruolo di spettatori, essi sembravano avere smaltito l'emozione con cui, quel mattino, si erano predisposti al combattimento. Ora che davanti a loro non ci si batteva più, si raccoglievano in piccoli assembramenti, scambiandosi commenti e opinioni, quando non addirittura stipulando dissennate scommesse circa le capacità di resistenza dei soldati di fronte a un nuovo attacco; non c'era troppo da stupirsi, del resto, perché non avevano certo molti motivi per simpatizzare con loro. Altri se ne stavano per lo più stravaccati nell'erba e tra gli arbusti, mangiando focacce e formaggio, che mandavano giù con lunghe sorsate di birra o di idromele. Non tutti, però, erano così tranquilli. Alcuni, più che dello stomaco, spesso ostinatamente contratto, si preoccupavano della propria anima. Divicone, che indossava il suo saio monacale, sedeva all'ombra di un vecchio carpino contorto e ascoltava tardive confessioni, assolveva, confortava e benediceva di continuo. Aveva iniziato fin dalle prime luci dell'alba ma, per quanto operasse sveltamente, la lunga fila di bagaudi in attesa del proprio turno, ciascuno con la sua picca e le sue armi più o meno di fortuna, si rinnovava di continuo: facce patibolari sulle quali non si leggeva una particolare contrizione, ma piuttosto una cupa concentrazione, oppure la paura, che alcuni cercavano di mascherare con sogghigni sarcastici e risate nervose. All'albero il monaco aveva appoggiato una grande croce, realizzata inchiodando l'una all'altra due assi di legno d'acero sommariamente piallate. Se l'era portata dietro fin dall'Aquitania e rappresentava per tutti coloro che necessitassero di un conforto religioso un sicuro riferimento: dov'era la croce, lì era lui.

Spesso gli sguardi di molti correvano alla bassa collina che – distante non più di un quarto di miglio – si ergeva un po' più avanti, sulla destra, e certamente i più erano ben lieti di non trovarsi in quella posizione avanzata, oggetto di continui attacchi da parte del nemico. Là sopra, si dicevano l'un l'altro, doveva essere molto, molto dura, almeno a giudicare dal continuo movimento di rincalzi che si vedevano affluire dalle riserve, risalire il pendio e sparire poi oltre la cresta. Anche Metronio volgeva frequentemente lo sguardo in quella direzione, senza poter fare a meno di chiedersi se anche Aulo Sebastiano fosse tra i valorosi che difendevano quella posizione e se fosse ancora in vita. Da dove si trovava non poteva farsi un'idea circa l'andamento complessivo della battaglia, ma si era già reso conto dell'immensità del confronto in corso. Per effetto dei violenti attacchi nemici, lo schieramento romano-visigoto, che verso mezzogiorno era avanzato per allinearsi con i reparti sulla collina, non si presentava più lineare com'era stato all'inizio, bensì come un succedersi di sporgenze e concavità, causate dalla maggiore o minore tenuta dei reparti di fronte alla pressione del nemico. Di certo, la collina era la posizione più avanzata, il cardine di tutto il fronte, ed era inevitabile che gli unni si accanissero per impadronirsene. Per quanto lui poteva capire, tuttavia, si combatteva un po' dovunque; o meglio: dovunque meno che lì dove lui si trovava. Guardando la pelle del gatto che, carezzata a tratti da una brezza leggera, ondeggiava pigramente in cima alla pertica, insegna ridicola – come aveva detto il *Magister* – di un esercito grottesco, si diceva sconsolatamente che forse era meglio così. Gli si accostò Ambarro, che montava un buon cavallo e indossava una vecchia cotta di maglia di ferro in molti punti aggredita dalla ruggine: «Hai visto là davanti?» gli domandò, accennando col capo.

Metronio guardò, ma non vide altro che i ranghi serrati dei gallo-romani, tra i quali percepì, peraltro, una certa agitazione. Per avere una visuale decente montò di slancio in sella al suo pomellato. Scorse allora una massa di nemici, per lo più appiedati, che avanzava rapidamente nella pianura. Dal modo in cui si erano schierati e dalle loro insegne primitive concluse che doveva trattarsi di turingi: combattenti tremendi, anche se poco usi alla manovra. A quanto si poteva giudicare dalla profondissima siepe formata dalle loro lance, dovevano essere molte migliaia. Con sgomento, Metronio si rese conto che i soldati, disposti com'erano erano su sei linee, coprivano un fronte troppo ampio e troppo poco profondo per reggere l'assalto di una simile massa di sfondamento. I barbari avanzavano a ranghi serrati e con passo sicuro, in formazione a cuneo, intonando un cupo, terrificante peana e battendo gli scudi con le loro armi. In risposta, squillarono le trombe dei gallo-romani e i loro ufficiali lanciarono ordini stentorei, obbedendo ai quali i soldati si apprestarono al lancio dei giavellotti. Una viva agitazione si era impadronita di quei fantaccini. Ansia per la lotta mortale che stavano per affrontare, certo. Ma l'occhio esperto di Metronio rilevò che nei loro ranghi non serpeggiava soltanto la paura, che sempre opprime il soldato in battaglia: nell'ondeggiare nervoso delle teste, nel voltarsi di alcuni a guardare alle proprie spalle, nel parlottare sommesso e convulso di altri, intuì l'affacciarsi del panico. Il suo istinto di soldato, forgiato in anni di battaglie, gli disse che questa volta quei ragazzi non avrebbero retto, che sarebbero scappati. Anche Milone ebbe la medesima impressione. Accostandoglisi, osservò: «Per me quelli se la daranno a gambe quasi subito».

Certo: sarebbe andata proprio così. D'altra parte Metronio sapeva che, sempre ammesso che fosse possibile incolonnare i suoi uomini e portarli in linea, non c'era il tempo per concordare modifiche dello schieramento con i comandanti dei reparti romani, né, d'altro canto, essi gli avrebbero prestato ascolto. In realtà, l'idea di avere i bagaudi alle spalle non rassicurava per niente i soldati, e meno ancora i loro ufficiali. Quando, alle prime luci dell'alba, aveva cercato un abboccamento con loro, era stato trattato altezzosamente, e gli era stato ingiunto di tenere i suoi "pezzenti" ben lontani dai legionari. Non c'era che una cosa da fare. Tenendo lo sguardo fisso al nemico avanzante, tese la mano verso Ambarro che già era in evidente allarme. «Di' agli uomini di stringere i ranghi e prepararsi» gli ordinò seccamente. «Temo che i soldati non reggeranno.»

Senza aspettare che Ambarro eseguisse, girò il cavallo e, spingendolo al trotto, prese lui stesso a percorrere rapidamente le file dei bagaudi, sollecitando i capi delle coorti: «In fila, presto! Serrate i ranghi! Come avete fatto nelle prove. Svelti!».

Non essendo Metronio riuscito a dare vita a centurie che non fossero puramente di conto, quell'ordine, di semplice esecuzione per qualunque esercito romano, sarebbe risultato quasi impossibile per i suoi bagaudi, ma il compito dei capi era facilitato dal fatto che fin dal mattino egli aveva disposto gli uomini assegnando a ogni coorte uno spazio predeterminato, e poiché la sua piccola armata doveva restare nelle retrovie, lo spazio era l'ultima cosa che le mancava. Ci fu dunque un po' di confusione, ma l'ordine fu eseguito con una rapidità di cui Metronio fu piacevolmente sorpreso, e i bagaudi si sforzarono addirittura di rispettare le sue istruzioni anche nel lasciare una distanza di pochi passi tra una coorte e l'altra. Quando tornò a guardare al campo di battaglia, constatò che i turingi avevano preso il passo di corsa. Nell'intento di frenarne l'impeto, i legionari scagliarono la prima salva di giavellotti, poi mossero verso il nemico, ma in modo incerto, senza slancio.

Chiamò a sé Ambarro, Almiro con l'insegna, e tutti i capi delle coorti. «Ascoltate» disse loro. «Dobbiamo impedire che i barbari sfondino la linea. Non devono passare, capite?»

Un momento dopo, esplose nelle prime linee un tremendo clangore, prodotto dall'impatto tra i due schieramenti. «Che dobbiamo fare?» chiese Ambarro, gridando, perché le urla dei combattenti erano già assordanti.

«Chiudere i buchi. Come abbiamo già concordato: tu prenderai le due coorti di destra, e io prenderò le due al centro. Bretannione guiderà i suoi armoricani. Almiro, con l'insegna, resterà con me. Se vedete che il nemico sfonda davanti a voi, portate tutti avanti di corsa a ranghi serrati, con le lance abbassate, come abbiamo già provato tante volte. Non c'è altro. Tornate ai vostri posti.»

Sentendo imminente la prova decisiva, Divicone si era portato accanto a lui, reggendo la sua croce e tenendola ben alta perché tutti potessero vederla. Metronio lo sentì esortare a gran voce i suoi compagni, con un florilegio di citazioni bibliche, affinché combattessero in difesa della loro libertà, della giustizia e soprattutto della fede, ma non se ne curò, perché la sua attenzione era tutta concentrata al combattimento ormai in corso davanti a lui. Come aveva previsto, i legionari ressero solo per breve tempo. Presto, sotto la tremenda pressione del nemico, il loro schieramento vacillò e singoli militi cominciarono a rompere le file; poi, sulla destra, gli uomini rincularono, e infine presero la fuga a grappoli, lasciando irrompere dai varchi i primi gruppi di barbari, che in pochi istanti divennero un'orda. Molti soldati, soprattutto delle ultime file, cercarono scampo nei corridoi che separavano le coorti bagaude, ma Metronio si rese conto che la loro fuga disordinata rischiava di scompaginare i ranghi dei suoi, che stavano per ricevere l'onda d'urto dei barbari lanciati all'inseguimento. Se non voleva che fossero travolti o addirittura fuggissero contagiati dal panico dei soldati, doveva dunque spingerli subito in avanti, al contrattacco. Smontò e, preso dall'arcione il suo scudo rotondo, lasciò libero il cavallo, che in quel tipo di combattimento sarebbe risultato inutile, quindi, tratta la spada dal fodero, guardò ansiosamente verso Ambarro, ma non ebbe bisogno di sollecitarlo: roteando la daga nell'aria, il bagaudo, che come lui aveva rinunciato al suo cavallo, gridò qualcosa ai suoi e si gettò in avanti, tirandosi dietro più di duemila compagni, che, lanciando un unico immenso grido, si rovesciarono come un'onda di piena sui barbari e sugli stessi romani in fuga. Anche di fronte a Metronio, intanto, lo schieramento romano si sgretolava, mentre i bagaudi, tesi al massimo, protesi in avanti con le armi strette in pugno, fremevano guardando con occhi sbarrati il nemico che irrompeva ebbro di strage. Alcuni, non sopportando più la tensione, accennavano a lanciarsi in avanti spianando le lance. Era il momento catartico di ogni battaglia, che Metronio aveva vissuto più volte: ancora pochi istanti e la tensione degli uomini, anziché nella lotta si sarebbe liberata nel panico e nella fuga. Non esitò. «Con me!» gridò. «Avanti! Seguite me!»

Si buttò dunque all'assalto, seguito da Milone e da Almiro, con l'insegna che ballonzolava sulla pertica, da Divicone con la sua croce e da migliaia di forsennati che correvano urlando e protendendo le loro picche. Il grido ch'essi lanciarono tutti insieme riempì il cielo come un tuono, e a Metronio parve che un'onda possente lo sollevasse come una mano invisibile e lo proiettasse in avanti, centuplicando le sue forze, la sua determinazione, la sua volontà di vittoria. Il clamore che udiva era più di un grido di battaglia, del genere di quelli che altre volte aveva udito prorompere dai petti di soldati a un tempo terrorizzati ed esasperati: era anche, e soprattutto, la voce di una rabbia antica, di un odio alimentato da mille ingiustizie, di un orgoglio umiliato da sempre che cercava il proprio riscatto. Mentre correva verso il nemico agitando la spada e già abbatteva i primi avversari, sentì in modo netto, con assoluta certezza, che nulla avrebbe potuto resistere alla forza vulcanica sprigionata da quell'armata di reietti: quella forza che lui aveva già intuito in loro durante l'addestramento, ma sulla quale si era imposto di non illudersi, e che ora si liberava in tutta la sua potenza, sfuggendo a ogni sua volontà di controllo. Li guidava, infatti, come avrebbe potuto guidare un mare in burrasca. Ebbe appena il tempo di sorprendersene, provando un senso di sgomento ma anche di esaltazione, perché lui stesso si sentiva parte di quella marea.

Sconcertati dall'impeto di quell'orda di scalmanati, che risospingeva in avanti anche i molti soldati romani in fuga, i barbari dapprima si fermarono, poi sbandarono e diedero indietro, ma furono raggiunti, travolti, infilzati sulle picche e calpestati. Con loro, nel furore arrembante di quell'assalto, furono spazzati via anche non pochi sventurati legionari. Inarrestabile, l'ondata dei bagaudi raggiunse e superò il punto sul quale si era in precedenza attestata la prima linea romana, ma continuò a incalzare il nemico, dilagando nella pianura. A quel punto, però, la sua forza d'urto si affievolì, mentre i barbari, ricevendo rinforzi dalle ultime file, cominciavano a ricompattarsi e a offrire maggiore resistenza, finché, addirittura, tentarono un contrattacco. I bagaudi, però, non si disunirono, e tennero botta meglio di quanto avrebbe potuto fare il più sperimentato reparto di palatini, sicché Metronio si trovò al centro di una lotta furibonda: i combattenti delle due parti protendevano e incrociavano le lance, col risultato che a un certo punto i due schieramenti si trovarono avvinti l'uno all'altro e quasi immobili, in un puro confronto di forze che ricordava quello fra due alci in lotta. Nel prolungarsi di quel crudele confronto, coloro che si trovavano nelle prime file, sospinti contro i nemici dagli altri che li seguivano, non avevano alcuna possibilità di interrompere la lotta per riprendere fiato e recuperare le forze: erano forzati a uccidere o morire. Presto, però, alcuni turingi, facendosi strada con le asce in mezzo a quella siepe di lance, riuscirono ad aprire pericolosi vuoti tra le file dei bagaudi. I più animosi fra questi si fecero allora avanti a contrastarli, mulinando a loro volta asce e spade. Il sangue schizzava da atroci ferite, e i gemiti di coloro che cadevano venivano soverchiati dalle grida di furore dei combattenti, in mezzo alle quali, a tratti, si udiva la voce ormai rauca di Divicone, che, pur sballottato da ogni parte, teneva ben alta e visibile la croce sopra a quell'ondeggiante marea e incessantemente esortava i compagni alla lotta, intonando salmi a reclamare l'aiuto divino. «*Mio Dio*» gridava. «*Fa' di loro pula dispersa dal vento... Inseguili con la tua bufera... e sconvolgili con il tuo uragano!*»

In quella mischia, la maggiore maestria dei turingi nell'uso delle armi veniva controbilanciata dalla ferina aggressività dei loro antagonisti. Metronio incoraggiava i suoi, gridava loro di serrare i ranghi, ma egli stesso avanzava principalmente perché sospinto dalla massa che lo seguiva. Almiro, che si trovava accanto a lui, ricevette un colpo di clava alla tempia: ruotò su se stesso e cadde in un folto di rovi, lasciando l'insegna. Il turingio che l'aveva ucciso se ne impadronì e, esultando, la brandì come un trofeo. Metronio gli fu sopra, lo spacciò con una stoccata e, liberandosi dello scudo, rotto in più punti, gliela strappò. Altri barbari lo assalirono, ma i suoi compagni gli vennero in soccorso, e attorno a quello strano, assurdo vessillo si accese una lotta feroce. Vibrando fendenti, Metronio lo difendeva caparbiamente, e intanto lo teneva bene in vista, perché costituisse per i bagaudi un sicuro punto di riferimento in quella mischia selvaggia. Finalmente, riuscì ad aprirsi un varco nelle file nemiche e vi si gettò incitando a gran voce i suoi uomini. Altri lo seguirono. Fu in quel momento che una lancia turingia, sfondando la cotta di maglia di ferro, gli trafisse il petto. Il dolore fu tremendo e devastante, e pur tuttavia breve. La vista gli si appannò, le gambe gli si piegarono, non udì più nulla. Venne il buio. Mentre cadeva, fu la mano di un bagaudo a prendere l'insegna e a portarla in avanti. I turingi erano in rotta, la Legione Bagaudica aveva vinto.

28

Salvo poche pause di breve durata, il fragore della battaglia continuò a echeggiare per tutto il primo pomeriggio. Una nube di polvere si era alzata molto presto a velare le due masse umane che si affrontavano in quella lotta mortale, e non c'era voluto molto perché il tratto di prateria che separava Balamber dal fronte della lotta si popolasse di cavalli senza cavaliere e di feriti portati a braccia dagli scudieri o dai compagni, che poi, dopo essersi dissetati e avere prelevato nuovi fasci di frecce, subito tornavano indietro a riprendere il loro posto tra i combattenti, incrociando i guerrieri rimasti appiedati che venivano correndo a prendere dai servi i cavalli di riserva. Un va e vieni incessante e frenetico, che consentiva a chi si trovava a fare da spettatore di ottenere di continuo notizie emozionanti, ma anche contraddittorie, circa l'andamento della battaglia. Tutti quelli che venivano dalla linea del combattimento riferivano di una lotta furibonda e incerta: a quanto sembrava, alani e burgundi, in ordine serrato, resistevano a ogni assalto, subissando di frecce gli hiung-nu e causando loro gravi perdite, mentre sulla collina Ellak non faceva alcun progresso; sulla sinistra i due popoli goti erano impegnati in una gigantesca battaglia fratricida, con continui rivolgimenti di fronte; di quanto avveniva sulla destra, invece, non si sapeva praticamente nulla, ma era chiaro che, a smentire le ottimistiche previsioni di Attila, la fanteria romana e i franchi stavano resistendo.

A Balamber sembrava di impazzire. Non riusciva più a star fermo e di continuo indirizzava occhiate disperate verso il poggio sul quale si trovava Attila, nella speranza di essere chiamato a fare la sua parte; Mandzùk, immobile vicino ai cavalli, lo osservava in silenzio, impassibile come sempre. Dopo un'attesa snervante, venne però anche il suo momento. Una staffetta di Valamir raggiunse di galoppo Attila portando una notizia che si diffuse in un baleno per tutte le schiere unne: Teodorico era stato ucciso, e una mischia furibonda si era accesa attorno al suo cadavere, poiché i Visigoti, che fino a poco prima sembravano prevalere, si erano raccolti a difesa e non intendevano consentire che le sue spoglie cadessero in mano al nemico. Balamber stava commentando la cosa con Odolgan quando fu raggiunto da un messo di Attila, che gli trasmise l'ordine di portarsi subito al cospetto del re. Finalmente! Il suo cuore prese a battere a ritmo accelerato. Il tempo di indossare il corsaletto, balzare in sella al suo baio, frustarlo con furia e farsi largo senza troppi complimenti fra i dignitari, ed egli fu di fronte al suo re, più vicino di quanto mai gli fosse riuscito prima d'allora. Attila era smontato, e con l'aiuto di un servo, di Utrigùr e di Ernak, stava indossando quelle parti dell'armatura di cui si era in precedenza alleggerito, mentre altri servi rivestivano di maglia di ferro il suo cavallo. Anche le guardie del suo seguito approntavano le loro armi. Il re stesso, dunque, si apprestava a scendere in campo, giudicando evidentemente che la battaglia era entrata nella fase decisiva. Mentre lo vestivano, continuava a scrutare con occhi attenti nella pianura. Balamber, che era in preda a una viva emozione, fu come abbagliato dal suo aspetto.

Attila era di statura modesta, ma assai robusto. Più che nelle sue membra, ancora piene di forza, i suoi cinquant'anni si rispecchiavano sul suo viso, che era largo e con gli zigomi pronunciati, inquadrato da una corta barba brizzolata e segnato da rughe profonde. Anche i suoi capelli erano alquanto brizzolati, ma pur sempre folti e lunghi fino alle spalle, come li avrebbe portati un giovane guerriero. La sua pelle era scura, cotta dal sole delle praterie, esattamente come quella dei suoi hiung-nu. Una volta di più, i suoi occhi parvero a Balamber due lance, in grado di trafiggere qualunque cosa su cui posassero il loro sguardo. Come d'abitudine, nemmeno quel giorno il re indossava abiti particolarmente sfarzosi: sotto la splendida armatura a piastre, di certo fabbricata in Oriente, Balamber indovinò una semplice tunica dalmatica a maniche lunghe, ma con orlature e ricami di tipica fattura unna. Attorniato da molte persone, si accorse di lui solo all'ultimo momento. «Ah!» sbottò, squadrandolo con un'occhiata rapida ma penetrante, di quelle con cui, come tutti gli Hiung-nu ben sapevano, era in grado di cogliere perfettamente, nel tempo di un secondo, l'indole di un uomo. «Shudian-gun! Utrigùr mi ha detto di te tutto il bene possibile. Dunque, ho deciso di portarti con me.»

La sua voce, che fino a quel giorno Balamber aveva potuto udire solo durante le efficaci allocuzioni ch'egli era uso tenere agli Hiung-nu prima delle battaglie, aveva un taglio duro. Egli vi colse, tuttavia, un tono di apprezzamento e di burbera, amichevole ironia. In risposta, non seppe dire altro che: «Ai tuoi ordini, Grande Re!».

Ormai in sella, Attila prese dalle mani di Ernak la lunga spada e lo guardò con ancor maggiore attenzione. Era tranquillissimo, perfettamente padrone di sé e della situazione. Sul suo volto aleggiava un vago sorriso. «Non mi chiedi dove ti porterò?» gli domandò in tono sorpreso, inarcando un sopracciglio.

«Spero in battaglia, Grande Re. Ma dovunque sarà, per me non potrà esservi niente di meglio.» Come gli era venuta una frase così? Lui stesso non avrebbe saputo dirlo. Essa comunque conseguì il migliore effetto. Sorridendo compiaciuto, Attila percorse con lo sguardo i volti di coloro che lo attorniavano, soffermandosi infine sull'Onegesio, che intanto era salito in sella a sua volta. «Questo ragazzo non avrebbe potuto rispondermi meglio di così» riconobbe, accennando a Balamber. «L'hai tirato su come si deve.»

Utrigùr, di solito avaro di complimenti, rispose con un mezzo sorriso: «Non c'è da sorprendersene: nelle sue vene scorre il sangue del grande Uldin».

Annuendo gravemente, Attila prese dalle mani del figlio un elmo ornato di una lunga criniera rossa, quindi si volse a Balamber: «Ora ascolta, Shudian-gun: Teodorico è morto. I suoi visigoti stanno cedendo, ma finché potranno appoggiarsi al centro di Ezio noi non prevarremo. Dobbiamo sfondare quel centro, capisci?». Puntò il dito verso il campo di battaglia e puntualizzò: «Laggiù, vedi? Dove finisce la collina: sembra che i visigoti l'abbiano abbandonata, e i romani che ci stanno sopra e gli alani che stanno sotto hanno allungato le file per riempire lo spazio ch'essi occupavano. Sono deboli adesso, capisci? Ora dimmi, cosa faresti tu se fossi al mio posto?».

La risposta di Balamber fu pronta: «Mi butterei a capofitto proprio lì, per sfondare le loro linee».

Attila, che si accingeva a calzare il suo magnifico elmo, annuì nuovamente: «Ed è quello che faremo. Tre *mingàn*: Utrigùr comanderà quello sulla destra, il tuo si disporrà a sinistra, e il mio nel mezzo».

Vedendosi escluso dall'azione imminente, il giovane Ernak protestò, ma Attila lo fulminò con un'occhiata severa e lo ridusse al silenzio, ingiungendogli di rimanere a guardia del campo. Poi tornò a rivolgersi a Balamber: «Bada sempre a coprire il mio fianco, intesi?».

Era un onore troppo grande. Col cuore che batteva a mille, Balamber rispose semplicemente: «Certo, Grande Re!».

Poco dopo, i tre *mingàn* mossero contemporaneamente, al trotto, verso il fronte della battaglia. Lo stendardo purpureo di Attila garriva nel vento. Poco distante, sventolava anche quello di Balamber.

29

Una volta lanciati al galoppo, i tre *mingàn* al comando di Attila impiegarono poco a raggiungere la linea del combattimento. Al loro sopraggiungere, le schiere dei cavalieri unni, che si erano ritirati per raccogliersi in vista di un ennesimo assalto, si aprirono prontamente. Quei guerrieri, già provati dalla battaglia, levando le lance proruppero in entusiastiche grida di saluto all'indirizzo del re, e senza esitare si aggregarono ai suoi uomini per partecipare a quello che tutti capivano essere l'ultimo tentativo, lo sforzo decisivo. Lo spettacolo che il campo di battaglia presentava era tale da sgomentare il più valoroso dei guerrieri. Ovunque si volgesse lo sguardo, il terreno che separava i due schieramenti appariva costellato di caduti, così numerosi che i cavalli, per quanto frustati e spronati, finivano per rallentare la loro corsa e avanzare a tratti e faticosamente tra cumuli di uomini massacrati, feriti che levavano le braccia a invocare soccorso, cavalli agonizzanti e armi di ogni tipo sparse o infisse nel suolo. Dalla forma degli scudi e dall'armamento degli avversari che aveva di fronte, Balamber constatò che stava per scontrarsi con gli alani di Sangiban. Costoro, vedendo sopraggiungere una nuova ondata di assalitori, strinsero i loro ranghi, formando una falange irta di lunghe lance, dalla quale si levò una nube di frecce che ricadde sugli hiung-nu come una grandine mortale. Subito dopo centinaia di frecce unne, emettendo il caratteristico fischio che le rendeva sinistramente riconoscibili ai nemici, si abbatterono sugli uomini di Sangiban, ma con poca coordinazione e ancor meno precisione, giacché avanzare in mezzo a tanti ostacoli rendeva praticamente impossibile tirare con reale efficacia. Il reparto di Balamber aveva almeno il vantaggio di combattere su un terreno pianeggiante, al contrario degli altri due *mingàn*, che erano costretti a una carica su una serie di gobbe del terreno, là dove iniziava il pendio della collina, sulla quale tuttora si combatteva. Balamber stentava a controllare il suo cavallo, terrorizzato dalla confusione, dalle grida e dall'odore del sangue che avvertiva in ogni dove. Di continuo, frecce alane si infiggevano nel suo scudo rotondo, o rimbalzavano sulle piastre metalliche che proteggevano il suo cavallo o addirittura contro quelle della sua armatura; un paio erano riuscite a passare, e le loro punte, forzati gli anelli della maglia di ferro, gli mordevano le carni, pur senza penetrare in profondità. Non erano in molti, comunque, a usufruire di così valide protezioni. Sotto il tiro incessante degli arcieri nemici, uomini e cavalli stramazzavano di continuo, a infoltire i mucchi dei corpi già affastellati nell'erbaglia, e l'avvicinamento degli hiung-nu al nemico risultava a ogni passo più difficoltoso. I guerrieri che sopravvenivano, a piedi o a cavallo, finivano per pigiarsi fra loro e ostacolarsi a vicenda, in una ressa confusa nella quale, inevitabilmente, ogni freccia, ogni giavellotto del nemico andava a segno. Quell'assalto contro una perfetta combinazione di arcieri e fanteria corazzata non rispondeva certo alla tattica abituale degli hiung-nu, ma le condizioni del combattimento, con i romani saldamente attestati sulla collina e le due armate gote che ancora lottavano furiosamente sulla sinistra, non offrivano possibilità di aggiramento.

Risultando quasi impossibile procedere stando in sella, molti animosi guerrieri abbandonavano le loro cavalcature e, pur di far danno ai nemici, si gettavano in avanti con spade, mazze e lance, imitati dai molti che, già rimasti appiedati nelle fasi precedenti, erano tornati in linea per quell'ultimo assalto. Ebbri di massacro, i combattenti non badavano più a proteggersi dai colpi dei nemici, e si abbrancavano in feroci corpo a corpo, non esitando a lottare con le sole mani quando perdevano le loro armi, anche perché la ressa era tale che non era possibile defilarsi da quella lotta selvaggia.

Pur fatti segno a una terribile pressione, gli alani ancora resistevano. Balamber scagliava una freccia dopo l'altra e avanzava lentamente nella calca; tuttavia, temendo di perdere la visione complessiva della battaglia in tutto il settore, esitava a liberarsi del cavallo. Il suo sguardo si volse a destra, in cerca del suo re: su un'ampia balza, dove si combatteva con particolare accanimento, vide ondeggiare lo stendardo purpureo con la spada d'oro, e la criniera rossa che ornava l'elmo di Attila apparire e sparire più volte in mezzo alla mischia. Sotto l'assalto arrembante del re e dei suoi fedelissimi, tutti ottimamente corazzati, il nemico cedeva terreno. A quella vista, Balamber si rianimò: la vittoria! La vittoria era vicina! Lasciato l'arco e tratta la spada, pungolò con furia il cavallo e lo spinse avanti per un ultimo sforzo. Altri hiung-nu lo seguirono. Le asce degli uomini appiedati avevano aperto dei varchi nella barriera delle lance alane, e in uno di questi Balamber si gettò di slancio, travolgendo due, tre, quattro guerrieri nemici in rapida successione. Al suo fianco, Odolgan calava la sua spada con furia e ruggiva terribilmente, come sempre faceva in battaglia, mentre Mandzùk, poco distante, inalberava il verde, glorioso stendardo di Uldin, offrendo agli uomini che sopravvenivano un riferimento in mezzo al caos di quella lotta sanguinosa. Oppressi dal caldo e dalla fatica, quasi tutti i guerrieri di entrambe le parti avevano gettato nell'erba le armature e combattevano ormai seminudi, e dunque più esposti ai colpi dei nemici. Gli alani, estenuati da ore di combattimento, e sconcertati dall'arrivo di forze fresche tra i loro avversari, cedevano ora visibilmente, e Balamber già provava l'esaltante sensazione della vittoria imminente, quando si sentì chiamare a gran voce da Odolgan, che gridava con concitazione parole che lui, nel clamore generale, non poteva udire, e gli indicava qualcosa sulla sinistra.

Che accadeva, dunque? Traendo le redini, Balamber trattenne il cavallo e si fece indietro per guardare meglio, lasciando che coloro che lo seguivano lo sopravanzassero. Guardando nella direzione indicata da Odolgan, oltre la folla tumultuante dei combattenti, riuscì a distinguere in mezzo alla polvere orde di cavalieri goti che galoppavano a rotta di collo in direzione del campo. Non poteva esservi alcun dubbio: l'esercito di Valamir era in fuga, e i visigoti ormai dilagavano. Dunque, al contrario di quanto Attila aveva immaginato, la morte di Teodorico non era bastata a piegare i suoi terribili guerrieri. Si sentì percorrere da un brivido di orrore: gli hiung-nu rischiavano l'aggiramento, il re stesso poteva essere catturato o ucciso! D'istinto, Balamber si volse verso Odolgan, in tempo per vederlo ricevere sotto il mento un colpo di lancia che letteralmente lo sollevò dalla sella: gettò un fiotto di sangue e cadde dal cavallo all'indietro, con le braccia aperte, scomparendo subito tra la moltitudine ondeggiante dei combattenti. Balamber cercò allora Mandzùk, e lo trovò là dove la mischia era più fitta. Spronò il suo cavallo e, gridando e chiedendo furiosamente spazio, si aprì una via in mezzo ai guerrieri, non esitando a colpirli se non si spostavano con prontezza. Avvicinandosi allo scudiero sotto un diluvio di frecce e giavellotti, ebbe anche modo di gettare un'occhiata ansiosa al pendio, sul quale il *mingàn* di Attila continuava nella sua lenta avanzata in mezzo a una moltitudine di nemici. Era orribile: lo sfondamento sembrava a portata di mano ma, anziché generare la vittoria, avrebbe condotto alla sconfitta più disastrosa!

Finalmente raggiunse lo scudiero e, strattonandolo per un braccio, lo costrinse a fermarsi e a prestargli attenzione: «Gli ostrogoti hanno ceduto» gli gridò, mentre le frecce nemiche gli fischiavano attorno. «Dobbiamo ritirarci e coprire il fianco di Attila. Manda qualcuno ad avvertirlo.»

«Da lassù se ne saranno già accorti» replicò Mandzùk.

Balamber scosse il capo: «Il rischio è troppo grande. Manda qualcuno».

Toraman, che non aveva potuto sentirlo, comparve accanto a loro e annunciò a sua volta, concitatamente, che i goti stavano scappando. «Va' tu dal re» gli ordinò Balamber di rimando, «e avvertilo che rischia l'accerchiamento. Digli che noi ci schieriamo a copertura.»

Prontamente, il giovane guerriero spronò e corse via, mentre Balamber tendeva il braccio verso l'asta dello stendardo. «Da' qua!» ordinò a Mandzùk, e vedendolo esitare gliela strappò di mano. «Con me! Con me! Il re è in pericolo!»

Dando di sprone, lasciò la linea del combattimento e, insieme a Mandzùk, condusse gli hiung-nu che li attorniavano più indietro e più a destra, là dove il terreno prendeva una maggiore pendenza. Si fermò dopo un centinaio di passi, e restituì il vessillo a Mandzùk. A poco a poco, altri suoi uomini si sganciarono e, chi a piedi, chi a cavallo, corsero a raggrupparsi attorno al suo stendardo. Gli alani, ormai allo stremo, si guardarono bene dall'inseguirli. Balamber si rese conto che di tutto il suo *mingàn* non rimanevano nemmeno duecento guerrieri. Non si chiese se con quei pochi uomini sarebbe riuscito a fermare la manovra avvolgente dei goti: sapeva che doveva tentare tutto il possibile, e questo gli bastava. Lui, di certo, non sarebbe scappato lasciando il suo re esposto all'assalto e all'oltraggio del nemico. A costo della vita. Solo in quel breve momento di tregua, mentre quei guerrieri si radunavano attorno a lui, si rese conto che il sole stava tramontando: un tramonto di sangue, quasi che anche il cielo prendesse parte ormai all'immane carneficina.

Ed ecco emergere dalla nube di polvere che gravava sul campo di battaglia la cavalleria visigota. Uno scontro frontale sarebbe stato disastroso, ma Balamber pensò che anche quei tremendi guerrieri, che avevano combattuto per ore, dovevano essere provati, certamente più dei suoi. In ogni caso, doveva cercare di trattenerli, doveva salvare il suo re. «Gli archi pronti!» ordinò.

I visigoti erano numerosi, e si avvicinavano con rapidità. Non gridavano, probabilmente per la stanchezza, e quella loro avanzata silenziosa, caracollando con i cavalli esausti in una nube di polvere, appariva un'immagine da incubo. Alle proprie spalle, Balamber udì avvicinarsi, e poi crescere sempre di più, l'eco del galoppo di una grande moltitudine di cavalieri. Si voltò, e vide passare di volata, nella prateria, il *mingàn* di Attila, che ridiscendeva il declivio e si affrettava in direzione dell'accampamento. Riconobbe anche, in mezzo a centinaia di teste, la rossa criniera che ornava l'elmo del re. Si girò subito, e valutò la distanza dei visigoti, che ora, avvedutisi che Attila stava per sfuggire all'aggiramento, si scambiavano grida di incitamento e frustavano con più forza i cavalli. Un momento dopo, la prima scarica di frecce unne si abbatté su di loro. Balamber non si trattenne per constatarne l'efficacia. Gridò invece ai suoi di seguirlo e si lanciò verso il campo fortificato. Ebbe così modo di vedere che da ogni parte dello schieramento una enorme massa di uomini si stava dirigendo a quella volta. La battaglia, dunque, era ormai perduta. Dopo un breve galoppo, fermò il suo cavallo e di nuovo raggruppò i suoi uomini per scoccare una nuova salva fischiante di frecce contro gli inseguitori, per poi ripartire e riprendere la fuga. Ripeté più volte la manovra, rallentando l'avanzata dei visigoti finché Ernak sopraggiunse con il suo *mingàn* a dargli manforte. Il giovane principe condusse i suoi guerrieri a un vigoroso contrattacco, ma Balamber, vedendo i propri uomini e i cavalli ormai allo stremo, non lo seguì e riportò ciò che restava del suo reparto oltre la barriera dei carri, dove i suoi uomini si confusero presto con la massa dei fuggitivi.

Entrando nel grande accampamento, faticò a farsi largo in mezzo alla folla tumultuante, formata da migliaia di guerrieri che già erano confluiti da più punti del campo di battaglia. Gli ostrogoti tenevano gli occhi bassi, come cani bastonati, e quando qualcuno chiedeva loro spiegazioni circa la loro rotta rovinosa, tiravano via scuotendo il capo, con espressione afflitta e umiliata. Qua e là, tuttavia, si formavano piccoli assembramenti compositi, nei quali fra unni e goti si accendevano liti furibonde. La maggioranza dei guerrieri che affluivano nel campo, tuttavia, era troppo stremata per impegnarsi in tali inutili alterchi, e si preoccupava piuttosto della propria sistemazione e di trovare un posto tranquillo per gli innumerevoli feriti, che, portati a braccia, venivano per lo più affidati alle cure delle donne che avevano seguito l'armata. Molte di loro si aggiravano tra i reduci dalla battaglia, domandando con ansia notizie dei loro uomini, e non poche fra loro, appresa quella che maggiormente paventavano, gridavano la loro disperazione, o si allontanavano come automi, con gli occhi lucidi di pianto, senza fare caso agli urti della folla in continuo movimento. Altre si trovavano presso i carri con le provviste, e cercavano di dare acqua e cibo ai guerrieri che intorno a loro si affollavano in cerca di ristoro. Alla luce delle torce, Balamber constatò che il duplice cerchio dei carri e la rudimentale palizzata che, sul terrapieno, era stata eretta a sua protezione erano presidiati da centinaia di arcieri, intenti a scrutare spasmodicamente nella pianura, dalla quale giungeva ancora un confuso clamore. Altri guerrieri affluivano di continuo a quella grande barricata, trasportando febbrilmente fasci di giavellotti e faretre piene di frecce. Avanzando nella ressa, seguito dai suoi, notò che al centro dello spiazzo si andava infoltendo un enorme, silenzioso assembramento, e intuì che Attila doveva trovarsi lì e che, forse, stava per prendere la parola. Perciò, appena Vlaszo gli si fece incontro, smontò e gli affidò il suo cavallo, spossato e schiumante, dopo di che cercò di portarsi più avanti. Presto si trovò a sgomitare tra la moltitudine di guerrieri hiung-nu e alleati, che si alzavano di continuo sulle punte dei piedi cercando di vedere quanto avveniva più avanti. Alla fine, insieme con Mandzùk, riuscì a raggiungere le prime file. Da lì poté vedere i servi di Attila che, in un frenetico va e vieni, accatastavano in un impressionante cumulo tutti i suoi averi: selle, casse, tappeti, abiti preziosi, armi di ogni tipo, e utensili di ogni genere che fino a quel giorno avevano ornato la sua tenda e riempito i suoi carri. Il re era lì, e discuteva animatamente con Valamir, Ardarich e altri capi, tra i quali Balamber riconobbe anche Utrigùr. C'erano anche due dei figli del re: Ellak e Dengizich, che aveva un braccio fasciato da una benda sudicia e insanguinata. Tutti indossavano ancora le loro armature, imbrattate di polvere e di sangue. Attila appariva accigliato e furente, ma risoluto e padrone di sé. Balamber lo vide scuotere il capo con decisione e replicare qualcosa a Edeco, capo degli Sciri, e subito dopo fare qualche passo verso la folla che lo circondava e prendere a parlare. «Sia chiaro» gridò con voce ferma, carica di collera «che di qui non scappa nessuno. E se il nemico giungerà fin qui, ebbene, io non farò un solo passo indietro!» I suoi occhi sprigionavano lampi. Con un gesto energico, vibrante, puntò il dito verso l'enorme catasta che i servi avevano formato con tutte le sue cose, e soggiunse: «Questa, guerrieri, sarà la mia pira funebre, perché il vostro re non si consegnerà mai vivo nelle mani dei Romani!».

Un mormorio corse tra la folla, ma Attila non aveva terminato di parlare. «La battaglia» proseguì «non è ancora perduta. Il campo è ben fortificato, praticamente inespugnabile, e il nemico ha subìto perdite terribili. L'armata è stata a un passo dalla vittoria, ed è ancora in piedi. L'attacco dei visigoti è stato respinto e i romani si guardano bene dal farsi vedere. Ormai è quasi buio. Vogliono assalire il campo, dite? Bene! Devono solo provarci: vi assicuro che se ne andranno con le ossa rotte e la coda fra le gambe. Quante volte una battaglia che sembrava perduta si è trasformata in una grande vittoria? Ditemi: non è così?»

Molti nella folla confermarono le sue parole. Si levarono le prime acclamazioni. «Abbiate fiducia, dunque. Non ho sempre fatto ciò che era meglio per voi? Ditelo: non ho sempre provveduto al meglio per i miei popoli?»

Un coro di risposte affermative e di apprezzamenti si levò dalla moltitudine, che ora sembrava rinfrancata dal fermo atteggiamento del suo capo. Attila, che ben conosceva gli umori della folla, colse ogni profitto possibile da quel momento favorevole: «E allora che fate ancora qui? Non preoccupatevi per me. Per chi mi avete preso? Il vostro re non è uno smidollato imperatucolo romano: è qui e non vi abbandonerà. Provvedete ai feriti, riordinate i vostri reparti, disponetevi a difesa del campo e abbiate fiducia in me».

Tacque, infine, e con un energico gesto del braccio invitò i capi a tradurre la sua esortazione in ordini precisi. A poco a poco, la folla si diradò e lasciò Attila vicino alla pira, insieme con i suoi più fidi consiglieri. L'afflusso al campo continuava, ma avveniva ora in modo più ordinato. Dalla pianura giungeva ancora, di quando in quando, l'eco di lontani scontri di retroguardia, e sul perimetro ci si preparava, con efficienza e con un ritrovato sangue freddo, a fronteggiare altri attacchi. Annottava, e Balamber, che era stato profondamente scosso dalle infiammate parole di Attila, si allontanò con Mandzùk per raggiungere quello che restava del suo *mingàn*. Una piccola figura scarmigliata gli corse incontro in mezzo ai guerrieri e gli si strinse contro in un abbraccio ferreo e silenzioso, premendogli la testa sul petto.

«Go-Bindàn!» esclamò Balamber, felice di rivederla, e sorpreso da quel suo slancio d'affetto. Inutilmente cercò di liberarsi dalla sua stretta. «Va tutto bene, piccola guerriera. Sono tutto intero, vedi?»

Senza rispondergli, gli si strinse contro con ancor maggior forza, incurante del tanfo di sudore ch'egli emanava e del sangue che lordava la sua armatura. Balamber si rese conto che per tutta quella giornata la ragazzina doveva essere rimasta in preda al terrore di perderlo, di ritrovarsi ancora una volta abbandonata. Confuso, volse attorno lo sguardo, quasi in cerca d'aiuto, e incontrò quello di Mandzùk. Vi lesse una luce di mestizia, ma anche qualcosa che da quando era stato bambino non aveva più veduto sul suo viso intagliato nella pietra: una sorta di ruvido e inconfessato intenerimento. Con gesto incerto e impacciato, la carezzò sulla nuca. «Sono qui, Go-Bindàn. Non aver paura, non c'è da aver paura.»

Lentamente, la ragazzina sollevò il volto abbronzato, sul quale, lenta, scivolava una lacrima. Lo guardò con i suoi grandi occhi scuri, velati di pianto, le labbra dischiuse in un muto sospiro. Senza allentare il suo abbraccio, con voce incrinata, disse soltanto: «Tu non devi morire!».

«No, Go-Bindàn, io non morirò. Io...»

Afferrandolo per le braccia, lo scosse con quanta forza aveva. «Tu non devi morire!» gridò. «Non devi morire, capisci? Non abbandonarmi più come oggi. Non abbandonarmi più, hai capito?»

Balamber sospirò. Solo in quel momento si rendeva conto di essere diventato molto importante per Go-Bindàn. Lei non aveva che lui, in effetti. Ma che se ne faceva lui, Shudian-gun, di una bambina di nemmeno undici anni? Non si preoccupava nemmeno dei figli che aveva avuto dalle sue concubine, perché doveva confondersi in quel modo davanti a lei? Confondersi, sì. Che gli succedeva? Aveva tante cose a cui pensare, il suo *mingàn* era distrutto, c'erano i feriti, bisognava procurare cavalli per i molti guerrieri che ne erano rimasti privi, e poi doveva sfamare i suoi uomini, rincuorarli, e... La tremenda battaglia gli aveva fatto forse smarrire la sua forza interiore, il suo spirito indomito? Cos'era quello struggimento che gli aleggiava nel petto, che gli annebbiava la mente e rendeva incerta la sua parola? E quel groppo che gli stringeva la gola? Perché i suoi occhi si inumidivano? Era solo stanchezza? Era l'amarezza della sconfitta? O che altro? Non si era sentito in quel modo dal giorno lontano in cui aveva perduto i suoi genitori. Sopraffatto, strinse a sé la bambina e tornò a rassicurarla: «No, Go-Bindàn. Non ti lascerò più».

30

Era finita. Attonito, Sebastiano osservava le ultime schiere nemiche dileguarsi nella prateria, come il riflusso di un'immensa mareggiata. La sua mano corse al laccio dell'elmo, ma faticò a sciogliere il nodo: un tremito irrefrenabile la percorreva, sicché fu costretto a lasciare cadere la spada, rossa di sangue, e usare anche la destra. Con sollievo gettò a terra l'elmo, ammaccato in più punti; poi, sopraffatto da un'insopportabile stanchezza, si sedette nell'erba, in leggera pendenza. Sapeva che avrebbe dovuto raggruppare gli uomini, ricomporre i reparti, organizzare l'assistenza ai feriti e mandare una staffetta al *Magister militum* per riferire circa la situazione nel suo settore e chiedere altri rinforzi, perché in teoria il nemico avrebbe anche potuto tornare. Avrebbe dovuto fare tutte quelle cose, ma si sentiva troppo stanco, troppo estenuato. Appoggiando i gomiti sulle ginocchia, si passò le mani fra i capelli e respirò profondamente. Il fragore della battaglia, che lo aveva assordato per quasi tutta quella giornata infernale, gli rintronava ancora nelle orecchie, e davanti ai suoi occhi continuavano a vorticare immagini di bestiale furore, di sangue e di morte. Ora che il combattimento era cessato, si udivano più forti e più strazianti le invocazioni dei feriti: per la maggioranza di quelli romani v'erano poche speranze di salvezza, in quanto nell'armata i medici erano pochissimi, e comunque nessuno di essi si trovava lì. Quanto a quelli nemici, ricevevano uno dopo l'altro il colpo di grazia dai pochi soldati sopravvissuti: nessuno chiedeva quartiere, nessuno lo avrebbe concesso. I nitriti rauchi dei cavalli agonizzanti echeggiavano come vane, disperate proteste contro l'umanità crudele che li aveva coinvolti in quel massacro, al quale sembrava invece irridere lugubremente il gracchiare dei corvi, che, puntuali all'appuntamento, volteggiavano sul campo di battaglia e già cominciavano a posarsi sui cadaveri.

Rimase così per un tempo che non avrebbe saputo definire: seduto nell'erba, con le mani sul volto, cercando di sottrarsi all'orrore che lo circondava per ritrovare se stesso; infine si fece forza e sollevò lo sguardo a contemplare il campo di battaglia: un immenso carnaio, punteggiato di lance piantate nel terreno, vessilli abbandonati e armi fracassate, nel quale vagavano cavalli senza cavaliere e uomini che parevano ridotti a spettri. Fin dove poteva spingere lo sguardo, giù per il pendio e poi nella pianura, altro non vedeva che corpi stesi in mezzo alla sterpaglia, in alcuni punti caduti l'uno sull'altro a formare delle vere cataste, dalle quali si levavano verso il cielo braccia e gambe irrigidite dalla morte, zoccoli di cavalli, armi ancora brandite, che non avrebbero ucciso più. A causa della pendenza del terreno, il sangue scivolava da quei corpi lungo il declivio, così copiosamente da intorbidare l'acqua di un piccolo ruscello che scorreva più in basso: i soldati che, con la gola riarsa, vi scendevano per dissetarsi, risalivano sputando e pulendosi la bocca, guastata dal suo acre sapore.

L'ultimo assalto era stato terribile, e lui si chiedeva per quale benevolo disegno della divina Provvidenza gli fosse stato concesso di rimanere in vita, mentre altri erano caduti. Come Daziano, al quale una freccia unna aveva trapassato il collo, o come Duryodhan, che era caduto solo poco prima e praticamente sotto i suoi occhi. Era giunto sulla collina poco dopo mezzogiorno con il suo reparto di gallo-romani, ed era stato per tutto il pomeriggio un pilastro della difesa in quel tratto del fronte; ferito da più di una freccia, nell'ultima fase della lotta, anziché arretrare sotto la pressione dei nemici, si era piantato a gambe larghe in prima fila, e roteando un'ascia si era opposto agli unni come un frangiflutti nella tempesta, un baluardo che era stato sommerso solo quando contro di lui si erano gettati in quattro, in cinque, in dieci forse.

Tutti, su quella collina, avevano dato il massimo, con incredibile abnegazione. Anche le reclute arruolate in Italia e nella Narbonense, smentendo le pessimistiche previsioni formulate da Ezio ad Arelate, si erano battute con grande valore. Quei giovani erano arrivati per ultimi, a tamponare alla bell'e meglio la falla apertasi nello schieramento dopo che Torrismondo, appresa la morte del padre, aveva abbandonato in gran furia la posizione con tutti i suoi, e quasi subito erano stati investiti dal nemico. Almeno metà di loro erano caduti, insieme a quasi tutti gli ufficiali.

Ovunque, i soldati ancora in vita stentavano a reggersi in piedi. Stremati, si lasciavano cadere nell'erba e, come Sebastiano, contemplavano in silenzio, nella luce arancione del crepuscolo, lo spettacolo di morte che si estendeva davanti a loro, oppure parlottavano con voce sommessa, quasi che, sentendosi in mezzo a un immane cimitero, temessero di disturbare i morti, che erano certamente più numerosi dei vivi. Guardando lungo il declivio, Sebastiano vide Maliban, scuro in volto, salire verso di lui. Sentendosi giudicato dal suo sguardo severo, cercò invano qualcosa da dirgli. La sua mente era vuota, pochissimo reattiva, come se fosse stata immersa in una nebbia. L'alano dovette accorgersi del suo stato, perché si fermò a un passo da lui e lo fissò con un'espressione strana, come esitando.

«Che c'è?» gli chiese. Accigliato, Maliban rispose con una sola parola: «Vitalio... Una ferita grave».

Immediatamente, Sebastiano fu in piedi. No. Vitalio no! Non lui. Non anche lui! «Dov'è?»

Senza rispondergli, Maliban si voltò e, scendendo a grandi passi, lo guidò per il pendio, scavalcando molti corpi. Vitalio era appoggiato con la testa a uno di essi. Si comprimeva con entrambe le mani una pezza insanguinata sul ventre, ma nessuno lo assisteva. Quando il suo comandante si piegò sui talloni e si chinò su di lui, lo riconobbe subito e fece per parlare, ma senza riuscirvi. A Sebastiano bastò un'occhiata per rendersi conto che la sua ferita non lasciava speranze. «Coraggio, ragazzo!» gli disse, prendendogli una mano.

Vitalio accennò con la testa, fece una smorfia per significare che aveva capito, poi disse qualcosa, ma con voce così flebile e strozzata che Sebastiano non sentì. Angosciato, interrogò Maliban con lo sguardo. Questi sollevò le sopracciglia in un'espressione incerta, perplessa. «Parla di certi appunti, mi pare.»

Appunti? Che appunti? Sebastiano non riusciva a comprendere. Gli occhi di Vitalio si spostarono rapidi dall'uno all'altro, e si soffermarono di nuovo su di lui. «La... relazione» disse. Sebastiano rammentò. Sorrise, ma gli angoli della sua bocca tremarono. «Ah, sì. La relazione... Me la leggerai tu stesso appena l'avrai finita, d'accordo? Ma adesso...»

Vitalio, con espressione impaziente, scosse il capo in segno di diniego. «No... io non... È nella bisac... cia, sul mio cavallo, è lì e...» gemette a denti stretti, il volto contratto per il dolore, che doveva essere atroce.

«Sì, Vitalio, ma ora dobbiamo pensare a te.» Sebastiano si guardava intorno, in cerca di qualcuno che potesse aiutarlo a fare qualcosa per il ragazzo. «Aiutami!» disse a Maliban. «Dobbiamo liberarlo dall'armatura.»

Febbrilmente, armeggiarono attorno alle giunture della *lorica* di Vitalio, ma questi, scosso in quel modo, gemette di nuovo. Un tremito percorreva ora le sue membra, e la stretta della sua mano si faceva di momento in momento più flebile, più pallido il suo volto, più appannato il suo sguardo. Sebastiano, che gli sosteneva il capo con un braccio, non cessava di parlargli, quasi che ciò valesse a scacciare l'inevitabile: «Dobbiamo rimetterti in piedi, capisci? Sei un ragazzo forte, tu. Sei un alamanno, no? Sono gente forte gli Alamanni. Adesso devi aiutarci, aiutarci, sì... Ti dobbiamo togliere questa maledetta ferraglia, e poi vedrai che...».

Ci fu un ultimo sussulto, poi la mano di Vitalio cadde nell'erba, e ogni forza lo abbandonò. Il suo corpo, fino a un momento prima teso nell'ultima lotta, si rilasciò e giacque immobile. Negli occhi di Maliban, Sebastiano lesse l'inutilità di ogni sforzo ulteriore. Mentre con la mano abbassava le palpebre del giovane soldato sugli occhi ormai spenti, in lui qualcosa si ruppe: strinse a sé quel corpo inanimato e diede in pianto, singhiozzando e scuotendo il capo come a respingere quella tragica conclusione. In silenzio, Maliban si levò in piedi e si allontanò.

31

Con gli ultimi scoppiettii, la grande pira sulla quale era stato arso il corpo del re Teodorico stava ormai estinguendosi. Il coro funebre dei Visigoti, riuniti a migliaia per l'ultimo saluto al loro sovrano, si spense anch'esso a poco a poco, e Sebastiano, che al fianco di Flavio Ezio aveva assistito al rito, trasse un silenzioso sospiro di sollievo, anche se era ben consapevole che, dopo quella breve tregua per piangere i morti, i vivi si sarebbero subito ritrovati alle prese con i problemi posti dall'esito non risolutivo della battaglia, che imponevano ai capi scelte decisive.

Quando gli officianti delle esequie ebbero terminato di raccogliere le ceneri del defunto, Torrismondo trasse le redini del suo cavallo e prese la via dell'accampamento, subito affiancato da Flavio Ezio. Li seguivano, in silenzioso corteo, i più importanti capi alleati e tutti i generali dell'armata. L'esercito era in attesa nella pianura, disposto praticamente a semicerchio attorno al campo fortificato di Attila: il giorno dopo la grande strage, infatti, gli unni e i loro alleati erano ancora tutti lì. Il furibondo assalto dei goti al loro campo era stato respinto da una tempesta di frecce, e lo stesso Torrismondo, cadendo da cavallo, aveva riportato una ferita al capo e aveva rischiato di essere finito o catturato dai nemici. Già al primo albeggiare, i guerrieri di Attila si erano assiepati sulla linea dei carri, preparandosi a fronteggiare un nuovo attacco nemico. Dando fiato ai corni e lanciando grida di guerra, avevano dimostrato che il loro re era ben deciso a vendere cara la sua pelle. Ma non v'era stato alcun attacco, sia perché le forze di cui Ezio disponeva erano gravemente provate dai combattimenti del giorno precedente, sia perché i visigoti dovevano celebrare le esequie del loro re. La sera precedente, infatti, a causa dell'oscurità e del protrarsi della battaglia non avevano avuto modo di rintracciarne il corpo tra i moltissimi che giacevano nella prateria, sicché avevano potuto ritrovarlo solo con la luce del giorno. Lo avevano portato a braccia su un catafalco, in un lungo, mesto corteo, che aveva sfilato anche davanti alle linee nemiche, intervallando i cori di cordoglio con frementi minacce di vendetta, alle quali gli unni avevano risposto con cori di sfida. Infine, in mezzo alla pianura, era stato acceso il rogo funebre.

Sebastiano, che faceva parte del seguito di Ezio, si trovava, insieme con Chilperico, immediatamente alle spalle di personalità eminenti come Egidio, Ricimero e alcuni nobili goti che scortavano Torrismondo, e dunque abbastanza vicino a quest'ultimo e al *Magister militum* da poter cogliere più di una parola di quanto essi si dicevano. Il principe goto, che per tutta la cerimonia era apparso teso e nervoso, sembrava vibrare di risentimento. «Dunque» lo sentì protestare in tono irritato, «non intendi attaccare il campo!»

Ezio scosse il capo. «Perché dovrei farlo? Ci basta aspettare. Tu stesso hai potuto constatare che quella posizione è praticamente imprendibile, e Attila è troppo furbo per uscire e battersi in campo aperto; del resto, se potesse permettersi di farlo, lo avrebbe fatto stamattina. Comunque ormai non hanno scampo: ci basterà assediarli. Li teniamo in pugno, capisci?»

Torrismondo, che recava sulla fronte la lunga ferita del giorno precedente, lo guardò con irrisione: «In pugno, dici? Se ieri i tuoi catafratti avessero inseguito gli unni come abbiamo fatto noi, a quest'ora li avremmo distrutti. Ma, evidentemente, il loro sangue è troppo prezioso per te».

Per quanto scandalizzato da quelle dure parole, Sebastiano non potè non apprezzare la franchezza del giovane principe visigoto, che, appena divenuto re del suo popolo, già si mostrava in tutto degno di suo padre. Ezio tese una mano, aperta in un gesto di scusa: «Dimentichi che metà della mia cavalleria si trovava alle spalle degli alani per impedire che abbandonassero il campo. Era stato tuo padre stesso a chiederlo».

Benché certamente poco convinto da quell'obiezione, Torrismondo non insistette su quel punto e osservò con palese sarcasmo: «Un assedio, dici. Questo è il genere di guerra che va bene per voi Romani, non per i Goti».

Ezio, ben consapevole che il successo, sia pure incompleto, del giorno precedente era in gran parte merito dei visigoti, finse di non capire. «Dopotutto» disse, «la cosa non dovrebbe durare più di qualche giorno, e...»

«Ah, sì? Allora sentimi bene: i miei uomini non possono restare a lungo in campagna; prima di tutto, perché abbiamo poche scorte di vettovaglie; inoltre, come tu ben sai, quasi tutti hanno delle terre, e hanno portato con loro centinaia di contadini e di semiliberi, sottratti al lavoro dei campi. Mio padre cercava una soluzione rapida, perché il raccolto è imminente. Se Attila non è uscito a battaglia stamattina, significa che, come tu stesso hai detto, non è in grado di affrontare uno scontro in campo aperto, e dunque non costituisce più un pericolo per noi. Perciò è inutile che io trattenga qui il mio esercito. Noi ora ce ne andiamo.»

A quelle parole, Ezio si drizzò sulla sella come se lo avessero frustato in pieno viso. «Che cosa? Ma... è assurdo!» Tese la mano verso il campo nemico. «Abbiamo Attila in pugno, ti dico! Possiamo schiacciare gli Unni una volta per tutte, cancellarli dalla faccia della terra, e tu pensi al raccolto!»

«Ormai Attila è un problema tuo, non mio!» replicò seccamente il nuovo re dei Goti. Quindi, a rendere più esplicita la fine del colloquio e l'irrevocabilità della propria decisione, frustò il cavallo e, lasciato Ezio dove si trovava, levò un braccio a chiamare a sé i suoi dignitari e tutti coloro che erano con lui. Con loro si avviò verso l'accampamento goto, e quella scissione nel corteo fornì la più eloquente dimostrazione dell'ormai definitiva rottura dell'alleanza. Ezio fermò il cavallo, e rimase a lungo a osservare la lunga teoria di cavalieri visigoti che si allontanava nella prateria. Egidio, al suo fianco, imprecò sommessamente e scosse il capo in segno di sconcerto; quanto a Ricimero, si astenne da ogni commento, ma a Sebastiano parve di vedere aleggiare sul suo volto di barbaro un fuggevole, enigmatico sorriso. Su quello del *Magister*, invece, vide impressi i segni della delusione e della preoccupazione. Chilperico, che non aveva perso una parola, azzardò un'ipotesi originale: «Secondo me, non ce l'ha detta giusta. Ormai è un re, e per di più vittorioso: perché dovrebbe rischiare di farsi ammazzare? Ieri, vicino ai carri di Attila, c'è mancato poco. In realtà, ritiene preferibile correre in Aquitania per sincerarsi che i suoi fratelli, appresa la morte del padre, non gli facciano qualche brutto scherzo, scavalcandolo nella successione o reclamando una parte di potere».

Ezio si girò verso di lui, lo fissò per qualche momento socchiudendo le palpebre e annuì con gravità, come riflettendo; probabilmente condivideva quell'interpretazione, tuttavia non disse nulla. Spostò invece il suo sguardo su Sebastiano, che in quel momento lo vide estenuato, come se fosse improvvisamente invecchiato di almeno dieci anni. Con disagio, l'ufficiale pensò che il *Magister* fosse sul punto di commentare il comportamento di Torrismondo, facendogli qualche importante esternazione. Invece, Ezio sospirò e disse stancamente: «Mi avevi chiesto qualche ora di permesso, no?».

«È così, *Magister*: vorrei prendere parte alle esequie di Elvio Metronio.»

Ezio aggrottò le sopracciglia: «Metronio? Non mi risulta questo nome tra gli alti ufficiali».

Sebastiano cercò di non palesare più del lecito la propria amarezza. «Non era un alto ufficiale» rispose. «Comandava la Legione Bagaudica.»

Il *Magister militum* annuì: «Ah! Quegli scalmanati. Ora ricordo. Un ragazzo di valore. Un peccato averlo perduto». Traendo le redini per muovere il cavallo, lo congedò: «Va' pure, allora, ma non mancare stasera, dopo il rancio, al rapporto degli ufficiali. Ci sono decisioni importanti da prendere».

Preso commiato da lui e da Chilperico, Sebastiano lasciò la colonna e si inoltrò nella prateria. Si sentiva l'animo oppresso da una cupa tristezza. Troppi amici morti, troppi valorosi combattenti perduti. Nella bisaccia appesa all'arcione portava due rotoli di papiro, sui quali Vitalio aveva diligentemente trascritto, durante le quotidiane soste dell'armata, gli appunti vergati in fretta nel corso delle ultime settimane sulle sue tavolette di cera: la sua relazione della campagna, che sarebbe rimasta incompleta, priva dell'ultimo, tragico capitolo. Non aveva ancora avuto il tempo di leggerla, ma certamente l'avrebbe conservata, in ricordo di quel bravo soldato.

Di certo, se quella di Flavio Ezio era una vittoria, non avrebbe potuto essere pagata a più caro prezzo, e ciò risultava tanto più evidente ora che la defezione dei Visigoti rendeva molto difficile trarne reali vantaggi. La grande battaglia, tanto attesa, aveva avuto uno svolgimento confuso e un esito incerto, che aveva confermato le aspettative solo su un punto: il grande numero dei caduti di entrambe le parti. Senza troppa fretta, ci si cominciava a organizzare per seppellirli, soprattutto perché, a quanto pareva, l'esercito si predisponeva a rimanere nella zona per assediare l'accampamento nemico; per lo meno, questa era stata l'intenzione fino a quel momento. Lungo il percorso per il campo di Ambarro, Sebastiano passò in mezzo a molti gruppi di soldati intenti a scavare grandi fosse comuni, nelle quali venivano scaraventati senza cerimonie i cadaveri ormai irrigiditi degli uccisi, tutti insieme: romani, unni, alani, visigoti, ostrogoti, turingi, burgundi. La brughiera era tutta un succedersi di crateri, che venivano riempiti con rapidità impressionante e subito sommariamente ricoperti con poche palate di terra. Cumuli di corpi venivano di continuo affastellati vicino a quelle fosse, e nell'attesa di quella sommaria inumazione facevano la felicità dei corvi e di migliaia di mosche. Nella giornata afosa, l'aria era pesante, satura dell'odore della morte. Per sfuggirlo, Sebastiano frustò brutalmente il cavallo e lo lanciò al galoppo. Raggiunse il campo della Legione Bagaudica poco prima del tramonto. Gli avevano detto che, durante la notte, la gente di Ambarro – unico reparto in tutta l'armata – aveva fatto festa alla luce dei falò, commemorando così, secondo le proprie usanze, i compagni caduti e festeggiando nel contempo la vittoria contro i Turingi, che era tanto più preziosa in quanto giudicata impensabile dagli alti comandi. Sebastiano ne era stato sorpreso quasi quanto lo stesso *Magister*, e non poteva fare a meno di ripensare al suo ultimo colloquio con Metronio, al conflitto interiore che aveva letto in lui, tra l'umiliazione di comandare una legione di straccioni e l'ambizione di dimostrare l'incredibile, portandoli alla vittoria. E vittoria c'era stata, infatti, ma di certo non era destinata a essere circonfusa dall'aureola della gloria, perché, di quel trionfo dei diseredati delle Gallie, gli storici e i cantori dei secoli a venire non avrebbero certamente fatto parola.

Arrivando tra gli attendamenti desolati dei bagaudi, constatò con sorpresa e disappunto che molti di loro stavano lasciando il campo. Accomiatandosi da coloro che rimanevano, si allontanavano nella brughiera in piccoli gruppi, portando sulle lance i fardelli con le loro poche cose e, magari, un elmo o una corazza tolti ai nemici uccisi, da esibire come trofei quando sarebbero ritornati nelle loro terre. Quando qualcuno di quei disertori lo riconosceva, dava di gomito agli altri, e alcuni non esitarono a salutarlo, senza mostrare alcuna vergogna. Anche tra le tende – semplici teli tesi su bastoni infissi nel terreno – percepì un'atmosfera di incredibile rilassatezza. Quasi tutti gli uomini dormivano; alcuni, per quanto svegli, apparivano completamente ubriachi; altri, addirittura, giacevano con le loro donne, anche all'aria aperta, sotto gli occhi di tutti. Non vide alcuna sentinella. In compenso, notò che molti stavano facendo fagotto e si preparavano a seguire quelli che già erano partiti. A poco a poco, un ribollente furore montò dentro di lui. Mentecatti! Erano dunque quelli gli eroi? Era per quella gente che Metronio si era fatto uccidere? A ogni passo del cavallo provava l'impulso di smontare e frustare quei poltroni. Di certo, quella sera stessa avrebbe avvertito il *Magister militum* di quello sfacelo. Un gruppo più folto degli altri, nel quale si vedevano anche alcune donne, si era raccolto attorno a un grande fuoco e a una lancia infissa nel terreno, sulla quale era inalberata quella che Sebastiano riconobbe come l'ormai famosa insegna della Legione Bagaudica. Intuendo che lì avrebbe potuto trovare Ambarro e fargli le sue rimostranze, sollecitò il cavallo e si diresse rapidamente a quella volta. L'allegria che colse nelle loro voci portò al massimo la sua irritazione, e quando udì levarsi tra le risa il vocione di Ambarro, balzò di sella prima ancora che il suo cavallo si arrestasse e si fece largo con passo deciso verso il bivacco. Ambarro lo riconobbe e prontamente, reggendo nella destra un boccale di rame, si alzò per farglisi incontro, il volto atteggiato al più cordiale dei sorrisi. «Olà, Prefetto! È un piacere vederti in vita. Ieri è stata una grande giornata, e qui stiamo ancora festeggiando. Vieni a bere con noi. Questo idromele...»

Con gesto brusco, Sebastiano allontanò il bicchiere col dorso della mano, facendo rovesciare nell'erba gran parte del suo contenuto. «Cos'è questo schifo?» gridò con rabbia incontenibile. «Perché i tuoi uomini se ne stanno andando?»

Ambarro, accigliato, lo guardava con un'espressione che era più di sorpresa che di risentimento. I suoi compagni, però, si erano levati in piedi e si stavano avvicinando con un atteggiamento chiaramente aggressivo, comprese le donne. Milone, che lui non conosceva, gli si affiancò e, appoggiando le mani sui fianchi, gli si rivolse in tono duro: «Ehi, romano, vedi di calmarti, hai capito? Se non vuoi fare festa con noi, levati dai piedi e torna dal tuo generale».

«Il mio generale?» ribatté Sebastiano sostenendo il suo sguardo. «Flavio Ezio è anche il tuo, il vostro generale. Avete preso un impegno, e...»

Ambarro, serissimo ora, gli rispose in tono cupo: «Ti sbagli, soldato. I Bagaudi non hanno generali. Avevamo accettato Metronio, ma... è morto. L'hai saputo, no?». Vedendo Sebastiano annuire seccamente, riprese: «Lo avevamo accettato, sia pace alla sua anima, perché era un ragazzo coraggioso e di parola. Te, però, non ti abbiamo più visto».

Con veemenza, Sebastiano tese il braccio verso la pianura,

piatta distesa sulla quale il declinare del sole verso lontane colline spegneva lentamente ogni colore. «Ma cosa credete? Che la guerra sia finita? Ho visto decine e decine di uomini lasciare tutto e andare via. Stanno disertando, e tu te ne stai qui a bere birra. È questo l'onore dei Bagaudi? È così che tenete fede alla parola data?»

«Quelli che hai visto partire sono soprattutto armoricani. Io, comunque, non trattengo chi vuole andarsene. Perché dovrei farlo? Sono venuti qui di loro volontà, e dunque hanno il diritto di andar via quando gli pare. Non a tutti interessa il premio promesso da Ezio, e a dire la verità, se proprio vuoi saperlo, non interessa neppure a me. Del resto, non è né per il tuo Ezio né per l'Imperatore che ieri hanno combattuto. Si sono battuti per loro stessi, per la loro terra, e se delle promesse del *Magister militum* non sanno che farsene, io non ci trovo proprio niente da dire.» Scrollando le spalle, soggiunse: «Comunque, come puoi vedere, la maggior parte è ancora qui. Se ti sembriamo pochi, è perché ieri molti sono morti. Del resto, corre voce che anche i Visigoti se ne stanno andando, o sbaglio?».

Sebastiano preferì ignorare la domanda. «Ma... siete tutti ubriachi! Se adesso il nemico vi attaccasse, vi farebbe a pezzi senza fatica.»

Milone schiaffeggiò l'aria con la mano: «Aaah! Tranquillo, soldato: dopo la mazzata che gli abbiamo dato ieri, quelli ormai non cacceranno più il naso fuori dal loro fottuto campo».

Altre voci si levarono tutt'attorno a sottoscrivere quell'imprudente affermazione. Sebastiano capì che nessuna argomentazione logica avrebbe potuto intaccare la loro sicurezza. Non sapeva più che dire. Tutto sommato, doveva riconoscere che Ambarro non aveva tutti i torti. Tuttavia, quelle diserzioni in massa lo preoccupavano molto, soprattutto alla luce della recente decisione di Torrismondo di sciogliere l'alleanza, e inoltre si sentiva in imbarazzo perché, fidando nell'autorevolezza di Metronio, aveva in più occasioni garantito per i Bagaudi con il *Magister*.

«A ogni modo» disse con fermezza, ma in tono più disteso

«devi cercare di convincere gli uomini a non abbandonare il campo. Altrimenti, si dirà che chi non aveva fiducia in voi aveva pienamente ragione, e il *Magister* potrebbe...»

Il bagaudo inarcò le sopracciglia: «Rimangiarsi le sue promesse? È questo che vuoi dire?».

«Be', non l'ho detto, ma... secondo me, sarebbe meglio per voi non deluderlo. E poi, c'è troppo disordine qui. Devi mettere delle sentinelle, riordinare i reparti, razionare le provviste, far scavare delle latrine, far lavorare gli uomini per impedire che si ubriachino e perdano la capacità di battersi.»

Sporgendo il labbro inferiore, Ambarro tentennò il capo. «Sì» ammise poi, «in questo hai ragione. Domani vedrò di mettere le cose a posto.» Tornando a sorridere, lo prese cordialmente per un braccio e gli fece strada verso il fuoco. «Ma adesso vieni a bere qualcosa con noi. C'è anche da mangiare, sai? Coste d'agnello, sì. E raccontaci: com'è andata a voialtri? E cosa intende fare Ezio, adesso?»

Seduti attorno alla fiamma, mangiarono, bevvero e parlarono fino al crepuscolo. Sebastiano apprese i particolari dell'eroica morte di Metronio, e fu sorpreso e commosso nel constatare con quale ammirazione tutti lo ricordassero. Per parte sua, riferì brevemente quel poco che sapeva circa l'andamento confuso della battaglia, sforzandosi di minimizzare le conseguenze della decisione di Torrismondo di abbandonare l'armata. Non vedendo Divicone fra i molti che si erano radunati per ascoltarlo, ne domandò notizie, e apprese così della sua morte. Ambarro gli disse che, come Metronio, era caduto proprio al culmine della lotta, aggrappato alla sua croce, incitando fino all'ultimo i compagni a tener testa al nemico. «Quella croce» disse infine, accennando col capo verso i luoghi della battaglia «l'abbiamo infissa sulla sua tomba, là dove è caduto. Perché è stato come un martire ed è giusto che chi passerà di qui in futuro possa riconoscere il suo tumulo e fermarsi per dire una preghiera, o magari chiedere addirittura una grazia.»

Con voce incerta, Sebastiano domandò: «E... Metronio?».

Ambarro annuì con gravità. «Anche lui ha una tomba tutta

sua, non lontano da quella di Divicone. Abbiamo pensato che avrebbe preferito così. In tal modo, un domani qualcuno della sua famiglia potrà ritrovarla e magari recuperare le sue spoglie. Ci abbiamo anche messo una specie di cornice di sassi, per aiutare a ritrovarla. Abbiamo aspettato a seppellirlo, immaginando che avresti voluto essere presente, ma poi, a metà pomeriggio, ci siamo decisi.»

«Non ho potuto venire prima: il *Magister* mi ha voluto con sé fino a poco fa.»

Ambarro annuì: «Certo: adesso sei diventato importante. Comunque, se lo vorrai, domattina ti ci accompagneremo».

Rammentandosi dell'ordine del *Magister*, Sebastiano si alzò dal bivacco, apprestandosi a prendere congedo. «Vedi» concluse Ambarro alzandosi a sua volta, «Metronio non era certo un bagaudo, e aveva anzi impiegato un po' a intendersi con noi. Ma era un tipo in gamba, molto valoroso. E anche un buon bevitore, sì. Eravamo diventati amici. Insomma, un uomo a posto. Davvero un uomo a posto.»

Mentre parlava, una ragazza dai capelli neri, che Sebastiano aveva già notato sia per la sua bellezza sia per la grande tristezza che si leggeva sul suo volto, scoppiò d'improvviso in un pianto dirotto e, levatasi bruscamente in piedi, si allontanò sgomitando tra i compagni. Sebastiano, che aveva egli pure gli occhi velati di pianto, interrogò Ambarro con lo sguardo. Accennando in direzione della giovane, il bagaudo spiegò: «Quella è Irmina: era la sua ragazza. Oggi mi ha detto di essere incinta. A quanto ho capito, lui non lo sapeva ancora».

32

Di nuovo la foresta. Questa volta si trattava dei boschi della Belgica, che l'esercito di Attila attraversava muovendo in direzione sud-est, per raggiungere Vesontio, presidiata dai Gepidi, e da lì il Reno. Il nemico si limitava a seguirlo a distanza, attuando solo piccole azioni di disturbo contro le retroguardie, o agguati a pattuglie isolate. I più bersagliati erano i turingi, che coprivano il fianco sinistro dell'armata, poiché i franchi salii li tallonavano e li attaccavano incessantemente, per punirli delle atrocità ch'essi avevano perpetrato nel loro territorio.

Nei due giorni trascorsi nel sovraffollato trinceramento di Campus Mauriacus, Balamber non aveva potuto farsi un'opinione precisa circa la consistenza residua dell'armata dopo la terribile battaglia. Quando però Attila, dopo aver constatato che i visigoti avevano abbandonato Ezio, aveva lasciato in tutta calma il campo fortificato e avviato i suoi sulla via del ritorno, era apparso chiaro a tutti che, se pure le perdite erano state gravissime, l'esercito del Grande Re costituiva ancora una compagine che il nemico avrebbe fatto bene a non sottovalutare. L'abbandono del campo si era svolto ordinatamente e in pieno giorno, sotto lo sguardo impotente dei romani, che avevano anche visto sfilare i carriaggi con gran parte del bottino, senza osare muovere un dito. Balamber si sentiva però molto meno rinfrancato se guardava al proprio *mingàn*, ridotto ormai, dopo la morte di molti dei feriti, a poco più di centocinquanta guerrieri, variamente acciaccati e alquanto demoralizzati, soprattutto per la scarsità del bottino che riportavano dopo mesi di fatiche e battaglie. Lui, naturalmente, aveva perso più di tutti gli altri, ma questo lo rattristava meno della perdita di tanti amici: il forte e ruvido Khaba, che lasciava in Pannonia una moglie e un figlio; il folle, tremendo Odolgan; e anche il furbo Kayùk. Pensando a loro, non poteva fare a meno di ricordare la tetra profezia di Malaberga e domandarsi se davvero il destino gli avrebbe concesso di rientrare nel numero dei fortunati sopravvissuti ai «sei mesi di sangue e di fuoco» di cui lei aveva parlato. Quanto al bottino, aveva buone speranze di esserne ripagato da Attila, che, dopo averlo visto alla prova al Campus Mauriacus mostrava ora di tenerlo nella più grande considerazione. Nonostante tutto, dunque, il sogno che aveva perseguito per anni era divenuto realtà: il prestigio della sua famiglia era stato restaurato, e il toro nero in campo verde, che era stato il simbolo di Uldin, sarebbe stato riguardato ovunque, nei giorni a venire, con timore e rispetto ancor maggiori che in passato.

In un paesaggio di basse colline boscose, si procedeva sulla vecchia strada romana, ormai da decenni in pieno abbandono e in alcuni tratti quasi impercorribile, poiché, lì come un po' dovunque nel territorio imperiale, gli abitanti della regione avevano preso da tempo l'abitudine di prelevare frequentemente le lastre della pavimentazione e il pietrame di sostegno per farne materiale edilizio. Tenendo il cavallo al passo, osservava il procedere tutto a sobbalzi di uno dei pochi carri di cui ancora disponesse il *mingàn*. Lo conduceva Vlaszo, e Go-Bindàn era lì sopra, appollaiata alla meglio sopra bauli e sacchi di provviste, fra candelabri d'argento e vasellame di bronzo. Persa in qualche sua riflessione, mangiava una mela e teneva lo sguardo fisso davanti a sé. Balamber ne contemplava di sottecchi la zazzera ribelle, il musetto impertinente e la figura sottile, in cui già si poteva indovinare la graziosa fanciulla che stava per sbocciare.

Nei primi giorni aveva pensato che Go-Bindàn si sarebbe limitata a seguire il *mingàn* per un poco, per poi abbandonarlo appena si fosse allontanato troppo dalla sua terra. Alla peggio, si era riservato di scacciarla appena gli fosse venuta a noia. Presto, però, si era reso conto ch'ella aveva preso a considerare ormai definitiva la sua aggregazione agli Hiungnu, e ormai non soltanto percepiva di essere stato scelto da lei come secondo padre, ma addirittura, con ancor maggiore preoccupazione, sentiva emergere in sé un crescente attaccamento nei suoi confronti. Durante le marce non lo irritava affatto sentirsi chiamare all'improvviso, da un carro o dalla groppa di un mulo, da quella voce infantile, e se gli capitava di vederla in difficoltà nel guado di un torrente, o su un sentiero un po' impervio, mandava qualcuno ad aiutarla; dopo il tramonto si preoccupava se lei tardava a raggiungere il fuoco del bivacco, e durante la cena le allungava spesso i bocconi migliori; incredibilmente, al momento di avvoltolarsi nel suo mantello per la notte, non riusciva a prendere sonno se prima non si accertava che lei si fosse coricata nei paraggi e, se non la vedeva, la faceva cercare dai suoi. In taluni momenti rideva di sé, dicendosi che mai nessuna donna aveva suscitato in lui tanto interesse. Era la prima volta che gli capitava una cosa del genere, giacché fino a quel momento non si era preoccupato mai d'altri che di se stesso. Ma che poteva farsene, lui, di quella piccola mocciosa tutt'ossa? Nella sua *yurta* in Pannonia c'era sempre un via vai di guerrieri dalla pelle di cuoio e dal cuore di pietra, che la sera, attorno alle braci del focolare, ridevano sguaiatamente, motteggiavano, si ubriacavano di *kumìs* e, quando non si azzuffavano, si rotolavano sui tappeti con schiave e concubine discinte e dallo sguardo torbido: dunque, lì non c'era proprio posto – almeno così gli sembrava – per una piccola trovatella, fosse pure della tempra eccezionale di Go-Bindàn. Quella ragazzina costituiva un piccolo problema, in effetti. Nondimeno, Balamber sentiva che dietro al loro incontro c'era come un gioco del destino, quasi che gli fosse stata offerta l'occasione, per una volta, di fare per qualcun altro ciò che Utrigùr aveva fatto per lui, di dare ciò che lui stesso, in passato, aveva ricevuto, e questo contribuiva a turbarlo e a confondergli le idee.

Affrontando una pendenza, il carro fu costretto a rallentare, e Balamber si trovò a procederle accanto. Colpito dalla sua espressione seria, gliene domandò la ragione. Appoggiandosi con la mano al bordo della fiancata per uno scossone più forte, lo guardò con i suoi grandi occhi neri e scrollò le spalle. «Starò sempre su un carro?» domandò.

Balamber si strinse nelle spalle. «Gli Unni non hanno delle vere case. Vivono nella prateria, e si spostano di continuo. Sono... come il vento.»

«Io so che non dormite sempre all'aperto. Mandzùk mi ha detto che hai una grande tenda, una *yurta*, piena di pelli e tappeti, e vasi d'oro e d'argento, e che presto la vedrò...»

«Be', quella *yurta* è molto, molto lontana, ancora.»

Ci fu tra loro un breve silenzio, durante il quale Vlaszo, cercando di non distanziarsi troppo dai guerrieri che marciavano davanti, guidò con circospezione il carro per una lunga discesa accidentata. Quando il terreno tornò pianeggiante, Go-Bindàn tornò a volgersi verso di lui: «Mandzùk ha detto che mi insegnerà a cavalcare, a maneggiare la spada e a tirare con l'arco, così diventerò brava come te. Perché tu sei il migliore. Dice che hai ammazzato tutti quelli che avevano ucciso i tuoi genitori, e anch'io farò lo stesso. Ucciderò tutti i turingi. E mi ha anche detto che non hai moglie, e che lui invece ne ha avute tre».

Balamber scosse il capo. «Non mi piace avere donne tra i piedi.»

«Ma lui ha detto che un unno della tua età dovrebbe...»

«Mandzùk parla troppo» tagliò corto Balamber, dando di sprone, «e anche tu!»

Risalì velocemente la colonna e si portò in testa, rimproverandosi una volta di più per le troppe attenzioni che le stava concedendo.

Il giorno seguente, la colonna si trovò a passare un ponte, gettato su un fiumiciattolo non troppo profondo ma dalla corrente molto forte. Il passaggio era piuttosto stretto, e si formò un intasamento. Balamber, spazientito, sollecitava gli uomini, ma la faccenda andava per le lunghe. A un tratto, un mulo – lo stesso che una decina di giorni prima aveva disarcionato Go-Bindàn – si imbizzarrì e prese a tirar calci, spaventando il cavallo in groppa al quale, stretta a un giovane guerriero, si trovava la bambina. Sbalzati dall'animale, finirono in acqua entrambi. Il ragazzo si aggrappò prontamente a dei giunchi e fu subito soccorso dai compagni, ma nella confusione nessuno pensò a Go-Bindàn. Vedendola ghermita e sballottata dalla corrente, sentendo le sue invocazioni d'aiuto, Balamber provò un tuffo al cuore, uno spavento quale mai gli era capitato; subito spronò e frustò il cavallo in mezzo alla calca, senza altro vedere che la sua mano che affiorava dall'acqua in cerca d'aiuto. Raggiunta la riva, galoppò per un tratto lungo il fiume, inseguendo Go-Bindàn che annaspava. Dopo averla sopravanzata, spinse l'animale nella corrente e riuscì ad afferrarla e a trarla in salvo, già mezza annegata. Quando, distesa nell'erba e circondata dagli hiung-nu, Go-Bindàn finì di rigurgitare acqua, tossì e riaprì gli occhi, lo fissò a lungo, battendo più volte le palpebre. Poi, tutta seria, gli disse soltanto: «Devi ammazzarlo, quel mulo, Shudian-gun!».

Un coro di risate chiuse l'episodio, ma Balamber ne rimase profondamente colpito. Appena la marcia riprese, si chiuse in se stesso, tornando a porsi, con ancor maggior turbamento, le domande che spesso si erano affacciate alla sua mente dopo che, a Campus Mauriacus, Go-Bindàn gli era corsa incontro al suo rientro dalla battaglia, dandogli modo di sentire, attraverso la forza del suo abbraccio, quanto fosse divenuto importante per lei. Cosa sarebbe stato di quella bambina se lui fosse morto? Quale destino avrebbe avuto in mezzo a quei rudi guerrieri? E anche se essi l'avessero adottata per rispetto alla sua memoria, cosa sarebbe stato di lei, sballottata su un carro per steppe e praterie, sempre esposta ai pericoli della fame e della guerra?

La strada si snodava ora attraverso un grande bosco di betulle. Molti guerrieri avevano lasciato il lastricato battuto dal sole e preferivano procedere all'ombra degli alberi, attraversando di continuo i fasci di luce che filtravano fra le fronde. Intimoriti, però, da quello scenario al quale erano poco abituati, e suggestionati dal silenzio che vi regnava, procedevano guardinghi, con le armi pronte. Gli unici rumori che si udivano erano il sommesso calpestio dei cavalli sul tappeto del fogliame atterrato, il battere dei finimenti, il cigolio delle ruote dei carri sulla strada. D'improvviso, quelli che si trovavano più avanti fermarono i cavalli e tesero le braccia per esortare i compagni a fare altrettanto. Tendendo l'orecchio, Balamber udì l'eco di un lontano clamore. Fu subito raggiunto da Mandzùk.

«Sembra che Reinwalt abbia qualche problema» osservò lo scudiero.

Toraman, che era andato in avanscoperta, tornò di gran carriera. «C'è una piccola battaglia, in una radura là davanti. La gente di Reinwalt. A quanto ho capito, sembra una faccenda tra burgundi.»

Allertati i suoi, Balamber li fece dispiegare nel bosco, e ordinò loro di avanzare con cautela, lasciando quelli che si trovavano in coda a guardia delle salmerie, quindi si portò in testa insieme a Mandzùk. L'eco del combattimento, tuttavia, si spense presto, e quando gli Hiung-nu raggiunsero la radura di cui aveva parlato Toraman, tutto era già finito. Il nemico si era dileguato, ma a terra, sparsi in mezzo all'erba alta, restavano decine di corpi, fra i quali si aggiravano pochi cavalli ormai senza cavaliere. Con una rapida perlustrazione della zona, Balamber constatò che i caduti erano tutti burgundi d'oltre Reno, o comunque gente di Reinwalt. Alcuni erano ancora in vita e gemevano per le ferite. In uno di costoro riconobbe Erhardt, il figlio del Taciturno. Era accartocciato nell'erba in una posizione fetale e si comprimeva lo stomaco con entrambe le mani. Scendendo da cavallo, Balamber gli si accostò, e fu così che scorse, poco più in là, il lungo corpo di Reinwalt, steso supino, con le braccia aperte e una daga piantata nel petto. Si chinò sul ragazzo e gli sollevò il capo. «Chi vi ha assalito?» gli domandò.

«Burgundi» esalò quello in un rantolo. «Ci hanno... sorpreso.» Chiese dell'acqua, e Balamber, con un gesto imperioso, si fece dare l'otre da Toraman e gli diede da bere. Il ragazzo trangugiò un piccolo sorso ed ebbe un singulto, poi riprese: «Li guidava una donna. Lei ha... ucciso mio padre. Lei è...».

Morì così, senza finire la frase. Balamber, comunque, aveva già intuito il nome ch'egli non era riuscito a pronunciare: Frediana! Ancora una volta lei! Rialzandosi, si avvicinò al corpo del Taciturno e lo osservò brevemente. In un primo momento, gli era parso strano che chi l'aveva ucciso non avesse voluto riprendersi l'arma, ma ora comprendeva: Frediana, nobile e spietata, gliel'aveva lasciata nel petto per ribrezzo, poiché era ormai macchiata del sangue di un traditore. Dunque, così finiva la vicenda del Taciturno: in quella piccola radura, vicino a quel figlio per il quale aveva fatto tutto, sacrificando anche il proprio onore di guerriero. Aggrottando la fronte, si guardò cupamente attorno, perlustrando con occhi attenti la boscaglia circostante. Gli assalitori di Reinwalt potevano essere ancora nelle vicinanze e, anche se non dovevano essere molto numerosi, un combattimento tra gli alberi avrebbe visto i suoi hiung-nu in grave svantaggio. Rapido, si voltò e mosse verso il cavallo. «In sella!» ordinò a Mandzùk. «Pattuglie davanti e sui fianchi. E fate avanzare i carri. Dobbiamo andare via di qui.»

Mentre gli uomini si radunavano, continuava a guatare verso la foresta. Frediana era lì attorno da qualche parte, ne era certo. Con il suo reparto, aveva seguito l'armata per più di cinquanta miglia, al solo scopo di compiere la sua vendetta, e certamente non si sarebbe appagata della morte di Reinwalt e di suo figlio. Era sicuro che sarebbe tornata. Per ucciderlo.

33

Il giorno seguente, attraversata velocemente Andematunum – o, per meglio dire, le sue rovine – l'armata scese in pianura, entrando nel bacino della Saona. Il paesaggio era mutato, e la boscaglia lasciava ora sempre più spazio a praterie da pascolo o alle coltivazioni. All'avvicinarsi degli unni, i contadini, come già un mese prima all'arrivo dei gepidi, avevano abbandonato le fattorie senza portare a termine il raccolto, sicché gran parte del frumento era ancora nei campi, a seccare sotto i raggi cocenti del sole di luglio. Faceva molto caldo, e gli uomini procedevano seminudi, dissetandosi e abbeverando i cavalli ai numerosi rigagnoli che intersecavano la campagna. Come sempre, là dove il terreno lo consentiva, la maggior parte dell'esercito si teneva sulla strada lastricata, ma i reparti che non erano rallentati dai carri preferivano procedere nei campi. A quanto sembrava, l'esercito di Ezio si teneva a ragguardevole distanza, per cui l'armata marciava sveltamente ma senza particolari cautele, e molti borghi, che un mese prima erano sfuggiti ai saccheggi dei gepidi, venivano ora sbrigativamente predati dagli hiung-nu, desiderosi di incrementare per quanto possibile il loro bottino prima di varcare il Reno e tornare in Turingia, e da lì in Pannonia.

Balamber conosceva quei luoghi per averli attraversati quando, a malincuore, aveva lasciato la Sapaudia, ma non v'erano dubbi sulla via da percorrere: il suo *mingàn* non doveva fare altro che seguire la scia dell'armata, a cui facevano da battistrada i provatissimi Gepidi. In pratica, il suo reparto era l'ultimo dell'esercito, anche se ogni tanto sopravanzava piccoli gruppi appartenenti ad altri contingenti che si erano attardati ed erano rimasti indietro. Superata la Saona, lui e i suoi uomini si sarebbero avvicinati al territorio dei Burgundi, ma non sembrava vi fossero in vista nuovi combattimenti. Dopo la batosta presa in Sapaudia, infatti, era molto difficile che Gundovek si spingesse tanto a settentrione per contrastare forze così soverchianti. Erano più pericolosi, semmai, i burgundi aggregati all'esercito di Ezio, che avevano qualche ragione in più, rispetto agli altri alleati, per non mollare la presa. L'odio che era stato seminato quindici anni prima sulle rive del Reno dava ancora i suoi frutti intossicati, e uno di questi era tutto per Balamber: la feroce, indefettibile ostilità di Frediana. Nondimeno, il fatto che da molti giorni la colonna marciasse senza essere disturbata dal nemico lo induceva a pensare che, con ogni probabilità, anche la sua banda avesse desistito dall'inseguimento. Del resto, l'eventualità di un nuovo incontro con Frediana non lo emozionava per nulla. Tutti i progetti, tutte le fantasie che aveva costruito solo tre mesi prima attorno a quella giovane donna costituivano ormai per lui niente più che un ricordo lontano. Se ne stupiva, anzi, valutandoli con il disagio che un uomo avverte al frantumarsi di un suo tardivo sogno da adolescente, e nel contempo cominciava a chiedersi se non fosse giunto per lui il momento di dare una svolta alla sua esistenza, trovandosi una moglie che, possibilmente, appartenesse al suo popolo. Dopo due decenni di battaglie e saccheggi, nei quali si era conquistato una fama di terribile guerriero, avvertiva ora la necessità di imprimere una svolta alla propria vita. In questo, ancora una volta, suo padre costituiva l'esempio da imitare: giunto più o meno all'età in cui egli ora si trovava, aveva saputo infatti prendere moglie e generare numerosa prole, garantendo alla sua famiglia una sicura agiatezza e grande rispetto in seno al suo clan e a tutte le genti hiung-nu. Ora era venuto anche per lui il momento di mostrarsi, oltre che valoroso, assennato e previdente, mettendo su famiglia e amministrando con saggezza i frutti dei suoi successi: gran parte del bottino preso in quella sciagurata campagna era andata perduta, ma Attila, che non dimenticava mai di ricompensare i guerrieri che si erano distinti in battaglia, gli aveva promesso di risarcirlo appropriatamente. Fino a quel momento, per la verità, Balamber non si era mai curato di amministrare i suoi averi e li aveva spesso sperperati a cuor leggero. Monete d'oro e d'argento, gioielli, tappeti, pellicce, armature e vasellame non restavano abbastanza a lungo, nella sua *yurta* in Pannonia, da generare problemi di spazio o tentazioni di inventario; egli possedeva, tuttavia, diverse mandrie di bovini, un centinaio di cavalli e molte decine di schiavi, ma soprattutto aveva di recente conquistato la ricchezza più grande, il premio più prezioso e più ambito, ossia il favore del suo re. Dunque, ora che era un onorato *kutu-heu*, diventava per lui opportuno e doveroso fare un buon matrimonio. E poi, per questo c'era un'altra ragione, perché... Sì, era duro ammetterlo ma era così: adesso c'era Go-Bindàn! Lui, che già non sapeva fungere da padre, non poteva certo farle da madre, e lei – la sera precedente Mandzùk glielo aveva detto chiaro, con l'abituale, ruvida franchezza – aveva bisogno soprattutto di una madre. Quanto era accaduto al fiume era valso a illuminarlo: non avrebbe consentito che Go-Bindàn vivesse la vita che era toccata a lui, magari diventando un'altra Frediana, assuefatta alla polvere delle marce e al sangue delle battaglie. Il posto di una bambina di undici anni non era tra i guerrieri, ma nelle *yurtae* accanto alle donne, per imparare a essere a sua volta donna, sposa e madre, come legge di natura voleva che fosse. In qualche modo, era ben deciso a risolvere quel problema: se il destino aveva voluto fargli trovare una figlia, ebbene, prima o poi lui avrebbe saputo trovarle una madre.

Verso mezzodì il *mịngàn* giunse in vista della Saona. In prossimità di un piccolo borgo, un vecchio ponte di pietra consentiva il passaggio, e gli esploratori riferirono a Balamber che Utrigùr lo aveva già attraversato. Da ogni parte, i guerrieri sparsi per la campagna convergevano ormai verso il villaggio. Non erano tutti hiung-nu: sulla destra, per esempio, Balamber notò, a una distanza di circa duecento passi, una lunga teoria di cavalieri, che ritenne essere ostrogoti, almeno a giudicare dagli scudi rotondi e dalle lunghe spade: erano una trentina, avanzavano in fila indiana e procedevano parallelamente alla strada, tenendosi separati dai piccoli gruppi di hiung-nu che, affrettandosi verso il fiume, li sopravanzavano senza prestare loro attenzione. Non c'era niente di strano in questo, perché gli ostrogoti, ai quali si attribuiva la responsabilità della sconfitta a Campus Mauriacus, erano ora riguardati nell'armata con diffidenza e ostilità.

Avendo notato che il *mingàn* aveva perso terreno rispetto al resto dell'armata, Balamber sollecitò i suoi affinché accelerassero la marcia: fatalmente, gli uomini a cavallo distanziarono quelli addetti ai carriaggi. Balamber non tardò ad accorgersene e tornò indietro insieme a Mandzùk per sollecitare questi ultimi. Li trovò fermi, perché il carro di testa, quello su cui viaggiava Go-Bindàn, era finito in una buca, col risultato di perdere una ruota. Mentre, sotto le energiche direttive di Mandzùk, alcuni guerrieri armeggiavano per ripararlo, la bambina gli si accostò col suo passo deciso. «Fammi montare con te, Shudian-gun!» implorò.

«E che me ne faccio di te?» scherzò Balamber. «Il posto delle femmine è sui carri. Se hai bisogno di una balia, trovala in mezzo a loro.»

«E via! Solo fino al ponte!» insistette lei prendendogli le briglie.

Balamber era sul punto di acconsentire, quando udì alle proprie spalle il rombo sommesso di un galoppo nella prateria. Voltandosi, vide avanzare celermente alla sua volta l'intera linea dei cavalieri che fino a quel momento avevano fiancheggiato i suoi hiung-nu. Imbracciavano gli scudi, impugnavano spade e giavellotti, e chiaramente venivano per uccidere. Figure quasi indefinite nella caligine, inesorabili come in un incubo, avanzavano in un grande campo d'orzo, spronando i cavalli e protendendo le loro armi, ma nel più assoluto silenzio. C'era solo il rombo crescente, sempre più vicino, di quel loro galoppo minaccioso. Anche gli altri hiung-nu li videro. Ci furono dapprima solo delle esclamazioni di sconcerto, poi trambusto e grida d'allarme. «Riparati dietro il carro!» gridò Balamber a Go-Bindàn, e subito dopo diede lo stesso ordine ai suoi guerrieri: «Mano agli archi! Tutti dietro i carri! Mandzùk! Tienili uniti!».

Quanto a lui, già scoccava la prima freccia, scavallando il più vicino degli assalitori. Fu nel cercare il bersaglio successivo che la riconobbe. Prima ancora che dai lineamenti del suo viso, dal suo portamento in sella, dall'ondeggiare dei suoi capelli castani. Non aveva scudo e non indossava l'armatura, ma soltanto un camiciotto e pantaloni da uomo, e montava un magnifico cavallo bianco. Impugnava una spada, e puntava proprio su di lui. Non c'era tempo per scoccare un'altra freccia, e i burgundi – ormai era chiaro che si trattava di loro – erano troppo numerosi. Reagendo d'istinto, fu lì lì per fare l'unica cosa che avrebbe fatto qualunque hiung-nu nella sua situazione: voltare il cavallo e fuggire per un tratto, cercando di riguadagnare spazio e confondere gli inseguitori zigzagando nella prateria, per tornare a colpirli da ogni possibile angolazione; quanto agli uomini sui carri, impossibilitati alla fuga, si sarebbero difesi come potevano. Già aveva tratto le redini, e si accingeva a frustare il suo morello, ma si ricordò di Go-Bindàn: se i burgundi avessero raggiunto i carri, avrebbero ucciso tutti, senza eccezioni. Allora fece tutto il contrario: gridò nelle orecchie dell'animale, e spronandolo selvaggiamente si lanciò in avanti, proprio mentre una salva di giavellotti partiva dagli assalitori, incrociandosi con le prime frecce scoccate dagli hiung-nu da dietro il riparo dei carri. Abbassandosi, schivò uno di quei proiettili e puntò diritto verso Frediana. Prima dell'impatto, ebbe il tempo di vedere i suoi occhi pieni di odio e di trionfo, la sua bocca contratta, la sua spada levata a colpire. Lei intuì solo all'ultimo momento la sua manovra disperata, ma non potè impedirgli di rovinarle addosso con il cavallo in pieno galoppo. Un urto violentissimo, dopo il quale, tra i nitriti dei due animali che stramazzavano al suolo, entrambi rotolarono nell'erba. Balamber l'aveva afferrata per un braccio, trascinandola con sé, ma nella caduta perse la presa. Frediana si rialzò un istante prima di lui, ma si trovò in svantaggio, avendo perduto la propria spada: la cercò febbrilmente con lo sguardo, e la trovò nell'erba vicino al suo cavallo, che, al contrario di quello di Balamber, si era subito rimesso in piedi. In due balzi corse a prenderla, e lui non fu abbastanza pronto da impedirglielo. Un momento dopo, messasi in guardia, lo fronteggiò a gambe larghe e un poco protesa in avanti, esattamente nello stesso modo in cui aveva tenuto testa a Rutger il giorno del loro primo incontro. Per qualche istante si studiarono protendendo le loro armi, ma attenti a non scoprirsi con mosse avventate. Balamber, però, gettava anche fulminee occhiate verso i carriaggi ormai espugnati dai burgundi, che già vi montavano sopra in cerca di bottino. Vide Mandzùk, con un giavellotto piantato tra le scapole, aggrapparsi al bordo di un carro e scivolare nell'erba. Gli hiung-nu che erano ancora in vita fuggivano nella prateria, ma erano inseguiti da presso dai nemici, che li abbattevano uno dopo l'altro, senza riservare sorte migliore alle donne. Non gli riuscì di vedere Go-Bindàn. Frediana, accortasi che lui guardava altrove, tentò di sorprenderlo: due fendenti ch'egli parò senza difficoltà, portando anche un affondo che lei schivò abilmente, balzando indietro e rimettendosi subito in guardia. Balamber ne approfittò per spingere per un istante lo sguardo in direzione del fiume, nella speranza di veder sopraggiungere i suoi uomini. Notò del movimento nella prateria, ma gli parve anche che i burgundi, richiamandosi con alte grida, si stessero predisponendo ad affrontare i nuovi avversari.

Dunque, Frediana. Lo fronteggiava in silenzio, tesa solo alla lotta, brandendo la spada con sicurezza. Non chiamava i suoi, non cercava aiuto. La faccenda era tra loro due. Lui, però, questa volta non si sentiva incline a elargire favori. Non più. Pensava solo a Go-Bindàn. Doveva arrivare da lei, doveva cercare di aiutarla, forse era ancora in tempo. Ed ecco, Frediana lo attaccò nuovamente. Ci fu tra loro una breve, serrata schermaglia, un rapido scambio di colpi, parati da entrambi, e lei sfuggì con abilità al suo tentativo di afferrarla per trasformare il duello in una lotta corpo a corpo che non le avrebbe lasciato speranze. Mentre Balamber, impaziente di chiudere quel confronto, si rimetteva in guardia, udì l'invocazione d'aiuto di Go-Bindàn: «Shudian-gun! Schudian-gun!».

La vide vicino al carro: lottava con un burgundo che invano tentava di immobilizzarla, e guardava verso di lui, lo chiamava disperatamente. Doveva andare da lei. Doveva aiutarla. Accecato dall'impulso di salvare la bambina, si gettò in avanti con rabbiosi fendenti, più per aprirsi la via verso di lei che per uccidere Frediana. Lei però, vigile e pronta, parò, schivò, e lo colpì con una stoccata sotto la clavicola sinistra: un dolore acuto, maligno, che lo costrinse a scartare di lato e a ruotare scompostamente la spada per guadagnare distanza, mentre la vista gli si annebbiava. Ma Frediana non gli concesse tregua, e dopo un altro breve scambio di colpi gli inflisse, di rovescio, un'altra stoccata nell'incavo della coscia sinistra.

Cadde in ginocchio davanti a lei. Puntando la spada in terra e aggrappandovisi con entrambe le mani, tentò di risollevarsi, ma la figlia di Waldomar allontanò l'arma con un calcio. Balamber rovinò ai suoi piedi. Annaspò, graffiò la terra con le mani, mentre sentiva le forze venirgli meno. A fatica, vincendo il dolore delle ferite, riuscì a rimettersi sulle ginocchia. Non gli importava nulla di Frediana e del suo odio. Non guardava nemmeno la sua spada, ormai levata per assestargli il colpo mortale. I suoi occhi cercavano Go-Bindàn, era il suo nome che pronunciava con voce strozzata, ed era verso di lei che la sua mano si tendeva, non già per chiamarla, bensì in un ultimo velleitario tentativo di portarle aiuto. Come attraverso un velo, vide il burgundo piegarsi repentinamente sulle ginocchia portando le mani al basso ventre, e Go-Bindàn correre verso di lui, il volto sconvolto, chiamandolo con voce di pianto. Volle gridarle di scappare, ma la voce gli si ruppe in gola, e se la vide arrivare contro. Sentì l'urto del suo corpo, il contatto dei suoi capelli, la stretta delle sue braccia, il suo odore ancora infantile. Travolto dal suo slancio, cadde con lei nell'erba. Giacendo supino, oppresso dal suo peso, cercò di respingerla. «Va' via» le disse con un filo di voce, «va' via, Go-Bindàn!»

Lei però continuava a fargli scudo col proprio corpo e non lo ascoltava. La udì gridare qualcosa all'indirizzo di Frediana: «Lascialo stare! Vattene via! Lascialo stare!».

La risposta della figlia di Waldomar giunse alle sue orecchie come da un altro mondo: «Ma... tu non sei unna. Che ti importa di lui?».

«Lui è Shudian-gun. Lui è mio amico. Mi ha salvato. È mio amico, capisci?»

«Ormai sta morendo, non lo vedi?».

«No!» gridò la bambina. «Lui non morirà. Lui è Shudian-gun! Non morirà, ti dico!»

Balamber cercò di sollevarsi sui gomiti, ma il peso della bambina, che non mollava la presa, glielo impedì. Immobilizzato in quel modo, non poteva vedere altro che i neri capelli scarmigliati di Go-Bindàn e una grande nuvola bianca che passava pigra e indifferente nel pezzo di cielo sopra di lui. Udì un galoppo, e subito dopo la voce concitata di un burgundo: «Dobbiamo andare via: stanno arrivando in forze!».

Dopo un breve silenzio, Balamber sentì il raschio metallico di una spada che rientrava nel fodero, e subito dopo la voce di Frediana: «Ti lascio al tuo destino, unno. A quanto pare, c'è qualcuno a cui hai fatto del bene. Per me può finire qui». Una breve pausa, e poi: «Se vuoi puoi venire con noi, piccola. Ti riporteremo al tuo villaggio e...».

«No! Io resto con lui. Io resto con Shudian-gun!»

Ci fu ancora un momento di silenzio, poi venne la risposta di Frediana: «Va bene. Fa' come vuoi».

Seguirono un frusciare di passi nell'erba, delle grida di richiamo, e infine un galoppo serrato di cavalli che si allontanavano.

Balamber aveva freddo, un languore sfibrante si impadroniva del suo corpo. Si sentì scuotere dalle braccia della bambina: «Quella donna cattiva se n'è andata. Parlami, Shudian-gun. Oh, ti prego, non morire! Non devi morire! Rispondimi!».

Lui, battendo le palpebre, le sorrise: «No, Go-Bindàn! Non morirò. Se tu non vuoi, non morirò. Ma non scuotermi così. Mi fai male».

Di nuovo, un calpestio di cavalli al galoppo, poi le voci dei guerrieri hiung-nu. Passi nell'erba, di amici questa volta. Si chinarono su Balamber. Toraman, con la voce distorta da una viva preoccupazione, gridò degli ordini. Lo sollevarono e lo misero su un carro. Qualcuno gli diede da bere, mani femminili bendarono alla meglio la sua ferita, arrestando la perdita di sangue. Poco dopo, il carro si mise in moto, raggiunse sotto buona scorta il villaggio e varcò finalmente il ponte sulla Saona. Balamber, sfinito, era caduto in una specie di deliquio. Davanti ai suoi occhi scorrevano le immagini di una *yurta* sotto la neve e di una donna fragile e bella, vestita di una tunica di daino, che gli parlava dolcemente attizzando il fuoco. E si vide galoppare nella prateria: mare d'erba ondeggiante sotto la ruvida carezza del vento. Per tutto quel tempo, Go-Bindàn gli strinse la mano, e quando lui riprese conoscenza e riaprì gli occhi, la prima cosa che vide fu il suo musetto monello. «Hai visto, Shudian-gun? Te l'avevo detto che non saresti morto.»

«Merito tuo» le rispose sorridendo.

«Certo! Lo vedi che non puoi fare a meno di me? E adesso prova a dire ancora che non vuoi donne tra i piedi!»

Balamber non trovò nulla da replicare e si rilassò sul pianale del carro, pensando che, dopotutto, aveva ragione lei. Il dolore delle ferite era divenuto più sopportabile, ma un senso di spossatezza pervadeva ogni fibra del suo corpo. Il suo sguardo si volse al trionfo di oro e indaco che il tramonto dipingeva sulle immense nuvole che sovrastavano la pianura: maestose e silenziose, amiche, sembravano accompagnare la colonna nella sua marcia verso levante. Le osservò a lungo, cullato dal rollio del carro sul lastricato sconnesso, mentre la sua mente si sfilacciava in vaghi, remoti ricordi, e immagini sfocate e incoerenti emergevano davanti a lui da un passato lontano, per poi subito dileguarsi e svanire nel nulla. Il calpestio dei cavalli e le voci dei guerrieri gli giungevano come da indefinibili distanze, e un vento leggero accarezzava la prateria, portandogli, antichi e saturi di vita, gli effluvi della terra e dell'erba. Infine, vinto da un sonno amico, chiuse gli occhi e si addormentò.

Nota dell'autore

I drammatici avvenimenti che sconvolsero le Gallie nella primavera-estate dell'anno 451 sono stati attentamente studiati dagli storici e dagli archeologi, e molti libri sono stati scritti su Attila, sul suo antagonista Flavio Ezio e sull'immane confronto che li vide protagonisti, alla testa dei rispettivi eserciti, nella piana dei Campi Catalaunici. Ciononostante, chi si disponga ad approfondire le superficiali nozioni apprese attraverso i manuali di storia scopre presto che quelle vicende presentano ancora molti lati oscuri. Per esempio, non soltanto non si è ancora raggiunta la certezza circa la data e il luogo esatto in cui fu combattuta la grande battaglia, ma addirittura non si conosce la reale entità delle forze in campo nei due schieramenti, né quali siano state, in precedenza, le direttrici d'invasione seguite dall'armata (o dalle armate) di Attila. In particolare, si è sempre affermato che egli passò il Reno a Colonia, ma alcuni studiosi (Louis Hambìs e Hermann Schreiber, per esempio) ritengono che una parte dell'esercito unno – probabilmente costituita da Gepidi – abbia attraversato il Reno molto più a meridione, ossia presso Kaiseraugst, invadendo la Sapaudia e sconfiggendo i Burgundi, allo scopo di proteggere il fianco sinistro dell'armata principale che, più a settentrione, puntava verso il cuore delle Gallie. Di certo, il martirologio cristiano annovera tra le città saccheggiate dai guerrieri di Attila molti capoluoghi della Francia centrorientale, anche se in molti casi non è chiaro se essi furono depredati nella fase iniziale dell'invasione o durante la ritirata degli Unni verso il Reno. In effetti, anche prescindendo da queste diffuse, anche se non univoche, testimonianze e dalle autorevoli opinioni di alcuni esperti, risulta difficile credere che Attila, nel momento in cui spingeva la sua eterogenea armata verso un confronto decisivo con i Visigoti di Teodorico, non si sia preoccupato di tenere sotto controllo le strade del meridione che conducevano ai passi alpini. Nel romanzo, mi sono dunque attenuto a questa ipotesi, assumendomi tutte le responsabilità che competono al narratore che non si lasci scoraggiare dalla carenza delle fonti, cercando però, nel contempo, di non contraddire mai i dati certi già abbondantemente vagliati dagli storici. Poiché questi ultimi, d'altro canto, non sono riusciti a mettersi d'accordo circa il luogo della grande battaglia, mi sono concesso una certa libertà, prendendo però a riferimento quanto affermato dalla tradizione: considerando un intervallo tra la liberazione di Aureliana dall'assedio e il confronto ai Campi Catalaunici non superiore a una decina di giorni, ho dunque calcolato quale distanza potevano aver ragionevolmente percorso i due eserciti in tale intervallo di tempo. Quanto allo svolgimento della battaglia, mi sono attenuto, sostanzialmente, alla descrizione fattane da Jordanes, allontanandomi però dall'autore goto là dove si trattava di spiegare il ritiro dei Visigoti, che fu la ragione principale del mancato annientamento delle orde unne. Ciò in quanto le motivazioni ch'egli adduce per la decisione di Torrismondo (che sarebbe stato "manipolato" e convinto ad abbandonare il campo dallo stesso Ezio, desideroso di salvare gli Unni perché fungessero da contrappeso alla potenza dei Visigoti) non mi ha convinto. L'interpretazione che ho fornito, naturalmente, non vale di certo più di altre ma ha dalla sua parte, a mio avviso, la forza della logica. In particolare, mi sembra impensabile che, dopo un massacro di quelle proporzioni, dal quale Attila era comunque uscito battuto e ridimensionato, Ezio pensasse veramente di poter "usare" ancora in qualunque modo, a proprio vantaggio, le armate unne. Né mi pare credibile la tesi di coloro che hanno voluto vedere nel suo comportamento una sorta di cavalleresca prova di amicizia nei confronti di Attila (tanto più che tale amicizia rimane tuttora indimostrata).

Immagino che il lettore si sarà chiesto quale sia l'attendibilità dei nomi dei barbari che ricorrono nel romanzo, e mi sento in grado di rassicurarlo: in generale, ho cercato di utilizzare nomi sicuramente in uso presso la popolazione a cui appartiene il personaggio, traendoli dalle opere degli storici. Ciò vale in particolare per i nomi unni, fatta eccezione per due casi: devo infatti confessare che Shudian-gun e Go-Bindàn sono nomi di mia esclusiva invenzione, ottenuti componendo termini (peraltro abbastanza coerenti dal punto di vista del significato) tratti dal cinese e dal turco. Spero che il lettore vorrà comprendere e perdonare questa mia licenza, a cui ho dovuto ricorrere per la pratica impossibilità di risalire alle reali parole unne che avrebbero potuto rendere perfettamente i concetti. Particolare è il caso della terminologia militare degli Unni: considerando la notevole capacità tattica da essi mostrata in più occasioni, che contrasta con l'usuale e semplicistica rappresentazione delle loro armate come orde scomposte e arrembanti, e tenendo presente che gli storici reputano che esse si fondassero su unità inquadrate secondo il sistema decimale, ho ritenuto di applicare a tali unità una terminologia mutuata dagli eserciti mongoli di Gengis Khan, anche sul fondamento di una probabile affinità linguistica tra le due popolazioni. Quanto alla toponomastica, in generale ho usato quella latina, salvo qualche eccezione (es.: la Loira, il Reno) dettata più che altro dalla necessità di agevolare il lettore nell'orientarsi geograficamente.

Un'ultima precisazione: mentre la figura di Aniano è tratta direttamente dalla realtà storica, lo stesso non vale per quelle di Canziano, Inisio e Divicone, che sono completamente di mia invenzione: insieme con il santo di Orléans, questi personaggi rappresentano le differenti manifestazioni del cristianesimo che possiamo rilevare in quell'epoca tragica e tumultuosa, dalla quale la Chiesa uscì forgiata in modo indelebile, non diversamente, del resto, dall'intera società europea.

PIEMME **BESTSELLER**

1. Michael Connelly, *Lame di luce*
2. Jennifer Weiner, *Buonanotte baby*
3. Ian Caldwell - Dustin Thomason, *Il codice del quattro*
4. Suad, *Bruciata viva*
5. Geronimo Stilton, *Barzellette al top*
6. Kate Mosse, *I codici del labirinto*
7. Jack Whyte, *Io Lancillotto. Il cavaliere di Artù*
8. Candace Bushnell, *Lipstick Jungle*
9. Greg Iles, *Il progetto Trinity*
10. Guido Cervo, *La legione invincibile*
11. Anna Guglielmi, *Il linguaggio segreto del corpo*
12. Carol O'Connell, *La giuria deve morire*
13. Lauren Weisberger, *Al diavolo piace Dolce*
14. Michael Connelly, *Il poeta*
15. Lou Marinoff, *Platone è meglio del Prozac*
16. Lolly Winston, *Cioccolata per due*
17. Anthony De Mello, *Messaggio per un'aquila che si crede un pollo*
18. Fernando S. Llobera, *Il circolo di Cambridge*
19. Yann Martel, *Vita di Pi*
20. Sherry Argov, *Falli soffrire*
21. Michael Connelly, *La bionda di cemento*
22. Isabelle Filliozat, *Le emozioni dei bambini*
23. Robert Crais, *Il mercante di corpi*
24. Gordon Russell, *Il grande gladiatore*
25. Joanna Briscoe, *Vieni a letto con me*
26. Hernán Huarache Mamani, *Negli occhi dello sciamano*
27. Michael Connelly, *La memoria del topo*
28. Lauren Weisberger, *Il diavolo veste Prada*
29. Conn Iggulden, *Le porte di Roma*
30. Candace Robb, *La taverna delle ombre*
31. Graham Hancock, *Il mistero del sacro Graal*
32. Guido Cervo, *L'onore di Roma*
33. Alberto Ongaro, *La taverna del Doge Loredan*
34. Robert Eisenman - Michael Wise, *Manoscritti segreti di Qumran*
35. Dennis Lehane, *La casa buia. Gone Baby Gone*
36. Anthony Flacco, *La danzatrice bambina*
37. Valeria Montaldi, *Il mercante di lana*
38. Michael Connelly, *Musica dura*
39. Amanda Eyre Ward, *Non voltarti*

40. Jack Whyte, *Io Lancillotto. Il marchio di Merlino*
41. Emily Giffin, *Piccole confusioni di letto*
42. Trudi Birger, *Ho sognato la cioccolata per anni*
43. Corine Sombrun, *Il canto della sciamana*
44. Marcia Grad, *La principessa che credeva nelle favole*
45. Andreas Beck, *La fine dei Templari*
46. Michael Crane, *La setta di Lazzaro*
47. Zecharia Sitchin, *L'altra Genesi*
48. Michael Connelly, *Ghiaccio nero*
49. Patrick Fogli, *L'ultima estate di innocenza*
50. Jennifer Weiner, *Brava a letto*
51. David Anthony Durham, *Annibale*
52. Gilles Paris, *Autobiografia di una zucchina*
53. Leila, *Murata viva*
54. Mohsin Hamid, *Nero Pakistan*
55. Michael Connelly, *Il buio oltre la notte*
56. Dalila Di Lazzaro, *Il mio cielo. La mia lotta contro il dolore*
57. Joseph Thornborn, *Il quarto segreto*
58. Lou Marinoff, *Le pillole di Aristotele*
59. Leah Stewart, *Caffè con panna*
60. Guido Cervo, *Il legato romano*
61. Antonio Socci, *Mistero Medjugorje*
62. Polly Williams, *Vita bassa e tacchi a spillo*
63. Marco Bettini, *Pentito. Una storia di mafia*
64. Claudio Paglieri, *Domenica nera*
65. David Camus, *Il cavaliere della Vera Croce*
66. Tiziana Merani, *Devo comprare un mastino*
67. Steve Nakamoto, *Gli uomini sono pesci*
68. Donya al-Nahi, *Nessuno avrà i miei figli*
69. Michael Connelly, *Debito di sangue*
70. Susan Jane Gilman, *Ragazze non troppo perbene*
71. Lionel Shriver, *Dobbiamo parlare di Kevin*
72. Eric Giacometti - Jacques Ravenne, *Il rituale dell'ombra*
73. Candace Bushnell, *New York Sexy*
74. Greg Iles, *La regola del buio*
75. Jack Whyte, *Io Lancillotto. Il destino di Camelot*
76. Diaryatou, *La schiava bambina*
77. Robert Eisenman, *Giacomo il fratello di Gesù*
78. Michael Connelly, *Utente sconosciuto*
79. Conn Iggulden, *Il soldato di Roma*
80. Siba Shakib, *Afghanistan dove Dio viene solo per piangere*
81. Robert Crais, *La prova*
82. Debra Dean, *Le madonne dell'Ermitage*
83. Hyok Kang, *La rondine fuggita dal paradiso*
84. Massimo Polidoro, *Etica criminale. Fatti della banda Vallanzasca*
85. Isabelle Filliozat, *Fidati di te. Migliora l'autostima per essere a tuo agio sempre*
86. Valeria Montaldi, *Il signore del falco*
87. Hernán Huarache Mamani, *La profezia della curandera*

88. Michael Connelly, *Il ragno*
89. Anosh Irani, *Il bambino con i petali in tasca*
90. Marco Salvador, *Il longobardo*
91. Elizabeth Buchan, *La rivincita della donna matura*
92. Candace Robb, *Il saio nero*
93. Guido Cervo, *Il segno di Attila*
94. Carol O'Connell, *La bambina di casa Winter*
95. Alberto Ongaro, *Il ponte della solita ora*